Contemporánea

Juan García Hortelano (1928-1992) pasó su infancia y adolescencia en Cuenca y se licenció en derecho por la Universidad de Madrid en 1950. Su irrupción en el panorama literario tuvo lugar en 1959 con *Nuevas amistades*, que obtuvo el Premio Biblioteca Breve. En 1961 ganó el Prix Formentor con *Tormenta de verano* y en 1967 publicó la colección de relatos *Gente de Madrid*. Adscrito en un principio a lo que se llamó «realismo social», poco a poco se distanció de los presupuestos estéticos de esa corriente para conformar una voz genuina, un fraseo inconfundible con el que dotó su prosa de una ductilidad pocas veces igualada en este país. En 1972 se publicó la que está considerada su obra mayor, *El gran momento de Mary Tribune*. De entre el resto de su obra cabe destacar *Los vaqueros del pozo* (1979) y *Gramática parda* (1982).

Juan García Hortelano

Cuentos completos

Prólogo de
Lluís Izquierdo

DEBOLS!LLO

Primera edición en Debolsillo: noviembre, 2009

© 1979, Herederos de Juan García Hortelano
© 2007, de la presente edición en castellano para todo el
  mundo:
  Random House Mondadori, S. A.
  Travessera de Gràcia, 47-49. 08021 Barcelona
© 2007, Lluís Izquierdo, por el prólogo

Printed in Spain – Impreso en España

ISBN: 978-84-9908-091-8
Depósito legal: B-36779-2009

Compuesto en Fotocomposición 2000, S. A.

Impreso en Liberdúplex, S. L. U.
Sant Llorenç d'Hortons (Barcelona)

P 880918

Nota del editor

Esta edición de los *Cuentos completos* de Juan García Hortelano ha seguido el criterio de la edición de Alfaguara de
1997, inspirada a su vez en el orden establecido por el autor
en 1992 para los *Cuentos completos* publicados en Alianza Edito-
rial. Se reúnen aquí, por tanto, los títulos *Gente de Madrid* (Seix
Barral, 1967), en versión íntegra sin censura; *Apólogos y milesios*
(Lumen, 1975), y *Mucho cuento* (Mondadori, 1987). *Cuentos contados*, agrupa, como en la edición de Alfaguara, veinte relatos publicados de manera dispersa a lo largo de treinta y cuatro años. Al
frente de todas estas secciones hemos ubicado un cuento hasta la
fecha inédito, «El suelo que habéis de pisar», escrito en 1959, ideal
introducción al mundo narrativo de Juan García Hortelano.

Prólogo

Los cuentos de Juan García Hortelano

Las variedades, matices y expediciones narrativas que entrañan los cuentos de Juan García Hortelano obligan a considerar el núcleo y las experiencias que pudieron suscitarlas. Estas últimas son tantas como las de su vivir reactivo y sus lecturas constantes y renovadas, atentas a los clásicos y al recorrido incesante del realismo hispánico (si lo es del todo, de Cervantes a Clarín y Galdós) que tanto supo reinterpretar y situar, con sus acordes europeos, bien al día. En cuanto al núcleo, la infancia es su foco irradiador determinante. El propio autor la evoca así:

> Yo tenía once años cuando terminó la guerra civil. Ahora, al filo de los sesenta, sigo constatando que desde entonces no he vivido nada tan importante […] En julio de 1936 me tenían de verano en Cuenca. A las pocas semanas ya estaba en Madrid. Cada bando, cada ciudad o pueblo, determinó una experiencia específica, incluso contraria. Yo fui niño en el Madrid sitiado. En aquella ciudad conocí el hambre, el frío y el miedo. Vi morir y vi parir […] En las calles del Madrid en guerra hice mi aprendizaje que resistió la educación a que luego me sometieron en los internados de curas. Nunca olvidaré, porque nunca he vuelto a sentirla, aquella

alegría de vivir [...] Por eso, aunque reacio a opinar sobre mi literatura, siempre he sostenido que las páginas más auténticas que he escrito son unos pocos cuentos y relatos de aquella infancia.[1]

Aquel Madrid y aquella infancia recorren la producción entera del autor, a la manera de un calidoscopio que se sucede y combina, sin perder jamás para el observador la constancia de simetrías insólitas y calculados efectos narrativos. De hecho, los cuentos, y por supuesto no sólo los de la infancia, cumplen una función tan reveladora del escritor —de su trabajo de taller, del perfeccionismo detallista y de sus alusiones críticas— que constituyen el espacio inconfundible para entender, si entender del todo es posible, su específica condición artística.

Comentaba Hortelano a menudo que todo autor escribe siempre un mismo libro, la irremediable solución ideal que siempre espera tras la escritura reciente; pero tal vez su lúcida modestia, o el aplomo de su condición natural, le llevaba a no insistir en los fulgores no tan sencillos de una producción indagadora de nuevos caminos. Sus relatos y cuentos —la extensión y la in/tensión de lo breve— son iluminaciones precisas del oficio de escribir; de la medida a ajustar entre la evocación demorada y la concisión de sus apólogos y fábulas, tan atentas a la lección del *Tesoro de la lengua castellana o española*, de Covarrubias, a las etimologías de Corominas y al *Diccionario de uso*, de María Moliner, además del Littré. O, para decirlo en términos balompédicos —Hortelano era un aficionado del Atlético de Madrid— entre el pase largo y el regate en corto.

La producción breve opera como puente o enlace, y aun estímulo puntual para desarrollos novelescos. Al filo de la aparición de *El gran momento de Mary Tribune* (1972), va escribiendo páginas que en 1975 reunirá con el título de *Apólogos y milesios*. Trenzar la lectura de ambos títulos, aparte de proporcionar un placer seguro, supone una didáctica en letras insustituible, que acabarán por redondear las lecciones de *Gramática parda*.

No hay mayor o menor calado en los géneros literarios, si la cuestión es calibrar sus méritos estrictos, pero el de la novela —por tantas razones más o menos obvias de mercado— se lleva la palma. La calidad importa a pesar de todo, y los cuentos, desde los memorables de Aldecoa y los demás antologados en *Los niños de la guerra*, son una referencia imprescindible para evaluar la evolución de la prosa en su captación de la realidad.

La frecuentación de autores hispanoamericanos, de los que destacó su aportación a la flexibilidad del idioma y el recurso a la fantasía —aparte de una fidelidad constante por Chejov, Flaubert y el siglo XIX de la novela—, marcha paralela a su ánimo constante para asumir otras perspectivas. Su interés por Robert Walser, su aprecio de taller por Claude Simon y el prólogo a su traducción de *El otoño en Pekín* de Boris Vian hablan de una curiosidad sin fronteras. Los cuentos afloran y se diversifican naturalmente en el alambique mental del autor, en un proceso de continuas averiguaciones. Tal disponibilidad arranca de una experiencia de libertad frustrada al iniciarse su adolescencia, con la paz de aquella victoria de 1939.

La paz seguiría durante monótonos decenios. Y el autor, en *El gran momento de Juan García Hortelano*, se recapitula como sigue:

> Yo no tengo biografía [...] Vamos, tengo una biografía de lo más sencillita y aburrida [...] pasé la guerra civil, me licencié en Derecho por la Universidad de Madrid, hice oposiciones al Cuerpo Técnico de la Administración del Estado y procuro, siempre y

cada vez más, vivir en Madrid. He viajado de manera moderada y con esto ya está terminada la biografía.[2]

Cabría añadir algunos datos, pero su asiduidad y consultas en el Ateneo, la conversación —el arte de cultivarla y su conciencia a menudo inadvertida de saber tenerla a raya, sin olvidarla, a la hora de escribir— y su talante crítico de no confundir lo novedoso con lo original son rasgos que contribuirían al perfil cabal del personaje, que por cierto en absoluto se consideraba de rango semejante. Juan García Hortelano aireó en estupendos artículos su conciencia crítica, siguió fiel a la órbita ideal del comunismo y mantuvo una actitud constante frente a las rebajas o apaños de una transición que no le devolvió las esperanzas adolescentes. Sumaría años pero, como en la canción de Jacques Brel, receló siempre de la madurez adulta.

Su capacidad vitalista de asociarse a nuevas experiencias enlaza sin duda con las personas que conoció y el trato y la sintonía con ellas. Cuando cuela alguna palabra en catalán fácilmente inteligible o al mencionar a Coromines o admirar a Ferrater, cumple con su talante abierto y tan amigo de barceloneses. Obtendría el premio Biblioteca Breve por *Nuevas amistades* y el Prix Formentor con *Tormenta de verano*. Visita Italia, conoce al editor Einaudi, le encanta Turín. Madrileño europeo por gusto de elasticidad ecuménica, es tan famoso en los años sesenta que cierta crítica le cicatea los méritos de *Tormenta de verano*, mejor conseguida, más lograda estructuralmente que la anterior. Durante años irá elaborando el gran momento de la novela homónima.

Los cuentos conjugan la evocación testimonial con la imaginación y, progresivamente, con rasgos de aquella fantasía, por lo demás también muy suya, que tanto admira en los americanos. Y lo digo en general, porque dedica un recuerdo elogioso a las traducciones de Maurice Edgar Coindreau, el gran traductor al francés de William Faulkner. Sin llegar a las estupendas desmesuras de Lezama Lima (su escala va de Flaubert a Simon, pasando por Kafka), procura un recorrido de invenciones e historias en las que la operación de escribir combine con el cálculo preciso de sus exigencias gramaticales.

Gente de Madrid (1967) reúne sus primeros cuentos —no todos, pues «La sopa del hijo de Adán», por ejemplo, lo rescatará en *Cuentos contados*, que se reúnen en 1992, y data de noviembre de 1959—. Debía ir paralela su redacción a las páginas de la primera novela, pero la mirada es otra, más íntima y sin duda más entregada personalmente. La nota emocional, contenida pero tensa en lo que tiene de testimonio o crónica del anónimo bullir urbano, recorre tales relatos, de recorrido largo. Son las narraciones más extensas del conjunto, y el autor alude a ellas como *nouvelles*.

En septiembre de 1959 dio cuenta el autor de unas páginas breves, bajo el título «El suelo que habéis de pisar». Es un cuento y a la vez una instantánea veraz de aquellos años. Refiere el proceso de unas obras que deben concluir unos sufridos peones antes del primero de octubre (fecha privilegiada del Caudillo por la gracia de Dios) y, para entonces, «ha de estar acabado el nuevo pavimento de la Gran Vía». La anécdota es mínima: Paulino acude a su tío Fidel para echar unas horas de trabajo, pero le incomoda la asamblea de curiosos que continuamente están fisgoneando el funcionamiento de la máquina y el movimiento de los obreros. Paulino está inquieto, su tío le llama al orden. El sobrino rechaza volver al tajo:

—Allí no vuelvo. No aguanto que me miren, que estén mirando y mirando.

Puede usted pensar lo que quiera, pero yo no vuelvo allí.

Oyó que el señor Fidel decía algo […]

La doble hilera de farolas marcaba el largo camino.

—Pero ¿tú crees que te ven? —había dicho el señor Fidel.

Paulino caminaba dormido.

El cuento no ha sido recogido hasta la fecha en ninguna edición de sus obras completas. Sin duda sufrió primero problemas de censura, como tantos otros, y quizá de reservas del autor después, pero ahora lo ofrecemos —gracias a la amabilidad de Sofía, su hija— a la curiosidad del lector. Resulta, además de significativo, ejemplarmente premonitorio de su obra. En efecto, al malestar de un adolescente ante el huroneo de las miradas, se da el contrapunto del señor Fidel, gastado y curtido por los años. De estrenarse en la vida a resignarse a ella va la cosa. Finalmente, la advertencia —«Pero ¿tú crees que te ven?» cierra como un *finale* tan eficaz como seco la lección del asunto. Con la mención de las «farolas» no hace falta describir la noche, que tampoco ven por lo demás tío y sobrino. Y este ya «caminaba dormido».

En los relatos de *Gente de Madrid* destaca su extensión ya mencionada, que se abreviará en *Apólogos y milesios*, *Mucho cuento* y *Cuentos contados*. Sobresale de los primeros relatos el extraordinario «Riánsares y el fascista» y la fabulación dialogada de las fámulas en «Marciapiede izquierdo Avenue de Wagram», donde por cierto la señora tampoco ve a su española cuando llega. Todos retornan la imagen del tiempo ido como grabados para no olvidar, hecho de transparencia y recusación de sus desafueros.

En evolución y exigencia permanentes, y a partir de *El gran momento de Mary Tribune* y *Apólogos y milesios* como puntos de inflexión, la constancia en el humor disolvente del autor se sucede, como apuntó Rafael Conte, en cuentos que devienen «teóricos, míticos, fantásticos y parabólicos».³ Una diversión rigurosa, una dramaticidad que cabría calificar de metaliteraria, aunque sobre todo ocurre que sus títulos son maravillosamente legibles.

La narración breve, el relato o las complejidades que surgían del cuidadoso menester de García Hortelano, suponen una antología crítica imprescindible de la segunda mitad del siglo xx. La rijosidad de la mortificación franquista, los rasgos de paisanos, obreros, patrones de bar y servidoras del hogar, de la estética del mirón al erotismo del *voyeur*, dibujan una España rigurosamente observada y hecha ficción aleccionadora. Niños presos bajo un cielo de plomo en patios religiosos que, como él, se ejercitarían en el esperanzado escepticismo de «El cielo palurdo» o de «Detrás del monumento». La contestación callada evidente, el silencio como respuesta, el alivio que dan las artes como la pintura (el Madrid de El Prado) y la música —Bach— componen un friso y son a la vez el bajorrelieve de aquella película externa que exhibía el *No-Do*.

Todo ello lo resuelve una sabiduría visual minuciosa resueltamente escrita, acorde con sus autores franceses preferidos y con los amigos, capaz de una plasticidad a veces enigmática y sin cesar propicia a nuevos descubrimientos. La suya, con los cuentos en su polifónica variedad, fue una tarea y una vocación de amenidad que no rehuyó jamás el trasfondo menos feliz de las cosas. Sus cuentos descubren las miserias y encanijamientos de algún personal, redimido sin embargo por un piadoso ateísmo insospechable. Este es el legado del madrileño Hortelano que, frente a las conveniencias y el hurtar el bulto a la realidad de tantos, no calló y aún sigue entreteniéndonos con la gozosa disolvencia de sus páginas.

LLUÍS IZQUIERDO

Notas

1. Crónicas correspondidas, Alfaguara, Madrid, 1997, pp. 149-150.

2. Pereda, Rosa María, *El gran momento de Juan García Hortelano*, Anjana, Madrid, 1984, p. 10.

3. Conte, Rafael, prólogo a *Los archivos secretos*, Montena, Madrid, 1988, p. 12.

El suelo que habéis de pisar

El picapedrero
picapedreando,
curvo y sin sombrero
va haciendo el sendero
que estamos pisando.

JESÚS LÓPEZ PACHECO

En unos veinte metros de calzada trabajaban treinta y cinco hombres. Paulino se detuvo junto a la valla de madera, roja y blanca, y en ese momento lució el primer luminoso. A Paulino le empujaron los que, en ambas aceras, habían esperado a que se abriese el paso de peatones. Las letras y los dibujos continuaban encendiéndose, una tras otro, en una medida carrera. Turbiamente Paulino veía la calle. Los constantes ruidos de las máquinas reducían los del tráfico en agudos fragmentos. Cuando los hombres empezaron a dejar de trabajar, Paulino se impacientó.

Calculó en media hora el tiempo transcurrido desde que salió del metro. Entre los edificios se alargaba un túnel de neblina coloreada. Paulino bajó al trozo de calzada removida —la mitad de la calle—, bordeó un montón de adoquines y preguntó por su tío.

—Hacia Callao, digo yo que estará.

—¿Le ha visto usted esta tarde?

El muchacho, que había dejado de lavarse en el tonel metálico para atender a Paulino, sonrió distraídamente.

—Puede que haya sido esta tarde o ayer o hace una semana. No puedo decirle cuándo fue la última vez que vi al señor Fidel.

—Gracias.

Se apresuraba el relevo. El listero congregaba a los hombres y los recién llegados, algunos ya en camiseta, cogían las palas, los picos, se hacían cargo de las máquinas. Paulino, con la tartera bajo un sobaco y las manos en los bolsillos del pantalón, continuó en dirección a la plaza del Callao. Al oír la voz de su tío, tropezó.

—¿Por qué no llegas un poco más tarde?

—Llevo una hora esperándole.

—¿A mí?

—A usted, sí, señor. Una hora.

—Pero ¿dónde, so bobo?

Paulino colocó la tartera junto a las otras y las ropas, se quitó la camisa y se aseguró el cinturón.

—Donde usted dijo. Usted dijo: «Te bajas del metro en José Antonio y allí me esperas». A lo mejor, ya no se acuerda.

—Menos charla —el señor Fidel alzó la voz—. Lázaro, que ya está aquí el chico.

—De acuerdo, jefe —dijo el listero.

Paulino dejó de mirar a su tío y preguntó:

—Bueno, usted dirá lo que hay que hacer.

—Trabajar.

—En éstas estamos.

—Pero trabajar de firme. Mira —el brazo del señor Fidel se extendió— hasta donde llega el tajo. Y ya sabes dónde empieza. Esta mitad de la calzada tiene que quedar igual a la nueva en muy pocos días y toda la obra terminada antes del primero de octubre.

—¿Y a qué me cuenta a mí eso?

—Escucha. Antes del uno de octubre ha de estar acabado el nuevo pavimento de la Gran Vía. Te lo digo para que sepas en qué trabajas.

El señor Fidel le llevó junto a la mezcladora y encendió un cigarrillo.

—Aquí, mi sobrino.

—Tanto gusto —respondió el hombre que esperaba con la otra carretilla.

—Lo mismo digo —masculló Paulino.

Al otro lado de la máquina llenaban a paletadas la bandeja, que se alzaba, una vez llena, hasta la giratoria boca circular. La máquina sonaba desamblada, como a punto de caérsele los tornillos. Paulino cogió las varas de la carretilla. Sin dejar de girar sobre sí misma, la cónica esfera se levantó, cayó en un giro de ciento ochenta grados y, por la boca en constante movimiento, arrojó la mezcla en la carretilla; cuando estuvo llena y el hombre la hubo retirado, Paulino se precipitó a colocar la suya bajo la boca. La esfera, vacía, volvió a levantarse, siempre dando vueltas, y recobró la primitiva posición. Paulino impulsó la carretilla, que rodaba sobre un pequeño neumático. Se cruzó con el otro, que regresaba y que se detuvo un instante.

—¿Y cómo se llama usted?

—Paulino.

—Yo, Esteban. Para servirle.

La fue conduciendo sobre el suelo desigual, con piedras que el neumático remontaba, transmitiendo bruscos balanceos a los brazos de Paulino, hasta el declive de mezcla, donde la vació, con un impulso del brazo derecho hacia la tierra y otro simultáneo del izquierdo al aire.

Cuando se detuvo nuevamente junto a la máquina, la dolorosa fatiga de los brazos se le diluyó por todo el cuerpo.

—Y qué, ¿sobrino del señor Fidel?

—Pues sí, ya ve usted.

—De la construcción, claro.

—No.

El otro empujó la carretilla y Paulino colocó la suya bajo el chorro de piedras, cemento y arena. Dos hombres alisaban con un tablón la mezcla que ellos acarreaban, después que los del vibrador y los de los mazos la dejaban a punto. Más allá de las máquinas trabajaban los del pico y la pala y los de las perforadoras, abriéndoles un camino de adoquines revueltos y tierra húmeda, rebañando el pavimento hasta rebajarlo medio metro.

—Decía usted que no era de la construcción.

—Yo soy fresador. Hasta hace mes y medio he sido fresador.

—Comprendo —dijo Esteban, al tiempo que la mezcla resonaba en la carretilla.

Paulino, después de haber volcado la carga, contempló el quiosco con las portadas de las revistas tras los cristales. Sobre un tejado de la Red de San Luis se encendieron unas letras en amarillo y azul. ES CAFÉ; e inmediatamente, una gran N, que las cubrió.

—No te duermas, muchacho —le oyó a Esteban.

Regresó precipitadamente. Del suelo, junto a la máquina, recogió la mezcla con una pala. Levantó la cabeza y vio las aceras, la terraza de la cafetería, a la rubia del vestido verde con lunares blancos, las fachadas llenas de luz, los automóviles, los largos autobuses azules, los tubos fluorescentes; oyó las voces y los ruidos; saboreó un agrio olor en la garganta reseca. Y los descubrió, frente a él, inmóviles a lo largo de la acera, indistintos.

—Hace calor.

—Mucho.

—Y lo malo es que por la noche no refresca.

Paulino sintió entonces cómo el sudor se le canalizaba por el pecho, le escurría por la cintura y le empapaba el ombligo. Oyó el corto estrépito de la mezcla en la chapa de la carretilla, dejó de mirar a los que les miraban y tensó los músculos todos para el empuje inicial.

Por unas y otras causas, se hallaban sentados a la terraza de la cafetería, frente a aquel trozo de obra que contemplaban con diferentes estados de ánimo: doña María Salomé Cheste, doña Laura Enguídanos, doña Iluminada Gómez y doña Loreto Navalón, amigas y pensionistas de clases pasivas; don Evaristo Cartaya, empleado; don José Valduerna, funcionario, y su esposa, doña Gertrudis Zafra; don Joaquín Balsareny, industrial, de Barcelona; Cristina García, mecanógrafa, rubia, vestida con un traje verde con lunares blancos; Marita de la Torre y Alberto Figols de Armengol, novios.

Por variadas causas, detenidos a lo largo de la acera —medio metro sobre ellos— contemplaban el trabajo de los obreros, con distintos estados de ánimo: don Efrén Guardiola, jefe de administración de segunda clase; don Secundino Cubillos, comerciante del ramo de ultramarinos; Quirico Gobantes, chulo; don Aniceto Verduleros, rentista; don Cástulo Molinos, funcionario auxiliar, y su esposa, doña Magdalena González, de cincuenta y dos años de edad; doña Purificación Torredembarra, marquesa de Torredembarra; don Zenón Fuentespiedra y de la Roda, cura; don Nicéforo y don Eulogio Chaparral, funcionario municipal y comerciante carnicero, respectivamente; Juan García, carterista; don Ipacio Bríncola, forastero y viajante de comercio; don José Manuel Isasosondo, abogado; Guadalupe Cercadilla —«Merche»—, puta; Pedro Melgosa, fontanero.

—Yo soy de Villaumbrales, en la provincia de Palencia —dijo Esteban—. Pero estoy en Madrid desde hace treinta años. Y usted, ¿de dónde es?

—De Linares.

—Pues no se le nota a usted el acento.

—Salí de Linares muy pequeño, cuando lo de mi padre. Ahora vivo con mis tíos.

—¿Y qué le sucedió a su padre, si puede saberse?

—Que se le vino una galería encima.

—Lo siento, hombre. —Vaciaron las carretillas—. ¿Ha leído usted lo de la mina de Villanueva de no sé qué? Hace unos días.

—Algo he leído.

—¿Y tiene usted novia?

Al regreso, Paulino contestó:

—No; novia, no.

—Yo sería de su tiempo, cuando me casé —Esteban ladeaba la carretilla—, y ya tengo un chico de sus años. En junio lo licenciaron y ahora trabaja en un garaje.

—No están las cosas para casarse.

—Eso dice mi chico. Y, además, que son ustedes jóvenes. Mi chico dice que se va a Alemania, ¿usted no ha pensado en irse a trabajar con los alemanes? —Esteban le esperó—. Hay que correrla un poco hasta los veinte o los veintitrés y, luego, ahorcarse.

Paulino vio a su tío junto al motor de las perforadoras. El tráfico era más intenso, las aceras estaban muy llenas y una doble —o triple— hilera de personas les observaban. Habían rebasado el quiosco y Paulino veía ahora los cartelones de los primeros cines. En alguna parte sonó una música.

La mezcladora dejó de girar y los hombres se dispusieron a moverla. Paulino se colocó entre Esteban y un muchacho casi calvo. Se hundían en la tierra las ruedas metálicas de la máquina y había que levantarla con los hombros y, al tiempo, impulsar —o arrastrar— con los brazos y el pecho. Paulino vio a un guardia de casco blanco correr por entre el embotellamiento de vehículos. Los largos y estridentes pitidos del guardia acallaban el ronco horadar de las perforadoras. Al muchacho casi calvo le corría el sudor por las facciones crispadas, le pegaba el sudor la rota camiseta al cuerpo, le olía el sudor a piedra, a hombre y a mierda. Paulino suspiró, al quedar la máquina en su nuevo emplazamiento. Enseguida comenzaron a cargarla a paletadas.

—Su tío, el señor Fidel, es un buen capataz —dijo Esteban—. Y un buen hombre. Le gusta el trabajo bien hecho y sabe decir una palabra a tiempo. Sí, es un hombre como está mandao.

Paulino miró a Esteban.

Los automóviles rodaban por la nueva calzada. Alguien gritó cuando Paulino recibía la mezcla en la carretilla e, inmediatamente, se oyeron más gritos y unas ininteligibles órdenes. Paulino, al tiempo que corría hacia el grupo, vio crecer las hileras de los espectadores.

—Llamad al señor Fidel.

—Maldito cabrón. Se metió debajo.

—Que no ha sido nada, hombre.

—El maldito cabrón se metió debajo del saco, como si lo fuese a coger o estuviese buscando partirse la cabeza, adrede. Y justo en el momento en que lo tiraba de la camioneta.

—Pues le ha podido dejar manco.

—Venga, sin exagerar.

—Dile al Román que exagero. ¡Anda, díselo!

El señor Fidel y Lázaro, el listero, se abrieron paso hasta Román que, pálido y con los ojos cerrados, se apoyaba en un guardabarros de la camioneta. Un hombre, vestido con un traje azul de verano, le palpaba los miembros al accidentado. La voz de Lázaro gritó:

—Ya que has tenido suerte, vete a tomar un chato. —El que estaba subiéndose a la camioneta miró a Lázaro—. Y tú también. Quitaos el susto y volver pronto.

—Y usted, ¿quién cree que era ese tipo de azul que tocaba al Román?

—Hombre —dijo Paulino—, sería un médico. Vamos, digo yo.

—O un maricón. ¿De qué un médico se iba a meter en eso, no siendo del seguro?

—Pues a lo mejor era del seguro.

—Entonces, menos.

—Para usted la perra gorda.

—No, si yo sólo insinuaba la cosa, porque me resultaba sospechoso y el tío al Román le tocaba con su poquito de delectación.

Paulino regresó a la mezcladora. Las perforadoras retornaron a su machacante ruido. Después de beber un trago de agua del botijo, vio a Esteban tendiéndole la botella.

—También nosotros tenemos derecho a celebrarlo —dijo Esteban, y los hombres que estaban próximos rieron con fuerza.

Las aceras se llenaban al máximo con los que salían de los cines. El primer cartelón que Paulino vio anunciaba una película que se titulaba *Diego Corrientes*. Esteban continuaba charlando. Luego dijeron que se podía cenar. Mientras la mitad de los hombres se aplicaba al contenido de las tarteras, la otra mitad seguía con la obra. El señor Fidel pasó deprisa, en dirección a la plaza del Callao. Paulino y Esteban se acomodaron contra unos sacos y se ofrecieron —y rechazaron— mutuamente sus respectivas tortillas. Paulino se volvió de cara a los automóviles y los autobuses, dando la espalda a los que les contemplaban desde el bordillo —a medio metro de altura— de la acera.

Por distintas causas y con múltiples estados de ánimo, inmóviles en la acera, contemplaban el ajeno trabajo: el ilustrísimo señor director don Francisco de Aryebarán y Renato Utebo, secretario del anterior; Joanicio Guísano, mozo de mulas; don Antonio Villamartín, practicante; don Bartolomé Tolosa, funcionario de organismo autónomo y su querida, Leocadia Velliscón; los niños Robertito, Mari Nieves y Carmencita Herrero Gurrea, con sus padres, don José Ceferino Herrero, contable, y doña Carmen Gurrea, sus labores; María de la Expectación Mianes, cajera; Döte Wildstein, Ludwig Wieck y Elsa Wogel, turistas; don Antonio Hernánbalas, inspector de policía; Paula Moncufar, dependienta, y su amiga Matilde Villora, preñada; el niño Filemón Pérez y otros cinco niños de su banda, un poco cansados ya, pero aún dispuestos a todo; María de la Anunciación Avellaneda y Aldaya, puta cara; Juan Mauricio de la Torre y Gómez de Andújar, señorito; don Higinio de Cenen, del comercio; Mariano Caciquero, terrateniente machego; doña Sabina Henderos, casada, su niño Jacinto y su criada Plácida Expósito, de Jadraque, provincia de Guadalajara; Danielle Faisandeau, turista; don Liberato Plasencia, erudito; Lidia Cortés, actriz; don Rufo Garciduende, de varios consejos de administración y don Silvestre Villa, abogado; Juan García, carterista; doña Felicísima Monreal, viuda; Apolinar Ligajo, sin profesión.

La esfera, en continuo giro, engullía la mezcla por un lado, volteaba sobre sí misma y la vomitaba por el otro en la carretilla de Esteban y, después, en la de Paulino.

—No me gusta esto —dijo Paulino.

Descubrió a Esteban absorto en la contemplación de la acera, casi desierta ahora; también el tráfico de los vehículos había decrecido. Eran más fuertes los ruidos de las máquinas y parecía crecer el calor con la rotundidad guiñante de los luminosos.

—Cuando vuelvan del veraneo, bien maja se van a encontrar su calle. —Las piedras sonaron en la chapa y Esteban sacudió la carretilla para distribuir la carga—. Usted —añadió en un susurro— no se quede en esto, por poco que pueda; un fresador no debe quedarse en esto.

—Da lo mismo —dijo Paulino.

Los hombres trabajaban más despacio. De vez en vez, se oía al listero o al capataz. Diego Corrientes ponía a la grupa de su caballo una moza opulenta. Esteban silbó a las piernas —muy juntas— de la mujer de la moto. El muchacho, que conducía, ni miró.

—¡Qué tía, madre! —dijo Paulino.

—Con esas piernas, el mundo es suyo.

La máquina fue cambiada de nuevo, avanzando detrás de las perforadoras, de los picos, las palas y los mazos. Detrás, la mezcla recién asentada brillaba húmeda, con un gris cambiante.

—¿Ustedes viven por Cuatro Caminos?

—Sí —contestó Paulino.

—Yo tengo un chamizo cerca de la carretera de Andalucía. Antes estuve en el Pozo. El día que los chicos se casen o emigren, la parienta y yo nos quedaremos tan divinamente. Y eso que mis chicos ayudan a sostener la casa.

—Claro.

—¿Se cansa usted?

Paulino le miró fugazmente, con una mueca.

—No, ¿por qué?

—Nada. Era un decir.

En la terraza de la cafetería, que ahora quedaba más lejos, las mesas y las sillas metálicas reflejaban las luces. Paulino les adivinó en la acera, menos numerosos, casi sin mirarles. Oyó el zumbido contundente del primer descapotable de la noche.

Con particulares estados de ánimo, parados a lo largo del antiguo bordillo, a medio metro sobre los obreros, contemplaban su trabajo: Flora Carmona, cocinera recién despedida; Sabina Campillos —«Luchi»—, puta; don Sinesio Pizarra, inventor; Homero Fernández —«Aquiles»—, periodista en paro; Fausto Pedrosa, estudiante; Agustina Cadagua —«Sarita»—, puta, natural de Salamanca y convaleciente de sífilis; doña Saturnina Servera Pont, prestamista; don Odón Campaneros, cenado y en plena digestión; Agapita Trapiches, virgen, y su primo Nicasio Trapiches, de Teruel, que había invitado a la primera al cine, con el beneplácito de don Basiliso Trapiches, viudo, no presente allí; don Félix Malvedo, ingeniero, y su novia, señorita África Ciñeda, de mucho pecho; María Victoria Alegría —«Rosita»—, puta y su amiga, aún no puta, Isabel Legorreta —«Isa»—; don Napoleón Marracos, experto cafetero colombiano y quebrado fraudulento en su país; don Nicasio Busdongo, paseante.

Entre los dos habían contado ya una docena de descapotables —rojos, verdes, crema, uno de color acerado—, cuando vieron al taxista, la manivela ondeando sobre su cabeza, perseguir al americano. El americano, que trataba de refugiarse en el vestíbulo de un cine, tropezó con los que salían de la sesión nocturna. Esteban y Paulino llegaron a tiempo de presenciar el puñetazo del americano al taxista y el manivelazo del taxista —por error— a uno de los espejos del hall. El señor Fidel encontró a Paulino y a Esteban, una vez que el grupo fue disuelto por los de la policía armada y los del 091, liando unos cigarrillos y riendo.

—Está bien —dijo Esteban—. No mire usted así, que ya vamos.

Junto a la vieja que vendía tabaco en la puerta del cine estaba la vieja que vendía rosquillas. La voz del señor Fidel detuvo a Paulino.

—A comerme una rosquilla —respondió Paulino—. ¿O es que no tiene uno derecho?

—Oye, chico, no me alborotes. Y a lo tuyo.

—Sólo iba a…

—Ya lo sé.

—La culpa la tiene el trabajar así, en medio de la vida —dijo Esteban.

El señor Fidel rió y le palmeó la espalda a Paulino.

—Yo digo —dijo Paulino— que si la señora está ahí, con las rosquillas, es para que cualquier ciudadano se las pueda comprar, ¿no?

—Anda, que tú eres pobre y tienes que hincar.

La carretilla, con la fuerza de la cólera, rodaba mejor por el suelo desigual, por entre las piedras, los hoyos, la arena, los desniveles. Otro descapotable pasó con una muchacha, cuyo pañuelo de gasa levantaba el viento de la velocidad. Detrás venía el coche tirado por un caballo cansino y lleno con los cuatro hombres que cantaban y la mujer, que se movía al compás de sus propias carcajadas. Esteban se lo señaló y Paulino desarrugó el ceño.

—Es ya el único que queda en Madrid. En mi época…Fíjate en ésos; son unos paletos, seguro. En mi época habría doscientos o trescientos. Alguna vez me tengo ido con la parienta a la Bombi, en «simón» y con hongo.

Paulino empujó la carretilla. La noche tenía un aire espeso, cargado de luz, de electricidad, de calor. Todos los ruidos se le habían unido en un único runruneo, adormecedor. Esteban hablaba menos. Por las aceras, paseaban, despaciosas, mujeres de llamativos vestidos, algún grupo alborotador, vendedoras de lotería. A Paulino el sudor le mantenía el cuerpo mojado.

Les volvió a ver, detenidos en el bordillo de la acera, contemplando la actividad incesante del tajo. Se frotó las manos y desvió los ojos hacia el escaparate de los maniquíes.

Por muy diversas causas y con muy diversos estados de ánimo, contemplaban la faena laboral: don Sotero Urnieta, comerciante, don Ruperto Torquemada, industrial, y don Restituto del Fresno, coronel; John Briskin y Steven Pankey, negros; Mariano Calamocha, hambriento; doña Lourdes Alvaray, modista, doña Pepita Blanes, comadrona, y Florencia Nonaspe, criada de doña Lourdes y somnolienta; Gregorio Irrusmendi y Benito Toboso, guardias; el señorito Juan Mauricio de la Torre y Gómez de Andújar y la puta cara María de la Anunciación Avellaneda y Aldaya; Agustina Cadagua —«Sarita»—, puta, de Salamanca, y mister Thomas S. Morrison, de Denver, Colorado; Marita Riveras, poetisa dominicana y Vicentito Escatrón —«Vicen»—, chulo; doña Eulalia Pradell y Fayón y don José Miguel Fayón, en viajes de novios; Antoñito Pina, aparejador, Tito Cámara, bestia, Florencio Estupiñá, ganadero, y don Marcelo Cabañas, notario, todos ellos con sus respectivas esposas de veraneo en la vecina sierra de Guadarrama; Elvira Pedrosillo, criadora de gusanos de seda; Carlitos Pozuelo, marica, y don Antonio Zorreras, de la banca; Robert T. Christie, negro; Evelino Lafuente, Guillermo Sanguillermo y Marco Antonio Ubea, sin corbata, y Emma Rosal, con medias negras, en localización de exteriores, como alumnos de la escuela de cine; Asunción Muro, con deseos inagotables de juerga, y su novio Bernardo Cardes Losquiol, amargado ya por la idea de madrugar al día siguiente; Juan García, carterista; don Ipacio Bríncola, forastero y viajante de comercio; María Victoria Alegría —«Rosita»—, puta, y su amiga Isabel Legorreta —«Isa»—, ya puta, con tres chicos muy simpáticos, conocidos unos minutos antes en la esquina de la calle de Tudescos; Agustín Minas, borracho; José Catoiras Figueredo, sereno.

—¿De verdad no quiere una?

—Me como una rosquilla ahora y vomito. Hasta mañana, Paulino.

—Usted se lo pierde. Adiós. ¿Cuánto es?

—Cuatro cincuenta —dijo la vieja.

Sentado en la arena, bajo el cernedor, comió las rosquillas. El guarda era un hombre viejo, que se rascaba la cabeza con la mano debajo de la boina. Cuando el señor Fidel se despedía del guarda, Paulino se puso en pie.

—¿Quiere usted?

—Quita de ahí, hombre.

Caminaron por la Gran Vía hasta Fuencarral. Paulino acabó con las rosquillas y se pasó el pañuelo por las comisuras de la boca. El señor Fidel se detenía de vez en cuando a encender el cigarrillo, y Paulino le esperaba unos pasos más allá. El señor Fidel le cogía durante algún tiempo del brazo o silbaba en sordina o escupía, siempre en la confluencia de las fachadas con la acera.

—Oiga, tío, usted sabe bien que yo no soy un vago. Que no me gusta comer la sopa boba en casa de ustedes, vamos.

El señor Fidel disminuyó el ritmo de sus pasos.

—¿A qué viene ahora eso?

La Glorieta de Bilbao estaba desierta, muy iluminada, con danzantes sombras que un ligero viento movía por la calle de Luchana.

—Que es la primera y la última vez que trabajo en lo de hoy.

—¿Y qué vas a hacer?

—No lo sé, no lo sé aún. Trataré de arreglar lo mío. O buscaré en la madera, si no encuentro otra cosa. ¡O me liaré la manta a la cabeza! Pero en lo de hoy, no.

—Las cosas no están fáciles, como tú ya sabes, chico. Y encima os empeñáis en complicarlas.

La fatiga se le acumuló en los ojos.

—No diga usted eso. Aunque usted esté ya viejo y no quiera saber nada de nada, por lo menos no hable usted así.

El sueño le poseía paulatinamente, en la medida que sus piernas avanzaban. Sintió la mano del señor Fidel en el brazo.

—Muchacho…

—Allí no vuelvo. No aguanto que me miren, que estén mirando y mirando. Puede usted pensar lo que quiera, pero yo no vuelvo allí.

Oyó que el señor Fidel decía algo. La cama estaba aún lejos y parecía como si él anduviese apoyado —o sostenido— en su tío, a lo largo de la calle en pendiente, a través de las luces y el silencio. La doble hilera de farolas marcaba el largo camino.

—Pero ¿tú crees que te ven? —había dicho el señor Fidel.

Paulino caminaba dormido.

Gente de Madrid

Then suffer me to take your hand, said be. The good-ness of your heart, I feel sure, will dictate to you better than my inadequate words the expressions which are most suitable to convey an emotion whose poignancy, were I to vent to my feelings, would de-prive me even of speech.

JAMES JOYCE

Las horcas caudinas

Hace tiempo
yo era niño y nevaba mucho,
muchó. Lo recuerdo.

ÁNGEL GONZÁLEZ

A comienzos de diciembre cayó la primera nieve. Una semana más tarde, nevó durante tres días y sus tres noches. Las
trincheras se llenaron hasta los bordes y los parapetos crecieron medio metro. La extraña luz de aquellas tardes —y la insólita excitación de las mañanas— nos dejaba, al anochecer, quietos y
silenciosos en los quicios de los portales. Los campos cercanos, los
solares y las aceras, hasta entonces embarrados, estaban grises o
blancos, según las horas y la nieve nueva que hubiesen recibido. En
nuestras casas, después de la cena, escuchaban la radio más atentos, casi ansiosos.

La mañana que descalabraron a Tano fue la primera de aquella
nevada constante. Cuando salíamos, parecía el atardecer y eran las
doce del mediodía. Habían colocado una bandera roja en la cresta
—piramidal y curvada— del último parapeto de la calle. Desfilamos
varias veces por delante de la bandera, cantando canciones del frente, con los pies bien hundidos en la nieve. Luego, empezamos a tirar-
nos bolas. Alguien —pero sin intención, puesto que sólo estábamos

los de nuestro barrio— debió de apelmazar de nieve una piedra. El cantazo le pegó en la sien derecha. Como si le hubieran empujado por el estómago, Tano se encontró sentado, de golpe, y se dejó resbalar muy despacio hasta quedar tendido. Mientras le llevábamos entre todos, cogido por las piernas y los brazos, comenzó a sangrar.

Ya en el primer tramo de la escalera la portera chillaba y no sé cómo me descuidé que Luisa me cogió en la puerta del piso de Tano y me subió a casa. El abuelo, que había bajado enseguida a curar a Tano, dijo durante la comida que un día —que el día menos pensado— nos mataríamos, ya que, evidentemente, estábamos dejados de la mano de Dios. Mi padre, Luisa y él se fueron excitados y repitieron miles de veces que se había acabado jugar en la calle, con los golfos; la abuela comía en silencio, a veces sonriente, cuando yo la miraba. Luisa me mandó a la siesta, entornó las contraventanas y siguió con lo de que mamá, al final de la guerra, no querría saber nada de mí. Se estaba bien debajo de las mantas y me puse a pensar en la Concha.

El reflejo de la nieve permitía ver al otro lado de la ventana unas nubes bajas y negras. Parecía de noche. Después que Riánsares me partió el pan y el chocolate, entré en la salita a dar un beso a la abuela y me bajé a la calle. Serían las seis y media. En la esquina del paseo estaban construyendo un muñeco, junto a la bola que habíamos rodado por la mañana. Me acerqué a ayudar, pero me encontraba intranquilo, sobre todo por Tano, que estaría en la cama. Hablamos un rato del asunto de la manifestación, hartos de aquel frío que quemaba las manos bajo la lana de los guantes. Decidí ir a esperar a la Concha, pero, una vez a solas en la tapia del antiguo convento, recordé de nuevo a Tano.

Nada más sentarme en el sillón de mimbres, al lado de la cama, comprendí que Tano no estaba de buen humor.

—¿Estás de mala leche?

Ni me miró. Recostado en los almohadones morados y en las almohadas, bebía sorbos de malta. Me dio una galleta y dijo que bajase de la estantería las novelas de Julio Verne, las de Salgari y las de *Hombres audaces*.

—¿Todas?

—Sí, todas.

Al poco rato, llamó a su madre para que se llevara la bandeja y pudiésemos cubrir la cama con los libros. Pero ni los tocó, una vez extendidos. Se puso una mano en la venda, que le daba aspecto de moro, y cerró los ojos.

—¿Te duele? —Las de Julio Verne eran mías—. El abuelo dice que un día nos vamos a asesinar. —Cuando llegase Reyes, las hubiese leído o no, le pediría que me las devolviera—. Son las siete, ¿sabes? La Concha habrá bajado a por la leche. A lo mejor, ya ha oído que tú estás escalabrado. —Posiblemente le dolía mucho—. Si quieres, me voy. —Abrió los ojos un instante—. Parece que mañana va a haber una manifestación.

—¿Así que no han quitado aún la bandera?

—No —dije.

Entonces se puso a hacerme preguntas sobre los otros de la banda, como si hiciese años que estaba en la cama. Tenía un pijama azul, muy bonito, que nunca le había visto. Me ordenó que colocase los libros en la estantería, pero no me di cuenta de que quería que me marchase, porque le estaba contando lo que había de la manifestación. Llamó a su madre otra vez y le pidió una aspirina. Su madre me dijo que me fuese, que Tano tenía que dormir, que el abuelo y mi padre estaban jugando al tute, en el cuarto de estar, con el padre de Tano. Yo le contesté que me subía a casa. Tano quizá se dio cuenta de la mentira.

Como los bordillos de las aceras estaban invisibles bajo la nieve, me quedé apoyado en el cierre de la carbonería del señor Pedro. Hacía mucho frío, y cuando lentamente bajaban los copos era igual que ser Miguel Strogoff. Pero no se podía ser Miguel Strogoff mucho tiempo, ya que se quedaba el cuerpo helado y, más que en las azarosas funciones de correo del zar, pensaba en la Concha y en Tano.

Durante la cena no me preguntaron si había estudiado la lección de francés, ni dijeron nada de que nos fuésemos a matar, ni nada de la mano de Dios, ni del disgusto que tendría mamá (que estaba en el otro lado). Sin que me lo mandasen, cuando se pusieron, como ramas inclinadas de árbol, alrededor de la radio, me fui yo solo a la cama. Me puse a pensar en lo triste que había estado junto al cierre metálico de la carbonería, hasta que me acordé del cuerpo de la Concha. La abuela vino a remeterme las mantas y yo estaba ya casi dormido.

Desde los descampados del final del paseo oímos el ruido de las pisadas. Había más banderas rojas en los parapetos y se movían pancartas sobre la muchedumbre que avanzaba por la calle. Empezamos a correr. Me gustaban «¡A las barricadas, a las barricadas!», porque me la sabía entera, y «Si me quieres escribir, ya sabes mi paradero», porque tenía muchas variantes. Fuimos por calles que ya no eran del barrio. Durante un rato pude poner las manos en uno de los palos de una pancarta; luego me quedé retrasado y ronco de gritar: «¡No pasarán!» y «¡No pasarán, no pasarán, y si pasan, morirán!», que era mejor, ya que ayudaba a desfilar por la nieve y el barro, haciéndonos ir a todos al mismo ritmo. Una vez o dos me acordé de la Concha, pero no la vi. Nevaba mucho, como con rabia, y el viento ponía en la cara inyecciones de frío. Nos habíamos desperdigado los de la banda y volví solo al barrio y con retraso, por lo que me castigaron a comer en la cocina.

Atenta a las llamadas de Luisa, al fogón, a su propio plato y al fregadero, Riánsares comía en pie. Yo les dejaba creer que era un castigo, pero se estaba mejor allí, frente a la ventana del patio, que daba al jardín del antiguo convento de monjas, con todas aquellas idas y venidas de Riánsares, viendo sus corvas al inclinarse sobre la pila. Además —siempre que se supiese hacer—, a Riánsares se le podían sacar noticias de la Concha.

—¿Era bonita la manifestación?

—Sí —le dije—, muy bonita.

—Tenía que ser muy bonita. Yo me asomé al balcón, pero nevaba sin parar.

—Se cantaba y se gritaba. Otras veces se iba en silencio, como si todos cantásemos por lo bajo. Muy bonita.

—Cómete todo el pan, que hoy queda más para la cena.

—También había banderas y carteles. Madrid será la tumba del fascismo, ¿sabes?

—Sí, me alegro de ello. Cómete todo el pan. ¿Había enfermeras?

—¿Enfermeras? Había muchas milicianas. Algunas llevaban fusil. Dicen que si los hombres se quedan sin cojones…

—No digas cojones, que luego se enfada tu hermana.

—¿Por qué no te sientas?

—Me gusta comer en pie.

—Pues decían que si a los hombres les castran los cojones, ellas se irán al frente. Enfermeras no he visto. Oye, Tano dice que la Concha sólo tiene quince años.

—Lo menos dieciocho o diecinueve. ¡Quince años…! Tengo yo diecisiete y es más vieja que yo.

—¿Más vieja que tú? —A Riánsares se le veían un poco los enrojecidos muslos, casi redondos—. Tano dice que no.

—Buenos estáis vosotros, con un hormiguero en cada mano. ¿Te has comido todo el pan? —Riánsares colocó los platos del postre en una bandeja, en cuanto oyó la campanilla de Luisa—. La Concha es vieja como una gallina. Y puta como ella sola.

La sangre, como si tocase los dos cuerpos al mismo tiempo, se me apretaba en las mejillas, cada vez que Riánsares decía de una mujer que era puta. Después de beberme la malta con leche condensada, me acerqué al fregadero en silencio y metí las manos por debajo de la falda de Riánsares. Se asustó tanto, que creí que se había enfadado de verdad. Así estuvimos, hasta que Luisa me vino a buscar para acostarme a la siesta.

A pesar de que fui a la tapia e incluso estuve sentado en el alféizar de la ventana del chaflán, en cuanto dieron las siete me subí a casa de Tano. Llevaba otro pijama y la venda también se la habían cambiado. Le conté lo del fascismo, lo de las milicianas, las pancartas y el «¡No pasarán!» y Tano, que nunca se acordaba de lo que uno le decía, quiso contarme *El corsario rojo*. Me dio dos galletas de su merienda.

—Hoy me han castigado a comer en la cocina. La Riánsares dice que la Concha es más vieja que ella. —Tano, con un gesto, me mandó cerrar la puerta de su dormitorio, antes de sacar los cigarrillos de anís—. ¿Tú qué crees?

—Puede —dijo Tano.

—Y que es puta.

A Tano le pegó la tos con la primera bocanada, y, mientras, yo temía que cambiase la conversación cuando hablara de nuevo.

—La Riánsares le tiene envidia —dijo, por fin.

—¿Por qué?

—Porque la Concha es una señorita y ella es una criada. Y, además, de pueblo.

—Pero a lo mejor —insistí— la Concha es una puta.

—Es una señorita, te digo.

—Cuando la sobamos nosotros, a veces se deja.

Sonrió, como si no le importase saber —igual que yo sabía— lo poco que la Concha se dejaba.

—Porque nosotros también somos unos señoritos.

—¿Nosotros?

—Sí, nosotros. Y déjame en paz con tus historias de criadas.

—Y, si somos unos señoritos —Tano abrió el libro—, ¿por qué llevamos tirador y decimos blasfemias y tocamos el culo a las mujeres? —Me ruborizó aquella mirada fija, que tenía que estar siempre repitiendo que él era el jefe—. ¿Por qué, eh? ¿Por qué?

—No chilles, que puede venir mamá. —Me dio el cigarrillo casi consumido, para que lo tirase a la calle—. Porque ahora es la guerra.

—¿Y qué?

—Que después de la guerra ya no le tocaremos el culo a las mujeres, ni diremos blasfemias. Y tendremos que ir al colegio.

—Yo sí las diré. Hasta que me muera.

—No, porque ganarán los nacionales.

—Los nacionales no ganarán. Esta mañana lo decían en la manifestación. —Hacer crujir el sillón me puso más rabioso aún—. En Madrid vamos a enterrar al fascismo.

—Bueno, bueno… Pregúntale a tu padre, o al mío, lo que oyen por la radio. Anda, pregúntalo. —Entonces fue cuando Tano me dio la segunda galleta—. Ha dicho tu abuelo que, si me porto bien, pasado mañana me podré levantar.

—No me importa lo que oigan ellos por su mierda de radio, que ni se oye. —El cigarrillo me quemó los dedos y me levanté a abrir el balcón—. Tú decías antes que los mayores son unos mentirosos. —Tano volvió la cara hacia la pared y se quejó de dolor de cabeza—. Bueno, pues si pasado mañana te levantas, podemos ir a esperarla.

—¿A quién?

—A la Concha.

Pero se puso a contarme *El corsario rojo* y *El corsario verde*, ya que siempre olvidaba lo que uno le decía. Yo estaba cansado y como triste y no le quise repetir que los había leído, ni que para mí lo del colegio no tenía importancia, puesto que yo daba ya clases con doña Berthe. Es decir, que le dejé hablar, hasta que se puso contento y casi me puso a mí también.

En la cama, mientras oía a mi hermana Luisa contestar a la abuela que sí, que seguía nevando, determiné hacerme el dormido si se venían allí a rezar el rosario. Me juré que al día siguiente, pasase lo que pasase, buscaría a la Concha. Por la mañana, me desperté calculando cuántas horas quedaban para las siete.

La nevada de aquella noche, más fuerte que la de los dos días anteriores, había cubierto el hielo embarrado de los parapetos y de las aceras. En la calle silenciosa, la luz hacía daño en los ojos; me obligaron a ponerme las katiuskas cuando decidí acompañar a Riánsares a la cola de la panadería.

Las mujeres hablaban mucho, se peleaban inopinadamente, gesticulaban; una de ellas dijo que la guerra iba bien, que les estábamos dando una paliza. Apoyado en un árbol, con la nieve hasta cerca de las rodillas, levanté la cabeza para saber cuál de ellas había dicho aquello; vi a la Concha, al final de la cola. Como siempre, moviéndole los gruesos labios, su risa ronca parecía, en los tonos más altos, la de un hombre. Me acerqué y me dio con la mano en el cogote.

—¿Sabes que a Tano le han escalabrado?

Se lo tuve que repetir, y aunque éramos de la misma estatura, inclinó la cabeza, al tiempo que apoyaba un brazo en mis hombros.

—Un día os vais a matar.

—Fue sin querer, de broma. Sólo estábamos los del barrio. Oye, ¿vas a bajar esta tarde a por la leche?

Riánsares vino hacia nosotros, guardando los cupones del racionamiento en la bolsa del pan. Me pusieron nervioso con tanta charla y me largué a la carbonería del señor Pedro, que se cubría la calva con una boina. Verdaderamente aquella mañana hacía más frío que nunca había hecho. Estuvimos hablando de la nieve, de Tano, del carro con ruedas a bolas de rodamiento que yo llevaba seis meses construyéndome, según el modelo del carro del señor Pedro. Al señor Pedro le llamó su mujer y yo estuve por la calle, sin saber bien qué hacer o a quién buscar. Vi a unos y a otros, pero todos nos encontrábamos desganados, al tiempo que impacientes por aprovechar la nieve en algo que no sabíamos. Regresé a la panadería, donde ya no estaba Concha. Por fin, me subí a ver a Tano.

Estaba tan simpático, que el tiempo se nos fue deprisa. Le dije que no, que hasta el domingo no me darían el dinero de la semana, y que no, que no tenía ni un solo cigarrillo de anís. Pero no se enfadó. Me dio él a mí, fumamos mucho, no me hizo bajar los libros de la estantería y proyectamos muchas cosas para el día siguiente. Total, que Luisa tuvo que bajar a buscarme porque era la hora de la comida. El abuelo nos comunicó que, a partir de aquella tarde, se rezaría el rosario después de la siesta, para poder oír la radio con tranquilidad a la noche. Recordé que había olvidado decirle a Tano que la guerra iba bien, que les estábamos arreando un hermoso palizón. Me desperté pronto, le di un beso a la abuela y me bajé a la calle. Estaba ya oscuro.

Sentado en el alféizar de la ventana del chaflán se me ocurrieron cosas complicadas, mientras aguardaba y aguardaba, sin saber la hora, dispuesto a largarme de cuando en cuando. Con Tano, aquellas esperas nunca se habían producido. Jugábamos juntos y, de pronto, la veíamos venir. Tampoco con Tano se la esperaba todos los días, ni había nieve, ni el frío dañaba como aquella tarde. Me di unas carreras por la negrura de la calle, para no helarme. Más tarde, me guarecí en el portalón del garaje del paseo, antes de volver a la ventana del convento. El paseo daba como miedo y fue entonces cuando se me ocurrió que Tano podía pensar que yo le había descalabrado. No recordaba nada, igual que si no hubiese intervenido en la batalla de las bolas de nieve, pero decidí que, inmediatamente después, le confesaría a Tano haber tocado a la Concha. Daba lástima imaginar que la nieve se derretiría y que acabarían aquellos días raros, con Tano en la cama, aquel miedo soportable y excitante de las tinieblas blancas, de la soledad, del frío.

No salté al suelo en el mismo instante en que percibí su abrigo verde y su gorro de lana.

—¿Qué haces aquí, con esta noche?

—¿Te llevo la cacharra?

—No. Anda, vamos a casa. Ten cuidado no resbales.

—Ten cuidado tú. —Por la frente, unos mechones de pelo rubio se le escapaban del gorro—. Estás muy guapa.

Se rió como para sí misma, mientras íbamos despacio, ella pegada a la tapia de ladrillos rojos y yo, con las manos desnudas en la boca, echándoles el aliento.

—Oye —dije sin pensarlo e imitando cierta entonación de Tano—, te estaba esperando.

—Ya lo sé —dijo Concha.

En el portal dejó la cacharra en el suelo y mis manos se lanzaron, desprendidas y veloces, a sus caderas y a sus pechos. Me rechazó de una manera inhabitual, con una brusquedad que tardé en comprender; es más, salíamos de nuevo a la oscuridad de la calle y parecía huir de mí. Junto a la tapia, se estuvo quieta aquel infinito tiempo, durante el cual se me helaban las manos y me temblaban. Cuando la besé por primera vez, se rió un poco. Me dejó que le tocase por debajo de la ropa, en silencio, sin empujarme. Hasta que descubrí que ella también me tocaba, y entonces recordé las cosas que sabía —gracias a embrolladas conversaciones con Tano y con los chicos del barrio— de los hombres y las mujeres.

—Ya está bien —dijo, de repente.

—¿Te has enfadado?

—No hables cuando me tocas, ¿quieres?

—No he —retiré las manos— hablado nada.

—Es muy tarde. Adiós.

—Salud.

Se volvió a mitad del portal y yo corrí hacia ella.

—No digas nada, ¿eh? Los hombres muy hombres no dicen nada. Ni a tu hermana Luisa, ni a Tano, ni a…

—¿Quieres que vaya con Luisa, cuando baja a tu casa?

—No.

—¿Somos novios?

—Es muy tarde. Hasta mañana.

Al día siguiente Tano tampoco se levantó. Concha y yo estuvimos muy poco tiempo juntos. Cené también en la cocina, porque estaba continuamente castigado. Hasta Riánsares me regañó, al regresar de servir el postre.

—Tu abuelo y tu padre están muy enfadados, porque te escapas a la calle a todas horas. Te vas a hacer un golfo. ¿Eres un golfo ya?

—Toma. —Le di la mitad de la naranja que acababa de pelar—. No, no soy un golfo. Estudio las lecciones y hago los deberes. Después de las vacaciones tendré hechos todos los deberes. Dime una cosa, Riánsares, ¿a las chicas no se les puede hablar mientras se las magrea?

—¿Lo ves como eres un golfo? A las chicas —se puso a fregar los platos— lo mejor que puedes hacer es no tocarlas.

—¿Por qué? Es bueno y a ellas les gusta.

—Si se enteran tu padre y el abuelo…

—Vamos a ganar la guerra, Riánsares.

—No sé, no sé… Unos dicen una cosa y otros otra. Pobrecillos, madre, los que esta noche tengan que estar en una trinchera. Anda, vete al brasero.

—Aún no he terminado de cenar. ¿Se les puede hablar o no?

—¿Y a mí qué me dices?

—Yo creo que se les puede hablar, pero poco. De repente y un poco sólo, ¿no?

—A mí no me vayas a tocar.

—No te iba a tocar, Riánsares.

—Bueno, por si acaso…

Me puse a pensar en mis asuntos, casi dormido sobre la mesa de la cocina, frente a la ventana del patio. La luz del cuarto de Concha estaba encendida y también había luces en el piso de Tano. Hice examen de conciencia —como decía el abuelo— mientras me despedía de ellos, que escuchaban apiñados la radio, besaba a la abuela, que hacía punto, mientras recorría el pasillo, mientras me desnudaba y miraba hacia la calle emblanquecida. El próximo día no pasaría sin contárselo a Tano.

Tano bajó cuando ya habían limpiado de nieve delante de los portales. Le dejamos sitio en el bordillo de la acera. Explicó que se encontraba mejor de la herida en la cabeza, que se figuraba quién había sido y que le iba a partir la boca.

—¿Quién ha sido? —pregunté.

—Le voy a partir la boca, y después le voy a restregar los morros en el estercolero del Campillo.

Me hablaba como a otro cualquiera de la banda, como si yo no fuera su amigo especial.

—Pero ¿sabes seguro quién fue? A lo mejor te cuelas.

Escupió entre sus pies separados, antes de tocarse la venda y ordenar:

—Esta tarde nos vamos al Campillo a patinar.

A nadie se le había ocurrido aquella maravilla de colocar una tabla en las pendientes y dejarse ir sobre la nieve endurecida y sucia. Estuvimos hasta el anochecer subiendo y bajando declives, riendo, como si todo fuese igual. Tano y yo volvíamos en silencio a casa cuando decidí hablarle de la Concha. Pero, por una de esas cosas misteriosas, me habló él primero.

—Un día de éstos hay que esperar a la Concha.

—Sí —dije.

—Ahora anochece pronto y la cogemos en la calle. Luego, la metemos en el ascensor y nos la subimos al último rellano de la escalera, donde la puerta…

—Sí, donde la puerta de la azotea.

Lo habíamos planeado tantas veces, que no pude saber que sería la última que lo proyectaríamos. Resultó una buena tarde y una buena noche, los dos juntos, hablando de muchas cosas, como amigos especiales.

Aunque me dolía un poco y, sobre todo, me inquietaban las posibles reacciones de ella, le busqué para que esperásemos a la Concha. Pero no quiso oírme; hizo como si no me oyese y, encima, me obligó a subir a mi casa, a que Luisa nos enseñase unas canciones. Era la tarde del domingo y en la calle bufaba un viento que tumbaba las ramas de los árboles y desmochaba de hielo los parapetos.

Luisa nos hizo sentar alrededor de la mesa camilla y, al rato, vinieron también Rosita, que sólo tenía ocho años, y su hermano Joaquín, de quien todo el mundo en el barrio sabía lo marica que salió en las únicas dos o tres dreas en las que estuvo. A Tano le brillaban los ojos cada vez que lograba ir a coro con Luisa en lo de «Prietas las filas, recias, marciales…».

—Ahora —dijo Luisa— os voy a enseñar otra, maravillosa. Pero no levantéis mucho la voz. —Carraspeó y comenzó a cantar a roncos gritos, como si desfilase en manifestación—. *Giovinezza, giovinezza, primavera di bellezza…*

—Es preciosa —interrumpió Joaquín.

—¿Qué significa?

—Está en italiano —explicó Luisa— porque es el himno de los balillas, que son como los nacionales, pero italianos. De Italia, ¿sabéis?

—Llevan camisas negras —dijo Tano.

—Eso —dijo Luisa.

Tano me cogió en el vestíbulo.

—¿Adónde vas?

—A la calle. —Salí a la escalera—. No me da la gana cantar esas cosas.

—Ya iremos a la calle. Vente para dentro.

—¡No! Además, tampoco aguanto a ese maricón, ni a la cría, ni a mi hermana, que bastante me fríe la sangre todo el santo día. Me voy a esperar a la Concha. ¿No querías que nos subiésemos a la Concha a la puerta de la terraza?

—Vuelve o no te doy más cigarrillos de anís. —Se apoyó en la baranda cuando bajé los dos primeros escalones—. Si no vuelves te echo de la banda.

—Di, ¿no querías, no querías tú? ¡Coño!

El viento no le dejaba a uno ni llorar.

A la hora de la cena se sabían entero lo de los hijos de puta de la camisa negra y, a mayor incordio, se habían chivado de que pasé toda la tarde en la calle. Riánsares estaba también enfadada, y cuando le toqué los muslos con el objeto de que regañásemos y nos pusiésemos contentos, se quedó inmóvil, como ida, y fui yo el que me tuve que largar, a buscar a la abuela, la única persona normal aquella temporada.

No me expulsó de la banda, entre otras razones, porque cada día venía menos con nosotros. Se iba con Joaquín y tipos así, como si los tíos de la calle le aburriésemos o tuviese muchos asuntos que resolver en otro sitio. Claro que seguía siendo el jefe, aunque con frecuencia íbamos a pelear contra otras bandas sin que él estuviese. Pero seguía siendo el jefe. Alguien le contaba siempre lo que habíamos hecho, para que dijese si estaba bien o mal; se le ocurrían buenas ideas de cuando en cuando, y su carro era el mejor de todos los carros con ruedas a bolas de aquel barrio.

Con la Concha no se podía saber nada de antemano. Ni si la cogería en la calle, en la escalera, en el dormitorio de Luisa, ni mucho menos si se dejaría tocar a mansalva o poco, si ella me tocaría o no consentiría, haciéndose la extraña.

Pasadas las fiestas de Navidad le pedí a Tano las novelas de Julio Verne, que me había comprado el abuelo. Dijo que sí, que las había leído y que me las iba a devolver enseguida. Más tarde descubrí que no había leído ni *Los hijos del capitán Grant*, que era de las menos aburridas. Tardó una semana en devolvérmelas, y eso después que se las tuve que pedir otra vez y que se enfadó. Puede que hiciese mal en decírselo delante de la banda, una noche que tratábamos de conseguir una hoguera en un solar. Yo estaba nervioso y pensé que se le habría olvidado. Y luego, para acabar de arreglarlo, sucedió lo de Riánsares y el fascista aquel.

Pero mi más apasionada ocupación consistía en el constante acecho de la Concha. Era feliz, aunque, a veces, pensase cosas, como cuando se me ocurrió pensar si Tano sabría que yo era feliz o si me supondría desgraciado. Yo creo que sí sabía que yo era feliz. O quizá lo ignorase, igual que yo ignoraba entonces que un día las calles —sin nieve— se llenarían de gente y habría curas por las calles, que en la gloriosa mañana de la Victoria —así la llamaron— vería a Tano y a la Concha cantando, desde un camión, aquellos asquerosos himnos de la *giovinezza* —o como fuese—, que nunca sospeché que ella supiera.

Riánsares y el fascista

Un ruido
de cuevas sordas y hojarasca y viento
y cada vez más frío.

CARLOS BARRAL

—Dicen —dijo Riánsares— que en una de las cuevas del Campillo hay un fascista escondido.

Mi padre, que tardó mucho en acercar el vaso a los labios, había preguntado a Riánsares que qué se decía por el barrio.

—¡Estate quieto en tu sitio! —me gritó el abuelo—. Y, desde hoy, se va a acabar eso de que te pases todo el santo día en la calle. Como los golfos.

—Iba a...

—¿Quieres —dijo Luisa, con aquella súbita mala leche que siempre me sorprendería— que te lleve a la cama sin que tomes postre?

Al tiempo que Riánsares colocaba el frutero en el centro de la mesa, acerqué de nuevo la silla. Las más impresionadas resultaron la propia Riánsares —a medida que lo contaba, con las manos cruzadas sobre el vientre— y la abuela. El abuelo, mi padre y Luisa, más que otra cosa, se asustaron.

—¿Y han ido ya los milicianos a detenerlo?

—No lo sé, señorita. Hace un rato, haber no había.

—Pobre hombre —suspiró la abuela.

Ellos tres se pusieron a hablar muy deprisa, como si así beneficiaran a aquella maravilla suya de fascista, por lo que la abuela, Riánsares y yo no pudimos añadir nada.

Desde la ventana de la cocina, más allá del jardín del antiguo convento de monjas, se notaba en el Campillo una concurrencia anormal, entre la que no pude distinguir a ninguno de la banda.

Me quedé dormido, a la espera de que Tano subiese a buscarme y me librase de la siesta. Cuando yo bajé a su casa, sin invitarme siquiera a pasar al recibimiento, su madre me comunicó que Tano aquella tarde estaba castigado.

—¿Castigado ha dicho usted, doña Laura?

—He dicho castigado.

Como era la primera vez que oía una cosa semejante, permanecí indeciso, aunque ella, seguramente por lo de la educación, no se atrevía a cerrar la puerta.

—¿Ha hecho algo malo?

—No, no —dijo precipitadamente—. Que no sale.

Un día corriente no hubiese insistido.

—Verá, doña Laura, es que en una de las cuevas del…

—Hoy ha dicho su padre que no; y no. Mañana os veréis.

—Mañana tengo que salir con el abuelo.

Ya desde el chaflán del antiguo convento se percibía en los desmontes del Campillo, cerca de los cuatro guardias de asalto, a los de la banda, sentados tan ricamente frente a la entrada de una de las cuevas. Los milicianos —a los que no vi por ninguna parte— habían apoyado los fusiles en la pared de tierra.

—¿Y Tano? —preguntó Germán el Tifus.

—Tano no puede venir esta tarde.

—¿Por qué? ¿Está enfermo?

—Eso. ¿No le han encontrado aún?

—¿A quién? —dijo Manolito el Bizco.

—No.

—Pero seguro que está ahí —me explicó Paco—. Las otras cuevas ya las han registrado.

—Ésa no tiene final —dijo Morrotorcido.

—Tano —intervino Manolito el Bizco— sabe que termina en las alcantarillas. Él la ha recorrido entera. No es verdad que atraviesa el paseo y va a dar al campo. Va a las alcantarillas. —Manolito el Bizco giró la cabeza de uno a otro miembro de la banda—. Lo dice Tano.

—Cállate, Bizco —murmuró Paco.

Generalmente, Manolito el Bizco pasaba por el más pequeño de la banda, a causa de lo deficiente que era. Ni aun en los momentos —frecuentes, por otra parte— en los que la impertinente estupidez de Manolito el Bizco más nerviosos nos ponía, nadie se atrevía con él. Al Bizco era obligación tratarle con buenas maneras, ya que le habían matado al padre en el frente de la Sierra y, encima, su madre trabajaba de cobradora en los tranvías.

—El Tano es el único hombre vivo que ha recorrido entera esa cueva.

Excepto Tano, que se reía mucho de las patochadas de Manolito el Bizco, todos deseábamos el final de la guerra para que el padre del Bizco resultara menos héroe.

—Y llega a las alcantarillas.

Se palpaba que estaba en uno de sus ataques de cerrilismo.

—Ha dicho el Paco —dijo Eugenio— que te calles la boca.

—Acordaos que este invierno nos volvimos, porque daba miedo.

Que recordase aquello del miedo, obligaba a partirle la cara o a concentrarse en el recuerdo del padre —difunto— del Bizco. En la madre del Bizco. En las prietas nalgas, que se le movían a su madre bajo el mono. Y, sobre todo que, si por discreción nunca se comentó, nadie ignoraba que Tano jamás había alcanzado el final de la cueva.

—Bueno —dije—, como Tano no está, ¿quién hace de jefe?

Por votación se designó a Paco. Todos le contestamos que sí, que teníamos los tiradores. Luego, que no, que no nos rajaríamos. Volvió a preguntar lo de los tiradores, para lucir el mando. Por fin, después de escudriñar un rato el cielo, donde aquella tarde habían aparecido unas aisladas y redondas nubes, decidió:

—Por ahora, no se puede hacer nada.

En el prieto silencio de nuestras mandíbulas apretadas —como decían en una de Salgari o en una de *Bill Barnes*— quedaba claro que, necesariamente, algo había que hacer. Los guardias de asalto nos impedirían acercarnos; los milicianos no sabrían siquiera qué cuevas se comunicaban entre sí; nosotros, excepto la más larga, conocíamos todas; luego sólo la banda podía cazar al fascista. Paco acabó por pedir consejo.

—Tenemos los tiradores —dijo Manolito el Bizco.

—Y las navajas —dije— y el depósito de balas sin explotar y la bomba de mano. Pero seguimos sin…

—La bomba la tiene el Tano.

—… fusiles. ¿Os dais cuenta de la falta que hacen los fusiles? Estar en la guerra y no tener fusiles es como si nada. ¿Os dais cuenta?

Por el aire frágil de la tarde correteaban las voces de las niñas. Abajo del montículo donde nos sentábamos, la señora Rufina, la pipera, acababa de instalar su cesta.

—¿Que si os dais cuenta dice éste? —preguntó Paco a los demás.

—Bueno, ¿y qué? Nos ha jodido mayo con sus flores.

—Que si tuviésemos fusiles…

—No hay nada que hacer —dijo Paco—. A lo mejor le han enganchado ya.

—Ésos no cogen ni a un gato —dijo Morrotorcido.

—Han registrado todas las cuevas. Fíjate que ellos están tranquilos. A lo mejor, sí. Les queda sólo ésa.

—Nadie le ha visto el final a esa cueva.

—El Tano —dijo Manolito el Bizco.

—Nosotros a esperar —continuó Paco—. Si dispara y los mata a todos, vamos nosotros y le matamos.

—¿Con qué? —dijo Germán el Tifus.

—Con la bomba de mano.

—La bomba de mano la tiene el Tano —dijo Manolito el Bizco.

—¿Y por qué no está aquí? —La mirada de Paco se detuvo en mis ojos—. Lo que a mí me pinta, vamos, digo, es que en casos de esta gravedad el Tano no puede faltar.

—Ahora viene menos con nosotros.

—Si dispara… —empecé a explicarles.

—¿Quién?

—El fascista. Si dispara, nos tumbamos contra la tierra.

—Anda éste…

Las niñas, en continuo deambuleo, descubrían en la inagotable geografía del Campillo, los desniveles, los taludes, las tejas rotas, los montones de latas enmohecidas, el estercolero, la honda fosa rectangular paralela al paseo, los restos de vallas de madera. Eugenio, Germán el Tifus, Manolito el Bizco y Morrotorcido terminaron por irse con ellas. Paco y yo nos fumamos a medias un cigarrillo de anís.

Conforme la tarde se hacía más tranquila y más pequeña en la luz decreciente del horizonte —por donde el cementerio— o en la blanquísima que reflejaban las nubes, las cosas seguían igual. Con los párpados entornados y las manos debajo de los sobacos, Paco parecía meditar. Germán el Tifus se acercó a pedir permiso para ir a su casa.

—¿A qué?

—A merendar.

Paco sonrió, solicitando conmiseración para aquel soplagaitas de Germán el Tifus.

—Qué chorradas tiene que oír uno…

—Bueno, ¿que si me voy o qué?

—¡Anda!, lárgate, soplapollas, y vuelve dentro de un minuto.

La señora Rufina estaba rodeada, pero nadie compraba. Debía de hallarse solitaria nuestra calle. Como en las noches de invierno o durante las siestas de agosto. Me hubiera gustado darme una vuelta, por si encontraba a la Concha o para subir a casa de Tano.

Imaginaría eso o que el fascista moriría de hambre, cuando llegaron corriendo, ahogados. Las niñas estaban quietas, algunas con la cabeza baja, disimulando.

—Están ahí —pudo articular Morrotorcido.

—A sentarse todo el mundo —ordenó Paco.

Manolito el Bizco colocó una piedra en la zapata de su tirador, entre las tensas gomas. Al fin, les vi. Precedidos por Leoncio, cruzaban la calle, directos hacia nosotros.

—Y Tano, en su casa —dijo Eugenio.

Los demás sacamos también los tiradores. Leoncio, medio doblado, acabó de coronar la pendiente y esperó a los otros. Cerca de las cuevas cambiaron de dirección, hasta detenerse unos diez metros más allá. Sin que sonase una palabra, todos miramos a los guardias. Leoncio dio un paso y gritó, incluso demasiado:

—¡¿Han cogido al fascista?!

Paco, después de ponerse en pie lentamente, recorrió medio camino hacia Leoncio.

—No. Estamos esperando.

—No venimos de drea —dijo Leoncio.

Las niñas se acercaron y, paulatinamente, nos mezclamos los dos grupos. Hacía violento saludar a aquellos chicos, con los que llevábamos apedreándonos desde el principio de la guerra, y no saber sus nombres. La última, dos semanas antes, una noche que llegaron hasta allí mismo, a levantar parejas de lo oscuro. Les habíamos echado pronto, con una decisión rabiosa, mientras los hombres y las mujeres huían también bajo las parábolas de nuestras piedras.

—¿No está Tano? —preguntó Leoncio.

—Se ha puesto enfermo esta tarde —se precipitó a informar Manolito el Bizco.

En el barrio de ellos había menos calles y muchas sin pavimentar; los desmontes tenían hierba en la primavera y se decía que iban a plantar árboles. Las casas eran bajas, más de pobres, muy distintas a las nuestras. En sus dominios estaban las ruinas de la iglesia incendiada.

Paco nos consultó, antes de hablar, con una mirada atravesada.

—El Campillo es nuestro.

—Sí —reconoció Leoncio—. Hemos venido a ayudar.

—Se agradece —dijo Paco.

Nos quedamos callados un largo rato, hartos de los guardias, de los fusiles, de la presencia de las niñas, de nosotros mismos, avergonzados de aquella buena educación que, de repente, le había salido a Paco.

—Haría falta Tano —dijo Leoncio.

—Yo hago de jefe.

Como no se podía esperar nada —o no sabíamos qué esperar— nos sentamos en el suelo y, con pocas palabras y algún gesto, alejamos a las niñas de nuestros alrededores. Leoncio nos dio a Paco, a Eugenio y a mí un cigarrillo de anís; uno a cada uno, sacados solemnemente de su petaca de cuero, igual a la de un hombre.

—Dejad un par de chupadas a las tobas.

Ni les contestamos. A media ladera, cantaban las niñas; luego bajaron el terraplén y se pusieron a saltar a la comba en la acera de enfrente. Al Tifus, cuando regresó mascando aún, la presencia de la banda de Leoncio le puso redondos los ojos.

—Deja de hacer muecas.

—Yo… ¿Le han encontrado?

Las cretinas no dejaban pensar, con su monserga aquella de los duples, desgañifadas de atronar el sosiego de la tarde con lo de «al cochecito, leré…» y demás lindezas del repertorio.

—Vosotros conocéis las cuevas.

—Sí —dije.

—¿Y qué?

Avancé hacia Leoncio, arrastrando la culera del pantalón por la tierra, de la forma exacta que tanto odiaba mi hermana que me moviese.

—Ninguna de las cuevas tiene salida. Sólo a ésa —la señalé— nadie le ha visto el final. Y se comunica con las otras.

—O se comunicaba. Si llueve, se derrumban y se tapan.

La verdad es que ninguno de los nuestros lo había pensado.

—Hace tiempo que no ha llovido.

—Pero como llueva esta noche —la sonrisa de Leoncio, lenta y medida, conseguía ser maligna—, el fascista se queda enterrado vivo.

—Aguarda —dije—. Aquí estamos para cazarle, si no lo encuentran ésos; no para que se nos quede debajo de una tonelada de tierra, sin que le veamos nunca, como si nunca hubiera existido.

Dejó de trazar rayas en la tierra, tiró el palo astillado y levantó los ojos hasta encontrar los míos; la sonrisa de Leoncio se hizo más natural.

—De acuerdo. Os ayudaremos. Tenemos los tiradores, balas, navajas, un lazo y los planos para construir bombas con latas vacías.

—Nosotros tenemos una bomba de mano.

—¡¿Una…?! ¿Es verdad?

Ya que resultaba irremediable la criminal inconsciencia de Manolito el Bizco, asentí despreocupadamente, por si así le quitaba importancia a la cosa. Pero a la cosa no había quien le camuflase su extraordinaria gravedad. Total, que entre unos y otros tuvimos que contarles cómo habíamos conseguido la bomba el año pasado.

—Hay que avisar al Tano —dijo Leoncio—. ¿Qué carajo hacemos, pudiendo disponer de una bomba de piña sólo con que la traiga el Tano? Por muy enfermo que esté.

—Está muy enfermo —dijo Eugenio, realmente compungido—. Pero se puede designar un emisario.

—Ya iré yo de emisario.

—¿Cuándo?

—Ya iré —repetí.

—Irá cuando yo mande —dijo Paco.

—O se hunde la cueva o se las pira, o le cogen los milicianos.

—Ésos no cogen ni una rata —dijo Morrotorcido—. Y mira que hay ratas en las cuevas. Para llenar un camión.

—¿Quién te lo ha dicho?

—Te pones y, a paladas, llenas un camión de ratas.

—Se echarían a correr.

—Muertas, boboelculo, muertas.

—¿Muertas?

—Claro que muertas.

—Y ¿qué te crees…? Las ratas de las cuevas están más vivas que…

—¡A callarse!

El grito de Leoncio creó el silencio. Morrotorcido, Manolito el Bizco y un chico de la otra banda —que debía de ser el Tuerto, porque tenía un ojo con nube— se habían puesto a jugar al peón, sin dejar de prestar atención, eso sí, a lo que se trataba; por lo cual a nadie le extrañó que, pasados los primeros instantes después del grito de Leoncio, interrumpiesen para comentar. Pero casi nadie oyó al Bizco.

—¿Qué ha dicho ése? —pregunté.

—Tonterías —dijo Morrotorcido.

—Aquí todo el mundo tiene derecho a dar su opinión. —Leoncio miró a Manolito el Bizco con una especie de afecto que asustó al otro.

—Aquí lo que no se puede hacer es perder el tiempo hablando de ratas, habiendo como hay un fascista escondido en las cuevas.

—Eso —dijo el Bizco, con un poco más de voz.

—Eso ¿qué?

—Que eso he dicho yo. Que, a lo mejor, ni hay fascista ni nada, porque ni Cristo sabe quién ha lanzado la noticia.

Algunos se pusieron en pie, de tanta sorpresa que les dio la ocurrencia de Manolito el Bizco.

—¡Anda la órdiga, con lo que nos sale ahora éste…!

Pero Leoncio no continuó, ya que el guardia corría, lleno de reflejos el cuero de las polainas. Sus compañeros, colocados en la entrada de la cueva, no dejaban ver lo que pasaba. En la desbandada general llegaron primero los más pequeños, las niñas y la señora Rufina, por lo que resultó necesario dar algún capón que nos abriese paso hasta la primera fila. Allí, los guardias nos amenazaron, retrocedimos un poco y, más en silencio, con mayor circunspección, retornamos, hasta poder tocar —si nos hubiésemos atrevido— los monos o los fusiles de los milicianos.

—Me gustaría saber quién se ha inventado el bulo.

—Huele a muerto. —Se colgó el fusil del hombro derecho, dejando el pulgar bajo la correa—. Está húmedo, lleno de ratas y hay menos fascistas que en Guadalajara.

Los guardias se rieron…

—Bueno, nosotros damos parte. ¡Fuera, chicos! Vamos ahora, redactamos el parte y vosotros os acercáis, cuando os venga bien, a ratificar el hecho.

—Y, digo yo, ¿no hay tiempo para beberse unos vinos, que nos quiten el reúma que hemos cogido dentro?

Se guardaron las linternas. Enfundaron las pistolas. Se ajustaron los correajes. Detrás de ellos se fueron los más pequeños, las niñas, la señora Rufina y Manolito el Bizco.

Parecía imposible, pero así era. El irregular arco de medio punto, las paredes con antiguas huellas de picos, la tierra lisa, el declive, que luego ascendía, doblaba, volvía a bajar, se bifurcaba en las tinieblas, estaban libres para nosotros.

Media hora más y sería de noche. La media hora se nos fue en pensar lo de las antorchas, en penetrar unos metros en la cueva, en calmarnos aquella excitación unánime.

—Mira —me puso el brazo por los hombros, para separarnos

de los demás—, lo mejor es que te largues a casa del Tano ahora mismo. Nosotros nos quedamos y vamos preparando lo que pueda hacerse.

Una opresión asfixiante me entorpecía en el pecho las palabras, que, muy claras, se me aglutinaban en la cabeza.

—¡Por la noche…! Leoncio, por la noche se puede escapar.

—Tú no te preocupes. Ya se pensará algo. Tú trae la bomba, por si acaso; sin que nadie se entere. Si puedes, ayudas al Tano a escaparse.

—No os mováis de aquí.

—No nos movemos.

Ahora sí, era casi de noche. Estreché su mano, rugosa, con callos. A toda carrera bajé hacia los faroles, que no se encenderían hasta que la guerra no acabase. Ya en la calle dejé de correr, aunque continué muy deprisa, todo lo rápido que las piernas me permitían. Al entrar en el portal, tropezamos.

Mientras se reía como una loca, retrocedió a la pared. Yo no podía hablar y me puse a respirar hondo, regularmente, al estilo de los nadadores o de los pilotos militares. Estaba guapa, con aquella saliva finísima en los labios, los pechos manifiestos bajo el jersey, los brazos tan redondos, tan lustrosos… Suspiré hasta las tripas.

—Concha…

—¿Qué te pasa? Sudoroso, lleno de tierra —me pasó una mano por la nuca—, despeinado… ¿Dónde te metes, que no te he visto desde la semana pasada?

—Por ahí.

—¿Y ahora?

—Voy a casa de Tano. Es urgente.

—¿Me acompañas a la lechería?

—Hoy no puedo.

No sólo en el tono de la voz, sino también por la expresión, se me tenía que notar la duda.

—Bueno… ¿Qué se le va a hacer?

Se acercó ella. La cogí por el cuello y puse mi boca en sus labios, aunque demasiado poco, porque giró la cabeza. Luego seguí corriendo, mientras Concha se quedaba viéndome —o, al menos, suponía yo que se quedaba contemplando mi carrera en dirección del ascensor—, y, con un vigor alegre, dispuesto a todo —sin saber a qué—, empecé a subir los escalones de dos en dos.

Detrás de la criada, que había abierto la puerta, doña Laura cruzó el recibimiento, con la cafetera de plata en una mano, sonriéndome. Lo de la sonrisa me desconcertó tanto, que se me olvidó la boca de Concha.

—Verá usted, doña Laura…

Ni me oyó, ya por el pasillo sin parar de decir que Tano estaba en el despacho y, luego, que ya iba, que no se pusieran impacientes mi padre y el padre de Tano.

—En el despacho, te ha dicho la señora.

Salí de estampida, después de haberle pellizcado una nalga a la criada. Tano me miró desde la alfombra, donde construía uno de los modelos del mecano.

—Ten cuidado con las tuercas. Siempre se están perdiendo, no sé qué pasa. ¿Quieres ayudarme?

Me senté con las piernas cruzadas a lo moro, más que nada por tener su cara al mismo nivel, sin que me pusiese nervioso verle con la cabeza levantada hacia mí. Amontoné las tuercas desperdigadas.

—Sucede una cosa muy grave.

—¿Qué?

—En una de las cuevas del Campillo hay un fascista escondido.

—Ya lo sabía.

—¿Quién te lo ha dicho?

—Luisa.

—¿Mi hermana?

—Sí, tu hermana.

—¿Ha estado aquí Luisa?

—No. He subido yo a buscarte hace un rato. Y nos lo ha dicho a Concha y a mí.

—¿La Concha estaba en mi casa?

—Sí, estaba. Y deja de hacer preguntas. Ayúdame.

Por puro desconcierto, durante unos minutos le estuve pasando piezas.

—Tano, hay un fascista escondido. ¿No lo entiendes?

—Lo entiendo.

—Entonces… Leoncio ha venido con su banda.

Sólo después de habérselo contado todo dejó el mecano y creí que me haría caso.

—Déjales a ellos que le cojan. —Se rió, con sorna—. A ver si pueden.

—Sí, pueden. Tenemos de todo, conocemos las cuevas, los milicianos se han ido y le vamos a enganchar antes de que vuelvan. Nos hace falta tu bomba de mano.

—Yo soy el jefe y no saco la bomba, si no es necesario. Vas y se lo dices así.

—Pero es necesario. No se puede cazar a un fascista con los tiradores y las navajas. Tendremos que tirar la bomba de mano, para hacerle pedazos.

—Y si le haces pedazos, ¿cómo le vas a coger? —Me miró, callado, un instante—. No seas infantil. La bomba hay que reservarla para un asunto importante y decisivo. Es probable que sea mentira lo del fascista ese. Y si no es mentira, se habrá escapado ya.

A veces resultaba insoportable no tirarse sobre él y golpearle, golpearle mucho y mucho tiempo; se veía claro, como a la luz de un relámpago, que no actuaba así porque supiese más que nosotros, sino por mala intención, por una grandísima mala intención, que no se podía averiguar de dónde le venía. También aguantarse las lágrimas —de rabia— resultaba muy difícil. Me levanté.

—No se ha podido escapar.

—La cueva larga tiene salida a las alcantarillas.

—A ninguna de las cuevas se la ha visto acabar en las alcantarillas.

—Vosotros no, pero yo sí. Este verano la recorrí entera y llegué hasta las alcantarillas. Por Ventas.

Si le daba un puntapié a las tuercas, nos liaríamos a golpes y me echaría de su casa y tardaríamos más de una semana en hacer las paces, y las cosas seguirían tan mal como estaban. Pero era imposible aguantarse. Desde la puerta del despacho, descontrolada la voz por una súbita ronquera, le grité:

—¡Es mentira, mentira! Nunca has llegado al final. Te quedaste escondido y luego saliste diciendo mentiras.

Le sentí correr detrás de mí. Ni siquiera cerré la puerta de la calle. Su voz me detuvo en la escalera.

—Oye, tú. Dile a Paco que siga haciendo de jefe hasta mañana. —No parecía enfadado—. Y es verdad lo de la cueva.

Regresé muy despacio, para calmarme y también por si encontraba de nuevo a la Concha. No se veían nubes en el cielo oscuro.

El Campillo, bajo las tinieblas, olía fuerte. Me chistaron, antes de que yo les percibiese. Se habían apartado de la entrada de la cueva, no fuera el fascista a salir de repente; junto a la pared de tierra, les conté que Tano continuaba enfermo, constantemente acompañado de su madre, de la criada y de mi hermana —estuve a punto de añadir a la Concha en la relación—, lo que había imposibilitado la entrega de la bomba.

—Ha dicho que hagas de jefe tú hasta mañana. ¿Habéis solucionado lo de las antorchas?

Ni Leoncio, ni Paco, ni Eugenio, los únicos que no se habían ido a sus casas, contestaron. Hacía fresco allí, en pie, sin otra posibilidad que aguardar la salida del fascista. De cuando en cuando pensaba en la hora, que en casa estarían impacientes, que me castigarían; lo pensaba todo, como un sobresalto en medio del recuerdo de Concha o de Tano.

—Se morirá de frío —dijo Eugenio.

No había manera de olvidar la tranquilidad de Tano, que le hacía a uno dudar, ni la impasibilidad de Concha sabiendo que un fascista se escondía en las cuevas. Puede que le hubiese disgustado mi negativa a acompañarla; las chicas disimulan muy bien. Eugenio era el más inquieto. Pero se estaba durmiendo cuando Leoncio propuso lo de los mayores.

—Nosotros no tenemos mayores en el barrio.

—Pues si yo se lo digo a mi hermano, coge a sus amigos y se vienen aquí a hacer guardia. —La casa de Leoncio quedaba lejos—. Ellos se pueden pasar la noche fuera.

Al fin y al cabo, los mayores no eran de ninguna banda, pertenecían a la misma especie que los milicianos; gente vieja, en resumidas cuentas. Sin embargo, siendo cuatro y no habiendo dado aún las diez, se podría resistir —hacer la guardia, según Leoncio— un rato más. Merecía la pena. Yo me lanzaría a sus piernas, como un jugador de rugby lo sujetaríamos entre todos y, con los cinturones, le ataríamos los tobillos y las muñecas. La gente saldría a las ventanas y a los balcones y a los portales, a pesar de la hora, en cuanto se corriese la noticia de que la banda —y Leoncio— le habíamos hecho prisionero. Nos verían pasar hacia el cuartelillo de Torrijos —o hacia la comisaría de la plaza de Salamanca— con el fascista atado a conciencia, llorando y gimiendo. La abuela un día había dicho que no todos eran gordos, que existían muchas clases de fascistas. Para la abuela las cosas resultaban fáciles, porque era listísima y sabía comprender a las personas. Aunque no le gustaban nada las bombas de mano, era buena. Distinta al abuelo, a mi padre y a Luisa, empeñados en que ganasen la guerra los nacionales, como para quitarle razón a ella —que no se metía con nadie, todo lo contrario— y restregarle por las narices las imágenes, los curas y las misas. Si fueran las diez, la abuela comprendería y no les dejaría castigarme. «Sobre todo, abuela, ¿quién va a coger al fascista, si no somos los de la banda? Y Leoncio.» También se asomaría la Concha, puede que incluso con su bata guateada, que se le abría sobre la enagua corta y los muslos tensos.

Los pasos se oyeron perfectamente; un crujido de la arena y enseguida, las suelas arrastradas por la tierra, además de aquel desgarramiento del aire. Los otros seguían igual. Me agaché, pero no se veía nada.

—¿No oís?

Leoncio fue el primero en darse cuenta. Las sombras avanzaban a buen paso, muy cerca de la entrada. Salimos corriendo. Por milagro no nos caímos ninguno, pues lo natural hubiera sido tropezar en las piedras o tomar una claridad por un desnivel.

—¡Deja, que son unos chicos!

En la tapia del antiguo convento, mientras comprendía que nos habían apuntado con los fusiles, nos reagrupamos. El susto nos impidió comprender al instante que los guardias —o los milicianos— continuaban la búsqueda del fascista. Eugenio dijo que ellos, bien pensado, tenían no sólo balas, sino también mosquetones y linternas. Leoncio se despidió hasta la mañana siguiente. Paco, Eugenio y yo regresamos a nuestra calle, cada vez más tranquilos. Había mujeres sentadas en sillas frente a las tiendas y los portales. Manolito el Bizco nos comunicó que no eran más de las nueve y cuarto, pero a nadie le apeteció jugar a dola. Manolito el Bizco había cenado ya.

—Hasta mañana —dijo Paco.

—Es que mi madre se tiene que levantar a las cinco, porque le toca el primer turno.

—¿Ha venido tu tío Ramón?

—Sí.

—Bueno, hasta mañana —dijo Eugenio.

—Salud.

Manolito el Bizco era un tipo de suerte. Cuando venía aquel tío suyo, su madre le mandaba a la calle hasta las doce y encima le daban medio chusco y dos duros para el cine del domingo.

—Quédate un rato conmigo.

—No, Bizco, me subo. Hay que madrugar para ver qué se hace con el fascista.

En la puerta de su carbonería me detuvo el señor Pedro.

—¿Qué, se le ha cogido a ese emboscado?

—No tiene escapatoria. Se han quedado los milicianos de guardia.

—Y tú, ¿qué has inventado?

Al señor Pedro, aunque era bueno y ayudaba a construir los carros con ruedas a bolas, tampoco se le podían contar las intimidades de la banda, ni mucho menos lo de la bomba.

—Estamos preparando un lazo.

—Eso está bien —dijo el señor Pedro.

No sé por qué, mientras ya me iba, añadí:

—Y luego le quemaremos vivo.

El señor Pedro se retrepó en la silla, me llamó y me cogió de los hombros. A mí se me había ocurrido de pronto lo de abrasar al fascista. Ni lo tenía planeado, ni nunca creí que al señor Pedro le diese tan fuerte la impresión. Ahora, ya dicho, había que mantenerlo.

—Hijo, ¿cómo podéis pensar esas cosas?

—Es un fascista.

—Pero es también un hombre, ¿no lo entiendes? El mayor bien... —Se corrigió a sí mismo, al tiempo que casi me sentaba en una de sus rodillas—. El mayor, no. Sólo el solo bien de un hombre es seguir siéndolo. Quiero decir, la vida.

El señor Pedro era sindicalista y, como decía Tano, los sindicalistas siempre largaban un discurso.

—Mire, señor Pedro, es la guerra y hay que matarlos. Si no se mata a los fascistas, los fascistas matarán al pueblo. Y, para acabar de jorobarla, vendrán los moros y rajarán por medio a las mujeres.

—Aquí no es el frente y vosotros sois unos chicos. Los chicos no matan.

—A los fascistas, sí, señor Pedro.

—¿Quién te ha enseñado eso? —Esperó un poco, a ver si yo le sabía responder—. ¿Tu abuela?

—No, mi abuela no.

—¿La Riánsares?

—Lo sé yo porque lo sé.

Cerró los ojos, escurrió las yemas de los dedos por la nariz, abrió los ojos y sonrió. Al señor Pedro las cosas no le parecían fáciles; se le notaba en lo que le costaba encontrar las palabras, que luego empleaba mal.

—Coño...

—En la guerra hay que matar, ¿no?

—Carajo, qué guerra de mierda… Pero no los críos, ¿me oyes? Los críos tenéis que ir a la escuela, a aprender la manera de que se acaben la injusticia y la opresión.

—¿Usted ha ido al colegio?

Se le cambió el tono de la voz. No era raro, puesto que el señor Pedro unos días se encontraba muy contento y todo lo veía de color de rosa y otros días —e incluso dentro del mismo día— cambiaba, sin que se supiese por qué, y se ponía pesimista.

—No, yo he ido poco. Por eso tienes que ir tú, para que ya nadie asista poco a la escuela.

—Bueno, y si usted va y coge al fascista, ¿qué haría usted con él?

—Entregárselo a las autoridades competentes.

—¿Y si las autoridades le dan el paseo?

Se quedó muy serio. En las fachadas de enfrente algunas ventanas estaban iluminadas. Manolito el Bizco acababa de acercarse, harto de soledad, a un grupo de niñas que en la penumbra seguían saltando a la comba. Pasó lentamente, con los faros apagados, un automóvil, pero en dirección contraria al Campillo. Las manos del señor Pedro habían dejado de sujetarme.

—No sé, hijo. Pero lo que sí te digo es que vale más un cristiano vivo que un marxista muerto.

El señor Pedro, con frecuencia, no comprendía bien, lo equivocaba todo.

—Pero es un fascista, no un marxista, al que vamos a quemar, señor Pedro.

Permaneció como alelado y me fui, con el remordimiento de que, quizá, debía haber sido más fino y quedarme un rato más. Claro que yo ignoraba entonces que una mañana, cinco meses después, al levantar el cierre de la carbonería Tano y yo le veríamos ahorcado de una de las vigas, amarilla y rugosa la calva.

Se olvidaron y me senté a la mesa sin lavarme las manos. Cenamos antes de que el abuelo y mi padre subiesen de casa de Tano. Aunque Luisa no quería, le conté a la abuela lo que habíamos hecho por la tarde. Riánsares estaba enfadada porque Luisa la había regañado, y no se quedaba en el cuarto de estar mientras nosotros comíamos. Después, fui a orinar y me acosté. Me encontraba cansadísimo y se me mezclaban las ideas. Me puse a leer *Cuchifritín y Paquito*. Casi no se hablaba de Celia, la hermana de Cuchifritín, pero se me fue el santo al cielo —como decía el abuelo— imaginando su cara, el color de su piel, sus piernas —sólo hasta las rodillas—, la entonación de su voz si pronunciara mi nombre. La abuela me dio un beso y me remetió las mantas cuando vino a apagar la luz. En las trincheras, seguí de charla con Celia, que, como también era roja, se alegraba mucho de que, al fin, hubiéramos hecho prisionero al fascista.

La puerta se abrió. Desde el pasillo, Riánsares me preguntó si estaba dormido.

—Un poco —le dije—. Entra.

—No, duérmete.

Me asustó la hora a la que me despertó la abuela, así que no pude ir al Campillo antes de la clase y tuve que lavarme únicamente la cara y las manos, porque doña Berthe esperaba ya en la sala, aunque tomándose su buen tazón de malta con leche condensada.

—Buenos días, doña Berthe. *Comment allez-vous?*

—*Bon jour, mon petit*.

Aquella mañana doña Berthe estaba más cegata y más torpe y, por tanto, más lenta que de costumbre. A punto de percatarse de que no había estudiado el modelo de la tercera conjugación, le dije que creía no recordar el verbo *avoir*. Se lo creyó, pero lo malo fue que, al llegar al futuro imperfecto del subjuntivo, era verdad que lo había olvidado. Me echó una bronca, hasta que logré desviar la conversación hacia un profesor de francés que ella conoció en Segovia y al que quería mucho. Dejé que me hablase del profesor aquel, que parece que era también poeta, mientras proyectaba escaparme inmediatamente después de la clase.

Si no me hubiera descuidado reforzando de alambre la horquilla del tirador, el abuelo no me habría pillado.

—Pero, abuelo, tú dijiste que iríamos por la tarde.

—Yo dije que hoy saldríamos, sin especificar hora. ¿Es que no quieres acompañar de paseo a tu abuelo?

Él era así, como para hacer tal clase de preguntas.

Me tuve que poner la ropa nueva. En la calle no vi a nadie de la banda. Por pura manía, el abuelo se negó a que bajásemos a Alcalá por Sagasti, o sea, que me quedé sin ver las lomas del Campillo.

El abuelo hablaba poco, me dejaba el bastón algunos trechos, me lo quitaba si hacía con él algo que no le gustaba, no exigía que le diese la mano para cruzar y, en resumen, permitía pensar en los propios asuntos. Lo que sucede es que no pensé. Igual que el futuro imperfecto del subjuntivo, se me olvidaron el fascista, la Concha, Tano y las preocupaciones. Las calles estaban muy bonitas, con mucha gente, hasta el punto de que parecía otra ciudad. En el ensanche de Hermosilla, donde tomamos el tranvía para Ventas, una multitud intercambiaba, en las aceras y en la calzada, artículos de comida, incluso por vestidos y por muebles. Mi hermana, que alguna vez iba allí con Riánsares, volvía siempre llorando. A mí tanta animación me daba alegría, como en aquella verbena a la que mi madre me llevó una tarde hacía ya mucho tiempo.

En las Ventas, el abuelo se sentó en unos bloques de granito a la sombra de la plaza de toros y me autorizó a que cogiese los topes de los tranvías, en el final del trayecto. Daba gloria subirse sin esfuerzo, al principio de la amplia elipse que recorrían vacíos y a marcha de tortuga hasta la primera parada, en el comienzo de la cuesta de Alcalá. Alguna cobradora de mala uva nos tiraba puñados de tierra a los chicos, con la indudable intención de que nos alcanzase en los ojos. Claro que nunca acertaban. No me hallaba yo, sin embargo, para muchos regocijos, porque empezaba a recobrar la memoria.

No valió de nada decirle que estaba fatigado, ni que llegaríamos tarde a comer. Regresamos andando y, en Torrijos, esquina con Alcalá, nos pusimos a mirar los libros usados, en los tenderetes. Como siempre, el abuelo, después de un rato, me preguntó que cuál quería. Yo quería uno de *Guillermo*, de los tres que me faltaban para completar la serie, pero el abuelo opinó que el volumen se encontraba en un estado nauseabundo y tuve que elegir *Emocionantes aventuras de la misión Barsac*, que era lo que él deseaba. Mientras continuaba hojeando libros, con el bastón colgado de un bolsillo de su abrigo, me acerqué al puesto del señor Rufo, que me dio con una mano en la cabeza y saludó al abuelo quitándose la gorra. Busqué *Corazón*, que no se podía leer porque su autor era de la masonería; la última vez me había quedado en lo del pequeño tambor sardo, pero el libro no aparecía por ninguna parte. Naturalmente, no me atreví a preguntar al señor Rufo. Leí un poco de aquí y de allá, hasta que de pronto, en un libro de poesías que no se entendían nada —y existían poesías bonitas, como las de Campoamor o los romances que Riánsares se sabía de memoria—, comprendí unos versos y me asusté mucho. Los releí varias veces.

> *… porque algunas veces*
> *hacemos yo y ella*
> *las bellaquerías*
> *detrás de la puerta.*

Con las mejillas coloradas, tuve la certidumbre de que lo habían escrito por la Concha y por mí. Cerca de casa, sin poder quitarme de la cabeza lo de los magreos, le pregunté al abuelo si aquel poeta sería también amigo de doña Berthe. El abuelo dijo que no, que aquél había vivido en los siglos XVI y XVII de una forma edificante, a diferencia del otro.

—¿Porque era bueno?

—Porque era sacerdote.

—¿Y el amigo de doña Berthe?

—Es un rojo.

—¿De verdad?

No me quiso decir si eran versos que se entendían o no; por otra parte, acabábamos de entrar en nuestra calle y Eugenio me llamó a gritos. Prometí al abuelo que no tardaría mucho en subir a comer y le pedí, por favor, que se llevase los cuatro tomos de *Emocionantes aventuras de la misión Barsac*.

Junto a la calzada, sentados en rueda, no faltaba ni uno. En un árbol, Tano había apoyado su carro.

—¿Dónde te has metido? —dijo Tano.

—Hay consejo —me avisó en voz baja Manolito el Bizco.

—¿Han cogido al fascista los guardias?

—Éste dice —dijo Germán el Tifus— que lo del fascista es mentira.

—Cállate, Tifus.

—Tú lo has dicho, y, como éste no estaba, pues voy yo y le digo lo que tú has dicho. Que es un cuento y que a ver quién se ha inventado lo de que hay un fascista escondido en las cuevas.

—¿Y quién se lo ha inventado? —pregunté estúpidamente.

—De eso se trata. —Tano escupió en las manos y se las frotó—. Paco se lo ha oído a su madre, la madre de Paco a una vecina, a la vecina se lo contaron en la cola de la panadería… y así. Vamos, que no hay quien haya visto al fascista. ¿No os acordáis de cuando dijeron que iban a poner barracones en el campo del Parral? Y no los pusieron. O lo de los cañones.

—¿Qué cañones? —preguntó Morrotorcido.

—Que llenarían de cañones el paseo. ¿Hay alguno? No, señor. Lo que pasa es que en la guerra circulan muchos bulos.

—Sí, eso es verdad —dijo Paco—. La quinta columna está siempre lanzando bulos.

—Pero —dije— la quinta columna no se va a chivar de que hay un fascista escondido en las cuevas.

—No seas terco. Todo el mundo inventa bulos.

—Sobre todo, la quinta columna, ¿eh? —precisó Germán el Tifus, que tenía echada solicitud de ingreso en los pioneros.

—Bueno, no discuto más. Pero ¿quién ha visto al fascista?

Todos nos callamos. Porque no había otro remedio. Porque era de esas ocasiones en que estaba de jefe y parecía el más listo y resultaba imposible explicar las cosas con la claridad que, por dentro, se veían.

—O sea, que era mentira lo del fascista —dijo Manolito.

—Eso, Bizco.

—Entonces —empezó a hablar muy despacio Paco, con un miedo visible, pero evidentemente decidido a no callar más—, ¿qué hacen ahora en el Campillo los de la banda de Leoncio?

Como si le pesase en los párpados nuestra tontería, abrió y cerró los ojos con muchos visajes.

—Paco, tú sabes que Leoncio es memo. —Cambió de voz—. Si queréis ir, largaos. Nadie os prohíbe que os paséis toda vuestra puñetera vida en el Campillo, esperando que salga un fascista que no está dentro. Allá vosotros… —Hizo como si se levantara.

—La bomba —murmuró Paco.

—¿Qué bomba?

—La bomba de mano que tienes guardada en tu casa.

—La bomba es mía.

—¡No! —grité—, no es tuya.

—¿Quién la tiene?

—Tú.

—Pues es mía.

—Es de la banda.

—Yo soy el jefe.

—Pero la bomba es de toda la banda.

—Tú te callas —sus ojos se acercaron, brillantes, a los míos—, porque no tienes nada que ver en el asunto de la bomba.

—¡¿Que no?! Yo os avisé que los de Diego de León tenían la bomba, yo lo descubrí.

—Pero no hiciste más. Tú no estabas cuando cogimos prisionero…

—Porque me castigaron aquella tarde a no salir.

—… al chico de Diego de León, ni le diste tortura, ni hablaste con los de su banda para el rescate, ni les sacaste la…

—Pero yo dije que ellos tenían una bomba de piña, porque le dieron una patada al bastón y se lo tiraron y yo defendí al abuelo y me pegué con ellos y vi que tenían la…

—¡Si no te callas, te parto los morros!

Me callé. Como todos ellos, que en los últimos momentos habían llevado el silencio en sus miradas de Tano a mí. Me callé, hasta que la furia se desató un poco en mi garganta y pude hablar de nuevo.

—La bomba es de todos nosotros.

Sus manos me cogieron del jersey, bajo la barbilla. Le hubiera podido golpear, yo que tenía las manos libres durante todo aquel tiempo en el que sentía su aliento.

—Te voy a expulsar de la banda.

—No, Tano, eso no —intervino Paco—. Una cosa es una cosa y otra, que eches a éste de la banda. Éste lo ha dicho con buena intención, para tener algún arma, porque con los tiradores, las hondas y las navajas, el fascista se nos puede escapar.

Me balanceó antes de soltarme; las palmas de mis manos impidieron que cayese de espaldas al suelo; reseca, la saliva me quemaba en el paladar.

—Está bien —parecía que era buenísimo, que nosotros éramos los malvados—, está bien, chicos. Yo reservaba la bomba por si un día ocurría algo importante, pero…

—Que decida la banda —le interrumpió Morrotorcido.

Todos, menos Manolito el Bizco, que dijo que él no quería saber nada de nada, que luego todo eran líos, votamos que Tano entregase la bomba.

—¿A quién se la doy?

—A mí.

—De acuerdo. —Se levantó—. Vete esta tarde por mi casa.

—¿A qué hora?

Cogió su carro con malos modos y se metió en el portal sin contestarme. El malestar, una angustia inconcreta por las piernas, a veces en el pecho, era muy parecido al que me dejaban las riñas de mi padre o de Luisa, que en cuatro o cinco horas no se me pasaba el disgusto.

—Iré después de comer —dije.

—Bueno —dijo Paco.

—¿Se habrá enfadado? —preguntó Manolito el Bizco.

—Él es así.

—¿Quién va a hacer de jefe?

Que me hubiesen designado a mí, me hizo un poco más soportable la comida. A favor de la conversación que tenían, me escapé a la cocina a acompañar a Riánsares, mientras fregaba los platos y los cacharros.

—Si quieres, te ayudo a secarlos.

—No, que los dejas medio mojados. ¿Qué te pasa? —Sonrió al sentarme yo en el mármol de la mesa—. ¿Te has enfadado con Tano?

A uno se le olvidaba que Riánsares —al igual que la abuela— era listísima.

—No quiere venir a cazar al fascista.

—¿No le habéis cogido aún?

Yo creo que se olvidaba, porque, a veces, Riánsares hacía preguntas de boba.

—Esta tarde le cogeremos.

—¿Cómo?

—Ya se verá.

—¿Es viejo o joven?

—Debe de ser viejo.

A través de la ventana de la cocina, el Campillo estaba desierto bajo el sol. Riánsares iba de los armarios al fregadero y del fregadero a los armarios. Por el escote se le veían un poco los pechos.

—¿Te ha comprado novelas el abuelo?

—Sí.

—¿Muchas?

—Cuatro.

—¡Ahí va…! Si son bonitas, me las dejarás leer, ¿verdad? —Afirmé con la cabeza—. Luego dices que no te quiere.

—Me las compra porque piensa que el dinero no va a valer.

78

—Pues a tu hermana le he oído que los billetes que tengan no sé qué números sí van a valer.

—Es una tontería. Los nacionales no ganarán la guerra…

—Claro —dijo Riánsares.

Salió, volvió a la cocina, llenó el cubo y yo seguía allí, sentado en la mesa, columpiando las piernas, sin abandonar la vigilancia de la tierra seca del Campillo.

—¿Hace mucho que no ves a la Concha?

Lo que vi, cuando miré, asombrado de que me hablase de la Concha, fueron los muslos de Riánsares, que, arrodillada, extendía la bayeta hacia delante.

—Hace poco.

—Ayer vino con Tano. También…

—Ya lo sé.

—Hijo, estás más soso hoy… ¿Sigues pensando en el fascista ese?

Me bajé de un salto; contra los avisos de Riánsares de que no pisase las zonas recién fregadas, llegué hasta ella y conseguí llevar la mano lo suficientemente adentro. Como si hubiera sido yo el desprevenido, su carne dura me transmitió un escalofrío. Desde el pasillo, le hice prometer que, cuando Luisa preguntase por mí, diría que había bajado a casa de Tano.

En casa de Tano, la criada me comunicó que todos dormían la siesta, manteniendo la puerta tan entornada, que daba la impresión de que yo intentaba tocarle el culo.

—Ya volveré.

—Hasta las seis y media no se va a levantar.

—Tú dile que yo voy a volver y que tenga preparado eso.

—¿Qué?

—Eso. Él ya sabe lo que es. De mi parte, que lo tenga preparado.

El señor Pedro, don Agustín, la portera, el lechero y Manolito el Bizco —Manolito de mirón— comentaban en el portal un bombardeo de los aviones fascistas por Atocha, la noche anterior. Manolito el Bizco se me unió, camino del Campillo. Además de los nuestros, estaban Leoncio y los de su banda.

—¡No acercaros, no acercaros! —gritó Eugenio.

Nos paramos. Leoncio y Paco nos hicieron señas de esperar. Justo frente a la entrada de la cueva larga, en cuclillas, trabajaban en algo invisible. Después de un rato chillaron que ya podíamos. Estaban muy sonrientes.

—¿No notáis nada?

El muro de tierra, las latas mohosas, el gran hoyo rectangular, el sol, algunas nubes, el estercolero, las niñas saltando a la comba en la acera de Sagasti, unos pequeñajos del barrio saltando a dola en el andén central del paseo, todo era normal. Pero Morrotorcido rugió al dar Manolito el Bizco unos pasos, y varias manos le asieron.

Desde la mañana habían cavado. Ahora la trampa tendría un metro o metro y medio de profundidad por dos de ancho; acababan de colocar el cartón, pringoso de cola y arena, sobre aquel agujero a la salida de la cueva. El poco disgusto, que aún me roía en el vientre, se disipó de golpe.

Nos reímos mucho, añadimos otro trozo de cartón, camuflamos más la débil cubierta, que cedería bajo el peso del fascista, y el tiempo se iba sin sentir. En una ocasión Eugenio levantó la cabeza y nos mandó callar. Pero nadie había oído pasos —o aquella respiración— que Eugenio aseguraba habían sonado en la cueva. Leoncio me recordó que ya serían las seis y media.

La criada de Tano dijo que eran las siete y que Tano estaba en mi casa. Subí los escalones corriendo. Por desgracia, embestí al abuelo en la penumbra del pasillo. Se puso furioso, principalmente por mi ausencia desde prima tarde, como dijo. La prohibición de salir hasta el día siguiente le tranquilizó algo. Y luego, antes de que pudiera llegar al cuarto de Luisa, la abuela se empeñó en darme pan y chocolate. El chocolate sabía a tierra y a harina de almortas, pero la abuela me partió dos onzas y tuve que prometerle que no las tiraría por la taza del retrete.

—Y lávate las manos.

—Sí.

—¿Por qué estaba enfadado tu abuelo?

—Porque he chocado con él.

—Si vas a volver a bajar a la calle…

—Sí, abuela.

—… ponte también el jersey de lana gruesa.

—Sí, abuela.

Me sequé las manos, aún jabonosas.

—¿Por qué suspiras? —preguntó.

—Abuela, no sé qué pasa, pero siempre que se entra en esta casa uno tiene que hacer cuarenta cosas antes de poder hacer lo que a uno le interesa.

En el dormitorio de Luisa, ésta y Concha estaban sentadas al borde de la cama, y Tano, tumbado de costado, sin zapatos, lógicamente. Concha tiraba los dados sobre el vidrio del tablero del parchís.

—Hombre, ¿tú por aquí?

Tano fumaba uno de los cigarrillos de Luisa y en el cenicero había varias puntas, que, si podía, robaría antes de marcharme de aquel aire, que olía y sabía dulzón.

—Siéntate —Concha movió la alfombrilla con un pie— y te damos las azules.

81

—No voy a jugar.

—Dejadle —dijo Luisa—. Lleva un día inaguantable.

—Quiero hablar contigo.

Sorprendentemente, preguntó:

—¿De qué?

Me gustó que ellas se asustasen de mi movimiento hacia la cama. Tano escurrió el cuerpo y se levantó.

—Vamos.

A Concha, el borde de la falda le quedaba más arriba de sus rodillas juntas, a partir de las cuales las piernas, también unidas, tenían una inclinación respecto al suelo quizá demasiado atrayente para no ser premeditada. Sus ojos no se apartaban de mí y sonreía, con una cierta burla, con una rara superioridad.

—¿Te has dormido o qué? —Concha alzó la voz—. Tano, oye, no nos dejes colgadas.

Sólo nos separamos unos pasos de la puerta del dormitorio de Luisa. Sobre el murmullo de las voces de ellas, Tano empezó a hablar muy deprisa, poniéndome una mano en un hombro, en aquel tono de verdadera amistad y mucho secreto, que únicamente utilizaba en nuestras conversaciones importantes.

—Mira, quédate, no seas burro. Dentro de un rato, pasarán Joaquín y su hermana Rosita. Decimos que jugamos al escondite y nos llevamos a Concha al cuarto trastero. Los dos juntos. Allí…

La casa tenía los pequeños ruidos de la primera hora de la noche, los olores conocidos y algunos excitantes, aquel casi sabor de las largas tardes con Concha por las habitaciones oscuras, de las carreras con el aliento contenido y los breves abrazos de risas nerviosas. Todo en la voz de Tano, en la presión de sus dedos sobre mi hombro. Los otros quedaban desagradables y empequeñecidos, en el Campillo, con la trampa que hacía sudar, con las discusiones interminables y los rostros inexpresivos o los gestos embrutecedores. Tano me decía que Luisa tenía muchos cigarrillos, que los mayores se bajarían a su casa, que quizá Riánsares podría jugar con nosotros. Y yo pensaba que afuera se estaría haciendo de noche, con esa tristeza que daban las voces a aquella hora, ampliando el espacio, agrandando el aburrimiento, o el desánimo, o lo que fuese.

—La bomba —dije.

No tardó en contestarme.

—No la tengo, ¿sabes? Te lo juro, que no la guardo en casa. Me daba miedo que la descubriesen o que un día explotase y…

—No puede explotar, mientras no se desenrosque el anillo de la espoleta.

—Lo sé, pero me dio miedo y la escondí.

—¿Dónde?

—Ahora no puedo ir a buscarla. Mañana te la doy. De verdad. Tampoco esta noche vais a necesitarla. ¿Me crees? Te doy mi palabra.

—¿Tu palabra o tu palabra de honor?

Me cogió una mano y me obligó a estrechar la suya.

Ya en la escalera olía mal, a serrín o a meados o a verdura cocida, o todo junto. Regresé lentamente, recordando que no me había puesto el jersey de lana gruesa, ni había robado el cenicero de Luisa. Les diría que no encontré a Tano. O que me había entregado la bomba y la había escondido yo. Les diría cualquier cosa, pero ignoraba qué resultaba peor, si ocultar o no aquella cobardía de sacar fuera de su casa la bomba, porque así, tapándole y sabiendo él que le encubría, se haría cada vez más de sus padres, de Luisa, de… Pero no. Corrí un trecho, hasta la primera pendiente. No, Tano nunca sería de los nacionales. Resultaba imposible, siendo el jefe y sabiendo tantas cosas como sabía.

En parte por las linternas y en parte porque sólo me esperaban a mí para entrar en la cueva, me hicieron pocas preguntas, conformándose con mis evasivas respuestas. Lo menos se pasó un cuarto de hora en la discusión de quién llevaría las dos linternas, decidiéndose que serían sus dueños, o sea, Leoncio —a quien se la habían prestado en su barrio— y Eugenio —que se la había robado a su padre—. De tantas pruebas que hicimos, me dio miedo que se agotasen las pilas. Era de noche cuando, divididos en dos grupos y en fila india detrás de los haces de luz, penetramos en la cueva. Muy despacio, sin hablar, con el aire apretado en los pulmones y expelido cuidadosamente por las narices.

Las paredes estaban algo húmedas. Yo caminaba detrás de Eugenio, a la altura de Leoncio, que se retrasaba pegado a la pared frontera. Volví la cabeza. Al fondo no había claridad, sino una única sombra plana.

El suelo de la cueva descendía en un ángulo, menos pronunciado que el techo. Al llegar a la primera plazoleta, de las muchas en que la cueva se abría, era preciso inclinar la cabeza. Seguro que los milicianos no habían pasado de allí y, muy probablemente, ni siquiera habrían inspeccionado el corto túnel lateral, que la luz de la linterna de Leoncio recorrió con una lentitud propia para provocar un ataque de nervios.

—Adelante —susurró, por fin.

A medida que la cueva volvía a estrecharse, el techo se separaba más del suelo, sobre todo desde la primera curva. Era aquél un mal trozo, debido a los casi constantes cambios de dirección, que los recodos imponían, y de los que se derivaba una inevitable pérdida del sentido de la marcha. Hacía frío y a los malos olores de la entrada había sustituido una vaharada de aire estancado.

En el centro del túnel, Eugenio descubrió un calcetín negro, sucio, pero no roto, y una caja de fósforos, con una sola cerilla. Después de un poco y sin saber qué pensar de aquellos hallazgos, proseguimos camino.

Leoncio ordenó la detención de las dos filas. Olía a humo.

—¿Está fumando alguien?

Como nadie contestaba, mientras Eugenio mantenía su linterna al frente, hacia las tinieblas apenas rotas, Leoncio iluminó primero la fila inmóvil de nuestra banda, para continuar con los suyos.

—Éste estaba fumando.

—¿Quién?

—No hacer ruido, que nos va a oír el fascista —dijo Paco.

—Éste.

Leoncio llegó al final de los de su banda; sólo veíamos las piernas, los calcetines y los zapatos, o las alpargatas. Pero Leoncio subió la linterna y enseguida pensamos que, a poco que el otro se mantuviera, acabarían pegándose, porque era ya mayor, lo menos de trece a catorce años.

—¿Por qué fumabas?

El otro contestó en un murmullo.

—Claro —dijo una voz—, no se ha prohibido.

La linterna de Leoncio cayó al suelo, antes de que se agarrasen por la cintura y se derribasen ambos. En el primer instante, durante aquel breve y total silencio, oímos los golpes de los puños y de los puntapiés. Las filas se deshicieron.

—Ilumina, ilumina —ordenó Morrotorcido a Eugenio—. No pueden estar a oscuras mientras se pegan.

Tardaron mucho en quedarse quietos, aunque tendidos, porque nadie de los suyos se decidió a separarlos, y nosotros, tratándose de una pelea entre dos de una banda ajena, no estaba bien que interviniéramos. Leoncio se levantó con las manos en los riñones y sangre en las narices. Al otro le temblaba la mandíbula inferior. Se limpiaron con los pañuelos y se comprobó que la bombilla de la linterna de Leoncio se había fundido.

El olor aumentó unos metros adelante. Leoncio, Paco, Eugenio y yo, que nos habíamos destacado a explorar, nos paramos. Paco opinó que se trataba de humo de papel quemado.

—Pero no se ve nada. —La luz descubrió las paredes de tierra, el techo, ahora abovedado, el aire invisible.

—¿Notáis humo en la garganta?

—Vamos a seguir. A lo mejor se nota más si…

—Un momento —dijo Paco—, se nos ha olvidado la cuerda.

—¿Qué cuerda?

—No se puede entrar en una cueva como ésta sin una cuerda. ¿Cómo vamos a salir, si no?

—Anda, pues es verdad. ¡Qué tío!

El único que no estuvo de acuerdo, ya que la pelea le había dejado revuelta la bilis, fue Leoncio. Mal que bien, le convencimos de que, si seguíamos, nos perderíamos por aquellas galerías, cuyo final nadie había alcanzado jamás.

—Tano —dijo Manolito el Bizco— ha recorrido entera la cueva y dice que va a las alcantarillas.

Que Manolito el Bizco se hubiera separado de los otros y, tal que una aparición, se pusiera a hablar —y a hablar como un mentecato— a nuestro lado, nos dio un susto considerable. Paco le tiró una bofetada, que sólo alcanzó la espalda de Leoncio.

—¿Qué haces aquí, imbécil?

—Los demás se están marchando. Yo no he querido salir sin vosotros.

El camino de vuelta se me hizo asombrosamente corto. Quizá no habíamos alcanzado la parte desconocida de la cueva. Fuese como fuese, traía paz respirar el aire libre de la noche, no se podía negar. Incluso Leoncio se puso de mejor humor, lo que permitió, sentados en círculo junto al hoyo camuflado, organizar el asunto de las cuerdas.

—No tienen que ser iguales, ni muy gordas tampoco —explicó Paco—. Todas valen. Las unimos con nudos y hacemos una cuerda larga, larga. Como de aquí a Somosierra.

—¿Adónde?

—Cuando ya tengamos la cuerda larga, se clava un extremo en la entrada y nos cogemos a ella y vamos entrando y entrando y entrando. Para salir…, pues lo mismo.

Se perdió mucho tiempo en explicárselo a los que no lo comprendían. Leoncio puso un poco de orden, cuando se empezó a cagar en la madre de quien él sabía, dando gritos y mandando que todo el mundo, entendiese o no para qué, trajera todas las cuerdas que encontrase. Y cuanto más largas, mejor.

—¿Cuándo? —dijo Germán el Tifus.

—Ahora mismo.

—¿Ahora? Es ya de noche.

Evidentemente había que aplazarlo y sobre eso se quedaron deliberando, al largarme yo, con el proyecto recién imaginado y, en el bolsillo trasero del pantalón, la navaja que Morrotorcido me acababa de prestar.

El reloj de la panadería, que adelantaba cinco minutos, marcaba las nueve menos cuarto.

Subí muy despacio, para que no se oyese el ascensor. Me faltaba un tramo cuando me inmovilizó el ruido de la puerta de casa. Entre sus voces ininteligibles, sonaban muchas risas. Duró poco. La puerta se volvió a cerrar, al tiempo que oía unos pasos —los suyos— hacia los escalones. No pude resistir y me acerqué a la barandilla. Debió de notar mi presencia, porque levantó la cabeza tan deprisa que no me dio tiempo a echarme atrás.

—¿Qué haces ahí?

—Chisstt… —Aun a aquella distancia, percibí algo deshecho su peinado—. Te esperaba.

Subió en vez de bajar, con una risa que yo no sabía a qué venía, echándola en las manos que mantenía junto a la boca. Nos sentamos en el último escalón, las espaldas apoyadas en la puerta de madera de la azotea.

—¿No habrá nadie en la terraza?

Empujé con los hombros y la cabeza.

—No. La puerta está cerrada con llave.

—¿De verdad me estabas esperando?

—Sí.

—Iba a mi casa a buscar el palé. Tano es una monada. Lo pasamos de maravilla. ¿Qué has hecho tú?

—Por ahí…

Coloqué un brazo detrás de su nuca, para darle el primer beso, en el pelo.

—No empieces. ¿Seguís con eso del Campillo?

—A ratos. —Traté de poner la mano, que había dejado resbalar por su omóplato, en el lateral del pecho—. Anda, déjame.

—¡Que te estés quieto! ¿Me has oído? Oye, si te hubieses quedado, lo habrías pasado chanchi. Tano se ha disfrazado con el abrigo y unos zapatos de Luisa. Si no te estás quieto, me voy. Además, me tengo que ir. He salido a buscar el palé.

—No te vayas, Concha.

Luchamos un poco, me rechazó, me estuve quieto y empezó a contarme las gracias de mi hermana, las gracias de Tano, sus propias gracias, hasta que no sólo comprendió lo que me aburría, sino que ella misma tuvo que aburrirse. Apretó los muslos aparatosamente y rió por lo bajo. La besé con mucha fuerza —y mal, lo reconozco—, de forma que me extrañó que cambiara de postura, para mayor comodidad mientras nos besábamos abrazados. Al rato, me pidió que la tocase. Luego, quiso que le tocase las piernas. Su saliva me dejaba ya un sabor amargo y buenísimo.

—Un poco, ¿quieres? Yo también te lo hago. —Concha se subió la falda, antes de que mis dedos, temblones como hojas de árbol al viento, se quedasen engarfiados en su piel lisa—. ¿No quieres que te lo haga yo?

Por vergüenza, no me cubrí las mejillas para enfriármelas, ni me palpé aquella vena del cuello donde la sangre me daba latigazos.

—No me toques —dije.

—¿Qué?

Su aliento en la oreja me enervó más, al tiempo que me turbaba.

—Que no.

—Pero ¿por qué no me dejas? —Toda su risa ronca—. No vas a decirme que nunca lo haces.

—¡No! —grité con cólera, especialmente contra mí mismo, que sí lo había hecho dos veces, quizá cinco.

Entonces, ella transformó en aquella dulzura que ya le conocía, su ímpetu, la superioridad de sus decisiones, y nos besamos muy fuerte y muy lento, sin temor y sin fastidio, con la certidumbre de que su voz sería distinta y la evidencia de mi cariño por su cuerpo, por su olor, por su nombre, que me repetía interiormente.

—No seas crío —su voz, acariciante como las yemas de sus dedos, sonaba diferente—, todo el mundo lo hace.

—¿También tú?

Concha tuvo una risa nerviosa, excitada, muy parecida a un golpe de tos.

—¿Quieres que te diga un secreto? —Me apretó muy tenso—. Casi siempre, ni me acabo el postre para ir antes a dormir la siesta.

Era difícil distinguir los rasgos de su cara, tan próxima a la mía, pero aquella expresión glotona de sus labios húmedos desde entonces se me hizo nítida en muchas ocasiones, fundamentalmente las noches en que me costaba retener el sueño y la precisión del recuerdo me justificaba y me alentaba.

—Pero tú, ¿cómo? —dije.

No movió los labios y, decididamente, me cogió la mano izquierda; comprendí que me había hablado de ello sólo para enseñarme a hacérselo.

Al principio, con los ojos cerrados, me acordé de Celia, que era buena, muy guapa, delgada y algo triste, pero no había manera de sustraerse —ni, de pronto, quise sustraerme— a la Concha, que también era muy guapa y, además, de carne y hueso, no un personaje de libro.

Ella quedó fatigada; yo, contento, y los dos, sudorosos. Nos limpiamos con mi pañuelo y ya casi no habló, aunque sí nos besamos más, hasta que dijo que se iba, que no podía quedarse, y se fue.

A solas, sentado en el último escalón, con la rabia de no haberme atrevido a decirle que la quería mucho, sentía cierto que la amaba casi tanto como a Celia, que era educada, inteligente, que nunca soltaba palabrotas como ella, como yo, o los chicos de la… Me puse en pie de un salto, asustado también porque la navaja de Morrotorcido no estaba en el bolsillo trasero de mi pantalón. La encontré en el suelo, junto a una jamba de la puerta.

Había empujado tantas veces con Tano la falleba de aquella cerradura, que no resultó difícil correrla del todo, aunque tardé más de lo habitual por miedo a que saltase la hoja de la navaja. Probablemente a causa de las estrellas, blanquísimas, el cielo brillaba muy alto.

Por fortuna, no había ropa tendida. Tardaría menos de cinco minutos en cortar y arrollar las cuerdas, que cruzaban la azotea en varias direcciones. Con ellas debajo del jersey y el malestar difuso que siempre me producía dejar abierta la puerta de la terraza, entré sin parar hasta el cuarto de baño. En el espacio entre el bidé y la pared escondí las cuerdas. Incluida la de Concha, las voces, en el otro extremo de la casa, se alzaban a veces todas juntas, confusas.

Nada más llegar a la cocina, Riánsares, que preparaba el puré, se apartó del fogón para transmitirme la noticia.

—¿Y también lo ha oído la abuela?

—Estábamos las dos juntas cuando la radio lo ha dicho. Unión Radio. ¡Ah!, y que llevaba una mochila.

—¿Una mochila? ¿Para qué llevará una mochila?

—Digo yo —dijo Riánsares— que será para los víveres.

—A lo mejor… —Di vueltas de la puerta al fregadero—. Pero ¿joven como quién?

—¿Quién?

—El fascista.

—Pues… será como tu hermana o como… ¿Yo qué sé? Han dicho joven y delgado.

La abuela subió de casa de Tano, cuando todos se habían ido ya y yo me hallaba con mi primer sueño, en busca del fascista por un río amarillo, la mano de Celia —pegajosa— en el hueco de mi mano.

A media mañana, desde el baño, oí los preparativos. Efectivamente, sucedió que —aquel día había de ser— era domingo.

La vida estaba llena de semejantes acontecimientos inesperados, previsibles sin embargo, si no fuese por la fatiga o la atención que otros hechos ocupaban. Le tocaba leer a mi padre. Reunida en el cuarto de estar toda la familia, con excepción de la abuela e incluida Riánsares, me busqué el rincón más cercano al ventanal; a través de los visillos y por la abertura de las contraventanas entornadas, la luz de la calle, hecha sólo de sol, me recordaba aún más, y por si necesitase signos, el rollo de cuerdas detrás del bidé, mientras mi padre, con una parsimonia indudablemente deliberada, no terminaba nunca la epístola, en voz demasiado baja. Había olvidado que leía el Evangelio en latín, lo repetía en castellano y, por fin, ya que no había quien predicase, nos invitaba a meditar unos minutos. Según él. En realidad, meditábamos horas, siglos enteros. Antes de la consagración, la abuela, recién lavada y con una energía insoslayable, abrió la puerta. Después de explicar que, aun en el supuesto de que resultase conveniente la ceremonia, yo era demasiado pequeño para asistir a ella, soportó pacientemente los chillidos del abuelo y logró sacarme de la habitación. La pobre Riánsares, cubierta la cabeza con un velo de Luisa, me miró y sonrió a medias.

La abuela dijo que bueno, que me fuese a la calle, pero no antes de cortarme las uñas. Así es que, colocado frente a ella, que se había sentado en el mirador de la sala, extendí los dedos de la mano derecha.

—¿Es verdad, abuela, que ayer dijo Unión Radio que había un fascista joven, delgado y con mochila por estas calles?

—Sí, es verdad. Exactamente, que se hablaba de una persona sospechosa, vista… —Rió al interrumpirse—. Oye, pero muchas veces se equivocan, ¿eh?

—Nosotros tenemos razón, ¿a que sí, abuela? Nosotros, los rojos.

—Sí, hijo. Aunque no sólo basta con la razón.

—Hay que ganar.

—Hay que tener paciencia.

—¿Paciencia?

—Muchos días y muchos años. Dame la otra mano. Es necesaria para convencer a los que piensan de otra manera, ¿comprendes? Los que piensan de otra manera no se convencen por lo que les decimos, ni por lo que les hacemos, sino por lo que nosotros mismos somos.

—¿Por el ejemplo?

—Algo así. ¿Cuánto tiempo hacía que no te cortabas las uñas?

—No lo sé. Oye, abuela, ¿tú crees que el abuelo se va a convencer? ¿Y mi padre y Luisa?

—Hijo, sería suficiente que dentro de unos años no te convenzan a ti.

—Abuela, ¿eres feliz con el abuelo?

—Sí —dijo—, porque de ese asunto de la felicidad siempre me he encargado yo. ¡Ya están! Puedes irte.

Me quedé un rato, queriendo decir algo que no sabía. Le di un beso, le pedí que entrase en el cuarto de estar a liberar a Riánsares, cogí las cuerdas y casi caigo en una parecida, porque en casa de Tano también leían la misa, en el comedor. Por la calle me quité el jersey.

Era muy extraño, pero en el Campillo, afanadísimos con los nudos de la gran cuerda, únicamente estaban Leoncio, Paco y Manolito el Bizco.

—Se han ido al campo del Parral a jugar un partido.

—¿Hacen falta más? —Tiré las cuerdas de tender la ropa—. La radio dijo que el fascista lleva una mochila.

—Éste lo vio anoche… —Leoncio, en cuclillas, sin dejar el trabajo, ni tan siquiera alteró el tono de la voz.

—¿Tú?

—Anoche —confirmó Manolito el Bizco.

—¿También vino anoche tu tío Ramón?

—También. Como no podía estar en casa, cogí y me puse a perseguir a un gato. El gato se vino para acá. Hacía viento y estaba muy oscuro y había truenos.

—¿Truenos? —dijo Paco—. Antes no has contado que anoche hubiera truenos.

—Truenos y relámpagos muy grandes. Pero a mí se me había metido en la mollera cazar el gato y, además, no tenía nada que hacer, porque había venido el tío Ramón. Ahí, en la esquina de Sagasta, le solté un cantazo en la cabeza y pegó un chillido.

—¿Le arreaste una pedrada al fascista?

—Al gato.

—Los gatos no chillan —dijo Paco.

—Pues éste chilló. —Manolito el Bizco siempre se ratificaba en sus apreciaciones, tozudo hasta el punto de que era mejor creerle—. Yo entonces fui y le perseguí. Ni me acordaba del fascista ni nada. Yo quería cazar al gato, porque como no podía estar en casa y ya no había nadie en la calle, pues eso.

—¿Y le cazaste? —dijo Paco.

—Pero ¿viste al fascista, sí o no?

—¡Claro que lo vi! Estaba buscando piedras para machacarle los sesos al gato y va y, de pronto, una sombra, así como agachada, pero sin correr. Miro mejor y veo que era un hombre. Bajó el terraplén y se las piró por el paseo.

—¿Era delgado? ¿Llevaba mochila?

—No me fijé. Me dio un susto de órdago.

—Si te llega a coger, te mata —dijo Leoncio—. Bueno, esto ya está.

—Maldita sea, hay que encontrar la bomba. Sin la bomba no lo agarraremos nunca.

Tano se había ido a comer a casa de sus tíos. El partido lo empataron, así que quedaron citados a las cuatro y media para el desempate. La abuela tenía jaqueca. Concha y Luisa se encerraron en el dormitorio, pero no se les entendía nada a través de la puerta, y por el ojo de la cerradura únicamente se veían los pies, uno sin zapato, de Concha. Riánsares se arregló velozmente para irse con sus amigas. Cogí la navaja de Morrotorcido y la estuve afilando, hasta las cinco, en el borde de la mesa de mármol de la cocina.

A las cinco nos encontramos Leoncio, Paco y yo. Manolito el Bizco estaba castigado. Y menos mal que Eugenio, que jugaba de medio centro, no había olvidado dejarnos la linterna.

—¿Vamos? —dijo Paco.

Nos miramos en silencio y decidimos fumar un cigarrillo. La tarde estaba muy bonita, sin gente, el sol también solo en medio del cielo, los tejados, los desmontes de la fuente del Berro, los árboles quietos del paseo. A Leoncio se le notaban los pensamientos en las arrugas de la frente, en lo contraída que ponía la cara, como si hiciese mayores con esfuerzo. Un extremo de la soga estaba sujeto a la tierra. No había nada más que preparar, por lo que, después de sujetarnos los cinturones, entramos en la cueva.

La claridad duró mucho más que la tarde anterior, se perdió poco a poco, cambiando de color y los diversos colores haciendo la cueva distinta. Paco y Leoncio llevaban el montón de cuerdas anudadas, que se iba desenrollando; yo me adelanté a ellos y encendí la linterna.

A veces se hubiera creído ver en la oscuridad. Las pendientes, los estrechamientos, el techo que se perdía encima de nuestras cabezas, las cuevas laterales, las bifurcaciones, aquellos charcos de agua o de fango, las ratas que huían hasta trepando por las paredes, hacían muy lejano el mundo exterior, obligaban a pensar que nunca más regresaríamos. Nos sentamos unos instantes, cansados de caminar, algo inquietos por la cuerda que se acababa. Se le ocurrió a Leoncio colocar señales, tales como montoncitos de tierra o de piedras, lo que retardó la marcha. Paco calculó, porque había ido contando de sesenta en sesenta, que lo menos llevábamos una hora de camino. Daba ahogo imaginar que nos encontrábamos debajo de la plaza de toros, de los tranvías. Un poco más y estaríamos bajo el cementerio del Este; quizá el suelo de algunas tumbas se habría derrumbado y los cadáveres habrían caído a la cueva; cadáveres de mujeres, de niñas, trozos de ataúdes.

—¡Apaga! —pidió anhelosamente Paco.

Yo la había visto al mismo tiempo que él. Leoncio y Paco respiraban con ruido; puede que nos cogiésemos de la mano, hipnotizados por la luz que, desde la oscuridad, brillaba mucho al principio y, poco a poco, se descubría que era la llama de una vela.

Los últimos metros nos arrastramos, pegados a las paredes. La vela, colocada sobre una lata, iluminaba al hombre vestido de paisano, que apoyaba la cabeza en las manos y las manos sobre las rodillas. Fue el otro, el de la chaqueta de cuero y los pantalones de pana, quien se despertó y, de un salto, quedó sentado. Nos tenía que haber oído. El que estaba cerca de la vela levantó la cabeza, al tiempo que estiraba las piernas.

—¿Quién anda ahí?

La luz de su linterna chocó con la de la mía. Durante unos momentos, nos cegamos todos y, luego, vimos en pie al del chaquetón de cuero, apuntándonos con la pistola. El otro apoyó la espalda en el muro de tierra.

—Son unos chicos.

—Hola. —Se guardó muy deprisa el arma—. Qué, ¿estáis jugando?

—No, señor —dijo Paco.

—Baja esa luz, muchacho, que me vas a dejar ciego. —Avanzó un paso, pero yo mantuve la linterna enfocada a su rostro sonriente, muy moreno—. ¿Sois vosotros los que anoche cavasteis un agujero a la salida de la cueva?

—Sí, señor —dijo Paco—, para coger...

—Cállate, Paco.

—... al fascista.

Movió la luz de su linterna hasta donde el otro continuaba sentado y dijo:

—El fascista es éste.

Dentro de aquel silencio oí el roce de la piedra en la zapata del tirador de Leoncio.

—Y usted, ¿quién es?

—Déjale que hable él, Leoncio. —El tipo sonrió, lo que me dio mucha rabia—. Tenemos una bomba de mano, ¿sabe? Si se mueven, les tiro la bomba y les mato.

Tardó en hablar, aunque se le notaba que iba a hacerlo. Quieto, siempre con la sonrisa de persona decente, que a mí nunca me engañó, metió la mano en su chaquetón de cuero y arrojó algo al suelo. Después iluminó y pudimos ver, muy negro sobre la tierra removida, un nueve largo.

—Cógelo.

—¿Es usted rojo?

—Sí, Paco.

—¿Cómo sabe mi nombre?

—¿Por qué no nos sentamos a tratar el asunto con tranquilidad? —Se sentó casi en el mismo sitio donde había estado durmiendo—. Si no lo contáis, os explico todo.

Paco y Leoncio se sentaron frente a los dos hombres; yo me quedé, la espalda contra una de las paredes, iluminando sus cuerpos un poco encorvados, la cara seria del fascista de paisano.

—¿De verdad es usted de los leales?

—Yo soy el jefe del contraespionaje.

—¡Ahí va, su madre! —dijo Leoncio.

—¿Sabéis lo que es el contraespionaje? Bueno, pues yo soy el jefe y tengo que coger a los emboscados, que se pasan por la Ciudad Universitaria para hablar en Madrid con los de la quinta columna. Éste es uno de ellos —le empujó por el hombro con tanta fuerza, que el otro se quedó tendido unos momentos—, un traidor.

—¿Y qué hace usted con él, aquí?

Aunque no podía verme porque era mi linterna la que estaba encendida, miró hacia donde yo me encontraba. Llevaba un pequeño bigote, parecido a una fila de hormigas.

—Tú no quieres ser mi amigo, ¿eh?

—Lo que quiero es coger al fascista.

—Le he cogido yo.

—¿Y por qué no le ha llevado a la cárcel o le ha pegado un tiro?

—Si no me dejas que te explique… Me da lo mismo que seas mi amigo o no, pero déjame que explique el asunto. —Estaba sinceramente enfadado—. Y guárdate tu granada de mano, que no nos hace falta ahora.

En el eje de todos mis pensamientos, que giraban, se cruzaban, se disolvían unos a otros, cambiaban de sentido, adiviné sin duda alguna que Tano escondía la bomba en la tienda del señor Pedro. Tenía que haber estado meditando en ello sin parar, aunque no me hubiese percatado, para que en aquel segundo, sólo por la entonación del tipo al mencionarla, hubiera adivinado que la bomba se hallaba debajo de un montón de leña en la carbonería. Me sentí más seguro.

—Si intenta escaparse, tiro la bomba.

—Déjanos en paz con tu dichosa bomba.

—Sí —dijo Leoncio—, deja que nos lo cuente.

—Pues nada, que éste es un fascista y se pasó por las alcantarillas a salvar a otro fascista, que estaba escondido. Pero yo le apresé y ahora he de esperar ayuda. Se le ha roto una pierna.

—¿Tiene una pierna cascada?

—Sí —dijo el fascista de paisano—. Me duele mucho.

—Mejor —dijo Leoncio—. ¿Quiere usted que llamemos a los milicianos? Ayer andaban por ahí.

—No, hijo. Si avisas a los milicianos, se enterarán también los de la quinta columna. El enemigo escucha en todas partes.

—Sí, señor —dijo Paco—, cualquier oreja puede ser una oreja enemiga.

—Naturalmente. ¿Vosotros queréis ayudarme?

Volvieron los rostros a mí, guiñando los ojos.

—¿Qué hacemos? —dijo Paco.

—Un momento. —Me senté en la tierra—. Si es usted rojo, diga una blasfemia.

La dijo.

—Está bien. Diga otra.

Dijo otra. Y añadió una nueva blasfemia sin que nadie se lo pidiese.

—¿Crees ahora que soy de los leales?

—Le ayudaremos, pero luego tiene que decir que le hemos ayudado.

—Seguro que nos dan una medalla —dijo Leoncio.

—Seguro. —Con un pie, acercó la pistola hasta su mano, que la introdujo bajo la chaqueta de cuero—. Diré que lo hemos cogido entre todos. Y ahora, marchaos. Mañana venís temprano, traéis cuerdas y le sacamos, cuando no haya nadie, para que no se escape.

—Vuelvo enseguida. —Leoncio cogió la linterna del jefe antes de levantarse.

—¿Tiene usted una mochila?

En los ojos del fascista, que continuaba callado, se transparentó la duda, Pero él no, él contestó imperturbable. Es más, adelantó un brazo hacia la oscuridad y arrastró hasta la luz una mochila vieja de soldado con algunas correas rotas. Abrió la mochila del fascista, mientras yo le contaba lo que Riánsares y la abuela habían oído por Unión Radio, para darnos una tableta de chocolate —que partimos en tres trozos—, tan rico como el de antes de la guerra.

Leoncio trajo una cuerda lo suficientemente larga para maniatar al fascista; él nos ayudó, muy contento, sin dejar de contar historias, ya que antes de ser jefe del contraespionaje había estado en el frente; conocía a Miaja, a Durruti, a Líster; dijo que eran más listos que nadie y que la República tenía prácticamente ganada la guerra; sólo restaba aniquilar a aquellos cerdos de la quinta columna —el fascista gimió, al apretar Leoncio con fuerza la cuerda— y habríamos vencido.

—Después de la guerra —preguntó Paco—, ¿los pioneros tendrán que ir al colegio?

Él no lo sabía, pero se iba a informar para decírnoslo. De lo que sí estaba seguro es que habría mucho pan blanco, chocolate bueno, garbanzos, pollos —Leoncio preguntó que si los pollos se comían—, en fin, que lo pasaríamos de rechupete. Por todo lo cual, era preciso que volviésemos a la cueva temprano.

—Yo, antes de las diez, no puedo escaparme de casa.

—A las diez estará bien, hijo. Pero, por favor, si decís a alguien que hemos cogido a este fascista, ya no nos darán las medallas. ¿Entendido?

Resultó sorprendente la frialdad de su mano. Dijo que nos acompañaba, iluminó también con su linterna, dejó que Paco lleva-se un rato la pistola y, cuando afirmó que regresaba a vigilar al fascista, me hizo prometer que al día siguiente no olvidaría la bomba de mano.

—¿Veis como la bomba de mano es importantísima?

—Mañana la traemos —dijo Leoncio—. Hay que traerla como sea.

—No te preocupes, que sé dónde está.

—¿Es que no la tiene Tano? —dijo Paco.

—Sí que la tiene. ¿Se lo vamos a decir?

—Hemos dado palabra de honor de no…

—Bueno, yo lo decía porque, al fin y al cabo, Tano es el jefe. ¡Qué tío!, ¿verdad? Al principio a mí no me daba buena espina, pero…

—Yo sabía que era de los nuestros —dijo Leoncio—. ¿No había un fascista escondido en las cuevas? Pues si había dos, el otro tenía que ser uno de los nuestros.

—Claro, tiene razón éste.

Ni siquiera habíamos percibido que ya no nos encontrábamos entre los muros de tierra, que era de noche, pero con una penumbra azul de mucha profundidad. Continuamos aún hablando, hasta que Leoncio se marchó a su barrio y a Paco le entró miedo de que fuera tarde. Me quedé solo en el Campillo, pensando cosas. Entregaríamos al fascista y el jefe vendría a casa —así les gustase o no al abuelo y a mi padre— para conocer a la abuela, Paco y yo se lo presentaríamos a todo el mundo y todo el mundo sabría que era amigo nuestro. Puede que él nos presentase a su novia. La verdad es que no había hablado de ella, lo cual no significaba que no la tuviese, sino que, dado el tantísimo trabajo que le daba lo del contraespionaje, la vería poco. Ella sería guapa y dulce como Celia, como la Concha aquella noche que estaba cansada y cariñosa, y a la mañana siguiente resultó que es que había pescado la gripe.

Riánsares me llamó desde el paseo, donde en corro con otras criadas del barrio apuraban lo poquísimo que les quedaba de la tarde del domingo. A medida que me hartaban tanto perfume y tanta charla que no se entendía, porque hablaban a la vez y de cosas distintas, comprendí que debía decírselo. Ella me confiaba sus secretos, se había preocupado por lo del fascista —aunque en aquel momento no pareciese inquieta por nada—, me ayudaba en mis asuntos y, también de esa forma, yo eludía un encuentro con Tano y la tentación de descubrirle que en la cueva teníamos prisionero al fascista. Me costó separarla de sus amigas, y luego creyó que la quería llevar al Campillo para meterle mano. Tuve que contárselo desde el principio, con todo detalle, como a ella le gustaba enterarse de las historias. Allí, en la esquina, mientras la sentía escucharme con una atención y un asombro crecientes, se me ocurrió la idea. La maldita idea, que ojalá nunca se me hubiera ocurrido.

—¿Quieres verlos?

—¡Huy!, no…

—No seas tímida, ni te dé miedo. Al fascista le tenemos atado y el jefe es muy simpático.

—¿Es guapo?

—No me he fijado. Anda, ven. Mira, tengo la linterna y voy yo contigo. No puede pasar nada.

A la entrada de la cueva se hizo otra vez la remolona, pero como me vio decidido y hasta le estallaba la curiosidad por el temblor, tuve que tirar poco de ella. Encendí la linterna para enseñarle la cuerda, que nos había servido de guía. Deseaba tanto encontrarle y que Riánsares le conociese, que corrimos y todo. También di unos gritos, para que supiera que era yo y no se sobresaltase.

Me sorprendió algo hallarles más cerca de la salida, pero me tranquilizó que el fascista continuase con las manos amarradas a la espalda.

Cuando Riánsares comprobó que lo que yo le había dicho no era una trola, puso una cara cómica. El jefe nos recibió muy bien y estrechó la mano a Riánsares, en lo que también se notaba que era republicano, porque los señoritos nunca dan la mano a las criadas. Riánsares dijo que aquello le parecía una cosa de sueño.

—Tócale, tócale, si quieres. —Me acerqué al palomino atontado del fascista, que retrocedió un poco, moviendo el culo a saltos—. Mañana vamos a entregarle.

—¿Y Paco y Leoncio?

—Se han ido a sus casas, creyendo que era tarde, ¿sabe usted? Hemos quedado a las diez.

—Me alegro.

Yo, a la primera ojeada, percibí que Riánsares y el jefe se habían mirado mucho y habían simpatizado. Por eso no me extrañó que él, muy serio, muy educado, le dijese que necesitaba hablar con ella. Animé a Riánsares y, con el tirador a punto, me senté a vigilar al fascista. Ellos dos se alejaron por una galería lateral.

Ensanchaba el corazón tener al fascista atado, a mucha menos distancia del alcance de una piedra. Bien observado, ni parecía fascista, ni nada, tan delgados como tenía el pecho y los hombros. Pero, en los labios sobre todo, se le notaba que no era de fiar.

El jefe y Riánsares no volvían. Yo no cesaba de imaginar la sorpresa que se llevarían la Concha, Tano y el señor Pedro. De pronto, el fascista me hizo una pregunta; me pilló desprevenido, más que nada por su voz normal, de buena persona.

—No, yo no creo.

—¿Por qué, muchacho?

—Porque Dios está con los nacionales.

—No, Dios…

—¡Cállese!

Se calló enseguida, de puro susto. Con los prisioneros no se debían tener complacencias. Los prisioneros siempre piensan en escaparse. Empiezan a hablar, a hablar, para que uno tenga un descuido. Yo estaba decidido a no permitirme un segundo de distracción. Como aquella película, en la que el americano se dormía, junto a la hoguera, y el indio aprovechaba…

Me levanté de un salto. La linterna me temblaba tanto en la mano, que no conseguía fijar la luz. El fascista me miró, algo extrañado, pero debió de suponer que yo jugaba.

—¡Riánsares!

La cueva tenía un eco muy débil. Corrí por donde el otro fascista se había llevado a Riánsares, sin parar de gritar. Ella me respondió desde lo oscuro y muy cerca. Mantuve la linterna contra el techo, porque la voz venía del suelo.

—¿Te pasa algo?

—No, nada —conseguí decir—. Era para saber si estás bien.

Riánsares y el fascista se rieron.

—Ahora voy, tonto, no te preocupes.

Entre excitada y ronca, su voz me inquietó. Pero, en el rayo de luz que fingí descuidar, estaban separados por la distancia del brazo de él —cuya mano quedaba oculta bajo el cuello de Riánsares— y, desde luego, aunque tumbados, completamente vestidos.

—No, si no me preocupo. Termina pronto.

—Cotilla —dijo, como si me diese un azote—. No hay nada que terminar.

La bomba de piña. Nunca más dirigiría la palabra a aquel cobarde de Tano, incapaz de guardar una bomba en su casa. Debajo de la leña. Domingo. Tampoco podía dejar sola a Riánsares. Había que avisarle de que no era el jefe del contraespionaje, sino un fascista, tal como había supuesto al verles por vez primera, él, dormido, y el delgado, con la cabeza apoyada en las manos y las manos sobre las rodillas, sin intentar escapar.

—¿Estás nervioso?

Le metí el rayo de luz en los ojos —tuvo que agachar la cara— y recordé la pistola.

—Te voy a matar, te voy a matar. Levanta la jeta —la barbilla se le clavaba en el pecho—, puerco, marrano, mentiroso.

Cogí una piedra grande y estuve mucho tiempo con ella en la mano derecha, hasta que oí a Riánsares. Despeinada, sonriente, con una expresión así, ansiosa, resultaba extraño que el fascista la abrazase por la cintura.

—Ya nos vamos —dijo.

Al cambiar de dirección la luz, descubrí, tirada, la cuerda que había traído Leoncio. Entonces comprendí que se largarían de la cueva inmediatamente detrás de nosotros, que no quedaría tiempo ni de encontrar a los milicianos. Eché el antebrazo por encima de mi hombro, igual que si arrojase la piedra, y el tipo no pudo resistir el miedo. Instintivamente, retiró las manos de la espalda y se tapó el rostro.

—Canalla —dijo el otro.

Se levantó como una centella y sujetó a Riánsares por los brazos. Porque Riánsares no había comprendido aún, pero estaba aterrorizada.

—Rápido.

—La mochila.

—Estaba ahí. —El delgado soltó a Riánsares, al mismo tiempo que, con un golpe tajante de las rodillas en las corvas, la derribó de boca contra la tierra—. Los papeles los llevo yo. Ahora, rápido.

Salté contra él, le mordí en el pecho, le pateé un tobillo y, cuando ni podía acordarme de su existencia, el ex jefe me asió por el jersey y, con el dorso de la mano, me abofeteó. Desde el suelo, con aquel dolor intolerable en las mandíbulas y el sabor de la sangre, continuaba escuchando los gritos de Riánsares, sus gemidos largos como una enfermedad. Les oí correr y, al instante, las manos de ella me levantaron.

A la luz de la linterna, Riánsares me miró el paladar. Me callé que sentía suelto un diente. Me abrazaba y yo olía su vestido de seda, polvoriento y embarrado.

—Vamos a casa —dijo.

No me dejó mirar si se habían llevado la mochila. Salimos casi corriendo, con las manos cogidas apretadamente. El aire fresco de la noche nos hizo detenernos. Fuera, todo estaba igual. Algunas personas andaban por el paseo, el ruido de los tranvías llegaba desde la plaza de Manuel Becerra.

—No digas nada a ellos.

Las lágrimas, apelotonadas en los ojos, me impedían decirle que estuviese tranquila, que jamás se lo contaría a nadie. Pero ella comprendió.

Nos abrió Luisa, que ni saludó. Me fui a la cocina, y Riánsares a su habitación. La noche estaba tranquila, clara, muy bonita. Había luces en casa de Tano, en casa de la Concha y en otras muchas ventanas; olores, ruidos. Una voz de mujer gritaba:

—¡Grabiel, Grabiel!

Bebí a morro del grifo del fregadero, después de enjuagarme, hasta que sentí encharcado el estómago.

—¿Qué, madre?

—Que te pongas a limpiar las lentejas.

—¿Tiro las que tengan bicho?

—¡¿Estás agilipollao, muchacho?! ¡Quita las piedras sólo!

La luna daba blancura a la tierra ocre del Campillo, tan igual, a esa hora, al planeta Marte en las novelas de Edgar Rice Burroughs. El hoyo cubierto de cartón no había servido. Al encenderse la bombilla, me di cuenta de que había estado a oscuras.

—¿Te han regañado?

—No, abuela. ¿Es tarde?

—Dentro de poco se cenará.

—Yo no quiero cenar. De verdad, abuela, que no tengo hambre.

Riánsares entró con el vestido de todos los días, ajustándose a la espalda, allí donde el fascista había sujetado sus manos, los tirantes del delantal.

—¿Has peleado con algún chico?

—No, abuela.

—Estará cansado —dijo Riánsares.

La abuela sabía que algo me pasaba, pero no me preguntó más; me acompañó a mi cuarto, les dijo a los demás que yo no cenaría y me trajo un tazón de leche caliente y dos rebanadas frías de pan frito.

Cuando puse la cabeza en la almohada, presentí que no me dormiría en toda la noche. Para no pensar en la bomba intenté planear lo que al día siguiente diría a Leoncio y a Paco, qué actitud adoptaría delante de Tano, al contarle ellos que habíamos hablado con el fascista y con el jefe del contraespionaje. Tano se reiría de nosotros. Pero seguro que él no había hecho nunca aquello con la Concha. O, a lo mejor, sí y yo no lo sabía, de igual forma que no había sabido coger a los fascistas. Mejor no darle vueltas y pensar en Celia, que era buena y guapa. No como los demás, que podían ser listos —y dolía mucho que los fascistas fueran más listos—, pero también cobardes, sucios, hipócritas. Todos. Incluida la Concha, Tano, Luisa y el abuelo, y mi padre, y… sí, también yo, que, a pesar de ser rojo, había hecho aquello a solas, lo que nunca haría Celia. Sin embargo, yo quería ser rojo. ¿Cómo podían entenderse las dos cosas a la vez? Una tarde, Morrotorcido había dicho que, de mayores, se cambia siempre; yo no le creí, pero nunca se sabe. De un golpe de las piernas, tiré las mantas y la sábana al suelo.

Busqué a Riánsares en la cocina para que ella, que era buena, me lo explicase. Pero en la cocina no había nadie y los cacharros ya estaban recogidos.

—¿Qué haces levantado a estas horas? —dijo mi padre.

—He ido a beber agua.

—Vuelve a la cama. Y no andes descalzo por toda la casa.

—¿Vosotros no os acostáis?

Se veía por la rendija que hacía la puerta del cuarto de estar que no, que seguirían allí con las orejas atentas a las porquerías de noticias de su radio.

Apagué la luz del pasillo, esperé que mi padre entrase y fui a la habitación de Riánsares. El vestido permanecía encima de una silla, en la que también, hechas unos gurruños, estaban sus medias y sus ligas, negras y redondas.

En el dormitorio de los abuelos, entre las dos camas, Riánsares arreglaba los embozos. Me senté a los pies de la cama de la abuela y le dije que estaban oyendo la radio. Me sonrió un poco. Desplegó el camisón de la abuela, que era grandísimo, y lo extendió sobre la colcha. Después, se puso en cuclillas delante de mí, quizá para darme un beso, pero se estuvo quieta.

—¿Estás triste, Riánsares?

—Sí, guapo mío; mucho.

Nunca me había llamado de esa forma y, ahora sí, pareció que me abrazaría.

—No te hizo nada en la cueva, ¿verdad?

Se le llenaron de lágrimas los ojos.

—Casi nada —logró decir.

—Sólo te tocó un poco y te besó.

Con un temblor empezó a sollozar.

La lamparilla de aceite de la Virgen del abuelo chisporroteaba. De rodillas ambos en la alfombra que había entre las camas, escuchando sus sollozos, besando sus mejillas, poniéndole las manos en las mejillas húmedas, aquella gran pena no me dejaba hablar, ni me distraía el ánimo el recuerdo de la Concha, de Germán el Tifus, de las enrevesadas cosas que sucedían por el mundo.

—La guerra es mala, mala… —decía alguna vez, con la cabeza apoyada en mi hombro.

Pero una mezcla de rabia y tristeza, como un ahogo, me hacía desear que el tiempo pasase pronto, para que pronto llegase aquello que en el barrio se llamaba ser hombre y, entonces, ante todo, coger a los fascistas —que no se me escaparían— y después hacerle a Riánsares lo que el fascista no le había hecho y que ella dejase de llorar.

Sábado, comida

1

Julita, que aquella mañana había dudado entre las medias negras —lo que era cómodo— o las de nailon —lo que resultaba elegante—, se pasó la mano corvas arriba para poner rectas las costuras. Después, se levantó la falda y se ajustó el slip, verde, de franja indesmallable. Colocó la toalla en la barra de vidrio antes de salir al pasillo. Elvira esperaba junto a la puerta de los lavabos de hombres.

—Anda, hija —dijo Elvira—, que ya has tardado lo tuyo. Son las dos menos diez.

—Bueno, ¿y qué? No haberme esperado ahí.

—Ya sabes que no me gusta quedarme a solas con el señor Ramírez. Me mira a las piernas.

—No seas tonta. —Julita la empujó por un hombro—. ¡Mira que tienes unas manías con el pobre señor Ramírez…!

Al final del parqué, recubierto por una franja central de moqueta gris, la puerta de cristal esmerilado daba a otro pasillo de suelo de baldosines.

—No son manías. Es cierto que me mira y que…

—Que bueno, que sí. Pues vaya una mañana que tienes. ¿Es que te ha venido el período?

—¡Ay, hija, qué cosas dices! —Elvira abrió la puerta del despacho—. Ya estamos aquí, señor Ramírez.

Ramírez miraba por la ventana las ramas secas de los árboles y mordisqueaba el bolígrafo, que dejó sobre los justificantes de horas extraordinarias, al tiempo que sonreía a las muchachas.

—No ha venido aún nadie —dijo Ramírez—. ¿Están preparadas ustedes?

—Pues quedaron que vendrían entre dos menos cuarto y dos —dijo Elvira.

—Todavía no son las dos. —Julita se sentó frente a la ventana y colocó las manos sobre las rodillas—. Y ahora, a ver quién habla con don Antonio.

—Fausto dijo que…

Elvira se interrumpió al entrar Paquita. A Paquita el traje sastre, color salmón, le hacía más grandes los pechos.

—Buenos días, señor Ramírez. Hola, chicas.

—Hola —dijo Elvira.

—Está usted muy guapa, Paquita. —Ramírez carraspeó—. Con permiso de su novio.

—¿Ha llegado ya? —Paquita volvió la cabeza hacia una y otra pared—. ¡Huy, qué boba soy, creí que había venido Lorenzo!

Julita sentía bajo las manos la suavidad de las medias, conteniendo sus prietas rodillas. Al otro lado del bulevar, unos cuantos hombres en mangas de camisa descargaban muebles de un capitoné. Oyó unos cuchicheos de Elvira y de Paquita, sentadas junto a una de las mesas de las máquinas de escribir, y el ruido de los cajones de la mesa del señor Ramírez. Desde el cuarto piso caía, floja y gruesa, una soga. Dejó de acariciarse las rodillas.

—Hace buen día —dijo Julita.

Ramírez guardaba la llave del último cajón que cerraba en el siguiente. Julita levantó la vista de sus uñas rojas cuando el señor Ramírez enganchaba la última llave en el llavero.

—Terminada la faena —dijo Ramírez—. Sí, hemos tenido suerte. Hace un tiempo muy hermoso.

—Ni que fuésemos de campo —dijo Paquita.

—Tengo ganas de que llegue el verano para salir de excursión a la sierra. ¿Verdad, señor Ramírez?

—Sí, Elvira, sí.

—En el verano es mejor. —Paquita se puso en pie—. A Lorenzo le gusta más el invierno, porque en verano suda mucho.

—¿Qué hora es? —preguntó Julita.

—Las dos y cinco. —Ramírez se recostó en el sillón basculante—. Cuando sea viejo, preferirá el verano.

—Eso mismo le digo yo a Lorenzo. Pero ya sabe usted cómo es; si se le mete una idea en la cabeza, no hay quien se la quite. Él dice que el invierno es mejor y tiene que ser mejor. ¿Saben ustedes que vamos a comer marisco?

—¿Quién te lo ha dicho?

—Yo creo que nos deberíamos bajar al bar —propuso Julita.

—Hija, hemos quedado en reunirnos aquí. Lo ha dicho Fausto. —Elvira metió la mano derecha por el escote y se subió el tirante izquierdo del sostén—. Lo que sí podríamos hacer es llamarle, porque se dijo que entre dos menos cuarto y dos. ¿Qué le parece a usted, señor Ramírez?

—A mí me parece bien, Elvira.

—¿Ya ha telefoneado usted a su casa?

—Sí. —Ramírez dejó de mirar a Elvira y miró a Paquita—. Le he avisado ya a mi mujer, de que hoy me voy de juerga.

—¡Huy, de juerga! ¡Qué cosas tiene usted! ¡Tiene usted unos golpes, señor Ramírez…!

—Pedro decía esta mañana en el bar, cuando he bajado a desayunar, que nos iríamos de juerga. Lleva —Elvira enrojeció— una corbata muy bonita. Nueva.

—Valiente golfo está hecho Pedro.

Julita abandonó la observación de los hombres en mangas de camisa, que descargaban muebles del capitoné.

—¿Llamo yo o llamas tú, Elvira?

—Hija, Julita, llama tú. A mí me toman el pelo los de valores.

Julita descolgó el teléfono, marcó dos cifras y esperó, con la mano libre apoyada en la cadera y un incesante parpadeo.

—¿Valores…? ¿Está el señor González…? ¡Ah, bueno…! Nada, nada, de aquí, de nóminas… Adiós y gracias, ¿eh? —Julita colgó el teléfono—. Que acaba de salir y que sube para aquí.

—Yo voy un momentito al váter —dijo Ramírez.

Julita se sentó de nuevo junto a la ventana y cruzó las piernas. Elvira se miraba en el espejo un grano, que desde la noche anterior le crecía, colorado y patente, en pleno pómulo izquierdo.

—¿Siempre que sale al lavabo lo anuncia en voz alta?

—Siempre —dijo Elvira—. Es una vergüenza. Y ahora, menos mal que dice que va al váter, porque lo que es antes, decía siempre que iba al retrete. ¿Verdad, Julita?

—Sí, verdad.

—Parece que estás de malhumor. ¿Qué te pasa?

—No me pasa nada. Que me fastidia la informalidad. Se ha dicho a una hora, pues se está puntual y asunto acabado. Pero no esto de tenernos aquí de plantón.

—Tendrán que recoger el trabajo.

—El trabajo, el trabajo… Pero si, además, es sábado. Yo me bajo al bar.

—¿Te bajas? —Elvira siguió con la vista a Julita, que atravesó el despacho rápidamente sobre sus altos tacones—. Luego tardaremos más hasta que nos reunamos todos. —Julita cerró la puerta—. ¿Has notado qué tacones se ha puesto?

—Ya, hija, ya. Parece que quiere dejarnos a todas enanas. Y el jersey granate, que le hace un pecho indecente. Fíjate, voy yo con el traje sastre, que no me hace ni la mitad que a ella, y estoy volada.

—No te preocupes —Elvira le puso una mano sobre el hombro a Paquita—, que no se te nota casi nada.

—¿Qué tal te llevas últimamente con Julita?

—¿Con Julita? —Elvira cerró los ojos y se mordió el labio inferior—. Mal, para no variar. Yo creo que nos tiene envidia.

—¿Tú crees?

—A mí, porque tengo veinte años, y a ti, porque tienes novio y veintidós años. Le está entrando el miedo de quedarse solterona.

—Pues pronto le entra —dijo Paquita.

—Tiene ya veinticinco años. Y que no le cuaja ningún chico, que yo no sé qué tiene que, siendo mona como es, porque, eso sí, mona es, las cosas como son, sin embargo, no hay muchacho que la aguante más de dos meses. Es lo que yo te digo, envidia.

—¿Has visto a Mari Luz? Se ha puesto el vestido de punto.

—¿El vestido de punto?

—Sí, date cuenta. La muy zorra va y se pone el vestido de punto, el azul, que…

—Sí, sí, ya sé, el azul.

—… le silban los hombres de lo descarada que la hace. Yo, la verdad, no sé por qué tiene que venir Mari Luz.

—Como está con Nieves… —dijo Elvira.

—¿Y por qué tiene que venir Nieves? Dijimos que los de nóminas, los de valores y nosotros los de cuentas corrientes.

—¿Quién viene de cuentas corrientes?

—Yo.

—¡Ah!

Ramírez entró con Lorenzo. Cuando Ramírez y Lorenzo encendieron los cigarrillos, Elvira y Paquita se pusieron a cuchichear.

—Yo, mire usted, no debía fumar en ayunas. Antes de comer, quiero decir. Noto en el estómago la nicotina como un ácido corrosivo.

—El tabaco no es tan malo como dicen. El otro día leí —Lorenzo se sentó a la mesa, limpia de papeles, unos segundos después de que Ramírez ocupase el sillón basculante— que el tabaco cura el cáncer.

—¿Cómo?

—Sí, señor Ramírez. Lo traía una revista. Lo que sucede es que fumamos mal tabaco, que el tabaco español es infame.

—Ay, hijo mío, si usted supiese lo que he fumado yo en esta vida… En la guerra fumaba unas hierbas que vendían en paquetes de medio kilo y que, por aquel entonces, costaban a ocho pesetas el paquete. Eran hierbas medicinales, para quitarle a uno el vicio de fumar. Y cuando se acabaron las hierbas, porque hasta las hierbas se acabaron, fumaba cáscaras de patata.

—Pero ahora no estamos en guerra —dijo Lorenzo.

—Lorenzo —dijo Paquita—, ya te podías haber puesto una camisa blanca.

—¿Qué le pasa a mi camisa?

—No le hagas caso —dijo Elvira—, que bien bonita que es. A mí me encantan las camisas a rayas. —Elvira se levantó, cogió una de las puntas del cuello de la camisa de Lorenzo y se percató, demasiado tarde, de que el pómulo que había acercado era el izquierdo—. Muy elegante, di que sí.

—Luego, después de la guerra, la cosa no se puso mejor.

—Claro —dijo Paquita—, si estaba usted en la cárcel, ¿cómo se le iba a poner la cosa?

—¿Cuánto tiempo estuvo usted en chirona, señor Ramírez?

—Hasta el cuarenta y cinco, hijo mío.

—Pero usted, señor Ramírez —Elvira clavó una nalga en el pico de la mesa de Ramírez—, ¿era rojo?

—Yo, Elvira, nunca me metí en nada.

—¿Y por qué le encerraron?

—Por mi hermano, que era de Izquierda Republicana.

—¿Engancharon también a su hermano?

—No, Lorenzo, no. Mi hermano afortunadamente se fue a México. Y allí ha muerto hace tres años, que en paz descanse. Pero dejemos los malos recuerdos, que hoy es sábado y hemos cobrado la extraordinaria y hay que celebrarlo. Ya le digo, Lorenzo, hierbas y cáscaras de…

Fausto abrió la puerta, al tiempo que golpeaba en la madera con los nudillos.

—¿Se puede? Venga, que llegamos tarde.

—Ahora con prisas. —Elvira cogió el bolso—. Llevamos esperando media hora. ¿Y los otros?

—En el bar.

—¿No habíamos quedado aquí? —dijo Paquita.

—Opino que habrá que pedir permiso a don Antonio —dijo Ramírez—. Son sólo las dos y veinte.

—¿Las dos y veinte ya?

—Señor Ramírez, a usted le corresponde. —Fausto le palmeó la espalda—. Por edad y por jefatura.

—Mire, Fausto, yo no tengo inconveniente en entrar a hablar con don Antonio. Ya sabe usted que don Antonio me aprecia y que él y un servidor nunca hemos tenido ni la más mínima diferencia. Pero yo creo que está usted más indicado, por tratarse de lo que se trata.

—Esperamos en el bar —dijo Paquita—. Elvira y yo les esperamos en el bar.

—Como usted quiera, señor Ramírez. Yo pasar, paso. A mí me importa un pimiento don Antonio, pero que no le veo la justificación.

—Tratándose de lo que se trata —dijo Ramírez—, usted, que es más joven, resultará mejor. Lorenzo puede acompañarle.

—¿Yo?

—Venga, tú. —Fausto cogió a Lorenzo por un brazo y le arrastró unos pasos, en dirección al despacho de don Antonio—. Así te vas acostumbrando a lidiar toros de peso.

La antesala estaba vacía. Lorenzo observó a Fausto, mientras asomaba la cabeza por el hueco de la puerta del despacho del jefe de personal.

—¿Da usted su permiso, don Antonio? —Fausto cuadró los hombros—. Buenos días, don Antonio.

—Pasen.

—Buenos días, don Antonio —dijo Lorenzo.

Encarnita, que tenía el bloc encima de la mesa, sonrió a Fausto. Lorenzo siguió a Fausto y se quedó detrás de él, cuando Fausto se detuvo a medio metro de la mesa de don Antonio. Las mejillas de don Antonio brillaban, lisas y hundidas. Fausto tosió antes de hablar.

—A molestarle un momentito.

—Diga.

—Pues la cosa es que habíamos pensado en celebrar la extraordinaria, la paga extraordinaria, que se ha cobrado hoy. Con una comida. Como, sinceramente, no se esperaba y ha venido así, de milagro, hemos decidido ir a celebrarlo, si usted no tiene inconveniente. Y, de paso, aprovechar la ocasión, para agradecerle a usted lo que ha hecho en lo de la paga.

—Muchas gracias, aunque yo no he hecho nada.

—Sí, don Antonio, y disculpe que le contradiga. Que toda la oficina sabe que usted habló al señor director.

—Vayan ustedes. ¡Ah!, y…

—Perdone, don Antonio. Además de Lorenzo y de un servidor, vienen también el señor Ramírez, jefe de nóminas, y las señoritas Julita y Elvira. De acciones y bonos, las señoritas Nieves y Mari Luz. De valores, Pedro y nosotros dos; y de cuentas corrientes, la señorita Paquita. —Fausto emitió una corta risa, que le alteró el tono de la voz—. Creo que me ha salido completa la lista.

—Digan a sus jefes respectivos que yo les he autorizado a salir. Y ya que está usted aquí, Fausto, no olvide pasarse el lunes a las once a charlar conmigo. Le adelanto que el negociado de valores ha bajado de rendimiento, lo que se atribuye a que…

—Don Antonio, yo…

—No me interrumpa. A que se habla de fútbol más de lo debido. Ya sabe, el lunes a las once.

—Sí, señor.

—Y que se diviertan ustedes en la comida.

—Muchas gracias, don Antonio. Buenos días, don Antonio.

—Buenos días, don Antonio.

Encarnita tenía la mirada en el bloc y el lapicero metido en el pelo. Lorenzo retrocedió unos pasos, para no tropezar con Fausto, que salía del despacho precipitadamente. Hasta la escalera, anduvo sin hablar.

—¿Qué querrá el lunes?

—El hijo de puta… Maldita sea la madre que le parió. Y delante de esa idiota, que lo chismorrea por toda la oficina. Si uno no tuviese hijos, era como para partirle la boca.

—Algún chivatazo —dijo Lorenzo.

—Tenemos que hablar con Pedro. Pero tú, él y yo solos. No digas nada delante de los demás. Luego hacemos un aparte.

Las cinco mujeres, Ramírez y Pedro esperaban en el vestíbulo. Mari Luz, apoyada en una de las paredes de mármol rosa, se limpiaba el carmín de las comisuras con la punta del pañuelo. Julita reía de algo que Pedro le murmuraba al oído.

—¿Qué? —dijo Ramírez—. ¿Ha dado el permiso don Antonio?

—Hola, Nieves —dijo Fausto—. Arreando, que huele mal esta cuadra.

—Hola.

—Encima con prisas. —Mari Luz guardó el pañuelo y el espejo en el bolsillo.

Salieron a la calle, llena de sol.

—Son las dos y media.

—Las tres menos veinte, si no te importa, Elvira.

—Mari Luz, estás de campeonato.

—Y a las demás que nos parta un rayo.

—Gracias, Pedro. Se va a tomar unas cañas, ¿no?

—Habíamos pensado en tomar unas cañas antes de comer. Cogemos unos taxis, y a las tres estamos en el restaurante.

—Fausto, ¿has encargado la comida?

—¿Qué te sucede, Fausto? Parece que estás de mala uva.

—Tú, Nieves, que tú también estás fenómeno hoy. —Pedro se adelantó por la acera y cogió del brazo a Nieves, cantando en falsete—. Esta noche me emborracho bien, me mamo bien mamao, pa no pensar.

—¿Has cobrado la paga?

—Te diré, tanagra.

—He encargado sopa de marisco, tortilla paisana, entrecot de ternera y tarta helada. Al que no le guste el menú…

—Nos gusta, Fausto.

—... puede pedir otra cosa. Si nos ponemos ahora de cañas, llegaremos tarde.

—Las chicas querían tomar cerveza antes.

—Que la tomen en el restaurante.

—¿Lo veis? Si se hubiera salido a la hora que se quedó...

Los obreros subían un bargueño a lo largo de la fachada. El aire olía a gasolina, a asfalto, a tierra mojada. A Nieves los olores de la calle le mantenían tensas las aletas de la nariz.

Fausto, que había mandado detener dos taxis, daba órdenes, distribuyendo a unos y a otros. Nieves subió dificultosamente, a causa de la falda demasiado ceñida. A su lado se sentaba Ramírez; Julita y Mari Luz ocuparon los trasportines. Fausto se colocó junto al chófer, a quien dio la dirección del restaurante.

—¡Qué bonito está Madrid! —dijo Mari Luz—. En esta época, Madrid se pone precioso.

—Hija —dijo Julita—, ni que salieses de un campo de concentración.

—Lo vamos a pasar en grande. —Nieves abrió los ojos—. Mira, nos hemos juntado los viejos.

—Oye, guapa, que yo... —comenzó Julita.

—Ya, que ya sabemos que tienes veinticinco, Julita, y que Mari Luz tiene veintiséis. Pero fíjate en nosotros. El señor Ramírez, con cincuenta y tantos...

—Cincuenta y siete, Nieves, cincuenta y siete.

—Y yo, con treinta y tres declarados, y Fausto, cerca de los cincuenta.

—Y con tres hijas, mujer y abuela, que es peor.

—¡Ay, Fausto!, no empieces, ¿eh? Que luego me pongo mala de tanto reír.

—Julita, que la vida es nuestra.

Nieves dejó de mirar por la ventanilla.

—Tienes razón, Mari Luz. Hace un tiempo maravilloso.

—Es que este año —dijo Ramírez— apenas ha llovido.

2

Ramírez se puso en pie, a la cabecera de la mesa, y subió la copa de vino tinto a la altura del chaleco. Los demás dejaron de aplaudir. La pareja, que ocupaba la mesa del ventanal, continuaba hablando.

—Señoras y señores —las muchachas rieron—. Yo no soy orador.

—¡Duro, Ramírez! —gritó Pedro.

—No obstante, es para mí un triste privilegio el de cerrar este acto tan simpático y tan…, bueno, y tan emocionante de la comida que hoy hemos celebrado para festejar la paga extraordinaria.

—¡Viva la paga! —dijo Elvira.

—Y digo que es un triste privilegio, porque es el privilegio de la edad. —Fausto, con los codos apoyados en la mesa, le miraba fijamente—. La edad es una cosa muy mala. La mucha edad, quiero decir. Porque, en cambio —Julita se inclinaba sobre la corbata de Pedro—, la poca edad es una ventura del cielo. Todos formamos una familia en la oficina, más que familia, ya que con la familia pasamos menos horas al día que con los compañeros. Y así, como en toda familia numerosa —Elvira, con una mano por dentro del escote, se subía un tirante del sostén—, unos se prefieren a otros; así, nosotros, en la numerosa familia de la oficina, nos hemos preferido. Vaya usted a saber por qué. Lo emocionante, lo verdaderamente emocionante y… emocionante, para mí, es que ustedes, que están, por la gracia del cielo, en la bella edad, me admitan —Lorenzo y Paquita, con las manos cogidas sobre el mantel, fruncían los entrecejos— entre ustedes, entre la dorada juventud, entre la juventud divino tesoro, como dijo el poeta.

—Muy bien —susurró Julita.

—Que, también como dijo el poeta, se va para no volver por nunca jamás. Yo… yo… —Ramírez titubeó, antes de beber un sorbo de vino— les deseo que sean muy felices con esta paga extraordinaria, no muy cuantiosa, pero sí bien recibida, y que se la gasten en… en ser felices, porque la juventud se va y no vuelve, como ya he dicho que dijo el poeta. Por ello… —Mari Luz retiró el brazo que Pedro acababa de pasar por el respaldo de su silla—. Bueno, me he perdido. —Todos rieron—. Quiero terminar deseándoles eso, que sean jóvenes y felices y que nos reunamos en otro acto tan simpático como éste muy pronto. —Al sentarse, mientras le aplaudían, Ramírez, secándose el sudor de la frente, recordó el final del discurso, que había preparado la noche anterior—. ¡Uf!, creo que he bebido más de la cuenta.

Cuando cesaron los aplausos, Pedro se puso en pie.

—Propongo —dijo Pedro— un aplauso para el señor Ramírez, que es un tipo estupendo. —Los aplausos resonaron otra vez—. Y ahora propongo…

—Venga, tú, no seas tubo —dijo Mari Luz.

—… que hable una representante del bello sexo.

—¡Huy! —chilló Elvira.

—Nieves. Que hable Nieves.

—Sí, sí —dijo Ramírez—, también el bello sexo. Que nos acaricie los oídos el bello sexo.

—Oiga usted, señor Ramírez —dijo Julita—, que aquí no hemos venido a hacerles caricias.

Fausto se levantó, rodeó la mesa y, empujándola por un codo, obligó a Nieves a ponerse en pie.

—Yo —dijo Nieves, después de haberse estirado la chaqueta de punto—, ¿qué quieren ustedes que les diga? Pues, eso. Que estamos muy contentas y que aprovecho la ocasión para decirles… pues eso. ¡Ah!, yo qué sé. Que, como ha dicho el señor Ramírez, todos somos una familia bien avenida. Y que un aplauso para Fausto, que tan estupendamente lo ha organizado todo.

A favor del bullicio, Ramírez se dirigió a uno de los camareros, que montaban las sillas puestas al revés sobre las mesas vacías, para que le indicase la situación del váter. El ruido lejano de sus conversaciones, los complejos olores, la fría humedad de las paredes, le provocaron una náusea. Luego se quedó quieto con las manos sobre el rostro, sentado en la taza.

La pareja del fondo se había marchado ya cuando Ramírez regresó. Ellos hablaban y reían a la vez. Sobre el mantel manchado de vino, entre los platos del postre con restos de helado derretido y ceniza, entre las migas, las cucharillas, los vasos y las botellas, Ramírez vio los largos brazos pecosos de Nieves.

—Lo estamos pasando muy bien, ¿verdad?

—Sí, muy bien. —Nieves retiró los brazos de la mesa, colocó su chaqueta de punto en una silla y encendió un cigarrillo—. La otra vez también lo pasamos muy bien.

—¿La otra vez?

—¿No se acuerda usted, señor Ramírez? En Navidad, cuando las chicas se empeñaron en que hiciese usted juegos de manos. Como es usted budista.

—Yo, Nieves, lo que sucede es que he leído lo mío, de religiones orientales sobre todo. Pero budista, lo que se dice budista, la verdad, no. ¿Usted ha leído…?

—¿Yo? —Nieves rió ruidosamente—. ¡Ay, señor Ramírez!, pero si yo no tengo tiempo de leer. Alguna noche que otra, me agarro una novela. Pero más que nada para quedarme dormida. Y leer me gusta, me gusta mucho. Claro que también me gusta el cine, y el baile, y otras cosas, para las que no tengo tiempo.

—Usted, Nieves, si me lo permite…

—Diga, diga, señor Ramírez.

—Sencillamente, que debería usted casarse.

—Pero, oiga, y tanto que debería. ¿Qué cree usted que estoy intentando desde hace trece años?

—Señor Ramírez —dijo Julita—, ha echado usted un discurso como para llorar. Se me saltaban las lágrimas con eso de la juventud que usted ha dicho.

—Entonces —Pedro alzó la voz— yo le dije: «Eso no se lo consiento a usted. Usted es mi jefe aquí y, si tiene alguna queja del servicio, me lo dice y yo me corrijo. Pero sólo aquí». Y va el tío y me suelta que yo a él no le hablo en ese tono. Y yo voy y le digo, con respeto, pero serio, vamos, cabreado quiero decir: «Lo dicho, que no le consiento eso, por muy jefe que usted sea».

—¿Y qué te contestó? —preguntó Lorenzo.

—¿Qué me va a contestar? Si hay que tratarles así, hombre. Yo, ya te digo, respetuoso, pero en mi sitio.

—Es un venado —dijo Fausto.

—¿Nos vamos a tomar café a otro sitio? —propuso Mari Luz.

—¿Dónde está Paquita?

—Claro que sí. Llevamos aquí más de dos horas.

—Elvira y Paquita han ido al lavabo.

—El vino estaba riquísimo, ¿verdad, señor Ramírez? Se ha soplado de firme, ¿eh? —Pedro le rodeó momentáneamente los hombros con un brazo—. Oiga, y a usted, que se dedica a esas reli-

giones de los indios y de los chinos, ¿no le está prohibido el tinto-
rro?

—Hijo, yo exclusivamente…

—¡Camarero! —Fausto tocó palmas, con las manos sobre la
cabeza—. La dolorosa.

—Oye —dijo Mari Luz—, que tenemos que hacer cuentas. De
esto y de los taxis.

—Pues yo —dijo Lorenzo—, una vez, que nos cogió a Paquita
y a mí charlando en el pasillo, también estuve a punto de pararle los
pies. Es un grosero.

—Es un cabrito.

—Tú, rica, no te preocupes —Fausto tomó la nota, que el camarero había dejado en un plato frente a él—, que yo abono y el lunes os paso el cargo.

Mari Luz, inclinada sobre Fausto, le observó sacar los billetes
del sobre de la paga. De pronto, Fausto movió la cabeza y le rozó
un hombro.

—¿Es caro?

—Por comer a tu lado, no hay nada caro.

—No seas tonto.

—Si tú y yo estuviésemos solos…

—¿Qué? —murmuró Mari Luz.

—Que te quitaba ese vestido, con todo lo que me gusta.

—Fausto, no seas burro.

—¡Eh, vosotros, dejaros de secretos, que nos vamos!

—¡Ay, hija, Julia, estábamos viendo la factura!

—Pedro dice que a una cafetería de aquí cerca, en la misma calle Mayor.

—A una terraza, mejor.

En la acera, formando grupo a la puerta del restaurante, dejaron de hablar por unos momentos. El cielo se había cubierto de unas nubes bajas que reflejaban una hiriente luminosidad metálica.

—Yo —anunció Ramírez— les voy a dejar a ustedes.

—Pero ¿qué le ocurre? Tiene usted que tomar café.

—Con mucho gusto, pero es que... mi esposa, comprendan.

Mari Luz se colgó del brazo de Nieves, después de haber estrechado la mano de Ramírez. Delante caminaban Paquita y Elvira, con Lorenzo en medio, que llevaba una mano en la nuca de su novia. A los pocos segundos oyeron a los chicos que les seguían. Hacia la Puerta del Sol, las nubes se confundían con los tejados. Mari Luz se detuvo a anudarse un pañuelo de gasa bajo la barbilla.

—Vivan tus caderas en movimiento —dijo Pedro a su espalda.

—¿Y Julita?

—Es cierto. ¿Dónde está Julita?

—Mari Luz, chata, hoy te encuentro con más buenez que en todos los restos de tu vida.

—Calla, Pedro.

—¿Se ha marchado Julita?

—No seas bobo, Fausto. ¿Cómo se va a haber marchado? Ni que fuese el señor Ramírez, que tiene a la parienta esperándole con una escoba.

—Es que se ha emborrachado.

—Pobre hombre, como nunca bebe...

—¿Qué te decía antes el señor Ramírez, Nieves?

Julita esperaba ante el escaparate de una zapatería. Las muchachas se unieron y los tres hombres continuaron despacio por la acera.

La cafetería estaba casi llena. Las mujeres se acomodaron en unos taburetes de la barra y ellos quedaron en pie, con las manos en los bolsillos de los pantalones. Después de encargar café —y coñac para los hombres y Nieves— permanecieron en silencio. El sudor les brillaba tenuemente en las frentes, en las mejillas congestionadas, les humedecía las manos, que movían las copas o deshacían la envoltura de los terrones de azúcar o caían inertes.

—Lo estamos pasando muy bien, ¿verdad? —dijo Paquita.

—Y nos hemos quedado todos mudos.

Paquita y Elvira cuchicheaban con los rostros muy cercanos. A Mari Luz se le veía el comienzo de los muslos. Fausto se inclinó hacia Pedro para decirle algo, que les hizo reír estruendosamente. Mari Luz estiró la falda, sin descruzar las piernas.

—He oído —dijo Nieves— que en el sindicato han discutido una subida de sueldos.

—Tonterías —dijo Mari Luz.

—Lo he oído. Aunque te moleste.

—¿A mí? ¿Por qué me iba a molestar a mí?

—Aunque te moleste que hable del sindicato.

—¿Qué pasa con el sindicato? —preguntó Fausto.

—Nada —dijo Nieves.

Pidieron otras copas de coñac. Fausto y Pedro examinaban concienzudamente la lista de los discos en el automático, colocado a la entrada. Cuando encendieron los tubos fluorescentes del local, la luz tormentosa de la tarde hizo más opresivo el aire, como más cerrado el corto horizonte de la puerta.

—Parece que es invierno.

—Yo mañana —dijo Nieves— me voy a tirar todo el día en la cama.

—¿Estás cansada?

—¿Quién tiene una moneda de peseta? —preguntó Pedro.

—Cansada de morirme. Me duelen los pies y no sé por qué será. Yo tengo suelto, Pedro. ¿Qué vais a poner?

—Yo me iré al cine, seguramente —dijo Lorenzo—. Paquita, después de misa, mañana tenemos que ir a la Gran Vía a buscar localidades para la tarde.

—No pongáis un rollo.

Paquita y Elvira se bajaron de los taburetes. La cafetería se colmó de una repentina oleada de música. Junto al *jukebox*, Fausto y Pedro llevaban el ritmo, como si dirigiesen una orquesta.

—Mira a ésos, qué gansos. Me voy a levantar a la hora de la comida y luego me echo la siesta.

—Pero, Nieves, ¿por qué dices que te duelen los pies? Escucha qué bonito es. Me encantan las canciones italianas…

—Ya es hora de que hables, Julita.

—… más que nada. La hiedra. ¿No os entusiasman las canciones italianas? A mí me pierden, tan románticas, tan así…

—Voy a llamar por teléfono —dijo Mari Luz.

—¿A quién?

—Nieves, siempre quieres enterarte de todo. —Mari Luz rió, al tiempo que le acariciaba el cogote a Nieves—. Voy a decirle dónde estamos, para que venga a recogerme.

—Pero, tú, ¿es que tienes novio?

Mari Luz miró a Julita antes de continuar hacia la escalera del fondo.

—No tiene novio —dijo Nieves—. Sale con ese chico del coche, pero lo que se dice novios, no son.

—¿Qué chico?

Nieves se cambió al taburete vecino al de Julita. Junto a Fausto, Pedro y Lorenzo hablaban con una camarera.

—Ése, el rico.

—No sé quién dices. —Julita bebió el resto del coñac que quedaba en la copa de Fausto—. ¡Uf, qué fuerte y qué bueno está!

—Julita, pareces tonta. Le has visto miles de veces, cuando ha ido a esperarla a la salida de la oficina.

—¿Con el que la cogieron los de la Brigada de la Moralidad?

—¡Ése! ¿Ves como le conoces? Mari Luz piensa que… Oye, ¿quién te ha contado a ti que tuvieron un percance con los de la moralidad?

—Lo sabe toda la oficina. Que estaban en una carretera de las afueras, con los faros apagados y metiéndose el lote.

—Tanto como eso… Se estaban besando.

—Sí, sí, besándose. Y ella, con la enagua por la cintura y el sostén en el asiento de atrás.

Fausto y Pedro acudieron al oír las carcajadas de Nieves, que se doblaba sobre la barra.

—¿De qué te ríes?

—Nada, no hacerle caso. —Julita se ruborizó—. Es que le he contado un chiste.

—¡Ay, Fausto, déjame que me coja a ti! ¡Ay, madre, qué risa más grande!

—Venga, guapa, ya estás contando eso.

—Pero si es una estupidez. Que le ha dado a ésta por ahí. Yo lo que pienso es que si nos vamos a pasar la tarde aquí o qué.

—Tienes razón. —Fausto, cuidando de no separarse de Nieves, que continuaba estremecida de risa, se apoyó en un taburete e hizo un gesto a la muchacha que servía detrás de la barra—. Oiga, joven, la dolorosa.

—¿Y qué hacemos?

—Podríamos ir al cine —dijo Julita.

—No me mates. —Pedro ofreció tabaco—. Para cines estamos.

—No veo por qué no se puede ir al cine.

Mari Luz regresó lentamente, con una voluntaria solemnidad en sus pasos y en los movimientos de su mano derecha sobre el pelo.

—¿Os vais?

—Sí.

—Yo he quedado aquí con Manuel. Va a venir a recogerme aquí, porque le he dicho que aún estaríamos un cuarto de hora.

—Nos vamos al cine —dijo Julita.

—Señorita —Fausto acabó de recoger las monedas—, ponga otra ronda. Coñac para todos, ¿no?

—Ésa se ha emborrachado.

—¿Quién? —dijo Lorenzo.

—No ha sido tu novia, hombre, no te asustes. —Mari Luz, de espaldas a Julita, sonrió a Pedro y a Lorenzo—. Están en el lavabo, y cuando les he preguntado a través de la puerta que si necesitaban algo, Paquita me ha contestado que no, pero con una voz que se veía claro que Elvira se ha emborrachado.

—Oye, tú —Julita, con las manos sobre los muslos, separó los pies, sin girar en el taburete—, ¿cómo puedes saber por la voz de Paquita que Elvira se ha emborrachado?

Mari Luz volvió la cabeza, para responder sobre su hombro.

—Porque tengo experiencia.

—¿De estar borracha?

Bruscamente, con un revoleo de su falda de punto, enfrentó a Julita. Ésta le mantuvo la mirada unos segundos, mientras Nieves dejaba de sonreír y Pedro se frotaba las manos.

—No riñáis, ¿eh? —dijo Fausto.

—¡¿Yo?! ¿Reñir yo con ésta?

Julita subió una comisura de la boca y separó una mano de la falda.

—Tú, preciosa, riñes conmigo si a mí me da la gana, porque has de saber que yo…

Fausto se interpuso entre ellas, con dos copas de coñac.

—A beber se ha dicho. —Modificó el tono de la voz—. Mirad quién viene: la enferma y su enfermera.

A Paquita y a Elvira las dejaron en el centro del grupo. Elvira, pálida y sonriente, dejó de apoyarse en Paquita para recostarse contra el mostrador. Sus sienes húmedas contrastaban con el negro mate del resto de su pelo.

—¿Qué te sucede?

—Ya estoy bien.

Paquita hablaba con Lorenzo y Fausto, cuando Pedro encargó otras dos copas de coñac.

—Verás como te encuentras en la gloria, en bebiéndote un chupito.

—No, no quiero. Que me he puesto así, un poco mareada, porque he bebido mucho en la comida y, además, hacía calor.

—Elvira, a tu casa. —Fausto le rodeó los hombros con un brazo—. Te tomas un vaso de bicarbonato y te metes en la cama.

—No quiero irme a casa.

Mari Luz miró el reloj. Elvira discutía con Fausto, que la obligaba a caminar. Paquita y Lorenzo salieron a buscar un taxi.

—¿Volveréis?

—Sí, hombre. —Fausto le palmeó la espalda a Pedro—. Tú quédate con las chicas, que dejamos a ésta y nos volvemos.

—No, Fausto, no hace falta.

Elvira, antes de abandonar la cafetería, estrechó la mano a Nieves, a Julita y a Mari Luz.

—Esa chica es tonta —dijo Mari Luz.

Pedro cruzó los brazos sobre la barra. La luz fluorescente

arrancaba reflejos al coñac. Sonando en el ruido del escape de vapor de la cafetera, se diluían las palabras de Nieves y Julita.

—¿Te vas a ir con ése? —dijo Pedro.

—Sí, claro —Mari Luz sonrió.

—¿Por qué no te vienes con nosotros?

—Ya he quedado con él.

—¿Es tu novio?

—No.

Nieves extendió el brazo para coger una caja de cerillas, que estaba junto a la copa de Pedro.

—Yo —decía Julita— me voy a lavar la cabeza por la mañana. Por la tarde me gustaría ir al cine. Pero, sí, también me echaré la siesta.

Mari Luz miró a Pedro, que levantó el rostro. Antes de beber la copa de coñac de un trago, chasqueó los labios, sin sonreír, casi como un actor.

—Tienes que venirte con nosotros —dijo Pedro.

Erguida en el taburete, Mari Luz se pasaba una mano por el vientre, por la sosegadora superficie de su vestido de punto, que —pensó— era un imán de los ojos de Pedro.

—… y ella, entonces, se puso a oír el serial, de tantas ganas de llorar que tenía.

—Hija, Nieves, qué cosas ocurren.

3

Julita se hartó de mirar los cuadros que llenaban las paredes de la taberna, de observar a los ocupantes de las otras mesas, de escuchar las conversaciones ajenas y las voces de ellos tres. Se comió el último calamar frito y dijo:

—Creo que ya está bien de hablar de la oficina.

—Anda ésta —Fausto se movió en la silla—, ¿qué mosca te ha picado?

—Tiene razón —dijo Pedro.

—¿Y de qué se va a hablar?

—Hijos, es que lleváis Nieves, Pedro y tú media hora dale que te dale, que ya está bien de chismorreo.

—¡Camarero! —Pedro levantó una mano—. Dos medias de tinto.

—Estás bebiendo mucho.

—¿Yo sólo, Nieves? —Pedro volvió a levantar el brazo—. ¡Oiga, y otra de calamares!

—De patatas mejor, hombre. Una ración de patatas a la brava. ¿No estáis hartas vosotras de calamares?

—Estaba pensando lo farolera que es Mari Luz.

Nieves se inclinó sobre la mesa para asir una mano de Julita.

—Me extrañaba que no le dieses rienda suelta a la mala intención que esta tarde le tienes a Mari Luz.

—La verdad es que Julita está cargada de razón hasta los topes.

—Gracias, Pedro.

—Eso de llamar a su tipo y citarle donde estamos todos lo ha hecho para deslumbrarnos. Vamos, que se cree ella que nos deslumbra.

—Tú, Pedro, que el coche es para quitarle el hipo a cualquiera.

—Un Porsche. ¿Y qué?

—No enfadaros —dijo Nieves—, que lo estamos pasando muy bien.

—¿Tienes tú un Porsche?

—No. ¿Y tú? —dijo Pedro.

—¡Pues entonces!

—Tiene razón Pedro. De verdad, Fausto, que tiene razón.

—Mira, Julita, y tú, Pedro, la gente es como es. Los hay que presumen de Lambretta y los hay que presumen de Porsche. Quiero decir, que ella no es más tonta que cualquier otra.

—Hombre, muy galante —dijo Nieves, riendo.

—Tú me entiendes.

—Qué bueno está el vino. —Pedro tocó palmas, al tiempo que silbaba en sordina una copla flamenca—. La vida, jefe.

—Sí, Fausto, te entiendo. —Nieves retiró la silla, que crujió sobre las baldosas enceradas, y cruzó las piernas—. Pero estos dos también tienen su parte de razón. Y yo a Mari Luz la quiero. La conozco desde hace muchos años, desde que entró en la oficina siendo casi una cría. Ahora, que no dejo de reconocer que le gusta presumir de familia, de dinero, de chicos, de que ella lleva los mejores trajes y los perfumes más caros.

—Y está trabajando igual que todas. ¡Igualito que todas! ¡¿Qué tiene ella de más que nosotras?!

—Julita, no chilles.

—Es que me indigna, hombre. Pues si en su casa están tan bien de dinero, que se quede en ella, en vez de ir a la oficina. Mira tú, si yo pudiera...

—Mujer, dice que se aburre todo el día en su casa.

—¿Aburrirse? ¿Cómo se va a aburrir alguien, pudiendo coser y guisar, y hacer punto, y oír la radio?

—Julita, si es cierto que sabes hacer todas esas cosas, me caso contigo.

—¡Huy, Fausto, escucha a éstos que dicen que se casan!

—Antes me ahorco —sonrió Julita.

—Contigo al altar, te lo juro delante de Nieves y de Fausto. Si es cierto que sabes coser y guisar y hacer jerséis.

—Pedro, no seas loco, que el buey suelto bien se lame. Y te lo dice un casado.

—Parece mentira, Fausto —dijo Nieves—, que hables así, teniendo la mujer que tienes. Y la hermosura de hijas que Dios te ha dado. ¿Es que estás arrepentido de tu matrimonio?

—Venga, Fausto, contesta, no seas maula.

—Hombre, en serio, en serio… Pues la verdad, disgustado no estoy. El matrimonio es bueno, porque un hombre se tiene que recoger alguna vez, porque hay que tener hijos y todas esas cosas. A mí me ha salido bien. A otros les sale mal. No sé… Yo arrepentido no estoy.

—No sigas, que a estas dos se les ponen los dientes largos.

—Pedro, vete a la mierda.

—Julita, hija… —Nieves se acariciaba sus largos brazos desnudos—. Fausto, no tienes perdón, si te quejas. Aún me acuerdo de cuando estabas soltero. Siempre por ahí, de mala manera, de pensión en pensión. La mayoría de las mañanas llegabas a la oficina sin afeitar y con la camisa sucia.

—Es verdad, Nieves. Pero, a veces, uno piensa que si no se hubiera echado tantas cargas encima…

—Podrías tener —le interrumpió Pedro— un Porsche.

—Quizá eso no. Tampoco he aspirado nunca a lujos. Pero algo más de desahogo, sí. —Quedaron en silencio, las miradas bajas, con unas huellas de sonrisas en los labios; cuando Nieves echó hacia atrás la cabeza y volvió a acariciarse los brazos, Fausto habló de nuevo—. También yo me acuerdo de ti, Nieves, cuando entraste a trabajar en la oficina.

—La prehistoria —rió Nieves.

—En aquella época nos conocíamos poco, ¿eh? Ya ha llovido desde entonces. Pero sigues teniendo los brazos muy bonitos. No me explico cómo no te has casado.

—Porque ninguno ha querido.

—Nieves, no digas esas cosas.

—Pero Julita, si es la pura verdad. Quitando a Fausto, yo creo que en los últimos trece años he recibido proposiciones de todos los chicos de la oficina. Proposiciones para salir, nada más. Bueno, tampoco soy vieja. Aún puede que pesque a algún hombre.

—Yo he oído —dijo Pedro— que Fausto y tú fuisteis novios.

—No, no. —Nieves adelantó una mano sobre la mesa, hasta el antebrazo de Fausto—. Ni siquiera me miraba. Yo a él sí, ¿sabes?

—Fausto, no te pongas colorado.

—No le hagáis caso.

—Yo tenía veinte años y Fausto tendría unos… De esto hace trece años.

—Yo tenía treinta y cinco.

—Fijaos, él, treinta y cinco, y yo, veinte. Como en las películas. Y, además, que entonces Fausto era más guapo, que tenía más pelo y no estaba tan gordo. Por la oficina tenía fama de mujeriego y de bebedor y de simpático. Nos cruzábamos en un pasillo y me daba un escalofrío. Había una chica en mi negociado, Matilde Herrera se llamaba. ¿Te acuerdas, Fausto? Sí, Matilde Herrera, que luego se casó. Ella me contaba historias de Fausto, de cuando había estado en la División Azul y de…

—Fíjate, Julita, en la división y le llevaron a rastras.

—Oye, tú, Pedro, que yo a Rusia fui voluntario.

—¿Voluntario? No seas cara, ni te pongas a presumir, que tú mismo me has contado que…

—No discutáis —dijo Julita—. Escucha, Nieves, tú estabas enamorada de éste.

Fausto abrió los brazos y estrechó a las dos muchachas por los hombros. Ellas dejaron caer las cabezas sobre su pecho, riendo, apoyándose en la mesa para conservar el equilibrio.

—No le hagas caso, Julita. Si es mentira todo. Era yo quien temblaba cuando nos cruzábamos en el pasillo. ¡Menudo guayabo! Y ahora estás mejor, Nieves, mucho mejor. Te lo digo yo que entiendo de mujeres. Con esos brazos…

—Propongo —dijo Pedro— que nos vayamos a otra tasca.

Julita se puso en pie de un salto.

—¡Estupendo! La noche es nuestra. Vamos hacia Echegaray.

En las aceras se agolpaban las gentes. Acababan de cerrar las tiendas y las luces de neón delimitaban las fachadas. Nieves se cogió de un brazo de Pedro y de otro de Julita. Fausto caminaba detrás, encendiendo un cigarrillo.

A partir del Manzanares, hacia el horizonte, subía la ladera en una pendiente de puntos brillantes y, a veces, móviles. A la derecha de los Carabancheles lucían dos luces rojas. «Una vez yo, Chuang-Chou, soñé que era una mariposa, revoloteando aquí y allá…» Ramírez se apoyó en la baranda del viaducto, con los ojos muy abiertos a la oscuridad punteada. «… una mariposa perfecta en todo sentido.» A Ramírez le ardía la tráquea, le pesaba el estómago, se le aceleraba el ritmo de las ideas. «Sólo tenía conciencia de mi felicidad como mariposa…» Ramírez dejó de oír, mediante un ejercicio de gimnasia mental, los ruidos de los motores. «… sin saber que era Chou.» En el silencio, aquella opresora e invisible presencia de los cuerpos desnudos se diluyó. «Pronto desperté y fui nuevamente…» Ramírez, al eructar, recobró su cotidiana soledad. Decidió separarse de la hipnótica contemplación de las riberas del Manzanares y, en un bar tranquilo, tomar un café con leche y una ensaimada. «… yo mismo, sin duda alguna.» O unas aceitunas y un vasito de vino.

Nada más sentarse, cuando aún la luz de la linterna del acomodador permanecía sobre el suelo, Lorenzo pasó un brazo por los hombros de Paquita. En la pantalla, la música sonaba sobre una calle de pueblo, solitaria. Lorenzo aproximó la boca, y Paquita, casi sin moverse, puso a su alcance la mejilla izquierda durante un tiempo prudencial. Después se arrellanaron en las butacas y se cogieron las manos.

—Estamos gastando una locura esta tarde. ¿Es la del Oeste? Ya verás el lunes por la mañana, cuando tengas que pagarle a Fausto nuestra parte. Y encima, butaca de patio. Lo menos, lo menos, entre tu paga y la mía, se nos han ido cuatrocientas pesetas. ¡Ay, madre mía, con la cantidad de cosas que…

—Un día es un día.

—… se pueden comprar con cuatrocientas pesetas! Una sábana, paños de cocina, un plazo de la radio, una…

—Paquita, hay que vivir también, de cuando en cuando.

—… docena de platos irrompibles. ¿Qué quieres decir con eso de vivir?

Lorenzo liberó su mano izquierda de las de Paquita y le apretó un pecho.

Con el convencimiento de que las gambas estaban frescas, Fausto acabó de inspeccionar las fuentes de barro que llenaban el mostrador.

—Si ahora comemos gambas —dijo Julita— luego no vamos a cenar. Tú, Nieves, ¿tienes ganas de gambas? —Nieves, que, con un palillo movía el vino de su vaso, pareció no oír—. ¿Y tú, Pedro?

—Estoy otra vez con el coñac. Lo más bueno de esta vida es el coñac. Yo me pasaría la vida bebiendo coñac.

—Ponga unas gambas a la plancha —ordenó Fausto al tabernero—. Y otra ronda de chatos.

—En el bar de la oficina, si no fuese por el qué dirán, en vez de café con leche yo tomaría coñac. Para lo único que es malo, según dicen, es para tener hijos. Por ejemplo, encargas un hijo estando borracho y el hijo te sale tonto. Pero el coñac es muy bueno. Quita las penas.

—¿Tienes tú penas, Pedro? —dijo Julita, sonriendo.

—Como todo el mundo. —Apoyó un brazo en la barra y se acercó a Julita—. Verás, me pasa una cosa rarísima. A veces, parece que no entiendo nada.

Al tiempo que Fausto encendía un cigarrillo, Nieves alzó la cabeza, tiró el palillo al suelo, por encima del hombro, y bebió el vino de un solo trago.

—Yo también pienso así, en serio. Los domingos, sobre todo. —Julita bajó el tono de la voz—. Si me quedo en casa, sin salir en toda la tarde, empiezo a darle vueltas a esas complicaciones de la vida. Pero lo que yo no sabía es que a los hombres también os ocurrían cosas semejantes.

—Sí, también —dijo Pedro.

—Y creo que —como el ruido había aumentado en la taberna, Julita subió el volumen de la voz— no hay tanta diferencia como se dice entre un hombre y una mujer.

—Te diré —dijo Pedro—. Las mujeres sois más románticas, más dadas a los sueños. Pero puestas a ser prácticas, resultáis un rato prácticas. Las mujeres lo que queréis siempre es casaros.

—¿Y después?

—No te entiendo, Julita.

—Que después del matrimonio, ¿qué queremos las mujeres?

—Ah, pues… eso, casaros. Y tener hijos y una cocina llena de cacharros y una nevera. También que no salga el marido.

—Vosotros, comed gambas, que están muy ricas.

—Déjales, Fausto, que así tocamos a más.

—¡Oye, tú, no! —Julita se abalanzó por la espalda a Nieves.

—Póngame otro coñac —dijo Pedro. Ellas dos reían y comían gambas. Por los cristales de la puerta de la taberna entraba la luz eléctrica de la calle, la de los bares fronteros, la de los faros de los automóviles que avanzaban de uno en uno por la estrecha calzada, a marcha lenta. Fausto se pasó una mano por el rostro y dejó de mirar el jersey granate de Julita.

—Son las nueve —anunció Fausto.

—Me bebo el coñac en un segundo y en marcha para otro sitio, ¿de acuerdo, guapas? ¡La noche es joven!

—Ole, los hombres valientes —dijo Julita.

Cuando la puerta se abrió sigilosamente, Elvira apretó los ojos. Oyó a su madre que les decía a los demás que ella —Elvira— continuaba dormida, a lo que su padre supuso que era señal de que se encontraba bien.

Elvira dio media vuelta y quedó tendida sobre la espalda, cara a la oscuridad del dormitorio. Debían de ser cerca de las nueve —o nueve y media—, a juzgar por los ruidos de la casa y del patio. Se estiró el camisón, que se le había arrollado a la cintura, antes de rememorar su reciente sueño. Al pensar en ello, reconoció el salón de baile como el de la película *Guerra y paz*. Ramírez, que siempre andaba leyendo librotes, decía que la película no valía nada en comparación con la novela, pero Elvira no quiso recordar a Ramírez, sino el dorado y rojo salón de su sueño —y de la película—, donde se bailaba, mientras ella —Elvira— trataba inútilmente de hacerse notar. Fausto, vestido de general, le había sonreído, y entonces ella se percató de que Fausto era un príncipe. Como el recuerdo del sueño la entristecía, Elvira decidió cambiar de postura, proyectar qué haría al día siguiente, domingo. Probablemente, aunque ello no hubiera pasado del todo, disminuiría, así como el grano del pómulo. Por la tarde, nada más comer, iría a casa de Paquita para que le contase lo sucedido, después que ella se había emborrachado tan tontamente, tan sin darse cuenta.

Elvira se abrazó a la almohada, llorando por su fisiología de mujer, por la voz de la abuela sobre el ruido del pescado friéndose en la sartén, por el hecho innegable de que Fausto no fuese un príncipe y, sobre todo, por no saber qué hacer de toda la inevitable tarde de domingo, una vez que Paquita se marchase con Lorenzo.

Fausto le pagó a la mujer de los lavabos, se incrustó en el entrante de la pared e introdujo la ficha en el teléfono. Mientras esperaba respuesta, veía el bar lleno de gentes bien vestidas y, en uno de los recodos de la barra, a Nieves, que se separaba de cuando en cuando con los brazos estirados. Al establecerse la comunicación, se sorprendió, ignorando durante unos instantes a quién llamaba.

—Soy yo, Fausto.

—¿Quién?

—¡Yo!

—¡Ah, Fausto! —dijo su mujer—. Grita un poco más, que no se te oye.

—Es que estoy aquí, en una tasca, y hay mucho barullo.

—¿Cuándo vas a venir a recogernos?

—Para eso te llamaba. Hemos estado…

—¿Qué dices? No se oye.

Fausto se volvió de espaldas y se tapó el oído fuertemente con la yema del dedo índice.

—Que hemos estado en la comida de la oficina y ahora estoy con unos compañeros, tomando unos chatos.

—Las niñas y yo seguimos esperándote.

—Para eso te llamo. Que tardaré aún un poco, porque estamos aquí unos compañeros y…

—Fausto —le interrumpió—, llevo toda la tarde en casa de tus padres y ya está bien.

—Luisa, no te permito que…

—Y ya está bien, digo yo. De comidas y de juergas. Que llevas sin aparecer desde esta mañana temprano. Y las niñas se caen de sueño.

—Luisa, iré cuando me dé la gana. ¡Cuando me dé la real gana! Y tú me esperas ahí, ¿entendido? —Fausto creyó oír algo diferente al ruido del bar y al zumbido del teléfono—. ¡Que si has entendido!

—Que sí, Fausto —dijo su mujer muy deprisa, antes de cortar la comunicación.

La vieja de los lavabos, apoyada en la pared de baldosines azules, miraba a un punto indeterminado del local. Fausto se detuvo a encender un cigarrillo, con las manos temblonas.

—¿Has llamado ya? —dijo Nieves.

—Sí. Oiga, ponga otra ronda.

—Decía ésta —la barbilla de Nieves señalaba a Julita, de charla con Pedro— de irnos a cenar por ahí, a cualquier taberna barata.

A Nieves la piel de la frente se le apretaba en unos finos haces de arrugas. Fausto le miró despacio los ojos, un poco humosos, su sonrisa, sus largos brazos pecosos, de una carne como tibia y floja.

—Gustarme, me gustaría ir con vosotros, pero mi mujer… Tengo que ir a recogerla a casa de mis padres.

—Qué remedio, claro. —Nieves se recostó en la barra—. Hombre, ¿por qué no te traes a tu mujer?

—Por las niñas. Nunca podemos salir de noche por las niñas. Yo me quedaría, Nieves, porque lo estamos pasando tan ricamente, ¿verdad? —Nieves asentía, con unos mínimos y graves movimientos de cabeza—. Pero no he ido a comer y ella lleva toda la tarde con los viejos y con las crías, que, además, a estas horas se ponen inaguantables. ¿Lo ves —Fausto moduló una breve sonrisa artificial y ronca— como es mejor la soltería? Si yo ahora estuviese soltero…

Mientras caminaban por las estrechas calles, hacia la Gran Vía, Nieves oía a Fausto, salvo en los momentos en que se retrasaba o se adelantaba, movida por la muchedumbre. Pedro y Julita la cogieron del brazo durante un trecho. Fausto no cesaba de hablar y, a veces, reía. Fausto llevaba una chaqueta de cheviot, de tonos marrones, y en el ojal de la solapa, la insignia del Atlético de Madrid. En la rotonda del metro de la Red de San Luis se detuvieron.

—Yo —anunció Fausto— voy a coger un taxi. Vosotras os quedáis con Pedro, ¿no? Bueno, que lo hemos pasado muy bien.

—Ya nos dirás el lunes —dijo Nieves— lo que te debemos cada uno.

—Sí, mujer, no te preocupes.

—Oye —dijo, de repente, Julita—, ¿vas hacia Cuatro Caminos?

—¿No te irás a largar ahora?

—Sí, Pedro. Es la hora de la cena.

Nieves retrocedió unos pasos. En el bordillo de la acera, Fausto acechaba la aparición de un taxi libre.

—Llama por teléfono.

—No, la verdad, Pedro. Estoy muy cansada, me duelen los pies y a mi madre tampoco le gusta que vuelva tarde. Ahora aprovecho y Fausto me deja en Cuatro Caminos.

Nieves percibió la fuerza nerviosa de los anuncios de neón y de las otras luces de la calle. Con el aire seco, creyó aspirar el bochorno coloreado de la noche.

4

La portezuela del taxi se cerró con un chasquido. Desde el otro lado del vidrio de la ventanilla, Julita movió una mano abierta.

—Hasta el lunes —dijo Pedro.

Nieves se abrochaba cuidadosamente los botones de su chaqueta de punto. Pedro esperó a que ella hubiera terminado.

—Te acompaño un poco, Nieves.

Comenzaron a bajar la Gran Vía. Pedro, en silencio, con las manos en los bolsillos del pantalón y la cabeza baja, tropezaba de cuando en cuando con el hombro de Nieves, que caminaba muy derecha.

—Oye, Pedro —susurró Nieves.

Al llegar a Cibeles, Pedro se detuvo a contemplar la estatua, rodeada de surtidores. Nieves le puso una mano en un brazo.

—Es bonito Madrid, ¿verdad?

—Pareces un paleto. ¿No has visto nunca la Cibeles? Pasas por esta plaza cuatro veces al día, como mínimo. Cuatro asquerosas veces. Al ir, por la mañana, dan ganas de meterse en el estanque y quedarse allí helada para siempre. ¿Jamás has sentido deseos de meterte a morir en el pilón de la Cibeles?

Pedro continuó andando, sin que ella retirase la mano de su brazo, hasta la larga fila de personas en espera de un autobús.

—Bueno —dijo Pedro.

—Yo...

—Se ha pasado muy bien.

—Sí, se ha pasado muy bien. Oye, yo no quiero irme a casa.

—Yo tampoco —dijo Pedro rápidamente.

—No quiero encerrarme ahora entre cuatro paredes y poner-me a pensar que es sábado por la noche y que mañana no hay que madrugar, y que están las calles repletas de gente, y de luces, y de coches, y de… No puedo irme a mi casa.

—Yo tampoco, Nieves.

—Es una porquería la vida, si se tiene una que encerrar entre…

—… cuatro paredes —terminó Pedro—. ¿Qué podemos ha-cer?

—Se puede cenar algo por ahí, en una cafetería. ¿Te apetece? —Pedro, sin parpadear, osciló la cabeza—. A mí también me en-canta. Y después, a bailar. Yo, no te preocupes, pago lo que sea.

—Nieves.

—Quiero decir que te convido. Anda, vamos. —Tiró de él y, cuando empezaron a subir Alcalá en dirección a la Puerta del Sol, Nieves se aproximó más a Pedro—. Tú puede que ya tuvieses he-cho plan para esta noche.

Pedro sintió el pelo de Nieves.

—¿Yo? Sólo pensaba que te ibas a casa.

—Pero tú, ¿qué ibas a hacer? —Nieves le apretó más contra ella—. Ya lo sé. Seguir bebiendo hasta las dos o las tres y, cuando las zorras hubieran bajado de precio, buscarte una.

Pedro reía al desprenderse de ella para pasarle un brazo por la cintura. Nieves llegó dócilmente contra su pecho.

—¿Cómo sabes que a las dos o las tres bajan de precio?

—Hijo, llevo trece años oyendo contar todos los lunes la mis-ma historia en la oficina.

—Pero los sábados, no. Los sábados no piden menos hasta las

cuatro o las cinco, si es que encuentras alguna libre a esas horas, que suele ser vieja y fea.

Nieves se separó de él.

—Tú, que si nos ven, parecemos novios. —Dio unos pasos rápidos, como si necesitase saltar o comenzase a correr—. Una buena cafetería, ¿eh, Pedro? Y una buena sala de fiestas.

Sus largas piernas, sus huesudos tobillos, sus parabólicas caderas, delante de él, y huía aquella angustiosa ingravidez de la última media hora.

—Sí —dijo.

Ramírez, inmóvil en la oscuridad del portal, decidía paulatinamente volver a la calle. «Pues bien; no sé si en esa ocasión era yo un hombre que soñaba que era una mariposa o si soy ahora…» A Ramírez una repentina lucidez le zarandeó la mente y comprendió que o se lee taoísmo o se bebe vino. «… una mariposa que sueña es un hombre.» Con los ojos cerrados, imaginaba su ascensión hasta el segundo izquierda por los escalones de madera. Antes de que ella le abriese la puerta, oiría su respiración renqueante y, durante la cena —judías verdes con tomate, pescadilla frita, naranja—, tendría que contarle qué había comido, quiénes habían asistido, cómo le había salido el discurso e inventarse una historia para justificar su regreso a aquella hora. Ramírez abrió los ojos y metió la llave en la cerradura. Después de la cena, podía leer o escuchar la radio. Si acababa de abrir la puerta y, definitivamente, salía a la calle otra vez, sería posible pasear y beber más vasos de vino. Ramírez contabilizó, en abstracto, las infinitas posibilidades de una noche en una ciudad de dos millones de habitantes. «Entre un hombre y una mariposa existe necesariamente una distinción. La transición es llamada…» Ramírez giró la llave en la cerradura. «… transformación de las cosas materiales.» A Ramírez se le patentizó el olor a repollo cocido, que llenaba la escalera, como la causa inmediata que le catapultaba a los desconocidos placeres de las tinieblas.

El camarero les condujo entre las pequeñas mesas hasta una, al borde de la pista de baile. Nieves, al sentarse, se cruzó la chaqueta de punto sobre el pecho. El camarero se retiró, y a los pocos momentos llegó otro más joven.

—Buenas noches. ¿Qué van a tomar los señores?

—¿Qué quieres, Nieves?

La voz de Pedro le hizo volver la cabeza.

—¿Yo? No sé. ¿Tú qué vas a pedir?

—Tampoco sé. Quizá café. No, claro, café no. ¡Ah!, un vermut.

El camarero permaneció impasible.

—¿Un vermut después de la cena?

—No, no —rió Pedro—. Quiero decir un cubalibre.

—A mí lo mismo —dijo Nieves.

El camarero inclinó levemente la cabeza. La sala, medio vacía, tenía una forma semicircular; unas luces rojas, simétricamente distribuidas, dejaban en penumbra las mesas, el bar, el estrado de la orquesta.

—Tocan bien, ¿verdad?

Pedro asintió en silencio. Cuando les sirvieron, ambos bebieron un sorbo y sólo después recordaron brindar. Nieves, con los codos apoyados en la mesa, observaba a las parejas que bailaban y al saxo, que, adelantado al primer término, marcaba una melodía lenta y sutil.

—Me encuentro en la gloria —dijo Pedro—. A lo mejor esto del cubalibre me hace mezcla con el coñac. Pero mañana es domingo. Me alegro de haber venido aquí. Estás guapa, Nieves. Qué buena es la vida, ¿eh?

La orquesta pasó bruscamente a un chachachá.

—¿Bailamos, Pedro?

Pedro esperó en pie a que se quitase la chaqueta de punto.

—Nieves, si bailas fenómeno…

—Oye, guapo, ¿qué te habías creído?

Cuando de nuevo el saxo se adelantó a modular un blues estaban sudorosos. Pedro estrechó más fuerte a Nieves y, bajo su mano derecha, sintió la tira del sostén incrustada en la carne de su espalda. Descansó su sien en la de Nieves y así bailaron hasta que ella se retiró, de repente.

—Pedro, Pedro…

—¿Qué?

—Que no estoy borracha. Se baila mejor separados.

—Vamos, Nieves, con lo guapa que estás hoy…

Ella le sonreía, misteriosamente sin arrugas en el rostro, con una continuidad en la piel suavísima, igual a la de una muchacha joven.

—¿Nos sentamos? Pedro, ahora no me vas a hacer el amor.

Encendieron unos cigarrillos y Nieves colocó su chaqueta de punto en el respaldo de la silla.

—¿Por qué no? ¿Es que tú y yo no podemos ser novios?

—Tiene gracia la cosa. —Nieves le cogió una mano—. Piensa en lo que dirían en la oficina. Lo estoy viendo: la solterona ha pescado al bebé. Tendría gracia, leñe, que tú y yo fuésemos novios.

—¿Sabes qué te digo? —Pedro le rozó con los labios el lóbulo de la oreja—. Que a la mierda la oficina.

—De acuerdo.

—Tú no eres una solterona.

—Pero tú sí eres un bebé.

—Tengo veintiocho años.

—Y yo, treinta y tres.

—Siempre estás a vueltas con lo de la edad.

—Una vez, un novio que yo tuve me dijo que a esta edad me empezarían a gustar los chavales. Que me gustaríais sin que yo me diese cuenta. Ya ves, ahora me he acordado. Además, que a ti te trae loco Julita.

—¿A mí Julita? No seas psicóloga, que fallas. Julita no está mal, pero…

—Pues poco que querías que se marchase a su casa. Bueno, bueno, no lo niegues. Si me da lo mismo, tonto. Esta noche me da lo mismo todo. Tú no tienes veintiocho años, ni yo… los que sean. ¡Lo estamos pasando en grande! Lo único que me joroba es que no vengo vestida para un sitio como éste.

—Estás muy bien, Nieves.

—¿Qué es lo que más te gusta de mí, Pedro?

—Tu carácter, tu manera de ser, así, simpática y un poco desgarrada.

—¿Y mis piernas, Pedro?

—También.

—¿Y mis brazos?

—Sí, mucho. Tienes unos brazos muy bonitos. Como un poco tristes.

—¿Tristes? Pedro, qué cosas más raras dices. Escucha, escucha esto. —Nieves adelantó el cuerpo sobre la mesa y permaneció un largo tiempo en silencio—. Me encanta la música, Pedro.

—La música es estupenda.

—Te llena de algo, de un suspiro o no sé de qué. De algo de mucha felicidad. Me gustaría tener dinero para oír música en sitios como éste todas las noches, con un vestido distinto cada vez. Y viajar. ¿Te gustaría viajar, Pedro?

—No se puede hacer nada.

—Hoy, un país, y mañana, otro. También me compraría un automóvil. Que estoy calculada para vivir bien. La que lo entiende es Mari Luz. Ésa sí que sabe lo que es la vida. Sabe que tiene un cuerpo que os vuelve tarumbas, sabe encontrar un tipo con un descapotable, sabe… No sé, a veces todo eso lo cambiaría por nada, por algo así como estar bien siempre.

—No te comprendo.

—¿Crees que comprendes a las mujeres?

—¿Y Fausto? ¿Os comprende Fausto?

—Pobre Fausto. Cualquier día tienen un nuevo hijo.

—Nieves, ¿no te gustaría tener un hijo?

—Vete a la mierda tú también, Pedro. Tú y la oficina. Seríamos como Paquita y Lorenzo, que se buscan por los pasillos para cogerse las manos. Los domingos por la tarde saldríamos a pasear y al cine. Con las pagas extraordinarias iríamos comprando el ajuar y, cuando te dijesen que tu novia era cinco años mayor que tú…

—Nieves, no bebas tan deprisa.

—… les podrías responder: ¿Y qué? Tonterías eso de los años; yo la quiero porque tiene los brazos tristes. No te preocupes, que yo convido. Y luego pedimos otra copa.

—Anda, vamos a bailar.

En la penumbra rojiza parecía flotar una neblina. La pista estaba más llena y una muchacha, con un traje de noche verde brillante, cantaba al micrófono en italiano. Pedro cerró los ojos, con el perfume de Nieves y el aroma de su cuerpo solidificados en la garganta.

—Pedro, di algo, no estés tan callado. No me gusta que me aprieten en silencio, como si una fuese sólo un pedazo de carne.

Fausto se lavó los dientes, se abotonó la chaqueta del pijama y se dirigió, por la oscuridad del pasillo, al dormitorio. Tendido junto a Luisa, escuchó los pequeños ruidos del colchón de muelles, de la respiración de ella, de una radio lejana que transmitía música. Se concedió la libre visión de los brazos de Nieves, para no pensar en Mari Luz. Al día siguiente no tendría que madrugar y le llevarían el desayuno a la cama, junto con el periódico. Al rato, el cuerpo de Mari Luz, ceñido por el vestido de punto, los brazos de Nieves y las piernas de Julita, se le agolparon en los ojos, como las paletadas de tierra helada que los prisioneros lanzaban a ambas cunetas de la carretera, para dejar paso a los vehículos de la División Acorazada, que llegaban a relevarlos. Ni estaba dormido, ni se dormiría en toda la noche. Por lo que avanzó una mano, despertó a Luisa y se tendió sobre ella.

—Pero, Fausto, ¿qué te pasa?

Luisa, al principio, siempre hacía como que no se enteraba.

Pedro se chapuzó la cara con agua fría y después se peinó con el pequeño peine que llevaba en el bolsillo superior de la americana.

En la mesa había dos nuevos cubalibres.

—No creas que te voy a dejar pagar.

—¿Por qué no? —dijo Nieves—. No seas anticuado. En el extranjero, las chicas pagan. O se reparten el gasto por mitad.

—También en el extranjero las chicas se acuestan con uno.

—No seas bestia, Pedro. ¡Qué bonito es el espectáculo! Estoy muy bien contigo.

—Y yo contigo, Nieves. —Le acarició un brazo y dejó la mano

sobre el codo—. De verdad, que me gustas mucho. Si tú quisieses, nos hacíamos novios. Y no me importa tu vida anterior.

—Oye, rico, pero ¿qué te has creído que he hecho yo en mi vida?

—Has tenido novio.

—Hombre, naturalmente que he tenido novio. Y más de uno. ¿Lo ves como no puede ser? A ti te conviene una chica como Julita o esa que bailaba flamenco hace un rato.

—¿Cuál?

—No me digas que no te has fijado. Si cada vez que daba una revolera y se le subían las faldas, se te iban los ojos detrás de sus muslos.

—Y detrás de los tuyos, si me los enseñas.

—Pedro, quita la mano de ahí. Pero ¿por qué os gusta tanto a los hombres el sobeo? —Nieves rió fuerte, mientras le pinzaba una mejilla a Pedro—. Estoy muy contenta, porque todo ha salido bien. La comida, el discurso de Ramírez, lo que nos hemos reído luego los cuatro juntos… En fin, que ojalá nos largasen una paga extraordinaria todas las semanas. ¿Qué le decías a Julita en la taberna esa de Echegaray, donde hemos comido gambas?

—¿A Julita? No me acuerdo.

—Sí, hombre, en serio. Algo de que, a veces, te parece que no entiendes nada.

—¡Ah, sí! Eso, que hay veces que no entiendo nada. De la vida.

—Cuéntamelo.

—Pero si no es más que eso. Que no entiendo ni pum.

Bebieron lentamente y fumaron otro cigarrillo, antes de volver a la pista de baile. Nieves canturreaba la canción, se dejaba llevar, apoyaba la cabeza en el hombro de Pedro. La muchacha del micrófono —ahora con un traje de cóctel malva— persistía en las canciones italianas.

—Sí, a mí también me pasa —dijo de pronto Nieves—. No entiendo nada de nada, ¿verdad? Digo yo que así será volverse loco o ciego. Pero, sin embargo, yo creo que hay gente que sabe el secreto.

—¿Qué secreto?

—El secreto para entender la vida. Gente importante, como duquesas o artistas de cine o millonarios o reyes. ¿No crees que a los reyes les informan de cómo es la vida? Estoy segura. Y hasta lo tendrán escrito. Me gusta pensar eso, que está escrito en un folio, a máquina, a dos espacios y con un margen semicomercial, como dice mi jefe.

—Nieves… —Avanzó los labios hacia la boca de ella—. Nieves…

—¿Sabes qué hora es? —Para ver el reloj, puso el antebrazo en la nuca de Pedro—. Las tres y cuarto.

—Nieves, déjame que te bese.

Nieves le rozó la barbilla con sus labios secos y calientes, antes de volver a la mesa. Sin sentarse, bebió el resto del cubalibre y se puso la chaqueta de punto. Cuando Pedro levantó la mano, le detuvo.

—Ya está pagado. Tú estabas en el lavabo. Quedamos en que convidaba yo.

—No quedamos en nada.

—¿No has pagado tú la cena en la cafetería?

—Pero este sitio es muy caro.

En la calle, el aire libre provocaba escalofríos.

—Andamos un poco, ¿quieres? A estas horas hay muchos taxis.

Pedro, apoyado en el brazo de Nieves, caminaba absorto en el sonido regular de los tacones de ella sobre el pavimento. Inconscientemente, llamó un taxi.

—A Peña Prieta. En Vallecas.

—Sí, ya —dijo el taxista.

—Le avisaremos. —Nieves se dejó caer contra el respaldo, se incorporó al instante, se sacó los zapatos y volvió a dejarse caer, enlazando un brazo a Pedro y cogiéndole las manos—. ¡Qué cansancio más bueno, Dios!

—No me gusta que hayas pagado. No me gusta que las mujeres me paguen.

Nieves reía, las calles pasaban vertiginosamente, en líneas paralelas —o convergentes— de luces, el asfalto hacía chirriar los neumáticos.

—¿Por qué te ríes?

—No te enfades, bobón. Me río porque te has puesto a hablar como un borracho.

Como agua, la risa de Nieves caía paulatinamente más silenciosa, más sorda. Pedro la besó en el cuello y sintió los dedos de ella en el rostro. Cerró los ojos a la velocidad y se recostó en un pecho de Nieves.

—¿Qué vas a hacer mañana?

—¿Qué?

—Mañana, ¿qué vas a hacer por la tarde?

—Pero ¿es que quieres que salgamos? —Pedro movió la cabeza—. Espera a despertarte y las cosas te parecerán distintas. Siempre sucede así. —Calló durante unos instantes y, cuando volvió a hablar, la entonación de su voz se había normalizado—. Me lo he pasado muy bien, Pedro. Sobre todo, al final, bailando contigo.

Las calles, menos anchas, estaban peor pavimentadas. Al terminar una de ellas, comenzaba el campo, unos altos desmontes de tierra desnuda, los cimientos de un edificio y más allá, las débiles bombillas de un nuevo bloque de viviendas.

—Aquí —dijo Nieves.

Pedro se buscó torpemente el dinero en uno y otro bolsillo del pantalón. Cerró la portezuela. Nieves le esperaba en la penumbra. Allí le vio nuevamente las arrugas del rostro.

—¿Por qué has despedido el taxi? Ya verás para volver...

—Voy a vomitar.

Pedro se detuvo, como si hubiera tropezado. La mano de Nieves sobre su frente le serenaba. En la lejanía, las luces brillaban duramente, incrustadas en la negrura del cielo, bajo y nuboso.

—¿Te encuentras mejor?

—No puedo, no puedo arrojar. Sí, mejor. Perdóname.

—No seas tonto. Hemos bebido mucho. Y tú has mezclado, que es lo peor. ¿Quieres fumar?

Pedro se dejaba conducir por Nieves. Detenidos frente al portal, al amparo de la fachada oscura, acabaron los cigarrillos. Ella sacó el llavín del monedero. Con la mano derecha tendida, le sonreía. Pedro colocó sus manos en las caderas de Nieves.

—Es muy tarde.

—Nieves —susurró.

—No seas pesado, Pedro. Lo hemos pasado muy bien.

—Déjame que te bese, Nieves.

—Que no seas chiquillo, te digo. Es muy tarde. No lo estropees ahora a última hora.

—Nieves, déjame.

Las manos subieron por sus flancos, se enredaron en la chaqueta, le alcanzaron los pechos, precipitadas y temerosas. Nieves le sujetó la boca con sus labios, le rechazó la lengua con los dientes, trató de separarse del cuerpo de Pedro.

—Que no.

—Tienes que dejarme, Nieves. ¿No lo comprendes?

—Anda, otro día.

Estaba detrás de los barrotes de la puerta, apoyada en ellos, y él se dejaba mantener la mano contra la mejilla de ella.

—Que duermas bien. A lo mejor encuentras taxi antes del puente.

El chasquido del conmutador de la luz resonó en el silencio. Las piernas de ella subían los escalones del portal.

Comenzó a andar, tambaleante. Dio un traspié y se subió a la acera. Tenía la frente húmeda de sudor. Al día siguiente podría dormir sin límites. Ilimitadamente, como los desmontes, las callejas, el silencio.

—Ya es hoy domingo —murmuró.

Antes de doblar la esquina esperó inútilmente que en la fachada se encendiese una luz. Luego, en los cimientos de la casa en construcción, orinó. Mientras caminaba y para olvidar que el lunes, a las once, Fausto tendría que enfrentarse con don Antonio, se entretuvo en calcular cuánto dinero de la paga extraordinaria había gastado desde el mediodía.

La noche anterior a la felicidad

Ce qui est vrai est que ce chagrin change bientôt
de nature.

PAUL DE GONDI, CARDENAL DE RETZ

1

Acabo de tener una sensación rara —dijo Alberto.

Al otro lado de la cortina de plástico, sobre el ruido del agua, la voz de Carmen sonó ininteligible.

—Que acabo de tener una sensación rara. Luego te lo diré.

—¿Cómo?

El vaho enturbiaba los dos espejos, los grifos, las barras de vidrio de los toalleros.

—¿Qué?

—¿Que qué?

—¿Que qué me explicarás luego?

—Una sensación —la cortina volvió a moverse— que acabo de tener. Mientras me afeitaba.

Carmen abrió también el grifo del agua fría y el ruido creció. Alberto empujo cansinamente la puerta de cristal esmerilado.

—Hijo, no te oigo nada. Si no gritas más…

En el cuarto de los armarios se desprendió de la toalla, que lle-

157

vaba anudada a un costado, cogió unos calzoncillos, se los puso en el dormitorio y se sentó en el borde de la cama de Carmen. A través de las cortinas blancas vio reflejada la lámpara en los cristales de la terraza.

—¿Sabes que hemos quedado a las diez y media? —preguntó Carmen, desde el cuarto de los armarios.

—¿Por qué a las diez y media? —A su espalda, ella entraba en el dormitorio—. Antes se quedaba a las diez.

—¿Antes? —repitió la voz de Carmen, más cercana—. Pues no sé. ¿Quieres decir antes del verano? Yo creo que Merche me dijo que a las diez y media. Ahora la llamaré otra vez. O a Leo.

—Déjalo. Será a las diez y media.

—Buenísima, el agua caliente. Qué desordenado está todo. Lo que más me gusta es que la piel se me queda como con temblores. —Carmen encendió la luz en el cuarto de los armarios—. Estoy deseando verles. Merche dice que Ramiro ha pasado un verano muy bueno, que está contento. Pobre Merche; la verdad es que no ha tenido suerte. —Carmen cruzó ante Alberto, descalza y vestida con una enagua violeta—. Pero se diría que tiene mejor humor.

—Tratemos de acostarnos antes de las cinco, ¿eh?

—Te prometo, cariño, que no beberé nada. Sé que me pongo muy impertinente en cuanto me tomo una copa. —Se había sentado en el puf para ponerse las medias y ladeó el rostro—. Se me sube a la cabeza y me pone como loca. Te prometo que no beberé nada, que hablaré poco y que no diré tonterías.

—Tratemos de no volver a las tantas de la madrugada.

—Claro que no. Me encantan los sábados por la noche. Aunque esté ya vieja —se levantó del puf—, el sábado por la noche siento que todo es divertido. ¿Qué hora es? La lástima será que dentro de quince días…

—Son las diez menos cuarto.

—… se me habrá ido el bronceado. —Carmen alzó los brazos, frente al espejo—. Da rabia que se acabe el verano. ¿Las diez menos cuarto dices? Pienso que me voy a entregar a una de esas cremas que mantienen el bronceado. ¿No suena el teléfono?

—No.

Se volvió, con las manos cruzadas detrás de la nuca. Cuando sonaron los nudillos contra la puerta, Alberto dejó de mirar las axilas depiladas de Carmen.

—Señora, la señorita Leo al teléfono.

—Dígale que voy enseguida, Remedios. —Dejó caer los brazos a lo largo del cuerpo—. ¿Ves como sí llamaban?

Al salir Carmen, Alberto cerró los ojos por unos instantes. El dormitorio olía a perfume y a sudor. Se levantó trabajosamente, fue al cuarto de baño, que estaba lleno de vaho, y se miró en uno de los espejos. Después abrió la ventana. Por la puerta abierta del dormitorio, mientras se sentaba de nuevo en el borde de la cama de Carmen, oyó su voz aguda. Apoyó los antebrazos en las rodillas, al tiempo que examinaba cuidadosamente los desniveles de color en la moqueta azul.

—Que serán puntuales —dijo Carmen al entrar—. Leo también va a estrenar un vestido. A Ramiro le teníais que buscar José Manuel y tú algún empleo para por las tardes.

—Ramiro no…

—Principalmente, por la pobre Merche. Hoy estaba muy contenta. ¿Te he dicho que parece que Ramiro se encuentra de mejor humor? Casi le suelto a Merche la noticia.

—¿Qué noticia?

—Pero ¿qué te sucede?

—¡Ah, ya!

—Estás como alelado. ¿No te encuentras bien, Alberto?

—Perdona. Pensaba.

—Allá tú… ¿Qué me decías antes en el cuarto de baño? —Dejó de acariciar la enagua—. Decididamente, no me va.

Cuando se hubo puesto la enagua negra, comenzó a canturrear.

—Habrá que vestirse.

—¿Pero aún estás así? Llegaremos tarde. Yo, en cinco minutos, estoy arreglada.

Alberto, con un parpadeo, retiró la mirada de la falda y la blusa extendidas sobre la cama, como si se decidiese a escuchar algo.

Antes que la voz, el perfume le obligó a levantar el bolígrafo del bloc.

—Estaba haciendo cuentas de… —Ramiro se interrumpió—. Estás muy guapa, verdaderamente.

—¿Te gusta? —Merche, al coger con dos dedos de cada mano la falda plisada negra, dejó descubiertas sus rodillas—. ¿Y qué me dices de la cadena? Comprendo que a mis años…

—Tienes veintinueve años.

—Pero me visto como si tuviese diecinueve. Carmen dice que ellos salían ya.

Ramiro dejó el bolígrafo y el bloc sobre la mesa camilla.

—Estás sensacional.

—¿Qué hacías tú?

—Calculaba lo que podremos gastar esta noche.

—Ramiro…

Merche cogió el paquete de cigarrillos y encendió uno. Por la ventana abierta entraba el fulgor de los faros de los automóviles, que subían la avenida. Se oían las voces de los chicos del barrio, persiguiéndose bajo los soportales, llamándose, gritando inútil y estentóreamente. Merche apoyó las manos en la mesa, cerca del bloc.

—Es necesario. Siéntate, que hablemos un momento. De ahora en adelante, vamos a cambiar en esto del dinero. No pretendo ahorrar, naturalmente, sino distribuir mejor los gastos. —Merche negó con la cabeza—. Por ejemplo, ya he calculado lo que podemos gastar esta noche.

—¿Y qué?

—Que lo sé. Nunca tendremos dinero, si no. Fíjate en José Manuel o en Alberto.

—No quiero fijarme en ellos, ni en nadie. Vamos a salir por primera vez después del verano…

—Este verano hemos salido.

—No me quejo, Ramiro. Pretendo decir que vamos a salir con nuestros mejores amigos por primera vez después del verano. Es sábado, podremos ser felices, divertirnos… Y tú te dedicas a hacer cuentas. Si sé que somos pobres, no puedo ser feliz.

—No somos pobres.

—O más pobres.

Esperó pacientemente a que Merche aplastase el cigarrillo en el cenicero. Cuando estaba en el umbral de la puerta, la llamó. Ella se volvió, con una forzada sonrisa.

—Hay suficiente.

—¿Quieres que te confiese una cosa?

—¿Cosa? —dijo Ramiro.

La sonrisa de Merche desapareció, con el movimiento de sus labios.

—Que me disgusta oírte hablar de dinero, porque te transformas. Tú no sabes hablar de dinero.

La cadena dorada, ceñida a la cintura y que le caía hasta medio muslo, brillaba. En el bloc, las operaciones minuciosamente trazadas apenas llenaban media hoja. Ramiro subrayó una cifra y volvió a escribirla dos veces más. Luego levantó la mirada y comprobó que Merche ya no estaba en la habitación.

En la cocina, Merche cerraba las llaves de paso del agua y del gas.

—¿Por qué no sé hablar de dinero?

—Ramiro, no quiero contrariedades esta noche. No quiero. —Antes de sentirla junto a él, percibió el perfume—. No he buscado ofenderte y tú lo sabes. Estoy dispuesta a quedarme en casa si es preciso, pero...

—No es preciso.

—... no quiero enfadarme. Desde hace días, espero ser feliz esta noche. Si estás de malhumor...

—Calla.

—... o quieres ir al cine, o que nos acostemos, o quedarte leyendo, o, sencillamente, destruir mi alegría... Pero reñir, no.

Le puso las manos —unos dedos sobre la tela negra, otros sobre la carne— encima de los hombros.

—Sólo intentaba que supieses una cosa. Si ellos son ricos, es porque saben lo que gastan. Únicamente los idiotas que nunca echamos cuentas seremos pobres siempre.

—Sí.

—Esta noche podemos gastar hasta quinientas pesetas. —Al tiempo que retiraba las manos, Merche abrió los ojos—. Quinientas, ¿has comprendido?

—Sí, Ramiro —susurró—. Sólo que... Esta noche era lo único que no quería saber.

Cerró la puerta del cuarto de la niña, cruzó el pasillo sin entrar en la sala, advirtió a Leocadia que no hablase tan alto. Leocadia se cambió de oreja el auricular.

—Perdona, hija. Era José Manuel, que decía no sé qué de la niña. ¿Qué hacer?, desde luego. Es tan raro y maniático.

—Rarísimo —dijo la voz de Carmen.

—Yo —Leocadia estiró la pierna derecha por la abertura de la bata y, con la punta del pie, empujó un vaso, que estaba sobre el mármol de una mesita enana— lo había pensado, pero no me atrevía sin consultarte. Por eso te he llamado.

—Mi consejo es que no, ¿sabes?

—Ya, ya.

—Seguro que les vendría muy bien que fueseis vosotros, o nosotros mismos, a recogerlos.

—Claro que sí. Además, qué cosa más natural —plegó la pierna— no teniendo coche, como no tienen.

—Pues desde luego. Sería naturalísimo. Y estoy segura que a Merche no le molestaría lo más mínimo. Pero él es un picajoso. Mi consejo es que no.

—Habrá que alterarse y hacer algo —ahora, con el pie izquierdo, acercó más el vaso al borde de la mesa— por esa pobre chica.

—¿Por quién? —dijo Carmen.

El vaso quedó en equilibrio.

—Por Merche. Tu marido y el mío tienen que alterarse y hacer algo, buscarle un enchufe a Ramiro, colocarle en algún sitio por las tardes... No me resigno a que esa encantadora criatura no tenga coche.

—Tienes razón, Leo. Tan guapa y en la flor de la vida.

—Guapísima. Y sin coche y viviendo en ese barrio absurdo de obreros y empleaduchos. —Apoyando la planta del pie en la arista de mármol, movió el vaso unos milímetros—. Verás como esta noche, con cualquier trapo que se ponga, será la más guapa de las tres. ¿Me oyes?

—Sí, Leo —dijo la voz de Carmen.

—¿No estás de acuerdo?

—Claro que sí. Llevará un vestido del año pasado o se habrá arreglado alguno, pero…

—¿Tú estrenas vestido? —El vaso osciló y, con un ágil movimiento del pie, lo sostuvo—. Yo llevaré uno nuevo de no mucho vestir, de algodón, estampado y sin hombros. En este tiempo no sabe una qué ponerse.

José Manuel entró en la sala.

—Yo también estreno. Un conjunto.

—¿El verde de que me hablaste? ¡Ay!, perdona, hija, que José Manuel creo que quiere telefonear y…

—Naturalmente. Además, llegaremos tarde.

—Nosotros salimos ahora mismo. Un beso, monina. —Empujó imperceptiblemente y el vaso cayó sobre la alfombra.

—Hasta ahora, Leo, encanto.

—Yo no tengo que llamar a nadie —dijo José Manuel.

En una mano los sobres sin abrir, que había cogido de encima de una consola, José Manuel observaba la pierna que Leocadia mantenía fuera de la bata.

—Sí, pero ¿qué quieres? La pobre Carmen es un plomo, cuando se engancha al teléfono. Y yo estoy aún sin vestir.

—Y descalza. —Leo salió de la habitación, al tiempo que él se dirigía hacia la puerta—. No es bueno que andes descalza por toda la casa. Un día vas a coger…

En el recodo del pasillo, la luz del *office* formaba una barroca parcelación de sombras. José Manuel giró a la izquierda, camino del *living*, pero la voz de Leocadia le detuvo ante la puerta del dormitorio.

—¿Qué?

—Pasa.

Aún estaba la bata, cubriéndole los pies, en el suelo. Le recorrió con la mirada su largo cuerpo desnudo, hasta los ojos.

—¿Qué quieres?

En el dormitorio hacía calor.

—Siéntate. ¿Puedes sentarte un momento?

Ocupó una pequeña butaca de raso color naranja. Leocadia saltó fuera de la bata.

—Sí.

—Necesito hablarte.

Los pechos le habían temblado y, ahora más cercanos, tenían en su caída como un resto de movimiento o un breve espasmo de gelatina. José Manuel abrió un sobre.

—¿De qué?

—De Merche y Ramiro.

—¿Qué les sucede? —Frente a él, las nalgas de Leocadia parecían haber aumentado.

Leocadia se incorporó.

—Alberto y tú tenéis que buscarle alguna cosa a Ramiro, que les permita vivir mejor.

—¿Por qué Alberto y yo?

—Porque sois las únicas personas bien que ellos conocen —abrió el armario empotrado—. Sí, ya sé que por culpa de Ramiro. Pero Merche no se lo merece. Sin criadas, sin coche, con una nevera de hielo y dos vestidos al año. ¿Te has fijado alguna vez en sus faldas y en sus…?

Leocadia seguía hablando. Como si los sonidos resbalasen

por los renglones o, en algún instante, se quedasen aprisionados en las casillas de los presupuestos, de las facturas o de los balances, José Manuel leía las cartas y la sentía moverse por el dormitorio, entrar y salir en el cuarto de baño, buscar en algún armario o en el joyero.

Cuando cruzó las piernas y encendió un cigarrillo, percibió que aquel silencio debía de durar ya unos minutos. Al otro lado de la cama, Leocadia se levantaba el vestido para ajustarse una media. Después de sus uñas, pintadas con un esmalte blanco, entre el negro de la liga y el color caoba de la media, vio sus desnudos hombros, redondos y llenos de una carne bronceada. José Manuel dejó los sobres y los papeles en la alfombra.

—Leo.

—¿Qué? —dijo Leocadia, sin levantar la cabeza.

—Cariño.

Se irguió bruscamente, riendo.

—Pero José Manuel… —Él saltó sobre las camas gemelas y la tendió a su lado—. ¡Estás loco! Me he vestido ya… Deja, deja… Que me dejes… —Las manos de José Manuel trataban inútilmente de subirle la falda ajustada—. Espera, por lo menos, a… —Dejó de reír—. Por lo menos, espera a que me quite el vestido.

Luego, él le apartó la ropa interior, alcanzó el echarpe, de la misma tela del vestido, y le cubrió los pechos.

—Es un momento, bonita, sólo es un momento.

Leocadia, defendiendo la integridad de sus medias, parecía realizar ejercicios de yoga. Cerró los ojos.

—Pero ¿no comprendes que me vas a dejar nerviosa para toda la noche?

—Mejor —dijo José Manuel, con la saliva seca en el paladar—. Así todos te encontrarán más simpática.

Cuando el rostro de José Manuel cayó fatigado contra la almohada, Leocadia alzó suavemente la muñeca derecha, para ver la hora en el pequeño reloj de oro con seis diamantes incrustados.

—Anda, anda. Que llegaremos demasiado tarde.

José Manuel gruñó, mientras ella le empujaba y le hacía caer de espaldas sobre la colcha anaranjada.

2

A través del humo, inmóvil en la luz tamizada, se acercaba uno de los camareros. Instintivamente, Ramiro tocó la cartera en un bolsillo interior de la americana.

—¿Tomarán los señores el café en la mesa o en uno de los saloncitos?

Alberto, con un gesto, pidió opinión a las tres mujeres.

—¿Aquí? —dijo Leocadia.

—En uno de los salones —determinó Alberto.

—Gracias —dijo el camarero.

—Sigue —dijo Carmen.

José Manuel acabó por tragar una cucharada de *cassata*. Con la mano izquierda apartó el plato, al tiempo que se llevaba con la derecha la servilleta a los labios.

—Pero si es una tontería.

—No dejes las historias a medio contar, José Manuel.

—José Manuel, estás encantador esta noche.

—Gracias, Merche.

—Claro, tiene ya tres whiskies.

—El whisky no me hace daño, Leo.

—Tienes una piel maravillosa —dijo Ramiro.

—¿Qué?

—Que has conseguido un maravilloso tono de piel.

—Ramiro, encanto…

—José Manuel —Carmen le puso una mano en el antebrazo que apoyaba en la mesa—, termina de contar la historia.

—… Cuando te decides a piropear a alguna mujer, es que debe de estar guapísima.

—Lo estás.

—Se advierte —dijo Merche— que Ramiro ha bebido también sus tres buenos whiskies.

—Bueno, pues entonces —la voz de José Manuel, repentinamente alta, les calló— Leo y yo no supimos qué hacer.

—Claro.

—Fíjate, hija. José Manuel, íntimo amigo del padre…

—Íntimo amigo, no.

—Bueno, con relaciones comerciales. Él es mayor que José Manuel.

—Ya, ya, si nosotros conocemos a los Delgado-Gil.

—¡Ah!, ciertamente, tienes razón.

—Yo también realicé operaciones con él —dijo Alberto.

—Pues como José Manuel os decía…

—Leo, ¿lo cuentas tú o yo?

—… no sabíamos qué hacer. Y, encima, unas noches antes habíamos estado con sus padres…

—Lo cuenta ella.

—… comentando los escándalos de la playa.

—Suena a título de película.

—Calla, Ramiro, deja que Leo nos…

—Es que era un verdadero escándalo, ¿sabes? No se recataban ni en las noches de luna.

Ramiro movió la silla y avanzó la cabeza sobre las copas semivacías.

—Perdona, Leo, pero estimo que lo importante no es saber si, por fin, les comunicasteis que su hijo era un maricón de tomo…

—Ramiro —dijo Merche sobre las risas de Carmen y Leocadia.

—… y lomo, sino que nos describas las escandalosas fiestas de la playa. Si es que las visteis, claro.

—Una porquería, créeme —dijo José Manuel.

—Pero ¿las visteis?

—Yo, la verdad… —Leocadia se atragantaba con su propia risa— es que sí. Cariño, no te lo había confesado, porque era una bobada, pero bajé una noche.

—Cuenta, cuenta —dijo Carmen.

—Una noche que os pusisteis a jugar al póquer. Con Ingeborg. Una muchacha sueca —giró en la silla— que veraneaba con su abuela en un chalet cerca del nuestro. Los hombres jugaban al póquer y entonces Ingeborg y yo decidimos bajar a la playa. Ya os digo, es una cala pequeña con los pinos casi hasta la misma orilla. No es porque ella ahora no esté aquí, pero a Ingeborg se le ocurrió la idea. Bajamos y aquello era… —Leocadia extendió los brazos y los dejó sobre los hombros de Ramiro y de Alberto—. No sé cómo explicarlo.

—Una maravilla, seguramente.

—Pero ¿qué visteis? —dijo Carmen.

—Estaban en biquini.

—¡¿En biquini?!

—Sí, mujer, en dos piezas. Todos llevaban dos piezas y sombreros de paja, a la última, y tacones altos y…

—Lo ves, ¿no? —Ramiro besó una mano de Leocadia—. Una maravilla. Si no fuese porque uno ya está viejo para cambiar de costumbres, me dedicaría a esos deliciosos hábitos. Muchachos, somos unos inhibidos.

—Ramiro…

—Déjale, Merche, déjale, si está graciosísimo…

—A ti siempre —dijo Alberto— te han gustado las *boutades*. Ya en la universidad, no podías pasar sin decir *boutades*. Me acuerdo que una mañana…

—Prohibidos los siniestros recuerdos de la adolescencia.

—¿Tomamos el café?

—Ya verás, Merche, qué monada de salones tienen aquí.

—Es un restaurante estupendo. Y la cena ha sido…

—Pero ¿se logrará saber si os atrevisteis a informarles de las helénicas maneras de su…?

Alberto retuvo a Leocadia por un codo cuando los demás acababan de levantarse.

—Espera.

Leocadia recogió lentamente, sin dejar de sonreír, la pitillera de cuero y el mechero.

—No empieces, Alberto.

—Tengo que hablarte.

—Alberto, este verano he descubierto lo tonto que resulta esto nuestro.

—¿Tonto? —El camarero, al otro lado de la mesa, esperaba con una mano en el respaldo de una silla—. Porque tú nunca has consentido… Pero se trata de otra cosa. Procura que luego nos quedemos solos en el coche.

—Aún no me has dicho —Leocadia se levantó unos segundos antes que él— si me encuentras mejor o no.

—Leo, sabes que…

Delante de Alberto, muy próximos a las yemas de sus dedos,

los hombros y la espalda de Leocadia recibían y rechazaban, al compás de sus pasos, tenues reflejos. Frente a la puerta del salón de paredes tapizadas de rojo y alfombrado en verde pálido, Alberto le puso una mano, alcanzándole la clavícula, en el cuello; Leocadia se detuvo a un metro del umbral.

—Renuncio al café hasta que me haya arreglado un poco.

—Te acompaño —dijo Carmen.

Alberto se apartó para dejarles camino libre. Sentada entre Ramiro y José Manuel en el diván de cuero, Merche cruzó las piernas y dejó caer el trozo colgante de su cadena dorada.

—Sí, café.

—Para todos —le dijo José Manuel al camarero—. Y coñac, por favor.

—Yo tomaré otro whisky —dijo Ramiro.

—¿Me excusas un momento?

—Sí, claro que sí, Alberto —dijo Merche. Ramiro, en pie junto a un butacón, encendía un habano, que había sacado de una caja plateada, sobre la mesa hexagonal.

—Bien, y a vosotros ¿cómo os ha ido? —dijo José Manuel.

—Estupendamente. Con mucho calor, es cierto. Ha sido un verano horroroso de calor en Madrid.

—Y aún sigue.

—No te puedes imaginar lo que era en agosto. Ramiro ha trabajado bastante en su libro y yo… Bueno, yo iba de cuando en cuando a la piscina.

—Hombre, celebro que hayas decidido escribir el libro. ¿Siempre sobre el existencialismo?

—¿Cómo?

—Sobre la filosofía y esas cosas.

—Sí.

—Me alegro. Nos hemos acordado de vosotros.

—Recibimos vuestras tarjetas —dijo Merche.

—Ya os decía Leo antes que nos hubiese gustado mucho teneros unos días allí.

—Cuéntame cómo habéis decorado la casa, José Manuel.

—¿No había que estabilizar?

—Perdona —José Manuel alzó el rostro hacia Ramiro—, no entiendo.

—Decía que si no había…

—Ramiro, deja a José Manuel que me explique cómo han decorado el chalet.

—Tú estuviste hace cinco años, ¿verdad? —José Manuel hundió un hombro en el respaldo del diván y sonrió a Merche—. Bueno, pues… —Sin mover el cuerpo, extendió una mano hacia el camarero, que colocaba la bandeja en la mesa—. Nosotros mismos nos serviremos. Gracias. No reconocerías el chalet, ni por fuera. Terminamos la veranda y, además, cubrimos de cristales una parte de la galería y la escalera exterior.

—¡Qué preciosidad!

—Leo se empeñó en poner unas vidrieras de colores, pero habrá que cambiarlas, porque no han quedado muy bonitas. Ya conoces el mal gusto proverbial de Leo.

—Claro que no. Es extraordinaria. Con esa vitalidad, ese empuje… Siempre está contenta Leo.

—Por desgracia.

Mientras Merche reía y José Manuel le vertía café en la taza, Ramiro observaba uno de los grabados de la pared opuesta.

—No te quejes.

—Créeme que, a veces, resulta demasiada vitalidad. Ya hemos superado los treinta. —Ramiro, de espaldas, lanzaba humo y sostenía el vaso de whisky a la altura de su mejilla derecha; José Manuel cogió la taza, de la que Merche acababa de beber, y la dejó en la mesa—. Se comporta como una chiquilla. En lo de la casa, sobre todo. Se levantaba cada mañana con una idea distinta o no se preocupaba en absoluto, cuando ya estaban los pintores o los albañiles a punto de empezar la decoración. Su vitalidad, como tú dices, me cuesta mucho dinero.

—Eso no es problema para vosotros.

—Bien, pero es una tontería malgastar, ¿no te parece?

—Desde luego, José Manuel.

Con la cadena entre las manos y la barbilla apoyada en los nudillos, Merche le miraba sonriente, un poco entornados los ojos.

—¿Tienes calor, Merche?

—¡Oh, no, no! Me encuentro muy bien. Gracias.

Ramiro había salido del salón. Mientras se servía coñac, sentía la mirada de ella, su sonrisa, que volvió a encontrar al apoyarse de nuevo en el respaldo. José Manuel rió quedamente y le puso una mano sobre la falda plisada.

—Hace mucho tiempo que no hablabas con nadie, ¿eh?

—¡Ah, José Manuel…! Sí —la sonrisa de ella se hizo móvil otra vez—, ¿para qué negarlo?

Soltó la cadena y descansó la cabeza en el diván, resbalando el cuerpo y adelantando sus piernas cruzadas.

—Hace cinco años, en vuestro chalet… Fueron mis últimas vacaciones. Estaba aún soltera, ¿te acuerdas?, y Leo y tú os acababais de casar. Por él, hubiese ido. Ahora bien, no debía dejarle solo.

—Tu estupendo marido es un ibérico, a pesar de todos sus intelectualismos.

—Puede que tengas razón. —Merche bajó la mirada a la superficie transparente del coñac y movió la copa—. Te aseguro que me insistió mucho, para que aceptase vuestra invitación. Pero, solo en Madrid, se habría puesto de malhumor todas las tardes y no habría trabajado.

—Está bien que haya empezado el libro.

—Cuando regresaba de la oficina, si no…

—Te hacía una escena. No me lo cuentes, igual que en otros tiempos. Cuéntame mejor cómo te lo pasabas en la piscina.

Merche frunció los labios y pasó los dedos de una mano por la frente de José Manuel.

—Ahora me parece que estupendo. Sí —cerró los ojos—, era bueno estar al sol, con los ojos cerrados —abrió los ojos— sin preocuparse de nada.

—Supongo que de los conquistadores.

Merche rió.

—Una tarde les hice caso a dos muchachos, me acompañaron a casa, me llamaron por teléfono… ¿Sabes que ya tenemos teléfono?

—Sí, lo sabía.

—Es maravilloso tener teléfono. Perdona, estoy contenta y desbarro. No conviene estar demasiado contenta.

—¿Por qué?

—Porque no es saludable. Todas las cosas almacenadas a alta presión, cuando salen, dejan vacía. Mañana estoy segura que…

Ramiro alzaba la voz entre el camarero y Alberto. El repentino silencio de Merche hizo volver la cabeza a José Manuel. Se pusieron en pie. Al fondo del pasillo, Carmen y Leocadia, con los pequeños bolsos en las manos enguantadas, reían y hablaban a la vez.

—Pero ¿qué pasa? —preguntó José Manuel.

—Éste, que en un descuido…

—Disculpadme un momento —murmuró Merche.

—… ha pagado la cuenta.

—Hombre, si no tiene importancia —dijo Alberto—. Convidaba yo.

—No, no. No se había quedado en que nos convidases tú. ¿Verdad, José Manuel, que no se había quedado en nada de eso?

—¿Qué os parece si nos damos una vuelta por las tascas de la plaza Mayor?

—Oye, José Manuel, escucha. Te pregunto…

—No seas párvulo, Ramiro. Alberto ha pagado aquí; lo mismo podíamos haberlo hecho tú o yo. Ya pagarás en otro sitio.

—Espero a Merche —dijo Alberto.

La mujer del guardarropa entregó a Merche el bolsito y los guantes. Mientras sostenía la puerta de la calle y el botones se apresuraba a sus espaldas para sustituirle, Alberto vio a Leocadia junto al automóvil de José Manuel. La portezuela posterior estaba abierta.

Carmen asomó la cabeza por la ventanilla delantera.

—Yo voy con Alberto —dijo Leocadia.

—Pero ¿adónde vamos? José Manuel pregunta que a qué sitio vamos.

Merche se había sentado junto a Ramiro. Alberto tomó a Leocadia del brazo.

—Donde se pueda aparcar. A estas horas estará aquello imposible. Como es sábado. —Carmen retiró la cabeza al interior del coche—. Mira, en ese mesón que está decorado con trabucos y cacharros antiguos.

El automóvil de Alberto se encontraba en uno de los aparcamientos del estadio; antes de llegar, les adelantó el coche de José Manuel. Merche gritó algo.

—Aguarda. ¿Por qué no damos un paseo?

—Dime lo que sea en el coche.

Miraba al frente, con las manos cruzadas sobre el bolsillo, encima de las flores estampadas de su falda. Había dejado caer sobre el respaldo del asiento los dos extremos del echarpe. Alberto condujo hacia las primeras calles y frenó junto a un edificio en construcción.

—¿No te importa que abra?

Retiró el brazo y bajó el vidrio. Antes de retirar la mano, acarició las rodillas de Leocadia.

—Bien, tú dirás.

—Carmen va a tener un hijo.

—Me alegro —dijo ella.

A través de la estructura del edificio se veían lejanas luces, en agrupaciones anárquicas, pequeños rectángulos de un cielo clarísimo, casi blanco. Pacientemente, Alberto puso en marcha el motor. Cuando impulsaba la palanca de cambios, le detuvieron los dedos de Leocadia.

—Es cierto que me alegro.

La mano de ella siguió sobre la suya, al volverse él, como de un salto, en el asiento.

—¿Sabes lo que tú eres? Una perdida. Una redomada perdida. Llevo tres meses deseando verte, para decírtelo. —La mano de Leocadia continuaba inmóvil—. No me has escrito una sola vez, te has negado a que pasásemos un solo día juntos, has llegado hace una semana a Madrid y… ¡Puta!

En fugaces sombras, de los oscuros descampados a la calle solitaria volaban unos murciélagos.

—¿Soy una puta porque siempre me he negado a acostarme contigo? Dime. ¿Sólo porque sé lo malo que resulta, para una mujer, vivir con dos hombres?

—¡Sí, por eso! Porque sabes lo que es vivir con dos hombres.

La mano de Leocadia se despegó bruscamente de la suya.

—Alberto, por favor, sin retruécanos. He querido decir que lo imagino.

—No.

—¡Sí! Ya está bien, vámonos.

—Leo —la abrazó despacio—, dime la verdad, dímela, por lo que más quieras en este mundo.

—No te mereces nada. Ni siquiera la verdad.

—Sí, Leo, te lo ruego, te lo suplico.

—Nunca he sido la amante de Fernando Cañomeras. —Giró la cabeza y sonrió a la compungida expresión de Alberto—. ¿Estás contento?

Alberto, con una rápida violencia, le buscó los labios. Después del segundo beso, Leocadia abrió su bolsito y sacó la barra de labios, la barra de los ojos, una caja redonda de maquillaje, un pequeño trapo sucio y un peine. Al otro lado del parabrisas, el final de la calle se enturbiaba en una pendiente de luces y sombras.

—Perdóname.

—Por mí, puedes arrancar.

Cuando hubo guardado el peine, se miró en el espejo retrovisor, a la luz de los otros coches que descendían por la Castellana.

—Tenemos que vernos un día con calma, Leo.

—¿Para insultarme con más calma que esta noche?

—Leo, ¿cómo podría borrar lo de esta noche? Estaba nervioso, entiéndelo. Todo este largo verano sin ti…

—La luz verde, Alberto.

—¡Ah, sí…! Hasta había olvidado lo hermosa que eres, Leo. Y luego, lo de Carmen.

—Supongo que la dejarías embarazada por descuido.

—Sí, sí.

—O quizá lo hiciste deliberadamente. —Leo hundió el cigarrillo en el cenicero, ya casi lleno, mientras reía—. La tonta de tu mujer te convenció, ¿eh? Alberto, Alberto, eres un romántico.

—Leo, yo no…

—Ten cuidado con los que salen por tu derecha. Pero, bobitito mío —le acarició una mejilla—, si es conveniente tener algún que otro hijo. ¿Crees que siempre seremos jóvenes?

—Tú, sí.

—¡Oh, Alberto!, hablo en serio. ¿Por qué os sentís en la obligación de adularla a una continuamente? Imagino que será un secreto.

Con la uña del dedo meñique, Leocadia se rascó una comisura de la boca.

—Sí, es un secreto. Carmen piensa anunciarlo esta noche.

—Ahora que vas a ser padre, puede que te quiera más.

Alberto, inclinado sobre el volante, oteaba en busca del mesón.

Con el pie izquierdo apoyado en una de las columnas de los soportales, Ramiro se ataba el cordón del zapato. Identificó aquel grito, como emitido por Carmen, después de oír la voz de Alberto. Unos chiquillos corrían hacia las mesas del restaurante. Ramiro se abrió paso entre los cuerpos que le impedían la visión.

—¡Lo mato! Dejadme que mate a ese golfo de mala madre.

Merche y Leocadia sujetaban por los brazos a Alberto. Los dos muchachos retrocedían lentamente; el de la chaqueta a cuadros se detuvo al oír las palabras de José Manuel.

—¿Sois —había dicho José Manuel— dos maricas o dos rateros?

—Oiga, sin faltar, ¿eh?

—Y, además, chulo. —José Manuel esperó a que el muchacho

de la chaqueta a cuadros hubiese vuelto a avanzar—. Te voy a romper la cara a bofetadas, imbécil.

Carmen llegó en el momento en que José Manuel asía la corbata y la camisa del muchacho.

—Atrévase, atrévase.

—José Manuel —dijo Carmen.

—¡Que lo suelte! —gritó el otro muchacho.

—A mí no me ponga usted la mano encima. —La voz le tembló, sin convicción—. No sabíamos que iban con ustedes.

Con las dos manos —había entrelazado los dedos unos segundos antes— Alberto le golpeó en el mentón. José Manuel le soltó inmediatamente y miró a Alberto, que, otra vez con las manos separadas, cerraba la boca y levantaba los puños.

—No os larguéis, cobardes. Sólo valéis para ofender a las señoras. —Los muchachos se miraron—. Canallas, comunistas, ¡comunistas!, hijos de mala madre.

Los muchachos se abrieron paso precipitadamente entre los espectadores de la riña y se alejaron, con un evidente esfuerzo para no correr.

—Basta —dijo Merche.

—Pero si no nos han dicho ninguna inconveniencia.

—Carmen —Alberto la condujo por un brazo hacia los soportales—, eres idiota.

—¡Ay, hijo!

Entre las mesas del restaurante al aire libre, Leocadia hablaba con un hombre.

—Había que darles un escarmiento —dijo Alberto.

—Hombre, claro. Lo que sucede es que me has sorprendido. Le tenía cogido y no te había visto venir. ¿Dónde has aprendido a pegar así, con el canto de las manos?

—A éstos —Alberto tuvo una pequeña risa— hay que tratarlos como se merecen, y si no, nos convierten la ciudad en un estercolero.

—¿Te has hecho daño?

—No.

—Deja que te vea. —Carmen trató de cogerle las manos—. Te has tenido que hacer daño.

—Qué susto, ¿verdad? —Merche se apoyó en José Manuel—. Parecían dos horterillas.

—No eran horteras —dijo José Manuel—. Me fijé en sus manos.

—Y qué chaqueta, Dios mío. A cuadros morados y marrones.

—¿Quién es ese viejo del sombrero que está con Leo? —dijo Alberto.

Leocadia les sonrió. A su lado, el hombre del alfiler en la corbata separó ligeramente el sombrero de sus cabellos blancos.

—Le felicito, señor. Ha utilizado usted el único argumento eficaz con esa gentuza.

—Buenas noches —dijo Alberto.

—Contra la chusma —levantó la voz—, la violencia.

—Es usted muy amable —dijo Leocadia.

—A su disposición, señora. —Se inclinó para besarle la mano.

—Anda, vamos —dijo José Manuel.

—Es diplomático.

—¿Qué?

—Que me ha dicho que es diplomático. Alberto —Leocadia, riendo, le besó en la frente—, eres un sol. En serio, que eres un tío estupendo. Y tú, cariño, también.

José Manuel abrazó a Leocadia por los hombros.

—Bueno, vamos a olvidarlo.

—Sí, sí —dijo Merche.

—No se puede venir por estos barrios.

—Carmen, yo creo que en estos barrios hay gente de todo.

—Pues eso, eso es lo que digo. En Madrid sólo se puede ir...

—¿Vamos a bailar?

—... por dos o tres barrios.

—De acuerdo.

—Pero nada de sitios populares —dijo Alberto—. Nos largamos a una buena sala de fiestas, a pasarlo bien y tranquilos.

—Sois unos valientes, que... —Merche se interrumpió—. ¿Y Ramiro?

—Es cierto —dijo Carmen—. ¿Dónde se ha metido Ramiro?

Ramiro, con las manos en los bolsillos de la chaqueta, avanzaba
bajo los soportales de la plaza. Cuando llegó cerca de ellos, levantó
la cabeza. A Merche le temblaba la sonrisa.

—¿Te has enterado?

—¿Por qué tenéis que llamar a todo el mundo comunista en este país? ¿Qué os han hecho esos dos desgraciados?

—Es lindo —dijo Carmen—, encima que no nos defiendes, te
pones de parte de ellos.

—Posiblemente, vosotras les habéis ofendido más. Vosotras
tres, sí.

—Ramiro, no desbarres —dijo José Manuel.

—¿Te he contado lo del diplomático? —Leocadia le tomó del
brazo y le obligó a continuar hacia los automóviles.

Cuando llegaron, se les acercó Merche.

—Ramiro, si no quieres que vayamos a bailar, nos...

—¡De ninguna manera! —dijo Leocadia.

—Somos amigos de muchos años y tenemos confianza. Quizá a
Ramiro...

—Te prohíbo que hables con tu marido, Merche. —Leocadia,

dando un traspié al arrastrar a Ramiro, se apoyó en él con todo el peso de su cuerpo—. Ramiro, esta noche eres mi pareja.

Dobló sobre la rodilla izquierda la pierna derecha y comprobó que no se había roto el alto tacón.

—¿Se ha roto? —dijo Ramiro, sonriente.

3

—¿Y eres tú el que me advertía que no bebiese? —Carmen le centró el nudo de la corbata.

Alberto dejó el vaso en la barra y la muchacha, que había girado en el taburete al llegar Carmen, se interesaba por las etiquetas de las botellas, alineadas en el bar.

—¿Es tu mujer? —preguntó, después de que Carmen prosiguió camino de los lavabos.

—Sí. ¿Cómo te llamas?

—Fabiola —dijo la muchacha—. ¿Me invitas a un cóctel de champán?

—Oye, ¿seguro que te llamas Fabiola?

Recién maquillada, Carmen encontró a Ramiro cerca del guardarropa.

—Alberto está en la barra, rodeado de fulanas. ¿Lo pasas bien? Me he tenido que mojar las sienes, porque esta noche el alcohol me hace mucho efecto. ¿Vienes a bailar?

—No, perdona. Voy a dar una vuelta.

—¿Cómo? No puedes irte ahora, que estamos en lo mejor.

Imprevisiblemente, Ramiro la besó en un antebrazo.

—Sí, puedo. Es muy fácil.

—Pero ¿regresas?

Ramiro subió la escalera que conducía a la calle. Con la cabeza muy alta, a pasos lentos y marcados, Carmen atravesó la sala, bajó unos escalones alfombrados y, antes de sentarse a la mesa, vio bailando a Merche y a José Manuel.

—Ponte a mi lado —dijo Leocadia.

—¿Te has fijado? Esto está repleto de fulanas. ¿Recuerdas si el año pasado las dejaban entrar aquí?

—No me acuerdo. —Leocadia encendió un cigarrillo—. ¿Has bebido mucho?

—Un poquito. ¿Queda? —Destapó la botella de whisky, sirvió a Leocadia y medió su propio vaso—. Si no bebo, me aburro.

—Es mentira —dijo Leocadia, riendo.

—Sí, lo reconozco. Lo cierto es que me gusta. Y que no me aburro nunca. Igual que el cerdo de mi marido.

—¿Qué pasa con Alberto?

—Está en la barra, rodeado de fulanas.

—¡Oh!, es magnífico Alberto. ¿Hay alguna guapa al alcance de su mano?

—¿Guapa? Hija, van todas con unos vestidos horrendos, apretadísimos, y con los pechos prácticamente al aire. Y esos peinados y esos maquillajes… ¿Cómo les podrán gustar mujeres así?

—No te extrañe. —Leocadia encendió un cigarrillo—. Ellas son las que saben entenderlos. Está elegante Merche, ¿verdad?

—Recuerdo aquella noche que José Manuel se emborrachó tanto y que decía bestialidades del matrimonio.

—El matrimonio consiste en tener durante todo el día una puta en casa. —Las dos rieron, contenidas, con un levísimo movimiento de los labios—. No se me olvida, no, porque lo malo es que lo siente realmente.

—Mujer, no me digas… ¿Cómo vais ahora?

—Si yo te contara…

—Cuenta —dijo Carmen—. Hace mucho que no hablamos.

Leocadia dio unos golpecitos sobre el negro pelo cardado de Carmen. Ésta se retocó el peinado en la nuca.

—Si estoy desnuda, completamente desnuda, ¿comprendes?, no…

—Sí, Leo, sí.

—… quiere. Tiene que ser a medio vestir y en los momentos más inopinados. En la sala, o en su despacho, o en la ducha, o…

—A Alberto le pasa algo parecido. Desde hace una temporada, ha de ser en el baño. Y si es en la cama, hay que hacerlo como él quiere.

—Te prometo que son un incordio estos chiquitines nuestros.

Leocadia levantó los ojos unos momentos después del saludo y la sonrisa de Carmen a Merche y a José Manuel. En el micrófono, un muchacho con un esmoquin granate cantaba en italiano unas lentas melodías.

—¿Qué decía yo? —Carmen apoyó la barbilla en la palma de la mano.

—Decías que, si es en la cama, tiene que…

—¡Ah, sí! Y, además, dice palabras.

—¿Palabras?

—Sí, mujer —se impacientó Carmen—, palabras feas.

—Pero Alberto es más joven que José Manuel. Dos años más joven. Y, encima, José Manuel está muy gastado, porque la corrió de muchachuelo. Fíjate —tocó una mano de Carmen—, desde hace tiempo, hay veces que, cuando él ya se ha dormido, me tengo que calmar yo sola.

—¿Sí?

Carmen trataba de redondear los ojos y mantener entreabierta la boca un tiempo prudencial.

—Como lo oyes.

—Bueno, mira, te confieso que también yo… He oído que es malísimo, si se coge el hábito. ¡Qué cosas!, ¿verdad?

—Te digo —dijo Leocadia— que estas zorras son las que les entienden.

—Algunas se acuestan hasta cinco o seis veces al día y con distintos hombres. Parece imposible. Cinco o seis hombres y en un solo día. Desde luego, no pueden quejarse.

Leocadia echó hacia atrás sus hombros desnudos.

—¡Ay, Carmen, qué graciosa eres!

—¿Sabes un secreto? —La expresión de Leocadia, repentinamente seria, la obligó a balbucear—. Voy… voy a tener un hijo.

—¡Carmen, querida, pero eso es estupendo! —Abrazándola por el cuello juntó su mejilla a la de Carmen—. ¡Un hijo! Qué callado te lo tenías.

—Ya ves, es un secreto. Este verano me decidí. Naturalmente, no le dije nada a Alberto.

—Naturalmente —asintió Leocadia, antes de aplastar el cigarrillo en un cenicero de loza blanca.

—A ese precio no se podía comprar. Y el tipo, de golpe, va y me hace una rebaja del sesenta por ciento. ¿Te das cuenta?

—Sí, sí. ¿Es mucho?

—Un sesenta. Entonces, yo… ¿Qué crees que hice?

—Compraste.

—No. ¡Ay, perdona! ¿Te he hecho daño? Entonces yo no compré. Diez días después le detenía la policía.

—Dios mío.

—Reclamado por un montón de juzgados.

—Desde luego, José Manuel, tienes que tener mucha vista.

—Sí, hija. Este mundo es una selva. Otro ejemplo. El día que regresábamos del verano, a las ocho de la mañana me llaman por teléfono. Si estás cansada, Merche…

—¡Oh, claro que no! Sigue.

—A las ocho de la mañana. Habían telefoneado desde Hamburgo y en la oficina…

—Calla —dijo la muchacha.

—¿Te gusta esto?

La muchacha osciló su alto peinado para afirmar. Con los párpados aleteantes y la cabeza adelantada, se recostó en la barra. Alberto apretó el vientre contra las rodillas de la muchacha.

—Es maravilloso. ¿Sabes italiano?

—Yo no, preciosa.

Cambió el cigarrillo a la mano derecha e introdujo la izquierda debajo de la falda de la muchacha. Cuando alcanzó el límite de la media, comenzó a acariciar. La muchacha continuó con su ensoñadora expresión, que le humedecía de saliva el rojo de los labios. Al terminar la canción, se apagaron las luces, se encendieron unos focos coloreados, el batería anunció las atracciones con unos redobles estentóreos y Alberto sacó la mano de entre los muslos de la muchacha.

—Me gustaría saber italiano.

—Uno de mis amigos, de los que están ahí con mi mujer, decía hace un rato que éste es un país de hambrientos sexuales.

—¿Por qué decía eso?

—Porque ha descubierto que las mujeres sois unas provocadoras eróticas.

—Tu amigo es un cretino, ¿no?

—Oficialmente, es muy inteligente. —Alberto bebió un largo trago de whisky—. El más inteligente de toda la pandilla.

—Pero no le gustan las mujeres.

—Él cree que sí. Pero le molestan. Le irrita que os apetezca tanto vivir. Esa vocación y esa fortaleza que tenéis para el placer, la frivolidad y la alegría. La felicidad, quiero decir. Él lo explica mejor que yo.

—¿Es casado tu amigo?

—Con una mártir cachonda y reprimida.

—Me alegro, muñeco, que no seas como él.

—Si verdaderamente te llamas Fabiola, te tengo que presentar a mi mujer y a mis amigos.

Ramiro se sentó entre Leocadia y Carmen durante la pausa que siguió a la actuación de los flamencos. La pareja de japoneses comenzaron manteniendo unos vasos sobre varillas de marfil, que apoyaban en la nariz. José Manuel se inclinó hacia Ramiro.

—Tenemos que hablar.

Merche le sonrió, antes de continuar cuchicheando con Carmen. A su izquierda, el perfume de Leocadia le obligó a aspirar con los ojos cerrados. Al ritmo de la música, la espalda de Leocadia parecía palpitar. Rozándole la chaqueta, Leocadia había dicho algo.

—Perdona —susurró Ramiro.

—Que son extraordinarios.

—¡Ah, sí!

Se miraron sostenidamente. Leocadia frunció los labios, con una deliberada lentitud. A Ramiro le sudaban las manos.

—¿Te gusta mi piel? Procuraré mantenerla así hasta el próximo verano. —Leocadia parpadeó—. Esta noche te gusto mucho.

Por unos instantes, aquella voz casi inaudible proporcionó a Ramiro una suerte de bienestar adormecedor.

—Y me embruteces.

José Manuel, medio vuelto en la silla, atendía alternativamente a los japoneses, a Carmen, a Merche y a las carcajadas de Alberto en la barra, que, disminuidas por la distancia, sonaban en los momentos en que la música era menos fuerte.

—¿Verdad que necesitas besarme?

Ramiro aproximó los labios hasta rozarle una oreja.

—Sí —se oyó musitar.

—Ésta es mi mujer. Y unos amigos. Ella —la muchacha, sostenida por Alberto, sonreía mecánicamente— dice que se llama Fabiola.

—¡Huy! —gritó Carmen.

—Siéntese.

—Quizá estará mejor aquí —José Manuel le cedió su silla.

—¿Bailamos?

Cuando avanzaba hacia la pista, detrás de Leocadia, Ramiro oyó el consejo de José Manuel.

—Leo, no entretengas mucho a Ramiro, que he de hablar con él.

Antes de que su mano se hubiese posado en la espalda de ella, Leocadia le puso los dedos separados en la nuca.

—¿Por qué nunca se me había ocurrido coquetear contigo? Creo que me dabas miedo.

—Te aburres mucho.

—Si me sueltas un discurso moral, dejamos de bailar.

—¿Cuánto tiempo hace que no das un paseo?

—No digas cursiladas.

—Mucho tiempo, claro.

—No. Y no me sueltes discursos morales. —Le sonrió—. No temas a Merche y apriétame un poco más. Pero, sobre todo, no hables. Si no te empeñases en aparecer diferente a como eres, le pondría cuernos contigo a José Manuel.

—Una muchacha de la buena sociedad no debe…

—Calla. Además, no soy de la buena sociedad. Tú eres de mejor familia que yo. Lo que sucede es que me he casado con un hombre que gana más…

—Lo sé.

—… dinero que tú. Pero tú dices cosas sorprendentes. Habrás de saber que este verano he paseado mucho.

—Desde hace mucho tiempo no llevas una sencilla vida de chica joven y soltera.

—Desde hace mucho tiempo no soy una chica joven y soltera. No idealices, monada. Tengo una hija, un marido, unos amigos, vosotros, un peluquero, dos modistas, tres criadas, un automóvil, una casa, un chalet en la sierra, otro chalet en la costa y soy feliz. Puedes creerme. Si no lo fuese, no tendría esta piel que te gusta tanto.

Con todas sus fuerzas, hundió la yema de los dedos en la carne de Leocadia. Únicamente su ceño denotó el dolor.

—Es una lástima que no quieras coquetear —dijo, cuando sus brazos cayeron pesadamente.

—Perdóname, Leo. Yo…

—Es una lástima que tampoco sepas.

Alberto, tambaleante, y José Manuel se levantaron.

—Estamos todos un poco borrachos —anunció Alberto, fingiendo un hipido.

—Me alegro —dijo Leocadia—. Cielo, es una maravilla que te llames así. No te importa que te tutee, ¿verdad?

—Claro, señora. No faltaba más.

—Alberto —dijo Merche—, termina de contarnos ese chiste tan brutal de la paralítica.

Mientras Alberto alargaba el chiste, Ramiro no dejó de observar a Leocadia. Todas rieron, de pronto y al unísono, con una alegría feroz y creciente. A Ramiro se le movieron las mandíbulas y comenzó a reír también. La música era más fuerte y, a través del aire espeso, los perfumes agobiaban. Ramiro llamó al camarero. Cuando el camarero trajo la botella de champán francés en el cubo de hielo, la muchacha le llamó rumboso y le besó en las mejillas. Leocadia, sacudida por la risa, ni le miraba.

—Ahora la vamos a coger buena —dijo Carmen—. Whisky y champán.

—Pero hombre...

—Un día es un día —dijo Ramiro.

Esgrimiendo la botella, Alberto llenaba las copas y amenazaba a las mujeres con mojarles el pelo. Leocadia se refugió contra el pecho de Ramiro, ocultando el rostro con las manos.

—Teníais que beberlo en nuestras corvas, como en los felices veinte —dijo Carmen.

—¡Vivan los felices veinte! —gritó Leocadia.

La muchacha le preguntó a José Manuel qué cosa eran los felices veinte.

José Manuel se bajó del taburete con el vaso de whisky en la mano, para dejar más espacio libre a Ramiro. En la pista sólo bailaban tres parejas.

—O sea, que Merche te ha convencido de que me debéis buscar un empleo.

—No exactamente así. Hablando, se me ha ocurrido que...

—¿Y qué clase de trabajo se te ha ocurrido que puedo hacer yo en tu oficina?

—Sabes que nosotros tenemos muy buenas relaciones en América, concretamente con empresas de Chicago. Es más, una de nuestras compañías ha pasado a ser filial de otra de ellos. No creo que fuese difícil. Tú sabes inglés y pienso que te gustará vivir en el extranjero. Naturalmente, al principio no sería una gran cosa, pero sí, en todo caso, mejor —José Manuel bebió un sorbo— que lo que tienes en la actualidad. Puedo escribir mañana mismo.

—Mañana es domingo.

—Bueno, pues pasado.

—Estoy seguro que a Merche le habrá entusiasmado la generosa oferta.

—Sí.

—Con el voraz olfato que todas las malditas zorras de las mujeres…

—Ramiro.

—… perciben el dinero.

—Ramiro, trato de ayudarte, tal como Merche y yo hemos supuesto que se podía hacer. Eres injusto con ella y conmigo.

Ramiro se pasó la mano por el cuello y se alisó la camisa sobre el estómago. La cantante balanceaba las caderas y llenaba la sala con su voz ronca y artificiosa.

—Escucha. No quiero empleos a instancias de mi mujer, y menos en Estados Unidos. No soy un obrero emigrante, ¡ni tampoco sé inglés!

—De acuerdo —dijo José Manuel.

Bebieron en silencio, con las miradas más o menos fijas en la cantante o en las mujeres más próximas. José Manuel terminó el whisky.

—Excusa un momento.

Ramiro volvió a pasarse la mano por el cuello y tarareó interiormente la melodía. Estaba distraído cuando la muchacha le tocó en una manga.

—Se van.

Al otro lado de la sala, Alberto el último, subían despacio los escalones.

—¿Cuánto son estas copas?

Con una mano en la barandilla y una pierna extendida hacia atrás, Merche tiraba de Alberto, con un aparente esfuerzo. Todos reían, incluido José Manuel, que acababa de unirse al grupo.

La muchacha le llamó de nuevo.

—Oiga, señor.

—¿Qué pasa?

—Creo que me deben dar algo. Un regalito, vamos.

—¿Que quieres dinero? —La muchacha asentía, con una sonrisa casi esfumada—. Pero ¿por qué?

—Su amigo me ha llevado a la mesa, yo he estado con ustedes, y, por tanto, ocupada. Me podía haber salido…

—Guapa, que Dios te ampare.

—Cabrón.

Se volvió, tratando de intimidarla con una firme y silenciosa actitud.

—A mí se me ha ocupado y es justo que…

—Estoy harto de oíros hablar de justicia e injusticia. ¡Harto! Eres una perdida y te callas.

—Oiga, no tiene por qué ofender.

—¿Qué ocurre? —José Manuel bajó dos escalones, hasta colocarse junto a Ramiro.

—Ésta, que quiere dinero.

Cogió el billete que José Manuel le alargaba, con una repentina sonrisa.

—Gracias.

—Eres bobo. ¿No sabes que lleva un tanto por ciento de copeo? Tirando el dinero de esta forma, ponéis la vida cara. Como los turistas.

Merche se había acomodado ya en el asiento posterior del automóvil de Alberto.

A los cien metros, la rueda trasera saltó al bordillo de la acera, unos instantes antes del frenazo.

—Estoy borracho. —Alberto se volvió a Carmen—. ¿Puedes tú?

—Yo no puedo conducir, amor mío. Yo también estoy borracha. Y embarazada. Y tonta. Y muy…

—¡José Manuel, José Manuel! —llamó Merche desde la ventanilla.

—… feliz.

El automóvil de José Manuel se detuvo delante de ellos.

—Tendremos que tomar café en casa de alguien. Todos los sitios decentes de esta asquerosa ciudad estarán cerrados. Sin café —insistió Ramiro— no podéis acostaros.

4

José Manuel cerró la puerta de vidrio y metal. Junto al coche, Leocadia y Merche levantaban el rostro a los ventanales y las terrazas en la fachada sin luz.

—Que descanséis —dijo Carmen desde la terraza.

En la calle solitaria las voces ampliaban las distancias.

—José Manuel, dice Ramiro que ellos…

—Sí —interrumpió Ramiro a Leocadia—, nosotros cogemos un taxi. A estas horas no vais a atravesar Madrid dos veces por dejarnos en casa.

—Son diez minutos o un cuarto de hora. Pero como quieras.

Hasta que arrancaron, Merche, que se había lavado la cara en casa de Carmen, les sonrió, con sus labios ahora más delgados.

—Mañana —dijo Leocadia— tendré un resacón imponente.

José Manuel aceleró por la amplia calle desierta, punteada por la hilera de las intermitentes luces amarillas.

—Me duele un poco la cabeza.

—Tienes cara de sueño —dijo Leocadia.

Las ruedas chirriaban en las curvas. Un imprevisto olor a tierra mojada entró, en el viento, por la ventanilla abierta. Leocadia se inclinó y, con una mano a la espalda, bajó la cremallera del vestido.

—¡Uf…! ¡Quién estuviera ya en pelota viva!

—No hables de esa manera, Leo, cariño mío. Cada día hablas peor.

—Sí.

—¿Quieres encenderme un cigarrillo?

Luego, Leocadia cruzó las piernas. Sus pestañas, casi juntas, filtraban los brillos y las luces cambiantes. Cuando estaban llegando, se retrepó en el asiento.

—¿De qué hablabais Ramiro y tú con esa mujer? Sí, hombre, cuando ya nos íbamos.

—Quería dinero. —José Manuel sacó la palanca, unos metros antes de frenar—. El pobre Ramiro está hundido. Nunca llegará a nada.

—La pobre Merche, querrás decir. No he conocido criatura más amable y encantadora con una suerte más puñe… más perra.

José Manuel abrió la portezuela y descendió.

—Oye, que llevas toda la espalda al aire.

Leocadia rió. La parte delantera del vestido se le despegaba flojamente de los pechos. Con la llave preparada, José Manuel se apresuró a llegar al portal.

—Pero si no hay nadie. ¿No es excitante? —Levantó los brazos, hasta que el echarpe le resbaló—. Me gustaría pasearme desnuda por las calles.

—Sí, como aquella… ¿Cómo se llamaba? —Abrió la puerta—. Anda, anda, entra.

—¿No enciendes?

La llevó del brazo hasta el ascensor. En el ascensor, Leocadia se bajó el vestido a la cintura.

—Lady Godiva —dijo José Manuel, cubriéndola con el echarpe—. Tápate, te puede ver algún vecino. No habría podido coger el sueño si no recuerdo el nombre. —El ascensor se detuvo—. Tápate. Esperemos que la niña no se haya despertado y tengamos una noche tranquila.

Carmen estiró, en la entrepierna, la tela del pijama. Por las puertas abiertas llegaban la luz del cuarto de baño y los gemidos de Alberto. Carmen encogió las piernas y puso una mano entre su mejilla y la almohada.

Dobló el cuello, tratando de no perder la postura, para comprobar si estaban corridas las cortinas del ventanal. Sonó el ruido del agua de los grifos; el agua, que llenaba la cisterna del váter, producía un contrapunto a los estertores más agudos de Alberto. Carmen, que sintió el sueño, se pinzó las mejillas.

—Alberto —dijo, antes de dejarse llevar por el sopor.

La despertó cuando entraba en la cama gemela. Carmen, sobresaltada, se dio la vuelta y quedó apoyada en un codo.

—¿Estás mejor?

—Sí.

—¿Has vomitado?

—Sí.

—¿Has tomado alka-soda?

—Sí.

—¿Quieres que te prepare algo?

—No.

Se dejó caer de cara al techo. Movió las piernas, inconscientemente. El sueño se le escapaba, quizá tuviera que levantarse por una pastilla de somnífero.

—Antes de salir, en el cuarto de baño, dijiste que habías tenido una sensación extraña.

—¡Ah, sí…! Como si estuviese a punto de suceder algo bueno. Lo sentí por todo el cuerpo, con esa seguridad, ya sabes, de las sensaciones raras. —Después del eructo, le ahogó la tos por unos instantes—. Ha sido ese maldito champán.

—Oye.

—¿Qué?

—¿Era atractiva la fulana que has llevado a la mesa?

—¡Qué tonterías se te ocurren ahora!

Carmen recuperó la postura que tenía al ser despertada. En la palma de la mano crecía el calor de la mejilla. Con los pies retiró la sábana. Decidió imaginar rubia a la mujer —cuyo rostro no recordaba— que en la sala de fiestas bailaba con aquel negro de cuerpo flexible —se habían mirado quizá hasta seis veces—, para distraerse de la sonora respiración de Alberto y de su propio temor al insomnio.

—Pare aquí mismo.

—Pero… —comenzó a decir Merche.

—¿Aquí? —dijo el taxista.

—Sí, ahí, a la derecha. —Ramiro sacó unas monedas de un bolsillo de la chaqueta—. Donde sea.

Una vez que el taxista le entregó el cambio, corrió hacia Merche, que ascendía por la avenida. Al final, en el término de los tubos fluorescentes, un débil y fijo resplandor azulado estriaba la oscuridad. A uno y otro lado, en las casas de cuatro plantas, todas las ventanas eran iguales. Merche se negó a que la cogiese por el brazo. Clavándole los dedos en la carne, Ramiro insistió, al tiempo que la doblaba una esquina a la fuerza.

—¿Por qué tenemos que ir por aquí? ¿Y por qué has dejado el taxi, si falta aún mucho para casa? Estás loco.

—Ya que vas a llorar —ella se había detenido y le miraba a los ojos— por lo menos no me hagas la escena delante del taxista.

Antes del primer sollozo, se le llenaron los ojos de unas lágrimas redondas, abundantes, como apresuradas.

La calle, estrecha y con árboles recién plantados en ambas aceras, bajaba hacia los descampados. Merche caminaba sollozante, con un pequeño pañuelo contra la boca, dos pasos delante de Ramiro. Cuando ella se detuvo, Ramiro sacó las manos de los bolsillos del pantalón.

—No te dejes llevar por la histeria, Merche.

—No quiero oírte más. —Se sorbía la nariz estridentemente—. He sido muy feliz esta noche, aunque te duela. Pero, Dios mío, ¿por qué te fastidia que esté contenta?

—Son unos estúpidos inflados de dinero, de un dinero que no les cuesta ganar, empeñados en sus costumbres y en sus…

—No quiero oírte, Ramiro. Estás lleno de rencor.

—¡Me vas a oír!

—Grita —se apoyó en el tronco de un árbol, los pies juntos en el borde del alcorque y los brazos cruzados sobre el pecho— cuanto quieras.

—Merche, no es rencor, ni envidia. Es desprecio. Y miedo a que te conviertas en una de esas zorras alhajadas e insatisfechas que son sus mujeres. Me comprendes, sé que me comprendes. —Merche, sin variar su expresión tensa e impasible, movió negativamente la cabeza—. Tienes que comprenderme, hacer un esfuerzo y entender. La vida es algo difícil, algo muy complejo… —Tiró el cigarrillo—. Yo tampoco comprendo nada, ni sé explicar nada.

Dio unos pasos hasta la tierra pisoteada que limitaba con la acera. Detrás de él, los bloques de viviendas parecían empujar el silencio contra sus hombros.

—Siempre hablas mal de los demás. ¿Por qué no piensas un poco en cómo eres tú? Y en mí. Estás borracho, y como eres complicado no sabes llevar la borrachera con alegría. La vida es sencilla y alegre. Al menos la vida que yo quiero llevar.

—¡No! —Se volvió con una estudiada violencia—. Tú quieres que yo gane más dinero y que compre un…

—Sí, sí, lo quiero. ¿Qué mal hay en ello?

—Mira, este verano no hemos salido de Madrid y te puedo asegurar que has sido tú mucho más feliz que Leocadia o que Carmen, con todos sus chalets, sus fiestas y esos maridos, a los que han castrado. ¿Crees que son más felices porque tienen dinero?

—¿Puedes tú asegurarlo? —Los pies de Merche tropezaron con los de Ramiro—. ¿Por qué puedes asegurarlo? Tú qué sabes si yo soy más feliz que Carmen o que Leo si ni siquiera puedes decir que soy feliz. No, Ramiro, no pagues conmigo tus propias torpezas o tu mal carácter.

—¡Mi mal carácter! Es evidente; una noche con gente rica y cambias por completo. Te abofetearía.

—¿Quieres hacerlo?

—No, no quiero.

—Espera. Estoy segura que sí. Espera. ¿Te ha costado más de quinientas pesetas tu ridícula botella de cham…?

El golpe le alcanzó en la mandíbula inferior y le hizo chocar la cabeza contra el tronco del árbol. Cuando abrió los ojos, Ramiro se encontraba ante una de las fachadas.

—Me has hecho mucho daño —dijo Merche.

Ramiro se acercó. Merche descubrió que le temblaban las manos al abrazarla y empujarla hacia la oscuridad. En el suelo desigual le fallaban los tacones y tuvo que sostenerse en él. Le dobló las rodillas con una pierna. Merche apretaba los labios. Al subirle las faldas sintió en la piel la cadena dorada, que le pendía de la cintura, y, luego, las manos de Ramiro apartándola. Miró al cielo, mientras la cabeza de él no se interpuso entre las nubes bajas o las diseminadas estrellas.

Después se quedaron inmóviles, tendidos en la tierra uno al lado del otro, cerca de los primeros solares tapiados. Ramiro encendió un cigarrillo, que le pasó a Merche. Sobre sus rostros, el humo formaba una neblina casi invisible.

—Vámonos, Ramiro. —Se compuso y se sacudió el vestido.

Camino de las casas de la colonia, Ramiro apoyó una mano en su hombro.

—¿En qué piensas, Merche?

En la avenida, buscó un taxi desde el centro de la calzada.

—Subimos dando un paseo. —Ramiro retornó junto a ella—. Mañana no hay que madrugar.

Caminaron en silencio. Dos manzanas de casas más allá estarían la plaza con los soportales bajos, en penumbra, los portales de blancas paredes, la piedra rosa de los escalones, el olor a humedad, las puertas barnizadas, la luz de la escalera que se apagaba siempre en el segundo piso.

—¿Por qué les has dicho que estaba escribiendo el libro, si no es verdad?

Sin mirarle, quizá por el entrecortado sonido de las palabras, Merche decidió fingir la celeridad de las evidencias.

—Porque algún día lo escribirás.

—Realmente… La semana pasada se me ocurrió modificar el plan. Voy a…

La cuesta hacía más premiosos las palabras, los pasos, la respiración. Y también aquella minúscula pero persistente inquietud por su vestido negro, cuyos pliegues había planchado cuidadosamente por la mañana, y que ahora se había manchado de tierra.

Marciapiede izquierdo Avenue de Wagram

Mais quand il voulait mettre des guillemets il
traçait une parenthèse, et quand il voulait mettre
quelque chose entre parenthèses il le mettait entre
guillemets. C'est ainsi que Françoise disait que quel-
qu'un restait dans ma rue pour dire qu'il y demeurait,
et qu'on pouvait demeurer deux minutes pour rester,
les fautes des gens du peuple consistant seulement
très souvent à interchanger —comme a fait d'ailleurs
la langue française— des termes qui au cours des siè-
cles ont pris réciproquement la Place l'un de l'autre.

MARCEL PROUST

De los mismos colores de los anuncios que uniformemente
ocupaban las paredes de los largos corredores, eran, desde el último escalón, sus blusas, sus faldas, sus impermea-
bles, los pañuelos de cabeza, sus jerséis o sus chaquetas de punto,
los poco numerosos vestidos de seda, de algodón y hasta de alguna
fibra artificial inarrugable. Pero, instantáneamente y por efecto de
la luz de la tarde bajo los árboles, se percibían los gestos y, rota la
aparente inmovilidad de los cuerpos, el violeta, los amarillos, el rosa desteñido, los azules, el ciclamen y el blanco derivaban a una
realidad más precisa, sin conexión con los colores de los carteles

anunciadores del aperitivo, que llenaban durante minutos las paredes de los pasillos del metro.

Algunas ya no llevaban medias.

Junto a la baranda de la entrada, o apoyadas en ella, se juntaban por parejas y por grupos, hasta alcanzar la verja de los jardines, en la acera dividida por los árboles alineados de forma que conservaba el trazado circular de la plaza. Casi todos rostros conocidos, recién maquillados, la conciencia de familiaridad provenía tanto de la mezcla del perfume (perfumes de dos o tres marcas) que todas, en el último momento, quizá ya en la escalera, se habían puesto, y del agua de colonia, no por barata menos duradera, como del tono alto de las voces, de las palabras mascadas con una cierta premura y una voluntaria aspereza en las consonantes más fuertes.

Matilde charlaba con la italiana.

Guarecida por uno de los grupos, se alejó de Matilde, cuyos zapatos negros eran nuevos, y de la italiana. A la Martina, muy descotada, se le escapaban de la blusa los pelos de los sobacos.

—Hola, tú —dijo Martina.

—Hola.

—Hola.

—Tu amiga la Matilde está ahí.

—¿Dónde?

—Ahí —precisó Martina.

—¡Ah, sí! No la había visto.

—Dicen que van a mandar más americanos a Madrid.

—Eso he oído.

—Y a Zaragoza y también para Andalucía. La verdad, chica, no sé para qué seguimos en estas tierras. ¿No vas con tu amiga?

—Ahora voy.

A través de la corriente constante de automóviles, distinguió pocas personas en el Arco de Triunfo.

—Bueno, yo me largo también.

—Espera —Matilde podía descubrirla en cualquier momento—, ¿qué prisa tienes?

—Huy, mujer, yo ninguna. ¿Sabes que la andaluza, la de Malakof, se ha vuelto?

Ignoraba que alguien en los últimos meses hubiese regresado. La Martina, aunque era más alta que ella, llevaba los labios mal pintados, con ribetes, sin rellenar las comisuras.

—Ha hecho bien en volverse.

—Nunca se sabe. Aquí mal no estaba.

—Ni nadando en oro. Vamos, digo yo. La que más y la que menos, aquí todas tenemos mierda de niño hasta las orejas.

—Chica, no te pongas así. Te dejo, que a lo mejor ya está mi amiga por ahí. Nos bajamos a la Pompe, que se pasa la tarde en un suspiro. A divertirse.

Le tendía la mano.

—Lo mismo te digo.

—*Merci* —dijo Martina.

Cerca de la entrada del metro, la Martina habló con otras y poco a poco se acercó y, sin detenerse, tocó un hombro de Matilde, quien giró la cabeza en la dirección que el dedo de la Martina —más alta, con una falda que le hermoseaba las piernas, pero que le hacía mala pinta— señalaba.

Matilde llegó corriendo.

—Pero ¿cuándo has venido?

—Ahora.

—¿Estás bien? ¿Has recibido carta de tu casa? Tengo muchas cosas que contarte. —Acabó de besarle las mejillas—. Ven, anda.

—No.

—Es que estoy con la novia de Pepe, con la italiana. Vamos, no seas rara. Es una chica muy buena y tiene ganas de conocerte. ¿No ves que le he hablado mucho de ti? Y el Pepe también.

—Mira, Matilde, que estoy muy harta de oír francés toda la semana para que hasta el domingo no se me dirijan en cristiano.

—No seas tuya, mujer. Si ella habla casi como nosotras. Y encima que el Pepe la aprende el español. Es una chica muy fina. Las italianas son como nosotras, así, de buena intención. Fíjate, que viene ella para acá.

La italiana se contoneaba, movía su chaqueta de punto, colgada de una mano. Como tenía novio —Pepe—, la italiana no llevaba bolso.

—Lo hago por ti. Malditas las ganas que me entran de conocer gente.

Matilde acabó con su remoloneo y se dirigieron hacia ella, que sonreía y, ya decididamente, se le aproximaba.

—Mi amiga Visita ha venido —anunció Matilde, antes de pararse las tres, incómodas las manos y las miradas inquietas—. Bueno, pues aquí, como ya te he dicho, una amiga, la novia de Pepe.

—Mucho gusto. Visitación Badules, para servirla.

—Y aquí mi amiga.

—*Piaciri*.

—Se llama Assunta, ¿sabes?

—Assunta Garofalu, *ai cumanni*.

—Es italiana —dijo Matilde.

—Ya se ve.

Las sonrisas se distendieron a medida que el silencio crecía, era ocupado por el murmullo de las palabras que se agrupaban, que se separaban, se rompían en diferentes acentos regionales. Visita se cambió el bolso de plástico negro al antebrazo derecho. La italiana llevaba el pelo recogido en cola de caballo, muy negro y tirante sobre las sienes; sus ojos parecían siempre húmedos.

—Assunta sabe francés.

Visita, con la pronunciación despaciosa y cuidadosamente articulada que empleaba para dirigirse a los extranjeros, preguntó:

—¿Lleva usted mucho tiempo en París?

—¡Mujer!, no llames de usted a Assunta.

—*D'accordo*.

—Lleva once meses sólo, pero en Italia ya lo sabía, date cuenta. Assunta es de una parte de Italia que hablan francés.

—Hay que ver… Yo creía que en Italia pues se hablaba italiano.

—*Veru è, parlu italianu, ma sugnu stata da granni na la vaddi d'Aosta, un paisi au Nord, vicinu a la Suizzera, unni si parla puru 'n francisi.*

—¿Qué dice?

—*Iu mi scusu, ma…* En mi pueblo *se parla anche il francés*.

—Sí, Visita, se comprende. Como en Cataluña que hablan catalán y es España. O los gallegos que hablan gallego. Si Italia y España son iguales, pero que muy igualitas. Ellos también han tenido una guerra, ¿verdad, Assunta? Y la gente va al norte, como nosotros, porque en el sur la tierra no da para comer.

—*A terra è bona, ma non pri li puvireddi. C'è assai fami… hjambre 'nna lu mezujornu, 'nna lu sud, mi cumprenni?*

—¿Que si entiendes?

—Ya entiendo. Que en todas partes cuecen habas.

—*Chi?*

—Dice —Matilde se rió— que…, eso, que sí… Assunta, hija, no sé explicarte lo que ha dicho Visita.

—Que el mundo está lleno de pobres.

—*Ah!, sí, sí... Pepe dici ca l'Annalusia e la Sicilia sunnu assai simili, ca sunnu a stissa cosa. Anchi pri lu paisaggiu.*

—Está citada aquí con Pepe —dijo Matilde—. Qué bien, ¿verdad? Así vemos a Pepe. ¿A qué hora viene tu novio?

—*Al quattru veni a pigghiárimi. Travágghia sinu a li dui. Sempri'nna machina* —la risa de Assunta era muy parecida, por sus timbres agudos, a la de Matilde— *il Pepe. È molto carino.*

—Él también está muy enamorado de ti. ¿A que sí, Visita, a que el Pepe ha pegado el cambiazo desde que se puso en relaciones con ésta? Antes andaba con mala jeta de un lado para otro, comiéndose el mundo. Y es que, digan lo que digan, una mujer es mucho para ellos. Con cada hombre que tuviera su pareja, pero una de ley, una que le acomodara, no habría guerras. Ni en Italia, ni en España, ni donde los negros.

—Estás tú buena... Anda, chica, que no eres un ministro. —Sin pensar, quizá por aquella cálida e imprevista emoción que le transmitió la presencia de Assunta y Matilde, sonrió—. Y luego, que rajas tan a lo loco, que aquí la joven ni se entera.

—*Capisciu, capisco benissimo. Pepe vulía che parrassi spagnolo sempri. Ma nun pozzu. Già a Chatillon mé lingua a sintía parrari picca. Sempri'nna stu bruttu francisi, ho dimenticato molto. Spissu mi scantu ca nu jornu non sacciu cchiu parrári. Non avrò più una lingua, l'avrò rovinata, sarò una donna muta.*

—Yo también —dijo Matilde.

—Tú ¿qué?

—Eso. Que a mí eso también me empezó a pasar en Barcelona, que ya hablaba catalán. *Ascolta, noi, quin ora és?* —Matilde rió—. Hala, a pasear un poco, que parecemos tres estatuas.

Visita se cambió el bolso al antebrazo izquierdo cuando Matilde cogió a ambas e impuso aquella marcha de pies arrastrados, para tardes de domingo, bien diferente del ritmo cotidiano del *supermarket*, de *les petites démarches*, del metro. Había más muchachas.

—*Nun tantu arrassu…*, no lejos, *perchè Pepe non può aspettare*. Se enfada.

—No, hija, no. Si es moverse un poco por aquí, sólo un poquino, que hace una tarde de gloria y da gusto mover las patas, después de tanto encierro.

—Nos ha jodido —aceptó Assunta, con una sonrisa.

—¡Huy, Visita, lo que ha dicho! ¡Huy, qué burro el Pepe, que le enseña esas cosas!

Como Visita tampoco pudo contener la risa, hubieron de detenerse. Las mejillas de Assunta, en los trozos menos maquillados, se colorearon. Matilde le pasó un brazo por los hombros y Assunta inclinó la cabeza, aún más púdica, casi gozosa de tantas carcajadas como había provocado.

—*È un bestione, Giuseppe. Mi scusu, iu sapía, ma… parra comu si ricorda. Mi scusu.*

—No tiene importancia. —Visita intentaba la seriedad al tiempo que la cortesía—. A mí también me ha ocurrido. Un día le solté a la madame, no a ésta de ahora, a otra donde estaba sirviendo antes, una tía más seca que un palo… Bueno, pues un día voy y le suelto… Yo qué sé dónde lo habría oído; a alguien, digo yo, porque si no… Nada, que así, de repente, se le cae a la madame el collar y yo, pero sin saber lo que decía, que qué iba yo a saber, pobre de mí, que llevo cuatro años en Francia y no he aprendido más que el *bon jour*, el *on y va*, el *merci* y gracias. Pues tal como lo cuento, que voy y dije: *Nom de Dieu.* ¡Ay, madre, cómo se puso la madame! A todas nos ha ocurrido, no tiene importancia.

—*Grazie, Visitá.*

—Tú no vuelvas a decir eso, ¿sabes?, no lo digas, porque es una palabrota, un taco, ¿comprendes?

—*Sí, Matilde, una parolaccia. Schifoso! Tu sapía chi significa, ma parra comu si ricorda. Sapevo che significa fare l'amore.*

—Qué amor ni amor. —Matilde las puso en marcha de nuevo—. Significa una burrada, eso…, joder.

—Buenas explicaciones te gastas.

—Explícaselo tú, anda, tú, que eres tan lista.

—Yo qué voy a explicar esas cochinerías… Además, que ella te acaba de demostrar que entiende la palabrota.

—Hija, mi intención es buena, porque entender no entiende, que ha dicho que…

—*Ma bedda mia, ma si capisci.*

—… es hacer el amor, y ya me dirás tú qué tiene que ver el… eso, con el amor. Como el culo con las témporas, que dice mi madre.

—Claro que tiene que ver. —A Visita se le escurrió el bolso hasta la punta de los dedos—. Lo que pasa es que tú, Matilde, no tienes más que veinticinco años y has estado metida toda tu vida en Madrid.

—¡Quién habló! ¿Serás insensata? Y tú ¿qué? Pero si tú, Visita, eres paleta. De Socuéllamos. Se necesita cara. Pero no de cariño, como dice ésta —Matilde, con las yemas de los dedos, se golpeó repetidamente un carrillo—, sino de cemento.

—Qué maleducada eres, mujer. Habrás de saber que antes de venir aquí estuve sirviendo diez años en Madrid, que me conozco Madrid como la calle mayor de mi pueblo, que eres una picajosa y una ignorante, que…

—¿Yo ignorante?

—… tú tienes lo peor de los madrileños, la chulería, los malos modos y la ignorancia. Que no se os puede contradecir. Y es una mierda, con todos los respetos. Que París, ahí donde lo ves, así como ochenta veces más grande que la migajita de nada que es Madrid.

—Bueno, bueno, ya está bien. Que no es para tanto, que yo sólo le iba a explicar a ésta lo que es joder.

—¡¿Tú?! Matilde, ¿pero tú qué sabes de eso?

Bajo la manga de su blusa color crema, en la corva, la mano de Matilde se crispó.

—Más que tú a lo mejor. So desgraciada, si a ti nunca… —Calló, con la misma celeridad que había retirado su mirada de la expresión atónita de Visita.

Como agua sobre vidrio, la voz de Assunta escurrió por el silencio.

—*Nun l'haiu vulutu… Forsi… Tú e tua amica* vamos juntas *per* pasar la tarde. *Pozzu aspittári sula.*

—Tú te quedas con nosotras hasta que venga tu novio, tal como se había hablado.

Desde la esquina, la avenida se perdía en los automóviles, en los árboles, bajo un sol que llenaba de alegría la tarde. Sin embargo, todo se había estropeado. Alguna vez sucedió, incluso en París; el tipo borracho que pretendía abrazarla, el hijo de la señora González, la pie negro, que… Matilde no tenía más pecho que ella, aunque sí más rectos los hombros, ni mejores vestidos, ni las piernas tan llenas. Pero resultaba cierto lo que no había terminado de decir y había arruinado la tarde. Daría un paseo sola, hasta el río. Dinero para volver en metro había cogido. Aún redundaba en su fastidio el hecho de que aquella tarde le correspondía pagar a Matilde.

—*Visitá, vidi chi bello tempu… Non liticário.*

—Yo —dijo Matilde— no estoy acostumbrada a estas cosas. Assunta, no te preocupes, sigue contándome eso de la vuelta.

—*Iu pinsava di turnari quannu nun era cchiu zita. Ora Pepe voli iri in Germania. Pero hava 'mparári lu tidiscu.*

Quizá resultara cierto por aquella piel desigual, enrojecida, y no sólo por los siete años menos de Matilde, quizá porque no conseguía mantener la voz en un tono agradable o, probablemente —aunque ya la causa poco importaba—, se debía a sus brazos cortos y a sus manos hinchadas, estorbos salvo para el trabajo. Sí, ella, Visitación Badules, cualquier mañana se iría al boulevard Malesherbes a preguntar qué era preciso, ahora que, según decían, no se precisaba el visado.

Continuaron unos metros por la avenue de Wagram. Matilde y Assunta hablaban animadamente. Visita se cambió el bolso al antebrazo derecho, lo abrió y sacó el pañuelo de dibujos estampados, planchado dos horas antes, para sonarse.

Ahorrar la cantidad máxima que podía guardar no compensaba, y en Madrid, con los americanos y la falta de servicio, se sacaría tanto como allí, quizá igual si se tenía en cuenta que en París todo es más caro —por muy poco que se gaste— y que sólo en tasas de giros gastaba unos diez francos mensuales. Después de siete días sin ver un rostro amigo, sin pronunciar una palabra en español, esperando el domingo, unos minutos bastaban para estropearlo todo. Como le correspondía pagar a Matilde, sólo había cogido seis francos. Hasta con sol podía ser triste una tarde libre, semejante a aquellas horas en la bodega, cuando fregaba los albañales y fuera la lluvia retrasaba el comienzo de la vendimia; angustiosa y aburrida y oprimente, como las tardes en la sala del hospital, entre las paredes de baldosines blancos, entre las otras familias, escuchando los suspiros de la madre y los carraspeos del padre, cuando la madre tuvo lo de la pulmonía y ella —Visita— temía, de pronto, que fuese el piojo verde y les dejase solos al padre, a ella, a la Antonina, que entonces era una cría, al Casiano, que o había terminado o estaba a punto de terminar el servicio militar, y al Nazario, que por aquel tiempo ya tonteaba con la Perpetua. Una semana sin saber si sería mejor una carta o el silencio, en un cálculo constante de los ahorros para alegrarse un poco, cuando parecía que era mucho, o desesperarse del todo, si parecía que no era nada. Cualquier mañana se acercaría al consulado.

—Me puse hecha una fiera. Yo tengo buena pasta, pero si me mientan la honra, soy una leona. ¿Sabes qué es una leona?

—Sí, una leona.

—Pues así te juro que me puse, que llevábamos el tío aquel y yo diez minutos en la escalera por lo que cuesta entenderse, y eso era todo, y, desde luego, de lo demás, nada. Ella sí que colocaba cuernos a su marido, venga de estar sola en el *living* con cualquier par de pantalones que llegase a la casa. Te digo que la vida es así, que piensa el ladrón que todos son de su condición. No duré una semana más. ¿En Italia decís también lo de los cuernos?

—*Sí, sí, spissu.*

—Son igualitas tu tierra y la mía.

Largas horas, en que el silencio se transformaba en rencor, durante las cuales ni se imaginaba una que se volvería a hablar, se perdonaría y, como granos de maíz en la mazorca, se soldarían el olvido, la enemistad y la amargura. Se detuvieron, imposibilitadas para marchar las tres juntas por la acera llena de mujeres.

—Si yo contara… —dijo Visita, y seguidamente percibió la sonrisa de Assunta y la mano de Matilde, que la cogía del brazo—. Eso tuyo no es nada, si supierais las cosas que he tenido yo que presenciar. Sin ir más lejos…

—Cuenta lo de la borracha.

—… el otro día —Visita separó un poco los pies, tensos en los zapatos de medio tacón— me explicaba una de las recién llegadas que en la casa donde servía en Madrid le habían puesto un candado al teléfono, para que no pudiese hablar.

—Anda, mujer, cuenta lo de la borracha y su marido.

Visita y Assunta, apoyándose en los brazos de Matilde, cambiaron de un pie a otro el peso del cuerpo.

—Borracha, que decía ella estar. Pues nada —se dirigía a los transparentes ojos de Assunta, que no parpadeaba—, cada dos por tres teníamos función. Siempre la misma. Llegaba a las cuatro o a las cinco de la madrugada, borracha o haciéndose la borracha, y él, que era también joven y más bueno que el pan, un verdadero señor, muy fino, muy educado, de esos que nunca molestan y son capaces de levantarse a coger el cenicero antes de pedírtelo, vamos, de los pocos que te consideran y piensan que una criada también es hija de Dios… ¿Por dónde iba yo?

—*Idda a notti arrivava 'mbriaca e iddu…*

—Sí, mujer, entonces él la cogía por los pelos.

—Ya, ya me acuerdo. —Visita miró a su alrededor, para cerciorarse de que los rostros conocidos contribuían a la normalidad de la tarde—. Ella era guapísima, eso sí, como una diosa o una artista de cine, y casi siempre llevaba el pelo como tú —Assunta se dio unos golpecitos en la nuca—, recogido en cola de caballo…

—Cuenta las cosas más corto, Vísita, que se te van de la cabeza.

—… y de los pelos la cogía él, el señor, y la arrastraba por toda la casa, venga de gritar ella, hasta el cuarto de los niños, una parejita, dos ángeles los pobrecitos. Total, que daba la luz, los niños se despertaban y se sentaban en sus camitas y él les decía: «Mirar, mirar bien a vuestra madre y no olvidaros nunca que es una…». Y decía la palabra de cuatro letras.

—*Cosa?*

—Sí, mujer, que era una tía mala, una de la vida.

—*Chi?*

—Ella, la madre, la señora de la casa donde la Visita servía.

—Anda, que ahora que me acuerdo de aquella… ¿Cómo se llamaba? La señorita Jacqueline. No. La señorita Jacqueline era otra, una loca rarísima que dormía por el día y lloraba a solas y ya le podías preguntar que qué le pasaba, que ella nada, a llorar y a llorar, mirándote fijo y todo, pero como si no estuvieras delante. No, no era la señorita Jacqueline. Me da una rabia no acordarme de los nombres… Una cosa que sonaba a Jacqueline o a Nathalie o algo parecido. Ésta que digo era madame, porque tenía un marido más joven que ella, que le preparaba el baño.

—¿Quién?

—El marido.

—¿El marido le preparaba el baño a la madame?

—No, mujer, al contrario; ella le preparaba el baño al monsieur.

—¿Por qué?

—¡Ah!, ¿yo qué sé?, porque iba y se lo preparaba y no dejaba que nadie interviniese. Y también le vestía ella, porque él decía que no le gustaba vestirse, que se aburría mucho cuando se vestía solo.

—Ese tío era un mandrias.

—Era guapo. Tal y como os lo cuento, ella todas las noches cogía la ropa interior sucia y la tiraba debajo de la cama. La de ella y la de él.

—¿Y qué?

—Eso, que tiraba la ropa interior y, a la mañana siguiente, tenías que sacarla, que te veías y te deseabas de lo baja que era la cama, de esas que casi tocan el suelo. Fíjate tú, la rareza. Y es que una, en los diecisiete años que lleva sirviendo, ha visto de todo.

—Y aquella que se subía el novio a casa, y los padres… —empezó a decir Matilde.

—¿A qué hora dices que va a venir el Pepe?

—*Ai quattru* —Assunta consultó su reloj de pulsera—. *Ma sunnu gia i quattru e mezza; e vinticincu. Arriva sempri cu so commudu cu na scusa sempri pronta.*

—Lo digo —dijo Visita— porque por allí viene el Pepe.

—*Unn'ès.*

Assunta soltó el brazo de Matilde, se puso de puntillas, al tiempo que estiraba el cuello, y oteó la avenue de Wagram, hacia la cúpula bizantina de la iglesia rusa.

—Sí, es verdad. Mírale, qué guapetón se ha puesto. —Matilde le indicó la dirección acertada—. Allí, mujer, allí, ¿no le ves?

En la esquina de la avenue Mac-Mahon, Pepe levantó el brazo, unos instantes después que ellas comenzaron a caminar a su encuentro. A Visita la retuvieron unas chicas que conversaban en corro. La chaqueta a cuadros de Pepe, su corbata, su camisa a rayas blancas y marrones y, más aún, la insignia del Real Madrid en el ojal de una solapa de la americana, quedaron ocultas para Visita, que llegó cuando Pepe y Matilde subían y bajaban las manos unidas, riendo, empecinados en aquel machaqueo del aire, transmitido al resto del cuerpo por un similar empuje de los hombros. Al fin, Pepe le acarició el cuello a Assunta, le rodeó la cintura con un brazo y, ensanchada la sonrisa, saludó a Visita por medios exclusivamente verbales.

—Yo bien, Pepe. A ti te veo muy majo.

—Tirando. La que estás maja eres tú, Visita. De verdad que estás muy majetona esta tarde.

—Amos, quita. Qué zalamero es este Pepe. Me alegro de verte, sí que me alegro. Aquí estábamos, esperando.

—He tenido un incidente con el patrón. *Salaud!*

—*Dici accussi, ma nun è veru.*

—Si no fuera por lo que es, a buenas horas aguantaba a ese tipo. Y tú, bonita, habla cristiano que para eso lo sabes. Si no fuera por lo del carnet de conducir… Tiene castigo la cosa.

—Hala, Pepe, no te enfades, chico —dijo Matilde—, que hoy es domingo y te vas a pasar la tarde con la novia.

Pepe, muy serio, inspiró aire pacientemente, hasta que las hombreras de su chaqueta alcanzaron la altura de sus mejillas, sin por ello entretenerse más de lo justo en la consideración de las propias dificultades, ya que, antes de fijar su mirada en la boca entreabierta de Visita, había, a la manera de los oficiales del ejército sobre sus soldados alineados o del capataz sobre sus obreros ante las máquinas, dirigido los ojos de muchacha en muchacha, algunas de las cuales les observaban. Visita movió las cejas. Pepe espiró aire y estrechó más la cintura de Assunta.

—Veremos… Y ¿qué tal? ¿Cómo van los *affaires* Visita?

—¡Ay, Pepe!, tirandejo; unos días, bien, y otros, peor. ¿Has oído tú que vayan a enviar más americanos a Madrid?

—Por mí, que los zurzan, valientes borrachos. —Matilde consiguió la atención de Pepe—. Mejor prefiero yo a los franchutes, con todo lo animales que son. Pero, chica, si los americanos mucho pico y mucha fama y a final de mes como otros, y encima más desastrados y más vivalavirgen y más poco señores.

—Y de tu casa, Matilde, ¿cómo va la familia? ¿No se anima a venirse tu primo el Paulino?

—¡Huy, madre!, ése…

—Cuántas veces me lo recuerdo al Paulino, listo como el hambre.

—¿Paulino, el del señor Fidel?

—*È nuova la giacchetta… Porca miseria, ma che ti piace la roba vecchia?*

—Calla, calla, muñeca.

—Sí, el mismo.

—Pero ¿de qué el Paulino, el sobrino del señor Fidel, es primo tuyo?

—*Ahí!* —Assunta fingió sustraerse al abrazo de Pepe— *non stringermi tanto*.

—Claro que sí, Visita. El señor Fidel, por parte de su esposa, es contrapariente de mi tío Sotero.

—El de Onteniente —dijo Pepe.

—Ahí está, sí señor. —Matilde se colocó en el centro del corrillo, dando la espalda a Assunta, distraída en las puntas polvorientas de sus zapatos marrones—. O sea, para que lo entiendas, que mi tía Trini, que se casó ya viuda con mi tío Sotero, era parienta de Fidel, el tío de Paulino.

—¿No decías que era por parte de la mujer?

—Madre, qué desconfianza… Si los tengo vistos a todos juntos, con estos ojos que se ha de comer la tierra, cuando yo era una chavala y ellos vivían en el Pozo del Tío Raimundo, en dos chabolas las parejas una de la otra, recién venidos del pueblo mi tía Trini y mi tío Sotero.

—¿Tu tía Trini, es la que tiene mucho pecho?

—Ésa —dijo Pepe.

—Y bocio —añadió Matilde—. Lo del bocio hace que parezca más pechugona. Pero sí, sobre todo entonces, faltarle no le faltaba.

—Hay que ver el Paulino… —dijo Pepe.

—Lo que son las cosas, yo creía que tu primo Paulino era hijo de tu tío Fidel.

—Aquí ganaría el dinero a espuertas y ahí le tienes en España, hecho un pelagatos, siempre con disgustos…

—Porque se mete en follones —dijo Matilde.

—… por meterse donde no le llaman, que es lo que yo digo: en esta vida, el que más pone, más pierde. Es verdad de la auténtica, hombre.

—*Di quannu cumincio, l'invernu porta la stessa giacca.*

—Pero cielito lindo, si a ti lo que te gusta es lo que va dentro.

—*Senza scherzi, Pepe. E' na vriogna. E poi ca pri guadagnari di cchiò, bisogna iri vistuti puliti. Arriva sempri mezz'ura cchiù tardu e'cca solita…*

—Assunta, que hables en español, ángel mío, que te lo tengo mandao, que si yo soy tu novio y hablo el español, tú hablas como es forma y educación. Y vamos a tener la fiesta en paz.

—Soy de acuerdo. ¿Dónde vamos? ¿Y vosotras?

—Nosotras no habíamos aún pensado nada, ¿verdad Matilde?

—No, nada. Como hace una tarde tan buena, lo mismo nos damos un paseo.

—Andando —ordenó, Pepe—, que ya está bien de marmotas de la tierra. Madre, son todas iguales de feas.

—¡Huy, Pepe, calla, que te pueden oír!

No anduvieron más de tres pasos, ya que Matilde y Assunta se reían inconteniblemente, dobladas, dándose palmadas en los muslos.

—¡Ay, este Pepe, ay, Virgen Santa, pero qué salidas tiene! ¿Le has oído, Visita?

Congestionada por una interminable carcajada, Matilde respiraba en suspiros y proseguía en tonos más expansivos, sin final previsible.

—Vamos, muchacha… A ésta —explicó Visita a Assunta— si le entra el regocijo, no hay quien la corte.

Pepe, que alzaba la mano derecha sobre la espalda de Matilde, conservaba, igualmente indecisa, una sonrisa forzada.

—Pero ¿de qué te ríes tanto, so pánfila?

—Andá…, andá éste. De la risa.

No la palmeó, porque ella escurrió el cuerpo y corrió, ya casi avergonzada, hasta un árbol.

—Si bajáis por los Campos Elíseos, vamos juntos un rato —dijo Visita—. Se agradece un poco de compañía. Aunque una lleve años y años de estar sola, una no se acostumbra.

Assunta y Matilde continuaban riendo, cogidas del brazo, mientras, unos metros delante de Pepe y Visita, cruzaban a la carrera la avenue de Wagram, la avenue Hoche, la avenue de Friedland, la avenue des Champs Élysées.

—¿Sola?

—Vosotros los hombres no comprendéis eso; vosotros, el que más y el que menos, habláis unos con otros, salís, entráis. Pero una se pasa tardes enteras en la cocina, o en su cuarto, y que no, que la soledad se hace muy cuesta arriba. Y ¡mira que son años!

—A mí me pasa lo contrario, ya ves tú. Hay días que daría no sé qué por estar a solas, para sacudirme de tanto ajetreo.

—Quita, Pepe, no sabes lo que te dices.

Matilde y Assunta esperaron en la acera opuesta a que ellos dos se aproximasen y continuaron, siempre del brazo, en una marcha quebrada. Junto a Visita, Pepe caminaba con las manos en los bolsillos del pantalón, erguida la cabeza frente al borroso horizonte de árboles, asfalto y edificios. Visita se cambió el bolso al antebrazo izquierdo. Los pocos automóviles y los escasos peatones agrandaban la avenida y empequeñecían los coches aparcados y las personas sentadas en las terrazas aún acristaladas de los cafés. A cada minuto, Matilde volvía la cabeza y retrasaba la marcha o Assunta tiraba de ella hacia un escaparate o los afiches de algún espectáculo. De reojo, Visita comprobó que Pepe silbaba en sordina.

—¿Sabes qué te digo? Que cuanto antes os caséis, mejor.

—Oye, tú, ¿a qué viene ahora eso del casorio?

—Te ahorras de andar hecho un pendón por ahí. —Visita se rió—. Hazme caso.

—Cásate tú.

—¿Yo? —A Visita las bromas de Pepe le punzaban a lo largo de la columna vertebral como un alambre de espino—. Más quisiera yo.

—Todavía estás en edad.

—¿Y quién me va a querer a mí?

—Alguno habrá. Pero tienes que volver a España. Si te vuelves, más de uno te propondrá la vicaría. Tú eres trabajadora.

—Sí, eso sí.

—Lo que pasa es que no hay Cristo que se ponga en relaciones con los que hablan de otra manera.

—Pues la Assunta y tú…

—Es diferente. Con los italianos es diferente.

—Conozco yo a una chica de Almería, una andaluza muy graciosa, que conoció a un franchute delgado, moreno…

Visita anduvo aún dos pasos, al detenerse Pepe.

—¡¡Eh, vosotras, sooo!! ¡Muchachas, veniros p'acá!

—¿Qué mosca te ha picado, Pepe? Gritas de una forma, hijo, que la gente se va a creer algo.

Matilde y Assunta llegaron preguntando qué deseaba Pepe. Pepe, en silencio, se dirigió hacia una heladería, examinó los automáticos instalados en la acera, consultó los anuncios de los diferentes precios y las diversas clases y, al tiempo que sacaba un puñado de monedas, les conminó a que cada una eligiera el que más le apeteciese.

—Gracias, pero yo no sé si quiero.

—Venga, Visita, sin cumplidos, que hoy invito yo.

Al reemprender la marcha, flanqueando ambas a Pepe y a Assunta, ahora del brazo, Visita, que comía despaciosamente el mantecado de fresa con una cucharilla blanca de plástico, tuvo una momentánea depresión, a cuyo origen incierto contribuyó la irritación de ver a Assunta y a Matilde lamer los helados e incluso mordisquear el cornete de barquillo, pero que, en todo caso, le duró sólo lo que el recuerdo del noviazgo frustrado de su conocida de Almería con el que luego resultó argelino. En su ensimismamiento, lejos de la tarde soleada, de los colores y los aromas violentos de la tarde, oyó dirigida a ella, entre el zumbido de la conversación y sus risas, la voz de Matilde.

—¿Qué? —Aparentó regresar de la contemplación del pavimento.

—¿Que qué vamos a hacer nosotras? Yo digo que al cine.

—¿Al cine? ¿A cuál cine?

—Me gustaría una cinta que echan por aquí, una que sale Madrid, pero el Pepe dice que es de guerra y triste.

—Y, además, que ni ves Madrid, ni nada. Yo ir no he ido, pero se lo he oído a uno.

—Tú estás chaveta, Matilde. Tú no sabes lo que cuestan los cines de estos barrios. Hace un tiempo muy hermoso para andarse metiendo a lo oscuro.

—*C'è il sole dappertutto. Ahi, amuri, scusa.*

—Assunta, no empieces. Nosotros cogemos aquí el tubo, en Roosevelt, que vamos a Pantin y hay que echarle camino.

—Eso está pero que muy bien —dijo Visita—. A menear un rato el solomillo, igual que en el casino del pueblo.

Assunta, enrojecida de pudor, únicamente por la mirada y los visajes, provocó el desconcierto de Visita. Sin saber por qué, Matilde se unió a los escandalizados gorgojeos de Assunta.

—Tú no te azores —intervino Pepe—, que a nadie le está mandado expresarse en otro idioma. Si hablases español, Assunta, no ocurrirían estas violencias.

—*Ma yo ho* hablado nada.

—No te preocupes, Visita. Es que en italiano casino quiere decir casa de mujeres de la vida.

—¡Ahí va! —dijo Matilde—, y cuando quieren decir casino, ¿qué dicen?

—*Casinò* —dijo Assunta.

—Para que veas qué gente. —Pepe le arrancó una sonrisa a Visita por el sistema de golpearle la espalda.

Por unos momentos se encontraron encadenados por la risa decreciente de Assunta, que, cogida de Pepe, saltaba sobre un pie y sobre el otro, sin que nadie tomase la iniciativa de las despedidas.

—Que os lo paséis bien —dijo, al fin, Visita, con una lentitud determinada por la sensación de olvidar algo importante o, al menos, más importante de lo que había hablado con Pepe— y hasta... bueno, pues hasta otro día.

—Lo dicho, a mandar.

La mirada empañada de Assunta se aproximó a su rostro —Visita cambió el bolso al antebrazo derecho—, sintió la piel de la otra en sus mejillas y, casi inmediatamente, la mano de Pepe en su mano. Se alejaron y Visita, expectante, dichosa inesperadamente, quizá por las frondas explanadas desde el Rond-Point des Champs Élysées, por la felicidad que denotaba la voz de Matilde, por el verde y fácil camino que terminaba en la place de la Concorde y que, al ser reconocido y, por tanto, familiar, convertía en un espacio entrañable aquella ciudad, en la que lo frecuente resultaba ignorar dónde se encontraba una y cómo sería el lugar al que una se dirigía, engarfió sus dedos en la corva del brazo derecho de Matilde, como el núcleo de las tensiones que la impulsaban.

—Andando.

—¿En serio no quieres ir al cine? Acuérdate que hoy me toca pagar. —Matilde dejó de arrastrar los pies—. No he querido decir nada delante de ésos, no por falta de confianza, sino porque la Assunta no tiene por qué enterarse de nuestras cosas, ni hay por qué dar dos…

—Claro.

—… cuartos al pregonero. ¿No te parece?

—Me parece muy bien, pero… lo del cine… ¿Tienes muchas ganas?

—Yo, mujer, por hacer algo. Ganas, ganas, no tengo muchas.

—Y, además, recuérdalo, que no entendemos por muchos letreritos que tenga. Que, como no sea española, no enganchamos ni jota.

—Lo pensamos luego, no hay prisas. ¡Qué simpático es el Pepe!

—Una alhaja el Pepe. Tan servicial, tan… Es de mucho fondo. Yo, con lo de los helados, te digo que he pasado mal rato. Ahí es nada… Que se ha gastado lo que no tenía que gastarse.

—Déjalo, mujer, que él lo gana.

—Es verdad, pero… —Visita se interrumpió—. ¿Sabes?, no le he encontrado yo muy dado a casarse.

—¿Por qué?

—No le encuentro yo con ansias, está refitolero, como así un poco si quiero o no quiero.

—Figuraciones tuyas. ¿No has visto cómo la achucha, a la Assunta? Que no para, que la coge un brazo o una mano o la soba esto o lo otro. ¡Qué hermosura, madre, quererse así!

El zumbido de los coches que bajaban hacia la place de la Concorde ritmaba en el aire caliente sus pasos rápidos, aquella marcha acelerada por el placer de mover las piernas sobre la acera punteada de sombras de hojas.

—No sé qué te diga… Ella, la Assunta, no parece que tampoco le aprecie mucho. Se ríe por todo, todo se lo toma a guasa.

—Andá, ¿y qué quieres? Triste se va a poner.

—No, Matilde, yo no digo tanto. Mira tú qué mayor alegría puede haber. Pero, vamos, que se podía comportar con más seso. A veces, igual que una niña. Eso, a mi entender, al Pepe no le tiene que gustar nada, ni una miaja eso de que hable tan sin formalidad.

—Si yo tuviera novio, haría como ella.

—A los hombres les gusta que las mujeres honradas tengamos nuestro poco de juicio.

—No te sigo. ¿Tú qué harías?

—¿Yo? ¿Con mi novio?

Abandonaron la avenida al entrar bajo un bosquecillo, en cuyo centro había un estanque.

—Sí, tú con tu novio. ¿Qué harías con él?

—Quererle mucho.

En la arena crujían los zapatos.

—Pero ¿a lo alegre o a lo funeral?

—A lo serio.

Donde terminaban los árboles se veían ya los parapetos del río, al otro lado de aquella esquina de la plaza.

—La Assunta hace bien —insistió Matilde—. Lo que les gusta a los hombres, que vienen cansados de trabajar como mulas, es su ratito de cachondeo. Por lo bueno, claro.

—Los hombres a ésas las dejan; se divierten con ellas y las dejan. Yo no le iba a permitir que me pusiera la mano encima.

—¿Ni un beso?

Visita y Matilde espiaron, sin soltarse del brazo, en una y otra dirección la intensidad del tráfico.

—Ni un beso. ¡Ahora! Después de las bendiciones, todo lo que se le apeteciese. Pero antes, ni tentarme un pelo de la ropa. Así, así se empieza; una caricia, un apretujón, un déjame por debajo de la falda y luego ya sabes lo que pasa. A mí no, yo no me quedo para vestir santos y con bombo.

—Eres una exagerada. —Matilde miró las águilas que coronaban las columnas del Pont Alexandre III, a sus espaldas ya—. Una cosa es una cosa, y otra, que a una servidora le vayan a quitar el virgo.

—En eso tienes razón. Pero te descuidas, y preñada.

—Yo le dejaría que me acariciase con decencia, que me besase suave, que me hiciese cosquillas. ¡Si es lo mejor de la vida! ¿Qué nos queda a los pobres si se nos quita eso? Y, además, que un día, porque nadie tenemos la vida comprada, va y se te muere.

—¿Quién?

—Tu novio.

Junto al parapeto también caminaban bajo árboles y otros árboles brillaban al sol mediado de la tarde en la terraza del Jardin des Tuileries, sobre el muelle.

—Si se me muriese, yo me mataba —determinó Visita.

—¡No seas animal, mujer! ¿Qué ibas a adelantar con eso? ¿No creerás que después de muertos nos encontramos en el cielo o en el infierno?

Después de leer en la placa «Pont de Solférino», Matilde soltó el brazo de Visita y se acodó en el pretil a mirar la corriente del río, cubierta de reflejos y pequeñas ondas difícilmente separables por la vista unos de otras, de semejante manera que para la memoria resulta imposible separar una caricia de otra, o adivinar, cuando los cuerpos están juntos, si un beso y no el anterior traerá consecuencias desfavorables. Visita contemplaba el vaporcito, que se alejaba remolcando —unidas por gruesas sogas— dos gabarras repletas de arena.

—¿Nos sentamos ahí —Matilde avanzó la barbilla— a descansar un rato?

Bajaron los escalones de piedra, atentas a no fallar los pasos a causa de los tacones. En el muelle crecían también árboles, más raquíticos que los de la acera y los de las Tuileries. El sol llegaba en rayos casi paralelos al río y del agua subía un olor acre y fresco. Se sentaron, las faldas deliberadamente recogidas, una vez descalzas, y pedalearon las piernas en el vacío, sobre un agua más negra que la que fluía en el centro del cauce.

—Si la gente habla de la otra vida —dijo Visita—, algo habrá, aunque sólo sea por lo de que cuando el río suena... Me mataría y así, de golpetazo, me enteraba. Y si es verdad que hay otra vida y allí nos encontrábamos..., nada, que había hecho bien en matarme.

—Pero si no era verdad y no hay otra vida, te quedas muerta y sin enterarte.

—De algo hay que morir.

Durante un largo tiempo estuvieron en silencio. Visita tiró algunas piedrecitas al río, observó el sombrío edificio frontero, se quedó embobecida, sin ver a un hombre que dormía en la otra orilla, oyó una conversación detrás de ella, la risa de Matilde cuando se acercó el perro y un sonido parecido al que produce el viento al embocar un túnel. Bajo el puente la luz era distinta y a la izquierda, en el centro del Sena, había una isla en punta, muy verde.

—Se nota que es domingo, ¿verdad?

—Sí —dijo Visita—. Me estaba acordando de aquellos domingos en Madrid, la gente de veraneo y un calor de chicharrera en la Puerta del Sol. Luego nos íbamos a las Vistillas o al baile de la carretera de Extremadura.

—Ya me acuerdo.

—Por las noches hacía mucho bochorno. Algunos días nos marchábamos al cine. Al Chueca, al Pleyel, al Carretas, al Usera, al Iris, que estaba por Argüelles, al Olimpia y al Lido, que era tan grande y tan bonito. A mí el que más me gustaba era el Lido.

—Y al Doré.

—Sí, es verdad. Y comprábamos pipas, a la entrada. Madre, qué vida más buena aquélla.

—Tienes una memoria que ya quisiera yo. El Olimpia es el que estaba en Lavapiés, ¿no?

—Qué va. El Olimpia estaba por Atocha.

—Pues eso, Atocha estaba en Lavapiés; vamos, cerquita.

—Quita de ahí, mujer. De Atocha a Lavapiés habrá una tirada como de la torre a la estación de Austerlitz.

Visita retiró del borde su bolso y, cogiéndolo por el asa trenzada de plástico, lo colocó sobre la falda.

—Aún me recuerdo —dijo Matilde— de la mañana que llegué a la estación de Austerlitz. Dios, qué feo era todo, y el parque ese, que luego resultó que es el jardín de las plantas, qué tristón. Tú me esperabas afuera.

—Cuarenta mil. A otras les había oído que ocho mil, pero la Gregoria, el domingo que bajábamos al metro de la Pompe, me dijo que, según a ella la tenían informada, éramos cuarenta mil. ¿Te das cuenta? —Matilde asintió sin convicción aparente—. Mil y encima cuarenta veces esas mil. Se marea una.

Visita abandonó el intento imaginativo de visualizar cuarenta mil mujeres, ya que, en la memoria, las calles adyacentes a la glorieta de Atocha se le formaban nítidas, aunque no pudiese, por un muro de humo blanco que se interponía en determinado momento, enlazar aquel paisaje —el hospital, la estación, el pretil de la estación, las tabernas de Atocha— con las calles, más estrechas y menos rectas, que conducían a Lavapiés, o, quizá, a Embajadores. A Visita aquella luz crepuscular le resucitaba, mientras escuchaba fragmentariamente las palabras de Matilde, atardeceres lentísimos en cuartos de la plancha, en fregaderos o en cocinas, cuando la luz se achicaba en el patio de paredes desconchadas, ennegrecidas por la humedad.

—… tan preciosísima vista desde arriba de la montaña, grande, grande, hasta el mar, que casi no se veía. Y también volver por el puerto en barca y encontrarse con una estatua más alta que la torre, rodeada de tranvías, y con toda aquella alegría de la gente y tantos olores y jaleo. Yo, ya te digo, al final casi hablaba catalán.

—En Socuéllamos, cuando se terminaban las faenas en la era… En Socuéllamos, ¿sabes?, no hay muchos árboles, ni montes, sólo en las viñas… ¿Qué iba yo a contar? Algo sobre el cura y los novios, que ocurrió poco antes de que me mandase mi madre a servir al parador de Quintanar. No sé. —Visita sonrió.

—Todo el mundo tenía que vivir en paz y gracia de Dios, jolines —dijo Matilde—. Sin matanzas, sin maldades, cada cual con su pedazo de pan y sus cosas buenas. La Sofía siempre andaba diciendo que las cosas buenas están en el mundo para todos, para que cualquiera que sea lista las coja.

—Valiente pendón la Sofía. Nunca he tenido una compañera más pendón y más gorrina. Era como he visto pocas. Entrases a la hora que entrases en la habitación, te encontrabas cuando menos las colchas arrugadas. No he conocido mujer que le gustase tanto el aquel de tumbarse. Una gorrina.

—Seguro que la Sofía ha ido a más. —Matilde subió los pies al borde de piedra y se abrazó las piernas con las manos entrelazadas—. A veces, miro dentro de los automóviles para ver si la veo. Ésa no se ha quedado de fregona, como nosotras, ésa tenía mucha madera de sacar billetes. Acuérdate que quería que la llamásemos Magdalena Sofía, porque lo de Sofía a secas le sonaba a poco.

—¡Ay, que ni me acordaba! —Visita se balanceó al compás de su breve risa—. Te digo que hay algunas… Todo el santo día del Señor, con una revista en la mano.

—Me he comprado una de ésas toda de dibujos que les salen las palabras encerradas como en bolsas. ¡Más bonita…!

—¿La entendiste?

—La madame me dijo lo que no sabía traducir.

—Tú, Matilde, sí que estás bien en esa casa.

—Ya te dejaré la revista; hoy, con la prisa de salir pronto, se me ha olvidado.

—Bueno, ¿qué hacemos?

El río estaba oscuro. Más fuerte ahora, llegaba el ruido del tráfico, casi sin solución de continuidad, en un zumbido monocorde. Únicamente arriba quedaba luz, desleída, empañada o húmeda, así como en algunas ocasiones la mirada de Assunta.

—A estas horas… A ti ¿qué te apetece? La Assunta y el Pepe estarán bailando. Para el cine, es tarde.

—Si quieres, nos vamos a ver escaparates. Matilde, mujer, bájate las faldas, que estás haciendo foto con los muslos. Anda, cuéntame cómo te vas a hacer el vestido de tirantes.

—Si no me alcanza la tela para una torera, me tendré que hacer los tirantes altos y anchos. Si me sobra, voy y me los hago finos, que me dejen las costillas al aire.

—Según, claro —dijo Visita.

Los faroles de la orilla opuesta se encendieron al tiempo. Un muchacho y una muchacha, cogidos de la mano, caminaban hacia ellas; se desviaron y, una vez que las hubieron rebasado, volvieron al borde. Matilde les siguió con la mirada, suspiró y abrió su monedero de plástico verde.

—¿Quieres un bombón?

—Sí —dijo Visita—. ¿No notas un poco de relente?

—Vámonos.

—Oye, pero si es un caramelo.

—Como aquí —dijo Matilde— a los caramelos los llaman bombones, una se confunde. ¿Te gusta?

—Está bueno.

Reflejos eléctricos navegaban ahora la superficie negra, giraban o desaparecían, durante aquella distancia cerrada por los puentes iluminados, por las luces de los barcos. Se levantaron lentamente y se calzaron con esfuerzo, ya que tenían hinchados los pies. Matilde estiró los brazos y bostezó.

—Es raro —dijo Visita—. No parece el mismo sitio que cuando nos hemos sentado esta tarde.

—Por la noche todos los gatos son pardos.

Al pisar la acera, Matilde guiñó repetidamente los ojos. Atravesaron la calle y el Jardin des Tuileries. En los escalones de la salida, Visita, después de darle el bolso a Matilde, encajó una moneda de cinco francos —antiguos— en sustitución de la goma del sujetador de su faja, que se acababa de romper y había rasgado el extremo superior de la media.

—No, carrera no se me ha hecho. ¿Vamos de garbeo a la rue de la Paix?

En la rue Castiglione, Matilde persistió ante una chaqueta de mohair extendida sobre el suelo de la boutique, hasta que Visita, aburrida de haber examinado todo, incluida su imagen incompleta en la vidriera, siguió caminando. La place Vendôme, a pesar de la iluminación, tenía cierta semejanza con los patios interiores del atardecer y sólo en la rue de la Paix ya, Visita desfrunció el entrecejo y se concedió escuchar a Matilde.

—Como ese aspirador —Matilde señalaba el cartel en rojo y negro, que colgaba de un cordón dorado sujeto a dos aspiradores colocados verticalmente— es el que tengo yo. Casi no hace ruido.

Moviendo los labios, sin emitir sonido, Visita leyó: *Le Nouveau Balai —48 F.— Puissant, Robuste, Maniable.*

—¿Cuarenta y ocho francos nada más?

—Sí, sí, fíjate; *par mois.* ¿Cuántos meses serán?

—Eso nunca lo ponen. Vamos a ver las joyerías.

—Yo, si tuviese mucho, mucho, mucho dinero —Matilde expulsó una corta risa nerviosa— no me compraría joyas. Me compraría vestidos, automóviles, una casa, alfombras, pero joyas, no; ¿para qué?

—Te las comprarías, porque acabarías aburriéndote de todo.

—A lo mejor.

—Mira, mira…

Por la acera llena de gente, tropezaban, se paraban, se desunían y volvían a cogerse nuevamente del brazo, deletreaban los anuncios —*Confort et Chaleur*—, las etiquetas y los precios, golpeadas por el asombro —*Toute l'Afrique par…*—, boquiabiertas de deseo —*… est en même temps qu'un meuble élégant et raffiné…*—, incluso —*… la célèbre ballerine, elle aussi, a adopté pour son petit déjeuner…*— deslumbradas interiormente —*… ont l'honneur de figurer dans les vitrines des plus grands bijoutiers…*— por los pequeños sobresaltos de la sangre ante un objeto insólito

—*Onctueuse, délicatement parfumée…*—, bello o, en ocasiones —*… totalement équipés 2ᵉ chaîne et déjà des milliers de téléspectateurs heureux…*—, viejamente codiciado.

Frente al indicador del metro, en la isla de cemento central de la place de l'Opéra, recuperaron el control de sus gestos, con frecuencia más rígidos que enfáticos.

—Directo hasta La Motte Picquet —la yema del dedo de Matilde cambió de dirección en el vidrio protector del plano— y luego una…, dos…, tres…, cuatro…, cinco… y seis, hasta Auteuil.

—Yo también he tenido suerte. Cambio en Châtelet y derecho a Saint-Sulpice, sin más mierda de transbordo. ¿No estás cansada?

—¿Cansada? No, me duelen un poco los pies. Por los zapatos nuevos. ¿Tú estás cansada?

—El viernes es fiesta —dijo Visita—. Podemos quedar donde hoy.

El rostro de Matilde se amplió en una sonrisa tensa como los músculos, riente como aquella súbita luz en sus ojos pardos.

—Se me había olvidado que el viernes… ¡Qué bien! Ah, oye, que sigo yo debiendo lo del primer día de salida, ¿eh? Como esta tarde no hemos gastado…

—No te preocupes, mujer. —Visita colocó su mejilla derecha sobre el pómulo derecho de Matilde—. Si tienes carta de España o te aburres algún rato, llámame por teléfono.

—Lo mismo te digo. —Matilde apretó su pómulo izquierdo contra la mejilla izquierda, algo fría, de Visita—. Que lo pases bien, Visita. Adiós.

—¡Huy, qué tontas! ¿Por qué no bajamos juntas?

Matilde rió y se cogió del brazo de Visita, cuando ésta ya había descendido un escalón.

«Tantísima gente y cada uno a lo suyo, a sus casas, a cenar, a acostarse. A ratos, los domingos también se ponen tristes. El viernes… Llevaba una pulsera igualita a las que vendían en la plaza Mayor de Madrid, más fea que Picio. Por eso me he hecho la tonta, como si no la hubiera visto. Hace años me hubiese vuelto loca llevar una pulsera así. Y es que se cambia más… Hala, hala, bien apretujados. Y nadie soba a nadie. En Madrid, ya me habrían tentado el culo. Esos de la puerta, que me han mirado al entrar, no sé yo por qué, pero me huele que van cascando en español. Las camisas de monsieur ya estarán secas. Le plancho una esta noche, y las otras dos, en cuanto me levante. Voy a abrir las latas con el nuevo abridor; que no se me olvide. A veces, me parece que éste corre más que el de Madrid, y otras, que no, que el de Madrid va más deprisa. Fuera es de noche. A oscuras las calles, los campos, los ríos, el mundo entero en tinieblas. Y allí habrán salido a tomar unas cañas, bajarán de Palomeras. Dicen que han abierto más bocas de metro en la avenida. El metro es una buena cosa. Hará una noche hermosa, más calor que aquí, y el Cayo dirá: "Chico, pon unos boquerones en vinagre, que no te vas a quedar manco". Que no me pase de estación. ¡El Cayo tiene siempre más buen humor…! Una va, se distrae y, luego, todo un infierno para volverse, con tantos pasillos iguales y tantas escaleras y tantas averiguaciones… Lo hemos pasado bien, corriente. El viernes es fiesta. Si puedo, mañana me baño. Ahora escarrilábamos y nos moríamos todos. Cuántos somos, y cada uno con una cara distinta. Llego bien, no puede decirme nada. Daba gloria, los árboles tan verdes ya.»

Las calles se alargaban en las luces de las farolas, en las hileras de los automóviles aparcados, en las fachadas penumbrosas. Dio una carrera desde la salida del metro hasta la primera esquina y continuó despacio por aquel paraje, en el que las tiendas —cerradas— y los bares se sucedían en una regularidad conocida, fomentando recuerdos y proyectos concretos.

Apretó el botón y se abrió la puerta. En el ascensor de servicio se aflojó el sostén.

Al entrar oyó los rumores de las voces y la música tenue. Encendió la luz del pasillo y caminó hacia el *hall*. Por el hueco de una de las puertas correderas a medio cerrar vio una parte del salón, la mesa enana de mármol, unos vasos, el cubo de hielo, unos libros, una mujer en pantalones sentada en la alfombra. Las conversaciones se hacían más fuertes, ya que no más distintas o inteligibles.

—*... je t'assure qu'il nous a parlé pendant des heures et toujours de ce sacré bouquin, que vous appellez la nouvelle morale.*

—*Pas possible! Mais si Jacques ne comprend pas nullement qu'est que ce la nouvelle morale. Alors, je me demande comment il peut parler, s'il n'est pas engelien, ni juif, ni polygame?*

En el momento que madame, deslizando con un codo la hoja entornada, salió al *hall* con la bandeja de platillos, ceniceros y los pedazos de un vaso roto, ella encendió las dos lámparas cilíndricas, de lajas de madera, que colgaban del techo a distinta altura.

—*Ah, ma petite...*

—*Bon soir, madame.*

—*Est-ce que tu t'as amusé?*

—*Oui, madame, beaucoup.* —Cogió la bandeja. Por el pasillo, en dirección a la cocina, que estaría repleta de vajilla sucia, oyó la cálida voz de monsieur, destacándose sobre los demás ruidos.

—*Qui est arrivé, Yvette?*

Decidió ponerse la cofia almidonada y planchar las tres camisas por la mañana temprano. Pisar la moqueta le provocó el placer de siempre. Madame contestaba:

—*La bonne seulement, mon cher.*

Apólogos y milesios

Y según a mí me parece, este género de escritura y composición cae debajo de aquel de las fábulas que llaman milesias, que son cuentos disparatados, que tienden solamente a deleitar, y no a enseñar; al contrario de lo que hacen las fábulas apólogas, que deleitan y enseñan juntamente.

MIGUEL DE CERVANTES

Hablan unas mujeres

Una tarde rota

1

Había anochecido tres veces, lo que, para una sola tarde, ya resultaba demasiado, ¿no? Él nunca bebe antes de las seis. (Estoy equivocando los tiempos del verbo, no se me oculta, pero ¿qué quiere usted?) A las seis toma la primera copa, siempre en el jardín, ya que, nada más levantarse de la cama, se instala fuera, sin reloj, a esperar esa señal que sólo él se ha fijado. De tal manera que, desde que considera que faltan unos minutos, desenrosca y enrosca el tapón de la botella, hasta que suenan (¿dónde?) las seis, y las manos le tiemblan. En pleno verano, cuando las horas de la tarde parecen estancarse, el cálculo se le hace mucho más impreciso.

Pero si en una misma tarde anochece tres veces —y en este pueblo sucede en los últimos días del verano—, al primer oscurecimiento no espera y se sirve. Que luego sean las cuatro, que de nuevo anochezca, que a continuación las manecillas marquen las cinco y media, que nos caiga encima y como a traición un tercer crepúsculo, ya no cuenta para él, porque, a partir de la primera jubilación de la luz, bebe sin correspondencia alguna con la naturaleza (quiero decir, usted me comprende, sin embustes) y se acuesta, una vez terminada la botella. Cada una de esas botellas le dura unas cuatro horas; para mí son relojes de arena y así lo pienso dos días por semana, cuando bajo a comprárselas al autoservicio de la plaza.

Al primer atardecer, yo, que desde el ventanal observaba la dirección de las nubes, supe que él había llegado a las seis y, como eran las cuatro apenas, pensé que a las ocho aproximadamente estaría derrumbado sobre la cama, y así estuvo, cuando los gritos de los niños le despertaron. O sea que, pasados unos minutos de las cuatro, me podía ver (y me vi) sobre las ocho y media desanudando los cordones de sus botas, tirando de sus pantalones, sacándole los calcetines con dos dedos, liberada. (¿Qué hago después? Imagínelo.)

La tarde era muy hermosa, tampoco más que cualquier otra de finales de verano en cualquier otro pueblo, una de esas tardes cambiantes, con tantas variaciones de perspectivas, de sonidos, hasta de olores. Para él, claro, una tarde perfecta. A las seis tomó la primera copa y, poco después (usted me sigue, ¿verdad?), sobre las cuatro y diez, me aparté del ventanal. Para mí, todos son casi idénticos; varía, naturalmente, la altitud y, por tanto, la temperatura (algunas veces, dese cuenta, huimos del invierno, otras del calor, y advierta que en mi situación, para una mujer que apenas habla, el clima adquiere más importancia de la que probablemente tiene), en unos hay varias plazas, en otros menos calles, en todos he encontrado esas tiendas, a las que acudo dos días por semana y de las que vuelvo por distintos atajos —que son el mismo—, cargada con los relojes de arena que he comprado. En éste existen demasiados perros y demasiados niños (y vea las consecuencias), el viento sopla por la noche con una constancia adormecedora y, luego, la madrugada mata el viento. Sin embargo, a pesar de sus noches tan propicias, no puedo aborrecerlo menos que a otros muchos pueblos en los que hemos vivido, me sugieren todos —éste incluido— esas familias que alimentan con las sobras de la comida a unos cerdos, de los que ellas se alimentarán. Me da asco.

Retirada del ventanal, porque había anochecido, esperé, mientras anochecía dos veces más, a que él acabase la botella. La casa se diría que es mía durante esas cuatro horas en que la arena va pasando de la botella a su cabeza, pero, estando él en el jardín, ni la casa, ni el jardín —ni yo misma— me pertenecen. Tampoco son horas lentas. Me limito a esperar. A odiar. Tengo tiempo más que suficiente y recuerdo y falsifico los recuerdos, me compadezco, relaciono ultrajes y afrentas, me detesto, le maldigo. Hace mucho (no me pida usted precisiones, era en otro pueblo, en otra casa), aun algunas tardes le contemplaba, tras los visillos. Una de esas tardes se me ocurrió la idea y, aunque no lo hice inmediatamente, me asusté de mí misma, como si fuese posible volverme loca o, peor, como si estuviese a punto de fingirme loca.

Eso hago, espero. Oigo pasos. Entra y deja sobre la mesa la botella y el vaso. Me mira, pero no me ve. Se derrumba sobre la cama. Al rato le desnudo, y la casa, el jardín, las horas —y yo misma— me pertenecen. Jamás me ve, aunque siempre me mira. Sin duda, porque al principio le esperaba disfrazada o a gatas sobre un diván o extendida en cruz sobre la alfombra o encaramada en el reborde de la chimenea, una pierna doblada y un bastón enarbolado, o borracha y gritadora, para nada. Por entonces se me ocurrió la idea y salí, unos días después, a darle de correazos con uno de sus cinturones. (Sí, como a un perro, exactamente como a un perro al que se ha decidido educar. Supongo que él no lo había olvidado esta noche, cuando lo de los perros, fíjese, después de tantos años, que ni siquiera yo sabría decir si han sido demasiados o pocos o siete.)

2

La tarde, de repente, se rompió en ladridos. El aire se fracturó, se despedazó en coros aulladores, casi localizables. Y, acto seguido, sobre los aullidos, resonaron los gritos de los niños, corriendo desordenadamente por el jardín, aún sin saber, orientados hacia la verja no obstante y adivinando o negándose a adivinar. Los mayores, que salieron primero, unieron sus voces, crecientemente irritadas por la sorpresa, a la vociferación y a los gemidos. Aunque el cuerpo canelo desconcertaba sobre el asfalto, vieron antes al que, en la cuneta opuesta, renqueaba entre los zarzales, extravagante, como sostenido en cinco patas y ninguna del mismo tamaño. Alguno de los mayores —algún tío, alguna madre, alguno de los amigos— había llegado al portillo y, con una premura autoritaria, trataba de retirar a los más chicos, los más inasibles por otra parte, que gritaban, sollozaban incluso, parecía que jugasen a imitar los aullidos. Negro con manchas blanquecinas, intacto, sólo alarmante por el bamboleo, no conseguía apartarse de la cuneta. Un coro de voces femeninas —madres, tías, hermanas casadas, primas, doncellas y asistentas, Viernes— entonaba una polifonía de espantos y prohibiciones. Inútilmente, porque los más capaces —o angustiados— habían abierto ya y el tropel de la chiquillería se alargaba en la linde de la carretera, ineptos, plañideros, entregados todos al desamparo de la infancia. Y entonces asomó un automóvil por el cambio de rasante a cien, y cerraron los ojos, oyeron las ruedas pasar sobre la osamenta del canelo, y el hilo de tarde que ponía azulosas y amarillentas las nubes se llenó de renovados gritos, de ladridos desesperados, de algo, como un estertor, que logró sobrenadar la algarabía.

Con una terquedad idiota y metódica vacía el vaso; se le pierde la mirada en el horizonte; llena el vaso; bebe; mira; así cuatro horas de arena fluyente, pensando en mí, en la que creyó conocer, en la que creyó amar, en la que creyó sorprender, en la que nunca he sido, en la que algunas noches él consiguió, sin saberlo, que yo fuese. O reconstruyendo, con esa minucia escurridiza de los viejos, cuerpos que fueron. Por entonces ya no me hablaba de esos otros cuerpos, ni siquiera me permitía averiguar, era sólo una figura de hombre, sentado en un jardín, bajo unos pinos que olían a yodo, bebiendo. O —detrás de los visillos, le vi levantarse, por vez primera, aquella tarde de los primeros años— una figura de hombre avejentado, que abandona el vaso en la hierba, se levanta, se aproxima a una mata de glicinas y, mientras llega, ha ido bajando la cremallera del pantalón, orina. Unos días después (quizá, compréndalo, me detuvo un resto de inhibición, alguna huella del respeto que siempre impone una presencia ajena) me decidí; salí de la casa con uno de sus cinturones bien anudado a mi muñeca derecha e, impune, puesto que él sólo oía el burbujeo de su orina, la emprendí a rebencazos contra su espalda, que se doblaba más a cada golpe, y él, inmóvil, ni movió la cabeza, se cogió con ambas manos —se guarecía, mejor— aquella triste cosa, su piltrafa, se doblegaba, caía de rodillas sobre la tierra pobremente húmeda y recibió en la nuca el último correazo, el más flojo, porque me dolía el hombro y hasta de castigar a un perro se fatiga una, o se apiada. Desde entonces contiene la vejiga o sale al campo (ya sé que empleo mal los tiempos del verbo, no tiene usted que repetírmelo con la mirada, me acostumbraré mañana o dentro de un mes), nunca entra en la casa antes de que lo indique su reloj de cuatro horas, pero tampoco nunca ha vuelto a una mata de glicina, a un rosal, a una tapia, a una valla de madera verde, a mear como un perro. Resisto convivir en silencio; que sólo me hable para ordenar el traslado a otro pueblo, a otra casa, todavía puede sorprenderme; pero aquello, no.

Ayer mismo, cuando por cuarta vez anochecía y ya no le iba a quedar a la tarde lunática más posibilidad de coqueteos con la luz, cuando entró y me miró con esa mirada suya de legañas rojas, que no me ve (sí, yo le esperaba desnuda), él recordaba aquella casa junto al mar, aquellos latigazos que le di, para que aprendiese a ser limpio, para evitar que, en esta existencia de bestias mudas que desde años arrastramos de lugar en lugar, no acabásemos de perder eso, que no sé cómo llamar, pero que, en todo caso, consiste en no mojar la cama, en no comer en pie y con las manos, en no buscarme forzosamente, como si yo fuese un arbusto junto a una valla de madera.

He llenado y vaciado maletas cuando él ordenó, bajo —o subo— dos veces por semana al autoservicio, guiso, saco mi dinero del banco, arreglo la casa, estiro sábanas, busco lavanderías o lavanderas, le desnudo noche tras noche, a tirones, le dejo una jarra con agua en la mesilla. Eso, en su mirada, no existe. (Créame, no existía anoche, ni jamás ha sido capaz de mencionar todo lo que por él hago.) Por fin apareció el sol, ya muy bajo entre unas nubes imposibles, se vio que por mucho que las nubes se acumulasen sólo llegarían a rubricar el verdadero crepúsculo y oí sus pasos. Estaba sentada y así seguí, hasta después que él hubo dejado la botella y el vaso sobre la mesa, hasta que olvidé su mirada, hasta que recordé que iba siendo hora de retirar la botella y el vaso, de desnudarle, de recuperar la libertad o el mundo. Frío no, pero sí un aire fresco hacía, por lo que, después de haberle oído caer sobre la cama, pensé que, además, tendría que vestirme yo y, anoche, muy tibio aún el odio que había ido encendiendo desde las cuatro, apenas si tenía energías para levantarme del sillón y comenzar una noche más, con mi emancipación, mi propia borrachera de soberanía. A pasear el jardín, a recibir y atender a mis invitados, a bailar impulsada por el viento, arriesgándome a unos días de fiebre, de muebles polvorientos y vajilla sucia.

Me arrancaron del sillón los ladridos de los perros recién atropellados y el disparatado griterío de esos niños del chalet vecino, que (sépalo usted) algunas noches, encaramados a la tapia o a los árboles, me espían, casi me acosan, ignorando que yo escucho sus risas sofocadas o sus puercos jadeos, que, aunque siga danzando en círculos, vislumbro sus torpes sombras. Tanto aullaba esa jauría —y, encima, los perros— que salí, sin sospechar que él, despatarrado en la cama y anulado por cuatro horas de alcohol, también pudiese despertarse, acudir, como se acude a una cita de la memoria, a la cita que los perros y los niños le estaban preparando consigo mismo. Porque eso fue lo que anoche le sucedió. Y es que hacía años que, de tanto mirarme sin verme, tampoco se veía a sí mismo, el pobre perro borracho.

4

Con los brazos extendidos en cruz y las piernas separadas, como improvisando una barrera inestable, Viernes oponía una prohibición angustiada a la irregular hilera de niños. Uno de los hombres, casi un muchacho, que había cruzado la carretera, se acuclillaba junto al perro de manchas blanquecinas con una mano, se diría que amonestadora, abierta en el aire sobre la cabeza herida. En el silencio, otros dos hombres corrieron por el asfalto, asieron por las patas al canelo y lo fueron arrastrando hasta la cuneta, donde el muchacho tanteaba ahora el cuello del negro con manchas. Y entonces la hilera serpenteante se deshizo, se cruzaron todos a la carrera y, de nuevo, con una saña airada, se oyeron los gritos de las madres, de las hermanas solteras y casadas, de las primas, mientras Viernes, sorprendida, permanecía aún unos instantes con los brazos ya innecesariamente extendidos.

El negro de las manchas blanquecinas, que flaqueaba entre las piernas de los niños, consiguió llegar junto al canelo, siempre yacente y con la panza como un fuelle discontinuo, para husmearlo. Se retiraron —mayores y pequeños— unos pasos atrás, respetuosos con unas relaciones —parecía una ceremonia— indescifrables. Una voz aguda pidió un médico de perros, lo que obligó a mirarse a los mayores, a que dudasen, hasta que alguien supuso que en el pueblo no habría veterinario, y Viernes, con más acritud de la necesaria, gritó que no se trataba de personas, sino de un par de animales, que no se pusiesen histéricos, cuando ya los niños gritaban la palabra veterinario al unísono. Pero los perros —y al negro se le habían doblado las patas entre unos surcos calcinados por los que había intentado huir— movían porfiadamente los rabos, transmitiendo una creciente sensación de culpable inmovilidad o de rabiosa impotencia, según la edad de los espectadores de la doble agonía. Hasta que una de las pequeñas, que indudablemente había cruzado a la casa y vuelto a atravesar la carretera, en compañía quizá de alguna de las mujeres que se habían agregado al grupo, se abrió paso y, agachándose, con más temor que piedad le ofreció al canelo unas galletas, que mantuvo oscilantes y retráctiles, en tanto las sonrisas y las alabanzas aligeraban la penumbra.

Una vez que las mujeres, sosteniendo cruzadas las chaquetas de punto con los brazos en aspa y las manos bajo las axilas, se aproximaron a observar al canelo, Viernes dictaminó, con un tono que no admitía apelaciones —aunque sí demoras—, que ambos habían muerto. Y recalcó que ya no sufrían. Azuzaron a los niños, que murmuraban que el negro de las manchas sangraba mucho y que el canelo respiraba todavía; imponiendo la atención en la carretera, consiguieron que cruzasen de nuevo, que entrasen en el jardín y que empezasen a comentar, para hacer pasado del presente, olvido, a lo que contribuyó que, conforme franqueaban el portillo de la verja —y había que empujarlos para que continuasen—, descubrieron en el porche del chalet vecino a la loca a quien tantas noches, encaramados en la tapia, habían contemplado, como un trozo de luz sin brillo, gesticular, bailar, hacer reverencias, contorsionarse, y que ahora era como un rescoldo ceniciento, salvo cuando, por contraste con el hombre vestido, el hombre avanzó dos pasos, se colocó junto a ella y Viernes creyó distinguir una mano del hombre en las clavículas de la mujer.

5

Me sobresaltó, la verdad, ya que no le había oído llegar y le suponía durmiendo la botella. Uno de los perros se había alzado sobre las cuatro patas y yo pensé que los niños, a los que obligaban a cruzar la carretera, lo descubrirían y querrían regresar. No vieron nada, probablemente porque miraban hacia mí y, en ese momento, sentí que llegaba, que se detenía, esperando, quizá, que yo girase la cabeza; avanzó luego, imaginé que me abrazaría, pero todo era menos complicado, aunque él estuviese allí y no evaporando a estertores el alcohol; quedaban únicamente unos reflejos mezclados a la calina entre la que había desaparecido el sol, sólo se les oía parlotear en su jardín, y yo, cuando él comenzó a bajar los escalones del porche, entré en la casa, me senté ahí, acurrucada en el suelo sobre mis propias rodillas, a esperar que se hartase de olerle la muerte a los perros y se acostase de una buena vez.

No se acostó, sino que, cuando regresó —y tardó bastante—, se buscó otra botella y (¿qué hacer?, hay días que parecen de otro planeta) se sentó junto a la chimenea, lo cual, de alguna manera para mí incomprensible, resultaba acorde con una tarde durante la que había anochecido tres veces, él se había acostado y se había levantado, los chicos esos habían organizado una barahúnda y yo continuaba desnuda, apenas con energías para abrazarme las piernas y, todo lo más, no entristecerme demasiado con el olor de mi piel. Estaría yo imaginando que, si no se retiraba a los perros, a la mañana siguiente hederían los alrededores, dudando en acostarme o calculando lo que aquella no programada botella le podría durar. No lo sé, pero sí que él habló:

—Tendremos que marcharnos.

—¿Por qué? —repliqué.

—Algún día tendremos que irnos de aquí. Hace mucho que no hemos estado en una ciudad, que —añadió— nos hacemos ropa.

—Tú usas ropa de confección —fingí un silencio definitivo, hasta que advertí que no bebía y dije para saber si aún podía dañarle—: Y yo vivo mejor sin ponerme nada.

Mantenía el vaso en la mano; tampoco habría movido yo un músculo o pestañeado si en ese momento me hubiese arrojado el líquido a la cara, pero con la diferencia de que mi apatía estaba encubriendo una extraña ansiedad, esa necesidad de que algo suceda, hasta habría soportado que me abrazase, y, en cambio, él permanecía inmóvil, sosegado, porque nada nuevo podía sucedernos. Así es que alargué las piernas y los brazos, en un ejercicio de gimnasia, toqué con la punta de los dedos las uñas de mis pies, me dejé resbalar y me quedé sobre la madera, de costado, en parte porque no resistía que estuviese allí, quieto, con el vaso lleno, sin esperar, pensando (oiga, eso resultaba evidente) en cuerpos muertos.

De pronto, súbitamente quiero decir, después de que estuve midiendo los minutos como para inadvertirlo, levanté la cabeza y, efectivamente, miraba con una fijeza complacida mi vientre, con la misma mirada que moja mi rostro tarde tras tarde, cuando entra del jardín con la botella vacía. Y, sin embargo, él quizá esperase de mí algún gesto, alguna propuesta (hace años, fíjese que sólo ahora lo recuerdo, jugábamos a los naipes), que me vistiese y saliese, con una maleta, por la puerta. Por muy ridículo que sonase, le pregunté:

—¿Quieres comer algo?

Terminó el vaso y se puso en pie. Segura, aun sin verlo, de que se dirigía al dormitorio, oliendo el polvo del parqué y para ahorrarme el esfuerzo, le ordené que se desnudase por sí mismo antes de tirarse sobre la cama. No me contestó ni con un gruñido. Continuó andando y yo, como los niños que juegan a tribus indias, trataba de oír en la madera el curso de su camino, iluminaba ya los salones de mi soledad y mi delicia.

(Si usted puede probar que yo sabía cuándo él se levantó del sillón, arrésteme.) ¿A qué clase de conformidad, de indolencia, a qué especie de distracción, me pregunto, tuvo que recurrir para no moverse, para repetir pacientemente, sin un vaso en la mano, esa fatigada inmovilidad de tantas tardes, pero ahora en pie, allí, ciego, aguardando a que unos faros le deslumbrasen? Como todo lo que ya no se oye y a pesar nuestro suena y se oye, yo ni escuchaba ese ronquido de la carretera, que algunas madrugadas aún me despierta y por el que conozco que no estamos en la casa de los prados, ni en la casa junto al mar, ni en ninguna otra de las casas donde hemos dormido en los últimos años, sino en ésta. Y aunque no escuchaba, ahora puedo jurar que no sonó ningún zumbido, que el silencio fue absoluto durante un tiempo (¿cuánto?, nunca llegaré a saberlo) larguísimo, hueco, excesivo, a no ser que en esa espera el tiempo haya dejado de pasar y así tuvo que suceder, que, para él, ya no contaba el tiempo y, para mí, comenzó cuando (no, no recuerdo tampoco el ruido creciente del motor) retumbó el golpe, como un portazo brutal y desconsiderado, que cerraba la tarde multiplicada. Y abría esta sensación estimulante, como una fruición repentina, a la que todavía no me he acostumbrado y tardará, pero no me importa, porque tengo veintiocho años y él me domó para que a todo me amoldase. (Sí, al oír el estruendo corrí al porche, desde donde apenas se distinguían los bultos en la carretera, moviéndose atolondradamente, y entré inmediatamente a telefonearles, y me quedé aquí, imaginando que le pasaban ruedas y ruedas por encima, en silencio, ya que ahora no había niños que gritasen; estarían durmiendo los dulces ángeles.)

6

Aunque los niños se acostaron más tarde que de costumbre, ninguno se despertó cuando los del automóvil, temblorosos y vocingleros, entraron a telefonear. Habían cenado todos, habían considerado la oportunidad de encender el primer fuego del año y, mientras unos taqueaban en la sala del billar, otros leían, alguna tricotaba, Viernes estuvo engrasando las cadenas de las bicicletas, que habían aterrizado más de lo conveniente aquel día. Por eso apareció en el vestíbulo con el trapo negro de grasa y durante mucho tiempo no percibió que seguía con el trapo entre las manos; luego tardó en lavarse, quizá cuando llegaron los agentes de paisano y los de uniforme o cuando se alejó la ambulancia, muy consolidada, a pesar de su fragilidad, la incongruencia.

Viernes permaneció en la ventana de su dormitorio, después de que, con la salida de todos los extraños, las luces, que habían disfrazado la noche, se apagaron. El insomnio la recuperaba de unos acontecimientos, que parecía irrealizar mientras recordaba, a los que se agarraba, repetitivamente, quizá para no dirigirse a la única habitación de la casa en la que su inquietud habría podido transformarse en una vigilia voraz. Imágenes que pulsaban un clave mudo se embrollaban en su memoria, e incluso más allá de los árboles quietos, entre los que, de pronto, una corpulenta blancura avanzaba calmosa. Viernes creyó retroceder un paso, a la vez que en el jardín vecino el cuerpo se delimitaba, al sentarse, y alzando un brazo, separaba una forma confusa, para la mujer de la ventana, que llegó a ser una botella, cuando la mujer desnuda la retiró de sus labios y la dejó rodar por el césped. Así, cada una en una opuesta penumbra, persistieron durante un tiempo que ninguna advirtió que aproximaba el amanecer, Viernes sospechando que la otra conocía su presencia en la ventana, paulatinamente convencida de que estaba inventando aquel cuerpo abundante desparramado en el sillón, mientras oía burbujear la risa de la bella loca del jardín vecino, ausente por una noche de sus trémulas fiestas de soledades y quimeras, hasta que la mujer se alzó, como de un trallazo, corrió hacia la tapia y, cayendo a cuatro patas, levantó la pierna derecha.

El último amor

Que haya acabado marchándose, ahora que por fin se ha ido y quiero confiar, con toda mi alma, que jamás volverá, ¿arregla mucho las cosas? Aunque ya me he encargado yo de que no olvidase ni uno de sus pañuelos, parece al mismo tiempo como si no hubiese desaparecido completamente. Y es que, al recuperar todo su normalidad, nada va a ser igual que antes, la normalidad nos la ha dejado infectada, apestando a terror, la casa plagada de semillas de malos sueños. Ganas me vienen de arrancar los cables del teléfono, del timbre, hasta de abandonar la casa, incluso la ciudad, por si vuelve. Ellos, desde luego, ya conocen mi propósito de salir volando escaleras abajo, en bata, con los rulos en la cabeza, desnuda si regresa estando yo en el baño, dispuesta a no ceder así me hinchen a bofetadas, me amenace con el divorcio o me encierren en un asilo de viejas. No es un capricho, ni siquiera una opinión; es el miedo, que no me permitiría ni echarme un abrigo por los hombros, antes de escapar disparada. Benedetto sabe, además, que sería la definitiva entre él y yo.

Pero se ha marchado. Después de fregar, barrer, restregar, lavar, pulir, hasta purgar diría yo, con tanto ahínco como repugnancia, voy a dejar abierta la ventana de su habitación dos días y dos noches. Benedetto se reía hace un rato, mirando cómo me afanaba, resudada, a la velocidad del vértigo, rabiosa, y luego ha repetido, aliviado él también, que nunca, nunca, que jamás le tendremos otra vez de huésped. Y entonces he pegado el estallido.

—Mira, escucha, ¡¡escúchame bien!! —le he gritado, tirando el mango de la aspiradora y yéndome hacia su sonrisa—, que no se te salga de los sesos. Ahora me tendrías que comprar la máquina de coser, un aparador nuevo, una batería entera de cocina, tres vestidos, me tendrías que llevar dos semanas a la playa, al teatro todas las noches, y, que se te quede bien metido en los sesos, y no me pagarías ni un céntimo por todo lo que he padecido. ¡Así me estés regalando trastos durante diez años y haciéndome pamemas, maldita sea yo!

—Cálmate —me ha dicho, tranquilo, pero sin reír ya y, antes de irse, ha repetido que no sucederá más—. No prepares cena, que esta noche te llevo a cenar a una buena taberna y luego buscamos un cine.

—¡Ahórrate el cine y la taberna! Lo que yo quiero es volver a ser una persona.

Me besó la frente, temblones los labios, porque, sea fingida o no su calma, avergonzado está, no hay duda; le ha ido brotando la vergüenza en los últimos días conforme crecía mi miedo, que yo comprendo que, al final, debía resultar tan insoportable aguantarme que se atrevió a pensar que alguna consideración merecía su propia mujer. Esta mañana, cuando aparecí en el cuarto de estar y vi la maleta y el estuche del violín, cerrados, junto al balcón, en el momento preciso en que, como un empujón de felicidad, tuve la intuición de que se marchaba, lo primero que se me ocurrió es que Benedetto, por fin afectado por mi desazón, había hablado con los de arriba y que los jefes habían decidido que me lo quitaban de casa. Y no.

No, no, se ha marchado por lo que sea, pero, en cualquier caso, porque él lo ha decidido libremente. Mientras me voy calmando, estoy más convencida de que ni Benedetto tuvo valor para hablar con nadie, ni que él habría aceptado, de no convenirle, que los de arriba le ordenasen la mudanza. Pero si él no considera a nadie por encima... ¿A quién va a respetar como superior un tipo que se sabe temido por toda la organización? ¿A quién, mirando el asunto desde otro sitio, le podía influir, sin excluir a Benedetto, la desesperación de una mujer que ni siquiera es hermana, sino la esposa de un miserable y viejo hermano? Insignificante mujer, pensarían, bien cogida estás, sírvele de patrona y no gruñas demasiado.

Alegre nunca me sentí, ni al principio, cuando aún ignoraba todo. El piso admite una persona más —ese hijo que no hemos tenido—, el trabajo no me asusta y que él resultó ordenado, de poco comer y nada melindroso. Pero, desde que pasó la puerta de la calle, me sentí incómoda. No más incómoda que con cualquier otro de los cientos, extranjeros o del país, que Benedetto habrá traído en nuestros veinte años de matrimonio, pero sí molesta, porque ni tengo veinte años yo y me interesa lo que una basura esa montaña de cenizas de la organización. La vida me hizo para ser la mujer de un hombre como Benedetto, nunca le he pedido más a la vida, salvo que Benedetto —algo en contra había de tener, como se suele decir— sigue siendo hermano y se morirá siéndolo, aunque no quede otro a quien llamárselo, por mucho que la realidad le demuestre su error, el fracaso, ese olor a polvo, a rancio, que desprenden todos ellos. Menos él.

Él pasó la puerta, atravesó el recibidor, en el cuarto de estar se detuvo junto al balcón, siguió un rato con la maleta y el estuche en cada mano y ya, a la luz, se veía que era distinto, aunque tuviese el pelo cortado a cepillo como los hermanos antiguos, a pesar de sus manazas de trabajador que hace años que no trabaja.

—¿Cómo te llamas? —me preguntó.

—Stefania —respondió por mí Benedetto.

—Yo saldré poco, de manera que me tendrás todo el día rodando por las habitaciones.

—A ella no le importa —se apresuró a decir Benedetto, como si las palabras del otro y el tono en que las pronunció hubiesen significado una disculpa, un deseo de no molestar o una simple muestra de buena educación.

Las dos primeras semanas no pisó la calle. Leía periódicos, dibujaba edificios de fachadas con mucho adorno, que después rompía en pedacitos iguales, miraba por el balcón; durante la cena y la sobremesa charlaba con Benedetto, no dejaba él de charlar, a borbotones, a tal velocidad y tan sin escoger las palabras que pasaba a hablar el idioma de su tierra sin apercibirse, ni tampoco Benedetto, prueba de lo alelado que le dejaban los discursos del otro. Recuerdos de la guerra y de la de España, de huidas, de enfrentamientos, de explosivos y remedios y estratagemas. Apenas les oía —le oía— y, acabando de secar la vajilla, me acostaba y en la oscuridad de la alcoba esperaba a que terminase el runrún de su voz, a que Benedetto entrase, risueño y fatigado, alucinado por las historias del hermano. No le quería preguntar, pero eran ya muchos días, ninguno de los anteriores había durado tanto.

—Él por ahora no está de paso, ¿entiendes?

—No, no entiendo. Puede que ni tú mismo lo entiendas, pero averigua cuándo se va. Sólo eso.

—Entre nosotros no se usan marrullerías —dijo, y se dio vuelta en la cama.

Una mañana, después de esas dos semanas o dos semanas y media, al entrar con la bandeja del desayuno, le encontré con la gabardina puesta. Me dijo que no desayunaba, que quizá luego, cuando volviese. A la hora más o menos estaba de regreso y desayunó entonces, con apetito, hablador sobre todo. A mí, porque le habrían advertido o simplemente porque soy mujer, nunca me mencionaba la organización, en realidad casi no me hablaba. Pero aquella mañana no dejó de parlotear de las calles, del sol, de las gentes, como si fuese yo la enclaustrada y tuviese que descubrirme el mundo. No me fijé en más.

Y, cada tanto tiempo, a capricho se podría decir, alguna mañana aplazaba el desayuno, salía con la gabardina puesta —y mal abrochada—, regresaba en un par de horas todo lo más y desayunaba. Yo, sintiéndole excitado, con necesidad de compañía, no le hacía apenas caso. Algunos de aquellos días, en vez de fachadas extrañas dibujaba rostros, unos rostros que por lo general gritaban y que también desmenuzaba poquito a poco, con una saña paciente, llenando el cenicero grande de papelillos. Aquel botón de la gabardina me despertó la primera sospecha.

Tampoco creo que se ocultase de mí. Guardaba una reserva natural, una costumbre de silencio, de silencio profesional, claro está, pero nada le importaba que yo supiese y, no siendo tonto, esperaría que tarde o temprano yo, que le arreglaba el dormitorio, que me pasaba el día con él a solas en la casa, tenía que terminar por descubrirlo, aun siendo tonta como soy. ¿Por qué abrochaba uno de los botones de la gabardina en un ojal que no le correspondía, de tal manera que le quedaba raro, aunque no escandalosamente? ¿Por qué, cuando esa equivocación le obligaba a llevar siempre la mano izquierda en el bolsillo, pero no como si sujetase algo bajo la gabardina?

Además de no ocultarse, más tarde lo comprendí, estaba a la espera de que yo supiese, seguramente pensó que yo era tarda de entendimiento, que necesitaba mucho tiempo y evidencias a puñados, no cabe duda que alguna vez debió de sentirse impaciente. Mi cabeza funcionó a su modo, un poco de claridad, penumbra otra vez o tinieblas, incluso ciega a plena luz. El día que supe también él supo que yo había acabado de adivinar. Hasta tuvo un detalle zafio, algo no para ratificar o comprobar que yo conocía ya su secreto —le bastó mantenerme la mirada—, sino como intentando precipitar los acontecimientos.

—Deja de guisar y ven. —Le seguí al cuarto de estar—. Toma, lee —me ordenó, tendiéndome el periódico sobre la mesa.

—Yo misma lo he comprado.

—Lo ponen ya en primera página, ¿te fijaste? —preguntó, en parte burlándose de su bravuconería, en parte por establecer una complicidad, que yo entonces no supe medir.

—No cante victoria. Cualquier mañana sale también en la primera página su fotografía.

Se carcajeó, ondeando el diario, contento, pero como misterioso. Por eso ahora, mientras se ventila la peste que ha dejado en el dormitorio pequeño, estoy segura de que aquella zafiedad fue un escape de su impaciencia, de su ansia por que yo me enterase. Con Benedetto fingía ignorancia y seguí fingiéndola, cuando una noche ya no resistí más y, tras esperar a que él cerrase la puerta de su habitación, procuré decírselo sosegadamente, sin ponerme gritona, ni llorosa.

—Pero ¿no te has dormido todavía?

—No. Tienes que saber —hablar quedo me facilitaba la serenidad— que yo ya lo sé.

—Olvida, Stefania. Son cosas que no te atañen.

—Sí me atañen. Nos atañen a los dos.

—Te aseguro que no hay peligro.

—Mentira, Benedetto. No consiento que, además, me mientas.

Y óyeme atentamente. Hoy, cuando ha salido sin desayunar, porque también he comprendido que ha de ser mejor, en caso de que te lo agujereen, que te agujereen vacío el estómago, registré su dormitorio. He visto el estuche del arma, los compartimentos forrados para las piezas, los racimos de balas, los botes de grasa, los paños con los que la limpia, esas bolsas de papel en el armario, rebosantes de billetes.

—Aquí nunca le han detenido, apenas le conocen. Te aseguro, Stefania, que el riesgo es mínimo.

—Mentira, Benedetto. Tú y yo somos su tapadera. Lo diría, si le cogen…

—No.

—… vivo.

—Nosotros, los desposeídos, sólo nos tenemos a nosotros.

—Ni por vuestra causa, que jamás fue la mía, ni por ninguna causa, quiero levantarme temblando por si me rechaza el desayuno, por si saldrá o se quedará, y yo sin saber si quedarme o ir al mercado, sin atreverme a asomar la jeta a la escalera, ni a hablar con las vecinas, hasta preocupada por verle regresar, porque sería peor que no volviese. No lo sufro, entérate.

—Sí —dijo, y ya no pudo dormir esa noche, incapaz de oponer una palabra a las mías.

Algo conseguí, pues Benedetto acortó las sobremesas; alegaba, en cuanto yo terminaba en la cocina, que debía madrugar para el trabajo. Nos metíamos en nuestro dormitorio y le dejaba con las ganas de seguir conversando, de que un papanatas le escuchase sus machadas, sus teorías, su verborrea de preso solitario. Yo quería creer, en medio de tanta impotencia y tanta amargura, que de aquella manera le acorralaba, le obligaba a irse. Claro que era sólo una sensación y muy fugaz.

Me agarraba a cualquier eventualidad, a fantasías que él ni sospechaba, empecé a pasar las tardes en la cocina o en nuestra alcoba, a no contestar sus preguntas, a rehuir hasta su saludo. Sobre todo, a escapar a la calle las mañanas en que él ayunaba. Nada más cerrarse la puerta, casi tras sus pasos —y, medio loca, incluso pensé seguirle, para verle actuar— escapaba a ninguna parte, a quedarme en un parque, delante de un escaparate, en una iglesia, asfixiada de miedo, enferma, mientras liquidaba la fechoría en uno u otro barrio, toda la ciudad era buena para él, hasta que volvía a casa y me lo encontraba sentado ante el desayuno, que con sus propias manos había recalentado. Malgasté horas maquinando que le echaba raticida a su comida y, al atardecer de esos días, escapaba a comprar los periódicos, con la insensata ilusión de que traerían, en primera página, la imagen de su cuerpo sobre una acera. Luego me quedaba agotada, entristecida, incapaz de explicarme por qué le odiaba, como si me estuviese acostumbrando.

¿Qué podían afectarle mis silencios, mi displicencia, los alimentos mal condimentados, la ropa sucia, esas pequeñas venganzas, la mayoría de las veces sólo imaginadas? No, él no necesitaba un ama de casa, una sirvienta hacendosa, o prescindía sin subrayarlo de las comodidades. Pero, al mismo tiempo, ¿cómo podía yo haber supuesto, con mis años a cuestas, con mi rostro que ha recogido y conservado los surcos de las privaciones, con este cuerpo de largos huesos que ha descarnado la rutina? Y no habría sido difícil suponerlo, a poco que hubiese reflexionado en que él no salía sino para asaltar y para huir.

Bueno, pues ni la más mínima suspicacia, ni siquiera esa mínima precaución de asegurar el pestillo del cuarto de baño. Abrió como si hubiese derribado la puerta. Naturalmente, en un segundo comprendí. Y aunque estaba ya derrotada, le esquivé, huí por el pasillo, chorreante, facilitándoselo, y también luché, hasta que él quiso usar su fuerza. Mucho después regresé al cuarto de baño, adonde le había oído ir desde la alcoba; la alimaña de él ni había cerrado el grifo de la ducha, que seguía lloviendo igual que cuando había entrado a asaltarme a mí también.

Benedetto es un hombre sencillo, un simple obrero, y logré no contárselo, porque a la humillación de saber habría unido la cobardía de consentirlo sin expulsarlo de casa. Es más, a partir de aquel día, después de recoger la cocina, volví a retirarme en silencio, dejándole repetir incansablemente, testarudamente, frases que a Benedetto le sonaban siempre nuevas. Lo intentó en otras ocasiones, no ha dejado de perseguirme para decirlo con claridad, incluso una tarde consiguió sujetar mis muñecas y rasgarme la blusa; otras veces me obligaba a que le escuchase unos discursos razonadores, sensatos, lo más hiriente y corrompido que nunca escuché. Llegaba, tratando de prostituirme o debilitarme, a decir verdad. Sin embargo, de poco le podía valer, porque en mi interior yo ni siquiera me escuchaba a mí misma, dentro de mí no se trataba de aceptar o rechazar, yo era sólo una enorme fuerza que decía no, sin decir nada, un muro de piedra mojada para sus manos, una náusea.

Se ha marchado. Pero ¿se ha marchado? Sé que ni el aire ni el tiempo limpiarán esta casa por completo. Me despertaré sobresaltada cualquier noche; a la sola idea de que a la mañana siguiente él tendrá la gabardina mal abrochada, mi piel se llenará de sudor; temblaré al entrar en una habitación vacía, rehuyendo un acoso, que embrujó el camino de mi cansado cuerpo hacia la vejez. Quizá —ahora es razonable la ilusión— un día, al desplegar el periódico, llegue a ver la foto de su cadáver.

La cosa más loca

¿A cuento de qué, sin faltar una sola, todas las tardes la Niña y yo nos instalábamos en la cafetería de los almacenes El Universo Mundo y, cuando cerraban, salíamos hasta como remolonas? Y así, sin marrar una, desde que habíamos reanudado la amistad, interrumpida durante un par de años el bendito día en que, cada una por nuestro lado, nos casamos. Los dos únicos de mi vida (y puede que ni llegase a tanto) que ni la vi a la Niña, alguna llamada, alguna cartita, alguna noche al cine los cuatro en pandilla, mientras a nuestros respectivos dueños y señores se les marchitaban las ansias de la exclusiva. Antes al mío, y eso que, y no es porque lo asegure yo, una está una pizca más apetitosa que la Niña. ¿Sería por no rompernos la mollera, cavilando cada tarde un plan distinto? ¿O por eso que dicen de que la cabra tira al monte y el criminal acaba siempre por personarse en el lugar del crimen? A saber…

Bueno, tampoco es cuestión de darle vueltas. El sitio, para lo que teníamos que contarnos (que era todo, como fue de ley entre nosotras siendo ya chiquitas), nos bastaba y sobraba. El techo es bajo, la moqueta muy elegante, el servicio de lo más fino y, luego, que resulta distraído el trasiego de la gente, cargada con los paquetes y con las bolsas blancas y naranjas de El Universo Mundo. Principalmente para esos ratos durante los que la Niña y yo nos quedábamos calladas, rumiando cosas particulares (o de la otra), dejando que los barrigones o los barbudos (aunque menos) se deleitasen a ojeadas con nuestras respectivas vistosidades, que esa fisgonería se agradece y, en ciertas ocasiones, le anima a una la moral.

De tal manera, que, lo dicho: después del café, de un poquito de siesta y de dejarles tarea a las criadas (si no les tocaba día de asueto), nos telefoneábamos para avisarnos que salíamos y, en coche (que se tarda más), nos citábamos en una de las puertas de El Universo Mundo. Como la cafetería está arriba del todo, íbamos subiendo de planta en planta, comprando algo (que siempre encuentra una algo que comprar), lo pagábamos, hasta guardábamos el tíquet, y a merendar.

No diría yo que no fuese por eso, por lo de los coches y el asunto del tíquet, a ver si me explico. Tanto el de la Niña como el mío son unas latas y abolladas, los utilitarios desechados de nuestros dueños y señores, de antes de prosperar, que ambos dos nos los pasaron, para darse postín hablando del «automóvil de mi mujer» y como pretexto o disculpa del nuevo y más grande que se mercaban ellos. Pero, aun con los cien mil kilómetros a cuestas, su papel hacían, eso es verdad. Y el asunto del tíquet. Sí, en parte tenía que estar ahí el fundamento: que se nos esponjaban las carnes llegando en coche a El Universo Mundo y pagando cada compra, después de elegir sin prisas, dando la matraca a cuantos más dependientes mejor.

—¿A que tiene que ser por eso? —le decía yo a la Niña, y la Niña me daba la razón, los ojos como brillantes, entreabierta la boca, casi cachonda con tanto recuerdo malo, tanta angustia y tanto miedo, que la vida había tirado al cubo de los desperdicios. Que nosotras habíamos hecho que la vida tirase retrete abajo. Y la Niña se soltaba a reír.

Lo de la risa de la Niña es capítulo aparte. Desde siempre. Con la Niña una es que se deshace a carcajadas, porque lo de la gracia de la Niña es para que se cuente y no se crea. El maromo de su dueño y señor dice que la Niña alguna noche le refiere cualquier sucedido y él se cae del lecho conyugal. Y desde que la conozco, que no levantaba dos cuartas del suelo y yo todavía recuerdo cómo la retozona de la Niña me hacía a mí reventar de risa, que de pronto me tenía yo que ir volando a los servicios un poco mojada ya.

—Pues casi seguro que tiene que ser por eso, que nos estamos sacando la espina, leche —me replicaba la Niña, quien, en cuanto a palabras feas, se desfogaba conmigo de la rigurosa prohibición en que la tiene su dueño y señor.

Y luego, cuando se me pasaba el ataque de hilaridad, la Niña se ponía a recordar, pero con regodeo, gozándola, se entiende. «¡Qué tiempos! ¿Te acuerdas?», preguntaba, y como estaba segura de que yo me recordaba, seguía de seguido que aquello sí que había sido el gran basurero, que ella todavía sufría sueños por las noches de que nos cogían los mamarrachos, que era para no olvidar ni el peor par de medias, como refiriéndose a mi maña para esconder las medias en las mangas del vestido, y no sólo medias, sino también perfumes, ropa interior, chaquetas de punto, pantuflas, barras de labios, bolígrafos, sortijas, zapatos, transistores, discos, pelucas, de todo y de más, que no perdonábamos ni la planta tercera, caballeros, ¿eh, Pinta?, ¿te acuerdas?

(Bueno, ella no me decía Pinta, porque entre nosotras no solemos decirnos los motes, sino que, igual que yo a ella, le digo Luisa, que es su nombre de bautismo, ella me dice Conchita, que es el mío, pero son muchos años de que así nos llamen hasta nuestros dueños y señores; yo sé que ella cuando me llama Conchita está pensando la Pinta y yo igual, que pienso la Niña aunque la llame

Luisa. Será también por llevar la opuesta, que todo el mundo sabe que la Niña y la Pinta hemos sido muy dadas a nadar contracorriente, muy nuestras.)

—Ni la cuarta, niños y premamá —soltaba la Niña, y yo era la locura a reírme, que terminaban mirándonos, pero estábamos acostumbradas y, a lo que estábamos y que cada uno se ocupe de sus asuntos, la locura.

Pero, de pronto, dejaban de tocar música suave por los altavoces y anunciaban que en cinco minutos echaban el cierre y se había esfumado la tarde, que ni en el baile, de tal forma y manera que, a pagar, a bajar despacio, sin miedos, volviendo la vista atrás si se nos antojaba, sin escondernos entre la aglomeración, con los tíquets en el bolso, al aparcamiento y hasta mañana, Niña, que nos llamamos nada más echar un poquito de siesta, no me falles, Pinta.

El tiempo es una cosa rara (una cosa loca, como todo lo que tiene que ver con la Niña), que se pasa en un relámpago o no pasa nunca. Y, en volviendo a casa, no pasaba nunca. Luego, ya en la oscuridad, oyéndole los primeros ronquidos a mi dueño y señor, que se empeñó en los tiempos de la calentura que una cama sola, la memoria se me ponía a funcionar cosas de la Niña y tenía que contenerme la risa o cosas que nos habían pasado juntas a la Niña y a mí, que no parecían de verdad, o meditaba de dónde habíamos salido la Niña y yo, se me representaba tal cual el barrio aquel, vamos, que hasta los olores, y, a oscuras, me bajaba de la cama, me arrodillaba en el suelo, los codos en el colchón, y me hartaba a rezar, lo que tiene mérito, si se considera que tanto la Niña como yo no creemos en el cielo, ni en el infierno, desde que nos licenciamos de párvulas.

Como para tener creencias nuestro antiguo barrio, más triste que un domingo por la noche… Y es que es raro, y loco, y no hay quien lo entienda, el tiempo, que hace ya mucho que salimos de allí, camino de la iglesia (bendito día), y no se nos marcha de la cabeza. Tanto, que alguna mañana yo cogía el teléfono, echaba a la criada del salón, llamaba a la Niña y le decía que soy yo, la Pinta, que si se acordaba de aquel novio mío, el ingeniero, el que estudiaba para ingeniero, que acudía media hora antes de la cita, se apoyaba en la acacia de la esquina y allá se estaba plantado, con los pies metidos en el alcorque, haciéndose las uñas una hora entera, la media que cogía de adelanto y la otra que yo le hacía esperar.

—Pero ¿cómo no, mujer? —me contestaba la Niña, y añadía, con ese memorión que siempre ha tenido—: Era así un poco calvo, pero guapito.

—Ése —decía yo.

—Para el regalo de su cumpleaños, les distrajimos una corbata y unos gemelos de nácar a los de El Universo Mundo —decía la Niña, y a mí me entraba la risa—, que luego él no te quería aceptar, porque no podía consentir que te gastases los dineros.

—Calla, calla, que no aguanto —le pedía yo a la Niña, riéndome que producía más ruido que el aspirador.

—De lo que no me acuerdo es del nombre de tu novio ingeniero.

Hasta que colgábamos, le echaba yo una inspección a la cocina que preparaba la criada, me metía en el cuarto de baño y, antes de ponerme al aseo, iba y, por uno de esos milagros, me acordaba, salía sin bata y descalza, la llamaba a la Niña y le decía que me acababa de acordar, que José Luis. José Luis, porque, en el cuarto de baño, acababa de verle en la acacia manejando el cortaúñas, de sentir en mis manos el tronco de la acacia, de rasparme con el tronco, de oír a mis hermanos armando bulla, la voz chillona de mi padre, acababa de oler el olor de aquella casa mía, un olor especial dentro del olor del barrio, a agrio y espeso pero más, y era ya como tener que bañarse en el barreño, trayendo el agua en cacerolas desde la cocina, y maquillarse en el descansillo de la escalera y sólo poder elegir, en el mejor de los casos, entre dos jerséis, dos blusas y dos faldas. El abrigo, de cuatro temporadas. Pero me llevaba al cine y se llamaba José Luis o, después, cuando me estaba duchando tras haber despachado con la Niña, se llamaba Ricardo, que luego puso un taller de reparación y lavado de coches, o Faustino, el que más duramos, a don Ramón, que me aguardaba unas cuantas calles más allá porque no era cuestión que me vieran subir a su auto, o Vitorino, que tenía moto, la primera moto en la que yo monté, gozándola, que se percatasen en el barrio qué muslos tenía la Pinta, percátense, percátense de que yo aquí no me hago vieja (veinte o veintiuno contaría yo por entonces), o el mismo Fernando, juntos el día entero en la oficina de la fábrica hasta la tarde antes de casarme, lloriqueándome, alguna vez a bailar, a dejarme un poco —o un poco demasiado—, por gusto y también para luego tener qué contar a la Niña y que ella me contara, que, eso sí, graciosa y con más sal que ninguna, pero exagerada y un pedazo embustera, la Niña.

Pasmada con estos asuntos, me quedaba amodorrada, el gusto del café en los labios, y ya casi estaba aparcando el coche en el aparcamiento y encontrándome con la Niña. Era como volverlo a vivir, como acabarlo de vivir del todo, lo que esa mañana o la noche anterior habíamos recordado cada una por nuestra cuenta. Por fuerza teníamos que gozarla en la cafetería de El Universo Mundo, el almacén donde más habíamos sustraído la Niña y yo.

—También mangamos lo suyo en otras tiendas y comercios, acuérdate, Conchita.

—Sí, Luisa, pero como aquí en ninguna parte.

—Okey, mona, aquí era la locura. A mí se me hace raro que no los llevásemos a la ruina tú y yo solitas. ¡Madre, qué chorizas…!

Y me daba un cólico de risa, mientras el mamarracho del camarero nos servía los trozos de tarta. Los primeros, después de los sándwiches. La Niña, desde ídem, fue siempre de mucho zampar. Y yo. Si les quito las telarañas a aquellos años, me parece que empezaron a llamarla la Niña porque decían que pasaba más hambre que un niño ruso, y la llamaban la Niña Rusa, y luego sólo la Niña, y, dada nuestra estrecha amistad, a mí comenzaron a decirme la Pinta, por lo de América sería, y, no me cabe la menor duda, para echarle morbo, ya que yo, que no es porque yo lo asegure, en dejando de crecer, cuando se acabaron los estirones de la estatura, se me puso a mí un cuerpo muy morboso. Pero lo de la Niña, antes.

¿Nos traerá el hambre de aquellos tiempos a esta cafetería, donde tantas veces soñábamos engullir sin parar? Digo yo si será, que en casa, sin embargo, yo no soy de mucho tragar. Y por el frío.

—¿Te acuerdas, Luisa, del frío que se pasaba en el barrio?

—Me acuerdo y de seguido me salen otra vez los sabañones.

Yo me reía poco, la verdad, porque, sin venir a qué, como suele suceder en El Universo Mundo cuando más descuidada estás, las luces hacían guiños, bajaban y subían, se quedaban quietas, pero la luz era muy distinta (hasta que poco a poco se iba volviendo normal), una luz así, violeta, de película de espectro o de autopista a medianoche, si una viene durmiendo y se despierta. Con esa luz a mí me agarraba una tristeza del carajo, me ponía lela de tristeza, y la comprendía a la Niña que usa abrigos de pieles sólo y no se los quita hasta mayo. Y a mí misma no me comprendía nada, a mi tristeza quiero decir, pero si en un rato de ésos me dan pinturas, podría haber pintado el frío de aquellos años, de morado todo el fondo, los faroles, los braseros, la mesa camilla, las mantas, hasta las botellas de agua caliente, moradas, y las orejas como témpanos. También, el olor. Digo yo que frecuentábamos el local también por el olor, que huele El Universo Mundo a pulido, a cuero y a cera, como nuestras casas de ahora, pero en aquella época lo primero que se notaba era el olor, que hería, como si aquel olor, oliendo a buena vida, nos clavase el olor de nuestras casas de entonces, que olían a vida mala y, encima, recubierta de mugre, de apuros, de mi padre en camiseta haciendo números (¿para qué coña, si jamás le alcanzaba?) o yo comprándolos sueltos (dan ganas de fumarse cinco cigarrillos a la vez) a la vieja, que apestaba, igual que los portales, las escaleras, las alcobas, y ha de ser por esa peste, para volverla a oler, para que no se nos olvide, que venimos a oler El Universo Mundo y, al segundo, yo estoy olfateando la roña en la que nací, no falla.

—Niña —me salió sin pensarlo—, ¿tú crees que alguna vez volveremos a ser pobres? Yo no quiero.

—Me mato antes. Te lo juro, Pinta. —Y le salía también del alma.

Pero no duraba mucho aquel infierno; de asustarnos la una a la otra pasábamos, gracias a la música, gracias a una fulana con algo bonito puesto, gracias a nosotras mismas, a reírnos, y pedíamos los segundos trozos de tarta. Pensándolo un poco despacio, es que daba, además de mucho espanto, su goce, su gustito, rememorar calamidades y penas.

—Aunque no estamos entrenadas —decía la Niña—, lo solucionábamos fácil, volviendo al volavérunt. Ahora sería esto pan comido. ¿No te percatas de que somos clientas y de las buenas?

—De nosotras —le daba yo la razón— ni mosquearse.

—Dicen que hay mucha más vigilancia, y yo es que, hija, ni me fijo en los mamarrachos, o me fijo de pasada, alguna cara, ya sabes, ¿de qué conozco yo esta jeta?, y tiene que ser de entonces. Las chavalas es distinto, se habrán casado todas aquéllas, como nosotras; fíjate en éstas de ahora, todas jovencitas. ¿Nosotras éramos tan chulas? ¿Te acuerdas tú, Conchita, de si nosotras, cuando teníamos sus pocos años, resultábamos pura golfería?

La Niña, de un tiempo a esa parte, hablaba de edades más de lo mandado, se las daba de vieja, parecía, por mucho que recordásemos juntas, como si intentara olvidar. Principalmente, que aquella tarde pregonase ideas parecidas, que la tomase con las dependientas y los mamarrachos, luego, después de que todo pasó (si es que ha pasado todo), a mí me ha hecho cavilar. Supersticiosa no soy; tendré otros vicios, pero supersticiones una no usa. Leo el horóscopo en cada revista que cae en mis manos por distraerme, para ver que nunca aciertan (bueno, casi nunca), por leerlo, y, además, todas las personas se leen su horóscopo, aunque lo nieguen. Ya he dicho antes que no creo en nada que no sea de esta tierra y si rezo es raro y porque rezar alivia en las ocasiones en que le estalla a una la cabeza. Con todo esto, lo que quiero decir es que no hay quien me quite la negra sospecha de que la Niña padece gafe.

En la escuela tenía ya sus ramalazos de gafe, que me acuerdo bien. Y de no ser por mí, la Niña, que rodaba pendiente abajo, no se casa. A los hombres los gafaba, por caliente o por antipática, lo mismo da; con unos se encendía a escape, y con otros, las manos quietas así llevasen saliendo un mes; pues bien, todos terminaban cogiéndole aversión a la Niña. Que no se piense que a la Niña le olían los sobacos o el aliento, nada de eso. Era gafe. Y la prueba está en que la cosa empezó al poco de ponerse a cotorrear de si eran nuevos o antiguos los mamarrachos, de si tenían poca o ninguna vergüenza las niñatas, justo unas tardes después de aquella matraca que la Niña me dio. Todos, yo la primera, no nos cansamos de proclamar que la Niña reparte más gracia que una película cómica, que la Niña es la locura, que no hay quien se contenga a su lado, porque la verdad es que a Luisa personalidad no le falta, posee una personalidad macha. Pero atrae el infortunio, como si echase un conjuro, como si le entrase el espíritu de hablar de lo que va a ocurrir antes de que ocurra y que lo que ocurra, luego cuando ocurre, sea siempre malo. A eso lo llamo yo gafancia, y más cuando relaciono aquella conversación y, sin pasar una semana, empieza la cosa. Que empezó con la llamada por el altavoz.

No creo que haya persona en su sano juicio que esté atenta a los altavoces de los almacenes. O dicen tonterías o dicen publicidades. En los aeropuertos o en las estaciones ya es diferente, no vaya a ser que se quede una en tierra. Y, sin embargo, aunque una ni escuche, ni oiga, ni entienda, una se entera, como sin querer, de lo que hablan por los altavoces de los almacenes. Quizá será porque paran la música.

O sea, que estábamos tan normales, unas tardes después de aquella en que la Niña se pasó horas rajando de la dependencia, cuando va el altavoz y dice que acuda la Niña a recepción en la planta baja. Así de clarito. Nos quedamos de hielo las dos.

—Yo no voy —dijo, encogida, la Niña.

Al rato, parecía de sueño, como si no hubiese sido a la Niña a la que nombraron. Pero era. A mí, por la noche en la cama, rememorando el episodio, no me cabía duda que la habían nombrado a ella, por su nombre y dos apellidos, y añadiendo, encima, para que no hubiera malentendidos, señora de Varalejo, que efectivamente así se apellida el dueño y señor de la Niña.

—Seguro que no era a mí —me dijo la Niña, nada más despertarse y por teléfono—. Seguro de toda seguridad, porque, fíjate, no me volvieron a mentar. Era a otra, que fue, y por eso ya no repitieron mi nombre. ¿No lo crees tú de ese modo, Conchita?

—Claro, Luisa —la animé yo, viendo que seguía ansiosa.

A media tarde, las dos en la cafetería, la Niña se lanzó a platicarme de eso lo primero. Pero ¿quién la iba a convocar a ella? A nuestros dueños y señores les decimos que andamos por ahí, cada vez a un sitio disparejo.

—Nada —insistió la Niña—, ellos ni preocuparse. Si no salen de los bares y de los restaurantes, haciéndose creer que están trabajando… Y, si ellos no son, ya me dirás tú, Pinta…

Tuve como un repente de que, una vez más, la estaba gafando, pero ni tiempo me dejaron para distraerla, porque la música se interrumpió, nos quedamos las dos sin respiración y claramente, con su vocecita de tía cursi y melosa, la tipa del altavoz llamó a la Niña, que la esperaban en recepción, en la planta baja. Continuó la música. Todo estaba corriente. A la Niña se le habían redondeado los ojos y unas gotitas de sudor en la frente le abrían caminitos en el maquillaje.

—A la misma hora que ayer —dije yo—. Tú, Niña, no vayas.

Estaba ya en pie. Con aire resuelto. Parecía que le habían quitado unos años —los últimos— de encima. Cuando no tenía remedio, pensé que yo la debía haber acompañado; pero ni la Niña me lo había pedido, ni el sobresalto permitió que se me ocurriese. Encendí un cigarrillo, dudé si pagar las consumiciones, para el caso de que tuviese que salir de estampida, y, antes de que hubiese conseguido colocar una idea detrás de la otra, la Niña estaba allí, de vuelta.

—Cuenta, cuenta —le pedí, cogiéndole las manos, casi abrazándola.

—Una equivocación —contestó la Niña, con la sonrisa tirante, forzándose a comportarse natural.

Entonces me percaté de que estaba pálida. Blanca, quiero decir. Y con las mejillas fláccidas. Los años que antes le habían quitado de encima se los habían vuelto a poner; y unos cuantos más de añadido.

—Pero ¿preguntaban por ti o no era por ti?

—No era por mí, ya te lo he dicho. Lo que pasa es que está todo repleto, los ascensores…, y me he entretenido mucho. —Llamó al camarero para que le trajese un vermut.

—¿Mucho? No, Niña, mucho no —murmuré yo, extrañadísima.

Ni caso; se bebió el vermut, pidió otro y unas aspirinas, se la advertía con prisas y yo no quise insistir. A solas en casa, cuando logré librarme de mi dueño y señor, que tenía la noche cargante para no variar, me prometí a mí misma que yo aquella madeja la desenredaba. Pero ni sacar un cabo.

A la mañana siguiente, su criada me dijo que su señora (la Niña, se entiende) permanecía acostada, porque tenía unas pocas décimas. Puro pretexto, pero me preocupé menos, ya que, poquito a poco, yo le estaba viendo la entraña al asunto. Aquel enigma o era una broma de la Niña o una de sus locuras.

Ni siquiera había mirado su reloj al decirle yo que había tardado unos minutos, justo el tiempo de ausentarse a la planta baja y volver a subir a la cafetería. Lo mismo, conociéndola lo descuidada que es, la Niña había perdido el billetero con el dinero y el documento de identidad, alguien lo había encontrado y a ella, luego, le había dado reparo contármelo. O la Niña tenía un amante. ¡Sí!, eso podía ser, algún lío más gordo que el del documento de identidad, a juzgar por lo afectada que había regresado. La historia del amante me tuvo casi convencida hasta la hora del almuerzo. Un amante con el que ella intentaba terminar, que la estaba persiguiendo, que se empeñaba en retenerla. No es que no la creyese capaz, pero lo del querido me lo habría confesado, si no al principio, sí yendo ya encarrilado el romance. No, la Niña conmigo no podría haber callado una aventura tal. Así es que, lo más seguro, se trataba de una de esas locuras de la Niña, como, por ejemplo, darse importancia. Hay gente que, en cuanto está en un lugar público, el fútbol, el café, unos almacenes, se hace llamar por los altavoces, para que la gente oiga su nombre. Eso era —o algo parecido—, ganas de darse importancia que le habían entrado a la Niña. Yo hasta lo comprendía, que una se aburre también de vivir. La llamé después de la siesta y la criada me soltó un rollo calcado del de la mañana. ¿Qué hacía yo, pobre de mí? Estaba claro, la Niña no deseaba que yo fuese a visitarla y a comprobar si yacía en la cama, sola, o encontrándose con su amante en una casa de citas de mucho lujo. De modo y manera que, igual que una tarde como otra, me trasladé a El Universo Mundo. Eso sí, rondé un rato por la recepción, una especie de garita transparente, de plástico imitando vidrio, con una ciudadana dentro explicando al personal esas pendejadas que el personal inquiere en un sitio semejante: que dónde venden simientes de petunia, que a reclamaciones, que no se alborote, señora, que encontrarán al niñito, que para devoluciones… Subí a la cafetería, me senté a la mesa de siempre y me puse a esperar.

Parecerá una locura estilo Niña, pero estaba segura de que algo tenía que sucederme. O que llegaba la Niña cuando menos la aguardase, o que se me presentaba el amante de la Niña o (aunque en eso no quería ni pensar) que me iban a llamar a mí también por los altavoces.

Así fue. Con tanta naturalidad que ni me asusté. En la escalera mecánica iba incluso tranquila. Por lo menos, me enteraría de lo que le había ocurrido a la Niña la tarde anterior. Tuve agallas hasta para mirar el reloj. Salí del ascensor, me dirigí hacia la garita y, al lado, estaba él, más viejo que en nuestra época de randas, con las sienes canosas, mejor vestido, aunque igual de hortera. Se percibía a la legua que había ascendido, que de simple mamarracho le habían hecho jefe de una sección de mamarrachos o de chavalas. Movió las cejas; o no las movió; el hecho es que yo comprendí que tenía que seguirle. Y le seguí.

Primero entre la gente; luego, en ascensor, a los sótanos de los aparcamientos; entre los coches, por aquellas extensiones mal iluminadas, desiertas, lo cual ya me iba imponiendo un tanto. Él, sin volver la cabeza, siempre al mismo paso, que enfurecía sentirle tan seguro de que yo le seguía. Penetró por una puerta, me cedió la entrada en un chisme con traza de montacargas, y comenzamos a descender. ¿Cómo había estado tantos años sin acordarme de aquel rostro? Tampoco era de extrañar, porque nunca la Niña, ni yo, habíamos hablado con aquel sujeto, uno más entre los cientos de ellos que en El Universo Mundo ofrecían la quincallería, acompañaban a la clienta a la caja, daban las gracias, mirando como sin mirar vigilaban, guardaban, defendían las riquezas de sus amos. Le observé fijo y me sostuvo la vista; era como encontrar en un espejo sucio el tiempo pasado.

Cuando terminó aquel larguísimo descenso en el montacargas, salimos a unas naves, cuyo techo ni se distinguía, llenas de fardos, de olor a humedad, de silencio. Me detuve en seco, pero él me cogió —sin violencia, eso sí— de una mano y me fue conduciendo por aquella amplitud como una catedral o tan inmensa como era la plaza de mi barrio, cuando yo tenía dos años. Empujó una puerta metálica, entramos en la tiniebla y me soltó.

—¿Quiere usted que encienda? —preguntó, a mis espaldas.

—No —contesté—. No quiero ver nada.

Se encendió una bombilla en el techo. Frente a mí, en unos estantes desvencijados, con un orden que se notaba el trabajo que le había dado exponer allí tanto trasto, estaba la colección completa de todo lo que la Niña y yo habíamos birlado en El Universo Mundo. Frascos de perfumes, medias y prendas de ropa interior, chaquetas de punto y vestidos, dos transistores, barras de labios, discos, un tibor (pero ¿cómo pudimos?), pelucas, bolas de colores, corbatas, unos gemelos de nácar, carretes de fotografías, cepillos de dientes, cajas de betún, bolsas de caramelos, sortijas, mariposas disecadas, bolígrafos, gafas, cuchillos; la mayoría, objetos que yo había olvidado; todos, con una etiqueta colgando y en cada etiqueta una fecha. Aunque le sentía apoyado en la pared, detrás de mí, me volví rápidamente.

—Es mentira —dije.

Pero no estaba y yo escapé corriendo de aquel cuchitril, fui corriendo por las naves entre las pilas de fardos, guiándome por el ruido de mis tacones y el resuello de mi aliento. Él me esperaba en el montacargas. Conforme ascendíamos hizo algo como sonreír y, con una confianza repugnante, dijo:

—Vuelve el día que quieras.

Me tendía una mano abierta.

—¿Encima…? —logré pronunciar.

Me temblaban los dedos mientras revolvía en el bolso, y a punto estuve de entregarle todos los billetes que llevaba, sin contarlos. Pero, al fin y al cabo, era sólo un mamarracho, aunque ascendido, y le di dos de los grandes.

—Vuelve, si te interesa —repitió—. Te enseñaré con más calma lo que falta.

Dentro del coche se me ocurrió comprobar la hora y era un disparate los pocos minutos que había durado todo. La criada me dijo que la Niña y su dueño y señor acababan de largarse al chalet de

275

veraneo por unos días. Malos días aquellos en los que estuve sola, amargando la existencia a todo el que se me cruzaba, únicamente tranquilizándome a ratos cuando, delante del espejo, insultaba con las peores palabras a la Niña. Hasta que me di cuenta de lo que yo quería y volví.

Nuestro encuentro transcurrió igual que la primera vez. Salvo que en el montacargas me exigió tres billetes y con la diferencia de que ya no vimos el botín, sino que en la oscuridad del cuchitril me fue contando cosas mías, muy mías; cosas de esas que todos alguna vez hemos hecho y enseguida hemos querido olvidar y hemos olvidado; suciedades —para decirlo sin rodeos—, porquerías, delirios, pero que tampoco resultaba tan horrible vivir de nuevo, que —él lo sabía— daban asco y un poco de gusto.

Así era entonces, con la Niña huida, yo abandonada y como loca, con toda aquella locura de hoy no voy, pase lo que pase para terminar yendo, una tarde detrás de otra, quedándome sin dinero, teniéndole que desvalijar a mi dueño y señor, dispuesta a recordar, a que el mamarracho me refiriese hasta las heces, incluso lo que la Niña se había negado a saber. Una tarde, de subida ya en el montacargas, metió la mano en el bolso y se llevó el completo, mientras con la otra mano me acariciaba un pecho. Cualquiera habría apostado que a él ya le estaba cansando aquel juego, que él deseaba que yo no volviese más.

Y al día siguiente la Niña me telefoneó y me citó a la hora de costumbre; no me faltes, Pinta, que suspiro por verte. Le dije que no, pero me lo explicó con detalle. Su dueño y señor, por influencias con los mandamases de El Universo Mundo, había conseguido que despidiesen al mamarracho, alegando que nos había tratado con desconsideración. Volvimos a nuestras meriendas, volvió todo a ser como antes, la Niña y yo más amigas que nunca, sin secretos la una para la otra. Pero la cosa más loca de esta loquería, en la que me metió la Niña con sus locuras de siempre (y con su gafancia), es que está en una de las puertas de El Universo Mundo vendiendo globos de colorines, y nos mira a la Niña y a mí como si nos conociese íntimamente, como si alguien alguna vez nos hubiera presentado, el pobre facha, que da hasta lástima ver a un hombre, todavía joven, tan acabado y miserable. Él se lo ha buscado, como dice la Niña, que nosotras bien pacíficas que estábamos en la cafetería, sin ofender a nadie.

. . . y, ahora, ocho flores del mal menor

Necromanías

Cambió la sintonía (pero encontró las mismas palabras) nada más conectar la radio y oír la noticia de su fallecimiento. Lógicamente, le repugnaba tanta repetición. Hay asuntos, juzgaba él, sobre los que no es pertinente, ni distintivo, volcar demasiada atención. Sólo una malsana voluntad de portentos explicaba esa insistencia. Un hecho tan común, que mejor que nadie él no podía desconocer, de tan gregaria aplicación, ¿merecía aquella exuberancia difusora, salvo por una dosis a partes iguales de malevolencia y de tosquedad? Tosquedad, indudablemente, por los zafios términos que empleaba para la necrología. Y una sutil malignidad, porque, con toda evidencia, los multiplicados y vociferantes noticiosos esperaban que él escuchase y se sintiese afectado. Inútil pretensión, por fortuna, puesto que al difunto, aun sometido al machaqueo de la consabida turba de zascandiles, ya nada le afecta, ni menos todavía el mensaje de que lo está. Que los más allegados o los deudos más distantes entrasen en conocimiento de su exterminio no justificaba a sus ojos —cerrados— la reiteración, porque los seres queridos se afanaban ya —y bastaba abrir los ojos para comprobarlo— en las diligencias apropiadas. Pues con todo, le estaba resultando espinosamente difícil no leerlo, no oírlo, no verlo proyectado en las pantallas de luz temblorosa. Quizá tan profuso doblar justificaría el estrépito, si al menos se pretendiese un momento sísmico, que patentemente se eludía en beneficio del sosiego callejero, de las secreciones inhibitorias, de las digestiones gaznápiras y de los sueños sin sueños. De modo que, activos los parientes, sordos los ciudadanos y suficientemente notificado el muerto, ¿a quién —se preguntaba, removiendo su irritación— carajo le iba a interesar, cuando, encima, ni por lo más remoto comunicaban las auténticas circunstancias del aniquilamiento? Incapaces, al estar vivos, de conocer, no eran capaces de silenciar su inepcia. Miedo le daba conectar por enésima vez, con la jubilosa esperanza de escuchar íntegro —hazaña para la que, en vida, siempre careció de tiempo y le sobraron breñas— *El clave bien temperado*, y que una voz de bobita le participase —¡a él!— que él había fallecido. En el supuesto de que le pudiese explicar a la tontuela (y todavía, siendo recién muerto, no estaba seguro de que se tratase de un supuesto razonable) las notaciones y connotaciones del estado al que había accedido, dejarían de propagar por los treinta y dos rumbos de la rosa semejante nimiedad y, muy probablemente, emitirían el Segundo Cuaderno al menos de *El clave*. Con unas brasas de rencor, se consoló recordando que, poco a poco (incluso mucho a mucho, si la bomba), día a día, los informadores y los informados —para nada— del crimen sabrían todos en el futuro cuán inexacto sonaba en unos oídos de cadáver calificar de desaparición a la muerte.

Ululó como el silbato de un tren, algo semejante a la sirena de un barco (o al timbre alarmado de una bicicleta), y conectó. De nuevo, la noticia. Pero ahora, aunque un oído distraído hubiese registrado los mismos tópicos, secretos matices anunciaban su llegada a nuestra eterna ribera, entonaban una cantarina bienvenida, recitaban sus dignidades como mercancías decomisadas en la aduana, y se regocijaban. Ni siquiera trató ya de buscar otra emisora, convencido de que a un muerto, para su dicha y gloria, los mandos no le obedecen, ni el artilugio le está destinado. Y, poco después, estrechaba la diestra de J. S. B., quien le preguntó si por la otra orilla seguían interesándose por su obra.

—No me lo olvidan, no. Salvo estos días, que están como locos con lo mío. Pero no se me apure, compañero, que le siguen radiando. Y mucho.

—Gracias, Che —correspondió el maestro.

Tu melena enciende la luna

Reconoce ser autor también de la famosa canción «Tu melena enciende la luna», palinodia o pamema que esta autoridad certifica no haber oído jamás. Requerido, en consecuencia, a que circunstancie el argumento de esa música, tras una resistencia inicial, dice que, en esencia, la melena de ella, sin duda del denominado tinte pelirrojo, al ser deshorquillada o desplegada enrojece la superficie lunar en las noches en que dicho astro o satélite desaparece en fase de novilunio. A la pregunta de que si cree en un fenómeno meteorológico de tan dudosa verosimilitud contesta que no. Inquirido sobre la incongruencia de asegurar, sin previa comprobación y convencido de su falsedad, la tesis de que la luna enrojece (o, al menos, según admite, adquiere una tonalidad castaño oscuro) siempre que su chica se suelta el pelo, reitera la petición de telefonear a un abogado. Niega tozudamente conocer el nombre y demás filiación de la antedicha manceba, capaz de manchar de bermejo la impoluta blancura selenita. Se le reconviene, mostrándole la temeridad de sus aseveraciones, por el indudable desprestigio que se deriva para las hembras de nuestra raza al hacerlas sospechosas de deambuleos por campos o vías públicas a horas inconvenientes; se le señalan los indicios de calumnia infamante que conlleva relacionar a la fémina con los ciclos de la luna; y, por último, se le apercibe de haber cometido injuria patente al claustro materno, donde, aunque declara ignorarlo, se forman y conforman los lunares para futuras identificaciones por parte de esta autoridad. Convenientemente interrogado, tras una pausa o recuperación, declara que, además de haber compuesto jeringonzas como «¿Por qué, dime, se marchitan las rosas cuando tu teléfono no contesta?», «Si te alejas, se me llagan las manos» y «Cosecha de corazones», ha pretendido su máxima difusión, movido por apetencia dineraria, ansias de notoriedad y (con un cinismo que esta autoridad cree su deber subrayar) por íntima complacencia. Añade, sin coacción alguna, que no sólo ambiciona llevar sus composiciones a labios de la juventud, sino que, a mayor abundamiento, aspira a que sean silbadas por la madurez reprimida, damas insatisfechas y burócratas, terminando, una vez más, por solicitar la presencia de un abogado. Desmiente haberse lucrado con la exhibición de sus manos llagadas, rubricando, sin embargo, las fatigas a que ha de someter a su mente y a sus neuronas hasta descubrir que se han resecado las rosas en el florero a causa de no conseguir línea con su expresada barragana. Acorralado por la evidencia, asiente al hecho incontrovertible de su anómala correspondencia con el mundo físico, astronómico, botánico y anatómico, exclamando que no le importaría, con tal de presenciarla, una explosión cósmica que le borrase la faz al universo. Paulatinamente excitado (lo que obliga a medidas precautorias), se debate y vocifera su necesidad de acabar de una vez, al tiempo que jura que su próxima composición se titulará «Mi madre me concibió en un lupanar», con lo cual esta autoridad obtiene la buscada confesión, da por finalizado el período inquisitivo y se permite recomendar el más implacable rigor, sin tener en consideración la innegable mediocridad y saboteadora cursilería del encausado, por cuanto todos estos autoconfesados hijos de prostituta resultan igualmente perniciosos y corrosivos, con independencia de sus aptitudes personales para el verso.

Una comedia de costumbres

La escena figura una escena que no es otra que la que habitualmente decora la explanada de un castillo danés, previa a la aparición de los trasgos y en el momento preciso en que el telón sube. Unos minutos antes y desde la perspectiva del foro, la dama joven, enlevitada y sin maquillar, ha debido levantarse de un confidente de desconchada purpurina, a fin de facilitar a dos tramoyistas la retirada del mueble por el lateral derecho. Nada se ha percibido (a causa del telón, que aún no había comenzado a subir) desde la perspectiva de la sala. Por el contrario, desde la perspectiva de la sala, iluminada sin recato, ha podido advertirse que las candilejas se han encendido. Todas las luces, incluidas las candilejas, se apagan nada más comenzar a subir el telón, de forma tal que, desde esta perspectiva de la sala, nadie podría suponer que la escena figura esa escena, que habitualmente decora la explanada de un castillo danés, como asimismo, desde la perspectiva de la escena, nadie —si hubiese alguien en escena— podría suponer que la sala figura esa sala vacía (y afantasmada por los blancos forros de sarga que cubren las filas de butacas, que empaquetan las altas arañas, y cuyo tejido exhala un húmedo aroma a almacén de cueros), que habitualmente decora, en algunas películas, una sala vacía de teatro decimonónico. Un generoso engrasado de poleas impide cualquier rumor de la pesada cortina que cae simultánea y sincronizada a la ascensión del telón, y que coincide, al hundirse en pliegues su borde contra las tablas a dos metros de la concha —ya ocupada— del apuntador, con el encendido de todas las luces, incluidas las candilejas, de forma tal que, desde la perspectiva de la escena, ningún cambio de iluminación se ha producido y la escena, donde ya un saetero ha ocupado su puesto en la almena del lateral izquierdo, figura una escena que no es otra, gracias al opaco envés de la cortina de —falso— damasco rojo, que el habitual salón dieciochesco, y, desde la perspectiva de la sala, se ha recuperado la insolente iluminación, desbocada ahora contra la cortina de —falso— damasco rojo, que obstaculiza el espectáculo, de óptima visión desde la perspectiva del foro, que componen dos tramoyistas retirando por el lateral derecho a la dama joven, enjubonada y barbada, la cual mantiene dirigida hacia el azul de papel su saeta de cartón. Todas las luces, incluidas las candilejas, se apagan nada más empezar a emerger de las tablas el borde de la cortina, de forma tal que, desde la perspectiva de la sala, nadie —si hubiese alguien en la sala— podría suponer que la escena figura esa escena vacía (excepto una roca de alambre pintado en el lateral derecho y un árbol deshojado en el centro del foro), que habitualmente decora, en las obras de vanguardia, un desierto en las cercanías de una gran ciudad. Un generoso engrasado de poleas imposibilita cualquier rumor de la pesada cortina, que asciende simultánea y sincronizada a la caída del telón y que coincide, cuando el telón choca su borde contra las tablas, con el encendido de todas las luces, incluidas las candilejas, sin que se haya producido cambio alguno desde la perspectiva de la escena, puesto que (pero tampoco desde la perspectiva de la sala, debido al profesionalizado murmullo silente) el telón no deja pasar el susurro del apuntador ensayando la primera frase, que, entre bastidores, la dama joven, encorsetada y con medias de malla color carne, memoriza a flor de labios, al tiempo que se apagan todas las luces, incluidas las candilejas, sube el telón y, simultánea y sincronizada, la cortina de —falso— damasco rojo va descendiendo hasta que…

Retrato ecuestre
bajo un cielo que se nubla

—Gracioso caballero, sabio jinete, prudente équite, Ixión permita que te quiebres las antiparras, al tiempo que las costillas, contra ese polvoriento suelo sobre el que tu figura mancilla el paisaje.

—El paisaje —dijo— es bastante feo de por sí.

—Que tus lindas acrobacias, aborto de yegua, nos regalen la asistencia a sonados y solemnes funerales.

—Estás celoso —dijo enseguida.

—Mucho, Hipodamia.

—Peor. Hasta cansado de tus celos, como harto de envidiarlo tanto.

—Siempre ha invadido, y cuando menos podía sospecharse, aquella actividad en la que los demás, con esfuerzo y mediocridad, sobrevivíamos. Cultura, ciencia, finanzas, sociabilidad, atuendos, países exóticos, movilidad de cargos, ésos han sido sus trofeos en aquel momento que él eligió cuando menos debía sospecharse, probablemente a causa de sus más viscerales carencias, pero con tan resplandeciente resultado que las motivaciones se enterraban bajo el peso de la púrpura. Maldito el día…

—Ayer.

—… que decidió la equitación, porque mañana provocará corvetas y balotadas, y pasado, si como es de sospechar ha elegido ejercer de macho a sus cuarenta largos, a la jineta te cabalgará a ti, zorrita boba, ése a su vez elegido por la más dispendiosa providencia. Y ahora, cuando descabalgue, aquí vendrá a borrarme con la pertinencia de su serena altanería, a fascinarte bajo toneladas de hielo, compostura...

—Inteligencia.

—... y esa forma de inteligencia, que le permitió leer a Platón en v. o., enconar, depredar, fustigar, renunciar, extirpar, interceptar, hastiar, desconocer la basura de las emociones y el cenagal de mis ansiedades, comprarse los mejores chalecos de cachemir. Desapareceré en cuanto se siente a tu lado, como si tú estuvieses aquí para parecer que tú te sientas a su lado y yo, que desde la cuna mido treinta centímetros menos, para parecer que ni existo.

—¿Existes?

—Gracias a él, porque si sobre ese hípico displicente se cumpliesen mis deseos, una vez retirados los crespones negros, me disolvería a falta de objeto de resentimiento. A no ser que también se odie hasta después de la muerte.

—Una compensación te queda y es que me quieras tan idiotamente como jamás a él se le ocurriría. Resultas tan bajo, exiguo, ordenado, temeroso y torpe, que jamás él, incapacitado para considerarte, sabrá gustar el desprecio, ni siquiera te agradecerá que nos lleves en tu coche ahora, que indudablemente va a romper a llover.

—Tampoco es tan agradable —dijo, nada más sentarse a su lado, antes de tomarle una mano entre las suyas— ni creo que merezca la pena arriesgar los huesos. ¿Estáis deprimidos por estos nubarrones?

—Me largo —dije, y, levantándome, aunque ni él ni ella percibían ya si me levantaba o continuaba sentado, me largué a través del bar a encerrarme en los lavabos, para, suicidado en diversas formas, salir con el resignado propósito de buscar el coche y conducirlos a la ciudad; pero entonces llovía y ella, más hermosa que nunca, trotaba en círculo, empapada, rezumantes de tensión sus músculos y su excitada algarabía, mientras que él, desbaratado por vez primera en su vida, la contemplaba desde el resguardo de la marquesina, estrenando ceguera, al considerar suyo aquel cuerpo que no lo sería, puesto que yo corrí entre el diluvio, galopé tras ella, la derribé al barro y en mis brazos —su piel inasible confundida con su vestido— rodamos juntos, reímos, si bien ya ella se entristecía de ser una mujer normal, sentada tras un hombre normal —yo— y un hombre portentoso; una lamentable mujer constipada y con la piel a ronchas, camino de la ciudad, en mi automóvil.

—No había por qué desequilibrarse tanto a causa de un simple aguacero.

—Perdona —le dijo ahora a él, al derrotado.

Y no cabía duda de tal derrota, porque me abofeteó (que casi nos fuimos a la cuneta) cuando, reproduciendo el tono de la voz de ella, yo dije:

—Perdona, centauro.

Jardines al mediodía

A esta hora, en que el jardín yace asfixiado bajo la panza del sol, en que el silencio cruje, el cuerpo de la muchacha no proyecta sombra alguna sobre el sendero, por una de cuyas márgenes discurre la reguera de tejas, ahora seca. Desde la alberca, la reguera flanquea este camino, bruscamente gira en ángulo recto y lo corta, se desparrama en un haz de canalillos por los bancales, obliga a un salto, gracioso y mecánico, de los pies de la muchacha, que se detienen. En este lugar del jardín, la casa en un extremo y en el opuesto el cenador —en la zona de las parras— permanecen invisibles. La muchacha otea —pero tiene los ojos cerrados— los escalones de piedra que salvan los dos niveles del jardín, la alberca, las insoslayables y estrelladas figuras poligonales de los canalillos, que delimitan aún más las palas de madera para la distribución del riego. A la caída de la tarde, en esta parcela del jardín, el agua mastica (o resopla, o jadea), mientras que a esta hora, como escayolados los árboles, los parterres, las flores, el aire, los ruidos que roen el silencio, la muchacha ha abierto los ojos y su mirada, paciente, con esa irónica paciencia de quien busca lo que sabe próximo, escudriña la verde placa vegetal, demasiado ardiente.

Desde este lugar no es posible ver la casa ni el arruinado cenador —en la antigua zona de las parras—, suponiendo que la mira-

da —pero la muchacha, que busca, tiene los ojos cerrados— ace-
che de un extremo a otro, sobre la ladera de césped, que une los
dos niveles del jardín, la jaula que encierra la pista de tenis, los árboles y los macizos de flores, escayolados por la aplastante luz, el
trampolín azul, el rincón de los secretos, la pérgola. La muchacha
ha caminado unos pasos, salta, con una cierta gracia mecánica de
sus piernas, de su cuerpo sin sombra, la grieta que divide el sendero y se detiene, mirando sobre la verde placa vegetal que a esta hora es el jardín, donde los colores ardientes del mediodía se reflejan
como en un espejo. Aquí, a la caída de la tarde, el agua silba (o es-
cupe, o jadea) en regulares círculos.

En la rigidez del aire quemado sería difícil averiguar si la muchacha busca un objeto, a un ser vivo, a una persona, con esa lentitud, tan sabia como irónica, que impulsa sus movimientos hacia la
zona baja del jardín. Aún faltan unas horas para que se desentu-
mezcan las ramas de los árboles —ahora escayolados—, para que el
agua disgregue este único bloque de aromas, para que el aire reco-
bre una transparencia que restituya las distancias y su capacidad
transmisora de sonidos. Exclusivo movimiento en este espacio, el
cuerpo de la muchacha se desplaza incansable hacia ese objetivo
oculto, adivinado, inerme, incrustado en la pródiga espesura del
jardín para molestia de ese joven cuerpo —ahora en las hinchadas
aletas de su nariz unos poros se abren—, piadosamente intruso en
un territorio del que, siendo dueño, no forma parte.

En estos dos jardines —que es el mismo jardín—, a esta hora
sin tiempo, ni edades, la muchacha (que finge buscar —y son dos
las muchachas, aunque turbiamente semejantes— una pamela olvidada en un banco del cenador, una flor amarilla que enaltezca un
jarro de flores en el centro de la mesa, un frasco de aceite antisolar,
la señal de una cita al crepúsculo, un perro ofendido, la improbable

aparición de una nube —por muy diminuta que sea—, la constatación de una figura en un frontis de azulejos) ha colocado sobre sus cejas una mano, ha separado sus labios, como modulando un nombre —que no se ha oído— y que no es otro que el de ella (o el mío, en un mediodía lejano), puesto que también ella, oculta en el rincón de las celindas, odia a estas horas ser arrancada hacia el comedor y sus ritos de esta paz salvaje, que me protegía de la mirada de la muchacha y le enseña a ella aquella inconformidad sin sombras, aquella rigidez en la congelada quietud de un jardín asfixiado que yo supe y olvidé.

Concierto sobre la hierba

El partido, celebrado anoche en el magno estadio, había despertado, lógicamente, una enfebrecida expectación. Antes de entrar a detallar las incidencias del encuentro deben resaltarse las magníficas condiciones acústicas de que disfrutamos los doscientos cincuenta mil espectadores y los incalculables millones de televidentes.

Prometedores preliminares

Los equipos saltaron al césped portando cada jugador de ambas selecciones un ramo de rosas —para obsequiar al señor colegiado— y —para sus respectivos auxiliares en las bandas— dos ramilletes de siemprevivas. Durante las protocolarias ceremonias de rigor, las decenas de miles de melómanos que atestaban los butacones de terciopelo de las tribunas, puestos en pie, ondearon con perfecto sincronismo, primero, las banderolas con los colores de la selección visitante; después, las de nuestra propia selección. Numerosas pancartas aparecieron en este momento, loando todas ellas las virtudes deportivas de nuestros rivales y sus valores culturales; «Loor a la patria que vio nacer a Homero y a Beckenbauer», «¡Ánimo!, ilustres discípulos de Newton y de Iribar», «Dante, Dante, Dante», eran algunas de las leyendas que, en letras doradas, pudieron leerse en medio de vivísima emoción. Se guardó un minuto de silencio en memoria de los sabios desaparecidos recientemente y, a continuación, el director de nuestra enorme orquesta sinfónica, emplazada en las gradas de preferencia, señaló con su batuta el comienzo del partido y de la *Fireworks Music*, suite de Händel, que era la primera obra programada.

El penalti que el árbitro no vio

Desde los compases iniciales pudo comprobarse que el objetivo esencial de la selección visitante consistía en dominar el centro del campo, con la finalidad de enviar, bombeados, balones a las alas. El dispositivo de nuestra defensa se mantuvo firme. No obstante, aun bregando como leones, nuestros muchachos se encontraron desbordados por la precisión geométrica del juego oponente, al primer toque, y por la endiablada velocidad a que eran sometidos, de modo tal que, hasta el primer tiempo (Adagio. *Allegro spirituoso*) de la *Sinfonía número treinta y seis en do mayor, KV 425, Linz,* de Mozart, mediada ya la primera parte, puede decirse que nuestros chicos no comenzaron a catar cuero. Diversas incursiones en el terreno contrario fueron frustradas por felices intervenciones del guardameta, el cual, mediante un largo saque de puerta efectuado en el minuto treinta y seis, envió el esférico a su extremo izquierda, quien, internándose y con terreno libre por delante, dribló a los siete jugadores que guarecían nuestro campo, penetró caracoleando en el área grande y, coronando así una jugada individualista al antiguo estilo, lanzó un chupinazo con la zurda, de exquisita escrupulosidad en su factura, que salió rozando la cepa del poste izquierdo, al tiempo que nuestro cancerbero se lanzaba en palomita hacia el palo derecho. De inmediato, nuestro lateral izquierda, a la carrera, acudió al árbitro para respetuosamente exponerle que en la anterior jugada el balón había sido desviado por su brazo y ante el portal, por lo que solicitaba se aplicase el penal correspondiente, en castigo a una falta que ni el auxiliar de la banda ni el propio señor colegiado habían podido advertir. A tal petición se sumaron los restantes jugadores y, desde el foso, nuestro seleccionador, sus ayudantes y el masajista. Puesta la pelota en el fatídico círculo blanco y conforme el delantero centro visitante se disponía a ejecutar el máximo castigo, la sección de cuerda de nuestra enorme orquesta sinfónica marró unos cuantos compases, más atenta sin duda a lo que sucedía en el terreno de juego que al pentagrama. Fallos de este jaez, en presencia de la crítica internacional, sólo pueden ir en detrimento de nuestra reputación.

El gol de la igualada

Conseguido este primer tanto, mediante un chut ante el que nuestro portero hizo la estatua, nuestros jugadores se lanzaron al ataque, sudando a modo la camiseta, y habrían conseguido el empate en una jugada magistral —y fortuita— de toda la delantera de no ser porque en el instante en que nuestro interior derecha se disponía a tirar a puerta, con un ángulo magnífico, percibió que el guardameta contrario, casi desvanecido de placer sobre las redes, escuchaba, en un éxtasis inoportuno, el *minuetto* de la antedicha mozartada. Nuestro interior derecha se detuvo, alertó con gestos al portero, se recobró éste precipitadamente de su deliquio y detuvo el disparo de nuestro jugador, que —la verdad sea dicha— se la envió a las manos. El estadio se pobló de banderolas, aprobando tal acción. Y con el resultado de 0-1, adverso a nuestros colores, llegamos al descanso, durante el cual en el marcador luminoso se proyectaron diapositivas de cuadros de los más famosos pintores, distracción muy del agrado de la hinchada, que, en el entretanto, reponía energías, como es usual, con canapés de caviar y sorbos de champán. Los altavoces difundieron poemas simbolistas y los vendedores ambulantes de libros agotaron sus existencias. Puesta de nuevo la pelota en movimiento, en los primeros *Carmina burana*, que entonaban arrolladoramente los componentes de nuestra desaforada coral, llegó el empate en una jugada sin peligro aparente y que pilló en las nubes a la selección visitante. El público, en pie, ondeó las banderolas con los colores de nuestros rivales, animándoles a que superasen semejante fallo. Y un cuarto de hora después, mientras gozábamos una delicadísima ejecución del *Canto del adolescente*, de Stockhausen (en una modélica realización electrónica, original de nuestro campeón de los pesos pesados), la selección enemiga se adelantó en el tanteo, poniendo al rojo vivo el *match*.

Bochornoso incidente

Nuestros muchachos, que recibirían como prima en caso de victoria unos cursillos gratuitos de lógica matemática, reemprendieron un juego abiertamente ofensivo, con constantes lanzamientos a puerta, que llevó la pasión a los graderíos. Pasión de tal entidad que ocasionó el primero de los desagradables incidentes de esta segunda mitad. Un grito (sí, ¡un grito!) estentóreo de un incalificable aficionado resonó en el magno estadio. El árbitro elogiaba a uno de nuestros defensas una tijereta de caballero, la línea media visitante grabada en sus grabadoras particulares la *Cantata del domingo 14 después de la Trinidad, Jesu, der du meine Seele*, pieza que había seguido a lo de Stockhausen, y nuestros delanteros atendían a un grupo de niños de las escuelas primarias, deseosos de autógrafos y fotos con los campeones. ¿A quién, pues, iba dirigido ese nefando «¡¡Majaderos!!» que atronó en el silencio de nuestro magno estadio, en las conciencias, sobre todo, de los ciudadanos espectadores? ¿Hasta cuándo, preguntamos a nuestras autoridades educativas, se tolerará en nuestras canchas tan bochornosa incivilidad?

La pana

De inmediato, la enorme orquesta sinfónica, a petición del público, interpretó un *Réquiem* y, como la violencia desata la violencia, he aquí que nuestro defensa central entró de plantillazo a un delantero contrario, dejándole revolcado en la hierba y a merced del agua milagrosa de las asistencias. El estadio se pobló de banderolas reprobatorias. Nuestro central, de hinojos, sollozando amargamente, arrastrándose a los pies del árbitro, suplicó ser expulsado y, como consecuencia del libre indirecto con el que sancionó el director de la contienda tan execrable jugada, los nuestros se vieron en la necesidad de reparar el trancazo de su compañero permitiendo que llegase a las mallas el tercero de la tanda, que rápidamente subió a cuatro, para continuar con un baile a los muchachos que ni que los maestros tocasen los *Valses nobles y sentimentales*, de Ravel, de cuya mentada coreografía nos llegó el quinto de la serie y, ya en las postrimerías del encuentro, el sexto, encajado el cual quedaron segadas irremisiblemente de raíz, en esta fase preliminar de eliminación planetaria, hasta las más locas y forofas esperanzas de acudir al campeonato intergalaxias. Ejecutándose, como es de ley, la *Sinfonía número cuarenta y cinco, de los adioses*, de Haydn, en una *mêlée* a la salida de un córner, volvió a marrarla la enorme orquesta sinfónica, provocando tal congoja en la maltrecha moral de nuestro equipo la emocional pifia tonal de la sección de flautas, que nuestros ases acabaron por perforar su propia meta. Y mientras nuestros jugadores paseaban a hombros al trencillas, los maestros abandonaban sucesivamente sus atriles, los espectadores —fortalecidos de deportividad— los asientos y sólo flotaba en la limpia atmósfera nocturna del magno estadio el sonido de dos violines, pensábamos, con una irreprimible dosis de orgullo herido, que jamás habíamos recibido aquí, en Marte, una zurra de tales proporciones. Pero, sobreponiéndonos, nos precipitamos a los vestuarios con el fin de felicitar a los terrícolas por este 1-7, que los clasifica a ellos para los intergalácticos de Venus y nos deja a nosotros en la cuneta y sin oír más música al aire libre durante el presente curso deportivo.

Petición de mano

El celebérrimo explorador, a quien nadie lograba fastidiar tanto como un periodista, se decidió, por vez primera en su vida y fiado en su inconmovible fama, a decir la verdad, aun a riesgo de que aquella pavesa de informadora granujienta, que le torturaba desde la hora del café, sospechase que estaba siendo engañada. Cuando él creía que la entrevista finalizaba, a la pregunta —bellaca:

—Dígame, señor explorador, ¿qué motivo concreto le impulsó en su juventud a recorrer sin tregua las más ignoradas regiones del planeta?

contestó:

—Un chiste.

—¿Un chiste? —consideró delicado reiterar la entrevistadora.

—Un chiste acerca de una petición de mano.

—¿De una petición de mano?

El celebérrimo explorador, superando la sólita náusea que sólo un ejemplar de la misma especie puede provocar a su prójimo, cerró y abrió los ojos pacientemente, buscó sobre la mesa su bolsa de tabaco de pipa y, resbalando su salacot hacia la nuca, condescendió a explicar:

—Espero que no le sea desconocida la inquietud que inocula

olvidar a medias un chiste que recientemente nos han contado. En una persona como yo, privilegiada por una memoria sin fisuras, ese inconcebible olvido puede determinar una existencia. La mía, desde luego, así quedó determinada hace cuarenta años, cuando, al despertar en mi habitación de Punch Palace, en Escocia, no logré reconstruir el sucedido que la noche anterior y ante la chimenea de la sala de armas había juzgado saludable narrarnos el mayor Maimed, uno más de los invitados al *week-end* de los duques de Punch. Las horas del alba, durante las que intenté recordar, poseído por la soberbia de mi autonomía mnemotécnica, resultaron funestas. Indudablemente tres elementos estructuraban el chiste. Los recordaba: un cartero, una petición de mano y un movimiento final, en el que precisamente radicaba la supuesta gracia de la historieta. Pero, aunque poseía estos tres elementos, me era imposible combinarlos de una manera adecuada. Incluso, créame, conseguí chistes mucho más hilarantes que el maldito que había contado el mayor Maimed, pero jamás el auténtico. Al sonar la campana para el desayuno, bajé exhausto, casi patético, y mi infortunio no hizo sino acrecentarse con la noticia de que el mayor había partido aquella madrugada misma para el continente.

—Y usted, infatuado por su autonomía —supuso la chica—, no preguntó a los otros invitados.

—Si había bajado decidido a que el propio mayor Maimed me repitiera el infernal cuentecillo, deberá conceder que no tenía otra alternativa, por muy estúpida que pareciese, que importunar a mis anfitriones y al resto de los invitados. Unos no habían escuchado al mayor, otros habían olvidado también y sólo lady Punch insistió en una versión de alucinante inexactitud, que por cortesía admití como buena. He de confesar, y no creo que merezca reproche alguno si considera usted la situación en que yo había caído, que llegué a interrogar a la servidumbre, confiado en esa costumbre secular, que les corroe, de registrar por entero las conversaciones de sus señores. En aquel caso los criados, ni a prueba de soborno, habían oído nada. Me impuse olvidar, desechar tan irritante episodio, y el martes, de regreso a mi despacho de Londres, reconocí incondicionalmente que no podría ni anudarme una corbata, ni atacar una pipa, mientras no oyese de labios del mayor Maimed el chiste.

—Y partió usted en su busca.

—A lo largo de cuarenta años y por todos los países, comprendidos los más salvajes —confirmó el celebérrimo explorador, hasta con un ápice de asombro por la repentina sagacidad de la reportera—. Sin resultado alguno.

—¿Sin ningún resultado? —volvió a repetir la muchachuela, recuperando su innata tendencia a enmascarar con una fingida sordera su estulticia real.

—Todavía no he encontrado al mayor y, por tanto, como hasta usted misma entenderá, todavía no he conseguido reconstruir aquel chiste.

El chiste que el mayor Maimed relató al que luego sería celebérrimo explorador durante una velada en la sala de armas del castillo de los duques de Punch hacia la segunda década del siglo era éste:

—Míster Smith —anuncia el cartero—, traigo una carta para usted.

—Gracias, Tom. Se tratará probablemente de la respuesta a mi petición de mano. —Y míster Smith, cogiendo la carta con la mano izquierda, se la coloca bajo el sobaco derecho.

—Parece inconcebible —suspiró la infeliz, no atreviéndose a declarar tajantemente que era inconcebible.

—No, no lo es. En cuarenta años de exploraciones con un único y secreto objetivo, he aprendido los ilimitados contornos de la imprecisión humana. Todo desierto, cualquier extensión polar, la más gigantesca ciudad o el más impenetrable bosque, en algún punto del espacio acaba. La frivolidad, inconsecuencia y torpeza de nuestros semejantes, no. Cuando llegaba a la Tierra de Baffin se me juraba que el condenado mayor Maimed había partido para Monrovia, donde, al desembarcar yo, se me aseguraba que unas horas antes había volado con destino a Punaka.

—¿Por qué viajaba incesantemente el mayor Maimed? —interrumpió la encuestadora.

—A causa de su condenada profesión de mayor del imperio —masculló despectivamente el celebérrimo explorador.

—¿No pudo dejarle una nota, mandarle un aviso, telegrafiarle o telefonearle su estricta necesidad de entrevistarse con él? —preguntó la chica, refiriéndose al mayor Maimed.

—Además de todos esos imperfectos sistemas de comunicación que ha logrado usted enumerar, he grabado mensajes en los troncos de árboles que crecen en selvas inexploradas hasta mi descubrimiento, he lanzado botellas a las aguas de archipiélagos que no figuraban en las cartas de navegación, he ascendido a cumbres desde las que la luna se huele, horadado túneles, paseado ciénagas, padecido terribles infecciones —la voz del celebérrimo explorador, indudablemente afectado por el crepúsculo, se agudizó—, combatido con serpientes, caimanes, agencias de viaje, barreras aduaneras, buitres, toros de España y panteras de Bengala. Mi cuerpo, como mostrarán esas fotos que ha tomado usted con destino al reportaje, siempre que no haya velado la película, se fue llenando de cicatrices, mutilaciones, huellas y surcos, algunas heridas que jamás se cerrarán. Éste, señorita, el de mi piel, es el mapa de una existencia sin reposo ni compensación.

La demudada periodista temió que su interlocutor iba a arrancarse sus ropas excesivamente tropicales, a exhibir, en una furiosa enajenación, su cuerpo como símbolo de derrota. Pero el famoso trotamundos cogió con la mano izquierda la bolsa del tabaco, la colocó bajo el sobaco derecho y luego, con una mueca de sonrisa, recibió la pipa de manos de la muchacha, quien se la entregaba con esa precipitada amabilidad que, en su dudoso colegio, le habrían enseñado como la más adecuada, cuando se ha de ayudar a un manco celebérrimo y, por si fuera poco, amnésico explorador.

Noticia acerca de los efectos trastrocados del bien y del mal en personas aquejadas por estas pasiones

Había alcanzado —incluso ya la rebasaba— esa edad en la que se dirían rotas las cadenas de la adolescencia y, esfumadas las brumas de la infancia, son ignoradas las admoniciones para una madurez aún no prevista con las que suelen los viejos importunar a los jóvenes. Entreveía, por tanto, el paraíso de la descuidada independencia y se preparaba a gustar los frutos de tan irrepetible edén, cuando la vida —por decirlo con precisión— invirtió los términos de la suya.

De nombre Donato, a la dádiva de unos padres meritísimos unió las de un hogar sosegado, una niñez uniforme y un equilibrado carácter, lo que, con el sobreañadido de una descarada belleza de sus miembros todos, facilitó, como en un suspiro, el paso de los intuitivos esbozos a los primeros apuntes del natural. Acrecentándose regularmente la fortuna de sus progenitores, año tras año y desde los más tempranos pudo Donato frecuentar las mejor reputadas academias, viajar en compañía de su ayo por aquellas naciones en las que la pintura fue concebida y, adiestrándose sin pausa bajo la tutela de los maestros de su arte, rehuir la holganza, la disipación y las voluptuosidades bien de la amistad, bien de la carne, conglomerado éste que ha dado en llamarse bohemia y es para muchos —errados o pervertidores— etapa imprescindible en el aristado aprendizaje de cualquier educando. Algunas músicas, paseos bucólicos y lecturas escogidas colmaron los asuetos de Donato y, cuando otros todavía se empecinan en los zascandileos y prospecciones existenciales, vio nuestro catecúmeno canceladas sus obligaciones con la edad agreste. Liberado de la esclavitud de un oficio ganapán, gracias al ingenio industrial paterno y a las maternas inversiones bolsísticas, afanose nuestro Donato, mediante la asiduidad, en conseguir, sin descuidar las menesterosas técnicas de taller, el alado soplo de la inspiración. Y bien pronto, he aquí que consiguiolo aquel a quien desde ya justamente podremos llamar artista.

En la quietud de los días levemente ondulados por nimios acontecimientos, sintiose Donato poseído por tal arrolladora fuerza creativa que acabó por dar con él en la notoriedad y favor generales, y ello en esos años mozos que duplican el sabor del éxito sin impurezas. No obstante, en la soledad de su estudio, que apenas abandonaba para saciar sus frugales necesidades, Donato era corroído por el tedio. En el bostezo incesante fundamentaba nuestro artista la fábrica de su inagotable invención pictórica, pues siendo ésta como espejo de su imagen interior, ¿qué otros horizontes se la velarían? Mecido en la modorra de un país en período de posguerra, ya que no el inexistente público comprador, tasaba en alta estima la crítica aquellas figuras y colores de diabólica perfección que nacían de las ardientes sierpes de los pinceles de Donato.

En esto, una joven, bajo el atributo de protegida de la señora madre de Donato, llega a la ciudad, es acogida como doncella, afiçiónase al aseo del estudio del artista, tómala éste como ocasional modelo y, en una tarde decembrina, amparados en las sombras del súbito crepúsculo, ábrense ambos por vez primera a los torbellinos del placer. Ya tenemos a nuestro artista inmerso en el piélago del que hasta entonces venturoso nudo de circunstancias habíanle exonerado. Y así, y durante meses, Lucelina (que éste es el nombre de la garzona) frecuenta en la noche el estudio de Donato y Donato, espoleado por repentina calentura, abandona el estudio jornada tras jornada, creyendo, el desgraciado, encontrar en el variopinto mundo exterior el auténtico venero de su inspiración. Su imagen interior, ay, emborrónase durante madrugadas regidas por el deliquio, en el transcurso de tardes enceguecidas por los goces de su recién estrenada idolatría. ¿Experimentó Donato algún presagio de los avatares que se avecinaban? En las últimas jornadas en que aún sesteó, antes de hacerlo con Lucelina, por los elíseos prados de la inanidad y la brega, ¿sospechó Donato la inminente pérdida de su imagen interior? Enigmas del alma humana…

Envenenado el artista por los vapores vitales, de cuya vaporización la más letal resultaba aquella emanante de la concupiscente piel de Lucelina, concibió el arriscado proyecto de contraer nupcias con su amante. Más que informada casi por adivinación, la señora madre de Donato viene a conocimiento de semejantes relaciones y, todo es uno, cae fulminada en su lecho (del que ya no se levantará). En el entretanto, Donato, a quien la memoria borra inmisericorde las suaves dunas de su juventud dejándole inerme ante las escarpadas y estériles sierras de sus inclinaciones, concítase con los más inconformistas colegas, únese a revolucionarios de afición y, para corona de tal cuadrito, triunfa en los círculos sociales, se le ensalza a las categorías remuneratorias, se le condecora, mima, adula, invita, disputa.

Será Lucelina la que, asaeteada por las premoniciones que su condición femenina le dicta, acelere los trámites del himeneo, a los que Donato se presta sin complacencia (falto de tiempo también para tales argucias). En su postración la señora madre de Donato ha sabido de estas premuras y he aquí a una agonizante reclamando junto a su lecho de muerte al hijo amado y supuestamente uni-génito, para revelarle un nefando secreto concerniente al linaje de Lucelina, uno de esos chismes tan tremebundos que hasta el más dicharachero de los artistas sabe que se llevará consigo a la fosa.

Fallecida la señora madre, reducida Lucelina a manceba per-petua, el mundo a los pies de Donato, ¿qué falta a nuestro artista en su rutilante existencia que no sea la aparición de la propia Olga Federica? Nacida en cuna aristocrática, jamás mujer ninguna unió a un cuerpo* de cortesana más refinado cerebro, insaciabilidad menos loable. Divorcio tras escándalo, escándalo tras riqueza, la vi-da de la aventurera Olga Federica entrecrúzase con la de Donato en el álgido instante en que éste no sólo ha perdido su imagen inte-rior, sino que lo sabe y, encima, le importa una higa.

Ya no se aburre Donato, ya palacios, cacerías, automovilismo, regatas, saraos, joyas, orgías, ocupan su ser por entero. Ya quedan atrás las horas solitarias y las gélidas fiebres de la creación. Ya a más exorbitante precio mayor maldad artística caracteriza sus telas. Ya no sabe pintar Donato. Ya Donato es feliz.

—¡Oh, desventura! ¡Oh, contradicción sucedánea, acongojan-te insolvencia de la especie! ¡Oh, pérfida trama, que de un artista ha hecho un hombre y en el hombre ha aniquilado al artista, ¿dónde, ¡¡dónde!! mana la depurada esencia del arte, en qué círculo sin es-pacio ni tiempo se preserva al arte de la pasión?! —así, en un estu-dio que por su limpieza y orden denota la poca frecuentación, clama Lucelina, desertada y adiposa, y al unísono, desde el cieno en el que se revuelcan, Olga Federica se abigarra y ríe, crápula, Donato.

* Espléndido.

. . . mientras tanto y en otros lugares

Morfeo en el museo

So pena de muerte, periódicamente el hombre ha de fugarse de la realidad. Hablando de muertes: acababa de volver a la ciudad; entré en el hotel; amodorrado, el conserje de noche —todo iba bien— respondió entregándome una llave, unida mediante una fina cadena a un triángulo de plástico (sería) y con los bordes redondos, donde leí la cifra —239—, la cifra hechizada; y luego, el ascensor, el pasillo, la puerta, las tinieblas, que me cubrían en tanto me desnudaba, la cama y aquel témpano, que mis brazos rodearon —¿por qué?— durante unos instantes, los suficientes para sentir esa gelidez opresora que ni en brazos de las estatuas había experimentado; témpano que al día siguiente y en primera plana lo rotulaban LA BELLA ASESINADA. Me descolgué por la tubería de un patio de aireación; ni puedo recordar cómo llegué a la calle.

Desde hace algún tiempo resulta muy difícil dormir en un hotel. Antes, en cualquier ciudad, casi podía asegurarse que las habitaciones del segundo piso se encontraban desocupadas. ¿En cualquier ciudad? En esta ciudad, quiero decir, ya que ahora pienso que se trata siempre de la misma ciudad. Por el museo. Actualmente existe un mayor riesgo de fracaso, una probabilidad mayor de dormir (no dormir) a la intemperie. La especie a la que pertenezco (a la que creo pertenecer), la llamada especie humana, está incapa-

313

citada para vivir en la vigilia; llega a subsistir sin comer, administrando esa droga que es el hambre, pero periódicamente ha de abandonar este mundo, zarpar al del sueño, regresar. El hombre ha de fugarse de la realidad, ya lo he dicho. O muere.

En otra época (más habitable, como siempre fue el pasado) alguien me enseñó las reglas del oficio. Ni aun entonces, joven, menos apesadumbrado, me era posible dormir con las estrellas —o las nubes— por dosel. Una regla de oro: apariencia adecuada; de persona rica, se entiende. Aplomo. Han de desecharse hoteles lujosísimos y también los más ínfimos. Es preciso no intentarlo antes de la medianoche. Corrección, naturalidad, gestos controlados, escasas palabras. Sobre todo, solicitad una llave mediante la pronunciación teórica de tres cifras, de las que, a lo sumo, únicamente la última suene inteligible. Si el conserje de noche confiesa no haber oído, jugando a una sola puesta, pronunciad claramente un número concreto. Nunca huid a la carrera si el procedimiento falla, por dignidad, aunque la dignidad no sea requisito técnicamente esencial. Dejad hecha la cama y el lavabo limpio si se tiene éxito.

¿Quién diría que algo tan simple pocas veces da resultado? Y, sin embargo, en algunas ocasiones —es tan largo el invierno…— sí resulta. Gracias a este sistema, he dormido en numerosas camas, he conocido sobresaltadas madrugadas, camareras delatoras, rostros idiotizados por la sorpresa, mañanas exultantes, en las que un hartazgo de reposo nos gratifica con energía juvenil, dominadora, un poco inútil también, es cierto. Quizá nadie haya estafado más horas de sueño que yo a la industria hotelera de esta ciudad.

¿De varias ciudades? Cualquier traje, incluso de pana, se arruina en un vagón de carga. Además, que se trata de dormir, no de viajar. Y, encima, de viajar sin rumbo, con el rumbo que los demás imponen. Cuando no se consigue la llave de una habitación de hotel, el menos malo de los dormitorios es un vagón de mercancías —no repleto, a ser posible—, aunque, de repente, comience a rodar y siga interminablemente, y suba, y se desvíe, y machaque, y baje, y rodando llegue a una ciudad —siempre llegan— nueva, cuya estación parece una estación desconocida y desconocidas las calles, las plazas, las avenidas, los monumentos, el puerto, los jardines, en la que, no obstante, se termina por descubrir el museo, y el museo, siendo el mismo, nos obliga a reconocer que, después de haber devorado durante días y noches kilómetros y kilómetros de vía, el tren retornó a la ciudad de la que había partido. Con todo —la fatiga, la sed, la claustrofobia, los diferentes vientos que castigan las mal unidas tablas del vagón, la engañosa aparición de luces, los relámpagos, las arrugas de la ropa y la suciedad—, preferible esa cama ambulante a las alcantarillas, donde hay demasiada vida para dormir, o a los salones de espera de los aeropuertos, esos otros nidos de las ratas acechantes, atareadas en comprar (hasta venderse) y en vender (hasta desecarse).

Tampoco es frecuente, cuando el conserje de noche nos ha alargado ya la llave, ir a caer sobre un cuerpo yerto, al que nuestros brazos estrechan durante unos instantes y del que nos arrancamos, con el espanto en el alma, porque nada probablemente, en esta especie humana, aterroriza tanto como disponerse al sueño y abrazar un cadáver. La bella asesinada es quizá la más acosante figura de mi álbum de recuerdos, ese libro que sólo entreabro al sol, sentado en el banco de un parque. He dormido despierto; me han despertado niños, fontaneros, bomberos; alguna noche se diluyó escuchando las quejas de una mujer solitaria; he encubierto a ladrones, ayudado a fugitivos, puesto en fuga a amantes clandestinos; he conocido la humillación, me he despreciado, he permanecido anhelante (en mis primeras incursiones) a la espera de todos los males quiméricos, pero jamás, puesto que un hombre debe dormir, había decidido abandonar, hasta aquella noche de la bella asesinada. Pobre muchacha... Su fotografía es —se comprende, espero— la más confortadora figura que conserva mi memoria y ella, la mujer que he amado —de alguna manera—. Pero ni el amor, ni la muerte, a diferencia del sueño, son cotidianos.

Y cotidianamente, con ese vahído constante que el hambre produce o disipado, si las mil industrias para alimentarse de lo que descuidan los otros dieron fruto, desde muy tempranas horas hay que buscar el lugar del sueño. En verano cabe elegir los grupos escultóricos que rematan algunos de los edificios de todas las ciudades (al menos de ésta, la del museo). Alcanzarlos a la caída de la tarde, a esa hora en que los roedores abandonan sus fortalezas y se retiran a sus guaridas, no presenta insoslayables dificultades. Desde abajo, ¿quién imaginaría el laberíntico refugio que ofrecen esas pomposas y un poco ridículas fábricas, que el ser humano erige en honor de unos mitos, tan banales como los símbolos que los ensalzan? Parece como si el artista hubiese sido poseído por esa nerviosa albañilería, que en toda obra de encargo trata de disimular la urgencia por el cobro, la ausencia de espontaneidad. Tenderse bajo una cuadriga resulta pueril, cuando racimos de divinos cuerpos gigantescos, escudos como lomos de ballenas, descomunales senos o túneles que son narices, brindan al escalador de semejantes portentos sus superficies, refrescantes en las noches calurosas, nunca en las frías madrugadas, tan gélidas como aquel pecho en las tinieblas de la 239. Así, entre los muslos de Ceres, asido —soy propenso al vértigo, sobre todo en ayunas— a una lanza aquea y a resguardo de un chubasco bajo rayos jupiterinos del tamaño de mojones, he pasado algunas noches y, quizá por influjo de mi decorado dormitorio, he vuelto en esas noches a otros tiempos de esplendor o —nadie podría averiguarlo— a sueños de esplendor que tuve en otros tiempos.

Los templos los deseché por sus aromas nirvánicos. No puedo malgastar mi sueño, ese tesoro que no todas las noches consigo, con ensoñaciones. También rechacé los inmensos recintos deportivos, cuyas gradas vacías a la luz de la luna se llenan de no sé qué presencias vociferantes —ya se sabe— que producen pesadillas. En alguna ocasión, dueño de un palacio ruinoso o de una abandonada mansión, he sentido con una intensidad insoportable esa lacerante nostalgia —a la que antes me refería refiriéndome a los aéreos grupos escultóricos— de otras edades, de otra existencia, que ni a mí mismo me autorizo a evocar. Habitaciones de hotel, vagones, estatuas, son mis lugares predilectos, sin duda porque para ganar un sitio en ellos he debido correr menos peligros y derrochar menos esfuerzo. Y el museo.

Unas palabras sobre el museo. Edificio de noble planta, que ha asimilado sin detrimento los tres estilos que durante dos siglos impusieron su traza, se encuentra radicado en una de las más amables zonas de la ciudad. Un bosque, pabellones científicos, laderas de césped perpetuo, preservan a esta notabilísima pinacoteca de los estruendos, aglomeraciones y poluciones de la gran urbe. Efectivamente, el museo es nombrado en todo el mundo culto y, sin sujetarse al ritmo de las estaciones, acuden a visitarlo multitudes de los más variados y lejanos países. En sus salas y galerías la muchedumbre de visitantes admira lo que en absoluto sería exagerado definir como el más enorme depósito pictórico del universo. Su catálogo (aún incompleto) relaciona una ingente acumulación, urraqueada durante cientos de años, de la pintura de todos los tiempos, contándose innumerables obras maestras, amén de miles de cuadros atribuidos a los genios menores. Dotado de muy eficientes servicios auxiliares (telégrafo, salón de belleza, de conferencias, sauna, venta de diapositivas, guías políglotas), el museo abre sus puertas, ininterrumpidamente, desde el alba hasta el ocaso, siendo su entrada gratuita para senadores, estudiosos, ancianos y funcionarios.

A diferencia de los hoteles, nunca he amado los museos. Nada comparable a ese tiempo de la media mañana, cuando, después de un copioso desayuno servido en la habitación, balanceando la llave, llega uno sobre la moqueta hasta el ascensor (o desciende por el centro de la marmórea escalera alfombrada), recoge el correo, visita el invernadero, hojea unos periódicos y, tras un ventanal, apurando el tiempo de enfrentarse con la ciudad, se ve cruzar por el sendero de sombras móviles a esa anémica señora, cuyo saludo es una delicia. Para no hablar también del comedor rutilante, el ceremonial suntuoso de la cena. Eso, para mí, es un hotel, la confirmación de una brillantez efímera y ajena, pero cuyo encanto se fundamenta en su inconstante fluidez. Dicho de otro modo, un museo constituye todo lo contrario de un hotel.

Pero el museo, este interminable edificio que siempre aparece por mucho que yo crea hallarme en otra ciudad, ha sido mi albergue nocturno durante tantos años que algunos cuadros, hoy en las salas destinadas a los clásicos, los he conocido relucientes de barniz. Insisto en que la facilidad es la determinante de nuestras predicciones. ¿Cómo, si no, habría llegado yo —no a amar, eso no— a frecuentar, a estimar de alguna manera titubeante, estas distancias que la vista no domina, estas cúpulas de luz que enceguecen, los quebrados pasadizos en los que los cuadros de ambos muros parecen fundirse, las salas de caprichosos trazados, la gran galería de los museos? Nada más fácil que entrar —gratuitamente—, descansar en los bancos circulares de cualquier rotonda, observar el tedio de los celadores, unirse a un grupo de rezagados, retrasarse como in-

teresado por alguna pintura (de pequeñas dimensiones preferiblemente), desviarse por algún portillo, agazaparse en algún rellano y,
a la puesta del sol, ganar la sala de arte primitivo, en la planta superior, por donde nunca un guardián nocturno ha efectuado ronda
alguna. Allí, contra una rejilla de la calefacción (que irá enfriándo-
se en el transcurso de la noche), en el vano de una de las altas ventanas, arropado incluso en la pesada cortina, sobre el parqué, dormir glotonamente, sin recelo, arrullado por un lejano tamtan que
en ninguna parte suena. Al amanecer, después de utilizar el más
próximo de los lavabos, bajar una o dos plantas, detenerse ante una
pintura (de grandes dimensiones preferiblemente) y esperar a que
el primer grupo de visitantes me absorba, me conduzca algunos
metros en el anonimato y me deposite en los aledaños de alguna salida propicia. ¿Cómo, aun siendo enemigo de todo lugar inmóvil,
resistirse, en horas de desánimo o de pesimismo, a la llamada de esa
morada de reposo? Por otra parte, al no estar muy dotado para la
comprensión de la pintura, pocas incitaciones pueden distraerme
de la alerta permanente en que el intruso, hasta el de sueño más pesado, pasa sus noches. A cambio, también una desventaja: la fantasmagoría.

En un hotel siempre algo suena, rechina, alienta (incluso en la
propia habitación), timbrea. No es rara una premonición acústica
—o aromática— del peligro que se avecina. Hasta si uno, al acostarse, abraza a una bella asesinada, dispone de una alarma suficiente
para no dudar de la conveniencia de huir. En cierto modo, el ajetreo, la selva de la incertidumbre, la inadvertibilidad, la indetermi-
nación, nos facilitan la conciencia de estar vivos. Por el contrario,
un único olor —eso sí, anonadante— rezuma el museo. Y un silencio sin fisuras, esa clase de silencio que hace retumbantes los lati-
dos de nuestras vísceras, la corriente de nuestra sangre, el aire, cu-

ya salida regulamos en los pulmones como Eolo las ubres de los hu-racanes. ¿Por qué, cuando el hombre ha conseguido ya enlatar la música, no se programan —desde el ocaso hasta el alba— mecani-zados conciertos en confortables auditorios? Quizá la música, co-mo los trenes, como los hoteles, no sea susceptible de esa congela-ción de los colores y de la piedra esculpida —salvo la que ha sido izada a cielo abierto—; quizá —todo lo referente al museo me obli-ga a meditar— dos potencias compatibles rigen la vida y el ser hu-mano, con su torpeza de incipiente escolar, ha creído conocer ex-clusivamente una de esas dos familias de artificios. Sea como sea, con los años, principalmente después de mi macabra noche nup-cial en la habitación 239, la sala de arte primitivo fue convirtiéndo-se en mi más expeditiva alcoba. Hasta la última ocasión que en ella pernocté.

¿Noche? Sí, pero ninguno de los fenómenos, que, pertenecien-do a ambas esferas, coordinan el sueño con la realidad, me avisó de que amanecía. Mi última mirada, antes de que mis sentidos se trans-formasen en esas branquias que posibilitan surcar las líquidas at-mósferas de Enypnion, había sido para un sol procazmente amari-llo, destellando sobre unas dunas, y la lanza clavada en la arena, como el primer reloj que midiese el tiempo del desierto. El cuadro me era conocido, porque su insolente sencillez me permitía anali-zarlo, incluso deleitarme en el elemental juego de los colores, que patentizaban, simultáneamente, la impericia y el talento de su autor. Al despertar, había cambiado la luz de ese astro artesano. Y es que su modelo, abalanzando luminosidad por el hueco de una ventana, de la sala de arte primitivo, incendiaba de matices la granulienta superficie, corregía la impotencia del pintor y, con esa impudicia de lo natural, privaba de sentido al paisaje de dunas. Disminuido yo también, tardé en comprender. De pronto, me puse en pie, corrí alrededor de la sala, escapé por un pasillo, atisbé por una lucerna, descendí a la planta inmediata, anduve girando sobre mí mismo, quizá grité. Era pleno día y el museo estaba vacío.

¿Clausurado por vacaciones? ¿A causa de una huelga de los empleados? Existen situaciones específicas que invalidan todas las justificaciones razonables, en igual medida que la razón rechaza, cuando domina ella, las leyes de la sinrazón. Repito, nunca me han gustado los museos, pero nunca tampoco me había encontrado atrapado en un museo vacío y la primera sensación —lo aseguro—, que nos estremece, es la certidumbre de que la ciudad ha desaparecido. Algo en el estilo de la isla desierta y, sin embargo, absolutamente asfixiante. Mi primera decisión —puede que todavía transcurriese la mañana, ese tiempo para las decisiones— fue negarme a regresar a la sala de arte primitivo. En la confluencia de ambos astros sobre las dunas y la lanza enhiesta intuía yo la explicación de la soledad del museo. Ahora subrepticiamente, más como un prisionero en un intento de fuga que como un cazador furtivo, recorrí varias salas y galerías, desmesuradas, fijadas en un enigma apacible, desprovistas de aquel embriagante aroma habitual. He de confesar que una exaltación, impropia de mis achaques y de mi edad, me dominaba, un vértigo de prepotencia, que coexistía con el asombro, la incomodidad, el miedo. La verdad, sólo miraba al suelo.

Cuando penetré en la gran galería de los maestros, alcé la vista. Quizá fuese mediodía. Uno u otro sol habría absorbido a su contrario y la luz chorreaba no sobre las telas, sino sobre la frágil trama que ella misma babeaba. Mis ojos no alcanzaron a divisar los extremos de la gran galería. Sobre mi cabeza, la cristalera abovedada refulgía cruelmente. Me apoyé contra un muro. En el inmenso territorio persistía aquel remedo de eternidad, aquella nada de un sarcasmo mortífero. Y, paulatinamente, un suspiro se propagó.

Las figuras comenzaron a desprenderse de las superficies colo-readas. En silencio, desde los cuadros más altos a los más bajos, descolgándose, toda imagen de ser vivo recuperó ese movimiento que, en alguna época lejana, debió de tener, y, en muy poco tiempo, los huecos en blanco infectaban, como una lepra —diseminados en los paisajes, absolutos en los retratos—, aquellas composiciones seculares. ¿Recuerda alguien la manera viscosa en que una figura abandona el cuadro y se desplaza por el espacio tridimensional? Ante todo, sucede que las diferencias de perspectiva provocan una aberrante diversidad de tamaños. Y, luego, ese lentísimo y constante desplazamiento, sin rozar el pavimento, circulando incesantemente, originando la gesticulación. Entre ellos —monarcas, caballos ena-nos, superlativos perros, mínimas damas, desbordantes carnes de odaliscas, arrugados campesinos, ranas, hileras de soldados, ciervos y jabalíes, rodantes manzanas, diosas, faunos trotones, ¡centauros!, alcabaleros, una sirvienta entregando una carta a una rubicunda a la espineta—, menos amenazantes que en su plana existencia de las superficies, pero intimidatorios y sagaces, entre aquella muchedum-bre silente, esperé horas y horas —temiendo siempre un roce, una ca-ricia— la inevitable aparición de ella, yerta sobre las tinieblas. Olía a telas ajadas, a cueros, a metales enmohecidos, a esos andrajos de la púrpura y del damasco, que únicamente el hedor de los animales anu-laba, a veces. Aplastado contra el muro, aguardando incesantemen-te la proximidad de una mano —o de una garra—, aspirando el bre-ve viento que las alas de las águilas movían, oraba por una repentina caída de la luz que los aniquilase, por el buen sueño, por esa aparición de un cadáver —no apareció— que los dispersase, cuando ante mí, colgado de la pared, se detenían, me contemplaban, sonreían como necios, parecían susurrar la satisfacción —o el regocijo— que les cau-saba aquella quieta figura de un anciano de ojos silvestres e insomnes.

Mientras (de nuevo en el mundo de las ratas insaciables) giran las ruedas sobre los carriles, mientras este tren me conduce a una ciudad desconocida (y acongojadamente confío que no sea, una vez más, la ciudad del museo), en tanto voy royendo un mendrugo, me pregunto por cuáles grietas del tiempo logra siempre el pasado infiltrarse, para desbaratarnos, y sueño que duermo y duermo y duermo, sin más cuidado que no despertar.

Nunca más viajaremos a las islas

Ya no había isla para dormir en toda la vieja tierra, ni amigos ni mujeres para acompañarse.

JUAN CARLOS ONETTI

Una combinación de largojuán, Wolfgang Amadeus y anti-
ciclón de las Azores, en dosis convenientemente desmesuradas, con un fondo de vaporosa promesa de felicidad
nocturna, y ¿qué mejor Eldorado?, ¿qué más incitante carrera de
Indias?, digo yo, ¿qué mayor dádiva para un tipo cuya diferencia
del cerdo —si alguna había— radicaba sólo en la higiene moral del
marrano? Por lo que troté a encoloniarme. (Hora: las de la tarde
mediada.)

Un doble roce de mejilla sobre mejilla, unos segundos de mutua
contemplación, motivada más por histrionismo que por la necesidad de reconocimiento, y en ruta a la habitación adjudicada, car-
gando el pobre cerdo con maleta, maletín y bolso de viaje, mientras
ya Adminículo abría ventanas, se asomaba al espejo, husmeaba el
rancio polvo, acariciaba la colcha e interrumpía su parloteo, porque el puerco maletero le estaba anunciando:

—Bueno —le anuncié—, tendremos algún que otro invitado.
—¿La sabia piernilarga? —quiso cerciorarse Adminículo, y lo

preguntó como distraída por la súbita preocupación de quien no recuerda si incluyó en el equipaje su mejor vestido.

—No, ésa no —le aclaré generosamente—. En todo caso, cenaremos sin etiqueta alguna.

—¿Y si no es ésa…?

—Quizá sea ésa —concedí—. Reconoce que no puede resultarme fácil dirigir tus pensamientos.

—Ahí te dolió —disparó, rauda, Adminículo.

Quien, vuelta a la máscara de su ser, deshacía maletas, correteaba, se adueñaba de los espacios, mientras yo salía, más diligente de lo normal, a infundir el té y estructurar la *pâtisserie*. (Hora: la del té un poco anticipado.)

(Hora: la de la *agonía* del crepúsculo.)

—He oído comentar —recomentó Viernes— que se encrespó de tal manera el cotarro que nunca más volveremos a las islas.

—Mira, sabia —le recordé—, y eso que tú nunca estuviste.

—Abandona esos posos de alcohol y cenizas, que te ponen amarilla la memoria, y recuerda cuando llegamos.

—Llegué de noche. Llovía. ¡Qué gente tan poco apercibida para esperar bajo la lluvia! Mis piernas, y fíjate que aún no me había afectado aquel aire de barro, se pusieron a temblar, como se tiembla antes, unos instantes antes de comenzar a temblar.

—¿Las piernas?

—Y las otras vísceras. Luego aspiré y, desde entonces, tanto me metí aquello en las glándulas nasales, que huelo siempre que quiero.

—Quiere.

Olí. Viernes se levantó y vino a comprobar que no hacía yo trampa. Cumplida la inspección, se diría que satisfecha, se apartó un trecho, pero no se tendió de nuevo, probablemente para que pareciese un discurso, sin pistolas, su discurso; que fue el siguiente:

Viernes (con convicción): ¡Volveremos!

—Viajaremos, se dice. Pero no, aunque volvamos.

Precavida, Adminículo, de túnica alba, clausuró la persianería. Para que no oyesen los grillos; fundamentalmente, por si, de verdad, nos escapábamos antes de la cena a las islas.

—Islas de Juan Fernández… —entonó, zarzuelera, casi desmadrada ya, y el porcino de mí, a aquellas horas, no había sugerido todavía que nos quedásemos de náufragos.

—¿Sería mucho pedir que la una a la otra le ayudase a extender los manteles?

—Bebed, hermosos, bebed —nos indujo, anafórica, Adminículo, que, entre paréntesis, disfrutaba de un ánimo soterradamente isleño—. Y mentid lo que no tuvisteis tiempo de mentir en las últimas dos horas con tanto insular el ambiente.

—Te está pidiendo un boca a boca —dijo con la suya Viernes.

—Ni en sueño —replicó Adminículo, abusando de su fonemática persuasión de gruesos labiazos.

—Rica, cuando te pones de tierra adentro… ¿Quieres seguir tú, terrorista de pacotilla? —inquirió de mí, que, olvidado de mis torpes designios, seguir era lo único que anhelaba—. Íbamos por descripción de las islas.

—Gracias. A todos, en alguna ocasión difícil, nos purificó el cuatro de tecla y ripieno del como von tapia. Pues bien, las islas, que casi no tienen norte, se aclaran a levante con esa desbordada belleza del otro tres, la trompa de concertino.

—Del niñito sujeto a las faldas de papá Leopoldo —aclaró Viernes.

Adminículo, dispuesta a toda función, sin excluir la eficacia, voló a resucitar el mentado 447 (o 495, o 417, o 412) del kolosal katálogo del keñor K. y encallamos, a la escucha, ¡ké karajo y kómo no!, si éramos los dos únicos continentales auténticos de aquel tríptico improvisado (por mi parte, desde hacía tres semanas), Viernes tal cual que en su patria, que lo era, y Adminículo, cuando la repercibí a la altura de los más sabios fraseos intermedios, a punto de lágrima contenida, sigilosísima, como quien, habiendo hecho rodar la armonía, se ha sentado en el borde del butacón con el borde de las nalgas y llora como una comemierda la nación que no supo conservar como mujer, por esa isleta de la que no se habla, a la que se integra, por la que no se firma, en la que no se goza, y encima Adminículo (realmente, es que se cuenta y no se cree), hija (hija, no nieta) de dos congos, justificación de todo sollozo (sollozaba ya por los postreros surcos), pobre Admi, jamás tan esclava que en aquella instantánea por ella provocada, *rangée* en el borde de la Kultura y en el filo del butacón. (Hora: unos minutos antes del infierno.) Y Viernes, esquiando por la Moldavia.

—Al sur, como todo es sur, limita ilimitadamente con el archipiélago de las Ninfas.

—Ese rumbo lo tomó usted a trasmano, mi grumete —se carajeó Adminículo, más entonada con la noche a medida que ambas transcurrían—. Al sur, el archipiélago de la Desolación.

—Las Desoladas quedan más abajo, justo allá por el caminito, las hojas muertas y en plenas caderas de Carmen Miranda.

—¡Cómo se me conoce usted, mi almirante, la mar océana! —decidió vitorear Viernes, que adivinó mi necesidad de estímulo.

Así que, estimulado, propuse a mis damas:

—Chicas, habréis ya intuido el objeto de mi convocatoria, a pesar de vuestro recelo por el teatro de aficionados. No me neguéis vuestra complicidad, ahora que me llegó la edad de no volver a bajar el telón. ¿Aceptado?

Peor que el silencio, sus sonrisas. Peor que sus muecas risueñas, imaginar los futuros diez años, día a día, insomnio a insomnio. Peor que no poder imaginar lo que no existe es sentir lo que no puede imaginarse. Y lo sentía. (Hora: la del crepitar de las llamas.)

—Ni pareces bien nacido —logró arrancarse Adminículo—. Ya ni lo aparentas, cerdito desdentado.

—¿Y al oeste? —prosiguió Viernes, asiéndose a un madero.

—¿Dónde? —pregunté, momentáneamente por las estepas.

—En las islas.

—Al oeste, la libertad. ¿Sois capaces aún de recordarla? Esa conformidad de la piel con la armazón ósea, que denota la ausencia del miedo, aquel suplemento de virilidad y su correlato de descuido, aquella solemnidad jocosa, aquel agradecimiento cotidiano a los muertos por tardes semejantes, aquel crepúsculo de bombillas ciegas, aquella playa, aquella cervezota alcoholizada en la playa. ¡Madre!, nunca volveremos a interpretar una comedia tan bella. Y con tanta sinceridad.

—Por defender la libertad golfa.

—¿Yo? —preguntó Viernes, dándose por aludida.

—No —aclaró Adminículo, toda ella noche va y su túnica por luna.

—¿Las islas?

—Pero ¿de qué islas habláis vosotras, capitanas?

—Él…

—Acabáramos —exclamó Viernes, cuando Adminículo empezaba.

—… es la golfa; él, que defendió la libertad, después de haberla gozado y sin conocerla, y tanto se apresuró a defenderla que la estranguló. Como a mí —añadió, desdemónica.

—Yo a lo mejor estoy estorbando —pareció que había dicho Viernes, y es que lo había pensado tan alto que sonó.

—¡Eso es la libertad! —rugí—. Aquello que se extravía —definí, inspiradísimo— para no perderlo. Lo que se atesora para el siglo de mañana. No caigamos más en la tentación de existir, y, por eso, os ruego a vosotras, Viernes, Adminículo, islas mías, que aceptéis los papeles. Yo seré el director.

(Hora: de 5.10 a 6.20.)

Ni rastro del corrosivo perfume a caimán de Viernes, evaporada la fantasmal túnica de Adminículo, ese divino don de la suspensión emocional se licuaba en las botellas, en los acordes, derramaba los primeros ácidos del recuerdo (cuando las decisiones se confundieron con el futuro), anticipaba el primer sabor del desconsuelo. ¿Quién más desdichado que el desguarnecido de una malevolencia que los demás (las demás) han transmutado en necedad? ¿Quién más inerme que aquel (yo) que, confundiendo la nefasta clarividencia con la estrategia, olvida las órbitas de las mentes ajenas, cataloga un eclipse como un maremoto? ¿Y qué desgracia más inabarcable cuando, además, suena la campanilla de la entrada, añadiendo al dolor la inoportunidad? Era el dueño del hotel.

Llegaron con escasa diferencia de tiempo y ambas con maletas que mordían ropas, suplicantes ambas de un techo, una hamaca, la mesa de billar, la yacija de la servidumbre, para convertirse simultáneamente, al comunicarles que el hotel estaba vacío, en dos altivas figuras, arrogantes y perentorias. Ninguna suite le pareció bastante a la una, tampoco a la otra; una y otra obligaron a abrir el bar, a calentar las cocinas, a desempolvar los horarios del ferrocarril y Mrs. Viernes puso en actividad la lavandería para remendar unos jirones, que únicamente usted pudo causarle. Ni en la semana de los conspiradores, ni cuando la convención de los bandoleros, ni siquiera en los días de los peregrinos a Katmandú, que hubimos de despiojar los divanes, nunca el hotel fue sometido a tanta prueba. Vencidas, al fin, por el sueño, antes de que pudiese registrar sus efectos (como usted, tartajoso pero concluyente, me había ordenado por teléfono), estallaron al unísono los timbres y, acto seguido, descendieron, hicieron descender sus equipajes, abonaron los gastos y, montando en el cabriolé, azuzaron al caballo, dormido aún, aquejado probablemente de peste caballar. Y ahora, señor, ¿qué hacer, dónde encontrarlas, cómo exponerse por estas nieblas del alba y en qué vehículo? Máxime, que está usted aún más derruido que cuando telefoneó a la medianoche.

—Inútilmente maquillado sólo.

El caballo pastaba en los rosales, liberado de la flexible carga del cabriolé, y Adminículo, boca abajo, y Viernes, boca arriba, dormían en la cochera sobre un tapiz de heno podrido. Entonces (8 h 45 m) supe, con esa desgana de los augurios sorpresivamente realizados, que mi designio se había cumplido. De modo que logré alcanzar la cama, desmoronarme y despertar ahora, cuando, con el sol en lo alto, el chasquido de las placas partidas contra las rótulas ha terminado de astillar mi sueño y me ha conducido —paso a paso, a causa de los grilletes— al desván, en el que ambas —tía y sobrina— tajan discos incesantemente, arrojan las dos mitades por el ventanuco al patio trasero y allí, rociando con licor el creciente erizo de baquelita embetunada, el dueño del hotel, a quien han encadenado por el tobillo a una columna, acondiciona la inminente pira de cadencias, largos, adagios, voces. ¿Quién es Viernes, quién Adminículo, de esas dos mujeres enturbantadas, embatadas, empantufladas, de esas dos idénticas furias, indistinguibles en su maníaca destrucción?

—Despertarán al señor, despertarán al señor, despertarán…
—se oye aullar en el patio.

Y lo cierto es que, aun soñoliento, desasosiega admitir que ayer mismo conjurase yo la presencia de esas dos arpías, que han tomado posesión de mi hogar y lo están limpiando de tierras prometidas, arenas espumosas, cadáveres de ébano, carátulas y palmeras, para erigir sobre la música incendiada y junto al mausoleo de la revolución (¿o de la soledad?) una nueva decoración para una vida nueva.

El día que Castellet descubrió
a los novísimos o las postrimerías

No un fin de semana regido por una concreta ocupación —u obsesión—, sino uno de esos fines de semana agusanados de cosmogonía y roídos por la abstracción era el futuro próximo que a J^0 se le presentaba. Pero también para J^4 (con quien J^0 creía haber hablado a media tarde) semejante aridez componía su programa vital. Y, desde luego, para J^s y su nueva chica —negra—, y para J^2, seres todos ellos (a la nueva chica de J^s, en verdad, J^0 apenas la conocía) se diría que condenados a arrastrarse los fines de semana por las fosas oceánicas de la esencia a la espera de sacar cabeza los lunes, si es que los lunes hay ciudadano capaz de emerger. Razón suficiente (la de la inmersión) para que J^0 hubiese optado por dejarse caer por allí, con la esperanza de que le servirían esa copa previa a la cena de cuando uno ha decidido —sigilosamente— no cenar.

—Explícamelo —pidió Miriam, mientras le preparaba whisky tal, que J^0, entre cuyas defensas no se contabilizaba la ingratitud, pensó que le explicaría hasta las heces de su personalidad—, porque yo no entiendo que se te pasen los cuatro primeros días de la semana preparándote para escribir durante los tres últimos días de la semana, y luego los tres últimos días de la semana reposando para poder escribir la semana siguiente.

—No es fácil de explicar, querida Miriam —contestó J⁰, honrado de naturaleza.

—Por ejemplo —ejemplificó Miriam, que no solía escuchar al prójimo—, ahí tienes a Jotacuatro que publica dos libros por año.

—O más —quiso precisar J⁰, pero permaneció silencioso, absorto en el cálculo, mediante el sistema métrico decimal, de la estremecedora distancia entre los coturnos de Miriam y el borde de su microfalda.

—O el mismo Jotaséis, con sus artículos, sus panfletos, sus guiones y sus poesías. Si es que hace poesías, que nunca recuerdo cuál de vosotros es el que las hace. No me mires las piernas hasta que venga algún otro.

J⁰ cerró mansamente los ojos y preguntó:

—¿A quién esperas?

—Espero que menos de diez, porque he preparado sólo cena para diez.

—¿Por qué te has molestado, mujer? —dijo, por el placer de oírse frases hechas, J⁰.

—Jotadós y Rufa han avisado, lo que quiere decir que seguro Jotacuatro, que no se separa últimamente de Jotadós y de Rufa. Y la Lola del Montseny. Y Jotadólares…

—Por cierto…

—… que es tan divino y luego me manda rosas, si se porta mal.

—… esa chica nueva de Jotadólares, la…

—Y Jotaocho, que se está enamorando de mí desde el martes. De menú, gachas cabreras y lubina *grillée*. De modo que ya lo sabes, por si no te gusta. Y déjame que vaya a maquillarme, que repugno.

Cuando J⁰ abrió los ojos, el salón estaba vacío. Más allá de la terraza, algo, que J⁰ clasificó, para no complicarse astronómicamente la velada, como el lucero vespertino, comenzaba a lucir, anunciando los encuentros, el pleno, las conversaciones encabalgadas, a la chica nueva de J^s, alguna riña o alguna pasión, presagiando las tinieblas y el consiguiente terror a los luceros del alba. J^0 se deleitó a sí mismo imaginándose con intrepidez suficiente para una huida, muy cobarde, a una tétrica sesión cinematográfica, adobada de cuantiosas y tétricas patatas fritas a la inglesa. Y entonces sonó el teléfono.

El timbre del teléfono obligó a Miriam a enjugarse las lágrimas por el procedimiento de tragárselas. Miriam, que ninguna necesidad experimentaba de embadurnarse el rostro, había abandonado a J^0 en el salón y se había retirado a su *boudoir* con el fin de sollozar un rato en soledad, antes de que los Jotas y las chicas invadiesen el apartamento, aquel cuartel general (o, según hora y demás circunstancias, cuartel de invierno, balneario, cenobio, restaurante, gabinete psiquiátrico), que era su casa, ya que ella recibía bien y, respecto a las chicas, a ninguna les provocaba mayor inquietud o rivalidad por su probada celeridad en cambiar de amante. Llorando, pues, ante el espejo y a ojos desorbitados, con complacencia y también con el presentimiento de que la noche que se les venía encima no habría de ser normal, Miriam se tragó las lágrimas y acudió a la llamada.

J^0 se hallaba junto al chisme, como calculando en qué instante resultaría discreto levantar el auricular. Cuando Miriam descolgó, sonó el carillón y, conforme le participaba la telefonista que conferencia de París, le ordenó ella a J^0 que fuese abriendo la puerta.

—Pero ¿quién de París? —preguntó, remolón, J^0.

—Parece que Georges Dupont —informó Miriam, cuyo ceño fruncido denotaba esa concentración mental de quien se dispone a arrancar en lengua foránea—. ¡Ah, hola, Paulette!, ¿cómo andáis por ahí?

El carillón insistió.

—Pásamela, que quiero hablar con ella —solicitó J^0.

—Bien… Bien… Estupendamente… ¡Oh…! Espero que no sea grave… —Miriam, sin tapar la rejilla del auricular, preguntó a J^0—: *Veux-tu ouvrir, espèce de salaud?!*

Al retumbar el tercer carillonazo, J^0 dio entrada a Rufa, a J^2 y a J^4, a los que en el mismo vestíbulo informó de que Miriam parlamentaba, en madrileño, con Paulette Dupont y sobre asuntos de extrema gravedad.

—Eso es que ha decidido abandonar a Georges —dictaminó J^4, especialista en hecatombes conyugales.

—Hijo, quién lo diría… —dijo Rufa, precipitándose hacia el salón.

—Tú, bonita, ni preocuparte, ¿entiendes?… Ni la más mínima preocupación… Aquí nos tienes a nosotros… Espera que encuentre el bolígrafo y tome nota…

—Telefonea desde París —creyó conveniente J^2 aclarar a J^0, en el momento en que volvía a sonar el carillón de la puerta.

—En francés, que te será más cómodo… Tú, cielo, dímelo en francés…

J^0 aunque sin chaleco de mayordomo, abandonó el salón, recorrió el pasillo, atravesó el vestíbulo y abrió a J^8, que penetró vestido por entero de tejidos manchesterianos e interesándose por la anfitriona.

—Está hablando con Paulette, que se ha separado de Georges Dupont y llega en el tren de la mañana.

—La iré a esperar yo, que soy el único que tiene un coche presentable —anunció J^8, camino del salón.

Desde el umbral, antes de regresar al vestíbulo, donde campanilleaba de nuevo el carillón, J^0 vislumbró a Miriam, rodeada de sus invitados y anotando la hora de llegada de Paulette.

La Lola del Montseny, toda de azul, se despojó de sus pieles azules, de sus guantes azules y de su bolso azul, y, fijando sus azules ojos en los azabachados y diminutos de J^0, le exigió audiencia inmediata.

—Es que Miriam está hablando con Paulette Du…

—Escucha, plumífero, no estoy dispuesta a tenerme que ir yo sola a las tantas y que no me arranque el motor y a pelearme con todos los ligones borrachos del barrio, y que me tenga que defender un sereno, y luego acostarme de día sobria, caliente y asqueada. Así que a las doce en punto dejas el vaso, te encuentres como te encuentres, y me llevas a mi casa.

—De acuerdo, Cenicienta —asintió J^0, impaciente por regresar al salón.

Donde la Lola del Montseny preguntó, al pisar la primera alfombra persa, con quién hablaba Miriam, justo en el momento en que pasaba a usufructuar J^8 el auricular y Rufa, J^2 y J^4 se arremolinaban en torno a Miriam, para leer la pregunta que la tal había anotado, en traducción castellana, y que, después de que J^2, Rufa, J^4 y la Lola del Montseny hubiesen conferenciado sucesiva y pajereramente con Paulette, J^0 pudo leer y rezaba así:

«¿Qué día descubrió Castellet a los novísimos?».

—No lo sé —dijo J^0.

Y estuvo a punto de preguntárselo, nada más abrir (puesto que había vuelto a tañer el carillón), a quien suponía J^8 y su chica negra, pero que resultó ser una anciana, con una pamela impropia de su edad, en busca de una timba con fines benéficos. J^0, tras haber ayudado a la vieja a encontrar la puerta del garito, expulsó del vestíbulo, donde ya se había colado, a una gata, frágil y morena. Cuando, por fin, logró recuperar su whisky, el salón hervía de decisiones.

—Pero ¿se han separado o se han reconciliado? —preguntaba

la Lola del Montseny, rememorando quizá coqueteos del último verano con Georges Dupont.

—¡¿Separado?! —gritó Miriam—. ¡¿Separado, y son la pareja más unida que conocemos?!

—Eso no es mucho decir, hija —masculló la Lola del Montseny, acoquinada.

—Siempre he mantenido que, en todas las partes del mundo, lo que buscan es idiotizar a las criaturas —dictaminó J^2, sin perdonar ocasión de subvertir oralmente la institución—. ¿Quiere alguien aclararme qué pretenden planteándole semejante pregunta a una niña de cinco años?

—De cuatro —rectificó Rufa—. Pero valiente niña…

Un silencio espeso, aprovechado para reponer líquidos, se abatió sobre los allí reunidos. Desde la terraza llegó, con un soplo de brisa, un olor a noche incipiente. Rufa y J^2 habían decidido acurrucarse en brazos la una del otro, lo que hacía avanzar el tiempo a una hora, que no era, y a unas cantidades, que nadie había aún consumido. J^8 suspiró y el aroma de noche temprana fue sustituido por un penetrante hedor a lavanda y a brezos. El silencio, pensó J^0, comenzaba a ser de novela de las Brontë.

—Peor sería —dijo J^0— que la niña de los Dupont quisiese ser Emily Brontë.

—Mira qué majo —arguyó la Lola del Montseny—. Y mucho más horrendo si intentase ser Gabriela Mistral.

—Estoy seguro —afirmó J^4, famoso por su incertidumbre inveterada— que esa literaria criatura, que acabará con toda su familia de seguir así, es la pura reencarnación de doña Emilia Pardo, una de las hembras que a mí más miedo me ha dado siempre.

—Ya empezamos… —empezó Rufa—. Escucha, Jotacuatro, deja en paz a las antepasadas y tengamos nosotros también la fiesta machista en paz. Más catastrófico es su hermano La Foudre. La niña Dupont lo que quiere es ser Gustave Flaubert y sólo Gustave Flaubert. Y ahí está el meollo del conflicto y la cruz que llevan encima Georges y Paulette, porque no hay duda que Gustave Flaubert era un reprimido, un cantamañanas y una desdicha.

—Sea como sea, debemos averiguar qué día fue ése y telefonearles.

—Exacto, Jotadós —dijo Miriam—. Paulette me lo ha pedido y yo me he comprometido a que, antes de que la pequeña entre mañana en el colegio, nosotros averiguaremos qué día descubrió a los novísimos Castellet. Para eso —añadió Miriam, repentinamente atemorizada por la magnitud de su compromiso— sois todos escritores.

—Ahora veremos cómo sales de ésta —se regodeó la Lola del Montseny, dando fin a una ginebra con leche templada.

—Todos nos hemos responsabilizado —dijo Miriam—. Todos.

—Yo no.

—Tú, Jotacero, también. ¿O es que serías capaz de dejar a los Dupont en la estacada?

—Que lo miren en el Larousse.

—Ya lo han mirado y no viene.

—Pues veremos, veremos, cómo sales de ésta —remachó la Lola del Montseny, a quien Miriam en faldita sumía en el abismo de la histeria—. Una cosa es agenciarles una criada extremeña a los Dupont y otra resolverle los embrollos científicos a su hija.

—Eso es verdad —dijo J^4.

—Eso es una pamema. —Rufa, desprendiéndose ilesa de los brazos de J^2, corrió hacia unas estanterías, rebosantes de cerámicas—. ¿Dónde están los libros?

—Los he quitado —murmuró Miriam.

—Pero ¿dónde los has puesto?

—¡Ay, Rufa, no lo sé! Los he quitado, porque en un salón con libros todo el mundo termina por levantarse a hojear libros y bastante tengo yo con recoger vajilla, copas y ceniceros por las mañanas para, encima, tener que colocar todos los libros que habéis desordenado por la noche. Además, me deprimen; vivir entre libros es vivir entre nichos.

—O sea, que se los has vendido al trapero.

—Da lo mismo —pasteleó J⁴—. Jotadólares lo sabrá.

—Por cierto —comentó J⁰—, hace tiempo que no se ve a esa chica coloreada que Jotadólares exhibe en sociedad.

—Los he puesto en el cuarto de los trastos.

—Ven conmigo, Jotacero —mandó, coquetuela y sargentaza, Rufa.

—En el diccionario de la Academia no lo van a encontrar —pronosticó J⁸ al abandonar Rufa y J⁰ el salón— porque la última edición es anterior a lo de los novísimos y, además, el de la Academia no se ocupa de esos asuntos.

—Tendrían que hacer uno un poco enciclopédico y un poco consuetudinario —propuso J⁴—. Tú, Jotaocho, que te codeas con tanto personaje influyente, deberías sugerirles que lo hiciesen y en fascículos encuadernables.

—Yo he oído —comunicó la Lola del Montseny— que en la Academia hay un fichero o algo así, secreto, pero que muy secretísimo, donde está todo el mundo fichado. Quizá ahí venga lo de ese día que necesita averiguar la niña Dupont.

—Lo único que puedo recordar de ese condenado día es que llovió mucho —matizó J⁸.

—¿Quién te ha contado a ti lo del fichero secreto, rica? —preguntó Miriam hacia el espacio nimbado de azul, que ocupaban la

Lola del Montseny, sus azulados pechos y sus prominentes pómulos azules.

—¿Llovió?

—Me enteré la tarde de la recepción de doña María Moliner para que te enteres tú, hermosa —respondió adecuadamente la Lola del Montseny—. Lo tienen en una cámara acorazada, en los sótanos.

—¿Queréis dejarnos hablar a nosotros? —preguntó J^2—. No recuerdo que lloviese.

—Yo, sí —dijo J^4.

—Te das cuenta, ¿eh? —dijo J^8—. Llovía torrencialmente, como el día de la muerte de Carlos Riba, que parecía el fin del mundo.

—El día del fin del mundo no llovió —dijo J^2—, fue el día del diluvio universal.

—Pues llovía —insistió J^8— y nosotros estábamos tan felices, como solíamos estar por aquellos años, que daba gusto…

—¡Cómo nos solazábamos…! —añoró J^4—. Ni nos dábamos cuenta de en qué país vivíamos…

—… y era una auténtica delicia, todo era delicioso, hasta la censura aquella tan censuradora, y te repito, Jotadós, llovía, pero seguimos debajo de los toldos y alguien vino y dijo que la radio acababa de revelar que Castellet había descubierto unos novísimos, los primeros.

—Sinceramente —confesó J^2—, no puedo recordar que aquel día lloviese. Y me extraña que la radio diese la noticia. No es el tipo de noticias que daba la radio en aquella época.

Sin que nadie hubiera advertido su llegada, como caídos del Olimpo, aparecieron en el salón, precedidos por J^0, que sonreía enconadamente, $J^\$$ y Adminículo. J^0, después de servirle una copa a

Adminículo, hubo de salir a la terraza a respirar. Allí, suspirante, recibió J⁰ la compañía de Miriam.

—¿Sigue buscando ésa?

—Sí, Rufa sigue buscando.

—A ésa le encanta revolver las casas ajenas.

—Mujer… Hay que averiguar en qué fecha fueron descubiertos los novísimos. Rufa lo hace de buena fe.

—No seas pánfilo, Jotacero.

—Trato de no serlo, Miriam, pero es dificilísimo.

—Ya lo entiendo, no creas. ¿Tanto te gusta, cuitado, esa conquista despampanante?

—Más que tú.

—Es mucha mujer para ti, Jotacero.

—¿Por qué la tiene que llevar a todas partes?

—Para que sufras, cariño. Pero yo que tú no sufriría.

—Se dice pronto, Miriam querida… La veo y quisiera que Jotadólares se muriese.

—Se morirá.

—Gracias, guapa.

—Cuando queráis cenar, lo decís y preparo las gachas.

Dentro, en el volumen de luz y humo al que Miriam había retornado, se oía a Jˢ corroborar las hipótesis de la Lola del Montseny referentes al fichero. En el futuro, si ahora no lo confiaba a la memoria y anotaba los datos pertinentes, J⁰ escribiría el relato —a modo de apólogo— de los acontecimientos de aquella noche, que finalizarían con la chica de Jˢ y él al fin solos. Y para entonces J⁰ estaba seguro de que sabría describir el terciopelo suavísimo de la piel de Adminículo, siempre unida a la suya —en la ficción—. A J⁰, mientras tanto, le sabía la boca a caña de azúcar, pero como si tuviese la caña atravesada en la garganta. La risa de Rufa sonó a cristalería rota y la voz de J^s, en el laberinto de las otras voces repentinamente jubilosas, convocaba a J^0 a la empresa común.

—Querido Jotacero, debemos organizarnos o esa niña entrará mañana en el liceo sin los deberes hechos —expuso J^s, mientras Adminículo, trazando pequeños círculos con la cerilla, humaba un habano—. Han resultado inútiles nuestros esfuerzos. Algunos recuerdan que llovía y que fue aquélla una jornada preñada de acontecimientos, que entonces nos parecieron nimios, pero que, con el tiempo, se adveraron decisivos —con sus enjundiosos labiazos en morrito, húmedos y succionadores, Adminículo prendía el habano—. Nuestra Lola del Montseny pretende hacernos creer que uno de los novísimos forcejeó salazmente con ella y ya no recuerda más. Rufa cree recordar que Jotacuatro estaba ebrio, lo cual no es mucho —Adminículo le pasó el habano encendido a J^s—, y nuestra particular Milena…

—Miriam me llamo —dijo Miriam— y no Milena, coñe.

—A propósito —propuso J^2—, ¿alguien sabe el teléfono de Max Brod?

—¿Qué necedad se te ha ocurrido ahora? —preguntó J^s.

—Por si hay precedentes. La literatura, como la burocracia, es una cuestión de precedentes.

—Y nuestra particular Felice —prosiguió J^s, tan parsimonioso como inmune a las interrupciones— insiste en que nos encontrábamos fuera de la ciudad cuando, a saber en qué laboratorio o en qué praderío, los novísimos fueron hallados por vez primera. Mientras tú jadeabas en la terraza, hemos consultado la parva bibliografía de que se dispone en esta casa y hemos realizado varias llamadas de consulta. Nadie sabe nada y, lo que me alarma más, a nadie parece importarle un carajo la investigación. No obstante, hemos conseguido comprobar que, efectivamente, en la Academia se custodian documentos secretos y alguien de la Escuela Meridional nos ha sugerido, *grosso modo*, el Archivo de Indias. Jotacinco, Jotanueve y la Ramera Ilustrada se han movilizado con innegable entusiasmo. Como también hay que cenar, se acordó…

—Has acordado tú —puntualizó la Lola del Montseny.

—… que Jotadós y Jotaocho emprenderán enseguida el asalto a la Academia, provistos de sopletes oxiacetilénicos para la apertura de la cámara acorazada. Simultáneamente y previa reserva de los pasajes, Miriam, Jotacuatro y yo volaremos a la ciudad del archivo, donde ya ha empezado a examinar infolios una patrulla de la Escuela Meridional. Rufa, la Lola del Montseny y Adminículo permanecerán aquí con la doble misión de controlar las comunicaciones y operar, llegado el caso, como fuerzas de refresco. Tú harás la cena. Por tanto, ¡en marcha!

—Pido la palabra.

—No nos entretengas, Jotacero.

—Una previa cautela de procedimiento, Jotadólares. Miriam, ¿trasladaste correctamente y exclusivamente en sus términos la pregunta escolar?

Con ejemplar hostilidad, le amonestó Miriam:

—Tú limítate a no olvidar la composición del menú.

—Gachas y lubina —recordó J^0—. Por si se alarga lo del asalto, ¿no os convendría llevar una cantimplora con whisky?

—¡Meritísima ocurrencia! —aplaudió J^2, corriendo a avituallarse.

—Amores míos, considerad que aquí quedamos nosotras pendientes de vuestra suerte —proclamó la Lola del Montseny, sin ceñirse en una enseña ni blandir antorcha—. Ahora, eso sí, tampoco nos tengáis toda la noche con el teléfono en vilo.

—Vosotras, tranquilas —la sosegó J^s—. El asunto se muestra endemoniadamente complicado, algo del estilo de averiguar el día en que uno ha de acabar y ser juzgado. Pero cumpliremos la misión y que se nos tenga en cuenta.

—Jotadós, corazón —dijo Rufa, arremetiendo hacia los brazos de su amado, con riesgo de derramar la cantimplora en la que éste cataba las provisiones—, sólo te pido una cosa: ¡cuídate mucho!

Por fin, la doble columna salió de estampida en dos viajes de ascensor; Rufa opinó que era llegada la ocasión de retornar los libros a las estanterías y J⁰, ocupando la cocina, cambió su jersey por un mandil y se dispuso a freír unos huevos y unas morcillas.

—En el teléfono una voz de hombre derrengado pregunta por Epifania y que cuándo van a terminar. ¿Tienes tú algo que ver con semejante complicación?

—Pregúntale si doña Epifania salió con pamela en la cabeza y, de ser afirmativa la respuesta, que no se impaciente, que aún queda partida.

—Hijo, Jotacero —se maravilló la Lola del Montseny—, lo sabes todo.

Sin embargo, J⁰ se sentía sumamente idiota, enfermo de intemperancia y víctima de esa irritación depresiva que es característica de la impotencia o de la convicción de la propia e irremediable estupidez. Había ya logrado encender una llama de gas y, fascinado por el colorido del invento, decidió apagar los tubos fluorescentes, sentarse en un taburete y extraviarse por los monótonos lodazales de su imaginación. Tal recogimiento duró poco, puesto que, injuriándole a causa de las tinieblas, e iluminando impúdicamente el recinto, llegó Rufa a participarle que J⁸, desde una cabina pública, notificaba haber sido quebrantadas las defensas del caserón académico. Que qué le parecía. J⁰ confesó que le parecía de perlas y que no tardarían las morcillas. No obstante, se entretuvo en hacer nada, salvo ir ingiriendo algunos tragos, y al aparecer Rufa de nuevo, se sobresaltó. Los de la ciudad del Archivo de Indias, después de aterrizar en tal lugar, microfilmaban pergaminos y, aunque la felicidad que rezumaban impedía oírlos con claridad, ella —Rufa— opinaba que algo, algo decisivo, habían hallado. Antes de que Rufa regresase al puesto de comunicaciones, apareció la Lola del Montseny, inquiriendo, en primer término, a qué se debía que J⁰ estuviese en mandil y con una sartén en la mano; segundo, a quién pertenecía una gata que maullaba en la terraza, y, por último, que J⁹ había telefoneado para decir que ni Castellet, ni Benveniste, ni siquiera don Marcelino Menéndez, habían descubierto a los novísimos, que a los novísimos todavía no les había descubierto nadie.

—Jotanueve es un trotsko y un abusivo —determinó Rufa.

—Pues bien simpático que resulta... —replicó la Lola del Montseny.

—Te resultará simpático a ti, la Lola del Montseny, porque es un macho, aunque yo creo que no mucho, pero no tiene ningún derecho a sabotear el esfuerzo de tantas personas soltando carajadas.

—Hija, Rufa, contigo no hay quien dialogue.

—Conmigo, maja, de lo más fácil, con tal de que no se me cite a ese santanderino, que es que no lo resisto.

—¿De quién hablas? —preguntó la Lola del Montseny, azul y bellísima.

—De don Marcelino Menéndez —aclaró, compasivo, Jotacero.

—No me suena de nada que fuese de Santander. Bueno, Jotacero, que vengas tú a echar a la gata, que a Adminículo y a mí nos dan terror las gatas, porque luego siempre están en celo o esperando y son peligrosísimas.

—¡¡Ni lo intentes!! —bramó Rufa.

—Pues o la gata o yo.

—No hace nada —contemporizó J⁰—. Y, además, no puede estar en celo, teniendo en cuenta que esta noche no hay luna.

—Faltaría más… Animalito…, una gata catalana más digna de respeto que alguien que yo conozco… Como se entere Miriam, que la tutela, no vuelves a pisar esta casa la Lola del Montseny.

Rufa abandonó la cocina y la Lola del Montseny, aparentemente abatida, se sentó en el borde de una mesa. J⁰, desde el taburete, colocó la sartén en el fregadero y una mano en las azules rodillas a su alcance.

—Esto de las literaturas únicamente trae disgustos y rencillas.

—Sí, bonita, eso trae.

—Mira tú qué noche nos está dando la flaubertiana niña Dupont, cuando podíamos seguir todos juntos, aburriéndonos tan ricamente. A ti, Jotacero, que eres un ángel, ¿no te parece que tengo razón?

—Que te sobra, linda.

—Bueno, eso me lo dices ahora, porque mis rodillas te gustan de delirio.

—De delirio.

—Pero no me trates como mujer objeto, Jotacero.

—Jamás, la Lola del Montseny, cometería yo esa descortesía.

—Por favor te lo pido, Jotacero, que no sabéis vosotros, cuando me tratáis de mujer objeto, cuánto objeto me siento.

—Me lo imagino.

—Se me quita hasta el sueño y es como si tuviesen que sacarme brillo. Tú Jotacero, engañas, porque pareces pacífico.

—Un poco bobo.

—Desde luego, guapo. ¿Qué les autoriza a dejarte en la cocina, solísimo, mientras ellos se largan por ahí a corrérsela? No pases de las rodillas. Bobo perdido, desde luego.

—Jotadólares es un tanto mandón, ya sabes.

—Yo, te lo aseguro, porque no me interesa salir, que una se lo tiene muy vivido lo de quemar la noche de tugurio en tugurio y de cenáculo en cenáculo, pero a mí tenía que haberme dejado en la cocina…

—Tú, la Lola del Montseny, eres distinta.

—No creas, yo también soy un poquitín pacífica, Jotacero.

—¡Qué va…! Listísima eres tú, la Lola del Montseny.

—Cuando tú lo afirmas, Jotacero… ¡Ay, qué nochecita…!

—¡Un cable! —anunció Rufa—. Que el almirante trampeó y que arribarán inmediatamente.

J⁰ retiró sus manos de las azules colinas en que sesteaban, recuperó la sartén y escoltó a sus visitantes hasta el pasillo, desde donde se oía repiquetear el teléfono con frenesí. Luego apagó el gas. Las manos le olían a playa una mañana de sol, y con dinero. Poco a poco, J⁰, mientras se adormilaba, iba siendo muy desventurado, desmesuradamente funesto, hasta el punto de que decidió poner la cabeza bajo el grifo y mudarse al salón, en parte porque comenzaba a resultar obsceno permanecer allí al acecho de la chica de J$, en parte porque le perturbaba que en la última hora ninguna de ellas hubiese traído noticias.

Con arreglo al elemental sistema de dejar una única lámpara encendida, habían conseguido una penumbra escalofriante. Rufa en un diván, las otras dos en unos butacones, parecían dormidas. J⁰ observó muy de cerca sus rostros relajados y se demoró sobre el de la chica de J$, hasta que aquella noche inmensa a la que se asomaba le provocó vértigo. Sentado en la alfombra, escuchó el ritmo alterno de las tres respiraciones y, de pronto, se descubrió dudando si en veinticuatro horas sólo habría sido capaz Castellet de descubrir a los novísimos. La memoria se le modelaba en elásticas formas y oía, en la memoria, voces agudas, endecasílabos informulados, conceptos que fueron ideas, un rumor peculiar, olvidado desde que vivió en el seno materno, y que no era sino el rumor de la sangre fluyendo por las venas del vientre de su madre. La chica de J^s estaba descalza y J^0, arrastrándose por la alfombra, se llegó a depositar en el reverso de los dedos de su pie derecho un beso casi invisible. Se sintió mejor, con renovados bríos para seguir buceando en sus recuerdos y en provecho de la pequeña Dupont (que un día sería mujer y disfrutaría de unas rodillas tan parabólicas como las de la Lola del Montseny, excepto que cumpliese su vocación de ser Gustave Flaubert). Algo, más que alguien, se movió en la penumbra. J^0, temblando, descubrió (eran como dos luciérnagas) que los ojos de la chica de J^s le observaban. Y, a continuación, la gata catalana saltó y se enroscó sobre la alfombra. J^0 acarició el negro pelo de la gata y, después, le dio a oler su vaso de whisky. Brilló un efímero resplandor y J^0 comprendió que eran los dientes de la chica, que quizá había sonreído.

—Parece una gata sabia —susurró J^0—. De poder decir lo que sabe, no tendría yo que estar adivinando cuándo fui novísimo, si es que lo fui alguna vez.

Adminículo se levantó del butacón y la columna de tinieblas, que era su cuerpo visto desde la alfombra, se desplazó hacia una de las botellas. Luego, acuclillada, más cerca de J^0 que de la gata, vertió en un platillo un chorrito de whisky y permaneció a la espera. La gata bufó y —J^0 lo habría jurado— escupió en el vaso de J^0; a lentos pasos rodeó el platillo y, con ávidas lengüetadas, sorbió hasta la última gota. Adminículo, ahora con absoluta evidencia, sonrió, J^0 se puso en pie y la gata, tras una frenética danza acrobática de mueble en mueble, rompió dos cerámicas y desapareció por la terraza.

—Y encima entiende usted de felinos —se admiró J⁰.

Pero la vociferante sirena telefónica, en unos segundos, iluminó la habitación, despertó a las durmientes, expulsó a Adminículo y, en palabras de J⁵, participó a la retaguardia que regresaban indemnes y victoriosos, todos, incluida la Ramera Ilustrada.

—Si quieres —propuso J⁰, nada más desaparecer Rufa a embellecerse— te acompaño a tu casa.

—¡¡¿Ahora?!! —rugió la Lola del Montseny—. ¡¿Precisamente ahora?! Jamás aprenderás, Jotacero, con esa birria de carácter pusilánime.

—Lo decía por lo de los fantasmas borrachos que te acosan.

—Cerdo.

—La Lola del Montseny, tú misma…

Pero J⁰, abandonado por la última de las centinelas, se encontró dueño —para nada— del salón, aprendiendo en propia carne cuán poco sirve que nos gusten los seres a quienes no queremos, o infiernos de la incomunicabilidad, que así proyectaba, de acordarse, expresarlo en su próximo libro. Ni la gata. Por lo que, al sonar el teléfono, J⁰ huyó a la carrera hasta la cocina, donde Adminículo abría latas, surtía bandejas, lustraba vasos y, haciendo la tercera voz, salmodiaba el himno de acción de gracias, que desde distintas habitaciones entonaban la Lola del Montseny y Rufa.

J⁰ se refugió en el lavadero cubierto y allí, asfixiado por los aromas bestiales que en tal cubil se evaporaban, fue oyendo la llegada progresiva de los investigadores del archivo, de los asaltantes de la Academia y de la tropa de refuerzo, a saber: la Ramera Ilustrada, J⁵ y J⁹, todos los cuales ocho recién venidos eran aclamados por las tres damas con las que J⁰ —y sólo ahora percibía la inanidad de su noche— había pasado la noche.

No por un especial o curioso fenómeno acústico, sino por la

simple potencia de las voces, J^0 quedó informado de las triunfales consecuencias de ambas expediciones. En el fondo de la banda sonora crujían papeles de seda, puesto que los expedicionarios habían traído regalos como botín, al tiempo que ya se templaban un par de guitarras y las primeras castañuelas ensayaban sus repiqueteos. J^0, sacando fuerzas de ansiedad, abandonó el lavadero y se guareció tras unas cortinas en el dormitorio de Miriam.

De los trofeos obtenidos, el más valioso, en estimación de la Ramera Ilustrada, era un codicilo dictado en la agonía por un pirata normando, quien atestiguaba la frecuencia y sencillez con que en aquellos siglos se atravesaba el Atlántico (por motivos de incompatibilidad con las justicias europeas, mayormente), antes de que el almirante determinase tirar de la manta haciéndose el encontradizo, el sorprendido y el descubridor. Rufa apostilló que ella había sospechado ya en párvulos que —genoveses o no— de los hombres puede esperarse cualquier jactancia.

J^2 y J^8 habían copiado la lista de futuros académicos, que, convenientemente descifrada en el taxi de regreso, proporcionó la grata nueva de incluir entre los inminentes inmortales a J^4 (por grafómano, supuso J^0) y el morrocotudo portento de contar, entre los escribanos con méritos, a la Lola del Montseny (J^0 creyó desvanecerse). Sobre el bullicio prevalecía el persistente aullido de la que ya se daba por electa y recibida. Y en el instante en que J^2 se ofrecía a J^4 para escribirle el discurso de ingreso a cambio de su voto, J^0 vio penetrar en el dormitorio a la dueña del mismo, quien llegaba desvistiéndose y acabó en puro desnudo, casi acorde con lo que fue auténtico desvanecimiento de J^0.

Cuando despertó, J^0 estaba tendido en un diván del salón y el paladar le sabía a azahar y a hiel. Sobre una de las mesas, Miriam, en bata de cola, taconeaba alguna especialidad flamenca. El resto de la jarana palmeaba descompasadamente, bailaba, libaba, jipiaba o, en forma de Rufa, se acercaba a la yacija y, apartándose un manojo de claveles reventones de la frente, se interesaba por la salud del indispuesto.

—Mejorando —suspiró J⁰.

—Hijo, qué susto nos has dado…

—El que me he llevado yo, Rufa.

—Miriam jura que ella no intentó hacerte nada.

—Por eso mismo. Lo estamos pasando bien, ¿verdad, Rufa?

—De convulsión, Jotacero. ¿Te sentaría otra copita de coñac?

—Quizá. Enseguida me levanto y os entono unas livianas.

—Olé, Jotacero.

—Espera, Rufa. ¿Averiguaron, por fin, qué día descubrió Castellet a los novísimos?

J⁰ no sólo no captó la respuesta de Rufa, sino que, arrastrado por la vorágine, formó corro, en cuyo mágico centro Adminículo rumbeaba, alborotada y mimbreña, fuliginosa a no pedir más, mientras Jˢ, de corifeo, y de bongoseros, los restantes Jotas aullaban a lo dantesco:

> «*Chi siete voi che contro al cieco fiume*
> *fuggita avete la pregione etterna?*»
> *diss'el, movendo quelle oneste piume.*
> «*Chi v'ha guidati, o che vi fu lucerna,*
> *uscendo fuor della profonda notte*
> *che sempre nera fa la valle inferna?*»

Temiendo otra lipotimia, J⁰ se escabulló y, desde el teléfono de la cocina, esperó pacientemente a que alguien se despertase *chez* Dupont.

—*Qu'est-ce qui répond?* —preguntó J⁰, cuando un ronquido respondió.

—*Je suis la bonne, monsieur.*

—¡Ah!, Venus Carolina Paula, disculpa que no te haya reconocido. Yo soy el señorito Jotacero. Me he atrevido a despertarte, porque se trata de algo ineludible. ¿Conoces el sitio donde guarda la pequeña sus deberes escolares?

—Sí, claro, en el cabás.

—Pues saca del cabás el cuaderno de deberes y léeme qué pregunta le han puesto para la clase de literatura clásica, o moderna, da lo mismo. ¿Lo sabrás encontrar?

—Señorito —recriminó Venus Carolina Paula—, que París la ha espabilado mucho a una…

—Rápido, que está amaneciendo.

—Por aquí, aún no. Voy en un noveas y vuelvo, ¿eh?

Un silencio repentino se desbordó desde el salón y J⁰ sintió que levitaba.

—Señorito…

—Dime, Venus Carolina Paula.

—Viene en francés la pregunta. Usted, señorito, ¿entiende el francés?

—Despacito, sí.

Con acento pacense, Venus Carolina Paula silabeó.

—*Dans quel petit castel de la Catalogne ont-ils été amenés les monacalistes?*

—¿Seguro, Venus Carolina Paula? ¿Seguro que ésa es la pregunta?

—Segurísimo de toda seguridad, señorito, que una conoce lo que se trae entre manos desde que sirve a una familia como ésta. Y, además, no hace falta que se agiten ustedes, que la niña ya escribió la contestación.

—Pero… Pero es una pregunta de geografía eclesiástica…

—Y tanto… ¿No sabe usted, señorito Jotacero, que a la niña le tienen prohibida la literatura por su manía de ser Gustave Flaubert? Corderita mía, ahora lleva un mes que se encuentra como más mejoradita mi pequeña. ¿Manda usted otra cosa? Pues a seguir durmiendo. Y dele mis saludos a la señorita Rufa. Y a doña Miriam también, que se las recuerda.

—De tu parte, Venus Carolina Paula.

Al entrar J^0 en el salón, encontró una epidemia de actitudes expectantes. Determinó encender un habano y sobrecargar la tensión ambiental, pero un impulso de sus vísceras le forzó a mentir, en consideración a una turbia fraternidad.

—Fue el catorce de febrero de…

—¿Llovía?

J^0 asintió solemnemente en silencio, cerrando los ojos para mayor sacralización, de modo tal que no vio cómo se le venía encima y, cuando abrió los ojos J^0, Adminículo ya le había besado y se incorporaba al resucitado jolgorio, lo que, en principio, entristeció a J^0, ya que un beso a ciegas y sin aviso da lo mismo que proceda de la persona amada que de la Lola del Montseny, meditación que, transmutada en materia literaria, calculó en dos párrafos exiguos, o sea, media cuartilla. Pero o bien un maullido en la terraza o unas ganas de vivir escandalosas o una clarividente desgana artística (o quizá los tres fenómenos, porque en ese instante los tres se conjuntaron en una sensación de alivio) transformaron a J^0 en un tipo que está contento y que se une a unos tipos que están contentos, descuidados de apólogos y de milesios, y algo consciente de que la noche alguna vez tendría que consumarse y, con o sin novísimos, llegar el día en el cual todos se encontrarían definitivamente tranquilos y muy sedentarios, pero que mucho.

Mucho cuento

De veras

De las dieciocho piezas que componen *Mucho cuento* (o quizá no tanto cuento, o demasiado, nunca se sabe) dos son inéditas, diez fueron publicadas en el diario *El País*, y las restantes, en *Revista Hiperión*, *Revista de Occidente*, *Estaciones*, *Hombre de Hoy*, en el catálogo (*Otros abanicos*) de una exposición, en una antología de Josefina Rodríguez Aldecoa (*Los niños de la guerra*) para Ediciones Anaya y dentro de una colección (*Textos tímidos* —aunque no lo sean—) de Ediciones Almarabú, todo ello entre los años 1978 y 1986.

Se han ordenado, en parte, con arreglo a un criterio no tanto temático como de obsesiones y, en parte, por orden cronológico, reglas metodológicas ambas tan congruentemente caprichosas como la invención narrativa exige. Los textos éditos han sido purificados de errores y de alguna manipulación que en su día sufrieron, a la vez que clarificados más que repulidos, por lo que puede decirse que se trata de una edición corregida y aumentada, ya que no, al tratarse de cuentos, de textos veraces.

Y así se hace constar como advertencia a eruditos y a los amantes de la verdad monda, improbables lectores, las dos especies, de estas páginas.

Gigantes de la música

A veces salía de la bañera y se sentaba al piano. Había convertido el cuarto de baño pequeño en su refugio privado y sólo las noches en que el bombardeo duraba más de lo habitual se decidía a bajar al sótano. Con arreglo a cálculos de balística (que inventaba conforme los explicaba, igual que inventó la mitología ramplona sobre la que asentó su vida), el cuarto de baño pequeño era la única habitación de la casa a la que no podía alcanzar ningún proyectil. En consecuencia, hasta que a principios del 39 se pasó por unas alcantarillas de la Moncloa, el tío Juan Gabriel soportó toda la guerra dentro de la bañera, salvo cuando salía a recorrer los pasillos, para hacer piernas, y a veces, para hacer dedos, se sentaba al piano.

En contraste con la casa de la abuela, en aquel caserón de la tía abuela Dominica, densamente poblado de solteros y criadas, imperaba el silencio a lo largo del día, excepto durante las concurridas comidas y cenas. Pero, inopinadamente, la música llenaba las habitaciones y durante unos minutos cesaba la actividad de las mujeres.

—Eso es de la *Tosca* —decía la tía abuela Dominica.

—A mí me parece, señora, que es *El lago de Como* —opinaba Balbina, de rodillas, con la bayeta chorreante entre las manos.

—Juan Gabriel, ¿qué es eso que estás tocando?

—Mendelssohn, madre.

—Ya se lo decía yo, señora —subrayaba Balbina, que no perdía ocasión de contradecir a la tía abuela para dejar claro que ella, en aquella casa, estaba prestada hasta que su verdadera señora (mi madre) volviese del otro lado.

Y los tres nos quedábamos en el umbral del cuarto de dibujo escuchando. Al rato, la tía abuela retornaba a su ajetreo, advirtiendo doblemente:

—Juan Gabriel, acuérdate que tienes muchos temas que repasar. Que no se te vayan las horas en músicas. Y tú, Balbina, a tus obligaciones.

Balbina aún tardaba un poco en volver a doblarse sobre los baldosines. Yo entraba en el cuarto de dibujo, trepaba al taburete del tío Honorio y asistía al recital hasta que, inopinadamente, como había empezado, acababa.

Aquellas primeras audiciones junto al piano debieron de tener lugar en las semanas de la sarna, la única temporada durante la guerra civil que yo viví en casa de la tía abuela Dominica y de los tíos. Más concretamente, ya en la convalecencia, cuando no tenía que permanecer encerrado día y noche en el cuarto trastero.

Sin embargo, más que la imagen de la tía abuela, de Balbina y de mí mismo en el umbral del cuarto de dibujo, conservo, en las galerías de la memoria acústica, la música del piano al otro extremo de la casa. Y reconstruyendo unas ocasiones que así tuvieron que suceder, me veo encaramado en unos baúles tras el vidrio fijo del montante, en el fondo de la casa, absorto en el recodo del pasillo (mi obsesivo panorama desde el montante) y, como el que percibe que ha despertado mientras aún creía dormir, atento a aquellos sonidos que insensiblemente habían suplantado al silencio. Así y allí tuve por vez primera conciencia de la música, en el lazareto del cuarto de los trastos, con el cuerpo embadurnado de pomada y enfermo de soledad.

Pero aquella música lejana, hasta cuando llegaba a conmoverme o a intrigarme, me producía una sensación de extrañeza, que los años se encargarían de convertir en la convicción de que nunca la música dejaría de serme ajena. Sobre todo, incluso sobre la irresistible atracción que ejercía, la música, la distanciadora música, habría de originarme, también pronto, un sentimiento de enemistad.

—Está celebrando las últimas noticias del frente de Aragón —me susurró una mañana la abuela, mientras ella y Balbina me bañaban.

—Seguro, señora. No hay más que oír lo que toca —corroboró Balbina en tono clandestino.

En los primeros días de mi traslado a casa de la tía abuela Dominica, la abuela se presentaba todas las mañanas e, incluso, algunas tardes acompañada de Riánsares, hasta que, alegando que sus cuidados me enternecían, le prohibieron que viniese a verme.

El tío Juan Gabriel cedía el cuarto de baño pequeño hacia el mediodía y, una vez terminados el baño y la untura, Balbina prendía con alcohol un fuego casi invisible en la bañera; luego, reponía en su interior la colchoneta, el almohadón de terciopelo granate, la tabla de la plancha en funciones de mesa de estudio, los tomos del Castán, los códigos, las revistas atrevidas, el cuarterón de picadura, librillo de papel de fumar, mechero, lápices y cucurucho de semillas de girasol, la impedimenta, en resumen, de un opositor a notarías.

—Alguna han hecho en el Ebro o donde el moro perdió el tambor, porque ya le está dando otra vez a los himnos —decía, de pronto, Balbina con aquella voz apesadumbrada, que imitaba de la abuela.

En efecto, la casa vibraba con las heroicidades musicales de un tío Juan Gabriel enardecido por las últimas noticias propaladas por la quinta columna. En aquella familia se aseguraba que el verano del treinta y ocho sería el último verano de la guerra y, aunque yo me empecinaba en no creerles, escuchando la pompa patriótica que el tío Juan Gabriel arrancaba del piano, el odio me hacía temblar.

—Ojalá le oigan los vecinos y avisen a los milicianos.

—No te hagas ilusiones con la vecindad de esta casa, mi niño, que son todos carcas. Hay que reconocer, eso sí, que suena bonito.

—Y Balbina, apretando la esponja contra mi vientre, se quedaba inmóvil, tarareando maquinalmente la infamia que nos llegaba del cuarto de dibujo.

Años después, siempre en el cuarto de dibujo del tío Honorio, descubriría yo la música de cámara. Sería ya en los veranos de la posguerra, de estudiante que se ha quedado para septiembre y al que han dejado sin vacaciones en casa de la tía abuela, cuando, al terminar la sobremesa, abandonaba el comedor en compañía de los virtuosos. Para entonces al piano del tío Juan Gabriel se le habían unido el violín de Mucius Scaevola y la flauta travesera (o el clarinete, más según los días que según las partituras) de Justiniano.

Llegaban juntos, a los postres, recién terminado el parte en la radio. Sobre la banca arcón del recibidor dejaban los estuches de los instrumentos. Entraban en el comedor respetuosamente, lamentando día a día la intrusión. Con un saludo ceremonioso a la tía abuela y otro descuidadamente generalizado para los caballeros sentados en torno a la mesa oval, proponían esperar a Juan Gabriel en la cocina. La tía abuela, que al único varón que permitía merodear por las zonas del servicio era a mí, les invitaba a tomar asiento y les ofrecía un vaso de vino. Ocupaban las dos sillas pegadas a la pared, una a cada lado de la puerta del comedor, declinaban el vino con un gesto de compungido agradecimiento, como de quien nunca lo ha probado, y esperaban a que terminase la cotidiana discusión entre los hermanos. Si la tía abuela Dominica les preguntaba por la preparación de los temas, contestaban, impasibles, que estaban a punto de darle la quinta vuelta al programa. Nunca, por espesa y violenta que se pusiese la discusión entre mis tíos, intervenían; nunca mostraban impaciencia. Nunca nadie percibió sus miradas tenaces al frutero.

A Mucius Scaevola y a Justiniano la familia de Juan Gabriel les parecía una familia señorial; quizá porque la tía abuela Dominica exigía sentarse a la mesa con americana y con corbata; quizá por los ennegrecidos cuadros y los goyescos tapices que agobiaban paredes y puertas; sin duda, por el tío Javier, dos años menor que el tío Juan Gabriel y ya magistrado, héroe de la jurisprudencia combatiente en los despachos burgaleses durante los recientes tiempos en que Burgos había sido la capital de la patria, luego espía de va y viene en el frente de la Universitaria y, en aquellos días, doctrinario en activo del régimen. Este conglomerado de blasones mantenía a Mucius Scaevola y a Justiniano con las rodillas unidas y sobre las rodillas las manos hasta que se llegaba a las heces de la última botella de vino o la tía abuela, todavía con fuerzas entonces para silenciar a la jauría de sus hijos, daba por terminadas las holganzas de la sobremesa.

Durase lo que durase la espera ritual, en cuanto el tío Juan Gabriel se ponía en pie me precipitaba yo a conseguir el permiso de la tía abuela y salía del comedor tras el trío. Al final del laberinto de pasillos y habitaciones, el mundo ya era otro. En mangas de camisa los cuatro, mientras ellos desenfundaban los instrumentos y abrían las partituras, liaba yo un cigarrillo y me acomodaba en el taburete del tío Honorio. La obra, programada diariamente a consecuencia de un vivo debate, terminaba por concertarse al segundo o tercer intento y normalmente se desarrollaba sin interrupciones, aunque raramente completa.

Algunas tardes Mucius Scaevola estaba quisquilloso y no perdonaba gazapo al piano, ni a la flauta (o al clarinete). Otras tardes, cuando la música sonaba con tal fluidez y verosimilitud que yo llegaba a olvidarme de sus intérpretes o éstos no parecían lo que eran, bien el tío Juan Gabriel, bien Justiniano, se desgajaban chirriantemente de la ejecución, alegando una fatiga o un tedio que les impedía continuar. En ocasiones, Mucius Scaevola emprendía un solo de violín, aunque no era infrecuente que accediese a acompañarles en la interpretación de las más famosas melodías de las operetas de moda. Incluso el tío y Justiniano cantaban, mimando en falsete al tenor, a la supervedette o al gatuno coro de vicetiples.

A la velada ponía término la aparición del tío Honorio, que fingía no percibir el sobresaltado abandono de mi cigarrillo en el cenicero y que, con cara de siesta aún, venía a recuperar su cuarto de trabajo. El trío recogía, con mi ayuda, el atrezo orquestal, el tío Juan Gabriel cerraba con llave el piano y, otra vez por los lúgubres pasillos y las penumbrosas habitaciones, regresábamos hacia el interior de la casa. En la sala de costura se despedían de la tía abuela y algunas tardes afortunadas, en las que coincidían la invitación de los opositores y el consentimiento de la tía abuela Dominica, se me autorizaba a que les acompañase a estudiar en casa de Justiniano.

Horas después era frecuente que, en una pausa de fatiga o de repentina repugnancia, me asombrase de que aquellos tres hombres, en cuya compañía venía trajinando de café en café y de billar en billar, fuesen los mismos que aquella misma tarde, ensimismados y tenaces, habían interpretado a Bach o a Schubert, a Schumann o a Granados, y que ahora, después de encargarme comunicar por teléfono a la tía abuela que cenábamos un bocadillo para proseguir estudiando, acosaban a una tendera o pretendían acostarse gratuitamente con un desecho de la ramería del barrio. Mucho después, cargado yo con mi Salustio Alvarado y con el Castán del tío Juan Gabriel, rehuyendo al sereno para ahorrar la propina y ahítos de coñac, lográbamos abrir el portal y subíamos la escalera a trompicones, para separarnos en las tinieblas del recibidor.

Dada la condición de los habitantes de aquella casa, no resultaba insólito que, antes de alcanzar la guarida de la cama, me tropezase con alguno de mis tíos también de regreso o merodeando el cuarto de las criadas, o descubriese dormido sobre el tablero de dibujo y con el flexo encendido al tío Honorio, o que, al atravesar el dormitorio de la tía abuela para alcanzar la alcoba interior en que yo dormía, oyese una voz sonámbula que, llamándole por su nombre, preguntaba la hora al marido muerto hacía quince años. Por fin, y algunas noches sin fuerzas para desnudarme, caía en la cama y, de inmediato, se me iba el sueño y el coñac encendía una constelación de pensamientos fosforescentes, que no lograba controlar y que me sumían en una angustia desfallecida, en los remordimientos.

Pero también cuando la fortuna no me favorecía con un interminable peregrinaje de golfería garrapatera por la zona de la glorieta y, al terminar la velada musical, la tía abuela Dominica me mandaba a estudiar al despacho (única pieza del caserón que nadie utilizaba nunca), el insomnio se apoderaba de mí nada más tenderme en la cama y la fronda de pensamientos, azuzada por el calor de aquellas polvorientas noches de verano, ya que no por el coñac, me agotaba, me hundía en esas somnolencias que imitan engañosamente al sueño y, a pesar de que todavía no había vivido catorce años, me abrumaba de recuerdos. Todavía me consideraba a mí mismo fundamentalmente un niño y, sin embargo, tenía la sensación, por lo que había perdido y lo que había olvidado, de haber vivido mucho.

Cuánto había cambiado el mundo para mí desde el año de la victoria, sin avisar, sin detenerse… La abuela había muerto y había muerto Luisa. Mi madre había regresado y era distinta a la que yo había recordado durante la guerra. Habíamos recuperado a Balbina, Riánsares acababa de casarse y el abuelo vivía con nosotros en la casa de Argüelles, reconstruida aprovechando sus propios escombros. Según Silverio Abaitua, que continuaba en el antiguo barrio de los abuelos, la Concha trabajaba de dependienta y emputecía descaradamente. De Tano apenas tenía noticias y no me gustaba pensar en él, lo mismo que me enfurecía seguir deseando la carne de la Concha o igual que me negaba a admitir que la abuela hubiera muerto después de la derrota. A veces, sentía, sin poderlo remediar, que más dolorosa que la pérdida de la abuela era la pérdida de su casa, de aquella casa mía durante los años de la guerra y cuyo recuerdo me hacía extraño en cualquier otra.

El despacho se iba oscureciendo y, conforme la luz de la tarde desaparecía en los dos balcones del despacho, se iba gastando la mina del lápiz a fuerza de trazar rayas sobre el borrador de un cuadro sinóptico de los mamíferos ungulados. En octubre volvería al internado; algunos domingos iría a verme mi madre a las horas de visita; otros, me correspondería salir y mi padre me llevaría al Museo del Prado. Cualquier tarde de aquéllas, a poco que insistiese, el trío me dejaría entrar con ellos al prostíbulo de la calle San Marcos y, a poco dinero que les sobrase, me pagarían una mujer, cuyo cuerpo (más placer no podía imaginar) sería como el de la Concha o el de Balbina. Quizá, a pesar de lo que decían los tíos y de lo que decía la radio, la victoria sería para los Aliados, que vendrían a España a expulsar en menos de una semana a los curas y a los falangistas; quizá un día las calles de Madrid se volverían a llenar de pioneros desfilando, de iglesias ardiendo, de milicianas con mono ceñido a las nalgas y correaje, de libertad. Pero aquel futuro, imaginado para aliviar las horas de estudio de la pesadumbre del presente, a cada ensoñación perdía vigor, como la luz en los balcones, como el lápiz despuntado, como alguno de los pasajes musicales más reiterados por el violín, el piano y la flauta.

Diese la luz eléctrica o continuase en la penumbra proveniente de los faroles recién encendidos, me entretuviese o no en contar por su ruido los automóviles que pasaban por la calle, terminaba por rechazar todo recuerdo y todo proyecto, y me distraía reconstruyendo mentalmente la música que había oído aquella misma tarde o una tarde cualquiera. Intentaba escalar aquel himalaya de oídas, analizando mi ignorancia sobre un fenómeno que, en esencia, me resultaba incomprensible y sobre el que, en definitiva, no tenía más datos que las sensaciones que me provocaba, las excéntricas opiniones del tío Juan Gabriel y alguna noticia concreta, arrancada a Mucius Scaevola.

Apenas emprendida la ascensión, caía. Aún habrían de pasar muchos años para que, ocupadas algunas cimas, sólo divisase desde ellas la conocida llanura de mi sensibilidad exacerbada. Pero entonces, escapando de las complacencias sensibleras, creía yo que en las cumbres ocultas por las nubes habría de encontrar un alivio original y aún más reconfortante que el que me producían algunos de los cuadros del Prado y algunos de los libros que devoraba. Es más, resbalando por la primera estribación de aquel himalaya turbiamente intuido, me empeñaba en horadarlo, aplicando literalmente la metáfora de profundizar en el conocimiento, como quien horada una duna en busca de las entrañas de un volcán.

Y, de repente, durante alguno de aquellos veranos de la adolescencia maravillosamente miserable, creía haber alcanzado simultáneamente la cumbre y el corazón de la montaña. Había reconocido, por ejemplo, durante un concierto a la hora de la siesta una obra escuchada en épocas lejanísimas. En los días siguientes, a fuerza de insistir que aquello se lo había oído yo tocar al tío Juan Gabriel en el último verano de la guerra civil, conseguía que prestasen alguna atención a mis torpes canturreos.

—Muchacho —sentenciaba el tío Juan Gabriel—, tienes menos oreja que la *Victoria de Samotracia*.

—Vamos a ver —condescendía Justiniano—, ¿dónde le oíste tocar a tu tío eso que dices?

—Aquí mismo. En este mismo piano y en esta misma habitación. Cuando yo vivía en esta casa, por lo de la sarna. Lo juro. A finales del verano del treinta y ocho. Lo juro por mi madre.

—¿De qué sarna hablas? —preguntaba el tío Juan Gabriel.

—Pero en el verano del treinta y ocho hacía ya meses que tú, Juan Gabriel, te habías pasado a zona nacional… —dictaminaba Justiniano, dando por terminada la pesquisa.

—¿Puede ser esto? —Y Mucius Scaevola me dedicaba unos compases.

—No, no, Mucius, no es eso. Acuérdate, tío, que, mientras Balbina desinfectaba la bañera, tú te venías aquí a tocar el piano. Además, te pregunté entonces y tú dijiste que el compositor había sido un italiano golfo.

—Pues ahora sí que vaya usted a saber… —suspiraba Justiniano—. Por cierto, ¿quién era Balbina?

El tío Juan Gabriel le secreteaba unas palabras y Justiniano reía. El piano súbitamente se encanallaba y, con ademanes feminoides, entonaba Justiniano las voluptuosas sensaciones que acometen (después del baño) con el perfume de un cigarrillo. Más tarde, mientras la flauta y el piano caían en un silencio depresivo y Mucius Scaevola triscaba en el violín por paisajes instantáneos, yo iba recuperando ánimos para recobrar, mediante una música que cada vez me importaba menos, unos instantes de un verano remoto.

—Disculpa, Mucius.

—¿Qué, ya te vas acordando de algo más?

—No, todavía no. Pero ¿qué era lo que has tocado hace un rato para ver si era por casualidad lo del italiano golfo?

Mucius Scaevola interrumpía sus caprichosas divagaciones y, tras unos momentos de concentración, arrancaba impecablemente de nuevo, anunciándome:

—*La ritirata de Madrid*.

—Jamás he dicho —decía el tío Juan Gabriel, sustituyendo el ensimismamiento por su arraigada afición a las cominerías de la historia de la música— que Boccherini fuera un golfo. Todo lo contrario.

—Yo, la verdad, es que nunca consigo distinguir entre Boccherini, Donizetti, Cherubini y Scarlatti, que, encima, parece que era más de uno.

—Eso te pasa, Justiniano —aclaraba el tío Juan Gabriel—, porque Boccherini y Domenico y Scarlatti fueron, los dos, funcionarios de aquellos Borbones degenerados, en una España que dimitía de su esencial unidad y que se regodeaba en los localismos coloristas. Por cierto, ayer, o anteayer, decía en *Arriba* don Eugenio d'Ors que la música de alta calidad opta por la diversidad de la base nacionalista con la cauta discreción que en una mesa refinada utilízanse los aliños plebeyos.

—Coñe… Nunca se me había ocurrido.

—¿Estás seguro, Mucius, de que lo que estás tocando se llama *La ritirata de Madrid*?

Los ojos de Mucius Scaevola, cerrándose, asentían.

Durante las próximas semanas, en la soledad del despacho o en la oscuridad de la alcoba, renunciaba a la búsqueda del pasaje olvidado y, con la perfección de las interpretaciones mentales, me repetía hasta desfigurarlo aquel solemne himno de la derrota. Así se incorporaba y para siempre (como tantas otras imágenes inspiradas por la música) a mi iconografía mítica la imagen del ejército republicano atravesando los pirineos de la sierra de Guadarrama, para en su ladera norte dejar caer, ya en tierra francesa, las armas.

Ayudándome de la música para desfigurar unas ocasiones cuya realidad me dañaba demasiado, a las sensaciones de algo ajeno y enemigo que la música (hasta cuando me conmovía o me intrigaba) despertaba en mí desde que por primera vez la escuché en el cuarto de los trastos, se unía ahora la utilización de la música como un elemento compensador (tal que en el cine, pero estáticamente) de la confusión. En los equívocos diarios y crecientemente barrocos en los que intervenían irracionalmente los muslos de Balbina, las risas obscenas del piano y la flauta, la guerra, la muerte de la abuela, el olvido y la necesidad de venganza, la grandeza de *La ritirata* contribuía a arrancar del caos el cuadro de un ejército que se aleja por las calles en retirada hacia las montañas. Allí, al menos, en la falsedad, encontraba yo alivio y, lo que era más decisivo, una vez recreada por mí, me encontraba justificado para aceptar la derrota y, arrojando el lastre de mi vida anterior, autorizado para empezar a vivir exento de lo que hasta entonces había amado y defendido.

Comencé a comprender aquellas fatigas y aquellos hastíos que, repentinamente, obligaban al tío Juan Gabriel y a Justiniano (incluso a Mucius Scaevola) a pasar casi sin solución de continuidad de Brahms al fado *marchiña* de *La hechicera en palacio*. Y a comprender mucho más a Balbina, para quien la música se reducía exclusivamente a aquellas placas de setenta y ocho revoluciones por minuto que, en mis encierros del cuarto trastero, me había ofrecido como la única música útil, no como una coartada. Si aquel misterio se resolvía en su natural fugacidad ¿a qué conducía penetrarlo (o escalarlo), si no era nada? Salvo que mixtificase su ausencia de significados, los efectos sobre mi emotividad (a diferencia de la pintura y de la literatura) no habrían de ser muy distintos así escuchase *La ritirata* o, en el gramófono de la tía abuela, la serenata de *Molinos de viento* en la voz del barítono Ernesto Hervás. El secreto de la música residía en que era muda.

Sin embargo, a los pocos días dudaba ya de que el misterio de la música consistiese en que conocerlo o ignorarlo resultaba indiferente para quien la escuchaba. Y es que no quería arrojar fuera de mi vida ni a la abuela, ni a la derrota, sino aprender a vivir soportando la maraña de los recuerdos. *La ritirata* dejaba de ser el réquiem de los vencidos y se transformaba en la acompasada marcha de quienes han asumido la catástrofe y esperan un día regresar triunfantes. Bastaba variar la alternancia de los *crescendi* para que *La ritirata* sonase como una marcha triunfal, igual que bastaba con imaginar inmensas y rojas las banderas victoriosas del himno falangista para que su música sonase hermosísima, o simplemente bonita, como le sonaba a Balbina en plena guerra. Había, por lo tanto, que escalar (y horadar) aquel himalaya sabiendo que las rocas de sus laderas se sustentaban en el fango de las ilusorias utilidades o de la esperanza.

Debía reprimir la impaciencia y persistir tercamente en el conocimiento de aquel arte para el que no estaba dotado y que, obnubilándome, generaba, a mi pesar y como ningún otro arte, un deleznable sentimentalismo. Me empeñaba en imaginar que en algún momento la música (y no precisamente la que cantaba el barítono Hervás) me orientaría en el laberinto y que quizá el esfuerzo de comprenderla y la vergüenza que sentía al escucharla me recompensarían en el futuro con una sabiduría de rara embriaguez, como la que presentía que alcanzan los ajedrecistas o los toreros. Emprendí de nuevo la pesquisa erudita.

—No canses a tu tío Juan Gabriel que tiene mucho que estudiar.

—Pero, tía, si a él le descansa ponerse al piano…

—Sí, en eso tienes razón. Desde muy niño, sin que supiésemos por qué, Juan Gabriel fue muy filarmónico.

El tío condescendía a recordar en ayuda de mi memoria y ejecutaba fragmentos de su repertorio italiano. Pronto necesitaba variar, emprendía con tesón un vals de Chopin y, envalentonado, abría la partitura de *Hammerklavier*, esa sonata de Beethoven que nunca llegaría a someter, para acabar, como quien se despoja de una máscara, con una versión a ritmo de fox del vals de Chopin que había abierto el recital. Se levantaba del taburete, cerraba con llave la tapa del teclado y se marchaba a dormir la siesta.

Probablemente era agosto ya, porque el calor venía durando demasiado. Yo me adormilaba sobre el tablero de dibujo del tío Honorio, calculando cuánta tarde quedaba aún por transcurrir, cuánto verano aún hasta que mis padres, el abuelo y Balbina regresasen de San Sebastián, qué pocas semanas para volver al internado…

No era fácil en aquellos días conseguir que el tío Juan Gabriel tocase el piano después de la comida, ya que, sin Mucius Scaevola y sin Justiniano, se estaba aficionando a las siestas desmedidas. Mucius Scaevola debía acudir a las cinco al consultorio de venéreas donde le curaban una despiadada blenorragia, de cuyas curas no se recuperaba antes de las ocho, hora de encontrarse ya con Juan Gabriel para verle beber coñac. Justiniano había sufrido tal conmoción a causa de las purgaciones de Mucius Scaevola, transmitidas por la misma pupila a la que él había ocupado quince minutos antes, que había determinado abandonar las oposiciones, la música, las amistades y las mancebías, presa de una violenta vocación sacerdotal. Cuando le telefoneaban contestaba con jaculatorias y, según el tío Juan Gabriel, Mucius Scaevola le instaba a que con sus oraciones acelerase los efectos del permanganato contra el flujo de moco, aunque, según Mucius Scaevola, él se limitaba a recomendar a Justiniano prudencia laica, que se le estaba atiplando la voz.

Los denodados esfuerzos para avanzar en la *Hammerklavier* cesaron y mi estancia en el cuarto de dibujo ante el piano cerrado dejó de tener objeto. Nada más comer me instalaba en el despacho y, a cambio, la tía abuela Dominica me permitía salir a las ocho, en compañía del tío Juan Gabriel, si él accedía, o a dar un paseo solitario por las polvorientas calles, que el crepúsculo agobiaba de bochorno. Para sorpresa mía, comencé a sentir necesidad de escuchar música. Al comedor, tabernáculo del receptor de radio, estaba prohibida la entrada hasta el momento de la cena y, después de ésta, los mayores siempre elegían programas mostrencos. Mientras llegaba el sueño, imaginaba en la cama que sabía tocar el piano e interpretaba en mi propio beneficio impecables recitales, incluido Liszt al que ignoraban el tío y el trío.

Una cualquiera de aquellas tardes, infectadas de inquietud y de desgana, aparecí por la sala de costura de la tía Dominica, donde a su alrededor movían la aguja María, la costurera, las dos criadas que aún resistían los asaltos de mis tíos y todavía no habían sido despedidas, y doña Adelita, la viuda del cuarto piso. Conocedor de la etiqueta que regía aquella representación en cuadro vivo de *Las hilanderas*, saludé a doña Adelita y a María, respondí sobre el estado de mis estudios y me interesé por la salud de la viuda, solicité permiso de la tía abuela para acompañarlas y, concedido gustosamente, ocupé la histórica silla de campaña del tío Javier junto al abierto balcón. Por el balcón entraba a aquella hora la milagrosa sensación de frescura, que producía Fausto regando el jardín de la floristería. Olía a tierra mojada y removida, de vez en cuando se oía hablar a Fausto con su mujer, alguna de las mujeres suspiraba y María cada tanto se asombraba de la duración de las tardes de verano, que hacían innecesaria la luz eléctrica.

Sin previo aviso, alguna de ellas rompía el silencio y las demás comenzaban a hablar al unísono, en contrapunto, hasta que la tía abuela pedía formalidad y calmaba el guirigay. Para aquella época ya había superado yo los reparos de conciencia de sentirme atraído por doña Adelita, una señora de patente honestidad, como la hermana menor, según ellas decían, de la tía abuela, y que tenía no menos de cuarenta años. Sin apenas escuchar lo que chachareaban o, cuando cosían en silencio, defendiéndome con ojeadas al jardín de Fausto, componía una expresión de bobo y abandonaba la mirada en la carne cremosa de los brazos de doña Adelita, incluso en su rostro meticulosamente maquillado. A veces, mi mirada era capturada por la suya y ella, a su vez, me sonreía bobaliconamente. Las noches en que el recuerdo de la Concha o los proyectos para cuando Balbina regresase me asfixiaban, fabulaba intrincadas gorrinerías con una doña Adelita embravecida, lo que me producía una deliciosa sensación de culpabilidad y riesgo al encontrar la tarde siguiente a la doña Adelita real en la sala de costura.

Aunque así era denominada ordinariamente, la sala de costura, constituía, como la tía subrayaba en ocasiones, el gabinete de recibir a los íntimos de la tía abuela Dominica. En aquella habitación del fondo de la casa, medianera con el cuarto trastero, la tía abuela acumulaba comineros tesoros, entre los que destacaba, incrustado en un mueble de madera rojiza con un espacio compartimentado para los discos que se cerraba mediante una puerta de persiana, el gramófono. No en aquél, sino en otro de bocina arrumbado en el cuarto de los trastos, Balbina había aliviado mis soledades de niño sarnoso con tangos de Gardel, con el coro de las segadoras de «La rosa del azafrán», con toda la pequeña música previa a la música gigantesca e incomprensible, que habría de descubrirme el piano del tío Juan Gabriel. Únicamente, por lo tanto, tuve yo que aprovechar uno de los taciturnos silencios que ensombrecían la sala de costura para proponer:

—Tía Dominica, ¿les gustaría a ustedes que les pusiese unos discos?

La propuesta, apoyada jubilosamente por el servicio y con la anuencia condescendiente de doña Adelita, fue autorizada, bajo la condición de que limpiase con la gamuza cada placa antes y después de su audición, de que no desordenase el musiquero (como, impropiamente, según el tío Juan Gabriel, denominaba la tía abuela al mueble del gramófono), de que ninguna placa se guardase sin introducirla en su funda de papel y de que, por supuesto, cambiase la aguja cada cuatro o cinco composiciones.

—¿Qué le apetece oír a usted, doña Adelita?

—Huy, hijo, qué compromiso… Es muy cortés por tu parte, pero, la verdad, una lleva siglos sin escuchar música. Primero, por el luto, claro. Y luego, porque una se acostumbra a no oírla y ya no se lo pide el cuerpo.

—Pues tu Sergio, que Dios tenga en su gloria, bien que disfrutaba el pobre en el Retiro con los conciertos de la banda municipal.

Llamaba a la puerta algunos domingos y me decía: Dominica, avíate, que en diez minutos bajamos a recogerte Adelita y yo para llevarte al Retiro al concierto de la banda municipal. Y allá nos íbamos los tres y el pobre de tu Sergio, tan sensible como era, tan caballero, se pasaba todo el santo concierto escuchando a la banda. ¡Ay Señor!, qué domingos aquellos de la banda municipal...

Doña Adelita me miraba a los ojos con sus ojos repentinamente humedecidos. Yo sonreía angelicalmente.

—Anda, guapo, ya que me das a elegir a mí la pieza, pon «Las campanas de Saint Malo».

Así, en el intervalo blenorrágico de aquel verano, se hizo costumbre que, a la caída de la tarde, acudiese yo a la sala de costura y, a solicitud de las oyentes, manipulase en el gramófono un concierto de previsible factura. Con independencia de su calidad (como no era el caso con las novelas de Pereda o con *Jura de Fernando VII como príncipe de Asturias*, de Paret), aquella música podía llegar a provocarme idéntica (si no más) morbidez emocional que una sonatina romántica ejecutada por el trío y, en el peor de los casos, calmaba, al menos, mi necesidad de escuchar. Por añadidura, el aire limpio que subía del jardín de Fausto y las potentes piernas de doña Adelita, ceñidas por unas medias brillantes, contribuían a la pegajosa turbación de aquellos anocheceres.

—Pon ahora la romanza gitana de «Alma de Dios» —decidía la tía abuela Dominica y al instante sonaba la canción húngara de «Alma de Dios», cantada por el señor Sagi-Barba y coro, a cuyas respectivas intervenciones se sumaban en sordina las voces de doña Adelita y de la tía abuela.

—Ahora que diga María lo que vamos a oír.

—Lo del ruiseñor —ordenaba María sin titubeos y sin cesar de pespuntear velozmente, salvo en el tercio final del «Canto del ruiseñor, impresionado al natural», cuando levantaba el rostro de la camisa del tío Guillermo hacia la luminosidad dorada del bosque donde el ruiseñor trinaba sobre el ruido del fondo de los castigados surcos.

—Ay, señora, es que me da no sé qué... Lo que la señora mande.

—No me vengas con melindres, Patro, y dile al señorito qué pieza eliges.

—Pues, esa de «La reina del cine» —pedía Patro riendo alocadamente; y «La reina del cine», de Gilbert, sacudía las rancias paredes de la sala de costura.

—A mí estas modernidades, ¿qué quieres?, me suenan a música de negros.

—Con toda razón y fundamento, Dominica —apoyaba doña Adelita, mientras a la Patro se le iban los pies—. Oye, para cuando quiten la de romanos y leones, en el Bilbao tienen anunciada la de Merle Oberon.

—Y ¿cuándo escapo yo, Adelita, de esta esclavitud de hijos? Para cines estoy..., que sólo yo sé lo que daría por encontrarles en tales tiempos una buena camada de mujeres de su casa. Por Dios, ¡qué estridencia y qué barullo, Patro!

Pero a continuación la compañera de Patro (¿Teresa?, ¿Doro?) restauraba la música de blancos, solicitando «Ay, Benito», cuplé cantado por la Goya. Y así iban transcurriendo aquellas veladas hasta que era hora de preparar la cena. Las muchachas, al irse a la cocina, encendían la luz eléctrica y poco después María recogía la labor y la tía abuela salía a despedir a doña Adelita. Apagaba la luz y me quedaba aún en la sala de costura, acodado en el balcón sobre el jardín de Fausto, que olía más en la oscuridad de la noche y cuyo silencio me sosegaba, me devolvía a la apacible tristeza de vivir. Más tarde, la voz de Teresa (o de Patro o de Eulogia) me convocaba al comedor y, mientras la voz se preguntaba dónde estaría yo, por unos instantes me preguntaba yo lo mismo, regresando de los nocturnos de la memoria y los temores.

También las oyentes de la sala de costura terminaban por saciarse de música y, sobre las repetidas murgas que escuchábamos tarde tras tarde, brotaba espontáneamente el torrente de su charloteo entrecruzado, regido sólo por las asociaciones verbales. Cuando descubría que la música seguía sonando, alguna, por guardar un hipócrita respeto hacia las formas artísticas, me pedía que sustituyese la serenata de *Molinos de viento*, en la voz del sempiterno barítono Ernesto Hervás, por la voz de Ricardo Calvo declamando «Marcha triunfal», de Rubén Darío, o por las voces de Ricardo Calvo y Lola Velázquez en «¡Escríbame una carta, señor cura!», del siempre bien recibido Campoamor.

Yo suponía en aquellas cinco mujeres la misma inconfesada vergüenza (una especie de asombro escandalizado) que me producía una voz humana cantando. Sin embargo, apenas si me detenía a analizar aquel rechazo instintivo por el canto. Enardecido a mi vez por la sonoridad retumbante del recitador que había sucedido a las vocalizaciones del barítono, sospechaba que la música y la poesía (por accesible que ésta me hubiese parecido hasta entonces) eran, bajo diferencias engañosas, el mismo arte. La diferencia esencial es que una se me aparecía como una montaña inescalable e impenetrable, mientras la otra constituía mi secreta vocación y mi vergonzante oficio. Poco a poco, en los estertores de aquel verano (que fue quizá el del desembarco en Sicilia) o durante mis siguientes veranos de estudiantón contumazmente abocado a septiembre, la sospecha se fue haciendo certeza.

Fui reservando para los momentos de arrebatadora inspiración la creación poética sobre las rayadas hojas arrancadas de los cuadernos escolares. La idéntica naturaleza de la música y de la poesía me infligía dolorosísimas heridas, esa herida atroz (que, por mucho que vivamos, nunca cicatriza completamente) de descubrir que el mundo no es el lugar confortable que habíamos imaginado.

En el helado salón de estudio del internado, durante las sudorosas tardes en el despacho, cada vez me parecían más detestables, contrahechos y estúpidos (como el clarinete de Justiniano cuando, fatigado y aburrido, pasaba de Mozart al maestro Alonso) mis versos. Leía con mayor fruición los poemas que, hasta hacía poco, había creído fácilmente imitables. Me odiaba y odiaba la inaccesibilidad de la poesía. Cargado de ímpetu, con voluntad de artesano, me engañaba durante unas semanas. Inútilmente. Pronto (y tuviesen o no la misma naturaleza aquellas dos artes) me encontraba frente a un espejo, que reflejaba mi imagen peleando por conseguir un soneto y que congruentemente me devolvía la imagen del tío Juan Gabriel en lucha con la partitura de la *Hammerklavier*. Así, en un día de aquellos años destartalados y traslúcidos, renuncié, me resigné a la prosa.

Igual que veía reconstruir mi barrio con sus propios escombros, comenzaba a construir mi vida con los cascotes de las renuncias. Inerme y altanero, tanteando en la oscuridad y extraviándome el resplandor de las hogueras de las súbitas revelaciones, ninguna decisión duraba más de un mes, ningún descubrimiento conservaba su lozanía, ningún proyecto llegaba a realizarse. No obstante, el edificio se iba alzando, construido en su mayor parte (y yo lo sabía) con materiales de derribo. La formación de mi carácter (o de mi espíritu, como yo creía entonces) era independiente, por supuesto, de que la percibiese o no, pero fundamentalmente el proceso se desarrollaba sin que yo tuviese noticia verdadera de lo que estaba sucediendo fuera de mí.

¿Adiviné que la fuente de la poesía, que mi sed de vivir entonces dejaba seca, años después, aplacada aquella sed, se convertiría en una fuente inagotable y en cuyo sonido radicaría su finalidad? Ignoraba que muchas experiencias, que daba por conocidas y canceladas, habría de volverlas a conocer de nuevo, me parecerían otras, como irreconocibles me habrían de resultar mucho tiempo más tarde *La ritirata* o las *Sonatas para piano y violín de la opus 30*, de Beethoven, toda aquella música falseada por el trío de los opositores a notarías. Y es que, en aquel mundo desordenado y equívoco, mis ilusorias exigencias y mis erróneas atribuciones, contribuyendo a confundir aún más la realidad, me hacían vivir en balde.

Mucho tiempo habría de pasar también para que la figura del poeta perdiese la excepcionalidad sobrehumana que poseía en mi fantasmagórico universo. Por entonces, solía detenerme, nada más salir del portal de la tía abuela, ante el catedralicio portal de la casa de Manuel Machado. A pesar de que no sólo leía y memorizaba sus poemas sino que los sabía descifrar, pensaba que allí vivía un músico. Más tarde, cuando me viese obligado a burocratizar el mundo, Manuel Machado sería adecuadamente reclasificado en su gremio, incluso su figura paseando por los bulevares o la glorieta recuperaría la dimensión real, que entonces no tuvo. Con todo, después de arrancar las costras mitológicas, habría de perdurar incólume en mis recuerdos la gigantesca pomposidad de aquel portal, su enormidad, que reclamaba música de órgano.

Pero si la imaginación me ayudaba contra la realidad y su insidiosa prepotencia, el descuido me preservaba aún más de ella. Así como tardaría medio siglo en ver, de repente (después de haber recorrido en cientos de ocasiones esa calle), que la iglesia de Santa Cruz cierra la perspectiva de la calle de Hortaleza, habría de morir mi padre, luego el tío Javier, para que una avalancha de intuiciones, de ecos, de dispersas señales, me obligase a sospechar, de pronto, sobre la naturaleza de los tratos que mi padre había mantenido durante aquellas entrevistas nocturnas con un tío Javier que emergía en pleno Madrid republicano de las alcantarillas. Ya era tarde para reparar la inadvertencia que había durado lustros y únicamente podía yo, invirtiendo el reloj de arena, recurrir a la imaginación compulsiva de mi adolescencia para llenar afantasmadamente aquella página en blanco.

Otros acontecimientos tardaron menos años en revelarse y la tarea de rehabilitar la parte del edificio, construida por el descuido y derruida por la evidencia tardía, sólo comportaba, una vez más, la aceptación de haber vivido engañado por las apariencias. A ese rencor de la ingenuidad engañada ya me había habituado en los últimos veranos del bachillerato y, quizá aún más, en los siguientes, que continuaba pasándolos en casa de la tía abuela Dominica y en los que, además de con un concierto a la hora de la siesta, el trío me ilustraba con su ciencia jurídica de inminentes notarios.

Más o menos fue por entonces (pero ¿en qué año exactamente?) cuando los tres, con la contundente recomendación del tío Javier, sacaron plaza en una de las oposiciones patrióticas al imperio notarial. Instantáneamente abandonaron los instrumentos musicales, como desprendiéndose de la capa y la pandereta de la tuna para revestir la toga. Ya había terminado probablemente la guerra mundial o estaba a punto de ser bombardeada Hiroshima. Pero quizá fue un año más tarde o un año antes, en todo caso hacia aquella primavera en que mis padres salían todas las noches y Balbina, dichosamente inerte para mí, se preguntaba noche tras noche por el destino del tío Juan Gabriel.

Aunque durante el día me irritaba el amartelamiento de mis

padres, nada más retirarme a mi cuarto después de la cena auscultaba ansiosamente los ruidos de la casa a la espera de que, el abuelo instalado en su cama, Balbina cerrando los grifos de la cocina y mi madre entrando y saliendo del cuarto de baño, por fin partiesen mis padres. Abandonaba el libro precavidamente abierto y, refrenando mi impaciencia para darle tiempo a que se pusiese el camisón, atravesaba la casa en tinieblas y, al cabo de una eternidad, entraba en su dormitorio. En aquel tiempo ya no solía rechazar mi intrusión por motivos caprichosos. Incluso algunas noches, mientras sentada en la cama Balbina hacía punto, ponía yo más generosidad que rutina en mis caricias. Tendido a su lado pero siempre sobre la colcha, hablábamos con la intimidad que ninguno de los dos teníamos con ninguna otra persona, con la diferencia de que Balbina contaba sin ambages los fracasos con sus novios y yo fabulaba historietas, que a veces ella creía y a veces servían para excitarla.

Siempre me había preguntado por el tío Juan Gabriel. Pero en aquella feliz primavera de un año incierto ya no eran los virtuosismos musicales su principal núcleo de interés. Abandonando las agujas de punto, con la expresión ausente y una crispada sonrisa, se preguntaba (y me preguntaba) por el futuro del reciente notario y dimitido pianista. Dejando fluir una conversación que sólo ella dirigía, la audacia de mis manos no encontraba obstáculos y algunas noches lograba yo retirar la colcha y la sábana, y acariciar aquel cuerpo (amado por el uso desde mi infancia) hasta la saciedad.

—Se casará. Ahora ya no tiene excusa; ya lo verás. La que de todas todas sale ganando es su madre, que se libra de uno. Y de los peores, aunque no hay ninguno bueno en esa casa. Eso sí, le van a echar en falta. En cuanto se instale en el pueblo al que le envían y se case con la maestra, o con la rica del pueblo, manda a pedir el piano y ya ni piano les va a quedar. ¿Te acuerdas de cuando la guerra, que nos enseñó a ti y a mí los cánticos fascistas, cuando en Madrid entonces nadie los sabía? Que no se te olvide. Había veces que no se daba cuenta de que tú y yo le estábamos oyendo y qué cosas, madre, qué cosas más preciosas tocaba... Le sacaba al piano una pura divinidad. Y luego, claro, tú y yo oíamos en las placas a Angelillo o pobre gorrioncillo / qué pena me ha dado...

—... / se lo llevan preso / mi vida / por enamorado.

—... y ni tú, ni yo, llorábamos ya de emoción. Qué cabrito... De tan cabrito que ha sido siempre nos quitó la emoción. Eso no se lo perdono. Y es que ha vivido amargado de tener que vivir de su madre, sin alegría de la verdadera, sin dejarnos que los demás tuviésemos alegría. No se lo perdono. Lo mismo, fíjate lo que te digo, lo mismo, ahora que va a ganar el dinero a espuertas, no por lo que sabe hacer sino por lo que le han mandado que haga, no se casa y escapa un sábado sí y otro no de mujeres a la capital. Ya va siendo viejo para quitarse de encima tantos vicios malos como lleva dentro, el gusto de pagarlas y salir de estampida, fíjate lo que te digo, yo creo que otro gusto no tiene. Pero así se deje cazar o no el muy camastrón de él por la rica del pueblo, o por la hija del alcalde, o por la maestra, ya verás como van a notar que no está, que ya ni siquiera suena un poco de música por los pasillos de la casa de tu tía abuela, lo peor que jamás he conocido, peor que la propia guerra, más peor que el hambre y los sabañones. Hay veces en San Sebastián que sin venir a qué me acuerdo que estás viviendo allí, entre ellos, con esa bruja que es la culpable mayor, y te juro que me entra la congoja. Si me acuerdo, antes de dormirme rezo para no soñar con aquellas habitaciones. A ver si este año estudias y apruebas todas, hasta el civil, y te vienes a San Sebastián. Tengo ganas de ver al Nacho. Lo que es la vida..., ahora que parece que ando mejor con Sebas, ya ves, me entran ganas del Nacho. Y como me acuerdo bien, pero muy requetebién, de los tantísimos años que pasé allí, me alegro que se lleve el piano y se queden solos con la mugre y las manías y esa luz de invierno, que allí hasta en verano hay luz de invierno, o de hospicio. La culpable es ella, que parió hijos a mansalva sin percatarse de que sólo estaba hecha para madre de uno. ¿Cómo sería tu tío abuelo? Anda, corazón, deja de sobar, que no quiero calentarme esta noche.

Pero probablemente aquella noche, o la anterior, o unas noches más tarde, ya había dejado de acariciar su carne cuando me lo pedía. Puede que ya ni la escuchase o que la escuchase a ratos, hasta que se quedaba dormida hablando, y yo, después de rozar con mis labios sus labios entreabiertos, vagaba por las tinieblas de la casa. En mi cuarto cerraba los libros, apagaba la lámpara, me desnudaba. Ahora, guiado por la parpadeante luz de los recuerdos, seguía vagabundeando por el tiempo de aquel verano de la sarna y, con una cuidadosa habilidad de arqueólogo, desempolvaba restos desatendidos, o erróneamente valorados, reinterpretaba, catalogaba, comprendía. A punto de llegar a la revelación, me negaba a proseguir. No quería pensar más allá; me negaba, sobre todo, a descubrir que quizá el tío Juan Gabriel y yo no fuésemos tan distintos, como yo siempre había creído a pesar de la sangre común. Para no perder la devoción por el cuerpo de Balbina, uno de mis pocos sentimientos auténticos, el recuerdo se desviaba hacia otros yacimientos ya excavados y distraía el dolor incipiente repasando hallazgos que, ahora ya en las vitrinas del museo de la memoria, parecía pueril que me hubieran herido.

Por ejemplo, en el cuarto de dibujo del tío Honorio y durante una tarde calurosa más, ejecutaban con firmeza y jocunda brillantez las variaciones para trío sobre el tema *Yo soy el sastre Kadakú*, de Beethoven, en funciones de violonchelo el clarinete de Justiniano. Ninguno de los tres recordaba las semanas de una blenorragia inspiradora de una vocación religiosa, aunque tales avatares quizá habían sucedido en el último verano. Para mí también quedaba lejos aquel último verano y, agraciado por la amnesia de los períodos dichosos, en aquellos días de un verano peculiar sólo la impaciencia por la llegada del crepúsculo ocupaba mis horas.

Curiosamente estudiaba sin que me distrajesen melancolías, ni proyectos. Es más, la segunda parte de la tarde, desde el término del recital hasta mi incorporación a la tertulia de las hilanderas, transcurría en la soledad del despacho con pasmosa rapidez. Apuraba hasta el final la página y, pasando antes por el cuarto de baño, con calculado retraso y ostentosa indiferencia entraba calmosamente en la sala de costura, hediendo a agua de colonia y con un peinado petrificado por el fijador.

Mientras en el cuarto de dibujo temía que en cualquier instante se desmoronase la estructura de cristal de las *Variaciones Kadakú*, o de un trío de Haydn o una balada de Brahms, no pensaba nunca, sin dejar de pensar en que ya faltaba menos, en la especie de música que aquel atardecer habría de animar la velada en la sala de costura. Apenas se utilizaba el gramófono, ni siquiera las tardes en que Justiniano faltaba a la tertulia. Incluso cuando asistía Justiniano, convertido casi desde su aparición en el gallo de la sala de costura, raramente daba ya la matraca solista con la flauta o con el clarinete. Era patente que las costureras preferían la conversación a la armonía y que a Justiniano, una vez conseguida su entronización, le resultaba más descansado el palique que la ejecución de estudios más admirados que gustados por la concurrencia. Lo cierto es que yo había dejado de interesarme por la ambientación musical de la conversación y por la misma conversación.

Sentado junto al balcón en la silla de campaña del tío Javier, únicamente prestaba atención al juego de las miradas y, aun así, con reservas, porque la experiencia me demostraba que equivocaba con demasiada frecuencia la cara fasta o nefasta de la suerte en la ruleta de los ojos de doña Adelita. Me abandonaba al azar de la última puesta, ya que la realidad acababa imponiendo, por causas imprevisibles, que doña Adelita fuese acompañada hasta el recibidor por la tía abuela y por Justiniano, o por la tía abuela, o por ninguno de los dos, permitiéndome entonces hacer de paje hasta el rellano de la escalera y, en noches excepcionales, hasta el rellano superior frente a la puerta de la casa de mi dama.

Cada vez más, por tanto, me había ido reduciendo a una presencia pasiva junto al balcón. Justiniano no sólo había acabado con mi monopolio masculino, sino que, las tardes en que se decidía escuchar algún disco, incluso era él quien manejaba el gramófono, sin que se le exigiesen los cuidados que a mí me exigía la tía abuela y, por supuesto, permitiéndole cambiar la aguja a su antojo. No obstante, agazapado a la espera de que un conjunto de ingobernables circunstancias premiasen mi mansedumbre, mi deseo ardía permanentemente en la atmósfera sofocante de la sala de costura, oreada por las intermitentes ráfagas de humedad que subían desde el jardín de Fausto, como abanicazos de optimismo.

¿Cuándo había rozado por primera vez con fingida torpeza un brazo de doña Adelita? ¿Cuánto había durado aquella pantomima de roces involuntarios durante el trayecto por el pasillo hasta el recibidor, a espaldas de la tía abuela Dominica? Recordaba con rabiosa precisión el primer gesto de consentimiento en el rostro maquillado, su primera mueca de lascivia incontrolada, mi osadía, revestida de buenos modales, la primera noche que la acompañé hasta su piso. Pero ¿desde cuándo duraban ya aquellos manoseos, en silencio, aquella risa contenida de doña Adelita, aquellos jadeos más asmáticos que lúbricos? No quería que terminasen, pero sentía el peso de la costumbre y la falta de progresos de mis enfurecidas manos. Había dejado de coger a puñados la carne cremosa y resbaladiza; parecía, cuando le acariciaba las corvas de las rodillas durante los dos tramos de escalera, que hubiesen vuelto las primitivas ocasiones de las caricias hipócritas. También en las alamedas de mis pasiones idealizadas, aquellos repetitivos encuentros perdían intensidad. Una noche, creyéndome más aceptado que de costumbre y, al levantar su falda, mis manos subiendo por sus muslos, recibí inesperadamente una bofetada.

—Pero tú, ¿por quién me has tomado, jovencito?

—Por una puta, señora —contesté irreflexivamente.

Sin embargo, cuando echaba atrás la cabeza precaviéndome de una segunda bofetada, sus manos me sujetaron por las sienes y recibí el único contacto con aquella boca que recibiría a lo largo de nuestra arrinconada pasión, una succión pulposa y mojada, galvanizante. Todo continuaría igual al día siguiente y en los siguientes tiempos, salvo la frecuencia de aquellos abrazos, como colisiones, en la penumbra del pasillo o de la escalera, que aún se hicieron más esporádicos cuando, aprobadas las oposiciones patrióticas y oficializado el noviazgo, Justiniano no faltaba una sola tarde y los prometidos abandonaban juntos la tertulia, a veces con rumbo hacia algún cine del barrio, siempre chaperonados por la tía abuela Dominica.

Nunca se me ocurrió su posibilidad, ni jamás percibí el idilio, que estaba siendo concebido y empollado en las cálidas veladas durante las que yo creía ganar o perder mi apuesta, a tenor de las miradas de una doña Adelita que jugaba su apuesta principal a otro paño. ¿Cómo podría haberlo descubierto yo, si, conforme crecía en edad y gobierno, despreciaba más a Justiniano, olvidaba su presencia, me sentía superior al trío y a sus éxitos? Mi futuro, cuando en ello pensaba, aparecía como una masa de nubes violáceas y aturbonadas, pero, en comparación con el futuro de los tres recientes notarios, se abría en un azul resplandeciente. Y, efectivamente, mis pronósticos, basados en las inclemencias y los desengaños, pronto irían confirmando que sus vidas para siempre habrían de quedar resguardadas por las templanzas de la mediocridad.

Paulatinamente se iban produciendo transformaciones, cuyas causas yo no había advertido o cuyos efectos, al producirse, no me conmovían. Llegó un verano en que ya no viví en casa de la tía abuela. Antes, había transcurrido algún otro durante el que, en la casa sin música vaticinada por Balbina, las horas de la siesta eran ocupadas por los ataques epilépticos del tío Andrés o por la guardia (remunerada) ante la puerta del dormitorio del tío Tadeo y de la inminente tía Edurne, que se concedían anticipos de felicidad, o por clandestinas conversaciones con el tío Marcelino, retornado al hogar materno después de que la tía Cheles hubiese abandonado el conyugal y él se encontrase empapelado por un Tribunal de Honor. Cuando algún domingo de invierno recaía por allí y, sentado junto a la estufa eléctrica en la silla de campaña del tío Javier, escuchaba el soliloquio de la tía abuela Dominica, me asombraba, como a Balbina, haber vivido en aquella casa, haber experimentado en aquella casa los primeros encontronazos contra la música, pero, fundamentalmente, me asombraba guardar recuerdos de momentos dichosos allí vividos.

Justiniano, más dedicado a la administración de los bienes de Adelita que a la notaría, había regalado la flauta a Mucius Scaevola. A la tía abuela se le llenaba la boca de decenas de millar, pormenorizándome los acrecentamientos de la fortuna de su amiga, que en unos años la vería aumentada con la pensión de viudedad, en los tiempos en que ya había muerto también la tía abuela y la doble viuda, de vuelta al piso de su difunto Sergio, apenas mantenía relaciones con los desechos del naufragio que se mantenían en las ruinas del piso inferior. El tío Juan Gabriel sólo cambiaba de destino cuando quedaba vacante la notaría de un pueblo con río más truchero, y a cada traslado resucitaba su intención de recuperar el piano del cuarto de dibujo del tío Honorio, donde permanecía cerrado con llave.

La tía abuela nunca perdonó a Mucius Scaevola que al año de ejercicio notarial pidiese la excedencia y, recuperando el barrio de los bulevares y la glorieta, en pocos meses ganase plaza en unas oposiciones a taquimecanógrafos de un ministerio. Poco podía yo informar a la tía abuela cuando me preguntaba por él, porque apenas le veía, aunque siempre en los bares de antaño. La tía abuela cerraba los ojos y parecía rezar un responso. Mucho después, cuando ya tenía yo los años que ellos habían tenido en la época de *La ritirata de Madrid*, volví a tratar con alguna frecuencia a Mucius Scaevola, incluso asistí a sesiones de música de cámara en su viejo piso familiar, llevadas a cabo por unos cuartetos o quintetos de variable ralea y de constante sordidez. Ya sabía entonces probablemente que no habría futuro radiante para mí y la nostalgia de la miseria me empujaba hacia atrás, me impulsaba a atravesar en sentido inverso la sucia niebla de mi adolescencia hacia las mañanas gloriosas de una guerra engañosamente acabada, en la que año tras año yo venía siendo derrotado.

Para corresponder, le invitaba a conciertos, de los que Mucius Scaevola se salía antes de que terminase la primera parte. Cuando le recogía en alguna de las tabernas próximas a la plaza de la Ópera, regresábamos callejeando y, apoyado en mi brazo, no era raro que el coñac le pusiese rememorativo, casi locuaz para sus hábitos de silencio. Por lo general, contaba, basada en los mismos hechos que yo recordaba, otra historia, o acontecimientos de los que nunca había tenido yo noticia. No era fácil hacerle hablar de música, quizá porque tenía poco que decir. A cambio, del tío Juan Gabriel y de Justiniano hablaba constantemente y como de dos seres superiores con los que la fortuna le había concedido compartir los años de juventud.

De pronto, en la barra de un bar se volvía a acordar de la noche en que él había descubierto a qué golfo italiano me refería yo.

—Estábamos los cuatro, en la barra, como tú y yo estamos ahora. Y a mí, sin venir a cuento, me vino la inspiración y pegué un grito: ¡coño, Vivaldi! ¿Te acuerdas?

—Sí, Mucius, me acuerdo muy bien.

Estábamos en círculo frente a la barra, debatiendo ellos tres, con las dificultades discursivas de aquella hora tardía, si era sensato que el chico participase de la ronda o se aplazase mi copa hasta la siguiente, preocupado el chico por no olvidar mi Salustio Alvarado y su Castán en la hornacina donde los había colocado. Bruscamente, Mucius Scaevola se golpeó la frente y gritó:

—¡Ya está!

—¿Qué coño está?

—Coño, Vivaldi. El chico tenía razón.

—Pero Vivaldi no fue un golfo, coño, sino un sacerdote.

—Y ¿quieres decirme qué coño de Vivaldi hemos tocado nosotros?

—Yo, yo lo toqué, haciendo éste al piano la voz femenina, que quedó como de perra parturienta, tiene razón el chico.

—Pero ¿cómo se llama la obra, Mucius?

—Y entonces yo te contesté: Se llama *La pastorella sul primo albore*, tenías razón. O sea, que aún te acuerdas, ¿no?

—Claro que sí, Mucius, ¿cómo no voy a acordarme?

Luego, era ya noche cerrada cuando, después de depositar a Mucius Scaevola en el ascensor, regresaba yo por las calles vacías y nada recordaba del concierto que aquella tarde había escuchado. No en balde, en los inicios de una vida infinita, había sido yo iniciado en los arcanos de la belleza por un trío de colosos irrepetible, como mi vida misma.

Carne de chocolate

Como tenía todo el día para pensar —y pensar me adormila-ba—, luego, por las noches, dormía como un muerto, sin sueños. Pero algunas madrugadas me despertaban las sire-nas y el ruido de los aviones, porque aquella parte de la ciudad, a diferencia del barrio de los abuelos, no había sido declarada zona libre de bombardeos. Oyese o no el estallido de las bombas, los ca-ñonazos, el fragor de los derrumbamientos, algún apagado clamor de voces aterrorizadas, tenía que continuar a oscuras, sin poder re-currir a las novelas de Elena Fortún o de Salgari (las de Verne, a causa de su encuadernación, no me habían permitido sacarlas de casa de los abuelos), sin poder jugar una partida de damas contra mí mismo, sin la posibilidad siquiera de aburrirme con la baraja ha-ciendo solitarios o rascacielos de dólmenes. Cuando no resistía más, me tiraba de la cama y escrutaba las tinieblas del cielo y del patio. Entonces, durante aquellas ocasiones en que me negaba tan eficazmente al miedo que llegaba a olvidarlo, me refugiaba en los recuerdos y pronto, aunque cada vez más despierto, era como si es-tuviese soñando. Veía a Concha, sus brazos, sus hombros, sus pier-nas y su rostro, tostados al sol de la terraza desde el principio de aquel verano que ya acababa y que, según repetían los tíos y la tía abuela Dominica, iba a ser el último de la guerra.

En realidad no recordaba el cuerpo verdadero de la Concha, sino aquel cuerpo —tan idéntico y tan distinto— con el que había soñado una de las primeras noches en casa de la tía abuela, cuando aún la costumbre de la nueva casa no había aplacado la tristeza del traslado. Tampoco me despertaban en realidad los motores de los aviones y el ulular de las sirenas, sino el ajetreo de la familia, que, sobresaltadamente puesta en pie por la alarma, se preparaba a bajar al sótano como si se preparase a partir de veraneo para San Sebastián. Chocaban unos contra otros por los pasillos, se gritaban órdenes, consejos, recriminaciones, olvidaban los termos o las cantimploras, regresaban, se descubrían descalzos de un pie, se enmarañaban en una discusión inútil (que habría bastado para despertarme) tras la puerta de mi habitación sobre si dejarme allí o bajarme al sótano, ajetreo al que solía poner fin la caída de la primera bomba y al que sobrevenía un silencio repentino, demasiado brusco y demasiado profundo.

Todavía en la cama, con la misma celeridad con que la tía abuela Dominica agarraba el rosario, recreaba yo el color de Concha en aquel verano —en aquel sueño—, la carne dorada, paulatinamente bronceada, casi negra, que la convertía en una carne asfixiantemente acariciable, lengüeteable, comestible. De inmediato comenzaba a sudar y, aun a riesgo de dejar las sábanas pringosas de pomada, me quitaba el pijama y me dejaba estar sintiéndome la piel aceitosa, húmeda y como si por los poros emanase vapor, hasta que la excitación y la picazón me arrojaban de la cama y, asomado al ventanuco que daba al jardín de Fausto, conseguía atemperar aquella viscosidad lacerante, que me provocaba el cuerpo soñado de Concha, con imágenes, generalmente abstractas, de parapetos cubiertos de nieve, de caricias rasposas, de sabor a pan. A veces, si el sueño acababa con mis sueños, me quedaba dormido nada más volver a la cama, antes de que el bombardeo hubiese terminado y de que la familia, presa de la agitación que les causaba haber salido indemnes de las bombas de los suyos, regresara del sótano.

Había comenzado a sentir los picores durante aquel anochecer en que Tano me descubrió que el color rojizo de la piel de la Concha, que me intrigaba y me subyugaba desde hacía días, era debido a que la Concha tomaba el sol por las mañanas en la terraza. Estábamos los dos solos, sentados en el bordillo de la acera, alargando culpablemente como tantas otras noches el momento de volver a casa, apenas sin hablar, derrengados, obstinados en seguir en las tinieblas de la calle únicamente por demostrarnos que éramos más hombres que el resto de los chicos del barrio, deseando secretamente que apareciese Luisa a hostigarnos a capones y tirones de oreja. Que no se me hubiese ocurrido que la Concha subía a la terraza a tomar el sol me hizo sentirme muy tonto, experimenté una desoladora inseguridad, que aún subsistía después de que Tano y yo planeásemos sorprenderla. Aquella noche empezaron a picarme las manos, pero, con una difusa sensación de pecado, decidí no decir nada a Luisa, ni al abuelo, ni a mi padre, ni siquiera a Riánsares o a la abuela, a quien todo se le podía y se le debía contar. La intensidad de los picores fue aumentando durante los siguientes días, intolerable a ratos, incluso durante los preparativos de la emboscada, que fueron arduos y, sobre todo, trabajo perdido.

Lo primero que se nos ocurrió, al encontrar cerrada la puerta de la terraza, fue violentar la cerradura con nuestras navajas. A pesar del sigilo con el que creíamos actuar, la voz de la Concha preguntó a gritos quién andaba allí y Tano y yo escapamos escaleras abajo. Reconsideramos la situación, sentados en el alcorque de una acacia, y decidimos que había sido una estupidez tratar de sorprender a la Concha frontalmente y a la descubierta. Habríamos durado, de conseguir forzar la cerradura, un minuto en la azotea, porque, siendo la Concha unos seis años mayor que nosotros y, aunque no nos lo confesásemos, más fuerte, nos habría expulsado con un par de bofetones.

—La podremos sujetar entre los dos —vaticinó Tano, resucitando una vieja aspiración que hasta entonces la Concha siempre había frustrado.

—¿Y qué?, y después ¿qué?

—A lo mejor la cogemos en uno de esos pasmos en que se queda quieta, como tonta, y se deja —pero ni siquiera a Tano le duró aquella esperanza absurda—. Lo fetén va a ser escondernos detrás de las chimeneas de la terraza antes de que ella suba, esperar a que se duerma tomando el sol y luego, callando callando, salimos, nos tumbamos cada uno a cada lado suyo y la acariciamos suave. Seguro que eso a ella le gusta y se hace la dormida.

—¿Y si está desnuda?

—¿La Concha? Deja de rascarte.

—Sí, leches, la Concha. Si toma el sol desnuda, es imposible que se haga la dormida cuando la despertemos.

—¿Tú qué sabes?

—Me apuesto el tirachinas a que toma el sol desnuda. Por eso echa la llave a la puerta de la azotea. La Concha es muy puta.

—Deja de rascarte, coño, que me pones a rabiar de picor. ¿Qué sabes tú, panoli, si se va a negar porque esté en pelotas? Mejor que esté en pelotas, mejor para nosotros y para ella.

—Peor, porque la Concha es virgo. Y una virgo sólo se deja por debajo de la ropa.

Hasta dos o tres días más tarde no conseguimos Tano y yo escabullirnos antes del desayuno, sin calcular que el tiempo se nos haría eterno, que el calor, arrancando vaho de los baldosines rojos, nos resecaría, nos produciría vértigos cuando, hartos de permanecer acurrucados detrás de una chimenea, nos asomásemos a la calle de bruces sobre el pretil. Aquella mañana Tano ya ni me regañaba por rascarme, se rascaba también él, y mi piel, que despedía un fuego interior que se juntaba al fuego del sol, estaba ya decididamente encendida y pustulosa.

Habíamos percibido, de repente, que la Concha llegaba y nos ocultamos rígidos, ahogados por nuestras respiraciones contenidas, con los ojos cerrados por hacer todavía menos ruido. Para impedirnos el uno al otro asomar antes de tiempo la cabeza, ambos nos teníamos sujetos por el cuello. Sabía que llegaría el instante de mirar y veía ya, entrecruzadas y absurdas, imágenes vertiginosas del cuerpo de la Concha, contorsionado, mutilado, la Concha de rodillas o, como el *Coloso de Rodas*, de pie y con las piernas separadas, sujetándose con las manos una pamela contra el viento, la Concha vestida de monja y guiñándome un ojo alegremente.

Semanas más tarde, viviendo ya en casa de la tía abuela Dominica, cuando escapaba de mi habitación corriendo como un apestado (y ya por entonces me había hecho a la idea de serlo), entraba en el cuarto de baño pequeño y me ponía a orinar, de repente y durante unos segundos curiosamente largos y enajenantes, sintiéndome observado, creía ser yo la Concha al tiempo que otro yo mío me acechaba. La transformación se deshacía también repentinamente, al recordar que era el tío Juan Gabriel quien me miraba desde la bañera vacía donde pasaba la mayor parte de sus días, la cabeza apoyada en un almohadón de terciopelo granate, con el Castán y el Código Civil sobre la tabla de la plancha que le servía de mesa. Pero cuando después de abotonarme la bragueta y de recibir una pálida sonrisa del yacente volvía corriendo por los pasillos a encerrarme en mi habitación, llevaba conmigo aún fresca —y la conservaba esforzándome en que no se marchitase— aquella curiosa sensación de ser yo la Concha y de que perteneciese a la Concha el miembro que crecía mientras orinaba.

Años más tarde, cuando el tío Juan Gabriel ganase en unas oposiciones patrióticas su naturaleza de notario, ya no me sería posible reconstruir con lozanía aquella sensación de ambigüedad perfecta, quizá porque ya para entonces, en los primeros años de la paz, serían otros los recuerdos de la niñez que me cuidaría de atesorar o de olvidar. Y así, poco a poco, la Concha iría dejando de ser yo, de tener miembro, de ser incluso la propia Concha (para entonces ya había comenzado a lanzarse a la noche, cuando terminaba de despachar en la farmacia del licenciado Grosso López), y comenzaba a mezclarse en mi recuerdo con el de las fotografías, más adivinadas que entrevistas, de los semanarios (*Crónica*, por ejemplo) que el tío Juan Gabriel compatibilizaba con su biblioteca jurídica de la bañera. Había recuperado a mi madre, volvía a estar encerrado (ahora, en un internado de frailes), la abuela había muerto y había muerto Luisa, vivíamos con el abuelo en la casa reconstruida de Argüelles, Balbina me iniciaba perezosa y barroca, ya no me negaba a mí mismo que odiaba a la tía abuela Dominica y a los tíos, empezaba a tener conciencia de habitar un país imperial y de haber perdido, aunque todavía ignoraba que irremisiblemente, la infancia y la guerra. Era difícil sentirse la Concha, cuando estaba aprendiendo que ocultándome a los otros, los otros acababan por descubrirme siempre y que el medio más rentable de conseguir la indiferencia del prójimo (de conseguir ser misterioso e invulnerable) consistía en mostrarse, probablemente porque nadie cree en nadie (y más en aquellos años de la posguerra) al no encontrarse nadie habituado a creerse a sí mismo.

Pero los artificios de la verdad, los juegos de la apariencia y la doma del carácter eran algo desconocido para mí aquella mañana de la terraza, mientras Tano me agarrotaba el cuello y yo agarrotaba a Tano por el cuello, acurrucados tras la chimenea, ansiosos y precavidos mirones en trance de flanquear el cuerpo desnudísimo de Concha, de ser abrazados simultáneamente por ella. Por lo pronto, fue Tano quien, con una violencia inusitada y después de que yo descubriese que había estado observando mi mano libre mientras le suponía cegado por la visión que nos esperaba, se escapó de mi zarpa y, en un susurro que me sonó retumbante, ordenó:

—No me toques. Apártate.

—Ven aquí —me diría aquella misma tarde la abuela, cuando yo había dejado ya en su mesita junto al mirador la taza de té—. Vuelve y enséñame esas manos.

—No es nada, abuela. —Traté de zafarme—. Que me ha picado una chinche.

—Obedece —dijo, como siempre lo decía, canturreándolo—. ¿De qué tienes miedo?

—Si son sólo unos habones que me he rascado… De chinche o de una pulga…

—Déjame que vea yo.

—Se te va a enfriar el té.

Sonrió, cómplice y guasona, acarició el dorso de mis manos y fue separándome los dedos, observando calmosamente la piel que los unía, esforzándose en mantener la sonrisa. Llamó al abuelo.

—Tiene que picarte mucho, ¿verdad? No tengas miedo, porque esto se cura. Habría sido mejor que me lo hubieses dicho… —Se interrumpió, al entrar el abuelo—. Doctor, aquí tienes un caso que no parece difícil diagnosticar.

Mis manos pasaron a las suyas, que por aquellos años aún no

temblaban, se caló los anteojos de leer el periódico y el devocionario, se inclinó, enseguida se irguió y dejó caer mis manos.

—¡Vaya por Dios…! Indudablemente es sarna.

Él había dicho la palabra que la abuela había eludido, y aquella
tarde ya no me dejaron bajar a la calle. Se reunieron todos en la sala. Hablaban en voz baja. Mi padre afirmó que no le extrañaba el
sarnazo, pasándome el día entre golfos, milicianas y pioneros. Tele-
fonearon varias veces. A Tano, naturalmente, no le dejaron entrar y
Luisa me rehuía. Riánsares, mientras fregaba los platos de la cena,
me secreteó que la tía abuela Dominica no se decidía a tenerme en
su casa, no por temor al contagio, sino por los malos ejemplos que
podría yo recibir de mis tíos. La abuela se quedó junto a mi cama
hasta que me dormí, dándome conversación.

Al día siguiente, sentados en el mirador, la abuela me explicó
las determinaciones adoptadas por la familia. La higiene resultaba
esencial y en casa de la tía abuela Dominica había dos cuartos de
baño. Lo más molesto sería el aislamiento riguroso en que habría
de vivir. A la pomada me acostumbraría pronto (nunca me acos-
tumbré a tener el cuerpo embadurnado de pringue) y ella y el abuelo me visitarían a diario (a los pocos días a ella se lo prohibirían,
alegando que sus cuidados exacerbaban mi sensibilidad). Lo importante ahora, a su juicio, consistía en elegir cuidadosamente un
equipaje de distracciones, y el tiempo se me pasaría sin sentir. Mi
padre excluyó las obras de Verne, a causa de su lujosa encuadernación, y la abuela subrepticiamente añadió a la impedimenta lúdica
el tren eléctrico (no habría un solo enchufe en mi prisión) y sus dos
tomos en piel de las *Memorias* de Rousseau (que leería íntegras y
sin apenas provecho). Alegué que perdería mis clases, pero reargu-
yó que doña Juanita necesitaba unas vacaciones. Le pedí crudamen-
te que me dejase seguir en su casa, que yo me bañaría en un barreño,

que no tocaría nada ni a nadie, que prometía no salir del cuarto ropero. Se echó a reír, como si en aquellos momentos no le costase.

—Yo sé por qué no quieres irte. Por Tano. Pero a los dos os vendrá bien una temporada sin veros. Últimamente, reconócelo, peleáis más de la cuenta.

No era por Tano, sino por la insensata certidumbre de que no regresaría nunca a casa de los abuelos y, a la vez, de que la Concha iba a consentirnos compartir con ella sus baños de sol. Unos meses después, cuando regresé y ya casi había olvidado las semanas de la sarna (aunque todavía me despertaba a mitad de la noche rascándome), supe que Tano sí había sido admitido a compartir los baños de sol en la terraza, que allí y durante aquel verano la Concha y él fueron novios. En mi encierro nunca lo había imaginado, por lo que, desde que lo supe, como si estuviese encerrado de nuevo, sufrí unos celos retrospectivos e impotentes.

Los primeros días en casa de la tía Dominica me bañaba Balbina en loor de multitud. Luego fue decreciendo el número de parientes que, a la mañana y a la tarde, asistían al espectáculo. El abuelo espació sus visitas. Sólo Balbina (nuestra criada de toda la vida, prestada durante los años de la guerra a la tía abuela y que, cuando Riánsares se casó, recuperaríamos sobada y enviciada por la caterva de mis tíos solteros) me secaba después del baño, me untaba la pomada y rociaba la bañera de alcohol, que luego prendía, provocando un fuego azul y casi invisible, mientras me vestía yo un pijama limpio y ella se llevaba a cocer en una olla el usado. Media hora después de estas abluciones y ungüentos, el tío Juan Gabriel se reintegraba (salvo que se distrajese tocando el piano) a aquella bañera, único rincón de la casa donde, según él, era capaz de estudiar, ya que era el único rincón, de acuerdo con las trayectorias y derivadas que había calculado, donde nunca podría caer una bomba, ni un obús. Pero el cálculo más exacto y lucrativo que realizó el tío Juan Gabriel fue pasarse en enero del 39 y por las alcantarillas, a las trincheras de los facciosos en la Universitaria. Cuando entró en marzo con las tropas vencedoras, el tío Juan Gabriel hablaba de la guerra como si en vez de en la bañera la hubiese vivido íntegra en el frente y, con los años, había parientes que afirmaban que Juan Gabriel se pasó a Salamanca por Portugal en la primera semana de la cruzada.

El recuerdo de aquel cuerpo en la bañera iba unido al indeleble, aunque ajado, de mis misteriosas transformaciones en la Concha, en las tres o cuatro ocasiones diarias en que se me permitía salir del cuarto de los trastos. La soledad, multiplicada por la ausencia de la abuela, reavivó el recuerdo de mi madre, a quien la sublevación había sorprendido en «el otro lado» y a quien, por una sencilla pero firme asociación mental, a veces creía oír al otro lado de la puerta. Cuando, cansado de leer o de jugar, ensordecido de silencio, intemporalizado y afantasmado por la soledad, pegaba el oído a la puerta o trepaba hasta el montante (a través de cuyo vidrio fijo divisaba un recodo del pasillo), creía escuchar entre las voces la de mi madre o (lo que me espeluznaba más) su respiración.

Y probablemente la respiración era real al otro lado de la puerta durante algunos bombardeos, cuando yo creía estar solo en el enorme piso de la tía abuela Dominica, porque, según me contaron mucho después (y entonces no podía ya dejar de odiarla), tía Dominica no bajaba al sótano con mis tíos y, en silencio para no asustarme, se quedaba de guardia junto a mi puerta hasta que la sirena proclamaba que había pasado la alarma. Sin embargo, a diferencia de los celos, me fue imposible sentir retrospectivamente el sosiego y la gratitud que habría sentido durante aquellas noches de haber sabido a la tía abuela tan cerca de mí.

Aquel régimen de vida, agravado por la escasez de alimentos, propiciaba las alucinaciones diáfanas y tortuosas, en las que siempre cuidaba de separar —angustiosamente— de la Concha, de Balbina, de Riánsares, de las niñas del barrio, de las milicianas de nalgas ceñidas por el mono, las apariciones de mi madre, por lo general vestida de enfermera de la Cruz Roja. Algunas noches (quizá porque la tarde anterior no había merendado o porque había cenado sólo un trocito de pan y un plato de cáscaras fritas de patata) agradecía que la sirena, disipando las imágenes flotantes, me restituyese al mundo real, el mundo donde en cualquier instante podía llegar mi muerte o la de otros habitantes de la casa, pero no la de mi madre.

A cambio, si Balbina me había traído un plato de garbanzos o el gramófono de bocina para que durante un rato (y sin acercarme a él) escuchase las placas que a ella le gustaban (el coro de las segadoras de «La rosa del azafrán», Gardel, Angelillo), era casi seguro que durante el bombardeo soñaría que el tiempo pasaba deprisa, que la piel no me escocía, que la Concha se doraba al sol, que su carne ya había adquirido consistencia, el aroma y el sabor del chocolate. No obstante, también otras veces la Concha adoptaba en mi ensoñación la fijeza de la gelidez, la pesadumbre de las horas iguales, el temor de oír la propia voz. Por la mañana comprendía que había soñado despierto, aun sin verla, con la Concha en la terraza mientras la acechábamos Tano y yo tras una chimenea, y paulatinamente recuperaba el gusto de lo prohibido, el placer de haberla visto brotar relampagueante y absolutamente desnuda.

—No me toques. Apártate —había susurrado Tano, cuando se le ocurrió viendo mi piel que yo tenía una enfermedad infecciosa.

Chisté sordamente para que callase, pero también me desprendí bruscamente de su mano y, como si al dejar ambos de cogernos por el cuello hubiera llegado el instante oportuno, ambos fuimos rodeando las paredes de la chimenea y asomándonos con una lentitud aprendida en las películas. Y allí estaba, insólita, tendida sobre una toalla y con las piernas separadas en un ángulo que nos permitió a Tano y a mí adorar el primer sexo femenino de nuestras vidas. Nos quedamos quietos, desorbitados, sonriendo inconscientemente quizá, tensos. Los pechos se le derramaban hacia los costados y bajo la luz también desnuda su cuerpo tenía el color rojizo de los baldosines, como si fuese impregnándose de barro. Tano, imprevisiblemente, por una de aquellas irreprimibles necesidades de comportarse excéntricamente que le acometían, silbó y Concha, de golpe, levantó los hombros y se quedó apoyada sobre los codos, los pechos recobrando elásticamente su volumen, una mueca de estupor en los labios.

—No vamos a tocarte —dijo Tano—. Estate quieta. Tranquila, Concha, que ya a ser muy divertido. —Y Tano comenzó a sacarse la camisa por la cabeza.

Tanto creí que ella consentiría que hasta compuse mentalmente los movimientos con que me iba a desnudar de inmediato. Pero Concha se levantó y, al tiempo, como en un número de circo, se envolvió en la toalla. Nos miró. Tano detuvo las manos en la hebilla del cinturón. Algo incomprensible en la actitud de la Concha, algo que rebasaba su agresiva impasibilidad, nos obligó a movernos (¿quién de los dos primero?) en dirección a la puerta, a girar la llave, a bajar mansamente los escalones (Tano, poniéndose de nuevo la camisa), a separarnos en la calle sin haber pronunciado una sola palabra. Y aquella misma tarde entré en el lazareto.

Transcurrían las semanas al ritmo de los obuses y de las bombas, y alguna noche, asomado al ventanuco del cuarto de los trastos, ignorando que al otro lado de la puerta velaba la tía abuela Dominica, desnudo y embadurnado de pomada, sudoroso, calculando a qué distancia se habría producido la última explosión, creía factible (y olvidaba que aquella casa terminaba en un tejado) subir a la terraza a que mi madre me untase la pomada, o que la Concha entrara por el montante dispuesta a que le mordiese yo sus hombros redondos, repletos y duros, compactos como el chocolate de antes de la guerra.

Confundía la disposición de una casa y de otra. Confundía la lujuria y el hambre, cuyos jugos se mezclaban en mi saliva. Confundía el sueño y la vigilia, mi piel sarnosa con mi alma. Un deseo se transformaba en un recuerdo y me deslizaba, caía en una lúcida irrealidad, me desconocía. Resultó ser, efectivamente, el último verano de la guerra, pero de aquellas semanas conmigo mismo me quedó una cronología de características peculiares, irreducible. Y así, durante muchos años después, instintivamente confundiría los tiempos y los rostros, establecería verdades contradictorias, trastrocaría el orden de los acontecimientos. ¿Acaso no murió la abuela antes de que yo tuviese la sarna?; ¿no había regresado mi madre mientras el tío Juan Gabriel permanecía todavía en la bañera?; ¿no fue la propia Concha quien me mostró en la terraza el vello de su pubis, recién teñido de rubio?; la guerra aquella ¿no había transcurrido cuando yo apenas tenía dos o tres años y fue leyendo a Rousseau, mucho después, que la imaginé?; ¿quién la había ganado, si es que alguien la ganó?

También había momentos en que todo parecía haber sido real, aunque entonces todo resultaba más incomprensible. Y en mi celda del internado las noches en que sólo habíamos cenado puré de almortas y una naranja agria soñaba con parapetos cubiertos de nieve, con una caricia rasposa, con un viscoso chorro de chocolate. Sin despertar, mientras seguía soñando, sabía que eran los chicos del barrio recibiéndome a pedradas cuando regresé a casa de los abuelos a comienzos del otoño, que era Tano contándome sus proezas, Riánsares friendo un huevo para mí solo, la abuela reteniéndome contra su pecho (contenta de hacer por una vez lo que no se debía), la Concha balanceando la lechera y dejándose besar para demostrar que yo no le daba asco.

Despertándome ya, pero aún en la duermevela, era evidente que la guerra no había terminado (que jamás terminaría) y el júbilo de descubrir que sería eterna me adormilaba más. De nuevo volvía el tiempo de la confusión, de las certidumbres, de las emboscadas, de no saber que yo no sabía nada, el tiempo de la vida. Una brisa acariciaba mi piel, aspiraba el fuego azul del alcohol lamiendo la loza blanca y, convencido de que yo había muerto de tifus en una trinchera del frente de Madrid, apuraba la felicidad de haber existido alguna vez y en algún lugar.

El cielo palurdo
o mística y ascética

Para quienes iniciábamos la segunda enseñanza al iniciarse la cuarta década del siglo, las diferencias entre la orden ignaciana y la orden calasancia eran todas. Algunos habíamos coronado nuestro parvulario en la escuela de la calle, en las atrincheradas y parapetadas calles de la zona roja. Se trataba ahora, en los albores de la cuarentena franquista, de apartarnos de los caminos de la vida y de inculcarnos los hábitos y los manejos de la ciencia de la ignorancia. A los más pobres de los díscolos se nos destinó entre los variados ergástulos de la época a algún internado de los que regentaban los padres escolapios.

Pronto aprendimos allí todo lo que no se debe y todo lo que, gracias a la persistencia de las ideas toscas, ya no se puede rectificar. Nos formaron el carácter. El convulso y misterioso mundo de hijos de Pasionaria fue sustituido por el simplón universo de los hijos de María. Sábado tras sábado, durante lóbregos crepúsculos y en una iglesia helada, se nos adoctrinaba para la eternidad. La cosa, aparte su malevolencia, no ofrecía mayores posibilidades. Nadie creía nada de lo que estaba oyendo entre escalofríos y bostezos, pero, aun con semejante disposición de espíritu, era difícil sustraerse a imágenes como la del pájaro picoteando el planeta Júpiter hasta horadarlo (medida equivalente a la de una jornada en el infierno) o a incitantes historietas en el estilo del joven puro (ex puro) aplastado por un andamio a las mismas puertas del burdel.

Sabíamos, resignados, que era preciso ganarse la medalla con cinta azul de hijos de la Purísima para aprobar las matemáticas. Aquella pasividad sobre los bancos del templo, con truenos jeremíacos como música de fondo, permitía compadecerse de las actuales indigencias o recrearse en los viejos recuerdos de la muy reciente infancia. El tiempo no pasaba y se tenía la impresión de que, cuando acabase el curso, cumpliríamos treinta años. Sufríamos tristezas anonadantes, de esas que hacen más alegres los días lluviosos que los soleados. Sólo protestábamos si la prédica corría a cargo del padre Matallanas, porque, así tuviese que embelesarnos con los gozos de la Virgen, el padre Matallanas se las arreglaba para introducir en el sermón la agonía de Voltaire.

—Padre —le instaba en momento propicio alguno de los mayores—, que lo de la agonía de esa bestia inmunda de Voltaire ya lo hemos oído cuatro veces en lo que va de curso y luego a los pequeños les sienta mal la cena. Esas cosas, padre, no se cuentan en los colegios de jesuitas.

Quien no haya oído relatar al padre Matallanas la agonía de Voltaire no conoce lo que es repugnancia. Uno acababa cogiéndole asco al propio Voltaire. Sin embargo, el padre Matallanas persistía en acumular pus, visto el incremento de confesiones espontáneas que producía la agonía de Voltaire.

—Sáltese usted por lo menos cuando se abrió las entrañas a cuchilladas y, con los intestinos en las manos, se los mordía intentando aliviar el atroz escozor de las hirvientes vermes de su incurable sífilis, mientras por su hedionda boca expulsaba a cada eructo una pareja de babosos sapos. Que eso, de verdad, padre Mata, no lo cuentan ni siquiera los maristas.

—Pues no puedo saltármelo, porque así ocurrió.

Con el padre Matallanas el supremo argumento de la comparación con la otra orden resultaba contraproducente. A la próxima volvía a revolcar al filósofo en sus heces y, en consideración a las críticas recibidas, añadía:

—Y no añado más detalles de la infinita agonía de aquel malvado para que no se diga que me ensaño en la palabra ascética. ¡Ascética, sí!, propia de las almas rudas y sinceras, a las que el Señor ha tenido a bien negarnos la palabra meliflua de esos místicos de Chamartín de la Rosa.

Todos éramos conscientes de que haber caído en el campo de la ascética comportaba más inconvenientes que ventajas. Una de las ventajas era que en los escolapios no había que usar pijama. Ni meditar. Se decía que los jesuitas habían logrado técnicas de meditación tan perfectas que el meditante llegaba a tener fe y, lo que parecía ser peor, que en su ensimismamiento meditativo se quemaba las carnes en las llamas del infierno. Aún faltaban algunos siglos para que Roland Barthes desarmase el juguete, jorobando el invento. Por entonces se pasaba el suficiente hambre para que a nadie se le ocurriese desmitificar la meditación.

Otro privilegio, y quizá el más apreciado por la grey escolar, concernía a las prácticas higiénicas. Según contaban, en los internados de los jesuitas, incluso en las más crudas mañanas de invierno, había que lavarse a diario. Tampoco era de recibo en los establecimientos de la compañía, según voz común, arrearle a un cura cuando el cura le estaba arreando a uno. Los incidentes de legítima defensa en nuestro internado se resolvían con una excomunión *latae sententiae*, que durante unas horas convertía en héroe al excomulgado, y, previos los consabidos actos de bajeza, con el levantamiento de la censura por el padre rector o por el padre prefecto por delegación del padre rector. El resto eran desventajas.

La gente de la compañía, tanto opresores como oprimidos, resultaba tan distinta a las gentes escolapias como los contrarios en las doctrinas peripatéticas. No era de extrañar, porque para ingresar en la orden de San José no se exigía mayor requisito que el de saber arar o, al menos, haber arado alguna vez, mientras que el ingreso en la orden de San Ignacio presuponía inexcusablemente sangre noble. Durante los recreos, tumbados en el cemento de los frontones o en la tierra del raquítico parque, nos asaltaba la duda de si estarían haciendo de nosotros hombres auténticos.

Una inconfesada y obsesiva diferenciación infectaba nuestras actividades, nuestra propia estima. Naturalmente, en los colegios de jesuitas no comían cinco veces por semana patatas al ajoarriero, no cenaban todas las noches puré de San Antonio, ni los alumnos estaban obligados a llevar mandil. Los días de salida acudían a recogerlos en automóviles, algunos con chófer (que ellos llamaban mecánico), tenían enfermería, cine, gimnasio, biblioteca, sala de dibujo y sala de música. Así es que, efectivamente, no sólo les enseñaban como es debido a creer en Dios, sino que conseguían que creyesen.

Por el contrario, ¿quién habría sido capaz de hacer verosímil la existencia de un Ser Supremo dentro de una comunidad que contaba entre sus miembros a ejemplares como el padre Matallanas o como Domingo Pedregoso?

—A ti, con ese apellido tuyo, Mingo, no te admitían los jesuitas ni aunque tu padre les diese todo lo que gana con el estraperlo.

Hacia el final del bachillerato Pedregoso carecía de energías para pegarse. Era ya un muchacho destruido por una colectividad, que no toleraba ni su riqueza, ni sus tendencias, que le había convertido en la antítesis modélica de un alumno de los jesuitas. Con gusto cedían su huevo frito los novatos, cuando los veteranos les explicaban quién era en aquel colegio el padre de los huevos fritos. Pero no se lo creían y había que llevarlos al huerto, como a santo Tomás, esconderlos en las cercanías de los gallineros y esperar la subrepticia llegada de Pedregoso. La verdad es que las gallinas se le quedaban estranguladas al crápula de Domingo Pedregoso, que, además de sujetar firme al animal, tenía que acallar sus espasmos y cacareos. Y encima, si no escapaba raudo, recibía, después de haber gozado, una paliza de los mirones. Lo cual probaba fehacientemente que en este valle de lágrimas todo goce trae aparejado un dolor.

Los intelectuales padecían el suplemento de una desconfianza tenaz. A pesar de jugar mejor, a un intelectual no se le podía alinear de delantero centro, de portero o de medio centro; se les relegaba a las tareas lacayunas de medio ala o a los trotes de extremo izquierdo. Que un intelectual se quedase sin vacaciones no escandalizaba. Se llegaba a sospechar, sin razón alguna, que los intelectuales no se masturbaban. Constituían, desde la perspectiva del común, una especie de tipos rencorosos y petulantes, que se creían con cualidades suficientes para haber sido alumnos de los jesuitas.

Se entendía por intelectual a todo aquel que se dejaba enseñar latín. En general a todo aquel que, antes del mes de mayo, denotaba algún interés por cualquier asignatura. No era pequeño riesgo, porque se podía confundir fácilmente a un intelectual con uno que estudiase, y la afición al estudio se conceptuaba, también por nuestros maestros, como síntoma de mariconería. Verdaderamente, una vez acabada la adolescencia, la experiencia no aporta nada nuevo.

Poco antes de las vacaciones pascuales del año de la reválida, el padre Enrique descubrió bajo mi ejemplar de *Historia de la litera-*

tura universal, de don Rogerio Sánchez, un ejemplar de la *Vie de Jesus*, de Renan. Simultáneamente, el padre Matallanas, desconfiando de la opinión general y de los decretos tridentinos, comprobó en el gallinero que ciertas inclinaciones son inmunes a la gracia. Había descubierto con espanto que el silencio de las últimas noches era debido a la mansedumbre —diré más, a la complacencia— con la que el ave recibía los empellones de Domingo.

Únicos alumnos sancionados, durante aquella interminable y santa semana nos vimos forzados a una amistad que nunca habíamos tenido. El caserón nos pertenecía, más inmenso por vacío, como las horas de aquellas jornadas sin ninguna obligación, tan tediosas que a veces asistíamos voluntariamente a los fúnebres oficios por entretenernos. En aquellos días, que por su silencio parecían días de ejercicios espirituales y fueron de diálogo materialista, brotaron los más apetitosos frutos de mi educación sentimental.

De mí probablemente recibió poco Domingo Pedregoso. De mi vocación por la hagiografía, que años después habría de conducirme a adherir la doctrina del realismo mágico en literatura, logré extraer algún consejo práctico. Así, le recordaba a Dominguito la ocasión en que el santo fundador de nuestra orden escolapia, el padre José de Calasanz, fue apresado en la ciudad de Roma y conducido por sicarios a prisión. Nada tuvo que hacer tan puro varón para verse exculpado de las abominaciones calumniosas que se le imputaban, pues, fatigado sin duda por su incansable apostolado y por la natural zozobra del apresamiento, apenas arrojado a las oficinas del alcaide de la prisión, tomó asiento en ingrato banco, reclinóse sobre tosca mesa y un dulce, profundo sueño, como de niño, embargole. Tocados alcaide y sicarios por esta manifiesta inocencia en lo más pétreo de sus duras almas, liberaron a nuestro padre José de sus grilletes y, sin más, pusiéronlo en la calle, todavía adormilado. El pío sucedido recomendaba que Pedregoso fingiese dormir al acercarse una sotana, a fin de deslumbrar con su inocencia a nuestros carceleros, y, a veces, lo cierto es que se echaba unas siestas como de niño.

Estaba, como se ha dicho, muy vapuleado ya por años de hostilidad y persecuciones, y particularmente en aquellos días el mísero Dominguito, según me confió, se encontraba algo viudo. El padre Matallanas le había retorcido el pescuezo a la única gallina que, después de muchos corrales e incontables sobresaltos, no sólo colaboraba sino que le gustaba. Por sabueso, el padre Matallanas recibió el encargo de apartar de la volatería el alma descarriada de Pedregoso. Las confesiones de Domingo con el padre Matallanas, que aquél me reprodujo a lo largo de ensortijadas confidencias, me enseñaron cuanto un escritor pueda saber del corazón humano, de la lucha del bien y del mal, de la predestinación y de la avicultura.

Cuando ya la intimidad propició la confianza, Domingo me hizo partícipe de su más secreta vocación. Él, a quien nadie igualaba en vileza, tosquedad y cerrilismo, anhelaba ingresar en un futuro próximo en el mundo mágico, fragante, próspero y placentero de un seminario jesuítico.

—Eso —le dije— es que sigues hipnotizado por Treviso.

Enfermo de sinceridad, no sólo lo admitió, sino que, enrojeciendo, me confió que algunas noches soñaba con nuestro antiguo condiscípulo y que éste se le aparecía con traje talar y dotado de una cresta poco desarrollada.

Hacía dos cursos que, sin que se hubiesen producido señales premonitorias, apareció una mañana, a mitad de la clase de griego. Era más alto, era guapo, tenía una distinción de otra raza y vestía como nosotros creíamos entonces que vestían los ingleses. Nunca consiguieron que se pusiese el mandil. Había sido expulsado de un colegio de jesuitas por organizar, sobre su pupitre y en horas de estudio, carreras de ladillas. Antes de una semana fue idolatrado.

Por delicadeza, Treviso eludía explayarse sobre las condiciones materiales de vida de su antiguo colegio, limitándose a reiterar su asombro de que allí viviésemos como vivíamos. Siempre en el centro de un corro de embelesados, prefería criticar acerbamente los métodos de nuestros maestros. Ni siquiera nos transmitían aquellos clérigos ignaros una idea decente de pecado. Nos hablaban de un infierno de bambalinas, con una declamación copiada a don Enrique Rambal en *Enrique de Lagardère*, *El jorobado*, armados de una teología de monaguillos y con una insufrible propensión a la cazurrería, al dicharacho, a la zafiedad y a la violencia hombruna. Ciertamente, nuestros predicadores nos inculcaban la idea de que la entrada en la morada del Padre nos la tendríamos que ganar en esta vida terrenal como jornaleros, como valientes soldados, como hombres, a guantazo limpio. A diferencia de los jesuitas, nuestros escolapios carecían de un sentimiento refinado de la culpa.

—Para estos curazos el pecado más exquisito es la gula.

—Pues tú —le argüían los menos pasmados de sus admiradores— menudas carreras de ladillas que organizabas…

Treviso desdeñaba responder a quien dudaba de su capacidad de provocación, cuya eficacia pronto pudimos comprobar. Con una sagacidad y una previsión impropias de su poca edad, repetía que nos estaban educando para perder, que nos estaban preparando para que fuésemos unos perfectos fracasados satisfechos. Y él, a quien le habían inculcado la moral contraria en su antiguo colegio, no estaba dispuesto.

En aquella comunidad a lo más que llegaba la vanguardia crítica del alumnado, en sus momentos de hartura, era a objetar el *Alloquium de Dei exsistentia*, de san Anselmo. Se objetaba por entretener al cura y que no preguntase la lección, por desesperarle, por propia desesperación. Ahora bien, si el objetante se empecinaba, corría el riesgo de recibir un par de bofetadas, con independencia de que Dios existiese o no. Otra impertinencia consistía en preguntar por las analogías y diferencias entre comunismo y capitalismo, lo que solía resultar inútil, pues ese tipo de sutilezas eran sinceramente ignoradas por nuestros educadores.

Hasta que llegó Treviso, el más eficaz ataque al poder constituido había sido la blasfemia contumeliosa corriente y moliente, la ordinaria. Treviso nos enseñó a herir donde más dolía la noche en que, interrumpiendo la lectura de *Floresta de leyendas y centón de sucedidos* que amenizaba nuestras colaciones, preguntó al padre prefecto cuándo se nos iba a llevar a ver el Goya.

—¿De qué Goya habla usted, Treviso?

—De un baturro que fue alumno de ustedes y pintó una cosa titulada *La última comunión de san José de Calasanz*, que la orden dice guardar en un convento a no muchos kilómetros de éste.

—Déjese de bromas insolentes y siga leyendo la *Floresta*.

Encontrado el filón, se desató una avalancha inquisitiva tendente a poner de manifiesto las —comprensibles— lagunas informativas del profesorado, tanto en letras como en ciencias. Capitaneados por Treviso, cuando uno no exigía que se explicase el principio de Arquímedes, otro, guareciéndose el rostro preventivamente, solicitaba que, en adelante, se dejase de incluir *El alcalde de Zalamea* entre las obras de Lope de Vega. Jamás tanto clérigo consultó tanto el Espasa:

Una mañana, con la misma sencillez que había aparecido, desapareció Treviso. Pero, a partir de esa misma mañana, comenzó su leyenda. Se decía que, reclamado por sus naturales padres, había regresado a su anterior colegio, como quien baja y sube de la gloria al infierno sin pasar por el purgatorio. Se sospechaba que había sido un agente infiltrado por la astuta compañía. En todo caso, su figura, sus ideas, sus maneras, fueron mitificándose y, dos cursos más tarde, en el año de la reválida, cuando Pedregoso y yo nos quedamos sin vacaciones de Pascua, había quien creía, como el padre Matallanas, que el Maligno había tomado la forma carnal de Treviso para sembrar la confusión entre nuestra ruda hueste, mientras los más finos susurraban que Treviso había sido en realidad san Luis Gonzaga.

Lo que luego sería de nosotros es otra historia. Como entonces no pudimos sospechar, con el transcurso de los años fuimos olvidando lo que sabíamos entonces y entonces ignorábamos saber. Algo, sin embargo, ha resistido a la degradación de la edad y es la certidumbre de que el sentimiento de culpa y la cochambre generan amor a la culpa y a la cochambre, perpetúan la miseria. Así, cuando nos reunimos los antiguos alumnos, seguimos abominando de la educación que nos dieron. Pero siendo todos una panda de perdedores, supongo que también a ellos les queda, al menos, esta satisfacción mía de no haber pisado nunca un colegio de jesuitas.

Detrás del monumento

A falta de psiquiátrico donde enviarnos y a fin de que fuésemos repasando las pendientes, a principios de agosto se nos abrieron de nuevo las puertas de aquel internado en el que se nos enderezaba a golpes la torcedura moral, fruto de los callejeos y relajamientos de la zona roja. Unos días antes los enemigos del padre Matallanas habían desembarcado en Sicilia y, en tierras de Getafe, el grueso de los aliadófilos de quinto nos encontramos anticipadamente recluidos en un caserón por el que apenas circulaba lo más vetusto de la orden, los fámulos más derrengados y lo peor de cada curso.

En funciones acumuladas de rector y de prefecto, reinaba el padre Matallanas sobre una comunidad, mitad de santos, mitad de golfos, unánimemente flagelada por el feroz calor de los primeros veranos que siguieron al triunfo de la cruzada. Cuando llegaba el crepúsculo y la temperatura en los aledaños de la estatua del santo fundador aumentaba en ocho grados, no podíamos concebir el final de aquella encerrona, el comienzo (sin solución de continuidad para nosotros) de un nuevo curso, que alguna vez la nieve volviese a cubrir aquellos calcinados páramos.

—Anteayer mismo estaba yo ahogando topos en el río —rememoraba Domingo Pedregoso, más incrédulo que nostálgico— y llega mi padre y, sin más, me anuncia que mañana, aquí, a que me hagan hombre, aunque sea en vacaciones. Me levanté por la noche y le rajé una rueda de la camioneta.

A la espera de los hielos que indefectiblemente traería la primera glaciación de la posguerra, el padre Matallanas estaba supuesto de ilustrarnos, además de en la ciencia matemática (que era lo suyo), en todas las otras materias de la universal sabiduría exigidas por el Plan del 38. Pero, tras una primera lección que dedicó a la metodología multidisciplinar que pensaba aplicarnos hasta los exámenes de septiembre, el padre Matallanas desaparecía rumbo a inciertas ocupaciones. Apenas desayunada, la reducida horda era convocada para una clase de matemática general, unidad de acto docente que eliminaba las diferencias de curso y desdeñaba los niveles de ignorancia del alumnado. Así, alguno hubo que aprendió a sumar quebrados cuando ya estudiaba trigonometría.

—Está raro —comentaba Pedregoso, suspicaz—. Pase lo de que no se atreva con el latín o la geografía, porque hasta yo sé más que él y sería una usurpación por su parte. Pase que nos mande a repasar y ya no le volvamos a ver la cachimba hasta la hora del rosario. Pero lo preocupante es que está simpático, como de buen carácter.

Efectivamente, así era, y en parte era debido a que, según las emisoras que el padre Matallanas escuchaba, los ejércitos del Eje habían aniquilado al ejército invasor en las propias playas del desembarco. A nosotros el día se nos iba en largas siestas, vagabundeos por el desierto convento, amargas lamentaciones o apabullantes silencios. Nadie era capaz de jugar a la pelota en los llameantes frontones y en el llamado campo de fútbol, al primer pase, el balón levantaba una esférica nube de polvo, que quedaba suspendida en el aire durante horas.

—Yo prefiero estar aquí que en mi casa —confesaba el pequeño de los Armijo, con ese optimismo que nace de la desesperación—, porque en mi casa me obligarían a estudiar.

—Y a lavarse continuamente —apostillaba Domingo Pedregoso, al que de sus nefandas incursiones al gallinero le quedaba un
permanente olor a estiércol.

Después de mascullar el rosario en el salón de estudio, y del
puré y la sandía de la cena, llegaban, con la cesación oficial de toda
actividad, las horas más penosas de la jornada. Poco a poco, emer-
gíamos de las oscuridades del parque y nos acomodábamos en la
hierba pajiza del jardincillo en cuyo centro se alzaba la estatua del
santo fundador. Allí esperábamos una brisa, que nunca llegaba,
aplastábamos sobre nuestra piel mosquitos como cigarras, acumu-
lábamos pacientemente valor para subir a las sofocantes celdas y alguien rememoraba el fastuoso esplendor que tendría en aquellos
instantes la noche madrileña.

—En Aranjuez no hay furcias, ni salas de fiesta, ni la Gran Vía
llena de autos y de anuncios. Pero a estas horas los merenderos de
la orilla del río se llenan de luces y suena la música de la radio.

—Mingo, anda, cállate. Que nos pones de tango.

Habiendo averiguado la primera noche que las Cirilas por decisión familiar tomaban las aguas en Marmolejo, Fernández no había vuelto a escapar al pueblo. En aquel tiempo Fernández había
descubierto en la biblioteca paterna a Manuel Machado y a Santos
Chocano, y en la penumbra caliginosa del jardincillo nos recitaba,
entonándolos, poemas galantes y selváticos, que trataban de mujeres malas fuera de la sociedad y de caimanes que vivían eternamente prisioneros en el palacio de cristal de un río. Estos últimos, de
fauna amazónica, entusiasmaban a Pedregoso y Fernández accedía
siempre al bis.

—Pero ¿ya se ha largado Mingo al gallinero? —se percataba alguno, de repente.

Conforme la noche progresaba (sin parecerlo), se hablaba del desembarco en Sicilia y del frente ruso, se generalizaba un debate estratégico y los más sagaces profetizaban nuevas armas, definitivamente destructoras, pero que nunca estallaban en forma de hongo. La mayoría deseaba que España entrase en la guerra y hasta los pacifistas soñaban algunas noches con combates sobre la nieve. Cuando Mingo atravesaba el parque hacia el caserón, cabizbajo por los remordimientos y sosegada la carne, la conversación giraba, a los pies del santo fundador, hacia la mujer y sus efectos.

—Pues un primo mío me ha dicho que las ladillas son una enfermedad venérea.

—Pues dile a tu primo, macho, que la sífilis también se puede coger subido en un árbol, como Balmes, pero con una sifilítica en las ramas.

Un atardecer, constituidos en comisión, nos presentamos en el cuarto del padre Matallanas los que ya no aguantábamos. Nos recibió en calzoncillos largos atados a los tobillos y en camiseta de felpa. Nos escuchó, mientras daba cañamones al canario. Luego encendió la cachimba, reflexionó y dijo:

—De acuerdo. Entiendo que os canse tanto estudio. Yo os buscaré distracción. Por lo pronto, antes del rosario os daré todos los días una charla de formación del espíritu nacional.

—Muchas gracias, padre. Pero que sea sólo de espíritu nacional, sin mezclar para nada la ignominiosa, inacabable y cruelísima agonía de Voltaire, que con estos calores no estamos para lo del pus y las entrañas corroídas por los vermes.

—Ya teníais que saber que de la ejemplificadora agonía de aquel degenerado únicamente trato en sermones de solemnidad.

417

Las charlas patrióticas del padre Matallanas algunas tardes incluso hasta nos ilusionaban. Pero, sobre todo, en cumplimiento de su promesa nos encontró ocupaciones recreativas, bien en la huerta, bien en la cocina, bien en la iglesia. Domingo y yo fuimos encargados de ir desmontando el monumento, que seguía erigido, sin que se supiese por qué, desde la pasada cuaresma en la capilla de Santa Clotilde.

—Lo más urgente —dictaminó Mingo Pedregoso, con ímpetu de santero novicio— va a ser quitarle el paño a la santa Clotilde. Luego bajamos los candelabros y los floreros. Y después empezamos a desclavar el armatoste.

Las horas se nos iban en el templo con apacible rapidez. Una relativa frescura, el silencio, las formas y el vino sin consagrar que consumíamos en la sacristía, aquel olor, embebían el tiempo. Cuando no hacíamos eco gritando, pensábamos en cosas o explorábamos los ámbitos litúrgicos. Daba mucha paz, sentado en un banco, meditar sobre la inexistencia de Dios. Desde el púlpito se experimentaba un extraño dominio, la certidumbre de una hermosura inútil.

—Ven, ven —susurró una mañana Mingo desde detrás del monumento, donde investigaba algunos trozos desprendidos del retablo.

Tras las tablas arrancadas, la entrada en el muro apenas era mayor que una gatera. Tardamos en decidirnos a penetrar en las tinieblas, provistos de cuatro candelabros.

Nos juramentamos para mantener secreto el descubrimiento y ambos cumplimos el juramento. Allí dentro nunca hablábamos. Nos instalábamos en la pútrida oscuridad del recinto, resistiendo el miedo siempre que no imaginásemos la altura que podía haber sobre nuestras cabezas. Hacía frío y las piedras de los muros rezumaban humedad.

—¿Te acuerdas el día que encontramos el esqueleto? —recordaría Mingo durante la Semana Santa del siguiente año, cuando a los dos nos castigaron sin vacaciones.

—¿Qué esqueleto? Lo único que encontramos cuando tú le robaste la linterna al lego de la portería fue un montón de números de la revista *Crónica*, con desnudos artísticos, que nos repartimos.

Sin embargo, mientras pasaba el verano y pasábamos los exámenes, mientras comenzaba un nuevo curso interminable e incluso llegaba aquel frío de los sabañones, dolorosísimos como la agonía del impío Voltaire, mientras vivíamos la subversión de las reglas calasancias que supuso la aparición de Treviso expulsado de un internado de jesuitas, resultaba cada vez más congruente recordar que habíamos encontrado un esqueleto; un zapato de tacón alto, una ardilla disecada y una garduña viva, como quería recordar Domingo. Y quizá porque la luz de la linterna nunca llegó a la bóveda de aquel ábside amurallado, la fuerza de la costumbre no acabó de habituarnos al misterio del recinto, como muchos años más tarde nos habituaría a la vida la costumbre de vivir. Y con todo, allí me fue posible experimentar el presagio de una juventud eterna, que pronto dejaría de cumplirse, la seguridad (tempranamente perdida) frente al caos, una esperanza, no defraudada nunca, de recordar en el futuro la tiniebla voraz y acogedora. Y, además, no constituyó la menor enseñanza de aquel verano la humillación de compartir el prodigio con un ser tan rastrero como Mingo.

—Me acuerdo yo —me diría Pedregoso, cuando vino a verme al despacho, para embrollos administrativos, recién heredadas las tierras ribereñas del Tajo que su padre había comprado con los beneficios del estraperlo en los años perdidos— y te tienes que acordar tú la vez que desnudamos a la santa y la escondimos en lo hondo, detrás del altar. ¿A que sí te acuerdas?

—Sí. Porque probablemente nunca conseguimos salir.

La capital del mundo

Recuerdo el aire cálido de la media mañana, esa luz que aún no es de verano y resulta excesiva para la primavera (que, como nadie ignora, en Madrid no existe), un olor compacto a ciudad y que a poco que se aspire va descortezándose en los diversos olores que lo componen. Yo venía por la acera de los pares de la calle de Lista de recoger el chusco diario. Recuerdo, sobre todo, una sensación de bienestar total, cuyo origen entonces ignoraba y que ahora sé que era la simple satisfacción de vivir. Frente a la cárcel de Porlier y desde tres alcorques atrás, venía yo, con el chusco, dándole certeros puntapiés a un bote de conservas. ¿Qué más placer podía añadirse a la suavidad de la mañana, a la animación de la calle, al guirigay peatonal, que provocar a patadas un estruendo de hojalata?

Pero, de pronto, la siguiente patada al bote se la dio un muchacho —mayor—, que apareció corriendo a mis espaldas. También yo corrí, fingiendo ignorar la presencia de aquel súbito competidor, lancé el bote hacia el bordillo, regateamos, silenciosos y testarudos, sobre los adoquines, el bote fue a chocar contra la fachada, muy cerca ya de la esquina de Torrijos, ambos nos precipitamos y antes de llegar a la esquina, el desconocido, con una violencia brutal, se arrojó sobre mí y me aplastó contra la acera. No dispuse de muchas fracciones de segundo para, entre la ira y el dolor, encontrar incongruente aquella pelea por la posesión balompédica de una lata abollada. Casi de inmediato, la explosión transformó la mañana de sol en la noche del fin del mundo.

El bote se lo tragó el socavón de la esquina, así como se tragó las escaleras del metro y se hundió la acera de los impares de Torrijos hasta Don Ramón de la Cruz. Nunca se supo —nunca lo supimos los de mi banda— cuántos explosivos estallaron aquella mañana en el ramal Goya-Diego de León convertido en polvorín. Tampoco, el número de muertos, ni las causas de la catástrofe. El muchacho y yo bastante tuvimos con salir de naja y encontrarnos (temblando, una vez más en aquella guerra) delante de mi abuela, que nos preparó dos tazones de malta con leche y nos migó en ellos el chusco, con olor a pólvora, del que, como una víscera más, yo no me había desprendido.

El muchacho que aquella mañana me salvó la vida tenía, efectivamente, dos años más que yo, se llamaba Silverio Abaitua y durante los siguientes treinta y cinco años en multitud de ocasiones maniobramos los itinerarios de nuestros paseos para acabar en aquella esquina apocalíptica. Aunque no quería reconocerlo, Silverio rastreaba allí, en el lugar de los hechos, la explicación a su premonitorio cuerpo a tierra, que nos libró de volar a lomos de la onda expansiva. A pesar de que nada era lo mismo, el lugar no había cambiado mucho. Naturalmente, nunca Silverio ni yo llamamos calle del General Porlier a la calle de Torrijos. Lo decisivo era que ya no importaba saber las causas, ya que apenas quedaba algo de aquellos dos niños que allí se disputaron un bote. Pero, aun así, en esa esquina de Lista con Torrijos, treinta y cinco años después, yo creía que todavía nos quedaba Madrid, una ciudad cuyo trazado y cuya configuración únicamente podían conocerse en compañía de Silverio.

Para dejar claro que su apellido vasco provenía de una excentricidad de sus antepasados, Silverio, cuando la ocasión lo demandaba, proclamaba que él había llegado a esta ciudad desde el vientre de su madre y que nunca permanecería más de dos meses seguidos fuera del claustro madrileño. Era discutidor, contradictorio y charlatán, cualidades que nos unían sobre diferencias de gustos y de trabajos. En algunas cosas siempre estuvimos de acuerdo y una de ellas era nuestra común aversión a esa especie de erudición bachillera, que convierte el callejero de la ciudad en frondosa historiografía o en ramillete de leyendas.

Si alguno de los dos durante la paseata se ponía magistral, respecto, por ejemplo, a la ubicación exacta de la huerta de San Jerónimo y demás tapias del antiguo Buen Retiro, el otro le nombraba cronista oficial de la villa y le mentaba al conde-duque. Preferíamos matar el tiempo y consumir el espacio con disertaciones sobre las mutaciones del paisaje urbano, las transformaciones sociológicas de ciertas zonas, los ensanches, la investigación arqueológica de qué tiendas, sin fallar una, había, cuando había barrio de Pozas, desde el café España, en la esquina de Princesa con la ronda del (mentado) Conde-Duque, hasta ambas esquinas de los bulevares.

Caminando por el Madrid de los años cincuenta yo mantenía frente a Silverio que la interrogante ¿qué es una ciudad? sería una de las muchas que me habría de llevar de este mundo sin respuesta. Por aquellos años, gracias a un acelerado curso de marxismo recibido en una catacumba de la plazuela de Santa Catalina de los Donados, estaba yo en condiciones de aclarar a mis contertulios del café Gijón o de los bares del Puente de Vallecas el concepto de plusvalía. Silverio siempre fue refractario a cualquier análisis de raíz hegeliana y negaba tajantemente que una ciudad fuese sólo la consecuencia de unas determinadas fuerzas socioeconómicas, un producto perecedero del devenir. Una ciudad, para él, era la vida rodeada por la inevitable naturaleza.

Según Silverio, a partir del Madrid de la guerra civil, Madrid había experimentado seis transformaciones y una séptima, radical, a punto de estallar. Ni las fechaba, ni las describía; no tenían mayor importancia. Creía en un espíritu de la ciudad, en la esencia de la madrileñidad, hasta en una música, aunque infame y austríaca, matritense. Era un antropomorfista y llevaba soterrado un castizo. El bueno de Silverio compartía conmigo un escaso aprecio por la ciencia del urbanismo. El centro de la ciudad era el centro y no dejaría de serlo jamás, con una valoración creciente. Profetizaba que en unos años (y así sucedió) la denostada Gran Vía de los cuarenta sería catalogada como una de las más atractivas calles de Europa.

Por la zona norte su aprecio fue decreciendo, a medida que para llegar al campo de fútbol de Chamartín no había que cruzar ya los barrancos de los Altos del Hipódromo. Al comenzar la década de los sesenta, solía afirmar que se sentía más contemporáneo del Madrid de Pedro Texeira o del de De Wit que de ese Madrid (si lo es, apostillaba) de la prolongación de la Castellana.

Amaba los barrios del sur y del suroeste, aquellas infraciudades que surgían de la noche a la mañana en los bordes de un Madrid de principios de siglo. Hacia el este, algunas calles de La Prosperidad o de la Fuente del Berro le proporcionaban, en los momentos malos de la ansiedad, un sosiego que ni el gregoriano. Recuerdo a un Silverio sonriente, satisfecho y convencido de habitar en la urbe excelsa, cuando lograba llevarme por la Casa de Campo y subíamos luego hacia la Universitaria, evitando obuses y sorteando parapetos. En contraprestación a esos vientos serranos, me acompañaba de buen grado a Lavapiés y soportaba mis ínfulas de lingüista de taberna, incluso esa acomodación al principio de realidad que me entra a mí nada más penetrar por la calle del Avemaría, el convencimiento de que el cinematógrafo lo inventaron los Lumière para que se proyectase en el Do-Re y en el Olimpia, la calentura que a todo donhilarión le enciende la calle de Tribulete.

En ese barrio, con su nocturna Calle 42 situada en la plaza del Progreso (o del señor Téllez, que se decía cuando una municipalidad franquista la motejó de Tirso de Molina), hasta la década de los sesenta se encontraban aún los restos de un Madrid verbenero, sainetero y redicho, que, por uno de esos fenómenos de trasvase del tópico a la realidad, era auténtico. Y misterioso.

Allí, en el territorio del laísmo, por supuesto que no se diptongaba el pronombre con la vocal siguiente y sí se acentuaba; así, por ejemplo: «Le-he visto» por la Costanilla, «la-aseguro» a usted, «la-hemos hecho». También seguía siendo de rigor y patente de madrileñismo la anteposición del artículo determinado a los sustantivos parentales y a todo nombre de pila, en versión hipocorística o no, como, por ejemplo: «La» prima Isabel se casa, «la» tía nos da hoy de merendar, «el» Goyo lo baila en una baldosa.

Pero era precisamente en aquel barrio de Lavapiés, dominio del laísmo y del artículo definido, donde la gente fina, y para demostrar que lo era, venía diciendo desde finales de siglo: «Le-visto» por la Costanilla, «laseguro» a usted, prima Isabel se casa, tía nos da hoy de merendar. Esas curiosidades, que a mí me entretenían, Silverio las utilizaba para reafirmarse en el dogma de que Madrid posee una personalidad de origen metafísico, que impregna a sus naturales, y de que, a su vez, evoluciona, como todo organismo vivo, aunque, eso sí, no es previsible que esta ciudad vaya nunca a desaparecer.

Silverio en pocas ocasiones decía Madrid, sino «esta ciudad». Mantenía una ostensible reserva de opinión sobre los seres humanos que no habían nacido en esta ciudad, ya que por algo ser de la capital obliga a una imparcial suspensión de juicio o criterio. Las restantes ciudades de España y de los otros continentes eran urbes sólo por comparación con esta ciudad. Por no parecer centralista, Silverio caía en el imperialismo. Nunca supe (pero alguna contaminación de afectos privados debía de jugar en la elección), por qué a Silverio le parecían parangonables a Madrid únicamente Nueva York, Salzburgo, Roma y Zaragoza.

En una fotografía, que, por las gabardinas y los sombreros flexibles que llevamos Silverio y yo, debió de ser tomada hacia 1952, el objetivo nos ha fijado subiendo por Mesón de Paredes una tarde de invierno, cuya luz cuanto más se decolora la foto va siendo más verdadera. Se trata de un fenómeno aparentemente inexplicable, pero en el que concurren tanto la química fotográfica en su derrota frente al paso del tiempo como la embrujada naturaleza de esa luz que hacia 1952 iluminaba la calle Mesón de Paredes.

Veinte años después, en semejante prueba incontrastable basaba Silverio su tesis de que la manía estomagante de ver velazqueña la luz de los atardeceres de otoño desde la calle Bailén responde a que esos ocasos fastuosos, que jamás tuvieron en el siglo XVII tal calidad, la han adquirido en los lienzos bajo el influjo mutante de la atmósfera madrileña. De donde deducía que hasta dentro de tres siglos los cuadros de Antonio López no adquirirán la luz real y soterrada del Madrid contemporáneo, que sólo algunos genios saben captar y que en esta ciudad termina siempre por cuajar, más bien tarde que temprano.

La tesis de las virtudes latentes de la luz madrileña y de sus pintores de ciencia ficción, el convencimiento de que la personalidad de Madrid está compuesta por la suma (no decía síntesis) de las variadas personalidades de sus barrios, una hipersensibilidad, ante imaginarios o efectivos menosprecios, constituían, entre otros rasgos, el madrileñismo de Silverio, su empecinamiento de organillo.

Ahora, cuando ya no es posible mantener aquellas conversaciones peripatéticas, acepto más las ideas de Silverio de lo que entonces me negaba a admitir por prejuicios racionalistas. Mi universalismo marxista de aquellas décadas de los cuarenta y de los cincuenta (que Silverio fechaba a su conveniencia entre el día impreciso en que le permitieron la entrada, a pesar de los pantalones bombachos, en una casa de la calle de la Reina y la clausura de todas las casas de tolerancia por decreto) concedía ya ante sus razonamientos que quizá una ciudad sea exclusivamente aquella aglomeración de edificios a la que con justo título llamamos «mi ciudad».

Sólo sería, en consecuencia, madrileño quien perciba en un viejo y claro barrio de menestrales el misterio en calles (a elegir) como la de la Cabeza, la del Gobernador (ya en la frontera de Atocha), la de Tres Peces o la travesía de Cabestreros. Si la vida, que no se entiende, se siente en la soledad de una tarde de domingo por Nassau St. o buscando la calle Calatrava desde la Vía Augusta, indudable y respectivamente resultará que uno es neoyorquino o barcelonés.

De todas las etimologías que recopilamos en nuestros años de amistad, la única que Silverio admitía era una de origen griego, que juraba haber encontrado en el *Tesoro de la lengua*, de Covarrubias; según la tal, Madrid vendría de prostíbulo. Por supuesto que, al instante, el paseo se orientaba hacia ese enjambre de la existencia comprendido entre Infantas y Fernando VI, para terminar en el madrileño San Pauli de las calles de Alcántara y de Naciones, evocando una ciudad hambrienta, estraperlista, tiritona, oscura y sucia, raquítica, que durante años estuvo dominada por la alegría de los vencedores.

Silverio, cuando supo que además de ineluctable sería cuestión de dos o tres semanas, se fue a morir a Granada. Era la primera vez que bajaba a Andalucía. Dejó sus papeles y sus dineros en orden, parece que también una carta a la menor de sus hijas y, a finales de febrero del 73, le dieron tierra allí, en el sur ignoto. Cuando meses más tarde lo supe, creí entender que, además de ahorrar a los suyos su agonía, Silverio también había querido evidenciar que no era Madrid ciudad para morir.

Pero ¿qué puedo saber yo? He llegado a pensar, inmóvil en la esquina redonda de Alcalá con Gran Vía, que Silverio odiaba este Madrid en el que por encima de la Puerta de Alcalá crecen las torres del cemento. En mis paseos, solitarios desde hace más de diez años, por las cada vez más solitarias aceras de Madrid, mis pensamientos errabundos divagan, se impacientan y, con una encrespada urgencia, me empujan hacia lo poco que no ha cambiado o hacia lo poquísimo que ha renacido. Me gustaría callejear Malasaña por la noche con Silverio, atravesar con él la plaza Mayor bajo la lluvia, llegar en metro (horadando el horror) a La Ventilla y regresar por Bravo Murillo, con desvíos frecuentes más a derecha que a izquierda.

A veces, he pensado que yo también moriré (en Samarkanda), sin que (por intercesión divina) se haya terminado la Almudena, y lo cierto es que cada día me importa menos que otros vayan modificando una ciudad que ya no me pertenece, aunque no sepa precisar cuándo la perdí. A cambio, me es suficiente que el diablo siga contorsionado a la columna y que abajo de la columna algo me permita aún volver a la Rosaleda de los años treinta, a ese jardín de los Campos Elíseos de una infancia proustiana, que bruscamente se convirtió en una infancia golfa, y que no se quedó en infancia gracias al olfato para la dinamita del niño Silverio Abaitua.

A lo largo de una de las orillas del Manzanares o a lo largo de Arturo Soria (esa ciudad que murió de parto) no es raro que, para aliviar el cansancio de la caminata y las brumas de la cabeza, me recite a mí mismo un poema de Carlos Barral, que se titula «Geografía o historia». Esos versos me ayudan a confundir la geografía con la historia (como en el Plan del 38 del bachillerato franquista) en una sola asignatura, disciplinas que Silverio no confundía, ni apreciaba. ¿Qué significados esconden esa ermita o esa piscina, tan banales, tan ramplonas, esa geografía convencional que las enmarca, sino lo que yo sé o creo saber, lo que yo he olvidado, la historia que viví o que me contaron?

A lo largo de los años también, como quien pasea por esta orilla del tiempo, he ido desprendiéndome de teorías, de definiciones, de aquellas elucubraciones que a Silverio y a mí nos apasionaban durante nuestros paseos con un entusiasmo excesivo para que nuestra pasión fuese sincera. Por muy pétreos que sean los muros que contemplo, por muy a lo lejos que se sitúe el punto de fuga de la perspectiva de la calle, por muy hiriente que la luz haga el escarpado relieve de los tejados, a veces creo contemplar un telón de fondo, un juego de decorados. La ciudad es un escenario. Apenas percibo la banal comedia que sobre él se representa. Y, sin embargo, una parte del decorado se ilumina, deja en tinieblas el resto, y comienza a representarse una apolillada comedia, cuya fidelidad al texto original imposibilita la arbitraria memoria del autor.

Madrid ya no es más que un azaroso nudo de sugerencias, que se disparan voluntaria o involuntariamente, que incluso algunas se reprimen, se rechazan; esta ciudad se me ha convertido en un pretexto de la memoria. Lo que no deja de ser útil, aunque no siempre deleitable, para el desmemoriado que necesita los regresos al lugar donde supone que estuvo. Y también almacén de imágenes cubiertas de telarañas, de desvaídos sentimientos, de tenaces errores y de ignorancias persistentes, de enigmas cotidianos.

Quizá me sea imposible reconstruir aquella red de cables aéreos que cruzaban la Puerta del Sol, pero no necesito ir a Lisboa (aunque por todo lo demás lo necesito con frecuencia) para reproducir en mi memoria acústica el fragor del tranvía remontando aquel repecho de la calle de la Princesa, que allanaron. He olvidado el tamaño de los trolebuses, que ahora probablemente encontraría mezquino, pero no olvido que Silverio y yo adquirimos conciencia europea una mañana de la década de los cincuenta recorriendo la calle Serrano en trolebús. Oigo aún los chuzos de los serenos en las calles ahora flanqueadas por los cubos de basura y algunas madrugadas de invierno, si cerrase los ojos, vería pasar, mudos, casi levitantes, los carros de los traperos.

Es difícil, cuando mis conciudadanos visten a su guisa y desinhibidos, creer que se producían en los barrios burgueses aquellas salidas de misa dominical, aquellos desfiles de uniformados estratos sociales, vivo modelo de la ciudad de funcionarios y de jerarquías que Kafka creó. Esa fantasmagórica asamblea, que suele resucitar las mañanas de invierno transparentes, se corresponde, gracias a la incongruencia de la memoria, con aquel hedor de animales en cautividad que Silverio percibía en la zona del paseo de Coches del Retiro donde estuvo la Casa de Fieras, cuando ya la casa (zoo en la actualidad) había sido trasladada a kilómetros de allí y allí recorríamos la Feria del Libro, que vino de Recoletos.

Nunca supimos, ni yo averiguaré nunca, por qué el mercado de la calle Andrés Mellado, que toda la gente del barrio de Argüelles denomina como mercado de Andrés Mellado, se rotula mercado de Guzmán el Bueno. Y no hay de qué extrañarse, si pienso que Silverio, de seguir vivo, seguiría convencido de que la portada del antiguo hospicio, en la calle de Fuencarral, fue tan obra de José Churriguera como de Pedro de Ribera la portada de la iglesia de San Sebastián, en la calle de Atocha.

Nada puedo reprochar a la obcecada equivocación portadista de Silverio, porque, si bien conozco la causa de que siempre hacia el final de la calle Barquillo el corazón se me contraiga, también siempre me sorprende que la calle Barquillo no desemboque en la plaza de Colón. ¿Por qué a mí toda idea importante (para mí) se me ha ocurrido por el andén de la izquierda del paseo de Recoletos y nunca antes del crepúsculo?

Los influjos inexplicables, las enmarañadas relaciones, los subterráneos deseos o las súbitas conmociones, la ignorancia en suma, sólo se pueden eludir quedándose en casa o limitándose al diario viaje de casa al taller, y vuelta. Pero si la ciudad se utiliza como detonante de una búsqueda insensata, si se la pasea (como a las novias de antaño) la calle, a veces la ciudad hace retroceder el tiempo y, de repente, en esta calle arbolada, oyendo la algarabía de los vencejos mientras arriba, en las cornisas, persiste una lentísima luz solar, está transcurriendo un atardecer de uno de aquellos asfixiantes veranos de los años cuarenta, que, como entonces se decía, efectivamente, nunca terminaban.

Sería ridículo que en una ciudad donde se besan públicamente las criaturas de carne y hueso una noche de éstas besase yo, con el ardor que mis labios ponían entonces en sus gélidos labios, la estatua sedente de *Pepita Jiménez*. Pero en esta ciudad, cuya improbable belleza ya no me afecta, conocí durante aquella guerra la única libertad de que he disfrutado. Y en esta ciudad vivo (en ocasiones, gracias a ella), con independencia de que ignore su sentido o de que sospeche que no tiene ninguno. Si, además, es la única ciudad en la que una estatua ha correspondido a mi beso, se comprenderá lo poco que me ruboriza el provincianismo a lo Silverio Abaitua de sentirme madrileño.

Para no salir al extranjero (si es que eso existe) cuando este poblachón me agobia, para los días futuros en que ya carezca de fuerzas para caminarlo, guarda Madrid una reserva inagotable. Mientras pueda entrar por una de sus puertas, podré, a unos metros de la Cibeles, entrar en todos los reinos, pasar de Madrid al cielo y a los infiernos con sólo empujar un torniquete. Porque Madrid (no nos engañemos) es el Museo del Prado y quien tenga la oportunidad de vivir en Madrid, tiene la posibilidad, con tal de que sea algo cosmopolita, de habitar en la capital del universo mundo.

Cuestiones flabelígeras

No se oculta a los estudiosos el espectacular avance de la investigación, que en las últimas décadas ha despejado de enigmas la historia universal del abanico. La titánica labor llevada a cabo por esforzados especialistas ha aireado las brumas más tenaces al conocimiento. Y de tal suerte que, siendo hoy en día difícil tropezar con alguna cuestión irresoluta dentro del ámbito de nuestra disciplina, resulta todavía más arduo encontrar trabajo para los historiadores del abanico. Aunque doloroso, debe admitirse que sobre el abanico no hay absolutamente nada sensato que decir.

Así las cosas, parte de la grey especializada viene dando (como quien da voces al viento) en orientar estructuralmente, y hacia la modernidad, una metodología del abanico, con subrepticios fines metafísicos. Esta desviación epistemológica de la historia del aire manual no puede traer sino confusión. Cualquier precisión sobre datos (aun sobre los harto ventilados) de este instrumento, adoptado por todas las creencias, beneficiará, en consecuencia el rigor de las ciencias flabelígeras.

El giro copernicano que supuso el descubrimiento del Soplillo Chino bajo los restos de la primera muralla continúa vigente, porque lo que en aquellas ruinas se desenterró, con independencia del bellísimo adminículo (hoy, en el Museo Británico), fue la leyenda, en mandarín arcaico, repetitivamente pirograbada en sus sesenta y nueve varillas. Esta leyenda no es descifrada hasta la construcción de la segunda o Gran Muralla, en el siglo III a.C., y habrán de transcurrir milenios y controversias hasta que una anónima discípula de Freud la ponga en austríaco inteligible que, puesta a su vez en lengua castellana, dice así: «Que tu brisa aleje la pasión verdadera».

Como cualquier bachiller sabe, a partir de este decisivo hallazgo y en virtud de la ley de acumulación de fenómenos (o ley de las desgracias nunca vienen solas), Marita y Jorge Eduardo Laplata descifran la leyenda, en taíno primitivo, repetitivamente pirograbada en las sesenta y nueve varillas del Paipay Vacilón (hoy, en el Museo de América), leyenda que, traducida del argentino, dice así: «Como rebenque o puñal, contra la falsa pasión».

Queda, por consiguiente, establecida la disyuntiva de los usos históricos del abanico, según el contrario empleo del instrumento que el material histórico parece poner de manifiesto. En efecto, nos encontramos con un chino del V milenio (a.C., faltaría más), a quien le produce terror el sentimiento auténtico o sentimiento amoroso, por lo que en los momentos críticos se abanica con saña a fin de reponer en sus estrictos fundamentos de artificio la pasión natural.

Simultáneamente nos encontramos ante el irrefutable testimonio de una hermosa hembra precolombina, que, mediante abanicazos, aleja en los momentos críticos la bajeza del instinto que se enmascara de pasión verdadera, cuando verdaderamente se trata sólo de pasiones de naturaleza instintiva.

¿En qué quedamos?, se preguntan los abanicólogos del XIX. ¿Sirve el abanico tanto para sólo amar las apariencias, rehuyendo la esencia, como para, contentándose sólo con la esencia, rechazar las apariencias?

En este trance la historiografía se divide en dos bandos radicales, que se injurian mutuamente. Los partidarios de un chino, que prefiere la simulación del amor al amor, son motejados de golfos de la arqueología por los partidarios de una apetecible taína, que, cuando besa, besa siempre de verdad y en la que algunos filólogos del abanico han visto el modelo de *La perfecta casada*, de fray Luis de León, soltero y místico del siglo XVI. Tamaña disputa se acaba con la publicación de *La falsa disyuntiva* (Orense, 1901), de Xose Santiaguiño, obra en la que el notable pensador galiciano, asumiendo ambos empleos del abanico, demuestra concienzudamente que en este mundo siempre ha habido (y hay) gente para todo.

Aunque en su voluminoso tratado Santiaguiño menciona de pasada a la condesa Betorowski (o Bercovig), desdeña comentar la única biografía válida hasta la fecha de la condesa (v/ García Hortelano, fray Juan Gabriel: *El elector de Sajonia y condesa Bercovig* o *Una misma persona en dos cargos verdaderos*; en Zaragoza y en las prensas de Magallón, año MDCCLXXXIX; hay edición facsimilar, sufragada por la Fundación Machimbarrena, Aravaca, 1984). ¿Descuido o doblez?

En todo caso, fray Juan Gabriel García, contemporáneo de la Bercovig y, según lenguas, asiduo a su salón, nos ha transmitido, con su reconocida perspicacia, una intimidad inapreciable, desde la perspectiva iconológica, acerca de los bellísimos países de los abanicos condales (hoy, en el Louvre). Cuenta el fraile eruditísimo que la propia Bercovig le confesó repetidamente que, tanto en sus períodos de condesa como en sus períodos de elector, dormíase siempre con uno de sus abanicos entre el camisón y la piel, lo que le suscitaba alados y movidos sueños. Las modernas técnicas espectrográficas han venido a confirmar la sagaz suposición del fraile jacobino, quien, ante los delicadísimos países de dichos abanicos, siempre sostuvo que tal riqueza cromática sólo podía atribuirse a la sudoración nocturna de un cuerpo tan complejo como el del elector. ¿Por qué Santiaguiño obvia este precioso documento? ¿Estaremos de nuevo ante una auténtica disyuntiva o ante un trilema insoluble?

Convóquese, en beneficio de la precisión, a los supervivientes de la tendencia freudiana, a Marita y a Jorge Eduardo, a los discípulos de Santiaguiño, y veamos renacer la decaída historia del abanico, sus candentes cuestiones. Porque, si bien es cierto que lo que vale para varios usos no vale para mucho, sobre los usos del abanico aún queda mucho por abanicar.

Los diablos rojos
contra los ángeles blancos

Mutis

Lo que mató a David Dyonisios fue la pieza necrológica que apareció al día siguiente de su muerte bajo la firma de Alfredo Venino. En lugar destacado del principal matutino el crítico pontificaba:

«¿Quién, entre los que amamos el arte escénico tanto como nuestra vida, sería capaz de olvidar al súbitamente desaparecido? Nunca actor ninguno tuvo menos personalidad; jamás nadie que haya pisado las tablas se habrá encontrado en mejor disposición para representar al que no era que esa oquedad, que esa esponja, que ese hombre, que no era nada, que nada sentía, a quien, fuera de la escena, nada afectaba. Su pasmosa permeabilidad tenía los más sólidos fundamentos, a saber: ignorancia, insensibilidad, apatía y memoria. ¿Quién, por tanto, entre los que…?».

Después de haber reposado unas horas en el lujoso féretro en el que le habían tendido durante la madrugada, David Dyonisios se levantó no como un resucitado (que así le habría parecido a cualquiera que se hubiese hallado presente en la cámara mortuoria), sino como el tarambana que ha pasado una noche algo intranquila. Dyonisios, al descubrir la parafernalia fúnebre que ocupaba aquel salón de su casa, pensó, con esa certera sensatez de la que sólo disfrutan los muy vacuos, que en los periódicos de la mañana encontraría alguna explicación al hecho de no haber dormido en su dormitorio. Sobre una mesa del vestíbulo estaban los periódicos y allí mismo comenzó a leer la necrología que Venino le dedicaba, como cualquier mañana posterior a la noche de un estreno leía las críticas, aunque en aquel momento estaba maquillado por el maquillador de la empresa funeraria.

«Apenas concluida la escena segunda del primer acto —narraba Alfredo Venino en uno de los párrafos iniciales de su fúnebre oración—, apareció en lo alto de la rampa del foro David Dyonisios y, conforme la bajaba, solemne y desenvuelto, cuando ya sus labios se movían para articular la primera frase de su papel, recibió, como puñalada mortal, el tumulto del pateo. Poco importa qué hizo estallar la ruidosa protesta del público, que sólo cabe imputar a una de las múltiples necedades de que ya habían dado sobradas muestras autor y director en el tiempo transcurrido desde que se había alzado el telón. Lo decisivo fue —continuaba narrando Venino y, al leerlo, recordaba Dyonisios— que Dyonisios cayó fulminado y rodó sobre las tablas, hasta quedar su cuerpo exánime y frenado por la concha del apuntador. Un silencio sobrecogido, con igual celeridad que la protesta...»

David Dyonisios regresó al salón, sin dejar de leer la conmocionada prosa de Venino, encendió un cigarrillo en la llama de uno de los seis hachones que flanqueaban el ataúd y se sentó en el borde de la tarima, que lo sostenía y ensalzaba. Un incierto presentimiento le daba al cigarrillo ese sabor, inconfundible para todo fumador avezado, al último cigarrillo a pie de patíbulo.

«... pues no era la primera vez (y una vez más sin culpa suya) que se encontraba en el ojo de ciclón del fracaso, igual que tantas otras noches se había encontrado (también sin mérito suyo) zarandeado por los huracanes del éxito. Y jamás esas eventualidades afectaron a nuestro actor, ser mortal, pero preservado de lo efímero por su naturaleza insustancial. En consecuencia, sólo un intervalo de súbita lucidez pudo acabar con la vida de Dyonisios.»

Mientras fumaba, sentado en la tarima de su túmulo, David Dyonisios comprendió confusamente que Alfredo Venino, al que nunca había visto, había diagnosticado sin error la causa del paro cardíaco que la noche anterior le echó a rodar por el escenario. Únicamente se equivocaba el necrólogo en lo definitivo del accidente. Sin embargo, Dyonisios, impulsado por la sagacidad de Venino, forzó al límite los poderes de su memoria y, aunque descolorida y fragmentariamente, logró revivir aquella lucidez que, sin posibilidad de recitar su papel por el alboroto de los espectadores, le dominó en lo alto de la rampa del foro. Y decidió morir antes que seguir expuesto a experimentar de nuevo otro ataque de clarividencia.

Dyonisios regresó al ataúd y llamó a la muerte con una persuasión sincera, no exenta de los recursos profesionales de quien tantas falsas muertes había vivido sobre el escenario. Nada más visitarle la Tramposa, ellos y nosotros nos precipitamos, pero llegó primero uno de esos gráciles mozalbetes —demasiado afectados, para mi gusto— del coro número 1 y el querube nos birló aquella alma, que para poco les sirve, porque, además de tener atestadas las praderas elíseas, en el último siglo se ha puesto de moda entre actores de escasa mollera preferir la gloria.

Siendo tan desconsiderados como diligentes, tan suyos, allí olvidó el querubín el periódico y la colilla todavía humeante del último cigarrillo de Dyonisios, descuido que pudo provocar el despido de algún empleado de la empresa funeraria, si no hubiese llegado yo a tiempo de poner en orden la cámara mortuoria. En esos menesteres de fregona me sorprendió Alfredo Venino.

Como Alfredo me vio bajo las apariencias de incitante actriz desconocida, llevo ya unos meses de meritoria en la antigua compañía dramática de Dyonisios, llamándome Leonora y amancebada con el perspicaz crítico. Todo lo cual, sinceramente, a veces me gusta más y a veces menos que trabajar en el Servicio de Recogidas Urgentes como súcubo en expectativa de destino, situación en la que me tenían sancionado por alguna buena acción que debí de cometer en vida, cuando fui fontanero y me llamaba Nicolás.

Nostalgia

El día 14 de febrero de 1848 —¡faltaba poco!— a Rosario Gallegos unos macarras carlistas, antes de violarla, o así, le segaron la roja cabellera, que —misteriosamente— nunca más creció en el convento de absoluta cerrazón al que unos padres prudentes la destinaron y en el que unas hermanas severas la admitieron, tras rígido examen de las cuatro reglas y sedosa comprobación del himen preservado por el espanto que el pubis lampiño de la doncella produjo a la partida pía al levantarle las sayas después de mondarle la cabeza, órgano éste —repito— que ya para siempre permanecería mondo, a diferencia de aquella desnuda colina de Venus, que había sido la causa de que no se consumase para el placer lo que para la murmuración consumaron las lenguaraces bocas comarcanas, suave promontorio sobre el que, con los últimos ecos del estruendo de los cerrojos y de las poternas, comenzó a brotar una frondosa enormidad de pelos rojos inmune a la poda semanal que la sor llevaba a cabo por higiene, deleite y desesperación, por favorecer y robustecer fundamentalmente aquella pelambrera inferior, estableciéndose así un perenne contraste entre cabeza y bajo vientre, una contumaz oposición confusamente legendaria y, aún más, el recuerdo de la imagen intrauterina de una cima hendida y un bosque al fondo, asfixiante contradicción que arrobaba a Rosario en los refrescantes espejos de la siesta conventual y a cuya contemplación se entregaba, se encendía, se trastornaba, me invocaba mediante conjuros de frenética urgencia, de rara precisión en una virgen, de irresistible sinceridad, por lo que fui enviado —bajo órdenes de Quiensiemprepierde y presumo que a requerimiento de las Lamias— y por los caminos del espejo llegaba incluso sin ser llamado para entibiar un cráneo como nalga y enfriar las frondas que guardaban la sima rosada, hasta que, por la magnitud del acontecimiento, cuando apenas ella se me aficionaba, me trasladaron a las barricadas, tras las cuales, como va siendo secular costumbre, fuimos aplastados por las implacables huestes de la luz, tan lóbregas…, no habiendo vuelto a encontrar desde entonces a la peluda monja calva, de quien, de haberse retrasado sólo un par de días la sed de venganza y el hambre de justicia de las siempre inoportunas hordas populares, habría sido yo, un sencillo trasgo, el que se habría aficionado en peligrosa demasía a Rosario Gallegos, a quien pienso buscar consultando nuestro censo (en el primer tiempo libre de este tiempo eterno que me conceda la corte abismal), donde no ha de faltar su nombre, porque, según me ha comentado el colega que me sustituyó, en La Bisbal y hacia 1878 le dieron garrote con las tocas puestas no por bruja, ni por ambigua, ni por poseída por mí, ni por federal —que también—, sino por haber capado a la hoz al jefe político del distrito, un santurrón que intentó sacarla del convento y ponerle piso y peluca, de modo que sería un gozo, cuanto más ahora que acaban de divorciarme del guerrero maorí, encontrar a la Rosario Gallegos, ¡qué mujer tan dislocada!, en algún glaciar, en cualquiera de estas piscinas cuya agua azufrosa hará llamear su selva roja, coralífera, que se le erizaba de fuegos en aquellas tardes mediterráneas de 1848 que difícilmente volverán.

Elasticidad

¿Cómo ganar el alma de Procusto? Ya Procusto agonizaba en su lecho y aún permanecía incierto el resultado de la batalla entre las celestiales huestes y las infernales hordas. Combate, a decir verdad, desangelado, desanimados por sus repetidos fracasos tanto los ángeles del bien como los del mal. ¿Cómo, repito, ganar un alma que se entregaba a unos y a otros con igual complacencia, con idéntica sinceridad? Hasta Yo, en mi omnipotencia, no sabía qué resolución tomar.

Me repugnaba, después de más de un milenio sin llamar a consulta a tan miserable, convocar a Satán. Desde la nauseabunda componenda con la que resolvimos el final de aquel charlatán griego, que a punto estuvo de embarullarnos, habíamos delegado en nuestras respectivas huestes y hordas la rutinaria tarea de salvar o perder almas. Y, al fin y al cabo, aquel Sócrates dicen que era alguien, pero este Procusto ¿quién se creía ser?

Antes de recurrir a un convenio con el Sulfuroso, quise estudiar la ficha de Procusto. Tardaron en proporcionármela avergonzados justamente (como descubrí nada más iluminarse la pantalla del supremo ordenador) de la pifia que me habían hecho cometer al dar vida a Procusto años ha. Por refinados que sean los instrumentos y excelentes las condiciones de trabajo que me molesto en procurarles, siguen siendo una panda de inútiles. ¿Cómo, si no es por incompetencia y desidia, se explica que me pusiesen a la firma la creación de una criatura que, bajo el nombre de Procusto (lo que denota resabios mitológicos y atufa a rito masónico) había de ser hombre de su época? Que no se me diga que falté a la benevolencia trasladando a un puñado de burócratas, en lo que tarda un relámpago, a ennegrecerse las alas en las covachuelas del averno.

Hombre de su época, Procusto no encontró otro remedio a su singularidad que entenderse con sus contemporáneos, hombres de otras épocas. Para evitar esa desdicha de la mutua comprensión, he determinado precisamente que cada hombre nazca en época histórica distinta a la que por carácter y mentalidad le corresponda. Sólo quien es dueño del tiempo en que existe sabe que no merece la pena encajar congruentemente a seres fugaces en el infinito tapiz del ir pasando.

No menos presuntuoso que otros, aunque sí más delirante, el siglo de Procusto permitió a Procusto, sin traicionarse a sí mismo jamás, tener pocos amigos y amar a muchas mujeres. Esta curiosa conversación, que las ideas de la época estipulan y nadie cumple, fue llenando de las más diversas hembras el lecho de Procusto, en el que toda diversidad encontraba su medida gracias a la comprensión de Procusto. Tan grande era la capacidad acomodaticia de esta criatura que, en aras de la amistad, hasta consentía Procusto, si así el amigo se lo pedía, en compartir con el amigo el lecho.

Como consecuencia de esa virtud de dar a cada uno lo que pide, sobre cama tan famosa (y con razón…) Procusto hizo feliz a la ramera con espíritu de monja, a la monja enamorada de mí, a la atareada madre con glándulas de ninfómana, a la ninfómana estéril, a la fecunda bestializada, a la intelectual fecundada, a la lesbiana casta, a la casta, a la tuerta, a la magra, a la evanescente, al condiscípulo, al magnate exhausto, al maricón de natura, al anacoreta y al hermafrodito, seres de la especie racional mal colocados todos ellos, no en la vida, que es siempre la misma, sino en el tiempo del mundo, que parece otra cosa.

En la actividad de este concurrido lecho confiaron mis ángeles azules. Acostumbrados a recoger cómodamente las almas de los lascivos cuando suena la hora de la artrosis, acudieron puntuales a recoger el alma de Procusto en cuanto, además de artrosis, el doctor diagnosticó el cáncer que Yo le había asignado en mis inescrutables designios. Craso error el de mis ángeles, porque Procusto, que había dado indiscriminadamente amor a sus coetáneos, nunca había sido amado. Es más, resignado al cabo de los años a carecer de pareja congruente, acomodándose por entero a la personalidad que de él se esperaba, habría juzgado indecente que alguien le amase.

Con la consabida perspicacia proletaria, aguardaron los diablos rojos a que la agonía evidenciase la sequedad del alma de Procusto. La tuvieron por suya, pues suya podía ser aquel alma desierta, que alentaba en un cuerpo que de cualquiera había sido y que nunca, hasta sus momentos finales, tuvo la prudencia de procurarse un lecho a su medida. ¿No pertenecía por derecho al rebelde un espíritu que a sí mismo se negaba soberbiamente?

Nada arreglaba que los custodios del bien me preguntasen cómo arrebatar el alma de Procusto a los propagadores del mal, porque todos, obnubilados por la porfía, no se percataban de que Procusto se entregaba a unos y a otros alternativamente con igual complacencia, con idéntica sinceridad, paciente como un cordero, como una puta sumisa. Mientras tanto, perdidos los nervios, las huestes y las hordas; tirando cada una de Procusto para su lado, estaban a punto de descuartizarlo, pobre hombre, sin atender al inescrutable designio del cáncer y el reuma.

Permití una pasajera mejoría del agonizante, antes de que la turba de encontrados sicarios lo convirtiese en un mártir, destino inaceptable para un hombre tan de su época. De inmediato, a velocidad satánica, el emisario del Protervo vino a sondear hasta dónde estaba Yo dispuesto a ceder. Propuse una curación milagrosa que aplazase la muerte de Procusto durante cincuenta años; al término de ese suspiro del tiempo, ya se vería hacia qué facción conducía a Procusto la libertad que a todo ser humano he concedido.

Esperaba Yo que el Maligno argüiría la falta material de tiempo para trasladar a Procusto sin la ayuda de una bruja voladora a una de esas cuevas de apariciones, con las que mi bondad infinita ha enriquecido de milagros al sur en detrimento del impío norte. Pero la sagacidad de ese rojo miserable argumentó que en cincuenta años Procusto dejaría de ser un hombre de su época, convirtiéndose, en contra de lo firmado por mí, en un viejo asustado. A cambio proponía la puerca mente del enemigo que, desvelando Yo al equipo investigador de una universidad rusa el secreto de la curación del cáncer y de la artrosis reumática, se levantase sano y salvo Procusto de su lecho. Y después ya se vería…

Medité la contrapropuesta, como Yo solo sé meditar cuando me pongo a ello.

Ese viejo activista, que no en balde aprendió aquí el oficio hasta su caída a las tinieblas inferiores, conoce mi resistencia a aliviar los males de los humanos. Demasiado he consentido ya en ese terreno de la farmacopea y demasiado ha crecido la confianza en sí mismas de esas criaturas, que cada siglo olvidan más que la vida les ha sido dada para padecer y que, si se les permite prolongarla un poco, es únicamente con la intención de aumentar el tiempo de sus padecimientos. En cuanto Yo me descuidase y fomentase las pequeñas comodidades que su corto ingenio les ha proporcionado, acabarían por pedir, no la luna, que ya la tienen, sino la inmortalidad, como aquel recalcitrante Matusalén o, sin retroceder a tiempos de mayor esplendor para esta corte, como este Procusto, hijo de su época y renuente, en su maleabilidad, a cambiar su lecho por una fosa. Dije, por tanto, que nada de rusos.

(Epitafio:
Aquí yace Procusto,
quien, en la blanda tierra del gredal que se lo tragó,
espera confortablemente la tierra prometida
que, entre unos y otros, le prometieron.
Oh, paseante, envidia su destino y huye de su ejemplo.)

Preparativos de boda

ocas veces se equivocó tanto como Dorita, la Desmandada, en aquella ya lejana tarde de este verano que ahora termina, con el poniente dorando la madriguera del Enterado, cobre resplandeciente el cuerpo de Dorita cuando el cuerpo dobló las rodillas y la bandeja quedó sobre la piel de oso sintético. Pocas veces alguien adivinó tan acertadamente lo contrario de lo que sucedería, después de un cumplido regocijo y en esos momentos en los que alguna ecuanimidad cabía esperar de los saciados apetitos insaciables de Dorita.

—Seguro, Desmandada; tiene que ser eso.

Conforme dejaba caer el hielo en los vasos, Dorita corroboró su premonición:

—Ni lo dudes, ya verás. Que quiere el divorcio. —Sentada sobre la piel del oso, se aplicó a ambos pezones sendos cubitos de hielo y éstos, como al contacto del fuego, se le licuaron en las manos—. Y ni siquiera tú, Lorenzo, puedes reprochárselo.

—No, creo que no puedo reprocharle a Venusia que me exija el divorcio. Lo extraño es que haya tardado tanto. ¿Cuántos años llevamos nosotros de feliz amancebamiento? —Dorita, que jugueteaba con un racimo de cerezas en su entrepierna, parecía incluso meditar—. Por lo que recuerdo, Venusia nunca fue partidaria de la

446

continencia. Me asombra que haya sido tan paciente. Lo inquietante, aunque siempre fue demasiado dada al protocolo, es que me convoque mediante un tarjetón en nuestra propia casa y, encima, invitando a Thais y a Ricardo. Resulta extravagante organizar el asunto como si se tratase de una fiesta.

—Que no te quepa duda, Papaveras; es para plantearte el divorcio, seguro.

Dorita se anudaba a los pechos una sarta de perlas, tan auténticas como el oso del Enterado, e intentaba que le quedase sarta para atarla al cuello de una botella, que pronto comenzaría a moverse pendularmente. Pronto también los visibles rayos de sol se escurrirían por la terraza y el apartamento se ensancharía en esa luz de los sueños que en ciertos atardeceres finge la realidad. Pero la realidad era que Venusia había convocado, «para adoptar una decisión trascendental que nos defienda del mundo y de nosotros mismos», a Thais, a Ricardo y a su propio marido, Lorenzo, el Papaveras, o sea, a mí.

—Desmandada, ¿qué va a ser de nosotros cuando yo esté divorciado? El Enterado volverá, para el otoño tendremos que buscar otro nidito y, sobre todo, ¿qué clase de felicidad va a ser la nuestra sabiendo ambos que podemos casarnos? No logro imaginarlo. Dime lo que tú piensas de este embrollo, Desmandada.

Dorita, por fin, había conseguido que la botella, entre sus piernas dobladas y separadas, fuese de una a otra rodilla impulsada únicamente por la docta y elástica energía de sus pechos.

—¿No se te está haciendo tarde? Quedaría como grosero que llegases el último. Anda, Papaveras, no te quedes dormido en el oso, que luego no hay quien te despierte.

Cuando estuve vestido, Dorita, que se había cansado de hacer el metrónomo, terminaba de anudarse las perlas a la cintura, después de haberlas pasado bajo las nalgas. Nunca había estado tan bella.

—Mañana mismo por la mañana te llamo y, aunque sea por teléfono, te adelanto algo. Si puedes, quedamos aquí y te cuento lo que haya pasado con todo detalle. No estés inquieta, por favor.

—Eres tú el que no tiene que preocuparse —acudió pimpante a los arrumacos de la despedida— con las majaderías de esa mujer tuya, Lorenzo. A mí me tienes segura.

En el hueco de la puerta del ascensor se quedó encabalgada a una de las hojas deslizantes hasta el último segundo, antes de que la otra hoja la alcanzase por la espalda. Y así, desnuda, saltando presta al rellano de la escalera, vi definitivamente a Dorita, al cerrarse el ascensor y comenzar el descenso que me llevaría a la reunión de Venusia.

Si bien sólo habían transcurrido veinticuatro horas (incluida una noche en vela), tuve la sensación, simultánea y contradictoria, de que habían transcurrido años y de que el ascensor ni siquiera había descendido, cuando se abrieron las dos hojas de la puerta del ascensor y allí estaba Dorita, desnuda, sin las nalgas realzadas por la sarta de perlas, extrañamente ansiosa. Nada más entrar quise llevarla al oso, por saciar sus apetitos lo suficiente para que pudiese escucharme, pero me abandonó sobre el oso, a medio desvestir, y se sentó en el borde del diván, con las rodillas unidas, lengüeteando el tacón de uno de sus zapatos.

—Ánimo, Desmandada, que el amor todo lo puede, siempre que se disfrace de sabiduría.

—Me he quedado de piedra, cuando me has dicho que no quiere el divorcio. —En efecto, parecía que su cuerpo había perdido la ingravidez en la que lo mantenían sus nunca saciados apetitos—. Pero ¿qué pretende esa zorra consorte? Yo, Lorenzo, por nada del mundo estoy dispuesta a perderte.

Aquella insólita obediencia de la carne de Dorita a la ley de la gravedad la convertía en una mujer excepcional, es decir, en una de esas mujeres desconocidas que uno cruza por la calle. Jamás había estado tan apetecible.

—Bueno, sí, de eso se trata, de que tú y yo nos separemos. Quizá para siempre.

—Me mataré —pareció anunciar, mientras clavaba salvajemente su espléndida dentadura en el tacón del zapato.

Estimé que lo más generoso, además de conveniente, sería narrar los hechos en la tonalidad desapasionada, casi burocrática, en la que ellos tres me los habían planteado la noche anterior.

—Llegué con retraso, me estaban esperando ya y durante la cena se limitaron a hablar de ti. Te habría sorprendido descubrir con qué precisión conocen nuestro idilio. Pienso que o Thais o Venusia han debido de mantener relaciones con alguien con quien tú, Desmandada, mantengas relaciones y a quien le hayas contado lo nuestro por lo menudo. No se me ocurre otra explicación.

—Puede ser —gimió Dorita—. ¿Qué pasó después de la cena?

—A los postres Ricardo se subió al púlpito. Ricardo, desde hace una temporada, padece una irresistible tendencia a convertirse en un hombre íntegro y, oyéndole anoche, creo que está a punto de lograrlo.

—De qué maneras tan disparatadas os afecta la madurez, Lorenzo…

—Según el análisis de Ricardo, nuestro persistente idilio denota que mi matrimonio con Venusia está en crisis insalvable. Al mismo tiempo, ha decidido que yo necesito una relación fija, porque ya no me encuentro en edad de asumir las modernidades consecuentes a la crisis de la pareja tradicional.

—Me pregunto qué interés puede tener ese cornudo en protegerte a ti, Papaveras, de mí.

—Su interés es muy complejo. Ricardo, ahora que ha cumplido los cuarenta y está al borde de convertirse en un hombre íntegro, cree que la única salvación radica en el matrimonio. Por lo tanto, le repugna mi matrimonio en desuso con Venusia y le inquieta gravemente que su matrimonio con Thais pueda llegar a una situación semejante. Es más, Thais confirmó que últimamente mantienen unas relaciones putrefactas. Éste es el planteamiento fundamental del problema. En cuanto a la solución tanto Thais como Venusia y Ricardo aseguraron que la habían debatido con ponderación, esmero y sinceridad, en los dos últimos meses. Y yo te aseguro, Dorita, que realmente se lo tienen todo pensado.

—Siempre te advertí, Papaveras, que la amistad con esa pareja resultaría nefasta.

—Recuerdo que me lo advertiste, pero temo, cariño, que ya no quede tiempo para lamentarlo. Pasamos al salón y Ricardo, que hasta entonces había llevado la parte moral o filosófica del asunto, cedió el turno a las damas para que me ilustrasen sobre los aspectos prácticos. Ya me entiendes, los muebles, el dinero, distribución de habitaciones en la nueva casa, la nueva casa, número de coches, número de criadas, el ajuar…, en fin, una montaña de problemas, que, para serte sincero, ellos tres tienen casi resueltos. Vamos, a falta de mi opinión.

—A todo esto, tú, Papaveras, ¿qué decías?; ¿luchaste por nuestra felicidad o te quedaste callado, como acostumbras, que cualquiera pensaría que la vida no va contigo?

—No he pegado ojo en toda la noche, Dorita.

—Pero, Lorenzo… Por lo menos…, eso por lo menos… Te juro que no entiendo qué tenemos que ver tú y yo con la crisis de la pareja tradicional… A mí me daría mucha vergüenza casarme…, no podría… Pero si lo nuestro es una cuestión de gusto y disfrute…

No lo entendía, no entendía nada y no era yo la persona adecuada para compartir su confusión, ya que intuía a qué catástrofes conduce unir pensamiento con deleite. No obstante, daba pena y hasta un poco de repugnancia verla tan inmóvil y enajenada, con los pezones macilentos, con el zapato colgando de las manos, sin meterse el tacón, sin ocurrírsele siquiera, como de cuerpo prestado.

—Quizá te animaría, cariño mío, besarte a ti misma en el espejo.

—Ni aunque te liases en la piel del oso… —El zapato se le escapó de las manos y quedó lastimosamente derrumbado—. La noticia de tu boda me ha dejado castrada.

—Mujer… Lo que te pasa es que con ese corazón generoso que tienes te entristece perderme, aunque me sustituyas dentro de un par de días por un elemento muchísimo mejor. Es un sentimiento lógico, os pasa a todos los coleccionistas. Además, que será una separación temporal, como si me prestases, pongamos por caso, al Museo Arqueológico de Palencia. Yo, Dorita, les puse tres objeciones y una condición.

—¿Qué condición pusiste a esa ralea de prometidos tuyos?

—Reanudar nuestro idilio nada más terminar la luna de miel. Quieren ir a Chittagong o a Tahití, una isla que está en el Pacífico. Lo que yo elija.

—Y ¿aceptaron?

—No. Se acabaron las infidelidades. Dicen que precisamente por eso, por lo de la rectitud, nos casamos. A cambio, gracias a mis tres objeciones, he logrado retrasar la fecha de la boda.

—Eres astuto, Papaveras.

—Afirmé rotundamente que así, de golpe y en grupo, yo tenía que meditarlo. Que, además, se me ocurrían algunos reparos. Primero, de tipo temperamental. Yo soy poco sociable y me fastidia pasarme todas las noches en una fiesta y lo que aguanto aún menos es recibir gente en casa. Salvo al Enterado. Segunda objeción, de tipo económico. Si no me he dejado arrastrar a profesiones esclavas para mantener un hogar de dos, doblemente me opongo a esclavizarme para mantener un hogar de cuatro, así sean dos pisos unidos, un dúplex o un chalet adosado, que todavía no han decidido, aunque Venusia y Thais han encargado ya una cama y unos armarios como para Goliat. Tampoco aceptaron mi segunda objeción, porque, según ellos, con la fortuna de Ricardo y con la dote de Venusia podemos vivir hasta con lujo. Mi tercera objeción, de carácter erótico...

—¿Qué dote de Venusia? Siempre he creído que vivíais sin apuros gracias a vuestras deudas.

—Y así ha sido, Desmandada. Venusia ha preservado intacta su dote, porque piensa que la dote de una esposa liberada no está para malgastarla en tonterías, que se debe reservar para algo importante. Y ahora aporta su dote como dote. Lo esencial es que conseguí el aplazamiento de la boda. Todo lo demás, las fiestas sociales, las amantes, el dinero, son cuestiones que ya se resolverán con un poco de paciencia. Actualmente se encuentran ciegos de entusiasmo con el matrimonio de los cuatro y sería inútil intentar hacerles ver que el número de elementos que componen un matrimonio no altera sustancialmente la esencia del matrimonio.

—Tampoco hay que ser tan escéptico, Papaveras. ¿Quieres contarme de una vez cómo conseguiste aplazar la boda?

—No fue difícil. ¿Hemos o no hemos sido siempre un grupo de gente civilizada?, les pregunté. Pues si lo somos, si jamás nos hemos embarcado en una experiencia sentimental sin una previa experiencia sensorial, yo no puedo casarme con todos vosotros sin probaros uno a uno durante algunas semanas. Aceptaron y decidieron, dada la estricta abstinencia que mantenemos Venusia y yo, que lo más sensato es que comenzase por Venusia. Total, que dentro de media hora debo encontrarme con Venusia en el aeropuerto, para irnos los dos solitos a esa casa que Ricardo tiene en la costa. Y a ver qué pasa...

—Me resulta un poco obsceno, ¿qué quieres que te diga, Papaveras?, eso de que empieces la experiencia con tu propia mujer. Pero, anda, sal arreando, que me pone nerviosísima sólo pensar que se puede perder un avión. La verdad es que me resulta de un guarro subido. Confío en ti, plenamente. Sé que volverás conmigo en cuanto te hartes de tanta familia.

—Faltaría más, Desmandada.

Se quedó, más desnuda que nunca, en el rellano y fui dejando de verla conforme iba deslizándose la doble guillotina de la puerta del ascensor. Pero dos pisos más abajo el ascensor se detuvo, comenzó a subir y, al abrirse la puerta, Dorita continuaba en el rellano, acompañada del perro de la viuda del magistrado y de la viuda, una de esas cincuentonas quisquillosas y engoladas que sólo un tipo como el Enterado es capaz de tener como vecina.

—Perdona, Lorenzo, que te retrase un minuto. ¿Cuál fue tu tercera objeción?

—Ah, ya, la tercera, la de carácter erótico... Que Thais es mucha mujer para mí.

—Quizá no te falte razón, Papaveras.

La viuda, alarmadísima, izó al chucho y lo protegió contra su pechonadura de ninfómana reprimida.

—¿Baja definitivamente o un poco otra vez?

Durante el descenso la varona me hizo sentir que sólo con mi aliento le estaba contagiando al perrito una lepra sifilítica.

No mucho más cómodo me sentí durante el despegue junto a Venusia, que manipulaba ya en su arsenal de cosméticos, ni siquiera cuando la azafata y yo la convencimos de que el pasaje volaría más sosegado si prescindía de aquella atroz pamela de randa, color púrpura sulfónica. Sin embargo, cuando la pamela se quedó en la caja fuerte del hotel y desde la habitación (donde pasaríamos la primera noche antes de trasladarnos a la casa de la costa), a través del laberinto que trazaba el equipaje de Venusia, llegué a la terraza sobre el mar donde Venusia se duchaba de luna, un rayo de lucidez me atravesó. A los síntomas habituales de la lucidez les acompañó la certeza de que nunca mujer alguna me gustaría más que la mía.

No nos trasladamos a la casa de la costa. El verano llegaba lento y titubeante. Hubo tardes resplandecientes durante las que nos agotamos en playas solitarias, y noches ventosas y anubarradas que nos enfebrecían sobre las rocas intermitentemente cubiertas de espuma. Alguna madrugada Venusia, desesperada de placer, masticaba moluscos vivos y el rostro se le cubría de babas, linfas, mucosidades, conchas trituradas, o se dejaba pinzar la carne del vientre por voraces crustáceos, que yo pescaba para ella en el tanque de conservación de la cocina del hotel. Cuando mis labios lamían sus heridas, Venusia sollozaba a carcajadas.

Pero era en nuestra habitación, en aquel dédalo sofocante, desbordante de las ropas que las maletas de Venusia no dejaban de vomitar, donde más nos amamos. En ningún instante estuvo Venusia totalmente desnuda. Incluso penetraba las olas cubierta por sutiles túnicas y, al surgir de entre las aguas, aparecía como un ser de fantástica piel, mixtificada, portentosa. En la penumbra de la habitación o en la fantasmagoría lunar de la terraza inventaba disfraces, maquillajes, embelecos, actitudes, que renovaban nuestras energías y nuestros deseos.

Al amanecer, enroscado a las sedas o a los rasos bajo los que Venusia dormía, sentía a veces en el paladar, donde se me resecaban la saliva y los jugos de Venusia, una especie de perfume y, en la somnolencia, poco a poco reconocía el gusto de la piel de Dorita. Despertaba entonces y durante un tiempo infinito me congratulaba de haber perdido a la Desmandada.

Porque ahora que había recuperado lo que nunca tuve, ahora que Venusia había perdonado mi cerrilidad de buey, gozaba comparando la lujuria de Dorita, tan estruendosa, tan simple, tan monótona, con el salvajismo refinado y artificioso de Venusia, como quien rememora una enfermedad o las ingenuidades de la adolescencia en momentos de plenitud. Pero, también poco a poco, los días iban siendo más calurosos, el hotel se llenaba de huéspedes, las playas de toldos, y empezó a urgirme la aguijoneante desazón de defender aquella dicha que, por fortuna, no supe preservar.

Una mañana Venusia, creyéndose sola en la habitación, descolgó el teléfono y pidió, nerviosa, conferencia con nuestros prometidos. Yo me había escondido debajo de la cama, para observar impunemente sus tobillos, lo que me producía una considerable excitación. Cuando Thais respondió, Venusia exigió que Ricardo ocupase el teléfono supletorio.

—Perdonadme, queridos, pero es necesario que hablemos los tres a la vez… Sí, sí, me encuentro bien, no os preocupéis, demasiado bien, pero ya no resisto más… Ricardo, Thais, queridos míos, me estoy muriendo de felicidad… Sí, Thais, amor mío, algo inefable, inagotable e insufriblemente hermoso… No, Ricardo, no os llamo para que me felicitéis, os llamo para que me socorráis de inmediato… Os estoy traicionando… ¿Lo comprendéis, queridos…? Oh, qué acertados estábamos, qué viaje de novios nos espera… Pero ya no resisto, os lo advierto honradamente… ¡Sí, sí, sí, con él, naturalmente que me escaparé con él…! ¿Quieres admitir, Ricardo, de quién se trata…? Exactamente, del Papaveras, de mi

fabuloso marido… Por cierto, que no sé dónde está y le necesito…
—Colgó, se acarició a la ligera y salió precipitadamente a buscarme.

Aquella tarde llegaron Thais y Ricardo. Mientras conferenciaban con Venusia, estuve paseando por la orilla del mar, apesadumbrado, rencoroso, con ese acerbo estado de ánimo que deja el reconocimiento y la aceptación de la propia inferioridad. Durante la cena me informaron de las resoluciones que habían adoptado.

—Espero, cariño, que no te resulte excesivamente molesto adaptarte a mi frigidez —me alentó Thais, al tiempo que me recompensaba con una lánguida caricia de sus afilados dedos.

—La verdad, creo que Venusia y yo llevábamos adelante con éxito la experiencia a la que fui sometido. Es más, me atrevo a pronosticar que resultará perjudicial interrumpirla. Venusia se encuentra sumamente encendida y yo no concibo la posibilidad material de abrazar otro cuerpo. Quizá para el otoño volvamos a estar un poco hartos el uno del otro y entonces será la ocasión de proseguir con los preparativos de nuestra boda.

—Para el otoño tenemos que estar casados —replicó Ricardo—. Basta de frivolidades. Lo vuestro ha sido la típica alucinación tras unos años de inactividad. No en balde en estos últimos años te has despilfarrado en bajezas y en excentricidades. Un par de semanas con Thais te curará esa rijosidad monógama. Por cierto, ¿os habéis acostado alguna vez Thais y tú?

—Me tiene un miedo raro —dijo Thais.

—Nunca —logré articular al unísono, deglutiendo esa bolsa que me obstruía la garganta cada vez que contemplaba a Thais más de un minuto.

—Esperemos que resulte —dijo Ricardo, con un suspiro de falsa convicción—. Venusia y yo nos vamos esta noche, porque…

—¿No sería mejor que os quedaseis para ayudarnos con vuestra probada maestría? —propuse a la desesperada, impulsado por la infame desesperación de quien, para conservarla, vende por unas horas a la mujer amada.

—No me interrumpas, Papaveras. Venusia y yo regresaremos en el vuelo nocturno, porque mañana he de firmar la escritura de compra de la casa donde viviremos una vez casados. Se trata de una mansión muy adecuada a los gustos de los cuatro, en una zona muy adecuada a nuestra posición. Thais y tú os quedaréis en la casa de la costa, intentando lo que tendrías que haber intentado hace ya muchos años, dada nuestra antigua amistad.

Venusia introdujo mi mano izquierda por la cintura de su pantalón y mis dedos se ensortijaron en la satinada maraña de su pubis. Thais introdujo mi mano derecha por el hueco de su falda y me la dejó aprisionada entre sus muslos. Dejé de escuchar a Ricardo, que continuaba eslabonando instrucciones.

—He de reconocer —dije, de repente, inundado de optimismo— que el proyecto matrimonial comienza a funcionar. Confío en que Venusia y tú vais a acelerar los trámites de la boda y os prometo que no tendréis que meterme prisa para que realice yo los preparativos que me habéis asignado.

—Eres muy amable, Lorenzo —susurró Thais.

—Celebro tu sensatez. Dentro de dos semanas, Thais volverá a convivir con Venusia y yo vendré a convivir contigo. Ojalá que para entonces hayas perdido esa reprobable costumbre de acostarte desnudo, porque no hay cosa que más deteste que dormir con un hombre sin pijama.

Cargados en dos taxis los respectivos equipajes, nos despedimos bajo la marquesina del hotel, donde unas repentinas lágrimas de Venusia, que Thais cortésmente fingió ignorar, me sumieron de nuevo en sombrías pesadumbres. Conforme rodábamos Thais y yo hacia la cámara nupcial, crecía mi sospecha de que la apremiante firma de la escritura había sido una artera maquinación de Ricardo para usurpar a una Venusia —mi Venusia— incandescente. Mientras él se estaría ya templando en el fuego que yo había encendido, la imperturbabilidad de Thais colaboraba a acentuar mi recelo. Recibidos por los guardeses de la mansión, Thais, nada más pisar el vestíbulo, comunicó que se retiraba a sus habitaciones, despidiéndose hasta el día siguiente.

A la siguiente madrugada, después de una noche doblemente horrible, ya que había perdido la costumbre de las noches horribles, exploré aquellos dominios, adquiridos mediante una especulación, que, de haber un átomo de justicia en este mundo, mantendría de por vida a Ricardo tras las rejas. Creí firmemente aquella mañana, y durante dos días más, que las interminables galerías, los pavimentos de mármol, las gigantescas arañas de delicados destellos, los cuadros, las estatuas, los salones de doradas columnas, el dorado mobiliario, el parque, el lago y sus cisnes, en fin, que todas aquellas tramoyas serían el decorado de un infierno de hielo. Y lo fueron durante los dos primeros días, en los que, de pronto, la figura de Thais aparecía y las distancias se hacían cruelmente desmesuradas o, lo que resultaba mucho más doloroso, Thais permanecía inmóvil al alcance de mis manos y mi cuerpo se paralizaba, rígido y deleznable.

Hasta que una milagrosa inspiración me hizo comprender que la culpa de tanta inercia no era imputable a la belleza de Thais, sino al colapso que su inmensa belleza provocaba en mis instintos. Así que, súbitamente, me forcé a aceptar lo que deseaba y me lancé sobre aquella carne de piedra como si se tratase de la esponjosa carne de Venusia. Thais, impasible, permitió ser manipulada, sorbida, acribillada, deglutida, saqueada, digerida, ultrajada y mimada, doblegada. En determinado momento pasó de su frigidez habitual a una frigidez de apetitos saciados y yo, por mi parte, ante semejante fenómeno inédito, pasé a experimentar el delirio de la insaciabilidad, en el conocido estilo tantálico de Dorita.

Así, tan heroicamente se inició aquella pasión, a partir de aquel primer asalto comenzó un combate cuerpo a cuerpo rayano en la quimera. Es que ni me lo podía creer, después de haber sido recibido en las entrañas de Thais, que el Papaveras hubiese penetrado en aquellas entrañas. Es más, tras los placeres que conllevaba saciar a aquella mole de hielo, venían los gozos de la melancolía. Era como vivir una existencia alegórica.

En una de ésas sonó el teléfono, y como a Thais sólo le quedaba fuerza para mantener una crispada mueca de éxtasis, respondí yo a Venusia y a Ricardo, quienes me participaron que los preparativos estaban a punto de ser ultimados. Se les notaba eufóricos, desbordantes de esa actividad febril que suele encubrir la inapetencia sensorial. El Enterado había accedido a interrumpir su vagabundeo y aceptaba ser el padrino de nuestra boda. Ruidosas expresiones de entusiasmo les causó la noticia de que la coordinación entre Thais y yo progresaba satisfactoriamente.

Luego, en un momento preciso, los ardores del verano, que apenas había sufrido yo hasta entonces gracias al permanente contacto con el cuerpo de Thais, hicieron que me percatase de que la prodigiosa convivencia duraba ya seis semanas, no las dos que había proyectado Ricardo. Pronto tendría que acostumbrarme a dormir con pijama. Y me parecía inconcebible, monstruoso, no despertar enroscado a las piernas infinitas de aquella mujer, por fin mía.

Porque ahora, al fin, había descubierto la inconsistencia de mi vida pasada y, en los dulces amaneceres, iba olvidando a Venusia y a Dorita, como quien olvida en un orgasmo la ramplonería de los primeros manoseos. Cualquier ejercicio amatorio con Thais parecía nuevo, no suscitaba ninguna comparación con ejercicios anteriores. Thais abría los ojos e inmediatamente refulgía su cobriza melena. ¿Qué más podía pedir un hombre de tan triste condición como la mía para comenzar la jornada? Únicamente que la noche llegase pronto y, a la noche, entrar, placenteramente agotado y todavía insaciable, en los espléndidos sueños que soñaba siempre que algún trozo de la piel de Thais, por mínimo que fuese, me congelaba. Poseía a Thais y con Thais poseía un mundo inmarcesible.

Encontré su nota en la bañera, donde mucha lascivia acuática y no poca fragancia habíamos disfrutado. Mi primer impulso, después de leer aquellas líneas de temblorosa caligrafía, fue salir en su busca. Mi segundo impulso fue morir.

«Perdona el daño que te causo. Mayor es el que me hago a mí misma huyendo del infinito embeleso que me procuras. No resisto tanta felicidad. Me mataría de seguir una hora más a tu lado. Estoy a punto de traicionar a mi marido y a Venusia, estoy a punto de proponerte que huyamos. Necesito ayuda, porque me has enloquecido, Amor, sé lo que me amas. Pronto, corazón, nos casaremos y volveremos a ser dichosos tú y yo, y ellos con nosotros, y nosotros con ellos, todos unidos para siempre, como debe ser. Culpablemente te besa por última vez tu Thais.»

Entonces recordé que en los últimos días había sido cada vez más frecuente que Thais corriese por las galerías o que, erguida en una balaustrada, salmodiase con los brazos extendidos, o que un persistente rugido me despertase en plena noche, haciéndome comprender que acababa de fornicar con Thais mientras soñaba fornicar con ella. Como en aquellas primeras horas de abandono no me hallaba en la disposición de ánimo más propicia para esperar la probable llegada de Ricardo, pensé aliviar mi desolación con unas breves vacaciones. Recogí mis pertenencias y, a la caída de la tarde, en medio de esa luz esplendorosa que suele iluminar el camino de la derrota, abandoné el paraíso.

Mi intención era regresar pronto, pero el apogeo de la temporada veraniega había colmado la costa de una subyugante variedad de sexos de toda condición, nacionalidad y usos, de modo que me entretuve poniendo a prueba a aquella babélica muchedumbre la solidez de mi pasión. Cuando regresé, necesitaba a Thais más que antes de partir y estaba totalmente decidido a casarme con tal de recuperarla, aunque fuese fragmentada y compartida. La improvisada despedida de soltero, a la que me había obligado su fuga, había robustecido mis sentimientos y exacerbado mi deseo.

Por ello el telegrama, que me esperaba en la casa de la costa, me llenó de alegría. Firmado por los tres, fijaba la fecha de la ceremonia y me conminaba a acudir con tiempo para que el sastre me tomase las medidas del chaqué. No dejé de cantar mientras me duchaba. Luego, por volver a paladear la buena nueva, leí otra vez el telegrama y en mi jubiloso atolondramiento se grabaron a fuego las fechas de la misiva y de la boda. Se habían casado veinte días antes. No me habían enviado ningún otro mensaje. Me precipité al aeropuerto.

En el piso de Ricardo y de Thais, así como en el piso en el que Venusia y yo habíamos vivido siempre, habitaban unos desconocidos. Tardé mucho en superar el pasmo que me produjo encontrarme extranjero en mi propia ciudad y, hasta que unos días después recordé que el Enterado había prometido apadrinar el enlace, estuve en un hotel.

El apartamento sólo contenía la piel del oso y una carta de Ricardo, en la que daba por roto nuestro compromiso, me informaba de que el Enterado había cambiado su papel de padrino por la plaza de cónyuge, que yo había rechazado, y me indicaba dónde podría recoger la escritura de propiedad de aquel cubil, que se me regalaba como indemnización por mi divorcio de Venusia, advirtiéndome de que en el futuro me sería negado cualquier otro tipo de reparación que yo pretendiese.

Y entonces comencé el viaje de retorno a la rutina. Mientras ellos cuatro navegaban por el Pacífico, yo intentaba recuperar un pasado sin esplendor. Y, conforme conseguía reconstruir a una Thais intimidante e inaccesible, recobraba a aquella Venusia de nuestra inesperada luna de miel en el hotel de la playa. Me sentí esperanzado, porque vislumbré que me acercaba al origen.

En efecto, una noche soñé con Dorita. Aguardé todavía a que la añoranza de la Desmandada cicatrizase los zarpazos de la memoria. Cuando la llamé por teléfono, respondió un sujeto que, sobre un fondo estruendoso, me pidió que esperase, que iba a ver si encontraba a la señora. Supuse que había equivocado el número, pero fue la voz de la Desmandada la que, de pronto, comenzó a gritar:

—Papaveras, cariño, ¿es posible que seas tú…? Cómo me tranquiliza que no te hayas matado… Disculpa este barullo, pero me has cogido en lo peor de la mudanza… ¿Dónde te metiste, descastado…? Ha sido un crucero de ensueño, no te exagero, de verdadero ensueño…

—Dorita, ¿es que tú también…?

—¿Qué quieres, Papaveras? Me convencieron en el último minuto… Fíjate que me casé de trapillo, sin tiempo ni para unos guantes largos… Me imagino que te sonará rarísimo: Dorita casada… Pues ya ves, hijo… Eso sí, nunca me arrepentiré de haberme dejado convencer… En realidad, tenían razón, en un matrimonio numeroso resulta más práctico que haya tres mujeres en vez de dos…

—Dorita —supliqué lastimeramente—, necesito verte, la tarde que tú quieras nos…

—Ay, no, no, de ninguna manera, Lorenzo… Somos dichosísimos y no tengo ninguna justificación para engañarlos… Perdona que sea tan brusca, pero no, Papaveras… A ti, el otro día lo hablábamos en casa, lo que te hace falta es conocer un grupito de gente bien, seria y ordenada, ir intimando, sentar cabeza… Eso es lo que necesitas, Papaveras, empezar a vivir con un poco de responsabilidad, que eres muy irresponsable tú y ya no estás en edad de ir saltando de cama en cama… Y, además, que tienes que hacerte una posición… Me temo que estarás fatal de dinero…

Mi pobreza era tan mísera que vendí la piel del oso. Mi pesadilla más agradable consistía en que la viuda del magistrado entraba desnuda y con bozal en mi dormitorio, ofreciéndome las fauces de sus pechos. Despertaba, sofocado y sudoroso, y escuchaba, para distraer el insomnio, aullar al otro lado del tabique. ¿A la viuda, al perro, al espíritu del magistrado? Durante el día el silencio me provocaba desvanecimientos y la soledad hacía que me olvidase de mí mismo, hasta el extremo de que tenía que colocarme delante de un espejo para recordar que yo era Lorenzo, el Papaveras.

No obstante, parece que el verano está acabando, porque algunas veces llueve o el frío me despierta, y sé que no es Thais, sino el frío de las noches de otoño, lo cual me permite quedarme despierto, pensando en ellos ya con sosiego, imaginando sus noches, calculando que probablemente esté yo mejor soltero que no participando sin pausa en el enorme ajetreo que debe de ser un feliz matrimonio de cinco.

Las variaciones del uno

El mismo día en que llegó la democracia decidió tomarse algunas libertades. Empezó por encarar sus represiones más familiares y, así, por las buenas, se permitió entrar en unos grandes almacenes, hibernar las viejas amistades y arrinconar sus estudios socioeconómicos, llevar corbata y limpios los zapatos, leer las novelas de Vázquez Montalbán, salir por las noches, eliminar los vinos manchegos y el tabaco negro, escuchar únicamente la FM, no volver la cabeza por la calle cada veinte metros, a ratos quererse un poco a sí mismo y a ratos pensar boberías, suspirar. No tenía otra intención que celebrar la llegada, por fin, de la democracia, ni otro propósito que, tras aquellos festejos, reanudar sus inveteradas costumbres de persona nacida para sacrificarse por un mundo mejor.

No tardó en percatarse de que, habiendo ignorado desde su nacimiento en qué consistía, la realidad cotidiana de un país libre resultaba muy distinta a lo esperado. Por lo pronto, encontró la capital muchísimo menos madrileña, los taxis muchísimo más caros y, para su tranquilidad, inconclusa la catedral de la Almudena. Se tomó a beneficio de inventario el estricto cumplimiento de la náusea de la oficina y, de repente, hubo lunes que le parecieron viernes. No subió al alto Guadarrama durante las vacaciones, que, por primera vez en su higiénica existencia, pasó al fresco de agosto, atiborrándose de calamares fritos, jugando interminablemente partidas de garrafina y durmiendo siestas catalépticas. Precisamente de tanto dormir se le limpió el cerebro y recobró el juicio.

En efecto, meses después de ejercitar la democracia, comprobó que sus pesadillas recurrentes habían desaparecido. Incluso algunas desaparecieron de su memoria diurna. Ni sonaban timbres de madrugada, ni se comía papeles, ni le obligaban a mostrar ante una reprobadora mayoría silenciosa sus manos manchadas de tinta de imprenta. Todavía, muy de vez en cuando, se encontraba en una reunión, convertido en estatua por una voz que fluía como un hilo de araña. Pero, en el sueño actual, alguien reía, alguien (nunca él) movía el índice como un metrónomo; sobre todo, la reunión ahora se deshacía espontáneamente y las estatuas abandonaban un salón-comedor de muebles coloniales y multiplicadas reproducciones del *Guernica*, vociferando cantos gregorianos.

Este considerable alivio le impulsó a proseguir por la senda de la libertad. Uno no puede volver a cerrarse voluntariamente los grilletes. Y después de contabilizar sus ahorros de soltero ascético, vacilante y temeroso (no en balde uno ha oído durante cuatro décadas que de la libertad al libertinaje sólo hay un paso), adelantándose a un probable despido por expediente de crisis, solicitó y obtuvo la jubilación anticipada. Fue una mañana invernal y jamás sintió más caliente la sangre.

No tenía nada que hacer en una España determinada a reindustrializarse mediante la recolocación en el paraíso terrenal del mayor número posible de ciudadanos. Como tenía pasaporte, viajó con pasaporte, atravesando fronteras con la desenvoltura del que cruza con el semáforo en verde. De sus viajes regresó amando democráticamente la democracia, algo aburrido y patriota. Encontró la capital un poco más madrileña, escandalosamente caros los taxis y, para su inquietud, el anuncio de que se reanudaban las obras de la catedral de la Almudena.

A lo largo de una de sus livianas jornadas se le ocurrió (instintivamente, como fructifica siempre la semilla de la desdicha) que, siendo un hombre, no es bueno que el hombre esté solo. Lo cierto es que lo estaba por culpa de su propia disponibilidad, incompatible con los horarios laborales de los amigos. Volvió, más que por salvar el mundo por matar el tiempo, a sus estudios socioeconómicos, pero en unas semanas le amargaron la vida, en parte porque los estudios socioeconómicos en un país libre no tienen otra utilidad que aplicarlos desde una poltrona para amargarle la vida al contribuyente, en parte por escrúpulos de conciencia, ya que ¿cómo puede estar uno seguro de que democracia y socioeconomía sean realidades congruentes?

A resultas de tan irrebatible conclusión, decidido a no perder ese gusto por la existencia que proporciona la libertad, abandonó los estudios y se aplicó incontinentemente al vagabundeo callejero. La soledad de su pensamiento (uno no puede estar siempre pensando boberías) le aislaba en la muchedumbre. Ahora bien, dado que todo paseante en corte ha de recalar cada tanto en parques públicos o bares donde restaurar las energías consumidas por la ociosidad, acabó por descubrir la inmensidad de gente tan disponible como él, que contenía la ciudad. Y, como Saulo del caballo, se cayó del taburete.

De su juventud le quedaba la sensación de que aún era joven, ese efecto retardado de la lozanía que retrasa, cuanto puede, la conciencia de que uno ha malgastado la juventud. En consecuencia, al poco de frecuentar bingos y ruletas, festivales y discotecas, bailes de viudas, bailes de separados, rastros y rastrillos, una avalancha de nuevas amistades le llevaron al convencimiento de que había vivido sin vivir en sí, sin sospechar quién era.

Durante sus años oscuros (a la luz del presente lo veía) la ciudad se había llenado de un vecindario como importado desde algún ignoto barrio de la galaxia. Tenía la impresión de haberse pasado la vida sentado en una butaca de las últimas filas del gran teatro del mundo y, de improviso, se había alzado el telón (que para él había constituido hasta entonces la única verdad). Se le fue el primer acto en captar que la obra —esplendorosa— no tenía sentido alguno. Tuvo que tomarse algún descanso, hacerse perdonar tropiezos y equivocaciones, reciclar su cuerpo y su mente, antes de que fuese aceptado como personaje de la comedia.

Se había considerado, en su soledad, el hombre más libre del Estado de las autonomías y, al participar en el elenco, encontró una cantidad inconmensurable de hombres y de mujeres más libres que él, una desaforada cantidad de exentos a jornada completa, una inmensidad pampera de argentinas llamadas Delia o Noemí, de tibetanos, de mediterráneos que habían peregrinado al Tíbet, de pacenses que a Marruecos. En una palabra, se zambulló en la vorágine de la especie y género humanos. Fue muy feliz entre sus nuevos semejantes.

Al menos, no se cansaba de proclamarlo. Con los jóvenes de su sexo las dificultades de entendimiento no fueron mayores, puesto que, por muchas vueltas que el planeta hubiera dado, en su rodar había arrastrado consigo vestigios y ancestros. En cambio, si bien encandilado durante una primera fase por la juventud del sexo contrario, le costó asimilar que aquella generación de mujeres se comportara con él como él se había comportado con las mujeres de la generación anterior. Pero, supeditando a las leyes sociales las de su naturaleza, se acomodó al tráfico carnal de uso y costumbre.

Y una madrugada amaneció en una buhardilla desconocida plenamente integrado en la modernidad.

Es más, se trasladó a la buhardilla a cohabitar con la pareja de diseñadora y diseñador de modas sin prejuicios que la ocupaban. Cuando se hartó de trapos, mantuvo un noviazgo forzoso, un adulterio obligado, soportó una pasión, se enamoró grupalmente, huyó de quien le convenía y persiguió a quien le rechazaba. Había retornado, eso sí, a su hogar, que ya se había transformado en un hogar de puertas abiertas. Allí, donde exclusivamente había recibido a la clandestinidad, mantenía ahora conversaciones mortalmente espirituales con budistas tropezados en el pasillo, o sorprendía en la cocina, desayunándose una lechuga, a un ser imposible. Indiscutiblemente, era muy feliz.

Y no permitía a nadie que le discutiese que aquella felicidad tenía por fundamento la democracia. En las horas más profundas de la noche se aficionó a salvar el sistema democrático, pues uno, que era ya totalitariamente demócrata, por defenderlo estaba dispuesto a colaborar con el más férreo autoritarismo. Sin embargo, como el alpinista que necesita reponerse del límpido aire de las cumbres respirando la humedad de los sótanos, alguna tarde se vestía pana y bufanda, recuperaba su antiguo lenguaje y sus antiguos ademanes, buscaba a los viejos amigos para comprobar si ellos también habían evolucionado. Los pocos que quedaban, muy poco. Afortunadamente para España (se atrevía a pensar, mareado, cuando el límpido aire de la libertad olía demasiado a ropa vaquera).

No obstante, una divorciada de terciopelo y perlas bastó para recuperarle de aquellas recaídas en las tinieblas del pasado. Y, de nuevo, rechazaba la más mínima crítica. Se exasperaba si alguien dudaba de que el país no fuera un país dichoso, con taxis baratos, cultura gratis y catedrales en construcción. A fuerza de defender la democracia, cobró fama de adalid. Su democratismo inquebrantable se fue extendiendo de círculo en círculo, hasta llegar a las zonas oportunas.

Una noche, con la divorciada engarabitada como un mandril hembra a sus hombros, imponiendo sobre las conversaciones del salón su voz, zanjó la discusión de moda mediante esta sentencia (cuyo proceso asociativo resultaba obvio):

—Prefiero mil veces más ser otanista que ser onanista.

Al día siguiente se le convocó. Se resistió, alegando que sus estudios socioeconómicos resultaban insuficientes para tan abrumadora tarea. Insistieron. Exigió los medios pertinentes para llevar a cabo tarea tan abrumadora. Se los prometieron. Aceptó el sacrificio. Actualmente (sin tiempo para recordar que él nunca lo fue) enseña a los administrados a ser libres.

Rebuznos de conciencia

Una noche, veinte años después de que Nonona le hubiese robado el alma y apenas transcurrida una hora de que le hubiera regalado su cuerpo, Hernando sufrió un grave rebuzno de conciencia. Tan intenso resonó el bocinazo del animal y tan desprevenido cogió a Hernando que, cubierto de repentino sudor, temió que Nonona, dormida sobre su pecho, despertase. Se arrojó de la cama y, puesto de hinojos, suplicó Hernando al cielo que acallase a la bestia. Partidario de la previsora norma de ayudarse a sí mismo mientras llega la ayuda ajena, salió del dormitorio en pijama, atravesó la casa y recogió en la biblioteca el folleto (*Enfréntese a la fiera, no huya*), que le habían entregado en Harvard al final del cursillo sobre higiene de los adentros.

Febril, con el corazón recién coceado, regresó Hernando al dormitorio y, manoseando el folleto cuyas instrucciones sabía de memoria, contempló el cuerpo amado, ahora boca abajo y en el borde de la cama. Dos décadas de aplicación matrimonial no habían mermado un ápice el embelesamiento mutuo. Por algo constituían la ejemplar pareja, cuya dicha patente suscitaba en sociedad envidiosas murmuraciones. Pero Hernando, percatándose de la pantanosa afectividad en la que se hundía, rechazó toda complacencia, como el folleto de Harvard ordenaba, y decidió, aun no siendo horas de encararse con la realidad, coger a la burra por las orejas. Por lo pronto, con una lima de uñas, abrió el cajón secreto del tocador de Nonona.

Además de la llave del piso de arriba, encontró un tarjetón perfumado en el que estaba escrito «Te amo» («Le odio, Le odio»), «Te amo», con la inconfundible caligrafía de Romerales, psicoanalista a sueldo de Nonona. Abandonó el folleto de Harvard junto a la misiva, se puso la bata para la incursión al temible territorio y subió las escaleras con el sigilo y la gallardía de un cazador de panteras. Nada más cerrar la puerta, encendió las luces, que le deslumbraron, aunque no tanto como le sobresaltó el abigarramiento de los dos primeros salones.

Prácticamente era imposible moverse por aquel almacén de objetos y muebles relucientes, sin estrenar. Hacía un año, quizá dos, que Hernando no entraba allí. Tuvo que sentarse en una butaca egipcia, de la segunda dinastía tebana, y cerrar los ojos. Desde un par de medias de cristal, sustraídas en su adolescencia de una mercería de barrio, Nonona había reunido un museo de productos de la industria, el comercio y las artes. ¿Cómo podía ella sola apropiarse de, por ejemplo, aquel rifle, aquel bargueño, aquel falso Murillo, aquella columna de seis altavoces, aquella lámpara de cristal y bronce, aquella alfombra turca de seda, la propia butaca lotiforme en la que Hernando se sentaba? ¿Cuántos siglos de cárcel, de acuerdo con la ley humana, y cuántos milenios de fuego, de acuerdo con la divina, merecía aquella acumulación? ¿Quién, además del inepto de Romerales, colaboraba en la descomunal cleptomanía de Nonona? Hernando huyó a trompicones, tirando del ronzal de su conciencia.

Siempre en el borde, como la más decorativa moldura de la cama, Nonona continuaba dormida. Cayendo otra vez de hinojos,

Hernando besó los pies de la durmiente y sólo cuando se comprometió consigo mismo a parlamentar sin demora con Nonona logró conciliar el sueño. A la hora del desayuno, con el retraso habitual y el esplendor acostumbrado, Nonona se sentó frente a Hernando, en el momento en que Hernando había decidido aplazar hasta la cena la trascendental conversación.

—Ya he visto, cariño, por como has dejado el dormitorio, que anoche tuviste una de esas crisis tuyas. Te estás destrozando, amor mío. ¿Reconoces que esa gente de Harvard, además de carísima, han resultado tan inútiles como Romerales? Me gustaría sacarte del apuro, te lo prometo, pero en cuestión de remordimientos yo es que para nada.

—Anoche —dijo Hernando, con ronca entonación—, después de descerrajarte el tocador, estuve en el piso de arriba.

—Cómo lo siento, hijo, porque lo de arriba está imposible. Si me lo hubieses avisado, habría tratado de arreglar un poco ese batiburrillo. Tú mismo habrás comprobado que ya no cabe ni un alfiler de brillantes.

—¡Nonona! —exclamó Hernando—, un poco de pudor…

—Hernando, yo no soy una ladrona —exclamó Nonona—. A mí, lo que me ocurre es que me paso el día sola, que estoy más sola que la zona bancaria un sábado por la tarde. Sí, sí, ya sé que me dedicas todos tus ratos libres. Pero, Hernando, cielo mío, y no es que yo quiera darte el día ya desde por la mañana, ¿por qué no admites que, a tu edad y en tu posición, si un hombre necesita trabajar diez horas diarias para multiplicar su dinero es un fracasado? No busques en mí la causa de tus congojas, sino en ese algo, misterioso e indecible, que tú y yo no compartimos. Y, por favor, procura venir temprano a cenar, ingrato, que en cuanto cierran las tiendas me desespero de aburrimiento.

Entre télex y télex, entre teléfono y teléfono, Hernando tuvo ocasiones de reflexionar lo suficiente para llegar a la conclusión de que Nonona era la más preciosa e inagotable fuente de riqueza que poseía. A media mañana le envió rosas, a media tarde un alfiler de brillantes y, mediante el sistema de distribuir su trabajo entre sus colaboradores, consiguió llegar a casa a las ocho.

—He pensado comprarte el piso de más arriba del de arriba, para que puedas tener ordenadas tus cosas.

—Te amo, Hernando —agradeció Nonona—, aunque me parece que te equivocas. ¿Cuánto permanecerá tersa tu conciencia, después de la depilación a la cera a la que la has sometido? Pero no me hagas caso, que yo no entiendo de esos problemas tan enrevesados y, encima, hoy que tengo la suerte de tenerte para mí a las ocho y cuarto, es que no quiero ni oír hablar de borricos.

Disfrutaron de una agradable velada y, llegado el momento de desnudarse, Hernando, guareciendo a Nonona entre sus brazos, le preguntó con susurrante picardía:

—Anda, ricura, cuéntame cómo lo haces.

—Pero qué bobería, Hernando. Tú es que a mí me has tomado por una vulgar mechera. Y no, malpensado; que ni empecé ayer, ni he descuidado estar a la última. Si es sencillísimo, tontorrón. Hago que los de la propia tienda me envíen las cosas a casa. Y hasta doy propina a los chicos.

—Eres maravillosa, Nonona.

—Que me educaron bien, Hernando, y desde muy pequeñita me enseñaron formas y a no crearme conflictos conmigo misma. Lo natural es natural y la prueba de que lo mío es de naturaleza está en que un psicoanalista tan renombrado como Romerales lleva años hurgando, para nada, dentro de lo que no tengo.

Noche feliz aquélla, si no hubiese sido porque, en lo más dulce de sus profundos sueños, dos feroces rebuznos dejaron a Hernando sentado en la cama, sudoroso y temblón, gritando:

—¡El onagro, el onagro...!

Nonona despertó y, de inmediato, le prodigó sus caricias, le llevó una taza de tila y el folleto de Harvard, fue calmando la angustia de Hernando hasta quedarse de nuevo dormida. Hernando, en lo más crítico de su ahogo, había estado a punto de confesarle a Nonona que nada misterioso les separaba, sino les unía, que ambos eran iguales y no había otro misterio. Pero Hernando, recordando a tiempo la inconveniencia de la sinceridad con el ser amado, calló. Y con las primeras luces del día salió subrepticiamente a enfriar la desazón y a pasear al insomnio.

—Al alcanzar cierta edad —por el parque desierto, oía Hernando la voz del director del cursillo—, si también ha alcanzado usted un respetable nivel de fortuna sin haber eliminado por ello escrúpulos de origen atávico y conformación morbosa, acepte con sencillez que padece usted un defecto de ensamblaje con la armonía cósmica. Recuerde, en segundo lugar, que este tipo de dolencia, aunque a pocos, ha llevado a personajes de su categoría a cometer excentricidades, místicas o sociales, es decir, a la ruina. En tercer lugar, no se alarme. Pero encárese, sin complacencias ni disimulos, como un hombre, con la bestia que usted mismo alimenta.

El aire fresco de la mañana le facilitó a Hernando recuerdos de otras madrugadas en la fría capilla del internado. Luego, ya en su despacho y recurriendo a influyentes amistades, logró Hernando hora para confesión con el joven abate Alejo, cuyo carácter severo pero comprensivo, mundano pero inflexible, operante, le había convertido en el más solicitado de los guías espirituales. Asediado por ofertas de empleo como capellán de familias, el abate Alejo tuvo a Hernando apoyado en la portezuela de su confesionario, cuan-

do ya Hernando había dispuesto de más de una semana, entre rebuzno y rebuzno, para aclararse la conciencia.

—Sin pecado concebida. Hace más de treinta años que no me
confieso, padre —comenzó Hernando a largar por delante—. Y yo,
padre, necesito de la confesión con igual frecuencia que necesito
de mi esposa. Casado con una ladrona redomada, que se finge clep-
tómana para entretener sus horas vacías con el psicoanalista, abandoné, bajo innobles subterfugios, este sedante sacramental cuando
yo ni sospechaba que a la penitencia del matrimonio debe seguir el
alivio del confesionario. Porque, escúcheme bien, padre, el cleptó-
mano reprimido lo soy yo.

—No sólo suelo escuchar bien, hijo, sino preguntar con tino.
Dime, ¿a quién te reprimes de hurtar?

—A sus colegas, padre, y siempre en trance de confesión. Ad-
quirí tan abyecta costumbre en los años del bachillerato, facilitada
por la ausencia de confesionarios en los internados de la época.
Arrodillado sobre las gélidas losas, con el paternal brazo sobre mis
hombros, mientras desgranaba el rosario de mis culpas, de los hon-
dos bolsillos de la sotana de mi confesor, oh, vergüenza, sacaba un
pañuelo, una petaca, un chisquero de mecha, una cajita de pastillas
contra la tos, rapiñas que, si el asunto se ponía feo, abandonaba sobre el altar.

Una vez descargado de tal peso, adoctrinado Hernando convenientemente a fin de que frecuentase a placer el confesionario sin
temor a parecerse a la mujer amada y psicoanalizada, el abate le
mandó ir.

—¿Sin ninguna penitencia, padre?

—En el pecado la has llevado y aligerado vas ahora —replicó el
sabio Alejo.

Nada más pisar la calle, Hernando sintió, efectivamente, una ligereza de espíritu muy reconfortante. Con gesto mecánico se llevó la mano al corazón y palideció. Le había desaparecido la cartera del bolsillo. Su primer impulso fue volver al templo. Pero (no en balde estaba limpio) reprimió su cólera.

Paso tras paso, meditando, advirtió que estaba ante una parada de autobús, vehículo que no recordaba haber utilizado jamás y al que subió cuando llegó. Comprimido por la masa de viajeros, Hernando aspiraba el olor a humanidad y sonreía. Al descender, se echó mano a la cartera, que no llevaba, se palpó el traje, gritó que le habían robado y, en segundos, congregó a su alrededor un grupo de airados ciudadanos que imprecaban contra la falta de seguridad que soportaba la gente honrada.

Una semana más tarde, antes de aproximarse al confesionario del abate Alejo, encontró Hernando sobre el altar su documentación. Para entonces Hernando era consciente de que, por fin, vivía encajado armónicamente en un mundo bien hecho, desasnado.

En forma de mujer

Se nos apareció una noche de aquel verano, primero que pasábamos privados de nuestra maravillosa y sórdida juventud. Era una noche más de un verano infinito, como los veranos de entonces, especialmente inquietante, ya que todos nosotros, salvo Luis Fernandito, llevábamos unos meses disfrutando de nuestros primeros sueldos. Manolo, que diez años más tarde se casó un poco, nos confesaría, durante la cena de despedida de casado, que tan presente tenía la imagen de ella, desde la noche en que se nos apareció, que, cada vez que había cumplido, lloraba.

—Ahora me explico —comentaría Bernardo— que tu mujer se te haya largado. Pero te comprendo, Manolo.

—Yo —confirmaría Rufo—, si me viene en pleno acto la imagen de Apoteosis, no es que rompa a llorar, es que me desmayo.

Estábamos en la terraza de Rosales, desvencijados en los sillones de mimbre, dejándonos llevar por la noche, apacible y borrosa, como eran las noches de verano de aquellos tiempos en que comenzábamos a pasar del coñac a la ginebra por la mediación del gin-fizz. Debía de ser tarde, porque las chicas se habían ido a sus casas hacía un buen rato. Aunque apenas sonaba, se oía la ciudad con la nitidez que en aquella época tenían los ruidos nocturnos. La abulia nos deslizaba hacia la modorra y, a pesar de que avanzaba

477

peligrosamente la hora de entrada a la oficina, allí perdurábamos, poniendo a prueba mediante el noctambulismo nuestra reciente independencia de la familia. Ni siquiera percibimos que Rufo se había alejado hacia el grupo escultórico de la infanta y quizá ni siquiera esperábamos ya, como entonces esperábamos de todas, que la noche resultara excepcional. Y, de repente, apareció, escoltada por Rufo.

De las infinitas frases con las que en el transcurso de los años venideros tratábamos de explicarnos aquel prodigio, recuerdo que alguien dijo (quizá yo mismo):

—Lo espeluznante no es que sea bellísima, sino que tiene una belleza inicua.

(Así hablábamos entonces.)

Se sentó, al tiempo que nosotros nos levantábamos de los sillones. Nos volvimos a sentar. Con voz asfixiada, Rufo masculló:

—Se llama Beatriz.

De nuevo en pie, fuimos uno tras otro estrechándole la mano, con ese recelo ectoplasmático que suscita el contacto con un ser de evidente origen estelar. Anonadados, mientras le rendíamos una babeante pleitesía comprendimos que nuestras vidas habían cambiado para siempre.

—Pero ¿cómo la has encontrado? —le preguntamos a Rufo aquel amanecer.

—Y yo qué sé… Surgió de las sombras. Yo me estaba abrochando, sentí moverse el parterre que hay detrás de la infanta y la vi allí. Me acordé de cuando en el colegio rezaba para que no se me apareciesen ni la Virgen ni los santos. Porque me conozco. Y, en efecto, yo no tengo preparación para relacionarme con el otro mundo.

—¿Qué hizo ella, imbécil? ¿Qué hiciste tú, que, encima, majadero, te dejaste sorprender a medio abrochar la portañuela?

—Nada. Nos pusimos a andar juntos. Dijo que se llamaba Beatriz. Yo pensaba en el susto que os ibais a pegar. ¿Veis como no era una manía tonta —añadió Rufo, con una sonrisa y una incongruencia de enajenación— ir a hacer menores a lo de la infanta?

Quince años más tarde Rufo decidiría jubilarse prematuramente, buscando en la falta de responsabilidad la irresponsabilidad de la juventud perdida, una disponibilidad completa para intentar el olvido. Fue el más congruente, pero el anacoreta de él pronto se sentiría tan frustrado como antes, tan confuso como nosotros.

—Puede que sea un espía ruso, disfrazado de mujer divina —especuló ya Bernardo durante aquella madrugada.

—No tiene acento ruso —replicó Manolo.

Pero ¿oímos su voz aquella primera noche? Apoteosis (como pronto habría de bautizarla Rufo) era poco locuaz, normalmente hierática y justificadamente altanera. El verano se nos fue en un soplo. Luis Fernandito se había enclaustrado a preparar las oposiciones. En la terraza de Rosales, siempre en colectividad recelosa, velábamos junto a Beatriz, la acompañábamos hasta su casa, callejeábamos, enredados en especulaciones de madrugada. Permanentemente inmutable, Apoteosis, sin embargo, nos espoleaba al morbo imaginativo. La supusimos el ángel caído, una apariencia nigromántica, una infiltrada de la masonería, la Muerte, la nieta de Marlene o la hermana gemela de Marilyn, una alucinación transitoria.

Al comienzo del otoño las chicas dejaron de ponerse al teléfono, cuando, esporádicamente y desesperados, recurríamos a ellas. A cambio, Apoteosis nos cogió un cariño estable y raro, una especie de costumbre. Poco a poco, fuimos dejando de contemplarla en silencio y volvimos a las conversaciones enmarañadas y a las disparatadas discusiones. A veces, sin querer saber por qué, nos encolerizábamos; a veces, a mitad de una argumentación brillante, el orador miraba a Apoteosis y enmudecía. Ella, en los momentos críticos, restablecía la paz exterior con un breve vuelo de sus manos.

—Nos hizo muy felices —mentiría Manolo doce años después, cuando acabó con su segundo tratamiento, a causa de haber retornado desde el whisky al coñac.

A finales de aquel otoño se produjeron las temidas iniciativas de apartamiento de la presa. No recuerdo, después de tantos años y de tantos fingimientos, quién fue el primero que intentó el usufructo exclusivo de Apoteosis. De mis tardes con ella sólo puedo confesar que alcancé unas cotas de ineptitud vergonzosas. Pronto estuvo claro que Manolo, Rufo y Bernardo habían igualado mis fracasos. Y es que, después de haber logrado separar a Beatriz del común, uno se encontraba a solas frente a la inaccesibilidad; aún peor, frente al riesgo de que, por puro milagro, Apoteosis, en la butaca del cine o en la pista de baile, se le humanizase a uno.

El grupo no se desintegró, pero dejamos de vernos si ella no estaba presente. Apoteosis había herido de muerte nuestra amistad. Nosotros mismos, cegados por la competitividad propia de nuestro sexo, habíamos cometido el error de afrontar en solitario la intimidación que colectivamente apenas sobrellevábamos. De tal manera caímos en los juegos de la emulación, que en un par de años parecíamos una bola de gusanos cubriendo el fruto que nos alimentaba y nos adormecía.

—Nos hizo muy desgraciados —mentiría Manolo quince años más tarde, cuando un cuarto tratamiento le dejó abstemio y con un pie en el hoyo.

Pero mucho antes, el día más trágico que recuerdo haber vivido, Bernardo, nada más firmar como testigos, tuvo un arrebato de síntesis en la propia sacristía y, mientras Apoteosis se perdía como una nube de espuma por la nave del templo, nos lo explicó:

—El destino nos ha enviado, bajo la apariencia de mujer, a este ser imposible, porque somos unos tipos de naturaleza más proclive a la comodidad resignada que a las posibilidades vulgares.

—O sea —preguntó Rufo—, que, si yo he entendido bien, tú sostienes que Apoteosis para nosotros es una dádiva del destino.

—Exacto —confirmó Bernardo.

—Pues el que sostenga, precisamente hoy, que esa zorra es una dádiva, a mí particularmente me parece un cornudo.

El matrimonio de Beatriz recompuso nuestra amistad, nos devolvió, con seis años de retraso, a la vida. Gracias a que, unos seis años después de que Rufo sacase a Apoteosis de las tinieblas del parque del Oeste, Luis Fernandito aprobase el último ejercicio, pudimos creernos que volvíamos a ser los de antes. Lo aborrecimos no tanto por haberse casado con ella, sino porque, nada más verse aprobado, telefoneó a su mamá, le pidió la venia y desde la cabina se trasladó a casa de Apoteosis, donde solicitó y obtuvo la mano.

—Hay que reconocer que el sarnoso de él ejecutó la operación con premeditación y sin titubeos. Y ahora, ¿aceptamos o no aceptamos la invitación a cenar en su casa? Yo —concluyó Manolo— soy partidario de aceptar, no vaya a creerse ese tirillas que estamos dolidos.

Fuimos a cenar. Durante los próximos años no dejamos de ir a cenar cada vez que nos invitaban. Si manteníamos durante una temporada las ilusiones, acompañados. Nuestras acompañantes indefectiblemente odiaban a Apoteosis y, a los pocos meses, prescindíamos de ilusiones vanas y volvíamos solteros a las cenas. Con los años aquel comedor recordaba a la terraza de Rosales, a aquellos silencios embelesados, al recogimiento con el que adorábamos la belleza invariable.

La inmutabilidad de Luis Fernandito nos enmascaraba el paso del tiempo. Notábamos siempre tarde el nuevo nivel en su ascensión, su locuacidad pontificadora, la suntuosidad de los nuevos comedores en las sucesivas casas. Y mientras (Manolo se casaba y el ajenjo le sacaba de la abstención, Rufo se jubilaba, a mí me daba por la música) envejecíamos. No obstante, allí estábamos, escuchando a Luis Fernandito sus disertaciones (cuando se dedicó a los círculos de estudios):

—A quien sea español le basta con esperar a que le suceda lo que esté sucediendo en Francia.

—Pues, oye, es una ventaja ser español —se admiraba Bernardo, que había elegido la vía de la adulación al marido.

—A la oposición le faltó rigor y le sobró desgana democrática. Nosotros traemos, ante todo, entusiasmo —nos arengaba Luis Fernandito en la sobremesa, cuando ya tenía escolta y Apoteosis en las recepciones oficiales era tomada por su hija.

Entonces ocurrió que al cuñado de Rufo le comunicaron la fecha del embargo de su taller de zapatillas por impago del correspondiente crédito hipotecario. Riguroso y entusiasta, Rufo pidió audiencia a Luis Fernandito.

—¿Te lo ha arreglado? —preguntó Manolo, cuando Rufo volvió a la cafetería donde le esperábamos.

—No —pero parecía contento. Me ha explicado que es preferible que sea un amigo, y no un enemigo, el que no te haga un favor. Porque el poder no tiene amigos, sino que mira sólo por los intereses generales.

—Me esperaba que lo dijese —dijo Bernardo—. Y tú, ¿qué le has contestado?

—Pues, mira, majo, mientras tú te dedicas a los intereses generales, yo me he dedicado a tu mujer, porque descubrí que ahí es por donde a ti te ha timado el destino. Y, a la segunda cita, la Apoteosis resultó que, además de tener apariencias de mujer, es una mujer. Eso le contesté y os juro que se quedó blanco como la nieve.

—Bien urdido.

—Se merecía el navajazo, aunque fuese de farol.

—No es un farol —murmuró Rufo—. Él era el último que Beatriz y yo hubiésemos querido que lo supiese. Pero, carajo, es que estaba yo muy desesperado con lo del embargo de mi cuñado, tenéis que comprenderlo…

Pero, para entonces, la vida nos había dejado tan pálidos que a ninguno de los tres se nos notó que habíamos empalidecido.

El regreso de los bárbaros

No en balde habían madurado los últimos veintidós años unidos en matrimonio. Fue lógico, por tanto, que con una mirada ambos adivinasen que ambos habían sufrido la misma revelación en el transcurso de aquel día. Acababa un martes, babeante de esa sibilina dualidad del comienzo de la semana que hace del tiempo una carga inacabable y transmite a la vez una asfixiante fugacidad. Abrumados y ahogados, dejaron de mirarse, porque, además de evidente, resultaba insultantemente mimético que, justo en el mismo día, los dos hubieran decidido abandonar familia y hogar.

Si Antonia había empleado más horas de las previstas en gestiones de ventanilla y compras en arraigadas tiendas del centro de la ciudad, Miguel había consumido el crepúsculo en regresar de una inspección a una sucursal de la periferia. A Miguel, durante el atasco circulatorio, y a Antonia, mientras le medían la bayeta para unos faldones de camilla, les había alcanzado la clásica certidumbre de la vacuidad de la existencia. Y al instante, como no deja de suceder cuando se es poseído por tan repugnante convicción, tanto Antonia, ante el mostrador, y Miguel, ante el volante, tomaron la decisión de cambiar radicalmente de vida. Si da lo mismo apostar al rojo que al negro —pensaron ambos, con música de tango—, o se abandona el juego (lo que tampoco) o se le roban unas fichas al distraído compañero de mesa.

Después de una noche de mucha conversación y maletas, Antonia y Miguel convocaron un desayuno de despedida. Ni la Teo faltó, por ser lunes, miércoles y viernes sus días de asistencia a aquella familia, cuya disgregación pareció segura cinco años antes y que, desde hacía cinco años, no había dejado de aumentar. En efecto, durante el último quinquenio Miguelito, a sus quince de edad, había elegido la independencia, imitado a los pocos meses por Toñita y, en cuestión de semanas, por la misma Teo, que, habiendo proclamado no aguantar a la señora, no la aguantó.

Al cumplir los dieciocho retornó Miguelito, quien se declaró recién viudo y puso en brazos de los padres una primera nieta. Para las mismas fechas la Teo ya aguantaba de nuevo a la señora tres días a la semana y poco después Toñita retornaba al hogar, aportando a la familia un arqueólogo de muy buen carácter.

A lo largo del último desayuno, Miguelito asumió el (honorífico) título de cabeza de la familia y Toñita, que albergaba en sus entrañas una pieza de seis meses, anunció que el arqueólogo y ella ocuparían desde esa misma noche la alcoba de sus progenitores. Flora y Fauna, las dos pequeñas, en consonancia con los postulados de la novísima ideología, desaconsejaron fogosamente a sus padres la renuncia a la segura comodidad de aquella casa. Y, entre las risas de la nieta y las lágrimas de la Teo, partieron Miguel y Antonia en sendos taxis rumbo a sus nuevos y sendos destinos.

Mientras en el hogar amputado se experimentaba esa holgura que suele equivocarse con la libertad, Antonia y Miguel sentían ese rejuvenecimiento de los que, huyendo, creen escapar. A pesar de que nunca hubo más de un aeropuerto en la ciudad, los dos se asombraron al encontrarse en la misma cola de facturación de equipajes, coincidencia que, tras haber viajado en el mismo avión a la misma isla, se repitió ante la misma cinta transportadora de equipajes. Por ahorro, ahora en un mismo taxi llegaron a la montaña, primero Antonia a la granja comunal de la ladera sur y, media hora después, Miguel al cenobio de la ladera norte.

Impulsado por el ímpetu del neófito, a Miguel se le fueron los primeros tiempos de absoluta inactividad con la celeridad de las antiguas vacaciones. Apenas recordaba el mundo en el silencio de su umbrío retiro y, cuando un recuerdo inconsciente le traía la memoria de dónde había vivido, Miguel se felicitaba de haber perdido a la gente pequeñita e ingeniosa del trajín cotidiano y rezaba por ella. La blanda irrealidad de sus horas solitarias le sumía insidiosamente en la beatitud. Se mineralizó. Sometió su nirvana a extravagancias fijas: abrocharse antes los botones pares que los impares, trasladar de hormiguero diariamente tres hormigas, trabajar diez minutos en la huerta o visitar durante una hora el gallinero, afeitarse de perfil. Llenó de días vacíos la vacuidad de la existencia.

Y mientras Miguel erraba del tedio a la bobaliconería, Antonia apenas si podía disfrutar de las melancolías que siguen a los placeres. Le parecía increíble, a su edad, la accesibilidad de los cuerpos, su inagotable facilidad. Se bronceó, se estilizó y, cuando inconscientemente recordaba dónde había vivido hasta entonces, maldecía a la gente mezquina y viscosa del combate cotidiano, que ella había llamado sus semejantes. Amó tanto a quienes la amaban que llegó a saber del amor que no sabía nada. Mecida por la realidad, desligada de las convenciones y rigiéndose sólo por el tiempo de la dicha, Antonia olvidó la muerte y, por ello, dejó de agusanarse y horadarse. Tendida sobre la arena, algunas de esas gentes líricas que abundan en las playas la tomaron por Venus, precisamente en los instantes en que ella, desmelenadamente perceptiva, se sabía Apolo.

Pero así como Antonia cambiaba con frecuencia de nombre (hasta de los divinos), Miguel vino a enredarse, a través de las lianas de la imaginación, en la selva del nominalismo. Como inevitablemente sucede (por poca que se tenga), la capacidad imaginativa terminó por sustituir a la beatitud en los ocios de Miguel. Así pues, el cenobita, viviendo de la fantasía sin darse cuenta, acabó por considerar propicios o nefastos los nombres con los que bautizaba a sus personajes, según los asociase a las personas queridas o a las detestadas del mundo que había repudiado. Este sutilísimo proceso, que no era otro que el de la sustitución de la realidad por la verbalización, condujo a Miguel, como no podía ser menos, a la nostalgia. Al atardecer contemplaba el paso de las nubes con los ojos cerrados, viendo cómo las nubes pasaban reflejadas en el espejo de los rascacielos de vidrio de su ciudad. Y Miguel tenía que abrir los ojos para dar cauce a sus nostalgias.

Ya por aquellos tiempos, Antonia, en la ladera sur, consumía sus crepúsculos en ese amor al paisaje que produce el hartazgo de la piel humana. Amaba, sí; pero, como es usual en los convalecientes de felicidad, Antonia veía en los postreros rayos del sol claustros paseados por silentes figuras. Luego se dejaba amar bajo el brillo de las estrellas y a medianoche el odio (semejante a la desesperación que incuba la nostalgia) la mantenía insomne.

En consecuencia, no transcurrieron ya muchas lunas para que una mañana, en la cima de la montaña, se cruzaran los dos taxis que conducían a Miguel y a Antonia a sus sendos e invertidos destinos. ¿Llegaron a reconocerse de taxi a taxi? No es probable, ya que Antonia viajaba cegada de misticismo y Miguel, ciego de deseos reprimidos. En todo caso, la suposición sobraba, puesto que los esposos se habían olvidado mutua y absolutamente.

En la reserva femenina del cenobio Antonia no tardó en ser presa de ataques de furor, previos unos meses de plácida convivencia con las hormigas de la huerta. Por aquellas mismas fechas, tras un desenfreno que causó la admiración en la granja comunal de la ladera sur, Miguel pasó del hospital a militar en el partido político de moda. No en balde, separados y amnésicos, Antonia y Miguel habían vendido el cáliz después de apurar el vino y las heces.

En la cola de facturación del aeropuerto isleño se miraron una y otro lo suficiente para intentar, sin conseguirlos, asientos parejos en el avión. A la llegada, por no ver a tiempo a la desconocida entre los que esperaban taxi, Miguel defraudó la convicción de Antonia de que aquel desconocido iba a proponerle un vehículo común.

Se encontraron en el portal y se miraron. Cada uno pensó que el otro le había seguido. Y, al unísono, quizá a causa de ese olor a lejía y a abnegación que aroma los portales familiares, se reconocieron.

Conmocionados por tanta y tan irreductible afinidad, decidieron no subir las escaleras y se trasladaron a un hotel. Intuyendo que el hogar puede abandonarse a pares pero no debe a pares recobrarse, pensaron incluso en regresar a la isla. No obstante, se les fue la noche en contarse las especiales circunstancias con las que habían llenado sus vidas desde la separación. Se mintieron concienzudamente, no se creyeron y comprendieron, con ese conocimiento impecable de los que renuncian a ser quienes son, que sólo la muerte les separaría, salvo que (lo que no era un presagio insensato, demostrada la recurrencia de su vínculo) los dos muriesen simultáneamente.

Al día siguiente, Miguel y Antonia, cogidos de la mano, espera-ron a que la puerta les fuese abierta.

—¡Han vuelto los bisabuelos! —gritó un granujiento con tra-zas arqueológicas.

Antonia y Miguel, sin soltarse las manos, oyeron en el vestíbu-lo, como un derrumbe, el repentino silencio de la casa. Se abrieron puertas, aparecieron niños a gatas, nueras, un anciano en silla de ruedas, Toñita voluminosa, una mulata embarazada, un fontanero, el profesor de informática de los mocitos. Alguien suspiró y la fa-milia, de estampida, se abalanzó sobre Miguel y Antonia. En un instante parecía domingo o mañana de Navidad.

En días sucesivos Miguel y Antonia fueron identificando a los seres queridos, los floreros, la mesa camilla, los ruidos del patio, los ruidos de los grifos, el alma (de trama de visillo) en la que se sus-tenta la estabilidad y el orden de la tribu. A ese espíritu, impalpable naturalmente pero con sabor a albóndigas, recurrieron, antes de dos semanas, Flora y Fauna, para justificar el traslado de sus padres a una residencia.

—No de lujo, aunque muy apropiada —precisó Fauna.

—Porque, como comprenderéis, queridos papá y mamá —ar-gumentó Flora—, a pesar de que hace años compramos el piso de al lado, la familia aumenta y así, por capricho, no se puede acomo-dar a dos personas más, que no sean mellizos recién nacidos.

—Ya que lleváis toda la vida juntos —propuso Fauna—, a lo mejor os apetecen residencias separadas.

—Por supuesto —dio por sentado Flora—, que vendréis a al-morzar dos veces al mes y que os telefonearemos una vez a la sema-na. Para nosotras seguís siendo nuestros padres, por supuesto.

En ocasiones, gracias al poder creativo de la memoria, Antonia y Miguel recordaban experiencias comunes, que (no) habían vivido en la isla. Paseaban, mantenían bostezantes relaciones con otros residentes, tenían programas de radio favoritos y hasta algunas canciones las canturreaban a dúo.

Cuando, la Teo fue confinada allí mismo, porque siendo tres hacían rebaja, Antonia se sintió más acompañada y Miguel tuvo más oportunidades de resolver crucigramas, mientras escuchaba a Antonia y a la Teo filosofar.

—No me lo puede usted negar, señora. Para ustedes, al fin y al cabo, la vida ha tenido variedad. Por la mala cabeza de ustedes, cuando cogieron el portante, pero variedad. Pero lo que es para una servidora, tiene usted que reconocerlo, ¿qué ha sido la vida para una servidora?, que hasta en este asilo me la encuentro a usted, señora.

Extravíos

Mientras se dirigía hacia el garaje, permitiéndose la satisfacción de caminar por las calles recién amanecidas, caracoleaba ya de impaciencia para galopar, sentado en su despacho o en la sala de reuniones, la larga jornada durante la que se le ofrecería una sucesión de obstáculos que vencer. En aquel medio kilómetro escaso, como el bebedor que finge no ver la copa que imprevistamente apurará de un trago, se concedía el fingimiento de no calcular, no controlar ni controlarse, de no sentirse importante, ni siquiera financiero. Le acompañaba un tiempo revuelto de nubes fugaces y de sol provisional, del que, al colocarse frente al volante, se desinteresaría, igual que de las calles, las gentes que andaban por las calles, los perros, los niños, los guardias municipales y demás elementos superfluos del escenario del mundo.

Quizá vio primero al perro, pero, nada más percibir a la niña, intuyó que tanto la niña como el perro andaban perdidos y se habían encontrado. Efectivamente, el perro trataba de desembarazarse de aquella niña que le perseguía con una libertad de movimientos que denotaba falta de vigilancia. Lo único tranquilizador era que el perro llevaba collar y la niña, una bolsa roja, acorde con las zapatillas deportivas y el chándal que vestía. En todo caso, el hombrecito verde parpadeaba y, cuando intentó cruzar a la carrera, como si huyese, un gesto imperativo de la figura con uniforme municipal, que vigilaba el tráfico en la intersección de las dos calles y a la que hasta entonces no había advertido, le dejó clavado en el bordillo de la acera.

La bolsa roja había sido abandonada a sus pies y, a unos metros, la niña, asiéndole por la cola, había logrado interrumpir el zascandileo olfativo del perro. Pretendía acercarle la cola a la cabeza para agarrarle por el cuello, pretensión que el perro, de una envergadura superior a la de su contumaz perseguidora, frustró con un golpe de lomos, que dejó a la niña sentada en la acera. La olfateó, pareció que se dejaba besar el morro y se alejó al trote en línea recta.

Entonces, a pesar de un confuso presagio, recogió la bolsa y la movió en el aire. La niña se puso en pie calmosamente y acudió a la pata coja. Hizo ademán de entregarle la bolsa y la retuvo, lo que provocó la risa de la niña.

—¿Dónde está tu mamá?

—En el baile.

Por sorpresa y con una violencia desconcertante, que él simuló ignorar, la niña le arrebató la bolsa.

—¿Y tu papá?

—Se ha ido a morirse y así no tiene que pagar los impuestos.

Surgió, de repente, el hombrecito verde y él se encontró cruzando la calzada, llevando de la mano a una niña que, a su vez, arrastraba una bolsa roja por el asfalto. En la otra esquina daba el sol y la niña permaneció ensimismada, como si no oyera las preguntas que él le hacía, puesto ya en cuclillas, buscando con la nivelación de los rostros romper la incomunicación. Y en cuclillas, con una instintiva sensación de culpabilidad, descubrió a la altura de sus ojos los pantalones azules del uniforme antes de descubrir bajo la gorra un rostro de mujer.

—Yo creo que se ha perdido —murmuró.

—Seguro —resolvió la muchacha, acuclillándose ante la niña—. ¿Dónde para el autobús de tu colegio, bonita?

La niña señaló en una dirección oscilante y dijo:

—Me llamo Clara Emilia Fernández Buitrago.

—Pregúntele si sabe en qué calle vive.

La muchacha se limitó a entregarle su silbato, del que la niña arrancó unos pitidos en sordina, y a opinar, mientras recuperaba la verticalidad y el silbato, que no tardaría en aparecer una chacha o una madre. Esperó que el conato de rabieta de la niña retuviese a la muchacha, pero la muchacha convenció a la niña de que debía quedarse allí, en compañía del señor que la había encontrado, y, atravesando flemática entre los coches, se reintegró a su incongruente tarea de subrayar las órdenes de los semáforos.

La niña se dedicó a describir círculos mareantes en torno a una acacia. Puerilmente inquieto por el retraso y calculando fríamente el dinero que a cada minuto dejaba de ganar, se dejó succionar por una espiral de violentas recriminaciones. Sin embargo, nada le irritaba tanto como su propia incapacidad para continuar hasta el garaje, para abandonar, como el perro había tenido la sensatez de hacer, a aquella niña, que ahora canturreaba y palmeaba sentada en el alcorque de la acacia. Y con el fin de rechazar los recuerdos, hediondos, que el jolgorio de la criatura desenterraba de su memoria, se entregó a una aparatosa interpretación del impaciente que atisba la aparición del que no llega. La niña le tiró del pantalón.

—Pues hazlo —contestó desabridamente.

Clara Emilia Fernández replicó que era pequeñita para arreglárselas por sí misma. Le contuvo una imagen de la madre brotando precisamente en el momento en que él le bajaba las bragas a la hija. Manoteó a la desesperada, como si el teletipo estuviese escupiendo una quiebra fulminante del sistema crediticio nacional, y la chica guardia llegó impertérrita por entre los automóviles.

—Llévela ahí dentro. Ya es muy mayorcita para hacerlo en la calle.

La niña le dejó sosteniendo la puerta y atravesó la cafetería saltando a la pata coja. Tras una duda, él entró también y, con una premura alborotada, buscó el teléfono, intentando no perder de vista el trayecto desde los lavabos a la salida. Pero, mientras marcaba, como si él estuviese obligado a disculparse con Carmina por no haber llegado aún al despacho, a la premura se sobrepuso un sentimiento de orgullo y colgó. Ancló en la barra a la espera de la pequeña dama. Al instante vio a la guardia dirigirse hacia el fondo de la cafetería y, bruscamente relajado, pidió un aguardiente.

La calle se llenó de sol. Al otro lado de las puertas de cristal pasó el perro husmeando. Se sonrió al pensar que él era probablemente la persona menos adecuada de la ciudad para hacerse cargo de una niña extraviada y para cargar con la responsabilidad de haber dejado escapar a un perro perdido. Puso un billete sobre la barra. Acechó. Centrándose el nudo de la corbata, consciente de que Clara Emilia Fernández quedaba bajo la custodia de la autoridad competente, inició una fuga deliberadamente natural.

A sus espaldas la niña había sido izada a un taburete, y, libre de la gorra, el pelo castaño de la muchacha resplandecía. La niña quiso un vaso de leche templada y churros. La muchacha, sin considerar su invitación, prometió enviarle a la madre (o a la chacha) en cuanto apareciese y salió de la cafetería.

Clara Emilia saltó del taburete al descubrir al perro, que pasaba de nuevo por la calle. Luego, quería aceitunas rellenas. Más tarde, desmenuzó un par de churros y se limpió las manos en el chándal. Cuando exigió regresar a los lavabos, él la sacó del local a una mañana ensombrecida por la luz metálica de los nubarrones.

—Por ahí te andan buscando, hermosa —informó la mujer del puesto de flores.

Pero nadie apareció y, en el centro de la calzada, la municipal, a causa de haberle enmendado la plana a los semáforos, tenía organizado un preludio de atasco en el que ya sonaba algún claxon, como afinándose para comenzar el concierto. A pesar de sus propósitos de indiferencia, se sintió desolado e inerme ante las correrías de la niña. Rezó para que no regresase el perro. El recuerdo putrefacto emergía a la amenazante luz de aquella hora.

Y ya, sin ambages ni subterfugios, pudo odiar a Clara Emilia Fernández Buitrago, esencialmente porque no estaba asustada, porque vivía su extravío con naturalidad, hasta con regocijo. Después, cuando la niña le condujo hacia lo que él supuso el escaparate de una juguetería, instalado ya pacíficamente en el rencor, se permitió reconocer que le envidiaba a aquella niña no los años que a ella le quedaban por vivir (la mayoría de los cuales él no viviría), sino que ella no hubiese vivido los años que él vivió en su infancia.

—Ésa es mi mamá —anunció cerca del escaparate de ropa femenina, que estudiaba una esbelta de ajustado pantalón y con una cabeza como un casco de rizos rejuvenecedores.

En el momento en que la esbelta daba por terminado su visionado del escaparate, llegó la muchacha uniformada y les señaló. La niña corrió hacia ellas. Cuando él terminó de aproximarse, las tres hablaban simultáneamente. Fue acogido con un satisfecho cabeceo de la madre, a quien entregó la bolsa, una vez que hubo comprendido su posición marginal en aquella conversación entre mujeres.

El perro apareció dos esquinas más allá y le siguió durante un trecho, como si le prestase escolta en homenaje a su repentina decisión de pasear, no tanto por el espacio como por el tiempo, en busca del niño que cincuenta años antes se había perdido.

A media mañana, cuando llegó a la plaza y se detuvo, percibió el cansancio y la soberana tristeza que le embargaban. Siempre con la fuente mitológica en su centro, la plaza había cambiado poco. Acaso sólo el tridente (que cada tanto era robado) del dios de las aguas, acaso el pavimento sin adoquines ni carriles de tranvía y, desde luego, en aquella mañana en la que al fin dominaba el sol sobre las nubes, ninguna verbena ocupaba el espacio ovalado de la plaza. Allí, tras una tarde en los jardincillos del museo, el niño se había quedado embobado frente a una montaña rusa, cuya pasmosa estructura conservaba íntegra la memoria cincuenta años después. Y allí, al no encontrar a sus padres, había roto a llorar el niño con un terror que, cincuenta años después, el hombre resucitaba sin esfuerzo y con lacerante humillación.

Sin ánimos para revolverse contra el sinsentido de su propia naturaleza, aceptó que el niño, al que había asesinado, siguiese vivo. También había aceptado que no hubiera muerto cuando, de adolescente, en el colegio le llamaban trepador los mismos que llamaban esforzado escalador a un ciclista. O cuando su primera mujer… Con una violencia sísmica sepultó (por enésima vez) en el olvido a aquel niño, efigie de la complacencia y de la compasión, repugnante símbolo de lo que siempre luchó por no ser.

Dentro del taxi la existencia recuperó su consistencia y confortable apariencia de autenticidad. Acababa de sentarse a la mesa y ya Carmina le había colocado delante, con una diligencia agresiva, la relación de llamadas y compromisos. Hasta habló con una entonación de esposa ofendida cuando se disculpó reticentemente:

—Como no sabía ni dónde estaba usted, ni cuándo llegaría, me temo que no hayan resultado convincentes mis explicaciones.

La miró directamente, imitando la risueña despreocupación de la mirada de la niña de la bolsa roja o el júbilo voraz que incendiaba los ojos del perro.

—Estuve un rato por ahí. Llaneando.

Fines de semana históricos

En sus treinta años de Cronista nacional titulado había llegado a la conclusión de que no hay historia. Para no perder los emolumentos ni el título, fingía creer en el flujo histórico. Los fines de semana, según el Cronista nacional, el flujo se interrumpía. Gracias a esta interpretación, el Cronista podía dedicarse, en buena conciencia, a sestear los fines de semana en su club habitual, una especie de casino country que amalgamaba a lo más ruinoso de lo que había sido en tiempos la golfería más fina de la capital.

—Mire, don Cronista —le objetaba Pura—, a mí particularmente no acaba de convencerme que el flujo cese el viernes por la tarde y vuelva a su devenir el lunes por la mañana. Si la memoria no fuese la más grosera de las funciones mentales, le citaría ahora mismo media docena de hitos acaecidos en domingo.

—No me cite, doña Pura, y reflexione. A usted, que en las postreras barricadas de la utopía era ya una madura de muy buen ver, le consta que no hay flujo, porque no hay conexión, y que ese subgénero literario que es la narración histórica se empeña, vanamente por otra parte, en fingir una concatenación durante el simple vivir al día en que consiste la vida.

—Ahí sí que no, don Cronista. Parece mentira que usted precisamente compare la historia con la vida, cuando usted sabe, y si no lo sabe eche un vistazo a su alrededor, que la vida es muy destructiva de por sí y, encima, está llena de imbéciles y de granujas.

—De acuerdo. Pero reconozca que la originalidad histórica es tan intermitente y tan poquita cosa como los descubrimientos geográficos.

—Disculpe; hoy no tengo la cabeza para hablar de geografía —se dolió Pura, que, en efecto, mostraba una sospechosa palidez bajo el maquillaje.

Y como aquel sábado estaba primaveral y lluvioso, Pura y el Cronista, arrullados por la atmósfera de anisados del casino, se sumieron en sus respectivos sumideros.

Desde que enviudó, el Cronista recuperaba en la púrpura ajada de aquellos salones el tono conyugal. Pura, con los ojos abiertos, gozaba el tedio de repetitivas fantasías obscenas entremezclándose con recuerdos sentimentales. Cada tanto, el servicio retiraba con diligente suavidad a don Ricardo o a doña Felicidad, aún vivos, pero estropajosos. Del picadero, de las ralas praderas y de las pistas de tenis llegaba a los salones, con el rumor de la lluvia, un vigorizante olor a barro. Y no resultaba incongruente que, mientras se constituía una partida de tresillo o de julepe, se aproximase, disfrazada de liviana con un vestido empapado, Gertrudis, la recién divorciada de Valeriano.

—Valeriano me acaba de decir que en el periódico se asegura, mi querido Cronista, que es cierta su elección para la Academia.

—Pues lo que asegura esta mañana ese periódico de tu ex, Gertrudis, es que esta península está a punto de cambiar de continente, como quien no quiere la cosa.

—No antes del lunes ambos sucesos, apreciadas amigas. Si es que —el Cronista se retrepó en el butacón, pavoneándose sin pudor— mi polémica personalidad atrae, por fin, votos suficientes. Respecto al cambio continental es cosa hecha, a falta sólo de allanar los Pirineos.

—A mí, como no me gustan los toros, el asunto me trae al pairo —sentenció Gertrudis, que mimaba como a huérfanos los gaseosos pliegues de su vestido—. Aunque también dice Valeriano que piensan clausurar los casinos, porque así lo exige el talante europeo.

—En tanto no nos supriman las corridas —pregonó Pura—, podemos dormir tranquilos, porque a este casino no hay talante que lo suprima. Tendrían que inventarse un sustituto de la senilidad precoz y los correspondientes antídotos contra las frustraciones, la conciencia de culpabilidad, la compulsiva necesidad de triunfos, la pretensión de recuperar el tiempo pasado, la codicia y una concepción de nuestra historia como una película en colores, a la que usted contribuye, querido Cronista, con sus monografías de romanos.

—Pero, Pura… —balbuceó el Cronista, levantándose a medias e incapaz de impedir que la antigua utópica se mudase al bar.

—Déjela, déjela usted que se pudra de celos. Creo que sospecha que, nada más ser recibido académico, piensa usted proponerme una aventura que, considerando todo lo que nunca se atrevió usted a confesarme que le gusto, vaya usted a saber hasta qué nefandas complicaciones puede arrastrarnos.

—Gertrudis —susurró el Cronista, sorprendido de su propia vehemencia—, ¿cree usted que Pura sospecha también que usted aceptaría que uniésemos a mi gloria la fortuna que le pasa Valeriano?

—No sé si lo sospecha, pero en cuanto seamos adheridos a ese continente y a usted me lo coronen de laurel inmortal, usted y yo damos la campanada, la última campanada de la raza.

—Por desgracia, ay, ninguna de esas dichas acaecerá antes del lunes.

—Impacientón… ¿qué sabes tú?

¿Qué sabía él, efectivamente, que tanto sabía de los tartamudeos de la historia, acerca del océano de ilusiones que albergaba en su pecho? La tarde se le fue en rosadas mentiras y en rotundos tragos. Ahora, al final de la madurez, imaginaba tener, además de cronología, talento. ¿Cómo, si no, se explicaba que dos mujeres y la Academia se lo disputasen?

En la intimidad de su solitario dormitorio se vistió las galas que vestiría el día de la pública y solemne recepción, arreos que en el armario luchaban contra la polilla y la envidia. Le dieron las tantas ante el espejo, por lo que, abrazado al frac, se durmió sin enterarse de que a la madrugada su patria ya no era el cornúpeta sobre el que cabalga la señorita de la túnica, sino la propia señorita.

—Pero ¿qué me dice usted, Valeriano?

—Lo que usted oye, Cronista. Y como en esta peculiar democracia el elector no se siente representado por quien eligió, sino por el periódico que ha elegido leer, aquí me tiene usted que no sé qué decirles a mis lectores, por culpa del majadero de Jacobito, que no contento anoche con raptar a mi ex Gertrudis se me llevó los estados de opinión de los lectores, dejándome hecho un diputado. Usted, que ha llegado ya a persona de orden, ¿qué me aconseja?

—Pues que les eche usted una pareja de civiles a esa pareja de infieles y que se los traigan esposados de Londres, ahora que en Londres, digo yo, tendremos cuartelillo.

Huyendo del soliviantado ambiente de los salones, el Cronista salió a las praderas que la lluvia del día anterior había embarrado. Como sus zapatos al barro, su cabeza se adhería a viscosas premoniciones. Ya podía dedicar el frac académico a vestir santos, si, como era previsible, la metamorfosis en continente traía aparejados los cambios de rigor. Jubilarían a los mayores de cincuenta, en el salón de actos instalarían un equipo de cientos de vatios y de luces por láser, abrirían el ambigú al pueblo y dedicarían la biblioteca de la docta casa a actividades lúdicas. Le estremecieron las náuseas.

Apoyado contra la alambrada de la pista de tenis, los ojos alzados al cielo anubarrado y el alma en un clamor, el Cronista titulado se preguntaba cómo los dioses permitían que, en un mismo domingo, un garambainas de redactor jefe le robase la novia del sábado a quien, habiendo consagrado la existencia a la historia, la historia escarnecía. Se sentía encadenado por la incomprensión y entre las llamas de la injusticia. En aquel momento, de no haber estado viudo, habría apaleado a su mujer.

Pero en aquel momento descubrió que desde un ventanal le observaba Pura y, poseído de irresistible repugnancia al trato carnal, el Cronista se refugió en el gimnasio. Nada más trepar al potro, como si hubiera trepado a Clavileño, experimentó los síntomas del conocido vuelo a 1844 y, huyendo ahora de sí mismo, descabalgó el potro y se refugió en el más subrepticio rincón de la cantina del servicio. En aquel tinelo consiguió reducir sus inquietudes a no dejarse llevar al siglo XIX, ya que bastante atroz estaba siendo la mañana del domingo como para terminar el día de fiesta en un baño de sangre.

Confió en que los licores y el detestable menú de la cantina le amodorrasen lo suficiente para soñar únicamente con resonantes períodos oratorios. Sin embargo, al terminar el almuerzo, hundiéndose en una desvencijada butaca y oyendo, como música de fondo, el usual estruendo de cacerolas de los que no hacen la historia, el Cronista sintiose incapaz de permanecer en su época (cuando era notorio que ya no estaba en su tierra).

El fenómeno transmigratorio se caracterizaba por su semejanza con una especie de pasmo y solía acometerle al Cronista, que nunca había sufrido trastornos gástricos, en aquellas circunstancias en que al común de los ciudadanos la vida de diario les produce úlcera duodenal. Una suspensión de ánimo a ritmo de minué inauguraba la pasmosa brujería, para de inmediato aparecer en lontananza una ristra de morcillas cubiertas de piojos. Éstas y algunas variables figuraciones se resolvían con la reencarnación del Cronista en Narváez, don Ramón María (1800-1868).

Como impulsado por un incesante y sordo murmullo, Narváez sobrevolaba una ciudad tétrica y maloliente, por cuyas angostas calles y plazuelas arrastraban los pies inacabables filas de cesantes, turbas de pretendientes a poltronas hozaban en los comederos de los distintos ramos de la pública administración y astrosas mujeres escondían bajo las sayas a los aterrorizados contertulios de fondas y cafés. Tambaleante como un aeróstato, Narváez descendía sobre el adoquinado y, desenvainando el espadón de Loja de su mote, comenzaba, voraz y concienzudo, a desmochar cabezas y a segar miembros.

Cuando, chorreantes las charreteras de sangre peninsular, Narváez transmigró al Cronista, la cantina estaba en esa penumbrosa soledad de atardecer de domingo que huele a archivo. Se le orbitaron los ojos, secó el sudor de su rostro y calmó el frenesí de sus manos. Luego, subió a los salones, donde el julepe había sido sustituido por el bridge y los mojicones por las pastas. Pura descubrió al Cronista, que vacilaba y, por fin, se aproximaba a ella.

—Amigo mío, por su lamentable aspecto apostaría a que sale usted de un episodio galdosiano. Siéntese y deme conversación, si su justificada conciencia de cornudo se lo permite.

—Como usted disponga. ¿Por qué, doña Pura, la historia, que no es nada, resulta tan larga y mi vida tan fugaz?

—No desespere; antes de que el gobierno nombre a los académicos por decreto, quizá salga usted elegido. Todo pasa, sí, pero algunos pasan más deprisa, porque las dificultades para decir siempre la misma mentira sólo son capaces de superarlas los grandes hombres.

En los ojos de Pura percibió el Cronista los últimos ramalazos del flujo histórico y, encargando copas, recuperó el sosiego intemporal del domingo.

—Olvidemos, querida Pura, esos mezquinos tejemanejes de los decretos. ¿Se ha enterado usted de que el granuja de Jacobito le ha birlado a Valeriano los dineros del periódico?

—Me he enterado —confirmó Pura—, pero es usted el que debe enterarse de que, a lo tonto, durante los fines de semana también se puede hacer el bobo.

La oficina invadida

Caía la tarde cuando los despachos fueron invadidos por una epidemia de poesía. Los empleados más perezosos recogían ya papeles y útiles de escritorio con una diligente premura, que pretendía acelerar el paso del tiempo. Un día más había transcurrido como si no hubiese transcurrido. La invasora infección apenas se hizo perceptible en la falsa ligereza del aire, en esas deformaciones bulbosas del efecto metafórico, en un aumento de anáforas y, entre las secretarias de dirección, en una pomposidad de canéforas al manejar los teléfonos, consabidos síntomas todos ellos de esa conocida plaga epigástrica.

Porque, efectivamente, aunque no hubo comentarios, nadie dejó de sentir en la boca del estómago el clásico calambre lírico. El conserje encendió los tubos fluorescentes, la realidad pareció recuperar su habitual consistencia y, al rato, sonó el timbre de salida. Este cúmulo de circunstancias determinó que las instalaciones burocráticas fuesen abandonadas sin que siquiera el comisario (que ejercía su comisariado bajo el cargo de prepósito de informatización) se oliese, no ya el aroma del tigre y la canela, sino el tufo del octosílabo sentencioso. Así que los despachos quedaron a merced de aquellos virus que no se habían llevado los empleados en la sangre.

Nadie, por tanto, llegó a su hora al día siguiente. Es más, como si se tratase de una época de reorganización, se produjo un alarmante número de enfermedades fingidas y de imaginarias defunciones parentales. Aquellos que preferían con mucho el despacho al hogar y que carecían de medios para una jornada en el café se entregaron también a la ociosidad y a la tertulia. Pronto la epidémica inactividad comenzó a surtir lucrativos efectos en los sectores productivos de la industria y el comercio, tutelados por las competencias de la oficina infectada. Para entonces, el comisario descubría, esparcidas entre los archivadores, espinosas hojas de acanto. Convencido de que, en consecuencia estaba autorizado a temerse lo peor, el comisario dio el parte a la dirección.

Unas semanas antes la oficina había sido víctima de una invasión de lujuria refinada, afortunadamente leve y eficazmente combatida por los anticuerpos de la lascivia más tradicional. A pesar de que en el escalafón no se produjo ningún cambio de gustos eróticos, el prepósito de informatización dedicó alguno de sus desvelos a descubrir al portador de tales toxinas. Pero, al conducirle sus investigaciones hacia los altos cargos, el prepósito, tasando el viento que la vela admite, echó tierra sobre las toxinas.

Dar carpetazo al virus lírico no resultaba tan fácil. Todo el que carga sobre sus hombros la pesada misión de gobernar a sus supuestos semejantes conoce la duplicidad de la naturaleza de los inferiores, gente de irreductibles manías corporales y de asombrosa versatilidad de ideas. Por desesperante que resulte, el inferior une a su espíritu voluble una carne tercamente apegada a la alimentación, al placer y al descanso. En seres de tal naturaleza la poesía prende bestialmente, lo que explica la permanencia a lo largo de los tiempos de una manera de discurrir tan peculiar como la del invento lingüístico llamado poema.

No siendo ajenos al comisario estos conocimientos de los recovecos de la humana conformación y estando dotado el dicho comisario de un pragmatismo rayano en la vileza, se empleó a fondo en la pesquisa, en tanto la inactividad preocupaba incluso a la cúspide jerárquica. Mientras el horario se les iba a unos en charletas y en jeroglíficos, y a los de arriba en reuniones dedicadas a planear tareas homéricas, se consiguieron análisis del centro de microbiología y, lo que fue más arduo, se logró reunir a la comisión de expertos, una punta de poetas en nómina y en constante gira cultural del uno al otro confín. Bastó para un primer dictamen con cazar al vuelo uno de los documentos que revoloteaban por los pasillos, movidos por suaves céfiros, y con algunas inspecciones oftalmológicas, que denotaron un unánime azul en las pupilas.

El diagnóstico señaló, naturalmente, pérdida de la sindéresis administrativa, sustituida por razonamientos asertivos, empedrados de dicotomías, paradojas y repetitivas congratulaciones por la falta de vías de comunicación. El todo, adecuadamente vacuo, exhalaba perfumes de esperanza y un descomedido optimismo. Ésta, en principio favorable, secuela presagiaba, en opinión de los expertos, un alto riesgo de fermentación del estro. Se escribían ahora pocos oficios en aquella oficina, pero los que se escribían tenían cada vez más cortas sus líneas.

—O sea —resumió el prepósito de informatización— que, si no he entendido mal, aquí cualquier día el personal puede romper a componer aleluyas. Hasta sonetos, en el caso de que el estro se siga propagando, favorecido por los meningococos de la cultura lúdica.

—Hasta sonetos —confirmaron los expertos—. Y quién sabe si hasta madrigales en estrofas sáficas, porque en este país nuestro la herencia recibida del seno inviolado de la Tierra nos puede dejar verde que te quiero verde. No obstante, V. I. resolverá.

El comisario resolvió, por no hacer mudanza en su costumbre, iniciar una docena y media de expedientes disciplinarios. Pero, antes de especificar las sanciones, en esa fase de la tramitación en que el trueno todavía no tiene nombre, fase auroral previa a la peluca y a la toga, se presentó en el despacho del comisario uno de los expertos, que, además de poemas, había tenido la precaución de publicar una poética.

—Mi querido prepósito, creo haber dado con el agente portador de la epidemia —le confidenció el bardo, sobre el rumor de liras que escapaba por la rejilla del acondicionador del aire—. Tras un detenido análisis, hallé que los elementos patógenos de la infección provienen de lecturas sumarias de poetas de uso tópico, como las pomadas. Nada de Saint-John Perse, desde luego, pero tampoco nada que rebase una lectura de oídas. La recurrente apelación a que no hay caminos, con el obvio designio de que el personal se las arregle por sí mismo para abrirse camino, prueba incuestionablemente que la infección la ha traído a la oficina el director.

—Ciertamente nuestro director está muy interesado en concienciar y en responsabilizar a cada cual con su trabajo, ya que él tiene demasiadas ocupaciones para, encima, ocuparse del trabajo de sus subordinados.

—No olvides, prepósito, que el compañero director asistió no hace mucho a unos cursos estivales y a unos festivales de concurso, pedagógicas y recreativas realizaciones de la política de difusión, en las que es de obligada cita que el camino se hace al andar, así como que su infancia son recuerdos de un patio de Sevilla.

—Donde madura el limonero —apostilló, no sin jactancia erudita, el comisario.

—Como es de ley. Y punto. Ahora bien, yo en tu puesto no solaparía el problema continuando con la pesquisa, puesto que, identificado ya el agente portador, lo que interesa, a nivel de inferiores, es erradicar el lirismo, tanto en beneficio de la poesía como por el buen nombre de esta oficina u organismo. No obstante, tú resolverás.

A la experiencia del comisario no se le escapaba el dato de los riesgos que conlleva poner orden cuando es el jefe quien ha embrollado el cotarro. Si no hay por qué ocultar que todo empleado es intercambiable, no hay por qué propalar que todo superior es transitorio, ya que la gracia de la superioridad radica en sus apariencias de eternidad. Y sabido es, además, que el que viene después siempre es peor.

Este razonamiento (prueba del acierto de la superioridad en el nombramiento del comisario) impulsó al comisario a pasar los expedientes disciplinarios a la fase sancionadora. Algunos empleados, enardecidos por la irrealidad consustancial a la infección que padecían, protestaron. Estudiada la protesta, se confirmaron la docena y media de sanciones, y media docena más, por protestar.

Amaneció, pues, el día en que un nuevo virus, viejo como el mundo, acabó con los bacilos poéticos. La oficina tomó ese aspecto de desierto después de la tormenta, que suele confundirse con la calma. Sobre el murmullo del acondicionador del aire y los arrítmicos pianeos de las máquinas de escribir podía escucharse el silencio. Obsesos lectores de colecciones legislativas, esforzados escribidores de prosa prosaica, apicultores de las colmenas contables, sólo durante un instante hacían coincidir sus miradas huidizas. Sumisa e indiferente, la oficina recuperaba su apetito de devoradora de papeles.

El prepósito de informatización fue llamado a los altos despachos de la dirección.

—Te felicito, comisario. Gracias a tu esfuerzo, ahora conocemos la peligrosidad latente e imprevisible de esa bobería de los versos, que puede resultar útil siempre que esté en buenas manos. No se ha hecho la miel para la boca del asno, como dejó escrito Juan Ramón, que de borricos sabía lo suyo. ¿Crees necesaria otra fumigación? —preguntó el director con la cautela usual en un necio audaz con corazón de cieno.

—No queda ni un acento en su sitio. Eso sí, a mi juicio, habrá que organizar alguna tómbola para contrarrestar la injustificada sensación, que podría afectar al servicio, de que vivimos tiempos sombríos. Al parecer, el del reino de la sombra es un microbio de sorprendente virulencia, dada su grosera estructura monocelular, muy resistente al jarabe de palo y difícil de localizar en el microscopio.

—¿Tiempos sombríos? ¡Qué infamia más necia…! Organiza, por si acaso, además de la tómbola, un auto sacramental. Y a ver si de una vez esta oficina funciona como la empresa privada, cuna del socialismo. Adelante y ánimo, comisario, que el camino se hace andando.

—¡Oh, nunca, nunca, nunca! Usted delante.

Pasaron los meses. Llegó la recurrente peste de la modernidad, que llenó de colores y de gomina las cabelleras. Pasó también la modernidad y pasó una epidemia de retorno a los orígenes. La mayoría de las mañanas, sobre todo de las lluviosas, la oficina parecía una oficina.

Pero alguien, en solapas de sobres y en otros desechos de papelera, estaba escribiendo un poema, aún sin título (pero que previsiblemente se titularía «Buenos tiempos para la lírica»), que trataba de los tiempos luminosos, a cuya cruda luz brilla el cartón pintado de las máscaras y el maquillaje vencido delata las implacables arrugas.

Un crimen

A finales de aquel verano (durante el que, como declaró luego —en noviembre, nada más morir Franco—, había visto incendiarse los cielos premonitoriamente) estaba bastante desquiciado. Aunque ninguno de los dos salimos de Madrid, no nos vimos, ya que, cuando le telefoneaba para cenar juntos, Diego siempre tenía comprometida esa noche y las restantes de la semana. Amigos comunes me confirmaron que, además de trabajar mucho, se había enredado en una frenética actividad social. Ultimaba una exposición de obra inédita, andaba rodeado de discípulos y de admiradores, frecuentaba periodistas, mantenía una bulliciosa aventura con una bullanguera hija de banquero, apenas le daba respiro a la ansiedad. Desde siempre, Diego había sido el mejor agente publicitario de sus cuadros y el más hábil escultor de su figura pública, por lo que no era de extrañar, pero sí de temer, que, con el inicio de la cuarentena, se le hubiese exacerbado su obsesa necesidad de notoriedad.

—Pues a ti te habrá dicho —me dijo Luciana la primera tarde de aquel septiembre, en la que me sirvió el té en su casa— que ha terminado un desnudo mío en un paisaje de pagodas y de chimeneas industriales, porque, además de mentir, delira. Lo cierto es que lleva meses sin coger ni un carboncillo. Se le va el día en intrigas para ingresar en la Academia, conferenciando en centros culturales, en fundaciones docentes, en círculos lúdicos, hasta en talleres de creatividad, en cualquier lugar del territorio al que se pueda llegar siquiera a lomos de burro. A la caída de la tarde, corre de *vernissage* en *vernissage*, de cóctel en cóctel, y, por la noche, fascina a críticos, corrompe a biógrafos, irrumpe en los bares de siempre con un cortejo de papanatas y de parásitos. La madrugada le sorprende pagando copas a cómicos, alcaldes, filósofos a la última, pilotos y duquesas, bilbaínos, chaperos, príncipes de la milicia, ases del baloncesto; en fin, al público normal de esas horas y de esas barras. Está financiando un documental sobre su evolución estilística. Le han nombrado ayer hijo adoptivo de su propia ciudad natal. Esta mañana ha concedido una entrevista a la hoja parroquial de nuestra parroquia. Creo que todo, hasta que se pueda ser hijo adoptivo de la propia madre, está claro, ¿no?

—Sí —admití.

—Pues ahora, a ti, que conoces a Diego desde antes de nuestra boda, te pregunto —preguntó Luciana, justificadamente enajenada ya—, ¿por qué maldito carajo, en vez de limitarse a lucirla por todo el universo mundo madrileño, se ha liado hasta los tuétanos con esa banquerita huesuda, teñida de cobre, eccematosa, agrietada, flagelada por la droga, alabadora y más mala, aunque infinitamente más lista, que mi pobre Diego?

Habíamos entrado ya en días de general inquietud y de generalizada excepcionalidad y todos, convencidos de que estábamos viviendo el final de cuatro décadas de obligada compostura, andábamos inquietos y despendolados, aunque nadie tanto como Diego. Resultaba muy chocante, por consiguiente, que una persona madura, y madurada en los combates de la clandestinidad, se mostrase inmune a aquellas fúnebres brisas de libertad y exclusivamente dedicado a sus asuntos privados. En aquellas postreras semanas del horror público, incluso yo, que siempre había permanecido al pairo en los resguardados puertos de la discrepancia moderada, dedicaba gran parte de la jornada a la conjura. Precisamente en uno de los más concurridos salones donde se recomponía (hasta nivel de jefe de negociado) la patria, encontré a Luciana, recién regresada de Santander, y allí, entre pastelillos de hojaldre y noticias, me pidió que tomase el té con ella a la tarde siguiente, una de las últimas del último verano de la dictadura. Y de su matrimonio, añadió.

—Mujer, no será para tanto. Se le pasará —presagié yo, no para consolar a Luciana, sino por si conseguía engañarme a mí mismo y evitaba hacerme ilusiones.

—Ésta no la pasa, te lo aseguro. Ésta es la definitiva —aseguró Luciana, como si, en vez de Diego, hablase del ilustre enfermo—. Desde siempre ha sido un vanidoso crónico, un urgido de adulación, un majadero. Pero se contenía, aún le quedaba la suficiente hipocresía para engañar incluso a un amigo tan fiel como tú. Ahora ha decidido que ya no tiene por qué simular, porque ahora, el muy célebre, considera que ha alcanzado una cota superior al más encumbrado de sus colegas y, por tanto, que ha sonado la hora de recibir los tributos de la gloria. Y cuando un artista llega a esas cimas, no hay tributos bastantes, ni bastante gloria, para saciar una vida de trabajos y de modestias forzadas.

—Es muy triste lo que me dices, Luciana, pero quizá equivocado, aunque te concedo que las suposiciones cuanto más tristes suelen resultar más acertadas. ¿Y si Diego, al cumplir los cuarenta, simplemente ha tomado conciencia de la fugacidad de la vida y como tantos, artistas o no, pretende, viviendo en el placer constante, olvidar la muerte, en la que nunca había pensado?

—Ése es capaz de haber pensado en todo. Veo que lo conoces

mal. No se trata de que esté sufriendo el efecto místico de la andropausia, ni, todavía menos, de que esté sufriendo la propia andropausia, como insinúas. Diego jamás ha sido víctima de las perturbaciones más corrientes entre los machos de tu sexo. Que yo recuerde, sólo tras la derrota del sesenta y ocho y sin que él mismo se lo explicase tuvo un par de años de alarmante normalidad. Ah, si yo te contase…

Y me contaba, parsimoniosamente, minuciosamente, a lo largo de tardes que se nos iban en unos suspiros, durante las que yo, a veces sin escuchar a Luciana, oía su parloteo con la taza de té apoyada en mi barbilla y llenándola de baba. A la tercera o cuarta sesión de confidencias, no reprimía ya mis ilusiones y, engolosinado, bastante con que, sin cesar de confidenciarme, cruzase o descruzase las piernas, me retuviese una mano entre las suyas, me mirase a los ojos, para que me inundase una lela obscenidad. Nunca, desde que la había conocido vestida de blanco y ya nunca la había dejado de amar, me había permitido desearla. Pero, durante aquellas tardes excepcionales, estábamos más horas a solas de las que estuvimos en veinte años, y Luciana me desnudaba su alma con tal sinceridad que era imposible no ver su cuerpo. Un cuerpo, para mayor complicación, en el esplendor de su desarrollo y de su desempeño, sobre el que, habiendo alcanzado el mío las heladas cumbres del respeto, parecía justo planear.

—Y es que las apariencias carnales pueden llegar a carcomer el sentimiento de más consolidada pureza —filosofaba Luciana, tanteando mis intenciones—. Por otra parte, Diego no es un progresista, como tú —sus dedos serpenteaban por mi pelo—, por lo que se encuentra en una situación óptima para alimentarse con las más groseras satisfacciones. Tú, que le encuentras por ahí, eres testigo de las caricias que le prodiga esa desinhibida. Pues bien, te pregunto a ti, que sí eres un progresista: ¿te dejarías tú toquetear en público y a lo tonto?

—A mí, ésa, Luciana, es que ni un pelo… —juraba yo, enardecido.

—Pues, ya ves… —Y, de pronto, ella veía que era hora de salir para alguna fiesta, a la que quizá también asistiese Diego.

Yo cerraba los ojos y, luego, cuando Luciana me echaba hasta el próximo consultorio matrimonial, poco a poco los iba abriendo al mundo, que en aquellos días era un mundo de champán prematuro, de confirmaciones fidedignas y de desmentidos fidedignos, de teléfonos de madrugada, de renovación de pasaportes, un mundo de heces en forma de melena. En ocasiones, coincidía con Diego y con su sobadora muchacha, una especie de aparente mujer, permanentemente adherida a él y únicamente capacitada para pasar, sin estados intermedios, de gacela encelada a loto, y viceversa. Otras noches, en virtud del reducido territorio de nuestra tribu, me encontraba con Luciana, que, en sociedad, poco se parecía a la Luciana de aquella misma tarde. Y hacia mediados de noviembre, cuando por numerosa que fuese la reunión sólo se oían las voces políglotas de las ondas (media y corta), empezó a ser frecuente que coincidiésemos ambas parejas, en civilizada comandita, y que a la media hora tuviese yo que sacar a Luciana del sarao o pasear la histeria.

—No me niegues que es pura y simple anormalidad empeñarse en escuchar los noticieros culturales en estos momentos decisivos. No me lo niegues, por favor.

—No te lo niego.

—Y por si fuera poco, el barrenado de mi marido propone una retirada temprana, porque mañana tiene un día ocupadísimo. Pero ¡por el coño de la diosa Cibeles!, ¿cómo se puede tener un día ocupadísimo en estos momentos y en esta ciudad en que nadie da golpe, esperando el supremo tránsito? Ah, no, no y mil veces no, esta noche, cuando vuelva de dejar en su frigorífico a esa puta desgrasada, que no venga a arañar la puerta de mi dormitorio, que lo castro.

—Luciana, mujer, sopórtalo con elegancia. Que no se diga ahora que Diego te importa. La gente, que es muy mala, es capaz de ir propagando por ahí que, en cuanto Diego te provoca con una librenopensadora, te pones en legítima para dar la nota.

—Por muy mala que sea la gente, que lo es, no creo a nadie capaz de suponer que me afecta un marido que no me vale. Lo que me irrita es que no me dejen oír el parte del equipo médico habitual y que, encima, Diego se empeñe en hablar únicamente de él mismo.

—En eso tiene toda la razón del mundo para irritarte. Ahora parece, según me han contado, que va a pintar en pleno quirófano y durante la carnicería un trasplante de corazón.

—¿No consiguió pintar un partido de fútbol desde un banderín de córner y tuvo que terminar el acrílico como un árbitro, protegido por las fuerzas del orden público? Mientras se lo consientan, él, dichoso de ser noticia... Reconoce que, cuando todos somos conscientes de que está en juego el futuro de España, la inconsciencia de Diego constituye un atentado a la esencia democrática de nuestro pueblo.

—Tú, Luciana, déjale que atente, que atente... El derecho del artista a la excentricidad tiene sus límites. Y no raramente, en la integridad mental del propio artista.

—¿Qué quieres decir? —me preguntaba Luciana, mientras seguíamos caminando por las calles solitarias. La noche se nos iba agotando y, en nuestros deambuleos por aquel Madrid expectante, por aquella ciudad velando como una monja fatigada, Luciana volvía a ser la misma de nuestras tardes en torno a la tetera, la que en veinte años nunca había sido para mí. De pronto, en el silencio de la madrugada, se detenía, abría los brazos en cruz, parecía esperar una señal y me abrazaba, susurrando:

—¿Y si en este preciso instante…? Al fin y al cabo, es un ser humano.

Resultaba curioso recibir, simultáneamente, mi propio placer y el estremecimiento del cuerpo de Luciana. Si me atrevía a besarla, adivinando que ella consentiría, en aquel beso (a la estatua) el ardor de mi felicidad prevalecía, con asombro por mi parte, sobre la frialdad del rostro de Luciana en trance de vivir la muerte ajena.

Temo que mi carne no volverá a sentir una dicha parecida.

Y es que —reflexionaba yo, después de despedir a Luciana en el portal de su casa— la atmósfera morbosa que el esperado acontecimiento —a fin de cuentas, un episodio político— creaba llegaba a contaminar también mis sensaciones más singulares e inexpresables. ¿Cómo me faltaban a mí aquel valor y aquel instinto, que Diego derrochaba, para imponer a las peripecias de la historia el suceso de la felicidad? Siempre había sabido que (sea lo que sea lo que llamamos felicidad) se trata siempre de un espejismo individual. Había que deducir, por lo tanto, la fragilidad de aquella relación contaminada, el hecho indudable de que yo calentaba un cadáver cada vez que osaba abrazar a Luciana.

Quizá para fortalecer mi posición y, de paso, preservar mis ilusiones, decidí dejar de verla a diario y, en vez de acudir casi antes de que me llamase, me dediqué a frecuentar a Diego y a su apéndice femenino. Pronto Luciana se sintió traicionada y la agitación de aquellos días de la rutina en suspenso empezó a producirme algunos beneficios. Las náuseas de aburrimiento, que la egolatría de Diego me provocaba, eran compensadas por el acoso telefónico al que Luciana me sometía, que, al menos, me permitía creerme tan varonilmente insolidario como Diego. Esperaba que, por fin, se percatase de mi persona, aun a riesgo de que, una vez recobrada la normalidad, se pusiera de manifiesto que las caricias de mi persona habían sido consideradas una quimera o un esparcimiento.

No fue así y aquella conmocionante madrugada (en la que el país se puso de luto durante una semana y a la siguiente ya estaba olvidando al sepultado) me llegó el anuncio del óbito dormido sobre el diván de un bar y contra un sobaco de la escuálida, que olía a nardos. Hasta Diego interrumpió la glosa de un proyecto de programa radiofónico en una catedral, protagonizado exclusivamente por él, y se incorporó, como un súbdito huérfano más, al duelo. Perentoriamente reembriagados, abandonamos el local al ser cerrado por fallecimiento del dueño de todo.

Fuimos caminando por calles con una animación desacostumbrada a aquella hora, en las que, de improviso, sonaba el claxon de un automóvil y, de inmediato, otro le contestaba; por calles rígidas de frío mesetario, recorridas por desconocidos que sólo se atrevían a cruzar miradas cargadas de un único sentido, por taxis huidizos, calles alumbradas por farolas de luces oscilantes como hachones. Por turno, Diego y yo cargamos a nuestras espaldas con la escuálida, que salmodiaba gregoriano, la columpiamos sobre nuestras manos unidas, la obligábamos a correr, por el placer de correr, nos besábamos imprevistamente, por besarnos. Si permanecíamos atentos, la escuálida y Diego oían un fondo de violonchelos que, en un *crescendo* apenas perceptible, anunciaba ya la entrada vigorosa de las trompas. Yo sólo oía el rumor del bienestar fluyendo por mi sangre y sólo deseaba que una lluvia de sal dejase la ciudad convertida en una maqueta a escala natural.

Diego parecía conducirnos hacia un lugar determinado y, cuando llegamos, yo me quedé sentado en la tierra mientras él buscaba imposibles flores y arrancaba hierbas para ofrendarlas, en aquella misma ladera de la montaña del Príncipe Pío, a los ajusticiados. Resultaba una generosidad heroica por su parte oficiar aquella ceremonia sin otros espectadores que la muchacha y yo, sin cámaras, ni micrófonos. Es más, sólo para mí, porque la espiritada criatura había desaparecido. Tardamos en encontrarla, arrodillada en las losas del cercano templo egipcio e incapaz de encontrar ella la dirección de La Meca. La fantasmagoría de las calles y de nuestros ánimos, iluminada ya por los primeros esputos del amanecer, nos fue llevando hasta el edificio, donde —en opinión de Diego— Luciana seguro que estaría durmiendo ajena al aquelarre.

En efecto, aunque después de una eternidad, nos abrió la puerta, tambaleante y mascando sueño, cubierta con una camisilla de brocado en tono ocre y con una escofieta azul, bellísima. Sin acabar de despertarla enteramente, la necrológica noticia la trastornó tanto que, hasta que la mesa de la cocina no estuvo ocupada por la cafetera humeante, los tazones y los zumos, los churros recalentados y una botella de aguardiente de la provincia (augurio de lo que podría haber sido una Arcadia madrileña), Luciana no se percató de la presencia de la chica y, quizá a causa de que la insensata manceba, tras el primer sorbo de licor, se sentó en las rodillas de Diego para morrearle mejor.

—¿Quién ha permitido entrar a esta furcia en mi casa? Diego, has perdido totalmente el norte y el decoro. Has perdido el oremus. Responde, si aún te queda vergüenza, chulo de mala muerte. Pero ¿es que os habéis creído, cuando todavía está húmeda de lágrimas la pantalla del televisor, que ya somos suecos? Os voy a enseñar ahora mismo a... ¡Yo, una mujer ultrajada, os voy a enseñar, infames, a no confundir la geografía con la historia!

Por delicadeza preferí cerrar los ojos, lo que no me ahorró la cadena sonora que habitualmente generan la expulsión a patadas de una hija de banquero, el subsiguiente regreso a la cocina y la expulsión, con ayuda de una silla enarbolada, de un marido. Luego abrí los ojos, comprobé pasmado los desgarrones que había sufrido durante la batalla el camisoncillo de Luciana y, mientras Luciana estuvo gritando, el café se enfrió. Así es que vacié la cafetera en el fregadero, hice tila, coloqué sobre la ofendida frente un paño empapado en vinagre, y, en esta operación de primeros auxilios, Luciana se levantó de la tabla de la plancha, arrojó el paño por una ventana y yo fui arrebatado al dormitorio.

Más tarde tiré la tila fría por el fregadero, hice una segunda infusión de café, preparé tostadas y, Luciana bajo una túnica negra, yo bajo un albornoz de Diego, desayunamos con apetito y arrumacos, pasado ya el mediodía de la memorable jornada.

También, en efecto, resultó ser cierto que Diego había aceptado, a instancias de una famosísima emisora, encerrarse en una catedral durante una noche para transmitir a los oyentes sus impresiones y sensaciones de ultratumba (o de aburrimiento).

—Como exageran tanto —me explicó Luciana una de las noches (frecuentes en aquel diciembre a lo largo del cual se iba recuperando la normalidad cotidiana), en que Diego dormía en el apartamento de la banquera hija—, lo primero que debo aclararte es que no se trata de una catedral propiamente dicha, para lo que no han obtenido la oportuna licencia eclesiástica, sino de una basílica desafectada, pero enorme, catedralicia y con órgano en buen uso, que se encuentra en una de esas comarcas repletas de monumentos y pobladas de cooperativas agrícolas. Diego contará en directo lo que se le ocurra y, además del micrófono, sólo llevará una linterna, un cuaderno de dibujo y un escapulario.

—¿Para qué?

—Contra las apariciones malignas. Lo más seguro es que añada a la impedimenta una botella, para combatir las bajas temperaturas, y un termo de café, para no dormirse. Pero esas vulgaridades domésticas se las callan los de la emisora.

—Hay que reconocer, a poco que lo imagines, que el experimento puede resultar escalofriante.

—Tú ¿crees? Peores noches hemos pasado Diego y yo hace años, cuando Diego pintaba y pintaba bien. A mí me parece uno de esos enredos de los publicitarios, que un día ya no van a saber qué inventar y tendrán que ponerse a trabajar la tierra con un arado romano. Por lo pronto, el marchante de Diego, forzado por la demanda, ha contratado a un par de copistas, que no dan abasto. Diego sale algunas tardes del estudio con la muñeca dislocada de tanto firmar lienzos.

Como en el otoño, volvimos a vivir pendientes de la radio. Ya hacia finales de noviembre Diego había convencido a una gran parte de la audiencia, incluida Luciana, de que durante el verano señales luminosas (una mezcla de explosiones galácticas y de cometa Halley) habían anunciado el golpe de la guadaña a quienes, como él, pasaban la noche estudiando el problema de España en la bóveda celeste. Pero fue a partir del primer encierro de Diego en aquella especie de colegiata metropolitana cuando los acontecimientos se precipitaron, se hicieron, sobre todo, molestos para mí, que (debido posiblemente a la coincidencia en una misma fecha del final de veinte años de deseo reprimido y de cuarenta de represión dictatorial) no podía ya prescindir de Luciana sin sufrir de abstinencia.

Aquella heladora noche de diciembre cerca de un millón de ciudadanos no durmieron, pendientes de Diego. Mi felicidad en aquellas horas me impidió tales curiosidades y, luego, di más de una cabezada durante la retransmisión. Los sobresaltos de Luciana me iban despertando, conforme Diego describía las angustiosas dimensiones de la nave central a la luz de la linterna o las presencias invisibles que le congelaban al atravesarle o el ruido de miles de afilados dientes cebándose en la sillería del coro o los hundimientos parciales de las losas funerarias o los bisbiseos que escapaban de las capillas o la estridencia de las cadenas que sostenían las lámparas o la alucinatoria inclinación del retablo del altar mayor. Con tan amena parafernalia fueron retirándose los murciélagos y las lechuzas se tomaron los últimos tragos de aceite, las primeras penumbras desfiguraron los vitrales y el aire se humedeció con el olor de los damascos carcomidos; comenzaba un amanecer (en palabras de Diego) más terrible y misterioso que las tinieblas. Mientras nos contaban la apertura de las puertas catedralicias, la salida de Diego y la entrada del sacristán, Luciana temblaba en mis brazos.

Hasta la segunda retransmisión (a petición de los oyentes), hacia finales de enero, Diego recuperó la costumbre, sin dejar por ello de proseguir durante el día su frenética actividad social, de dormir en casa. En parte, estaba cambiado, según Luciana; en parte, a mi juicio, le había devuelto al hogar la desaparición de la banquera esquelética la misma mañana en que Diego había surgido de las profundidades del templo en olor de incienso. Durante aquella segunda emisión, que Luciana siguió en mi casa (y en mis brazos), más de un millón de insomnes temblaron en tanto Diego iba encendiendo cirio tras cirio hasta conseguir que, desde el exterior, pareciese la catedral (en palabras del locutor) un ascua rutilante.

Con aquellos avatares, Luciana y yo nos encontramos alguna tarde que otra, la noche en que la televisión italiana encerró a Diego en las alcantarillas de Londres, la noche de los cirios y en pocas ocasiones más. Sin embargo, aun resultándome maravilloso estar con ella, me resultaba penoso el planeamiento de nuestra próxima convivencia, que Luciana, como una novia previsora, imponía como único tema de conversación. Después de dos décadas de pureza, en unos meses me había acostumbrado yo a la rijosidad. Sin permitirle escuchar la radio, asaltaba a Luciana y, después, tenía ella que soportar la resaca de mis celos, antes de que pudiese emprenderla con el futuro común. Yo, saciado y soñoliento, la oía igual que el que oye una respuesta incongruente.

Años más tarde, como en un eco retardado, acabaría yo por entender. Pero entonces ya sería inútil y también lo habría sido quizá comprender entonces que Diego, abandonado por la muchacha y recogido por Luciana, no era ya el timonel de su egolatría y de sus excentricidades. Mientras yo, sucesivamente, jadeaba, reprochaba y dormitaba, habría podido, hasta en sus más sórdidos detalles, intuir el rumbo por el que Luciana conducía a Diego. Hacia dónde me conducía a mí, también habría podido. Pero nunca —ni entonces tampoco, menos aún años después— había sido yo hombre proclive a buscar la verdad.

En aquellos días, recuperado del tedio, ahítos de fiestas y de reuniones, con los ojos abiertos pero aún legañosos, no era infrecuente que el pasado, como el retablo del altar mayor sobre Diego, pareciese venírsenos encima. Todo seguía lo mismo y, a pesar de que ningún síntoma anunciara los tiempos deseados, nada era ya igual. Pero pocos se decidían a desprenderse de las cadenas. Fueron aquellos días de muros cubiertos de pareados, de violencia desesperada, de la aniquiladora lucidez del inmovilismo, de corrimientos subterráneos que algunos (en sus toperas) detectaban mientras la mayoría ignoraba que el país estaba siendo de nuevo apuntalado, días en que hasta dejamos de creer en la muerte como fin de todas las cosas. Yo me preguntaba (sobre todo cuando oscuramente sentía que Luciana era mía) si la victoria no es la más cruel confirmación de la imposibilidad de ganar.

Poco antes de la primavera, una tarde en la que mi deseo y mis celos estaban particularmente exasperados, Luciana me anunció que acudiría a oír junto a mí una nueva emisión de Diego desde la catedral. A la noche y en mi casa el ritual de nuestros encuentros se cumplió. A las doce yo reprimía ya los bostezos de la lujuria solventada y de los celos desahogados, Luciana elegía la ciudad costera en la que pronto viviríamos, una audiencia superior a los dos millones de ciudadanos debía de aburrirse con las espaciadas impresiones que Diego, desde las tinieblas, iba desgranando; todo, incluso el prodigio, se infectaba de los modos de una relajante y conocida etiqueta.

Supe que me había dormido, aunque no cuándo, al despertar bruscamente. Entre Luciana y yo, entre las sábanas, el aparato lanzaba estruendosos y periódicos lamentos, arrancos del órgano, una discordancia sorprendentemente igual y que terminaba siempre en una nota sostenida de asombrosa acuidad. Luciana, pálida y tensa, se tapaba los oídos. Después de que mis caricias fracasasen en el intento de conjurar el hechizo, el concierto, con su monótona brutalidad, favorecía ya mi retorno al sueño, cuando cesó. Diego permitió que el silencio ahondase la expectativa, y hasta yo me desvelé. Luego, en tono fingidamente neutro, su voz anunció que se disponía a descender a la cripta mortuoria del templo. Luciana gimió y, por un instante, yo creí que había sonado otra vez el órgano. Pero el micrófono sólo transmitía lentas pisadas sobre la piedra, chasquidos de cerraduras, chirridos de verjas, la respiración que Diego acompasaba como si en vez de bajar estuviese subiendo. Tan abstraído me tenía el melodrama radiofónico que sólo percibí que Luciana se había vestido cuando la sentí agitarse por el dormitorio en busca de su bolso.

—Todavía puedo llegar a tiempo —dijo, mirándome, y su rostro había vuelto a ser el mismo del último otoño, el rostro de la mujer a la que durante veinte años yo había entronizado en el respeto.

Conseguí calzarme unos pantalones y unas pantuflas, mientras Luciana encontraba las llaves del coche. En el ascensor me abroché la gabardina y únicamente ya en la carretera, cuando Luciana aumentó la velocidad a la que habíamos salido de la ciudad, tuve la certidumbre de que llegaríamos tarde. Aunque apenas habló durante aquellas horas, atenta a devorar distancias, a lo largo de la noche fui convenciéndome de que Luciana tenía prisa, no por llegar a tiempo de impedir lo que ella sabía inevitable, sino por asistir a un final que se había precipitado sin ella haberlo previsto. Y a pesar de que no pronunció ni una sola vez durante el viaje su nombre, a pesar de que yo remotamente pensé en él, a lo largo de la noche me vino por primera vez la sospecha de que mis celos habían equivocado su objetivo.

Llegamos a la madrugada, cuando una considerable multitud llenaba la plaza de la catedral. De inmediato, fui separado de Luciana por una turba de reporteros y de curiosos. Poco había que hacer allí, porque el templo había sido ya registrado desde el cimborrio a la cripta sin que Diego apareciese. Me refugié en un bar, después salí y, deambulando, rehuyendo a los amigos que se concentraban alrededor de Luciana, descubrí, arrodillada en la escalinata del atrio, a la escuálida. Sus hábitos de monja me habrían impedido reconocerla, pero, más que su rostro, era inconfundible el movimiento de sus tocas, un cabeceo idéntico al de aquella madrugada en que, también arrodillada, buscaba la orientación de La Meca en un templo egipcio.

Comenzó un nuevo verano, coincidiendo más o menos con aquel matutino despido en palacio, con unos calores durante los que rebrotaron las ilusiones y las ortigas crecían ya entre los escombros de una época, con el día en que, transcurrido un prudencial alivio de luto por el desaparecido, Luciana me comunicó que se casaba con el marchante de Diego. Me había citado a muy temprana hora de la mañana y en un parque público, sólo injuriado por gentes correteando en busca de la fuente de la eterna juventud.

Algunas semanas más tarde volvió a citarme allí mismo y, ya desde entonces, acudió siempre vestida con detonantes pijamas deportivos, que la hacían tan apetecible como cuando no estaba embarazada. Al regreso del viaje de luna de miel la preñez ostensible había asentado su atractivo. Comenzaba otro otoño y algunas de aquellas mañanas olían ya a frío. Luciana renunciaba a correr, paseábamos, nos sentábamos en un banco, consentía en que abandonase una de mis manos sobre su vientre. Si recordábamos los malos tiempos (pasados), yo comprendía que para algunos la libertad, cuando llega (y nos trae exactamente lo que siempre habíamos esperado), llega siempre retrasada. Como decía Luciana, disimulando su caminar torpón apoyada en mi brazo:

—No parece, cariño, que a ti y a mí la democracia nos vaya a servir para mucho.

Los domingos del barrio

Desde la época en que Domitila se casó, desde aquellos inmemoriales tiempos en que asfaltaron las últimas calles adoquinadas, Manolo salía los domingos antes de que amaneciese. Apenas habían empezado a calentar cafeteras los bares de desayuno con precio especial hasta las once y ya Manolo regresaba de hacerle el inventario y balance al barrio. Con los años, más que detectar alteraciones urbanísticas o comerciales, durante aquellos paseos al amanecer por las calles solitarias picoteaba recuerdos, perdía la pista de pensamientos vagabundos. El lunes, al recuperar el ritmo de la rutina, contabilizaba escrupulosamente los cambios, acaecidos o anunciados, en las tiendas, los solares y el personal. Manolo, al final de su desvaída adolescencia, se había quedado en el barrio como quien se va de misión a tierra de infieles.

A partir de la invasión del comercio de material audiovisual e informático (rama que para Manolo constituía una inútil anticipación del futuro), se sentía menos responsable de la vida colectiva. La desaparición de una vieja tienda, hasta las vísceras que al barrio le arrancaban dejando artificiosas e inacabadas plazas, la extirpación de las farolas autóctonas (que luego repusieron por unas de imitación), eran atentados que le escocían menos de lo que le indignaban. Cuando le llegó la edad de percibir el paso del tiempo, decidió ignorar los cambios y gustar la provisionalidad de lo permanente. Un día había pensado que, por mucho que se estuviese acelerando la transformación del mundo, aún más deprisa cumplía él años. El barrio, siendo otro, todavía (por desgracia, según Rosa) continuaba siendo el mismo barrio en el que había nacido y, aunque era ya un garaje atestado, sería reconocible hasta bastante después de que él muriera.

Ahora que sus dos sobrinas llevaban la mercería, bajo su relajada supervisión, se había hecho a la idea de que no tardarían en convertirla en una elegante ropavejería para gente cruda. También él, al morir su madre, había ido suplantando en la tienda, quizá con mayores miramientos, a su padre. También su padre (pero Manolo rehuía aquellos recuerdos) se había ido aficionando a la desocupación, a las manías, a la enfermedad. Después, Manolo llegó a estar convencido de que se casaría con Domitila, tuvo lugar el sanguinario crimen de la calle de Cordeleros, Cayetano traspasó la taberna y en el barrio se abrió la primera cafetería a la americana.

A pesar de que Rosa a aquellas horas tempranas del domingo solía tener adusto el ánimo, Manolo la telefoneaba e invariablemente recibía la respuesta de que a la tarde ya sobraría tiempo para chichisbeos. Si no le apetecía entretenerse con alguna chapuza casera, salía para misa. Si no se quedaba traspuesto durante el sermón, a la mitad del sacrificio se salía al atrio a esperar al concejal del distrito, para preguntarle si la autoridad municipal era consciente de la mamarrachada de festejos con los que intentaba provocar, a la usanza de las auténticas verbenas, la participación del vecindario. Pero frecuentemente la mañana se le pasaba en un suspiro, con la llave inglesa entre las manos o con el misal en el bolsillo de la chaqueta.

Demasiados parientes y amigos, desde que Manolo sirvió en África, habían escapado a otros barrios de la ciudad, a otras ciudades, incluso a otros países. Pocos se dejaban caer cada tanto de visita. Algún chico, hijo de los que se casaron pronto, había regresado a donde nunca, o apenas, vivió, aunque elegían siempre una de aquellas casas, levantadas sobre los solares de la especulación, con una fachada hipócrita que, como fingiendo que no le habían partido la cara al barrio, presumía de conservar la fisonomía tradicional. Con todo, al mediodía Manolo encontraba por las concurridas calles suficientes rostros a los que devolver el saludo y, excepto los domingos de agosto, rara vez los de su edad tenían que completar la partida con un joven.

Antes de darle al naipe y aun sabiendo que ella alegaría tener bastante con la cocina para dedicarse al aperitivo, Manolo telefoneaba a Rosa y la invitaba a un vermut con aceitunas. Si tras el tercero bebía un cuarto, la euforia le quitaba el hambre y, sin pasar al comedor del fondo, se largaba hacia el suroeste, hasta los confines del barrio. Allí todavía era posible sentarse en un pretil a ver pasar la basura que arrastraba el río y no asfixiarse con los escapes de los camiones. Mientras no lloviera, helase o abrasase, lejos de las esquinas diarias el espíritu se enardecía y se encabritaban las ilusiones. Parecía fácil, como ya cumplido, convencer a Rosa de que él era un hombre de carácter, no de carácter aparente o hasta jactancioso, como el de tantos, pero sí constante y formal. La prueba era que él sabía sufrir sin que la gente se percatase.

Debía reconocer, cuando ya le había de servir para poco, que últimamente había aprendido a sufrir menos. O a pensar los sufrimientos, como si fuesen asuntos. A lo que no aprendía, sino al revés, era a desterrar los malos sueños. Últimamente el tercer sábado del mes, después de haber desfogado con una de confianza, regresaba a medianoche sin remordimientos y sin amargura, contento de no habitar en otra parte de la ciudad. Y sin embargo, a los pocos días, la noche más imprevista soñaba de nuevo que, mientras regresaba sosegado y soñoliento, las calles conocidas se mudaban sucesivamente en plazuelas y encrucijadas que nunca había visto, en unos oscilantes lienzos que le desorientaban angustiosamente y que le impedían entrar en el barrio.

Tanto si se encontraba a la orilla del río como si ya se peinaba frente al espejo o se echaba colonia en la pechera de la camisa, Manolo se ponía en movimiento, utilizaba los pies para desmenuzar la horrorosa pesadilla del laberinto. Era frecuente, por tanto, que se encontrase dando vueltas sin rumbo por las proximidades del bar de su cita dominical con Rosa. También era frecuente, en otoño, que se detuviera a especular con alguien sobre la inminente llegada de los recibos de la contribución. En verano no faltaba quien le comunicase que en el cine Olimpo, como en los años felices durante los que fue teatro, iban a dar una temporada de zarzuela. Cuando en invierno a aquella hora de la tarde en el cielo sólo quedaban unos hilos descoloridos, Manolo se detenía en la plaza de la fuente a contemplar la bulliciosa partida de los autobuses de las peñas futbolísticas, la algarabía de los pitos y de los bombos, las banderas ondeantes, con alternativa monotonía semanal, de unos y otros colores.

A los unos y a los otros les preguntaba quién era el rival y les deseaba la victoria. Curiosamente ya no se preguntaba a sí mismo (y es que lo había olvidado) cuándo y por qué había perdido la afición al fútbol. Le gustaba oír las discusiones de los forofos, informarse de los premios millonarios de las apuestas y, eso sí, se alegraba cuando ganaba España. De repente, el tiempo que estaba perdiendo se le echaba encima y en ocasiones, al entrar Manolo en el bar, Rosa había pedido ya las tazas de chocolate y los mojicones.

Luego, con el primer sorbo a su copa de aguardiente, a Rosa se le desataba la lengua y Manolo, grave y complacido, escuchaba el torrente de sucedidos de la semana, sus derivaciones a los sucedidos de la semana anterior, del mes anterior, a los acontecimientos de décadas perdidas en la bruma. Manolo sólo temía que Rosa, mientras hablaba, pegase la hebra con alguna conocida de las mesas vecinas. Intensificaba su expresión atenta, intercalaba gestos o monosílabos, encargaba otra ronda de aguardiente cuando las frases de Rosa se espaciaban. El silencio caía bruscamente y Manolo, carraspeando, se estrujaba el cerebro, porque, efectivamente, a los pocos segundos Rosa ya le instaba a que él contase lo que tuviese que contar. Pero, por lo general, nada más empezar a hablar Manolo Rosa le interrumpía, puesto que eso mismo ya se lo había dicho el martes, cuando la telefoneó a la hora de la cena, o en la mercería el miércoles o el viernes, justo frente al ambulatorio. Y es que, como Rosa tenía archicomprobado, él, Manolo, llevaba una época con la cabeza más a pájaros de lo usual, a causa, sin duda alguna, de andar desde la mañana a la noche chateando con los amigotes o zascandileando, a saber con quién, por las calles céntricas.

Manolo se recomponía, acumulaba valor para expresar la inexpresable verdad de su vida íntima y, como preludio, le contaba a Rosa que en el Olimpo iban a dar una temporada de zarzuela. Rosa precisaba que a Manolo únicamente le gustaba la zarzuela arrevistada, por las coristas. Entonces Manolo, sin más preámbulos, le confesaba que algunas noches soñaba que Domitila moría y él se quedaba viudo. Pero lo normal era que Rosa, hubiera o no establecido conversación con alguna conocida de las mesas vecinas, vigilase con ojeadas a la pantalla la marcha de la programación y, a veces, el propio Manolo acababa hipnotizado por la serpiente de forma rectangular. En todo caso, el momento de la marcha se presagiaba con variable antelación y siempre, en aquella hora de la tarde acabada, Manolo sufría una resignada murria, la imprecisa certidumbre de que, a la larga, el carácter sólo vale para equivocarse más.

El aire de la noche le reanimaba y, comenzando la lenta paseata con arreglo siempre a idéntico itinerario hasta la casa de Rosa, ásperamente, como ella hablaba y quizá le gustaba que le hablase, Manolo, basándose en que ya estaba bien, le exigía que de una puñetera vez se casaran. Algunos domingos Rosa escuchaba con la cabeza gacha, se detenía incluso cuando él se paraba, le miraba a los ojos. Otras noches argumentaba que, precisamente por la edad de ambos, podían tomar la cosa con calma y sentido común, sin las urgencias rijosas de la juventud, ni la obligada precipitación de los viejos. Manolo rejuvenecía y le arrancaba a Rosa una promesa de pronta aceptación. Sin que fuese posible descubrir la causa, no faltaban domingos en que Rosa se negaba en redondo a tratar semejante patochada y no porque temiese que Manolo le saliera camastrón, ni porque ella tuviese otros planes o, que Dios la librara, se le hubiese metido en la cabeza otro hombre, ni menos porque no le guardase consideración o se dejase influir por los muchos defectos que a él le acarreaban su falta de carácter y su chaladura de creerse la conciencia del prójimo, sino, sencilla y llanamente, porque, si en tiempos ella misma había disuadido a su prima Domi de que se casase con Manolo, mal podía, al presente, convencerse a sí misma de lo ídem. En el portal, dándose un apretón de manos de despedida, indefectiblemente Rosa le invitaba a ver la película mientras cenaban e indefectiblemente, demostrando que él también sabía decir no, Manolo declinaba la invitación.

Aunque de pronto sentía el cansancio del ajetreo del domingo, aún daba un caprichoso rodeo por calles que, ignorando el motivo, prefería desde la infancia. Ahora que determinada zona del barrio solía ser cabecera de manifestaciones sindicales, le extrañaba más, en tanto se acercaba a su bar habitual, atisbar a los muchachos embadurnando las paredes de pintadas. Manolo pensaba que quizá en otro lugar de la Tierra él no se habría disuelto en el ambiente, pero él sabía, aunque tardase en recordarlo, que en otro lugar no habría nacido. En la plaza de la fuente, derrotados o vociferantes, desembarcaban de los autobuses. Las sobrinas, que eran chicas responsables a pesar de sus ideas, habían dejado bien cerrada la persiana metálica de la mercería.

Entraba en el bar y olvidaba a Domitila. Luego, ya camino de la cama, el bicarbonato en lucha con los huevos duros, los calamares fritos y el vino de la velada, Manolo, precaviéndose de la noche y sus fantasmas, se atrevía a considerar que probablemente él, cuando la noche más imprevista la soñaba, soñaba al contrario la pesadilla del laberinto.

El dueño del hotel

Vista panorámica

En lo alto de la loma que se extiende paralela al mar, pero no en la ladera de las fortificaciones y de los acantilados, sino en la vertiente que desciende al valle en que se asienta el núcleo principal de la ciudad, había construido el hotel. Desde la terraza de una de las habitaciones del quinto y último piso, el constructor y dueño del hotel pensó una vez más que no había mejor plano de la ciudad que el panorama que desde allí contemplaba.

En efecto, el espectador podía identificar al instante la estructura reticular de una ciudad moderna (o familiarizarse pronto con ella), cuyo crecimiento a lo largo de un siglo se había interrumpido al agotarse el mineral en los cercanos yacimientos. Si el espectador giraba su mirada (y así fue mirando el dueño aquel atardecer del día anterior a la inauguración del hotel) desde la derecha del paisaje que tenía enfrente hasta completar a su izquierda un arco de círculo (que a espaldas del espectador se cerraría en el mar), sucesivamente se mostraban a su atención: algunas casamatas de cemento, vestigios en la hierba del cerro de la última de las guerras civiles; el cementerio de las tres religiones mayoritarias en la ciudad; la ciudad propiamente dicha, el parque municipal bajo las terrazas del hotel, calles, plazas y templos ocupando el valle, las lejanas colinas cerrando el horizonte; luego, la terminal del ferrocarril minero, ya desafectado, la rada de mar afuera, el puerto, una estrecha playa y los llanos yermos desapareciendo en la lejanía. Por mucho que la mirada se demorase en los escasos buques acostados a los muelles, en el espigón parcelando la bahía, en la superficie del mar hirviente de reflejos, en las ruinas del ferrocarril, de su puente y del descargadero del mineral, el observador, girados ya la mirada y el cuerpo a la izquierda, inevitablemente encontraba las escarpadas rocas sobre las que se asentaba el castillo y, dentro de su recinto fortificado, la ciudad antigua, en cuyo límite (y aquí, desde la terraza acababa la vista panorámica) el hotel había sido construido.

Finalizado el inventario del invariable paisaje, el dueño pensó que el primer ocupante (todavía desconocido) de aquella habitación contemplaría en un futuro ya muy próximo no tanto un variado panorama o un plano de la ciudad a escala natural, sino un decorado. Poco más tarde, con el sol resbalando por la bahía y un inicio de levante picando la mar abierta, el dueño pasó de la terraza a la habitación y salió al pasillo.

Ajetreo de última hora

Algunos de los pasillos permanecían solitarios, desmesurados por la luz declinante del atardecer. Pero en otros y en las dependencias comunes del hotel se afanaban obreros y empleados en tareas de última hora. Así, a nadie extrañaba aquella tarde pasar de espacios silenciosos a ruidosas zonas de incesante ajetreo, donde se limpiaba, reparaba, modificaba o instalaba, bien un ventanal, una conducción del aire acondicionado, la disposición de unos cuadros en un salón o las mesas de juego.

Las consultas y las decisiones, dada la premura, no siempre ascendían y retornaban estrictamente por la escala jerárquica. Un mozo de comedor se dirigía al jefe de compras o una camarera recibía la solución a su problema no de la gobernanta, sino quizá de un electricista o simplemente de otra compañera de su rango. Esta flexibilidad de relaciones imprimía una sensación de celeridad a la incesante labor; en cierto modo, transmitía también un paradójico aire de fiesta o, al menos, aligeraba el trabajo de su rutinaria pesadumbre.

Sin seguir un itinerario prefijado, el dueño, dejándose llevar por aquel régimen de necesidades perentorias e imprevistas, fue y vino de un lado para otro, uno más en el diligente desorden que ponía a punto el hotel. Improvisó decisiones, escuchó consejos, apremió por teléfono a proveedores retrasados, se detuvo a comentar con algún colaborador innovaciones parciales o, incluso, algún incidente extravagante o jocoso.

No supo, por tanto, qué designio le había conducido hasta el jardín, pero (como quien, sin haberse percatado de que tenía sed, se encuentra de pronto con un vaso de agua en la mano) el dueño refrenó la viveza de su paso y se abandonó por los paseos de arena, oscurecidos ya por la noche reciente. El amago de viento de levante había pasado y el aire tranquilo, cálido y oloroso, serenó al dueño del hotel.

Sentado en un banco, cerca de la alambrada que separaba el jardín del hotel del parque municipal, oía el murmullo de la ciudad en aquella hora postrera del día. Como un eco de aquel persistente murmullo, a veces rasgado por un sonido vibrante, en la mente del dueño comenzaron a percutir recuerdos informes.

La memoria renuente

Ahora que todo estaba a punto de cumplirse, su memoria se resistía a un orden cronológico. En parte, el dueño presentía que aquel descanso significaba (quizá como la engañosa calma de la atmósfera) una pausa antes de entrar de nuevo en el hotel. Pero que, en realidad, aquel aislamiento era provisional y que actuaba sobre su memoria más como un freno que como un acicate.

¿Cuándo había tomado la decisión de construir el hotel, en cuyo jardín se guarecía y que en pocas horas sería abierto al público? A imágenes de rostros hostiles y de rostros amados se mezclaban resucitadas sensaciones de amargura, de desaliento, de ímpetus irreflexivos y de errores vergonzosos, uniformes horas de paciencia o de estériles dudas. Su memoria se resistía a fechar los acontecimientos y de la pasta del tiempo arrancaba alternativamente grumosos períodos o el regalo no buscado de avatares insignificantes.

¿No hubo un tiempo en que temió que con aquella excluyente construcción pretendía redundantemente erigir una réplica? ¿No pasaron acaso otros años durante los que le guió el propósito de ofrecer, contra la tristeza de las bibliotecas y la angustia de los museos, la pasajera alegría de los hoteles? Pero las sospechas de los fines últimos, tan intensas y fugaces como relámpagos, tan infrecuentes, ¿no quedaban ocultas en el enjambre de coartadas, argucias y compromisos, cuyo obsesivo zumbido favorecía la tendencia a ignorar y a ignorarse del dueño del hotel?

Aunque ahora no recordase con precisión, él sabía. Y precisamente porque él sabía todo, no recordaba. En todo caso —se dijo—, ya estaba hecho y tratar de recordar la historia de la construcción del hotel resultaba tan inútil como preguntarse por la procedencia del capital fundacional o, lo que aún le parecía más inútil, querer averiguar si el balance de aquellos años le satisfacía o le dejaba insatisfecho.

A cambio, sin que él supiese por qué, la incierta memoria le vedaba entrar en tiempos que su conciencia catalogaba como dichosos. Quizá la memoria creaba la incertidumbre de los recuerdos para no confundir el presente, ni afantasmar con lo que ya no existía la contundencia de la magnífica edificación a punto de inaugurarse. Por un instante, sin previo aviso, el pasado se iluminó y el dueño tuvo la certidumbre, durante ese instante, de que nunca había tomado la decisión de construir el hotel, sino, sencillamente, que lo había construido.

Entonces oyó el silencio de la ciudad. Allí abajo, iluminada, sus habitantes se disponían al descanso. El dueño del hotel se puso en pie y rápidamente recorrió los senderos del jardín, impaciente por reincorporarse al afán colectivo que bullía en el interior del edificio.

Sin embargo, cuando entró, todo estaba dispuesto. Habían desaparecido los obreros y únicamente le esperaba un reducido grupo de directivos y de empleados del turno de noche. Aunque sorprendido y defraudado, pensó que era preferible que todo se hubiese cumplido durante el tiempo en que él había permanecido, confuso y nostálgico, en el jardín.

Ensayo general

Consultó con sus más cercanos colaboradores la posibilidad de llevar a efecto la idea que se le acababa de ocurrir. Aplaudida por los directivos, aceptada, en principio, por los empleados del turno de noche que aún no habían abandonado el hotel, el dueño y sus colaboradores se dirigieron al bar, y después pasaron al comedor, donde se les sirvió la improvisada cena, frugal pero impecable.

La finalidad utilitaria de que el dueño se convirtiese en un fingido primer huésped durante aquella noche complació ostentosamente al personal. Al menos, tuvo el dueño la impresión de que la diligencia y exactitud del servicio estaban motivadas tanto por el deseo de agradar como por la emulación que inopinadamente había suscitado aquella prueba.

El dueño sabía, no obstante, que, con independencia del carácter utilitario con el que había cubierto su propuesta, aquella idea inesperada respondía al deseo (que nunca hasta entonces había sentido) de utilizar personalmente, siquiera fuese por unas horas, su propiedad, una propiedad que, por su naturaleza, estaba destinada a incesantes y fugaces poseedores. Luego, ya en la habitación que le habían asignado en recepción, consideró pueril su deseo y, para encubrirlo más, incluso ante sí mismo, telefoneó a conserjería y pidió que le enviasen cigarrillos.

Había indicado la hora temprana a la que quería ser despertado y había colocado en el pomo exterior de la puerta la orden del desayuno. Utilizó concienzudamente el cuarto de baño, revisó los armarios, verificó la seguridad del cofre para pequeños objetos de valor, leyó con detenimiento la hoja de identificación del establecimiento en la que figuraba el precio del hospedaje, la lista de precios de la lavandería, las instrucciones para el uso de los timbres y del teléfono, los folletos propagandísticos colocados sobre las mesillas y hasta estudió el croquis de señalización de la salida más próxima para caso de incendio. Decidió, antes de acostarse, fumar un cigarrillo en la terraza.

Se entretuvo observando la ciudad dormida, ciudad en apariencia distinta a la que había contemplado al atardecer. En ocasiones le resultaba difícil verla por mucho que la mirase, a causa quizá de una inveterada costumbre. Su largo conocimiento de ella no impedía, sin embargo, sorpresas, originadas por el olvido o la desatención. Por ejemplo, visible la red de sus calles por las líneas de luces del alumbrado público, percibía ahora en el fondo del valle, al pie de las colinas fronteras al hotel, las luces verdes y rojas de la pista del diminuto aeropuerto que aquella misma tarde, invisibles a la luz solar, no había recordado. Por el contrario y debido a alguna razón desconocida, permaneciendo aquella tarde tan invisible como ahora el kiosco de la música, siempre (también ahora) lo ubicaba exactamente entre los tamarindos del parque municipal. Tanto cuando su conocimiento suplía algún fragmento de la realidad que observaba como (y era lo más frecuente) cuando reparaba sus carencias de observador, el dueño del hotel experimentaba frente a la ciudad una sensación de extrañamiento, casi de enemistad, absurda, ya que no recordaba haber estado nunca en ninguna otra ciudad.

Aunque ya había acabado el cigarrillo, continuó en la terraza imaginando la ciudad azotada por el levante. Mirando fijamente las escasas y macilentas luces del puerto, recordó el esplendor de antiguas noches, en las que la zona portuaria parecía arder de luz y hasta el otro extremo del valle llegaba el murmullo incesante de las operaciones de carga y descarga, roto por los bramidos que cada tanto brotaban de los cafetines, por la música de la noche despierta.

Una llamada repiqueteó en la puerta de la habitación y el dueño del hotel regresó bruscamente de sus ensoñaciones y recuerdos. No habían olvidado su costumbre de tomar un analgésico y un vaso de leche antes de dormir, y se los traía una camarera. Pero, antes de que él hubiese terminado de agradecer la solicitud del servicio del turno de noche a la camarera y cuando ésta se disponía a salir de la habitación, llegó un botones, que llevaba, como cortesía reservada a los huéspedes distinguidos, un cestillo de frutas envuelto en papel celofán y prendidas ostentosamente al envoltorio dos tarjetas, una de la dirección del hotel y otra con el nombre del dueño.

En lo profundo de la noche

En lo profundo de la noche volverían a llamar a la puerta de la habitación. Durante un tiempo de duración confusa, la llamada quizá sobresaltaba al dueño del hotel sin llegar a despertarle o quizá le hacía soñar que uno de sus sueños ya le había despertado y que la llamada, que habría de repetirse, únicamente le sobresaltaba.

Hasta entonces había dormido inquieto, a pesar de la comodidad de la cama. Los sueños se sucedían unos a otros, en tropel, aunque la fuerza de algunos le arrancaba de la vorágine y le abandonaba, como sobre una playa batida por imprevisibles mareas, a soñolencias intermitentes. Una ciudad ocupaba esos tiempos más próximos a las apariencias de la realidad que a las incongruencias del sueño y, si bien esa ciudad parecía ajena, nunca faltaba en ella el hotel.

En los ratos de duermevela al dueño del hotel le tranquilizaba que el edificio, a pesar de carecer aún de fachadas, mostrase un interior totalmente acabado. No pocos de los transeúntes que deambulaban por las cercanías se detenían a contemplarlo y en sus rostros tanto como en sus palabras inaudibles comprobaba el dueño esperanzadores signos de aprobación. Nadie parecía percatarse de que sería difícil dormir en aquellas habitaciones a la intemperie, sobre todo en las noches en que soplara levante, y esta falta de percepción de los espectadores, fingida sin duda para no alarmar al dueño del hotel, a éste lo sosegaba lo suficiente para rendirse de nuevo al sueño.

No debía de transcurrir mucho sin que el descanso de su mente fuese alterado por el mandato de efectuar una ronda de inspección. En contraste con los períodos de soñolencia, encontró ahora cegadas todas las aberturas al exterior del edificio y, extrañado de no sentir claustrofobia (pero temiéndola), recorría los desnudos pasadizos de aquel cubo de cemento, horadado de habitaciones en las que se hacía ineludible su presencia.

Efectivamente, la porcelana de los baños, incluso el mármol de las bañeras circulares en las suites de lujo, se llenaban de diminutos puntos negros. Debía contener una malsana complacencia para concentrarse en la busca de un remedio a aquel fenómeno, cuya repugnante floración desaparecía con sólo cerrar los ojos. Así lo hacía el dueño del hotel en su sueño, pero en la penumbra de la habitación en que dormía los ojos se le abrían desorbitados.

Sin embargo, gracias a una indicación oportuna, pensó que no estaba soñando, sino que alguien, probablemente en alguna de las habitaciones contiguas, afirmaba que de la porcelana brotaban, sin esfuerzo, las negras cabezuelas de un género de lombrices que se creía desaparecido hacía siglos. El dueño del hotel aguzó el oído y, en efecto, una voz de mujer se extrañaba de que el hombre, a pesar del agua jabonosa, al salir de la ducha no se hubiese percatado de la acumulación en las plantas de sus pies de aquellos voraces gusanos.

El interlocutor de la mujer la maldecía por malgastar el tiempo en reproches. En realidad, de ella sólo se percibía ahora una risa contenida, en sordina, como la risa de una mujer que se aleja o que hunde el rostro en la almohada, mientras la voz masculina proclamaba una atropellada sucesión de infidelidades supuestas, de ofensas y miserias. El dueño temió que la cólera del hombre, alimentándose de la sonoridad de sus propias palabras, llegase a despertar a posibles huéspedes en las habitaciones vacías. En consecuencia, el dueño del hotel se dispuso a llamar al médico de guardia.

Fue entonces cuando tomó conciencia del repiqueteo constante que sonaba al otro lado de su sueño y, sin pensar en que acudía a la llamada, se levantó de la cama, dio unos pasos inseguros y, orientándose por el ruido crecientemente desconsiderado, abrió. Uno de los camareros del turno de noche le comunicó, sin la más mínima disculpa por haberle despertado, que una señora exigía ser recibida por el dueño del hotel en aquella habitación.

Preguntó irreflexivamente el nombre de la señora, pero ni siquiera escuchó la respuesta del camarero, porque, acabándose de despertar, había comprendido que se trataba de un simulacro de inesperado incidente nocturno, una fase más del ensayo general (que él mismo había concebido), urdida por el celo imaginativo del conserje de noche. Sonrió, porque incluso el conserje había enviado como mensajero de aquella insensata noticia a un camarero con la chaquetilla desabrochada, mostrando la suciedad del alzacuello postizo, y en las mejillas una descuidada barba. Tan patentes eran la falta de aseo y la zafiedad de comportamiento de aquel sujeto que, evidentemente, se trataba de introducir en el ensayo una distorsión, calculada para poner a prueba los mecanismos correctores.

En el desempeño de su papel de mensajero, el camarero exigió acremente instrucciones. El dueño del hotel volvió a preguntar por el nombre de aquella señora que pretendía imperativamente subir a su habitación. Exagerando, como un mal actor, el tono desabrido, replicó el camarero que ya le había dicho que desconocía el nombre y, por supuesto, la categoría social de la dama. Decidido a seguir el juego, el dueño del hotel ordenó al camarero que rogase a la visitante unos minutos de espera, el tiempo de vestirse y bajar al vestíbulo. Por lo demás, le amenazó veladamente con transmitir a su superior directo una enérgica queja por la descortesía y la inoportunidad de aquella llamada a horas intempestivas.

El camarero encogió los hombros y se alejó mascullando injurias, contenidas por el miedo a perder el salario, en el que (así al menos lo pensó, al cerrar la puerta, el dueño del hotel) se incluía el desempeño no sólo de sumisión, sino también la representación de una apariencia reprensible.

No obstante, mientras se refrescaba el rostro en el lavabo, el dueño del hotel fue sustituyendo la suposición de un ensayo de incidente por la sospecha de que, sin fingimiento alguno, algo insólito había sucedido en tanto él dormía, un altercado o una súbita anormalidad en la estricta admisión de clientes. La desastrada apariencia del camarero y su grosero comportamiento denotaban, pasado el momento de sorpresa, más que un engaño programado, la cruda realidad impuesta por la improvisación y la alarma, que suele producir la ruptura de la convencionalidad cotidiana.

Nervioso, azuzado por los presagios de una realidad imprevista pero insoslayable, terminó de vestirse y precipitó su salida de la habitación. En el pasillo oyó de inmediato el familiar rugido del levante. Habituado (por algo había terminado la construcción de aquel hotel, uno de cuyos ascensores esperaba ahora) a ejercitar un valor empecinado contra la incongruencia, logró serenarse, y al desembarcar en el vestíbulo principal, había ya aceptado la indignidad de sentirse tranquilo ante el absurdo.

A la escasa luz del alumbrado reducido descubrió, junto a las puertas giratorias, al mismo camarero que le había despertado, y que, mediante una inclinación lateral de la cabeza, le indicaba el exterior. Antes de salir pudo percibir sobre el mostrador de la conserjería la librea del conserje de noche y el bulto de un hombre en mangas de camisa durmiendo estentóreamente en un sillón. Fuera, la fuerza del viento le detuvo en lo alto de la escalinata de acceso.

En la explanada destinada a aparcamiento reservado para automóviles de huéspedes y visitantes, el levante llenaba la soledad de fragor y movía el vacío circundado de sombras, como —recordó el dueño del hotel— de niño creía él seguir moviendo las pompas de jabón cuando ya le habían estallado en las manos. Entonces vio a la mujer alejándose por el centro de la explanada. Bajó dos escalones y, al instante, ella se detuvo y dio media vuelta. Durante un tiempo ambos se miraron y él, a pesar de la distancia que los separaba, se dijo que aquella mujer no le era totalmente desconocida, quizá porque en ocasiones la había imaginado.

Pareció adivinar la intención del dueño del hotel, ya que, un instante antes de que él bajase al siguiente escalón, la señora, cuya amplia falda el viento azotaba, giró sobre sí misma y, manteniendo con una mano separado de sus labios el encaje del sombrero que le velaba el rostro, continuó alejándose por la explanada. El dueño dejó de dudar y tuvo la certeza (que enseguida consiguió olvidar) de que nadie había programado aquella visita con el fin de poner a prueba el funcionamiento del hotel.

Después del desayuno

Puntualmente, a la hora que había ordenado la noche anterior, sonó el timbre del teléfono. Durante la madrugada había dormido libre de pesadillas un sueño reparador. Se levantó diligentemente y, mientras se afeitaba, comprobó que también con puntualidad le llevaban el desayuno.

Ya vestido, bebió lentamente dos tazas de café y fumó el primer cigarrillo del día. Desde la terraza vio que subían por la calle sin edificios que bordeaba el parque los componentes de la agrupación musical de la ciudad, que intervendrían en los actos de inauguración del hotel. Por teléfono le comunicaron, cuando llamó a las oficinas de la dirección, que las autoridades locales habían confirmado la asistencia a la hora prefijada.

El recuerdo, cada vez más difuso, de los sucesos de la última noche le hizo pensar que hasta que no entregara la llave de la habitación en conserjería no concluiría su participación en el ensayo general como fingido primer huésped del hotel. Después de una última ojeada a la ciudad desde la terraza, se disponía a salir cuando sonó el teléfono. De recepción preguntaron si el señor tenía ya decidido abandonar el hotel aquella mañana. Contestó afirmativamente y también a la pregunta de si podían prepararle la cuenta. A cambio, contestó negativamente al ofrecimiento de buscarle pasaje, marítimo o aéreo, que le hizo el recepcionista. Luego, como quien a punto de finalizar la representación se permite improvisar irónicamente una réplica veraz, al anuncio de que mandarían a buscar su equipaje contestó rotundamente que no tenía equipaje.

Nada más abandonar la habitación, comenzó a comprobar la diligencia y compostura de los servidores con los que se cruzó antes de llegar al vestíbulo principal. En el amplio espacio, enaltecido por la luminosidad de una mañana deslumbrante, encontró aquel fluido movimiento de personas, que tantas veces y durante tantos años había deseado. Faltaban minutos para su inauguración oficial y se diría que el hotel se encontraba ya a pleno rendimiento.

Puso la llave de la habitación sobre el mostrador y, de inmediato aunque sin precipitaciones, una mano le aproximó, resbalándola, la factura. Con una sonrisa incrédula, miró al hombre uniformado que, imperturbable, se interesó por la forma de pago —dinero efectivo o tarjeta de crédito— que el cliente prefería. Sin ambages, dispuesto a cumplir las muchas obligaciones que aquella mañana le esperaban, el dueño del hotel dio por terminado el ensayo y, con él, su condición de primer huésped.

No obstante, el empleado insistió, como si no comprendiese, y, cuando el dueño dejó traslucir síntomas de irritación, el empleado, con una ligera seña, requirió la presencia del contable y del agente de seguridad. Comprendió que sería inútil insistir, que no había nadie a quien reclamar su derecho de propiedad, porque, aunque supiese de quién había recibido la voluntad de construir el hotel (personas ya muertas hacía años) y por qué lo había construido (jamás había aprendido a no hacer nada), ignoraba para qué le habían transmitido aquella voluntad y con qué título.

Con manos temblorosas, últimos espasmos de su decaída cólera, abonó la factura y dejó, incluso, un óbolo en atención a las molestias causadas al servicio durante su corta estancia y en pago de la consideración que se le debía hasta que hubiese salido por la puerta giratoria. En el rellano de la escalinata de acceso, el grupo de directivos del hotel, vestidos incongruentemente de etiqueta en la cruda luz de la mañana, esperaban la llegada de las autoridades de la ciudad. También esperaban, según descubrió al pisar la explanada del aparcamiento, los músicos, incómodos con los instrumentos ya desenfundados en aquella meseta de asfalto, aplastada por el calor.

Decidió, mientras comenzaba a atravesar la explanada, alejarse sin recriminaciones, ni nostalgias. Pero todavía se permitió, conforme se alejaba sin volver la cabeza para una última mirada al hotel, considerar la conveniencia de haber seguido a la señora, cuya visita interrumpió sus delirantes sueños. Quizá, a través de la noche removida por el viento, habría encontrado un consuelo en la elegancia de la figura que le precedía, consuelo que le negaba ahora su soledad.

Cuentos contados

Un vagón lleno de monos

Ambrosio, el guarda de material, que se encontraba —dormitando— en la garita de vidrio junto al túnel de la estación VI-terminal del ferrocarril suburbano, oyó, cuando frente a él pasaban los vagones terceros y siguientes, el alarido de Julio. Las escasas personas que aguardaban en la estación VI-terminal corrieron al ver correr al guarda de material. Como la entrada de aquel tren perturbaba la regularidad del servicio, el jefe de la estación VI-terminal comprobó la hora —unos minutos después de medianoche—. El tren se detuvo al extremo del andén y, en el silencio repentino, resonaron las carreras del guarda y de los que esperaban. El segundo alarido de Julio obligó al jefe a recordar, como si hubieran transcurrido años desde que en su somnolencia lo oyese, que había oído un grito anterior. El guarda de material se detuvo al llegar a la cabeza del tren, y palideció. Alguien a su espalda gritó también. Julio, al otro lado de la puerta, el rostro aplastado contra el vidrio, se debatía en contorsiones histéricas. El ayudante del jefe siguió a éste, después de haber ordenado por teléfono el cierre de los accesos al ferrocarril. El guarda de material se arrancó de la contemplación, cuando la calma impuesta a sus pasos por el jefe se transformó en una precipitada carrera.

Los monos llenaban el vagón. La mayoría de ellos permanecían relativamente tranquilos, en los asientos o colgados de las barras asidero. Pero el sosiego disminuía en los monos cercanos a Julio. Entre él y los animales quedaba un espacio libre, que la amenaza de sus actitudes acortaba. Los que se hallaban en el andén oyeron golpear las puertas de los otros vagones y desviaron su atención de Julio y de los monos.

Los viajeros de los vagones segundo y siguientes reclamaban airadamente que se abrieran las puertas. El ayudante del jefe indicó a Julio que accionase la palanca de apertura. La indicación terminó por imponerse a los descontrolados nervios de Julio, y cuando maniobró la palanca y el aire comprimido silbó, el ayudante del jefe y el guarda de material le arrastraron al andén. Durante unos segundos las puertas estuvieron abiertas, mientras los monos cesaban en su algarabía y giraban las deformes cabezas hacia aquellos repentinos huecos. El ayudante preguntó a gritos si quedaba algún viajero dentro de los vagones y, sin esperar la respuesta, introdujo el brazo, accionó la palanca y retiró la mano celéreamente. Al instante de haberse vuelto a cerrar las puertas, los monos se lanzaron contra ellas.

El tren posterior pidió vía libre y el ayudante movilizó a todo el personal del ferrocarril que se encontraba en el andén, con excepción del jefe, que permanecía junto a Julio, para desenganchar el vagón de los monos y empujarlo a la zona de maniobras. En medio de estas operaciones apareció el conductor del tren, explicando que había sido vergonzosamente expulsado de su puesto en la cabina por unos monos y arrojado entre los raíles, por lo que una vez que el tren le hubo pasado por encima, allí estaba, sin que le importasen los magullamientos sufridos, sino el hecho de que aquello le hubiese sucedido precisamente a él. El jefe de estación, que trataba de apaciguar el alterado ánimo de Julio, se unió a las lamentaciones del conductor, con lo cual fueron tres empleados los que se abstuvieron de apartar el vagón de los monos a vía muerta y desviar a otra el resto de la composición.

Desaparecidos los monos en el túnel fuertemente iluminado, las personas del andén esperaron con curiosidad la entrada del tren que persistía en sus pitidos. Cuando se detuvo, se abrieron las puertas y descendieron los ocho ciudadanos que en él habían viajado, los del andén sufrieron una patente decepción, en parte compensada por la oportunidad de poner en antecedentes a los recién llegados. El ayudante regresó con el rostro sudoroso e informó al jefe de que los monos quedaban en el vagón poseídos de un gozo frenético, que se negaba a describir.

Julio, que había dejado de temblar, se había puesto ahora rígido. El ayudante entró en la garita del jefe. Más allá de las luces, los chillidos crecieron.

—No sé cómo vamos a regularizar el servicio, mientras continúen gritando tan desconsideradamente —dijo el jefe de estación.

—Tendrán hambre. Es muy posible —pronosticó Ambrosio, el guarda de material— que tengan hambre. Y para calmar monos hambrientos sólo hay un remedio.

—¿Cuál?

—Darles de comer, señor jefe.

El segundo tren partió en la dirección opuesta sin viajeros. El jefe de estación hizo suya por enésima vez la queja del conductor:

—Y que sea en mi turno, precisamente en mi turno, cuando tengan que llegar esas repugnantes bestias hambrientas…

Con la mano derecha cubrió la rejilla del micrófono y le explicó a ella que dos horas antes, cuando ambos se encontraban en la fiesta, había sobrevenido un incidente en la estación VI-terminal del ferrocarril suburbano. Ella dejó ceder el antebrazo sobre el que se apoyaba y su cuerpo reencontró la muelle tibieza de la cama. Su siempre ocupado esposo —en asuntos de trabajo— continuaba perorando por el teléfono y el sueño la acariciaba y se retiraba en intervalos de tiempo paulatinamente más cortos.

—Le repito que es de la competencia de la oficina general… Lo lamento, créame que lo lamento… ¿Se ha dado aviso al señor director gerente…? Sí, claro, sí, pero mi misión se reduce a indicarle qué oficina tiene la competencia, según estatutos… No soy más que el asesor jurídico, señor mío… ¡Ah!, sobre todo que no intervenga la prensa… Inicien el expediente y yo emitiré mi dictamen… Sí, bueno, sí, ya estábamos acostados, pero… Sobre todo, que no intervengan los periodistas…

En el túnel iluminado los monos continuarían con sus chillidos, que, naturalmente, no alcanzaban hasta el dormitorio.

El presidente de la Asociación Pro-Animales-Plantas-Minerales anudó el cordón de su batín, encendió la lámpara, abrió la carpeta que contenía el presupuesto vigente de la asociación y examinó las consignaciones para alimento de animales desamparados. Su hermana le llevó una taza de té. No había forma ningún año de que el presupuesto se cerrase nivelado, por culpa de tanto desamparado y tanto desaprensivo. Su hermana aprovechó para darle un refrigerio al jilguero.

Cada vez que Julio hablaba de ello —y únicamente hablaba de ello— recuperaba los temblores. El chófer de la furgoneta le palmeó un hombro.

—Anímate, muchacho, que ya estás en tu casa. Y olvídalos a los simios.

Cuidó de no despertar a su mujer, que gruñó unos suspiros. Se fue desnudando con lentitud, sin entender cómo, con la mano agarrotada a la palanca de apertura había tardado tanto tiempo en percibir la indicación del ayudante en jefe. Sentado en el borde de la cama, se descalzó —en el túnel iluminado continuarían los monos sus chillidos— y temió que, ni con los ojos cerrados, dejaría de ver aquellos ojillos apesadumbrados, los pelos sucios, las ronchas de piel rojiza, sus torpes amenazas, sus cuerpos indistintos, promiscuos, anhelantes y humillados. Con asco y rencor los sentía, sin entenderlo, sus hermanos extrañamente olvidados.

El director gerente, que pasaba aquel fin de semana en el campo, se trasladó a la ciudad en compañía de su secretaria. Los empleados atestaban el andén y le abrieron paso hasta el legañoso jefe de la oficina general, quien le informó inmediatamente de la nueva circunstancia acaecida unos minutos antes y que, como era de rigor, constaba ya en el expediente recién incoado.

—Eso es lo de menos. Lo que quiero saber es si el vagón estaba desinfectado.

El interpelado titubeó.

—Lo estaba, señor —afirmó el ayudante del jefe de estación, desde tres filas atrás de empleados—. Yo mismo comprobé en los momentos iniciales la existencia del certificado, pegado a uno de los cristales del vagón, y la pertinencia de su fecha.

—Gracias. Afortunadamente las autoridades sanitarias quedarán frustradas. Es eso lo que me preocupaba. No que se hayan apagado las luces de los túneles.

—No se puede confiar —matizó el jefe de la oficina general— de la integridad del certificado, señor, dado el estado rebelde de los animales.

—Me permití, señor director gerente, fotografiar ese documento.

—Al parecer, empleados subalternos muestran más diligencia que algunas jerarquías. Y ahora, queridos amigos, inspeccionemos el motivo de esta imprevista reunión.

Las linternas se encendieron y el director gerente y su secretaria fueron ayudados a descender a la vía. Los haces luminosos excitaron a los monos. La algarabía estalló ensordecedora y la comitiva se detuvo unos veinte metros antes del vagón.

—¿Se han tomado las medidas nutritivas necesarias?

El director gerente dispuso que, con las consiguientes prevenciones, se procediese a la apertura al público del ferrocarril. Amanecía cuando volvió a su automóvil.

—Temo que el consejo no sepa qué hacer. La nueva emisión de acciones coartará su escasa capacidad de iniciativa —dijo a su secretaria.

Los monos, cuyos chillidos no se oían allí, parecían calmarse.

Julio despertó a la hora de la comida y, durante ésta, permaneció mudo a las preguntas de su mujer. Los periódicos silenciaban lo ocurrido en el ferrocarril. Julio, al salir de casa, respiró hondo el aire de la tarde soleada. Se dejaba ir, casi como si paseate, rehusando ordenar sus pensamientos.

En la estación VI-terminal nada, en apariencia, indicaba lo acaecido. Unos compañeros comentaron que, al día siguiente, los altos directivos procederían a una detenida visita.

—¿Les han dado de comer? —preguntó Julio.

Los monos serían alimentados dentro de unas horas. Julio, apoyado en la garita del jefe de estación, fumó sin pausas a lo largo de la tarde. No quiso trabajar, ni acercarse al túnel —la luz seguía apagada— cuando colocaron un vagón junto al de los monos para que sirviese de observatorio a los altos directivos que, por lo que Julio escuchó, adelantarían su visita de inspección.

Era noche cerrada y en las calles parpadeaban los luminosos. Julio, de tanta tristeza, se encontró muy fatigado.

Las linternas perforaron caminos de luz en las tinieblas. Se instalaron en el vagón y un foco iluminó bruscamente el de los monos. Al instante, todos vieron las manchas negras o pardas, inmóviles sobre los monos, encaramadas en sus cabezas o en sus hombros. Alguno de los monos se movió, como en un espasmo, y las manchas adquirieron unos velocísimos movimientos.

—¡Ratas! —gritó la secretaria del director gerente.

Los hombres se estremecieron. Al fin, habituadas las ratas a aquella luz cegadora, persistieron en sus rapiñas sangrientas.

—El último morirá antes de media hora —dictaminó el especialista.

—De todas maneras…, el alimento… acaba de llegar.

—Ya es inútil. Monos enloquecidos. Una especie interesante. Retiren los cadáveres lo más pronto posible y conserven los ejemplares que no han sido totalmente despedazados.

—¿Podrá fotografiar desde aquí el certificado? —El fotógrafo asintió y el director gerente explicó al ayudante del jefe de estación—: Nunca estorba duplicar las pruebas.

De una barra paralela al techo del vagón se desprendió, exánime, un mono. Otros chillaron aún, alborotando la sistemática voracidad de las ratas.

—Señores —entonó el más superior directivo—, les felicito por la discreción con la que se ha llevado este detestable asunto.

—¿Clausuro el expediente, señor director?

El ruido del tráfico sonaba amortiguado en la zona de maniobras. En la húmeda penumbra del túnel, el director gerente asintió:

—Clausúrelo. Sin responsabilidades y con ascenso del ayudante del jefe de estación.

Los monos, ya casi silenciosos, quedaban atrás.

A la madrugada llegaron las mujeres de la limpieza. Recién lavadas, con las carnes tempranamente despiertas, no cesaron de parlotear hasta que se encontraron en el vagón de los monos. Pareció como si una negativa fuese a formularse. Luego, en cumplimiento de sus amplias e indeterminadas funciones, las mujeres baldearon el vagón, previamente desratizado la noche anterior por una cuadrilla de mercenarios.

Cuando, un día más, el suburbano se abrió al público y Ambrosio, el guarda de material, se sentó en la garita de la estación VI-terminal, sólo quedaba de los monos un levísimo aroma a sangre vencida.

(1958)

La sopa del hijo de Adán

Esto tenía que acabar así. No podía ser de otra manera. Y no habrá sido por falta de advertencias. Últimamente, de tantas como le había hecho, ni pensaba en ello ya. Por ejemplo, cuando decidió no trabajar en la fábrica de tubos fluorescentes.

—Yo no puedo trabajar por obligación —me dijo—. No estoy hecho para eso.

—Está bien —le respondí—. ¿En qué quieres ocuparte?

Como es natural, se quedó callado. Yo le previne que, si a los diecisiete años no se trabaja por obligación, se acaba mal.

Pero me puse a pensar en ello y creí que el chico podía tener razón. Casi todos los hombres odian su faena. Yo mismo. Hasta aquel día no lo había sentido. Por tanto, decidí que él no llegase a los cincuenta años para descubrir que odiaba su trabajo. Le di otra oportunidad.

—Estudiar no quieres, ser obrero tampoco; ¿has pensado en algo?

Estaba de buen humor y me sonrió. No cabía otro remedio que aguantarle. Trajeron el postre y ella se partió un gran trozo de queso.

—Aún no.

—Tienes diecisiete años.

—El mes próximo, dieciocho —intervino ella; y los dos se miraron.

—Prueba en el comercio.

—No me gusta que mi hijo sea tendero —se apresuró a desgraciarla, con su habitual tendencia a interponerse, como si yo estuviese en contra del muchacho.

—Ya veremos —dijo.

Y se fue al cine. Se cerró la puerta y ya no quise contenerme la ira. A partir de aquella noche, ella y yo no volvimos a tratar el problema. Gritarnos, escupirnos frases, eso sí. Pero desde entonces me quedé completamente solo —nunca había estado muy acompañado— respecto al chico.

—He pensado ser militar —me soltó una tarde, entrando en mi cuarto de trabajo.

—¿Militar? ¿Ir al servicio o hacerte oficial?

—Ingresar en la academia, naturalmente. Aún no sé en cuál. En la del Aire, me gustaría a mí. Pero quizá renuncie. Por mamá.

Me bajé del taburete, me limpié los dedos en el trapo y le puse una mano en la nuca.

—Si no resististe en la fábrica, ¿cómo supones que vas a aguantar la disciplina?

—Es distinto —dijo—, la disciplina está hecha para hombres. Lo de la fábrica —dejó la mirada sobre el tablero y los rótulos— es para esclavos. Además, tú siempre has querido que hiciese una verdadera carrera.

—En eso tienes razón. Pero piensa que es de mucho sacrificio y poca paga.

—Un teniente gana bastante para vivir. ¿No te lo crees? Pregunta a...

—No necesito preguntar a nadie. Por otra parte, los militares están hechos para la guerra. En una guerra no te librabas del frente.

—Igual que si fuese civil. Y con la diferencia de que iría de oficial y no de revientabotas.

Se largó, me senté a seguir con los rótulos y me vino el recuerdo de los fríos, los piojos, las hambres, los miedos y las angustias que pasamos en el 38 por tierras de Teruel. Al menos, no sería el revientabotas, rompecodos, tragaórdenes, que era yo. Que el muchacho pensaba que era yo.

En una semana no se volvió a hablar del asunto. Cuando lo hizo, fue para ratificarse en su decisión.

—Si no vas a soportar el gasto —concluyó—, dilo ahora y busco otra cosa.

Como estaban delante su hermana y su cuñado, y él me conoce bien, aprovechó la circunstancia para dejar caer lo del dinero. Yo, que, aunque la chica y su marido no se hubieran encontrado presentes, habría dicho lo mismo, le dije:

—Estudia, ingresa y no te preocupes de más. Para el dinero aquí estoy yo. Dinero tengo yo para hacerte militar o para hacerte ingeniero.

Se sonrió y no quise mirar a los demás, porque me arenan la sangre con sus sonrisas. A ellos les daría yo mis noches —todas— y mis días —sin faltar uno— de estos últimos treinta años para que viesen si un hombre, cuando ha llegado, tiene o no derecho a enorgullecerse. Sus sonrisas…

En octubre me pidió dinero para los estudios y yo comencé a dárselo. Tenía el convencimiento de que aquello no resultaría, pero pagué. Casi me engaña. Casi me estaba creyendo que era un tipo normal. Pero nada. Mejor dicho, lo de siempre.

—Mira —empezó aquella mañana—, no te pongas nervioso. Sobre todo no te pongas nervioso.

—Tú explícame dónde ibas estas últimas semanas a la hora de clase.

—Eso es lo de menos.

—¿Lo de menos?

—No me interesa el ejército.

Bebí un sorbo de café y me tragué la bilis.

—¿Por qué?

—Hay que estudiar más de lo que creía. Y unas materias que no me atraen. Podría seguir, si quisiese, pero no quiero. Tengo que encontrar algo que me vaya. Si una cosa no me va, terminaría siendo un cualquiera. Y no estoy dispuesto a ser un cualquiera.

—¿A qué estás dispuesto ahora?

Ella, también en bata, entró y se sentó, dispuesta a intervenir.

—No se debe obligar al muchacho —intervino ella— a hacer algo que sólo le va a dar para malvivir.

—Él aseguraba que un teniente...

—Estaba equivocado —me interrumpió.

—Y lo de la guerra, y lo de los esclavos y los señores... ¿Qué de todo eso?

—Ha reconocido su equivocación. No puedes pedirle más. A su edad no es fácil hallar lo que se busca.

Comprobé que había tiempo, antes de salir para la empresa. Y, si tenía tiempo, iba a aprovecharlo para dejar al descubierto de una vez toda aquella basura de equivocaciones. No quedaría para luego el aclarar quién era el dueño de la casa.

—A éste no le va a ser fácil nada, porque éste es un maldito vago.

—Oye, padre, será mejor, como te he dicho, que no te dejes llevar por los nervios.

—Un vago y un sinvergüenza —le encaré—. Me estás robando

el dinero y los sudores que el dinero me cuesta, y, lo que es peor, tú eres de los que terminan en la cárcel.

—No te pongas así.

—Padre, sin insultar. Si tanto te duele tu dinero, no me lo des.

—Pues claro que no. ¿Qué te habías creído?

—¡De ninguna manera, de ninguna manera! —gritó ella—. Cuando se tienen hijos, no cabe volver la espalda. Es muy cómodo…

—Te callas.

—A madre no te permito que le hables en ese tono.

—¡En el que quiero! Búscate pronto algo que te dé para comer. Si en dos meses no traes algo —miré el reloj—, en esta casa no sigues. Búscatelo.

—De acuerdo.

—Mientras yo pise este mundo —dijo ella—, el muchacho vivirá con nosotros.

Me desquiciaba que, para mayor incomprensión, ni se percatasen de que llegaría retrasado a la empresa.

—Sales tú con él, si continúas animándole en sus chulerías y chuleándome a mí.

Me cogió de un brazo. Ella se tapó la cara con las manos, pero acechaba la puerta, por si la criada espiaba.

—¿Quieres oír lo que a ti te pasa, padre? —preguntó, casi en un susurro—. Que tú has salido de la nada y tienes un piso de cinco habitaciones, lleno de asquerosos muebles coloniales; un empleo por las mañanas y trabajos particulares por las tardes; dos trajes, un puñadito de cédulas y la certidumbre de que nunca vas a tener más. Pero a mí, entérate, me repugnan tus muebles, tu poquito de dinero, tu satisfacción y que no sepas que sigues en la nada, que no has salido, padre.

Encima, no comprendían que tendría que coger un taxi y mentir en la oficina. Y lo que es a mí no me ha gustado nunca pegar, ni nunca, por lo que recuerdo, había pegado a los chicos. Cada uno somos como somos y, en la mayoría de los casos, no hay justificación. Casi a ojos cerrados. Con furia, sin método, a herir, a tratar de cambiarle con aquellos golpes la configuración de su cara de chulo, a ver si así le cambiaba la configuración del alma.

Ella se puso a chillar. Me fui, cogí el taxi y trabajé toda la mañana. Me quedé a comer en un restaurante. Por la tarde, frente al tablero, era incapaz de tirar una línea.

Cuando a los pocos días le crucé en el pasillo —ellos comían a otras horas— llevaba unos esparadrapos en la frente y en una mejilla. Ni siquiera mirarse era fácil. Después, pasó el tiempo.

Ella me arrastró una noche al dormitorio del chico. Abrió la puerta y nos quedamos en la oscuridad.

—Escucha —dijo.

Al principio no oí nada. Más tarde, a la luz de la calle que entraba por el balcón, le vi inquieto, como si roncase o riese o tuviese tos.

—Bueno, ¿qué le sucede? ¿Está enfermo?

Hasta que no se metió en la cama y cruzó las manos sobre el embozo, no contestó:

—Bien sabes tú que no está enfermo.

A la mañana siguiente comprendí que todo aquello tenía su parte de teatro y que algo me preparaban. Como así fue. Unos días más tarde me dijo que quería ser delineante.

Se levantaba casi a la hora de sentarse a la mesa; después de la comida, se iba al bar, a jugar al dominó; él y sus amigotes se reunían en casa de alguno —nunca en la mía— a escuchar música de negros; bebían. Por la noche, al cine, a bailar, otra vez al bar o de putas. En esos ambientes la gente es lista. La gente que vive de esa forma no tiene dificultad para engañar a los que trabajamos diez u once horas cada jornada. Y él me engañó otra vez. Le enseñaba dibujo. Por las mañanas asistía a clase con un compañero mío y por las tardes los dos, casi en silencio, trabajábamos en casa. No se le daba mal e incluso parecía gustarle. Mi compañero me tenía al tanto y le había cogido afecto al muchacho. Me lo elogiaba alguna vez delante de otros amigos, y a mí me volvía la alegría, la tranquilidad.

Le daba dinero. Era lo justo. Trabajaba y trabajaba bien. A los dieciocho años un hombre, para ser tal, ha de acabar a una hora y salir por ahí, a distraerse. Si no, se pudre neurasténico.

Me enteré —en el barrio todo se sabe— que andaba con Rosario. Cuestión de esquina sin farol, de tapia o portal o desmonte, pensé. Que ella fuera lo que fuese —lo que decían que era—, no cabía negarle la hermosura de la cara y un prodigio de cuerpo. Pero, claro, yo estaba engañándome.

—El chico quiere casarse.

—¿Con ésa?

—¿Qué tiene de malo?

—¿Y qué de bueno, salvo lo de fuera?

—Tú has oído a la envidia.

—Yo lo que sé es lo que veo, y la veo demasiado guapa para casarse con ella.

Me miró despacio y entendí que aquello me lo debía haber callado. Porque ella va siendo ya vieja y, aunque nunca me ha querido bien, es cierto que me ha tenido la ropa limpia, las comidas a su hora, los gastos al céntimo, que me ha sido fiel. Con aquella mirada, lenta y perforante, bastó para estar en desacuerdo respecto al matrimonio del chico.

Yo se lo dije el primer día que entró en casa.

—Atiende, muchacha —no me mordí la lengua, no—. Ahora, por fin, éste parece que va para hombre. Pero puede que diga que quiere ser delineante para encandilarme, porque sabe que siempre he deseado que tenga mi profesión. Yo a ti no te puedo asegurar nada. Yo salvo mi conciencia advirtiéndotelo.

—Pero ¿qué? —me preguntó Rosario, con tanta seriedad que sería fingimiento.

—Que éste es de los que tienen madera para acabar entre rejas.

Todos se rieron con ganas y me llamaron viejo, cazurro y agorero. Brujo agorero. Aquel día eché de menos no tener una querida, una tía cualquiera con la que poder hablar sin miedo.

La suya le empecé a pagar a él. Su entretenida —que yo no tenía— se la mantenía yo, porque —entre su madre y Rosario le quitaron la delineación de sus sesos de mosquito— volvió a levantarse cerca del mediodía, a salir, a no parar, a fumar mejor tabaco que yo.

—No sé cómo puedes tragar el humo de esas estacas —me decía (aún) cuando, sin darme cuenta, le alargaba la petaca.

Y lo mismo que me anudé las tripas y fui a la iglesia y los casamos, me apreté los intestinos más y a vivir todos juntos y a gastar en telas para Rosario lo que nunca se había gastado para mi propia hija. Aquello no podía durar y no duró. Otra vez los gritos, las discusiones, las comidas solitarias. Se marcharon y no a golpes, porque ellas dos se interpusieron.

Con las malas llegan, para compensarnos, las cosas buenas. O quizá uno encuentra siempre un asidero para seguir viviendo. Me dieron una nieta y ése fue mi asidero.

Ella nunca estaba en casa y supongo que se pasaba las horas en la de los chicos. Yo, de no haber sido por la cría, me habría ido a otra ciudad.

Un día me telefoneó a la empresa, y como me cogió desprevenido (que si no, ni me pongo al aparato), le dije que bueno, que fuesen a comer y se hablaría. Ya sabía que andaba en lo de la construcción y estaba seguro de que resultaría una ventolera más. Él nunca había oído lo que ese negocio pueda ser. Él, a decir verdad, no sabía nada de nada. Presentí que me pediría dinero y acerté.

—No, oye, eso no. Tienes tu hogar, según dicen, tu mujer y tu trabajo, aunque esto último es para dudarlo. Eres menor de edad, pero libre. O sea, que a mí no me pidas.

—Puede que usted no haya comprendido —dijo Rosario—. Se trata de un apuro momentáneo. Cuestión de unas letras que vencen mañana y de las que mañana mismo no se puede responder. En todo negocio ocurre.

—Lo he comprendido a las mil maravillas, nuera. —Llevaba un vestido brillante, como de cristalitos—. Lo llevo comprendiendo desde hace muchos años.

—Pero… —fue a insistir ella.

—Déjelo, padre. No es para hacer causa de un disgusto. Usted no tiene ese dinero —trataba de encelarme— o no lo quiere dar. Y ya está. Yo no sé —miró a su mujer y a su madre— de dónde voy a sacarlo, pero será de alguna parte. Y que no haya riña.

Y no la hubo hasta que se marcharon, él, con sus zapatos de ante, su camisa blanca, su mechero francés, y ella, ceñida, perfumada y enjoyada, un par de figurines.

Se despidieron muy fríos, haciéndose los mártires. Carajo. Y entonces empezó ella.

—Ni un billete te pidió al casarse.

—Tenía su sueldo. Más de lo que le habría dado a otro, si otro me hubiese hecho falta. Esquivarán el bache, no te preocupes.

Pero estaba visto que ella no buscaba la paz.

—Soy su madre y sé mis obligaciones. Ya me estás dando a mí ese dinero.

—¿A ti?

—Porque me corresponde. El dinero que entra en una casa, si no hay separación de bienes, es de ambos esposos. Me lo ha explicado un abogado el otro día en casa de tu hijo. Te pido, pues, mi parte.

—¡Cállate!

—Más adelante ya se arreglarán las cuentas y se verá quién debe a quién.

—Dile al hijo de puta del abogado que venga aquí a pedirlo. Y añade que, últimamente, y por lo que recuerdo, has estado comida y vestida por mi dinero. Y no por el del chico.

—Pues prefiero el dinero de mi hijo.

—¡En la cárcel! Y tú llevándole la tartera los días de visita. Ahí terminará, ya me has oído.

Salió de la habitación, la escuché revolver de una habitación a otra y se marchó con un par de maletas.

Todo me tenía muy cansado y únicamente el trabajo me distraía. La nuera y el chico, con la abuela por delante, se fueron de veraneo y dejé de ver a la nieta. Hacía calor y por las noches me sentaba, en pijama o en camiseta, frente al balcón abierto y fumaba en la oscuridad. Luego me iba a la cama y seguía buscando dónde estaba mi culpa.

Ella regresó a los dos, dos meses y medio, pero como si siguiese fuera. Ni se habla, ni se discute, ni apenas nos vemos. A mí ha dejado de pedirme dinero para sus cosas. El del diario de la casa se lo dejo cada semana bajo un Sagrado Corazón que tiene en su dormitorio.

Y ahora que he acabado de afeitarme, apagaré las luces, me

pondré el abrigo e iré a casa del muchacho. Esto tenía que acabar así. Yo me aplastaré en un rincón y menos mal si está levantada la niña.

Pero no. A la niña la tendrán dormida, porque a esas fiestas suyas no permiten a los niños. A esas fiestas que ellos se organizan para ellos y en las que sólo en champán y emparedados gastan más de lo que una familia honrada necesita para vivir un mes. Estarán el muchacho y los que son como él, sus mujeres, que parecen sus queridas, sus criados y, a la puerta, sus automóviles. Todo rezumando dinero fácil y sucio. Ni siquiera lo pensaba en los últimos tiempos de tan dicho como lo tenía. A lo mejor es que me estaba narcotizando con sus constructoras y sus aires de triunfo. Pero sigue cada vez más cerca de la cárcel. Así se lo repetiré en la primera ocasión que tenga.

(1959)

Primeras diligencias

El muerto, tieso y bien peinado, se hallaba en el umbral de la chabola.

—Oiga usted, así, de lloriqueos, no vamos a ninguna parte —dijo el inspector.

Al muerto le habían desvalijado y olía ya, dándole un hedor más a la madrugada del suburbio.

—Bueno, pues cuando quieran —suspiró Eugenio—, este servidor se echa a dormir.

—Usted a esperar callado —ordenó el municipal Teodoro.

—De modo que el difunto se llamaba Alberto.

—Sí. Alberto. Mi Alberto. —La señora del turbante sollozaba y los pechos parecían rodarle bajo la blusa.

—No adelantaremos nada mientras usted no se calme, mujer.

Los otros dos municipales confraternizaban con los escasos y pacientes espectadores.

—Para mí, lo que son las sorpresas de la vida, aquí el silencioso se llamaba Renato. Como yo matarlo no lo he matado, o sea, que si no hay impedimento, me tumbo un rato.

La mirada del inspector quedó vacía sobre el rostro de Eugenio. Alguien cantaba hacia el centro del poblado. Eugenio entró en la chabola, pasando sobre el cadáver con esmero y compostura. Al sentarse en una de las sillas de anea, que había sacado el municipal Teodoro, a la señora del turbante se le apaciguó la congoja y le resaltaron los muslos.

—Además —dijo el inspector—, que si se presenta algún familiar, la madre pongo por caso, será mejor que no la encuentre junto al difunto.

—Pero si le estoy velando a su hijo...

Tiró del borde de la falda y reanudó el llanto. Desde el este se desparramaba la luz y la sombra única del poblado comenzó a fragmentarse, al tiempo que los olores —picantes— y los ruidos crecieron en una especie de absurda unanimidad. El grupo de espectadores, inmóvil a unos quince metros de la chabola, aumentaba. De repente aparecieron los primeros chiquillos, la pareja de municipales despertó de su apatía y se percibió, en el espesor del aire, que el día sería caluroso.

—Me gustaría saber cuánto nos hará esperar todavía el poder judicial.

—Sí, señor —dijo el municipal Teodoro.

Por las manos del muerto corrían moscas nacidas allí tres días antes.

—Bien está que nadie lo haya visto, pero supongo que ladrarían los perros y que los chicos habrán correteado por aquí o, al menos, que lo tenían que haber olido.

—Nunca se sabe, señor inspector, qué es lo que se está oliendo en el momento pertinente.

—Es indudable que el cabrito que lo despachó no tuvo mayor preocupación por ocultar su cuerpo.

—También es verdad, teniendo cerca la hondonada. No querría molestarse en abrir un hoyo. Para enterrarlo —aclaró el municipal Teodoro.

—Y usted, ¿cómo ha dicho que se llama?

Contestó con una dócil premura, casi sonriente:

—Juliana. —Tenía húmedos los labios—. Pero mi Alberto me llamaba Nati.

—¿Por qué? —dijo Teodoro.

El inspector se decidió a encender el cigarrillo que colgaba de sus labios.

—Cosas de su carácter, ¿sabe usted? Mi desdichado Alberto, que gloria haya, era de una forma de ser muy así, jacarandosa y ufana. Siempre de chistes.

—Ya —comprendió Teodoro.

A los sollozos precedieron unos silbantes estertores.

—¡Ay!, pero qué cascabelero era mi Alberto…

Teodoro colocó la mano del consuelo —mitad sobre la piel, mitad sobre la blusa— en la espalda de la plañidera en funciones —sin título legitimante— de viuda.

—No se excite usted inútilmente, doña Nati —aconsejó.

El inspector entró a registrar por quinta vez la chabola de Eugenio y, al salir, los automóviles y la ambulancia llegaban al término del asfalto, bajo el edificio en construcción.

—Permanezcan aquí —dijo el inspector antes de alejarse.

—Y tan leído, tan caballero, tan limpio… Había tardes —hipó— que se duchaba dos y tres veces. Y hasta en invierno usaba desodorante.

—Un hombre —el municipal Teodoro le masajeaba los hombros con decreciente piedad— como se debe ser. Vamos, lo que usted se merece.

—A mí me adoraba con veneración.

—Oiga usted, señora —el municipal Teodoro temblaba, perdía consciencia de la realidad circundante, se había trasladado a un destino ilusorio—, parece que era joven su novio.

—¡Ay, sí, jovencísimo! Fíjese, cómo no iba yo a consentirle…

—Da más lástima, siendo tan pimpollo —dijo Teodoro, casi transfigurado.

—Terror es lo que me da pensar lo que va a ser de mí en el futuro que me espera. —Alzó la cabeza y les vio acercarse lentamente—. Pero ¿no me irá usted a meter una mano en las tetas delante de las autoridades?

—Usted dispense, doña Nati.

En la chabola de Eugenio sonó algo parecido a un trompetazo estridente o al estallido de un vidrio apedreado. Aún no había aparecido el sol y llegaron sudorosos. Juliana se levantó de la silla y el juez rodeó el cadáver.

—Veintitrés años —informó el inspector—. Sin antecedentes. Residía en un barrio céntrico, aunque frecuentaba estos andurriales, donde al parecer era conocido como Renato. Tenía a la mantenida, aquí presente, en uno de los pisos de esos nuevos bloques. Los bolsillos vacíos. Yo, salvo la mejor opinión del señor forense, opino que lleva tres días frito.

—El forense dirá —dijo el juez.

El forense se inclinó sobre el cuerpo, en cuclillas, al tiempo que el de la máquina le disparaba. El forense se balanceó en un equilibrio inestable y se apoyó en el estómago del muerto, mientras Juliana gritaba en los brazos de Teodoro.

—¿No se habrá acercado nadie? —se inquietó el juez, observando el inmóvil y tenaz grupo de espectadores.

—No, desde que los guardias y yo nos personamos, señor juez.

—¿Y a qué hora se personaron ustedes?

—Nada más recibir la denuncia. Serían las seis y cuarto pasadas.

—Usted es nuevo en la plantilla, ¿verdad? No tenía el gusto…

El inspector suspiró.

—Sí, señor juez. Y le aseguro que no veo el día que me pasen a defender la unidad de la patria. Son todos unos cabrones esos comunistas, pero es otro ambiente.

Cuando las manos del forense dejaron de palpar el cadáver, el de la máquina reanudó su trabajo. Verle tomar ángulos —y posturas— distrajo a Juliana, que permanecía ahora silenciosa y siempre sostenida por el municipal Teodoro.

En la chabola de Eugenio se repitieron los estruendos. El forense, ya en pie, se quitaba los guantes. En la cerilla del inspector el juez acababa de encender un cigarrillo.

—Mal verano —dijo el forense.

—Yo —dijo el juez— nunca he necesitado más las vacaciones.

—A usted —el forense se sentó en la silla— es que le afecta mucho el calor. Como a mí.

Cuando el juez se dirigía a Juliana y ésta quedaba libre de los brazos protectores del municipal Teodoro, en la chabola de Eugenio se despeñó una avalancha tronante.

—¿Quién está ahí?

—El hombre que nos avisó.

—Tráigalo de inmediato.

Todos, menos el de la máquina, se apartaron. Eugenio salió cogido del brazo por el inspector.

—¿Qué hacía usted?

—Roncando.

—Eso sí que no lo puedo decir.

—¿Dónde se encontraba cuando se perpetraron los hechos?

—Si se refiere usted a lo de este mandria, que algún puto, con perdón, me ha dejado a la puerta de mi domicilio para perjudicarme, tengo que referirle que he estado desde el pasado mes y hasta la madrugada de mi regreso, que ha sido hoy, de viaje comercial por una infinidad de localidades, manchegas mayormente, en todas y cada una de las cuales podrá su señoría verificar la honradez de mi declaración. Se lo juro.

—Oiga, no le dé usted el latazo al señor juez.

—Sí, señor, pero uno tiene que clarificar su vida. Como le decía, señor juez, esta noche, de regreso aquí, me he encontrado, muerto y en mi puerta, al marica este.

—Piojoso, mala lengua, ¿por qué tienes que difamar de marica a mi hombre?

—Porque esa fama tenía, señora. Que rondaba a los anocheceres entre las barracas y andaba con unos y con otros, y tanto los unos como los otros resultaban ser por un casual los tres o cuatro maricones que en todo barrio, por decente que sea, hay.

—¿Y tu madre, desgraciado?

—Mi madre, señora, no era marica.

—Pues sepan todos ustedes que yo, que puedo preciarme por desgracia de haber conocido a muchos, jamás tropecé con un tío más macho que mi Alberto. A lo mejor, bragazas, el sarasón eres tú y ni te atreves.

El municipal Teodoro arrastró a Juliana, a punto de consumar su tentativa de agresión.

—¿Y qué más tiene usted que declarar?

—Señor juez, que yo no lo he matado.

—Le voy a creer en principio, porque dormía usted como un bendito, lo mismo que san José de Calasanz cuando en Roma fue injustamente acusado.

—Igual, su señoría.

El juez y el forense, seguidos por secretario, fotógrafo y amanuenses, se cruzaron con los camilleros. Calentaba ya el sol y por la carretera lejana y las calles próximas hervían brillos en el aire grasiento.

—Es decir —continuó el inspector, dando la derecha al juez—, que el llamado Eugenio nos telefoneó y, cuando fuimos a casa de la mantenida, la susodicha salía para misa. Luego se ha tratado de localizar a la familia.

—Me suena a mí el apellido —dijo el forense.

—Por si se trata de quien se trata, toda reserva me ha parecido poca.

Sobre las chabolas descendía una nube de polvo —la primera del día— espeso, sombrío, ardiente. Algunas chimeneas humeaban y los municipales, desbordados, apenas contenían el avance multitudinario. La comitiva oficial fue rodeada y Eugenio se apoyó en una esquina de la chabola y comenzó a dormirse por segunda, tercera o sexta vez en el incipiente día.

—Ha actuado usted a la perfección, inspector. —Giró, buscando la negra chaqueta, moteada de caspa, del secretario—. Usted dirá, Ramírez, cuándo nos podemos ir.

El juez, sentado en el automóvil con las ventanillas y las puertas abiertas, firmó unos formularios. El municipal Teodoro acompañó a Juliana, que ansiaba quitarse el turbante y los rulos, y el inspector colaboró, contundentemente, a abrir paso a los camilleros. Hasta muy entrada la mañana, los últimos mozalbetes no se cansaron de reproducir, con arte monótono, las peripecias del drama.

Eugenio despertó a media tarde y desde el umbral, despejado, de su chabola contempló el pardo paisaje familiar, aspiró la cotidiana pestilencia, oyó los ruidos, el incesante griterío, ecos, palabras aisladas, que indudablemente comentarían el trágico final del señorito Alberto, y lamentó, sin necesidad de explicárselo, no haber sido él quien diese muerte a la Renata.

(1959)

Arañas

> … como si cinco o seis personas tratasen de tejer
> un tapiz sobre el mismo telar, pero cada una de ellas
> quisiese tejer sobre el tapiz su propio dibujo.
>
> William Faulkner

Al salir Purificación, únicamente se oían los canalones del patio y el ansioso regurgitar del sumidero. Purificación, que había fregado con prisas la vajilla, se encontró libre antes que otros domingos, cerró la puerta con una cuidadosa lentitud y no taconeó hasta el rellano del piso inferior.

Matilde

Los aviones bajaban en picado. El aire sonaba a tela rasgada. Cuando los dependientes del abuelo cortaban las telas sobre el mostrador, yo cerraba los ojos. Ellos no pisaron nunca la tienda. Jaime nos gritó algo y me tiró al suelo. La tierra olía bien. Olía fuerte. Jaime mantuvo su mano en mi espalda, mientras los aviones se despeñaban cielo abajo, hacia nosotros. Ellos no pisaron nunca la tienda del abuelo. Durante los tres años de París, el abuelo siguió haciendo de las suyas. ¿Por qué tengo que llamar abuelo a mi padre? Los niños no son hijos míos. Primero, con las tijeras, y luego, con las manos, tris-ras, tris-ras… Como los aviones. Como… ¡Dios!, es el teléfono. Está llamando. Hemos pasado la última noche en casa de Jaime. Las cuatro. Hace media hora que nos acostamos. El teléfono. Jaime ha muerto. Si ahora me levanto y recorro el pasillo, oiré que Jaime ha muerto. Me he pasado la vida sacrificándome por los demás. Jaime ha sido mi único consuelo en estos últimos años, cuando ya no me quedaba ninguna esperanza. Mientras yo siga en la cama, Jaime seguirá vivo. ¡Dios mío!, ¿qué será de nosotros cuando Jaime ya no esté? De niña no me valía alegar que era la mayor y todo me lo cargaban a mí. Quieta hasta que alguno vaya a descolgarlo. Jaime, ¿te acuerdas del jardín de la torre? Tú también has cambiado, Jaime. Pero has sido siempre el fuerte. Aunque te casases con Dora. Estoy fatigada, tan fatigada… Ruega por mí a Nuestro Señor. Que Nuestro Señor te acoja en su paraíso, Jaime. Rezo ya por el alma de mi hermano. No es posible. ¿Cómo no acuden esos descastados? Su mano en mi espalda. Soñaba con la tarde en que pasamos la frontera y el bombardeo nos tuvo pegados a la tierra. No volveré a ver moverse las manos de Jaime. Es inconcebible que ninguno se levante. Esperaré seis timbrazos más. Uno… Habrá que ocuparse de los lutos. Dos… El pequeño. Tres… ¿Se habrá despertado el pequeño? Cuatro…

Alberto

Y se muere sin tener una querida. Sería preferible, quizá que muriesen Carlos o la tonta de Matilde. ¿Para qué ha servido Matilde en esta vida? Siempre preocupada por hacer ver que sufre. De niña era guapa. Mi primera hija. Quizá merezca vivir más que Carlos.

Me irrita oír que Carlos y yo nos parecemos. Jamás he tenido su mal gusto, ni me he complacido en la mezquindad. Gustavo sí se parece a mí. La raza sale en la segunda generación. También mi padre fue un avaro. Sin una querida. Y sin llamarme a su dormitorio una sola vez. Convendría que continuase vivo. A los cincuenta años tuvo a Gustavo. Dora, sus hijos, su carácter… Bien caro hemos pagado que librase a la familia de la ruina. Aquellos años de París estuve a punto de sacudirme el yugo. ¿Por qué he tenido yo cuatro hijos? Me gustaba entrar con ella en el palco del Liceo. ¿Me gustaba ella? Mientras agonizaba, habrá hecho su último balance. ¿Le habrá sido favorable? Sin una querida, sin llamar a su padre una sola vez a su dormitorio, sin una sonrisa, sin un segundo de debilidad. Realmente sería más conveniente que hubieran muerto Carlos o Matilde, o incluso la arpía de Elena, a pesar de su hija. Tendré más dinero cuando hayan enterrado a Jaime. Hasta el aire será más claro al tirarle el primer puñado de tierra sobre el ataúd. ¿Y yo? ¿Sería conveniente que muriese yo? Si es que ha fallecido ya, esta tarde no podré ir al Círculo. Procuraré escaparme durante el rosario. Dormidos. Mis hijos y mis nietos dormidos. ¿Pretenderán los muy imbéciles que vaya yo a descolgar ese chisme?

Gustavo

Están durmiendo. Cuando el teléfono suena y no van a cogerlo, es que están durmiendo. Le dije a tía Matilde que no quería acostarme a la siesta. Y he estado dormido hasta que ha sonado. Anoche estuvieron en casa. Papá se muere, dice mamá. Esta mañana el abuelo y los tíos tenían ojeras. No quiero pensar en eso. Pedrito cree que yo soy el hijo mimado. Los hermanos de Pedrito son todos pequeños. El día que la prima Montserrat me llevó al circo le pregunté por qué mis hermanos son tan mayores. También se lo he preguntado al novio de Purificación. Si yo fuese mayor, no me habrían traído estos días a casa del abuelo. No quiero que se muera mi padre. La muerte da mucho susto. Es una cosa fría, que deja a las personas quietas. En el cine se muere un personaje y siempre llora alguien. Cuando es del Oeste, no. Me gustaría vivir en el Oeste. Que se muera el abuelo. Los viejos son los que deben morirse. No oyen el teléfono. Mamá lloraba esta mañana. A papá le tienen envidia. Papá sacó de la cárcel al tío Federico. Una vez el tío Federico le pidió a papá dinero. Papá le dijo que a seguir comiendo la sopa boba en casa de su suegro. Si yo le contase al abuelo, cuando salimos juntos, todo lo que quiere saber, papá me pegaría. El abuelo anda siempre limpio. No quiero que se muera mi padre. Esta casa huele al abuelo. ¿Por qué no cogen el teléfono? Me voy a levantar, aunque me regañen. El pasillo largo. Al final del pasillo está papá. Muerto. Voy a llorar, voy a gritar, si no se levantan a coger el teléfono.

Elena y Federico

—¿Estás despierta?

—Sí.

—Es el teléfono.

—Ya oigo.

—Elena, será de casa de Jaime.

—Probablemente.

—Elena, quizá Jaime ha muerto.

—¿Qué podemos hacer tú y yo, si es así?

—Tendríamos que…

—¡Estate quieto, Federico!

—Pero era tu hermano.

—¿No estás harto de todo lo que te ha apaleado?

—Él tenía su manera de ser, y yo, la mía. Jaime me ha ayudado en los malos momentos.

—Sólo en los pésimos. Y no por ti.

—No me importa lo que le impulsaba a sacarme del atolladero.

—Eras el marido de su hermana, y las porquerías deben quedar en la familia. Tienes miedo.

—No.

—Miedo a que tu hija y yo nos quedemos en la cama el día en que agonices.

—Elena, mujer…

—No te inquietes. Te cuidaremos. Jaime era distinto. Era un hombre fuerte, de los que hieren.

—Nunca te había oído hablar así de Jaime.

—Federico, no es por él.

—Ese teléfono…

—Tienes razón. Con los años se acomoda una a esperar, a pedir, a depender de los consejos, a anularse. No podemos ahora nada contra él. Ni a su favor. Por eso te ordeno que estés quieto. Que llame ella una y otra vez. Que no tenga respuesta.

—Pobre Dora…

—Esa advenediza, que vaya aprendiendo, ahora que le falta Jaime, que hasta Carlos vale más que ella.

—Elena, por Dios…, por Dios…

—Y cállate, cállate absolutamente. Quieto ahí. Estás en la cama porque la noche última no has dormido velando a tu cuñado. Tú no oyes. Tú no eres quién para oír nada.

Carlos

Cuando éramos niños, me pegaba. Padre tiene la culpa de todo. Es bueno que muera Jaime. Hasta que acabe este cigarrillo voy a pensar en la muerte de Jaime. Algún día viviré solo en esta casa, con dinero. La llenaré de mujeres. Jaime sabe lo de Purificación. Tarde o temprano habría acabado por decírselo a padre o a Federico. No debí exhibirme con Purificación. Quizá no nos vio. Le habría ordenado ya a Matilde que la despidiese. Ellos me desprecian. Una mujerona, una criada. Y que me continúe llamando de usted mientras goza. Les espanto. A esa histérica de Montserrat también. Estúpida. Me admiró años y años hasta que decidió que soy una basura. Claro que sueño demasiado. Y mi soledad me ha hecho el más feliz de todos. ¿Con quién irá esta tarde Purificación? Padre tenía que haberse impuesto. Dilapidó la fortuna. Vuestro padre nos ha puesto al borde de la miseria, hijos míos. Mi deber de madre es separaros de él. Viviremos pobremente, pero con dignidad. La vieja hablaba con ese tonillo de suficiencia, que ha heredado Montserrat. Jaime se opuso y les obligó a vivir juntos. Ella tuvo que aborrecerle. A mí me quería la vieja. He heredado sus debilidades, su prosopopeya. Pero yo soy más listo. Yo, a solas conmigo mismo sé no sufrir. Ahora tendremos paz. Cada uno en su rincón, sin dependencias. Se acabaron las fiestas el día del santo de Dora. Cada uno con su parte. Ha sabido subir el cerdo. Delante de nosotros alardeaba de sus amistades. Delante de sus amistades alardeaba de nosotros. Que quedase claro que era el jefe. Durante la guerra fui feliz, en la embajada, como una larva. Podía imaginar que estaba solo en el mundo. ¿Con quién andará Purificación? Padre es el culpable de todo. Le quedaba únicamente la tienda y se largó a Suiza a comprarle unas joyas a mamá. Tuvo buena recompensa. Mi deber de madre es separaros de él. Ahora vendrán los funerales, los pésames, el entierro. Tengo que conseguir que Federico cargue con los trámites, con el papeleo. Llama, llama cuanto quieras, Jaime. Estás muerto y no tengo por qué dejar de fumar. ¿Qué tal sienta no poder dar órdenes? Tiene gracia que tú, Jaime, estés muerto.

Montserrat

¡Oh, Ernesto, al fin llamas! Te he esperado demasiado. Días enteros sin olvidar. Paso por la plaza Real y me quedo tiempo y más tiempo ante las *tzantzas*. Las palomas en las mañanas de primavera. ¿Recuerdas? Miro a lo alto, donde las palmeras se curvan. Aquella noche en Atarazanas, mientras tú recitabas tus disculpas, yo no podía dejar de leer el cartel. Era grotesco. En vez de escucharte o luchar o llorar, yo leía unas letras de colores. Todos estos años, cuando veo el anuncio, me vienen las lágrimas que entonces no tuve. Voyagez par-Reisen sie mit-Sus viajes. Pero al fin has llamado. Espera un instante. Te perdono todo. Fue el tío Jaime, que siempre nos ha dirigido. El tío Jaime está… El teléfono. ¿Qué hora es? El tío Jaime está grave. Nos quedamos anoche en su casa. Estaba viendo el anuncio de la agencia. Voyagez par-Reisen sie mit-Sus viajes. Las cabezas reducidas en el escaparate; las palmeras de la plaza; las mañanas de sol; el olor agrio a cerveza y mariscos. Nunca quise darme cuenta. Prefería ignorar que Ernesto no me quería y he tardado años en admitirlo. Pero le odio a él, porque sin él Ernesto tendría mi dinero y yo tendría a Ernesto. Monigotes torpes, mi padre, el abuelo, el sapo de tío Carlos babeando a las criadas o con aquella vieja por Sarriá. Tampoco ahora admito que Luis es un bobito, un fervoroso hijo del dinero de su padre. Pero tengo derecho a engañarme. Cuando se han pasado años sin un hombre, poco importa que el hombre que a una la soba sea una porquería. Luis dijo que iríamos a bailar esta tarde. Y ahora será ella, para anunciar que su marido ha muerto. El pobre Gustavo no ha tenido aún tiempo de odiarle. Iremos a su casa. Ojalá que por última vez. Necesito ver a Luis. No estoy dispuesta a que el muerto me jorobe la tarde. Mañana le haré creer a Luis que supe la noticia después de haber estado con él. Todos en sus cuartos y el teléfono aullando. Creía que Ernesto había vuelto, veía las letras del anuncio. Cinco años ya. Es demasiado. Pero aún espero. Y no quiero confesármelo. Soñaba que era él. ¿Y si fuera él?

Los timbrazos continuaban con una rítmica insistencia. En las pausas, el ruido de la lluvia llenaba la casa de una paz provisoria. Se oyó una puerta. Luego, únicamente las pisadas tuvieron realidad.

—Dime…

—Oye, soy Dora. He insistido porque imaginaba que estabais todos durmiendo.

—¿Qué ha sucedido?

—Tranquilizaos. Ha hecho crisis. El médico acaba de asegurarme que está fuera de peligro. Díselo a todos, Montserrat. Y seguid descansando, querida.

(1960)

Luna de miel sobre el cementerio

Andare al confino è niente; tornare di là è atroce.

CESARE PAVESE

—Pero ¿qué hacías? —dije, sin soltar el periódico.

—Ya lo ves…

(¿Cómo puedo ver a través de la madera de una puerta?)

—… estaba en el cuarto de baño. ¿Te molesta que escuche música?

Denegué con la cabeza y, autorizada por mi gesto y mi gruñido, bastó para que comenzase el *Concierto de Brandeburgo en si bemol mayor*. Resulta pasmoso que se descanse —o se disfrute— con algo tan inconsistente. Pero Toni parecía relajada y gozosa, los ojos cerrados, emitiendo una inagotable onda de perfume.

—Creí que habías salido.

—No —susurró—. Estaba en el cuarto de baño.

(Vaciando un frasco de perfume en tus axilas, en tus lóbulos, en las ingles y en las corvas. No es preciso preguntártelo.)

—Como no encontré a nadie —busqué las hojas deportivas con unos feroces crujidos de papel, milagrosamente más sonoros que el alegro—, creí que habías salido. Y que habías olvidado apagar las luces.

El apartamento no es grande —aunque sí espaciosas las habitaciones— y, después de dejar el periódico sobre la mesa del vestíbulo, deshaciéndome el nudo de la corbata había recorrido el pasillo, para entrar en el living, en el dormitorio, en el despacho, en la cocina y en el aseo de servicio. Ni disgusto, ni extrañeza, pero me provocó una lógica inquietud encontrar vacía —y derrochadoramente iluminada— la casa. En justicia, no había por qué suponer que hubiese salido. A esas horas siempre está más o menos dispuesta la cena, y Toni, más o menos aburrida. Me gusta que mi mujer espere, puesto que no regreso de una tertulia, ni de una revolcada con la amante que nunca tuve, ni de beber el alcohol que no bebo por una doble repulsión, física y moral. Toni lo aceptó siempre y siempre aguardó —a veces, en compañía de su amiga Concha— mi vuelta de la empresa. Es monótono, quizá, pero no más que diez horas de oficina. La vida conyugal debe fundamentarse, ya se sabe, en una equitativa distribución de las cargas.

—Te has perfumado. ¿Está preparada la cena?

—Casi.

(Tus eternos discos, limpios como no lo suelen estar mis zapatos.)

Descruzó las piernas, para seguir escuchando con los codos apoyados en las rodillas. Una interrupción, incluso mínima, le hacía cambiar de postura. Terminada la crónica deportiva, me demoré en una disimulada observación del rostro de Toni, encajado en el ángulo de sus manos. Cinco años de matrimonio no impedían mi asombro por su belleza, pero callaba, porque sé bien lo que puede dar de sí la expresión de esos sentimientos nocturnos.

Ni siquiera en aquel momento presentí nada.

Es decir, igual que cualquier otra noche, aquélla de comienzos de la primavera había abierto la puerta con mi llavín, había cerrado, arrojado el diario en la mesa y recorrido el pasillo hasta el living, de donde salí, ya con la corbata en la mano, hacia el dormitorio, despacho, cocina, zona del servicio, hasta acabar ante la puerta del cuarto de baño, detrás de la cual su voz había respondido con una entonación átona, de la que era imposible deducir su estado de ánimo. Y, luego, media hora más tarde, cuando había resuelto el crucigrama y Toni entró, vestida con su larga bata, detonantemente perfumada, su presencia me asombró. Había olvidado —y en los últimos cinco años nunca faltó— que era natural que estuviera en casa.

En un margen del período calculé unos precios y unos costos. Si Demetrio telefoneaba —y, convocada junta de socios para dos días después, fatalmente telefonearía Demetrio—, los timbrazos terminarían con aquella melopea saltarina, propiciarían la cena, las consabidas palabras y las consabidas costumbres, que, día a día, preceden al sueño.

—Te has perfumado muchísimo.

(Deberías saber que el exceso de perfume es repelente, nauseabundo, tan putrefacto como carne agusanada.)

Pero Toni, insólitamente, permaneció en la misma postura. Incluso cuando el disco acabó.

—Seguro que Demetrio llamará. Pasado mañana tenemos junta y ya estaba nervioso esta tarde. Total, cuatro amigos sentados en la sala de reuniones... Pobre Demetrio. ¿No ha venido hoy Concha? Un día de éstos, mejor mañana, habrá que traer a cenar a Demetrio y a Nati. Había pensado que Concha...

(Su piel suave, que pronto se bronceará en la playa, sus labios húmedos, maquillados de color naranja.)

—... podría servir de pareja a Emilio. Así seríamos seis. ¿Estuvo la asistenta?

—Hasta un poco antes de llegar tú.

Inmóvil, Toni parecía escuchar la música. Que ya no sonaba.

—Puedo ayudarte. He terminado con el periódico.

—¿Qué dice el periódico?

—Nada de interés.

—Bien —suspiró, al tiempo que sus manos sobre las rodillas le servían de apoyo e impulso—. No te muevas. Yo pondré la mesa.

Es justo que yo coloque el mantel, las servilletas, platos, vasos y cubiertos. En los primeros tiempos tuvimos una criada, pero rompía la intimidad y, sobre todo, enervaba a Toni. Suelo prestarle pequeñas ayudas, aunque Toni protesta y no comprende que vaciar los ceniceros, ordenar la tabla de quesos, sacar el cubo de la basura, me descansa de la jornada en la oficina. Ella, que detesta los trabajos caseros, si rehúsa es sólo por orgullo.

Toni acabó, mientras Demetrio me retenía aún en el teléfono. Renuncié a lavarme las manos, sinceramente molesto de haberla hecho esperar.

—Excusa —dije—. Está pesadísimo.

—¿Habéis decidido sobre la delegación de ventas en el norte?

—Pasado mañana habrá que decidir. Gracias, basta de verdura. ¿No tienes apetito?

(¿Y si fuésemos al cine?)

—No puedo comer.

—Habrás merendado demasiado.

Al recoger la servilleta, que había resbalado, vi los muslos de Toni por la bata entreabierta.

—No he merendado.

—¿Dan alguna película divertida en un cine cercano?

(No querrá vestirse. Le irrita. Si por ella fuese, no llevaría ni la bata. A los dos años de casados empezó a cambiar. Ya no se parece nada a la de antes. Parece una estatua. La estatua griega de una ramera.)

—No sé —dijo Toni—. Ahora no miro los programas.

Las blancas cortinas del ventanal ondulaban ligeras. Toni desmenuzaba el lenguado en el plato. Bajo la lámpara brillaba el disco.

—Lo decía por distraernos.

—Prefiero acostarme.

(Retirarás el mantel, después del café llevaré la bandeja cargada, distribuiré los cubiertos en el fregadero, guardarás el disco, repasaré el crucigrama, me desnudaré, escucharé desde la cama ruidos de vajilla en la cocina, manar agua del grifo, chasquidos, puertas, pasos, el crujido de tu bata cayendo en el taburete, al fin te tenderás en la cama contigua, aplastarás el cigarrillo en el cenicero y me desearás una noche tranquila, dobladas las piernas ya y a punto de que comience el horrible silencio.)

Colocando los platos en el fregadero, proyecté hacer el amor con Toni. Pero había olvidado que, próximo el final de mes, era preciso establecer el presupuesto de la casa. Sentada de nuevo, frente a mí, prever los gastos y distribuir los ingresos —mi sueldo— apenas si nos llevó veinte minutos.

Le acaricié una mejilla. Toni sonrió.

—Estoy muerta —dijo.

—Pobrecilla… Trabajas mucho. Se puede aplazar la cena con Demetrio para la otra semana.

—Estoy completamente muerta.

En el diván, rígida, Toni fabricaba una sonrisa matizada por la indiferencia, la abdicación y una tentativa de afecto.

—Tendrás que ir a…

—Nunca más volveré a un ginecólogo. Ni a ningún otro médico. Sencillamente, he muerto.

(Tienes una noche difícil. Y hace sólo unos minutos, idiota de mí, planeaba que hiciésemos el amor. No permitiré que tus nervios me provoquen un insomnio. Ingenuo de mí.)

Pero al levantarse sin cruzar la bata sobre sus piernas desnudas, en aparente dirección hacia el dormitorio, se detuvo junto al butacón y cogió una de mis manos.

—Estás helada. ¿No te encuentras bien? Claro, siempre medio desnuda… Toni, cariño, te agradecería que cuidases tu forma de vestir.

Sin ninguna sonrisa, insistió:

—He fallecido hace una semana.

—Hace una semana regresé del viaje por el norte —dije tontamente.

—Exacto. A tiempo de asistir a mi entierro. Pero no quieres recordarlo.

(Sé que alguna huella en alguna oscura sima de mi memoria… Pero no, debo considerar que estás nerviosa. Y agresiva.)

—¿Recordarlo? Tengo tu presencia. Y tu olor.

—Mi perfume.

—Y tu presencia.

Como si retirara el aire ante su rostro, abanicó una mano.

—¿Qué presencia?

Crispé los dedos en la bata.

—No niegues que puedo tocarte. Aunque te enterrásemos hace una semana. Y por cierto, ¿dónde?

—En el cementerio municipal. Siempre temí que incumplirías mi voluntad de ser quemada.

—De acuerdo, Toni. No discutamos.

—Cualquier día lo recordarás.

—¡Lo recuerdo! Nunca olvido nada.

—Crees que lo recuerdas.

Penosamente, comencé la relación:

—El lunes pasado lavé el coche, recogí en la tintorería un traje…

—Perdona que te interrumpa, pero ¿has cerrado el coche?

—¡No! —Me levanté—. Y están dentro la cartera de documentos y la máquina fotográfica.

—Anda —dijo—, baja inmediatamente.

Es un barrio sosegado el nuestro, de largas calles arboladas, espacios verdes, edificios que no sobrepasan los cuatro pisos. Me gusta oír, cuando alguien lo dice, que vivo en un barrio residencial. Estas cosas —no habían robado los documentos ni la máquina— compensan los esfuerzos diarios y estimulan. Una pareja se besaba en un descapotable. Imaginé que podría no volver a casa y fácilmente me encontraría una hora después a cien kilómetros de la ciudad.

Las sombras de los muebles, de las puertas, mi propia sombra, tenían una nitidez y una consistencia tranquilizadoras. Como el rollo de película dentro de la máquina. Ahora había dejado abierta la puerta y, desnuda, calzada, impúdica, se lavaba los dientes. Y fui yo quien me vi obligado a disculparme.

—Perdón. No he llevado aún a revelar las fotos que os hice a Concha y a ti en la playa.

—¿Vas a ducharte? —dijo—. Dormirías mejor.

—Me duché esta mañana. ¿Te acuestas?

(En los primeros tiempos no te habrías atrevido a andar desnuda y, encima, con esos zapatos. Como una foto de revista pornográfica.)

—He de recoger todavía.

Cambió de un pie a otro el peso del cuerpo y le temblaron las nalgas.

—No pareces estar muy muerta, Toni.

Escupió el agua, simuló contemplarse en el espejo, aunque sus ojos miraban en él mi rostro, y, con una cierta lasitud encrespada, exigió:

—No me hagas escenas.

Me desnudé a golpes, con una ira sistemática que la soledad alimentaba. Desde la cama, fumando un cigarrillo temblón, oía a Toni colocar la vajilla, abrir y cerrar el frigorífico, luego, el pausado taconeo de sus intolerables zapatos.

El recuerdo de Concha en la playa me hizo pensar que, si como ella misma afirmaba Toni estaba muerta, mis relaciones con Concha tenían la posibilidad de variar. Y que aquella posibilidad alcanzaba no sólo a Concha, sino a todas las mujeres del mundo. Me dormí sosegado, esperando que Toni entrase en el dormitorio.

La luz del alumbrado público se estriaba a través de la persiana. No del todo despierto, supuse que Toni se habría levantado unos minutos antes. La frialdad acumulada en el hueco dejado por su cuerpo no era una pesadilla, como quizá el perfume humoso, amarillento, invasor, al otro lado del vidrio astillado.

Las agujas del despertador marcaban las nueve y cuarenta minutos. Precipitadamente recorrí la casa vacía. Sobre la mesa del living el desayuno dispuesto indicaba la reciente ausencia de Toni. En pijama, bebí el café, con la certidumbre de que jamás percibiría el olor de su cuerpo, únicamente su perfume. E inmediatamente, como una cita anotada en mi agenda, recordé que a final de semana en una oficina del municipio habría de firmar la escritura de compra de la sepultura perpetua de Toni.

En el tocadiscos, seguía el *Concierto de Brandeburgo*, una prueba más de aquella desidia, o capacidad destructora, que ya manifestó Toni la primera mañana después del viaje de novios proponiéndome —porque afirmaba necesitarlo— que faltase al trabajo. En el fregadero se apilaba la vajilla sucia.

El agua fría de la ducha me volvió a mis más urgentes preocupaciones. Le obligaría a preparar para aquella noche —y con esmero— la cena, durante la que todos —excepto Toni, ya que, como insistía en decirme, estaba muerta— embromaríamos a Emilio. Me aclaraba, cuando, cegado por el escozor del jabón y por el agua que no acertaba a cortar, presentí la asechanza, pero ya era tarde. Toni había descorrido las cortinas de la ducha.

—¿Qué haces? ¿Por qué haces esto?

(Para aterrorizarme, para provocarme un infarto.)

—Creí que la ducha estaba libre.

—¡Ah, Toni, qué tonta justificación…! Hasta en el piso de al lado se oye el ruido del agua.

—Ya no oigo nada —dijo sonriente, con una pueril seguridad en conseguir el perdón de su falta.

Salté fuera de la bañera y me abracé histéricamente a Toni. Pronto sus manos, que helaban las gotas de agua resbalando por mi espalda, se quedaron yertas.

(Toni, te amo, a pesar de que no me es posible decírtelo, y la dificultad crece con el tiempo, sólo te ha faltado el cuchillo y la sangre habría salpicado las cortinas. Toni, asesina, disipadora, perezosa, altanera, insensible, impenetrable, desordenada, impúdica, asfixiante como tu perfume, Toni, amor mío.)

Dejé de besar las duras venas de su cuello, separé los dedos de sus pequeñas nalgas gélidas y me aparté. Con una ternura desmenuzada y minuciosa, Toni trató de reanudar el abrazo.

En el dormitorio acabé de secarme.

—¿Dónde has estado?

—En el parque —respondió, desde el cuarto de baño, su voz—. A la madrugada salí a pasear. ¿Estabas intranquilo?

—Confieso que algo, cariño.

—Llegas muy tarde al despacho, ¿verdad?

Hice subir el nudo de la corbata.

—Sí, condenadamente tarde.

Toni seguía frente a la ducha.

—Conduce con prudencia. Ahora, cuando tú te vayas, me ducharé yo.

(Para que, al desaparecer el perfume, yo no huela tu incipiente putrefacción. Toni, qué ingenua resultas, a veces, con tus pequeños trucos femeninos.)

La fastidiosa imperturbabilidad de sus momentos misteriosos teñía, sin embargo, aquella sonrisa irónica que parecía dirigir a mi camisa.

—¿Qué me miras?

Cerró los ojos para denegar con la resignación de quien no puede hacerse comprender:

—Nada. Hasta la noche.

En el laboratorio dejé el rollo, que había impresionado en la playa aquel día de reciente primavera en que Toni, Concha y yo nos sentamos en las rocas a imaginar toldos, bañistas, embarcaciones. El dependiente prometió revelar con prontitud las fotografías y yo le detallé la clase de papel y el tamaño en que deseaba las copias. De nuevo en el automóvil, recordé haber olvidado la cena proyectada para aquella noche, sin duda a causa del sobresalto que Toni me había proporcionado al descorrer de improviso las cortinas. Con indudable premeditación.

Demetrio, que esperaba impaciente, no sólo me entretuvo hasta la hora del almuerzo, sino que almorzó frente a mí en la cafetería, incansable con sus quisquillosos presagios respecto a la junta de socios. A media tarde sonó el teléfono.

—Soy yo. ¿Cómo estás? ¿Tienes mucho trabajo?

—Muchísimo. Y tú, ¿estás aburrida? Volveré a la hora de siempre. Vete de compras o al cine.

—Bueno —dijo, y le noté que sonreía con la sonrisa mala—. Hasta la noche.

Ya no pude trabajar. La inquietud, como una serpiente que me trepase las piernas, fragmentaba recuerdos —el precio del ataúd, las nubes redondas sobre la tapia del cementerio, unas huecas palabras de conmiseración— de un tiempo que aún no se había cumplido. Resistiéndome, mi mano derecha descolgó el auricular del teléfono. A los dos timbrazos escuché el floreado gorjeo, que en su juventud debió de adoptar como la más elegante manifestación de júbilo y que sonaba a maullido.

—¡Qué sorpresa!

—Si tienes un rato libre, podríamos encontrarnos en un bar discreto.

—De lo más inconveniente. Proposición rechazada. Pasa a recogerme y me llevas al club de bridge.

—Necesito hablar contigo, Concha.

—Cuanto quieras.

—De Toni.

—Pobre.

Ni siquiera guardé los papeles en las carpetas. Demetrio me cazó en la puerta y tuve que prometerle que aquella misma noche le telefonearía con objeto de ultimar detalles de la junta.

Teatralmente maquillada, con un vestido de seda rosa —zapatos de finas tiras, del mismo color— y un chal de hilos dorados para cubrir o mostrar el abismal escote en el que marchaban instalados sus pechos, Concha atravesó la acera en una carrerita a saltos uniformes, que transmitían a su cuerpo un gelatinoso temblequeo. Por fin logró acomodarse ella y acomodar el chal en el asiento contiguo al mío. La tarde se acababa, acumulando nubes aceradas.

—Discúlpame que te haya sacado de casa así, de repente.

—Por favor, querido, no seas chiquillo. ¿Estabas en la oficina? ¿Cómo te arreglas? ¿Vas a vender el coche? Estás delgadísimo.

—Si no tienes nada que objetar, vamos hacia el faro.

(No me preguntas por Toni.)

—¿Te acuerdas de una vez que estuvimos cenando todos en aquel restaurante del malecón del faro? Pues lo han cerrado. ¿Te acuerdas tú? Emilio se marchó enfadado a media cena.

—¿Qué es de Emilio?

—Sin variación. De cuando en cuando, si me coge en un momento tonto, salimos.

—¿No se sobrepasa?

Concha rió en una perfecta escala dodecafónica.

—¡Ay, querido, qué buen humor tienes…! ¿Sobrepasarse?

—Es tonto.

—Eso no —dijo bruscamente seria—. Que me respeta. No todos los hombres son como tú.

—¿Como yo? Pero ¿qué tienes que decir de mí? Siempre te he respetado.

—Dejémoslo, querido. Tú eres distinto. Tú, con las mujeres, no tienes sentimientos, ni miramientos.

Concha montó una pierna sobre otra, trabajosamente a pesar de la etérea celeridad propuesta para lograr un grácil movimiento. Las calles, donde se encendían ya los anuncios luminosos, quedaban atrás. Deseé que Toni no hubiese muerto y gozar plenamente de aquella intimidad tibia, desprovista de sentido.

—… ese tipo de miradas, que dicen más de lo que una se ha atrevido a pensar. Y, encima, lo de la fiesta de cumpleaños de Toni.

—¿Qué fiesta?

—Lo has olvidado. ¿Ves como careces de sentimientos?

—¡Ah, sí! Estábamos los dos un poco borrachos.

—La única borracha era yo. Por eso te aprovechaste. En cambio, Emilio se comportó como un caballero.

—Te casarás con él.

—¡Ay, no, de ninguna manera! Me da asco sólo imaginarlo. Y lo aprecio mucho, mucho. A Emilio le ves así, tan circunspecto, tan servicial, pues en el fondo Emilio no tiene el refinamiento que tenemos tú y yo, por ejemplo. Le gustan los sitios ruidosos, las comidas aceitosas, le gustan las cosas tal como son. El ideal de Emilio es tener una mujer que anduviese siempre desnuda. Sí, sí, aunque no lo parezca, el ladino ese es un degenerado y un patán.

(Y tú, claro, prefieres las luces tenues, las sedas y las plumas, los susurros, los interminables preparativos.)

Mucho antes del faro detuve el coche, paseamos diez metros y nos sentamos en un banco. El mar estaba quieto y neblinoso.

—Concha, tú tendrías que casarte conmigo.

Le temblaron las mejillas y yo le acaricié un brazo.

—Un poco de decoro. Recuerda que si estamos aquí es porque tú querías hablarme de Toni.

Se apartó, me volví hacia ella. No sabía cómo decírselo, puesto que sólo había una manera de contarlo.

—Concha, la veo en todas partes.

—Mi pobre criatura.

—En el dormitorio, en la cocina. La oigo por el pasillo, hablo con ella, me telefonea, de repente entra en el cuarto de baño. En estos últimos cinco años su presencia me parecía tan obvia como la de un mueble. Ahora me acosa.

—Es normal. Te irritaba con frecuencia. Yo le aconsejaba, pero Toni nunca admitía consejos. Siempre tan poco práctica, tan…

—Concha —dije—, Concha, no me entiendes. Veo a Toni, vivo con Toni. Por favor, no atribuyas otro sentido a mis palabras. Incluso huelo su perfume constantemente, porque Toni está en casa. Necesito preguntártelo y que me digas la verdad.

—Tendrías que haberte ido una temporada fuera, al campo.

—Concha —cogí sus manos—, ¿ha muerto Toni?

Dijo sí escuetamente, levantó mis manos entre las suyas y las besó. Me arrojé sobre ella y ella sobre mi boca desprevenida. Recordé el color naranja de sus labios y, cuando el asunto empezaba a ser placentero, me separó súbitamente.

—Vámonos o me perderás. —Se centró el escote del vestido y se levantó del banco, con una mano sobre la frente—. ¡Oh, es atroz!

No hubo otro remedio que seguirla al coche. Las farolas convergían sus luces paralelas en una lejanía de bochorno, pero la siniestra soledad del malecón devolvió a Concha su habitual locuacidad, tan útil como música de fondo.

Al frenar bajo la marquesina del club de bridge, Concha, que acababa de retocarme el nudo de la corbata, me miró con una sonrisa que me recordó fulminantemente la de Toni aquella mañana en el cuarto de baño.

—¿Qué me miras?

—Tu corbata negra. ¿Haces las comidas con regularidad? Toma carne todos los días. Pero no por las noches. Por las noches debes tomar pescado. El pescado tiene fósforo y a ti te hace falta fósforo. Y vitaminas. Abandona el trabajo un par de semanas, hazme caso. ¡Ay! —Con un cachete libró sus rodillas de mis caricias—. Estamos cometiendo unas locuras reprobables, querido. Yo debo reflexionar. Tu proposición me ha sorprendido tanto…, resulta tan precipitada estando ella aún… ¡Ah!, es terrible…, desgraciada criatura…

Después de depositar a Concha frente a su club, aceleré por las calles desiertas. Faltaban cinco minutos para mi hora de llegada habitual. Me pareció prudente borrar todo rastro naranja de los labios de Concha. Desde el vestíbulo llamé estentóreamente:

—¡Toni!

—¿Has vuelto ya?

Toni, junto al tocadiscos, con el rostro en el ángulo de sus manos unidas, escuchaba en silencio.

—Estarás muy fatigado —dijo, sin convicción—. He preparado las sobras de la cena de anoche. ¿Vas a ducharte?

Decidí leer el periódico, no disgustarme porque en veinticuatro horas no hubiera tenido ocasión de guardar el condenado disco, que destellaba bajo la lámpara. Terminada la sección deportiva, comencé el crucigrama. A mi espalda, sin que yo volviese la cabeza, Toni me hizo prometerle que me acostaría pronto. Pero no me levanté del butacón hasta que hube cubierto todas las casillas.

Desnuda sobre la cama, Toni tenía cerrados los ojos y las palmas de las manos pegadas a los muslos. Me desnudé despacio y, sin brusquedad, animado de una inmensa ternura, me tendí sobre Toni, que movió los párpados.

—Toni.

—La lujuria de la fatiga —rió con una ronca agresividad—. Es inútil. Tampoco cambiarás nada.

—Esta noche no te niegues. Lo que esta noche siento por ti, Toni, no es ese miserable amor que produce la convivencia. Ahora, sí, todo puede cambiar.

El timbre del teléfono sonó en la mesilla. Me arranqué del cuerpo de Toni, que bostezó, y fui a sentarme en el borde de mi cama. Demetrio comenzó reprochándome que no le hubiese telefoneado, tal como había prometido aquella tarde. Luego, Toni estaba ya dormida y yo tuve que aliviarme, de indigna manera, en la oscuridad moteada de minúsculas muecas de Concha.

Cuando desperté, estuve oliendo las sábanas de la cama de Toni. Era un aroma frío a tierra mojada, a barniz. No me duché. Elegí una corbata a rayas.

La junta nos ocupó la mañana.

—Bien —dijo Demetrio, una vez que nos hubimos sentado uno frente a otro en la cafetería—, así que el domingo cenaremos en vuestra casa con Concha y ese bendito de Emilio. Después habrá que salir a juerguearse por los bares del puerto. Y por hoy me dedicaré a holgazanear. La vida es buena. ¿Has decidido ya?

—Tomaré carne. La lengua estofada, quizá.

—Yo —dijo Demetrio— lo mismo. Has estado fenomenal. Leías el balance y sonabas como una orquesta. Por cierto, promete no decirle nada, el domingo Nati y yo le llevaremos un álbum de discos a Toni.

—Ese regalo nunca la defrauda. Últimamente se encuentra…
—Me interrumpí, con el vaso de vino a la altura de los ojos.

—¿Peor? Supuse que no sería nada de cuidado.

—¿Supusiste? ¿Cuándo?

—No te entiendo. Pensaba tomar otro aperitivo, pero nuestro hombre ha sido rápido. —Demetrio retiró los brazos de la mesa—. No te inquietes, Toni es joven. Y, además, las mujeres exageran cualquier molestia, si no es que se la inventan.

Salvo la luz del sol en los ventanales, ¿en qué se diferenciaba aquel momento del mediodía lluvioso de treinta —o cuarenta— días atrás, durante el que Demetrio y yo habíamos mantenido ya aquella conversación sobre la salud de Toni? El teléfono del despacho sonaría una hora después y la voz de la asistenta diría que la señora se había agravado. La lluvia se escindiría en el parabrisas,

Concha me abriría la puerta y la casa tendría el aspecto insólito, abrumador, de aquellas dos semanas que duró la agonía de Toni.

—Hace calor —dije—. Se nota que el verano se acerca.

Fui yo quien telefoneó, para oír los timbrazos regularmente repetidos que resonarían en las habitaciones vacías. Y la memoria, sin solicitación (Toni había pronosticado que yo tardaría en recordar), proyectaba sin pausa la enfermedad, agonía, muerte y entierro de Toni.

Ni aunque hubiese tenido un asunto urgente, habría seguido en el despacho. Conduje despacio, mecido en esa peculiar tristeza que deja un sueño feliz. El portero me entregó unos impresos. En el ascensor preparé el llavín, sin prisa.

Entré. Recorrí una por una las habitaciones y después me cambié de ropa. Nada más encontrar un libro de crucigramas, sonó el teléfono. Cuando acudí, cortaron la comunicación.

El aire quieto hacía pastosa la soledad, difícilmente soportable el silencio. Por fin abrí su armario y hundí la cara en los vestidos de Toni, sumergí las manos en los cajones donde se amontonaba su ropa interior, embriagado por aquel complejo perfume, que agudizaba la angustia de mi inútil (para siempre) excitación. Llegué corriendo al teléfono, al sonar de nuevo.

—¿Ya estás ahí? ¿Te encuentras bien?

—Desde hace un momento —dije, liberado gracias a su voz—. Me encuentro deprimido. ¿Cómo terminó tu partida de bridge?

—Siempre gano. Si estás deprimido, toma un estimulante. Yo, en cambio, tendría que tomar un ansiolítico. Ayer cometimos una locura.

—¿Ayer?

—Prométeme respetar la memoria de Toni en la que fue su casa y me acerco a hacerte un rato de compañía.

—La casa está imposible. Parece una tumba.

—Querido, a veces abrumas con tu mal gusto.

Ordené el armario de Toni, volví a cambiarme de ropa y, antes de que hubiera ventilado la cueva, Concha llamaba a timbrazos cortos y apresurados.

—Me ha visto el portero —entró, arrollándome.

—No tiene importancia.

—Es cierto, aquí huele mohoso. Sí, tiene importancia. Todo se habla y todo se sabe.

—Estaba ventilando. Siéntate —se sentó— y traigo algo de beber.

—Tienes mala cara.

—Pasaba un pésimo momento cuando has llamado.

—Beberé lo que haya, con unas gotas de ginebra. E inmediatamente me pongo un delantal y te limpio la casa.

—Estás muy guapa.

—Adulador… —Me dio un azote—. Si nunca te habías fijado en mí…

Aplacé la trampa de una conversación tan tediosa como imprescindible, largándome a la cocina, donde Concha me siguió dos minutos más tarde.

—Es terrible —dijo.

Mediante un hábil movimiento de los brazos, conseguí posar las botellas en la mesa y corresponder —con exceso— al abrazo de Concha. Asustada por dos minutos de soledad, permitió el descenso de mis manos a sus caderas.

—Me parecía estar viéndola junto al tocadiscos —dijo Concha, por el pasillo.

Busqué y, oprimiendo rabiosamente la funda que contenía los *Conciertos de Brandeburgo*, estuve tentado de romper aquel par de discos. Después de servir las bebidas, Concha dobló las piernas sobre el diván. Yo también me senté, frente a aquel fragmento de muslos de piel tersa.

—¿Entiendes ahora lo que es vivir solo en esta casa?

—Así no puedes continuar, desde luego. La propia Toni, acuérdate, unas tardes antes de morir decía que tú no deberías obsesionarte, que tendrías que rehacer tu vida. Pobre desdichada.

—No llores, Concha.

—Se me encoge el corazón, se me pone como una manzana arrugada. Decididamente tienes que mudarte a un hotel.

—Bueno…, quizá sólo me haga falta otra mujer.

—Pero no podemos casarnos en cuestión de una semana, querido. Además, yo… Comprendo que está muy bien situado y que te has acostumbrado a vivir aquí, pero habrá que decidir qué hacemos con mi piso. En cualquier caso, eso sí, compraremos muebles nuevos. Por lo pronto, para ti un hotel. Me da como repeluzno hacer planes, cuando su cadáver está aún caliente.

—Y, a veces, anda por el pasillo —dije, riéndome.

—¡Calla! Te prohíbo ese tipo de bromas horripilantes y groseras. Es indudable que ni la respetas a ella, ni me respetas a mí.

—Porque te deseo.

Chasqueó la lengua sardónicamente y descubrí un diente de oro que nunca le había visto.

—Estás raro, porque te pesa la viudedad. Pero ¿cuándo me has deseado tú? No nos engañemos, querido.

—Concha, desde que estabas probándote un vestido de Toni y un impulso involuntario me empujó a sorprenderte. Anoche tú misma recordabas nuestro primer beso. La prueba de mi deseo es que siempre me ha fastidiado Emilio. Sólo mi respeto a Toni, el amor que le tuve y mi propio sentido de la decencia, me impidieron manifestarte, Concha —me trasladé al diván—, que, además del marido de tu mejor amiga, también soy un hombre. Por desgracia, ya nada me impide confesarlo.

Se reía como si le hubiese hecho cosquillas, palmeándome las piernas, tan incongruente como atractiva. Por fin, eligió la sagacidad benevolente.

—Qué poco sabes del espíritu femenino. —Permitió que le cogiese una mano—. Las mujeres adivinamos, presentimos, disimulamos. Por si fuera poco, ese ángel que ya en vida fue tu mujer no tenía secretos para mí. —Le solté la mano—. Ni yo para ella. ¿Cómo no voy a conocer, y mejor que tú mismo, tus deseos y tus caprichos?

Decidí contrarrestar su superioridad informativa.

—Toni tampoco tenía secretos conmigo. Por ejemplo, me contó que en una ocasión Emilio y tú os acostasteis.

—¡¡Pero no sucedió nada!! —bramó—. Espero que esa cotilla fuese totalmente indiscreta y que también te contase que pasamos una noche blanca. —Concha forcejeó espléndidamente contra su ceñido vestido de raso verde hasta lograr ponerse en pie—. Dime dónde hay un delantal, que voy a limpiar esta pocilga.

—Vuelve a sentarte, Concha —se sentó— y hablemos con sensatez. Admite que es difícil meterse en la cama contigo y que no suceda nada.

—Te parece difícil porque tú eres una bestia lúbrica.

—Bien, de acuerdo. ¿Qué te contaba Toni de nuestros problemas conyugales?

—¿Cómo pretendes que traicione la confianza de una muerta? La verdad es que Toni no fue feliz contigo. A veces te tenía miedo y, por lo general, se quejaba de tus rarezas. Ella adolecía de poca imaginación y, tú lo sabrás mejor que yo, tampoco le sobraba femineidad. Toni, le decía yo, cualquier mujer reventaría de gozo porque su marido tuviese esa clase de manías.

—¿Le decías eso? —Rodeé sus hombros con un brazo—. Concha, tú y yo nos entenderemos.

Me besó largamente, sin consideración, permitiéndome pensar en el espanto que le causaría a Concha una aparición de Toni en aquel instante, con la bata sobre el cuerpo desnudo, tal y como la noche anterior había estado sentada allí mismo. Vencí la cremallera lateral del vestido, y entonces sonó el timbre.

Aún me latía una vena en la sien, acompasada y dolorosa, después de haber cogido el sobre que me tendió el muchacho del laboratorio fotográfico. En el mismo vestíbulo saqué las fotos. En ninguna, perfectamente conseguidas por otra parte, aparecía Toni: sólo Concha y yo o Concha y un espacio que mi técnica del encuadre nunca habría permitido.

Corrí hasta ella, me arrodillé y aplasté mi rostro en el halda tensa de su vestido. Concha comenzó a acariciarme la cabeza.

—Tranquilízate —dijo—. Tranquilízate, querido. Así no es posible vivir.

—Yo la quería mucho.

—Sí, a tu manera, pero da igual porque Toni ya no existe.

Era deslumbrantemente cierto, con la extraña certidumbre de lo evidente, con la liberadora felicidad, aún no aceptada por el temor de que, al poseerla, se desvanezca. Me quedaba una zona que iluminar y aquella inhabitual felicidad —tantos años sin sentirla, que tantos días me había costado admitir— sería completa. Levanté la cabeza. Concha sonreía con lágrimas en sus hermosos ojos, ribeteados de negro, de curvas y pesadas pestañas artificiales.

—Concha —pregunté—, ¿verdad que Toni me engañó?

—¡Oh, qué malicioso…! Sólo fue una bobada, una bobada de veraneo.

Ligero, casi aéreo y desbordante de energía, me senté en el diván, aprisionando a Concha entre mis brazos.

—No me dejes solo.

—Pero claro que no. ¿Quieres que improvisemos una cena?

—Naturalmente no es que celebre la muerte de Toni, pero ya que fatalmente se ha producido, debo reconocer que un cambio siempre reconforta.

Sacó mi mano de su escote.

—Eres astuto y tenaz. No es raro que te vayan bien los negocios.

En la cocina me permitió algunas exploraciones inéditas por su cuerpo, cuanto más íntimo más bello. No bebió excesivamente, pero estaba alegre y una pizca loca. Después de la cena recordó que debía telefonear a Emilio y, mientras mantenía una conversación ejemplar por su incoherencia y su vacuidad, resolví unos crucigramas, hasta que aproveché la indefensión de Concha con unas caricias que le provocaron chillidos y risas suficientes para alarmar a cualquiera, excepto a la anquilosada percepción de Emilio. Al fin, abandonó el auricular y en esas o semejantes escaramuzas la medianoche puso término a nuestra noche blanca.

Concha se negó a que la acompañase. Prometí que cumpliría sus ininterrumpidas recomendaciones y sabios consejos.

—¡Ah!, y no olvides dejar la llave al portero, para que yo pueda llevarme las ropas de Toni. Será una obra de caridad distribuirlas entre muchachas necesitadas y, sobre todo, librarte a ti de juegos enfermizos. Hasta mañana, amor mío.

Cuando me escurrí entre las sábanas, un inconsciente suspiro de satisfacción patentizó mi bienestar por el simple hecho de vivir.

(Toni, todo ha acabado. Han sido unas malas semanas. Con el tiempo, tu recuerdo se transformará en la dulzura de la felicidad perdida. Eras muy bonita, Toni.)

Decidí instalarme en un hotel del barrio, cuyo aspecto resultaba adecuado a mi posición. Por una temporada se reducirían considerablemente mis gastos. Visiones parciales de la excelente carne de Concha reconfortaban mi soledad. Bostecé y apagué la lámpara.

Sonó un chasquido. El pasillo se iluminó y, unos segundos después, la cocina. De golpe, me senté en la cama. Entrechocaban vasos, golpeaba contra ellos el chorro de agua. El tintineo del vidrio sobre la superficie del armario y un nuevo chasquido del conmutador fueron los mínimos y asordantes ruidos que precedieron a un breve silencio. Y luego empecé a oír hacia el dormitorio el pausado taconeo de los intolerables zapatos de Toni.

(1964)

Los días fatigosos del otoño

Acababa de tenderme al sol, con la toalla sobre la cara, dispuesto a no moverme hasta la hora de la comida si antes no llovía, cuando vino a avisarme de que su madre estaba enferma. Mientras me alejaba, se quedó en cuclillas, cerca del castillo de arena, que los otros niños habían construido a media mañana. Desde el bar telefoneé, para saber qué podía sucederle. En la central del pueblo producían los acostumbrados ruidos, cuya duración nunca era menor de tres minutos, y yo me quedé adormilado de codos sobre la barra. Al otro lado del vidrio, las olas crecían y llegaban con mayor frecuencia a las barcas varadas en la arena.

Le dije que volviese a preguntarle a la señora si mi presencia en aquel momento resultaba verdaderamente imprescindible, si no sería posible aplazar mi presencia hasta el almuerzo. Regresó al teléfono sinceramente irritada —tendría anudado a la cabeza el pañuelo que se colocaba siempre que decidía limpiar el living— y me comunicó que la señora le había comunicado que se encontraba muy mal. Entonces recurrí a su opinión y —estaría apoyada en la barra del aspirador— confesó que ella, con toda franqueza, suponía que, una vez más, se trataba de los nervios de la señora, quien, con perdón y como el señor —yo— sabía, aquellos días estaba particularmente imposible. Después de manifestarle un acuerdo caluroso, aproveché para beber un aperitivo y regresé al hueco que mi cuerpo había dejado en la arena. A los pocos minutos levantó un extremo de la toalla y me propuso que examinase las modificaciones en la estructura del castillo, esencialmente el foso, que había ampliado. Le dije que bueno, que sólo tardaría un segundo en incorporarme y, con una amabilidad inesperada, dejó caer la toalla. Lo que me permitió agarrar el sueño.

Por la posición del sol, entre las nubes, y el desgaste que el agua había provocado en el castillo de arena, calculé haber dormido unas tres horas. El retórico cuerpo de la alemana estaba ahora en pie, dispuesto a bañarse.

Aquella extraña luz, aquel silencio extraño —hasta que oí de nuevo el ruido del mar— me dieron una inusitada sensación de soledad. Me habría enloquecido la irrealidad del momento si no hubiera recordado el tabaco. Me senté, crucé las piernas, me eché encima el anorak y encendí un cigarrillo. Si venía a hablarme de su madre o su madre enviaba a la doncella —continuaría después del almuerzo en el living, emporcando de brillos la única habitación acogedora del chalet—, me sería difícil adoptar una actitud. Antes de terminar el cigarrillo, tuve la clarividencia de ir al bar, beber otro aperitivo y resignarme al bocadillo que se empeñó en venderme, convencido de que no había comido —ni comería— nada, censurando mi insaciable disposición para fumar cigarrillos en la arena.

Con la toalla me abrigué las piernas, aunque el viento seguía alto, y seguí fumando. Entre las olas, el cuerpo de la alemana producía una penosa sensación de levedad. Naturalmente que no había sol cuando salió del mar, ni lo hubo, mientras corría esbelta, robusta, pérfida, asexuada, haciendo más amplia la playa, la franja de arena húmeda, los espacios entre las barcas varadas, el otoño, mi casi gratuita permanencia allí. Me tendí, cerré los ojos y procuré escupir el cigarrillo antes de dormirme.

Probablemente él había pateado el castillo de arena, pero no tuve ánimos para preguntárselo. En todo caso, denotó una absoluta indiferencia, en cuclillas, de espaldas a la obra derruida, al tiempo que confesaba no haber recorrido ni cinco metros de jardín más allá de la verja.

—O sea, que te volviste y ni siquiera sabes si limpiaba el living.

Dijo que tenía demasiadas cosas que hacer y que yo cogería frío de tanto dormir en calzón de baño.

—Ni por casualidad has subido al dormitorio de tu madre, ni siquiera preguntaste cómo se encontraba.

Insistió en lo de la pulmonía y confesó que, en el último momento, había comprendido que arriesgaba la libertad si entraba en la casa.

—Pero sí, llevaba un pañuelo a la cabeza. —Estiró las piernas y, aunque visiblemente le aburría charlar conmigo, añadió—: Creo que esta noche me dejarán salir con ellos.

Para dotar de autoridad a mis palabras, me senté. Tenía la espalda acribillada de arena. Negociamos su obligación de avisarme antes de embarcarse a cambio de la ambigua posibilidad de que yo le autorizase, o no, a salir con los pescadores. Me dijo que cogería frío si continuaba quieto en la arena, arrebujado en el anorak, con la toalla liada a las piernas, consumiendo cigarrillos.

—¡Está bien, está bien! —le grité, pero no volvió la cabeza.

Habría comido el bocadillo si no me hubiese entretenido viendo las olas muy espumosas, las nubes ennegrecidas que se apretaban. Hasta que el viento no se levantase —y podía llegar la noche en aquella calma—, resultaba idiota molestarse por un bocadillo y por la indecisión de romper una inmovilidad tan injustificada, en principio, como el movimiento. A pesar de mis propósitos, temí empezar a pensar. Me tumbé boca abajo después de calzarme las alpargatas.

La arena casi llegaba a las fachadas —la más alta de las casas tenía tres pisos— de cerradas ventanas y alguna que otra puerta entreabierta. Al descubrirla caminando por la estrecha acera de cemento, me sobresalté, más que por el color, porque era la primera mujer con abrigo, zapatos y medias que veía en los últimos meses. Los altos tacones repiqueteaban a un ritmo igual. Para lograr una mejor perspectiva, me moví sobre el vientre. Tardé en reconocerla, con el abrigo rojo muy ajustado a la cintura y el amplio vuelo hasta las rodillas, con su pelo rubio —tantas veces mojado en tantas mañanas— y sus piernas, radicalmente diferentes a sus piernas de adolescente, que una semana antes habían corrido por allí mismo. Cuando cruzó frente a mí, levantó un brazo y era ya tarde para que percibiese mi respuesta a su saludo, puesto que ni giró la cabeza, ni demoró el paso.

Decidí no beber ni una gota y, por tanto, considerando el sosiego de mi mente, podía atreverme a pensar.

Puesto que teníamos dinero para los próximos dos años —escasos—, únicamente su irresistible afición a las grandes ciudades —y, en parte, el problema del colegio— justificaba que nos amargase la existencia al niño, a la doncella y a mí, como si el final del verano tuviera lógica y fatalmente que alejarnos del pueblo. Ella nunca había estimado mucho las opiniones ajenas.

El viento llegó a ráfagas intermitentes y desiguales.

El monótono argumento de nuestra juventud y un esplendoroso porvenir no bastaría, por muchos nervios histéricos que pusiese en el empeño, para encerrarme en una ciudad con sus automóviles, sus amigas, sus muebles y sus modistas, a que me asesinase un trabajo tan remunerador como repulsivo. O me encerraba en un manicomio, tal como me amenazaba a diario, o lucharía inútilmente por sus joyas y demás bazofias. Ni la falta de colegio podía anular aquella repugnancia que me desmadejaba, cuando —como ahora, con las piernas abrazadas y el mentón en las rodillas— recordaba mi inmediato pasado. El viento, que había dejado de llegar racheado, me zumbaba en los oídos, alborotaba las olas de la orilla, había espesado la luz sobre la playa. Ya que teníamos dinero, el niño y yo, al menos, nos quedaríamos donde estábamos.

En la tarde declinante, con la capucha echada, mientras comía el bocadillo, la olvidé a ella y sus argumentos. De pronto, recordé cómo les habían facilitado las enfermedades y la muerte en las playas, cercadas de alambradas y de senegaleses, o cómo ellos se habían enterrado vivos con una desesperación fuera de todo límite, con esa tenacidad invencible de los derrotados. No tenía frío. Siempre que él y yo encontrásemos media hora para tratar el asunto, lo del colegio tendría solución. Habría dejado la comida en la mesa de la cocina y habría subido —o estaría subiendo— al dormitorio, para preguntar si la señora se encontraba bien o se encontraba mal o se había dormido, narcotizada por su histeria cerril, su cobardía y una aterradora insolidaridad. Daría por seguro que yo permitiría al niño embarcarse por la noche no porque yo respetase la libertad ajena, sino simplemente por aguijonearla a que nos abandonase de una vez para siempre y regresase a sus amontonamientos de salones, amigos, tontas historias sucias, emulaciones. Así que determiné que, si consentía en abrigarse, yo mismo le izaría a la borda y me quedaría en el muelle hasta que regresasen.

En la penumbra del crepúsculo llegó por la arena, con los zapatos en la mano y el abrigo abotonado hasta el cuello, asegurando que yo estaba cogiendo frío y que no me levantase. Pero ella tampoco se sentó.

—No, aquí se está bien, si no fuese por la rigidez de las piernas.

Me ayudó a llenar la bolsa y dimos un paseo. No debía de ser cierto que se aburriera, porque al día siguiente —o al otro— era domingo, lo cual convertía el presente —o el próximo— en sábado, su día favorito, y, además, habló mucho. Le pregunté súbitamente su edad y le dije que a los veinte años lo más sensato que podía hacer era preservar su vida en aquel pueblo. Se lamentó de la cercanía de las lluvias, del mal tiempo y de las tardes cortas como una zambullida. Estuve de acuerdo con ella, pero alegué que esas sombrías y breves tardes resultaban inmejorables para beber unos tragos frente al televisor del bar. Rió como si yo hubiese manifestado un especial interés por su melena rubia o por su cuerpo, objetivamente apetecible debajo del abrigo de paño fino. Cuando contesté que ella no había salido, porque según mis noticias se encontraba indispuesta, determinó acercarse a visitarla, de manera que continué por la playa, solo, hasta que fue de noche y en el mar no había sino una sombra uniforme.

Al regreso, la alemana, sentada en el vestíbulo del hotel, con un vaso de jugo de tomate a la altura de los labios y el transistor sobre los muslos, y yo, al otro lado del ventanal, nos saludamos con una engañosa espontaneidad. Sólo bebí un par de whiskies en el bar, en pie, sin ninguna premura por regresar a casa.

Las dos estaban en el living, el abrigo rojo sobre el respaldo de uno de los butacones de cuero y un abigarrado despliegue de tazas, azucarero, tetera, platillos y ceniceros repletos. Sin apreciar mi sonrisa, se apresuró a interrumpir la conversación, en la que patentemente estaba muy interesada, para informarme, a una irritante e increíble velocidad, de que había pasado un día espantoso, abandonada por su hijo y por mí, de que dónde había comido y de que acababa de llenar la última maleta —las demás ya estaban cerradas—, porque no soportaba ni más locuras, ni más maniáticos. Añadió que el automóvil estaría dispuesto al amanecer. Le pedí aplazamiento para hablar luego de todo aquello, incluido lo de las maletas y su automóvil.

—Nuestro —precisó.

Mascullé que subía a vestirme. Una vez que me puse el pantalón, unos mocasines, una camisa y el jersey de mangas largas —para ejemplificar la necesidad de abrigarse por las noches—, eludí, al atravesar el jardín, los rectángulos luminosos que mantenían las lámparas del living sobre el césped.

Le dije que sólo tomaría otro whisky, por hacer apetito, y, como tampoco era mi madre, sino el dueño, me dejó en paz y me puse a imaginar las noches futuras sin ella en la cama. Se estaba bien allí, adormecido por la televisión, espaciando los tragos, diciendo algo de cuando en cuando.

Recordé mi decisión de no beber, cuando el viento húmedo y salado me hizo vomitar en la playa. Parecía más probable que yo hubiese salido del bar por ser la hora del cierre que por propia voluntad. Antes de sentarme en la arena permanecí ante la fachada del hotel, con la certidumbre de que la alemana se asomaría y nos diríamos nuestros nombres.

Apareció tan silenciosamente que me asustó.

—Siéntate, anda. ¿O tienes frío?

Dijo que no tenía frío.

—¿No te has embarcado?

Me preguntó si podría caminar o prefería continuar sentado en la arena hasta que pudiese caminar y, después, mientras planeaba sucedáneos a lo del colegio y le oía contarme que ella se había pasado la tarde llenando maletas, nos detuvimos en alguna esquina a fin de que yo recuperase el equilibrio. Soplaba fuerte el viento en las calles iluminadas por pequeñas bombillas sujetas a las blancas fachadas, en el mar, en los jardines oscuros. Le dije que lo de las maletas no modificaba nada y él me dijo que, en una o dos semanas, sabría lo suficiente para salir con ellos en las barcas. Seguimos en silencio, pero me había cogido una mano y la apretaba. Con toda evidencia, la felicidad, que nunca se alcanzaba individualmente, una vez más resultaba una cuestión interior.

(1964)

Recuerdo de un día de campo

Apareció, súbita y lentamente, entre las dos hileras de acacias de la acera, la cabeza baja y el bolso al final de la larga correa, en un golpeteo rítmico contra el zapato izquierdo. Al descubrirlo, rígido en la fachada, sobresaltado aún por la aparición de ella, se detuvo, cruzó la reguera y volvió a detenerse, ahora frente a él.

—Estás muy solo, guapo —dijo, con un intento de sonrisa—. ¿Te apetece un ratito de compañía?

—Vete.

Pero ella había comenzado a llorar (por sus ovarios, que en un par de semanas, según el del seguro, le dolerían ya) y, en vez de alejarse, apoyó un hombro en el muro de ladrillos rojos y piedra blanca. Tragaba los sollozos, se secaba los lacrimales con la punta de un dedo envuelto en un pañuelo, había dejado resbalar el bolso, que quedó sobre la acera.

—Te vas a venir conmigo, ¿verdad? Sólo tengo treinta años, guapo. ¿No te gusto? Hoy llevo un día malo, un día cabrón. Perdona; me cabrea hablar mal.

—Márchate.

—Tengo educación, no creas. Hasta hace cinco años trabajaba en una oficina. Y ahora trabajo en el cine. Cuando me avisan del sindicato, dejo de hacer la carrera. ¡Hala, ya no lloro! Dispensa, majo. Yo, por lo de hoy, me ves así, hecha un pingajo. Pero soy una chica alegre.

—Lárgate, malaputa.

—Oye..., ¿qué dices?

En el mismo tono, sin despegar de la fachada las manos (sudorosas desde la mañana, cuando había colgado el teléfono), repitió rasposamente:

—Estás estorbando, malaputa.

Con las rodillas juntas flexionó las piernas y enganchó el bolso por la curva tensa de la correa. Le miró, casi sonriente.

—Tú no serás de la bofia...

Y, nada más decirlo, vio el jeep, bajo las acacias, junto al bordillo, no lejos del quiosco cuadrado (donde ella algunas tardes compraba rubio con filtro, que perjudica menos a los pulmones), frente a los apagados escaparates de las mantequerías. (Y ahora lo llevaba —así es la vida— entre las piernas, donde aquella misma mañana creía llevar sólo el amor, el placer y el oficio.) Los dos pilotos rojos de situación iluminaban el metal de la carrocería.

—Arrea fuera de aquí.

—No. Tú no eres bofión. Tienes cara de esponja, cara de no haber conocido a tu padre, cara de llevar cuernos.

El sudor le caía de arruga en arruga hasta el entrecejo, le humedecía los párpados, velaba sus ojos imantados contra el jeep. La mujer se sentó en el alcorque del árbol más próximo a él.

—Te conviene abandonar, zorra.

Se había quitado los zapatos, que colocaba en la acera, y cruzó los pies para apoyar únicamente una media en la tierra seca. Después se rascó, bajo la chaqueta de hilo azul marino, una clavícula.

617

Le recordó un escarabajo aplastado en la pared y oyó como una tos o una arcada.

—¿Te estás riendo? —preguntó, puesto que no era perceptible más que un ronco silbido—. ¿Qué, que me estás ya viendo con la cabeza como una bola de billar? Guapo, tú no eres bofión. Tú a mí no me metes en el reformatorio. Y si lo eres, mejor. De pronto, a mí, esta noche, lo que son las cosas, todo me importa un carajo. Si eres poli, te adelanto que me llamo Águeda, Águeda Quintanar, la Nelly, de treinta y cuatro años, soltera como mi madre y con un cáncer en el chichi más extendido que el vicio. A mí, esta noche, ni tú ni nadie me prohíbe nada, porque soy libre y porque me gusta este barrio a mí y la calle es de todos, de los libres y de los esclavos. Ahora que lo pienso, lo que a ti te pasa es que te busca la bofia. ¡Anda y echa a correr, chico!

El grito le acalambró las piernas, obligándole a separarlas de la fachada. Acumuló contra el paladar sus reservas de saliva y escupió. Sonriendo, las manos en el bolso que mantenía sobre los muslos, Águeda vio aplastarse el escupitajo a unos centímetros de su falda roja, que le resaltaba las caderas y hacía silbar a los hombres.

—Señorito de casa, ni a un perro se le hace eso. Te quema la bilis, ¿eh? Así no vas a echarme.

Sonó un zumbido y se desentendió de la mujer. (Transmitirían que todavía nada. Que sí, que él seguía esperando también —como había prometido—, convenientemente apartado.) Se relajó contra la blanca piedra polvorienta.

Águeda observaba el jeep. Tres árboles más allá, un hombre fumaba en el quicio de un portal.

—Oye, lindo, ¿a quién vais a coger?

Entre los automóviles aparcados, las sombras desiguales y esquinadas de las farolas de neón azuloso, Águeda entrevió a un guardia, y seguidamente a otro con la mano sobre la funda de la pistola, en un gesto descarado (como ella solía colocarse, cuando reñía). Águeda giró la cabeza; él había despegado las manos de la fachada, pero no los hombros, la espalda, ni los talones. En aquella dirección, un poco más lejos, la glorieta se quedaba en la soledad iluminada, en el siseo deslizante de algún automóvil.

—¿Vais a coger a un asesino? Yo, al principio, les preguntaba si habían matado alguna vez. Y, tú, lo que es el veneno y el postín, casi todos contestaban que sí, que habían matado de esta o de la otra manera. Hasta que un día me aburrí y dejé de preguntarles. De fulanos sé más que vosotros. Tú no eres bofia. Y si lo eres, peor para ti. Y para el asesino. Y para la desgraciada que lo parió, tonta de ella, y que no se hubiese dejado preñar. ¿A ti te gusta vivir? —En la acera de enfrente, como un agua removida, se desplazaron unas sombras—. A mí no hay cosa que más me caliente. Levantarme tarde, salir a comer al campo un día de sol con un tío que acabas de conocer y que, por eso, puedes pensar que es menos cerdo que los conocidos. Que el tío te habla de lo bien que conduce él, de lo mal que conducen los demás, de que a él no le engañan, de que él ha nacido listo y eso se nace y no se hace. Y luego, hincharte de espárragos, de chuletas de cordero, de fresas con nata, de vino tinto, hasta quedarte amodorrada y boba, que ni sientes los sobeos que el mamón se está cobrando. A la vuelta es lo peor, porque atardece, y en el campo el atardecer tiene su aquel de tristeza. Y, encima, el choto de él ya ha desfogado y para en la carretera y se te pone a hablar de la mujer y de los niños, y tira de la cartera y aquí tienes, éstos son, ésta, la más pequeña, es la pequeña; ésta es una cuñada y éste un amigo, y me tienes que dejar el teléfono, porque me gustas, y el día que pueda te llamo y hacemos igual que hoy, que verás qué bien te va conmigo, chata, o muñeca, o cielito, o cachonda, y qué regalitos te va a hacer tu amiguito, o tu amor, o tu macho. Madre, qué asco…, parece que todo se ha acabado. Pero de golpetón me pongo contenta, porque me he acordado que, en llegando, me cambio de traje, me meto unas medias caladas, me como un bocadillo y al cabaret, a beber, a golfear, a acostarse de madrugada más frita que un peón de albañil, pero con dos o tres billetes. La vida es más buena que nada de lo que ha inventado Dios. A ti no te gusta vivir. Yo os distingo a los comeansias, que me enseñó a no fiarme de vosotros mi Felipe, el tío más alegre que he conocido. Tenía a su madre vendiendo tabaco en una boca del metro. Pues él, como unas castañuelas. Y la vieja era jorobada, chepuda. Mi Felipe me preñó. ¿Quieres saber lo que hice?

—Márchate.

—Digo yo si esto del cáncer en la almeja me vendrá de aquello o de la putería. Tenías que saber lo que es la miseria, guapo. Más limpios llevarías los zapatos y más planchados los pantalones. Yo empecé con esto de la vida tarde, a los veinticinco años. Después de mi Felipe, el más serio fue Ricardo. Se llamaba así, Ricardo, y era lo que más me gustaba de él. Formal, trabajador de nada, con más respetos en el coco que un banquero, oficinista. Yo, que me olí lo que me aguardaba, me tiré de cabeza al fango, como decía un cura que nos dio ejercicios. A chupar fango, pero no sopa de sobre todos los días. Oye, guapo, deja de hacer la estatua. Yo, aquí donde me tienes, esta noche te hacía feliz. A mí esta noche el aire me entra como whisky, me entona más que el whisky. Te convido a una botella. Déjate de trincar al asesino ese o al ladrón o a lo que sea. ¿Qué ha hecho el infeliz que estáis esperando?

La voz sonó fatigada:

—Anda, mujer, vete. Es mejor.

—Pero y tú, ¿por qué sigues ahí, cavilando con el culo contra la pared? Chica, me decía a mí un amigo, para los tristes se han inventado las penas y las amarguras, y para los demás, la buena vida. Mira que si es verdad…, mira que si la diño antes de los cuarenta. Total, en plena juventud. —Rebuscó en el bolso durante unos segundos y lo cerró—. Me voy a casa. Anda y que te zurzan. Por lo menos me he dado el gustazo de estar entre vosotros, bofiones, sin que me jorobéis. Pobrecillo el que estáis esperando… Claro que también algo habrá hecho. Pobrecilla yo, que ayer mismo pensaba irme a Benidorm el sábado, y, ya me ves hoy, que si lo tengo extendido o menos extendido. ¿Cómo te llamas?

—Te estás buscando un jaleo.

—Di un nombre cualquiera.

—Te van a dar un disgusto.

—Estás de temblores.

—Tu madre…

—La tuya… Muerto de canguelo, y eso que tienes a los polis de tu parte.

Y, por fin, llegó el muchacho (cuando la palabrería de Águeda le había hecho recordar aquel domingo en el campo, comiendo tortilla y chorizo, todos juntos, el muchacho también, quizá la última vez que habían estado todos reunidos). Águeda se levantó de un salto y huyó unos pasos, descalza por la acera. Pero él únicamente había saltado hacia la acacia y desde detrás del tronco miraba, como si embebiese la calle entera, la calzada y las casas fronteras.

Con una calma fingida, Águeda regresó al alcorque, se calzó y recuperó su bolso. Se le ocurrió, riéndose, acariciarle una mano. Él permaneció inmóvil.

—Hielas como un témpano. Y, encima, sudando. Pero, tú, ¿es que va en serio la cosa?

Calló, porque, siguiendo la mirada de él, vio cruzar al muchacho la calzada hacia el portal de la maceta de madera. El jeep se movió y se encendieron sus faros. El muchacho se detuvo un instante, antes de cambiar en una línea oblicua la dirección de su marcha. Sin correr.

—Es ése, ¿verdad?

La calle se llenó de guardias, de hombres veloces, del ruido del motor del jeep, enfilando bruscamente el morro hacia el portal de la maceta.

—Pero son más —dijo Águeda—. Son más y están en esa casa.

Retrocedió, apoyó la frente en la piedra blanca de la fachada y esperó, decidida a no mirar. Oyó gritos, unas palabras atroces. Se puso a pensar en su cáncer para sujetar el miedo. Y apretó los párpados, húmedos de sudor. Pasaba el tiempo, demasiado denso, insoportablemente comprimido por el silencio. Luego (era un alivio escucharlo) chirriaron las puertas del coche celular.

—¿Y ésa?

—¿Quién? —dijo él.

—¡Ah!, ya… —dijo la otra voz.

—Una buscona.

—Pues que lo paséis bien. Estate contento, hombre. Es lo mejor que podía suceder. Tarde o temprano, es lo que tenía que suceder. Tú, ahora ya, estate tranquilo. Hasta otra.

Águeda se mordió las manos. Se alejaban los coches. Sintió un par de dedos de él en la espalda y se volvió hablando.

—Mira, guapo —decía—, que yo no te he hecho nada; que yo venía de los bulevares sin meterme con nadie. Me importa un pimiento todo, ¿sabes? Yo no tengo ideas de ninguna clase. Y no voy a contar esto, te lo juro. Que a mí sólo me importo yo.

Él, antes, frunció los labios en una circunferencia. Viscoso y caliente, el salivazo le alcanzó la nariz y un ojo.

—Vete —gimió Águeda.

Y se alejó hacia la glorieta, limpiándose con el pañuelo, mientras él (probablemente) volvió a apoyarse en la fachada.

(1966)

A vuestra alta consideración

Mi admirado y querido A.:

Acuso recibo a tu oportuna circular (referencia SEPR-Lolita-967) por la que, en tu condición de presidente de nuestro sindicato, me comunicas los deslumbrantes actos que se celebrarán en conmemoración del aniversario de nuestra preciada institución. Me ha interesado sobremanera el temario a debatir, temiendo sólo que los de provincias, como año tras año sucede, nos hagan perder demasiado tiempo con la ponencia «Problemas de los escritores en provincias». Justísimo, el resto del orden del día. Hemos de confiar, por tanto, que las cuestiones pendientes, relativas a:

1) Uso del uniforme de escritor.
2) Concesión de máquinas grabadoras y de borratintas.
3) Alquiler de gabinetes de trabajo.
4) Viajes de documentación.
5) Pases gratuitos a espectáculos.
6) Exención de impuestos.
7) Relampagueante liquidación de derechos de autor,

sean debatidas y, lo que importa, aprobadas. En «Proposiciones y preguntas» pienso proponer mayor amplitud de miras artísticas. Preguntas, puedes estar tranquilo, no haré.

Por desgracia, me es imposible despedirme y firmar. De nuevo me siento obligado a informarte de graves acontecimientos, atentatorios a nuestra profesión. Sé que me expongo, aun contando con tu reserva y por eso de que esto de la vida artística es una casa de lenocinio, a que se sepa que he sido yo.

Ayer pasé la mañana en los locales de nuestro sindicato, de charla con los colegas y haciendo fervorosos votos por el éxito del congreso, que tantos pasos adelante nos acercará al futuro. Estaba el jardín precioso, repletos los salones de portaliras, abundantísimo el café, muy amenas las salas de billar, ajedrez e ingenios electrónicos, un poco fría, según los bañistas, el agua. Hasta las pistas de tenis no me llegué. Aprovecho esta ocasión para rogarte transmitas mi efusiva felicitación al apreciado y competente colega encargado del Departamento de Bienestar de la Mañana. ¿Sería factible obtener una consignación presupuestaria para calefactar la piscina? Bastaría con reducir el crédito de la biblioteca, departamento al que nuestras autoridades dotaron pródigamente, equivocados, sin duda, por ideas del antiguo régimen. Demasiado gasto para tan escasos usuarios. No olvidemos que un escritor ha de estar siempre en la realidad y los libros son ficción.

El vicesecretario tercero me acompañó a casa en uno de los automóviles del sindicato. Después de la comida, descabecé una pequeña siesta. Cosa extraña, me desperté con ganas de escribir. Algo, lo que fuese. Quizá tuve una mala digestión. O estos tempranos calores. O mi mujer, que me machaquea que escriba, como si la literatura fuera una cuestión de ganas de escribir.

Me aguanté las ganas. Hay que meditar la obra. Los salones de nuestro sindicato no tenían la animación de la mañana, porque nuestros más ágiles asociados disputaban un encuentro de fútbol

con los del Sindicato de Escultores. No obstante, encontré suficientes voluntarios para una partidita de cartas, cuestión de aliviar-
se del esfuerzo mental.

Querido A., recurro a tu cazurrería presidencial, a nuestra
amistad, al conocimiento que de mis condiciones morales tienes.
La verdad es mi principal utensilio laboral. Por ella permanezco la
mayor parte de mi jornada en el sindicato; sin ella, ahora no me
molestaría en testimoniar. (Confidencialmente, tú.)

Así es que perdí la partida, el bar estaba desierto y, por si me retornaban las ansias grafómanas, salí a dar un paseo. En el curso del
cual, sin culpa por mi parte, encontré a Z.

No ha sido nunca un secreto mi nulo afecto por tal sujeto. Pero
acepté su invitación y subimos a su casa. El tipo sabe vivir. Me ofreció un trago. Nos sentamos en la terraza.

Que nadie dude de mi fidelidad. A esa fidelidad he sacrificado
lo mejor de mi vida y he consagrado mi obra, incluido el opúsculo
en el que trabajo actualmente. Pocos pueden afirmar con hechos
una trayectoria semejante.

Siempre lo sospeché y, efectivamente, Z., escribe. Acerca de
mariposas y crepúsculos. Una novela. Que yo conocía su aversión a
las mariposas y a los crepúsculos. La conocía y, por ello, suponía
que unas y otros simbolizaban a los enemigos del país. No. Tajantemente. Que no simbolizaban carajo. Mariposas que eran mariposas
y crepúsculos que eran crepúsculos; eso sí, las mariposas, repelen-
tes como todas las mariposas. Veremos si no se trata de una sátira
contra los planes agrícolas de nuestras autoridades.

Entonces —y empezábamos el segundo trago— aseguró que él
exclusivamente deseaba escribir, si no mucho, sí cada día mejor.
Pedí turno de réplica y Z. se hundió en el sillón, como si fuera a ser
aplastado por un tanque. De antemano, se declaró vencido y que

hablásemos de otra cosa. Pero en pocas palabras puse de manifiesto la contradicción que le atenazaba. ¿De qué le valía escribir, si no existiese el sindicato? Más razonable será no escribir y pertenecer al sindicato, que de esta forma algo siempre se cobra. Balbuceó que nada tenía contra el sindicato, salvo que en el sindicato jamás planteábamos el problema de la censura.

Le pregunté a qué censura se refería. A la de mi padre, que habría yo de saber cuál era. Yo lo que sabía —y se lo dije claro, sin gritar aún y sin responder a la provocación— es que en el sindicato se habían malgastado decenas de horas, cientos de decenas de horas, en la discusión de ese llamado problema de la censura. ¿Con qué resultados? Con los sabidos, coñe.

Pues insistió. También en servir más tragos, como si necesitásemos de esa droga para aguantarnos. Pegué un puñetazo en la mesa y reanudé el discurso. Bastaba que llevásemos desde la Edad Media con censura, como llevamos, para probar que no es asunto artificial, pero es que, además, alguna ventaja tiene. No me dejé intimidar por el color amarillo que iba tomando su piel. Nadie puede negar que la censura ayuda a corregir la obra literaria, a pensar más, a lograr una síntesis que es de agradecer. Por otra parte, reivindicar la libertad artística resulta deshonesto, cuando tantos hombres carecen de libertad. Me apropié esta esclarecedora idea tuya, mi respetado A., sin citar el valioso ensayo que la contiene y sin que Z. percibiese el plagio, lo que demuestra que, encima, no te lee. Objetó —inexperto que es, como todos los malvados— con el consabido tópico de que nuestro sindicato ha condenado formal y solemnemente la censura. De los países enemigos, le recordé. La-cen-su-ra-de-los-pa-í-ses-ene-mi-gos-fal-ta-ría-más. Que por qué no nos largábamos a respirar aire libre. Estábamos al fresco en su azotea y se adivinaba ya, por su nerviosismo, el germen de sus torvas intenciones. Para comprar aspirina dijo que entraba, en la primera farmacia que encontramos. Y salió con una pequeña bolsa que olía a polvo matarratas.

No se lo tiró a los peces el raticida, cuando, por el paseo marítimo, me molesté en instruirle sobre los deberes sociales del escritor. Que él no era un escritor con deberes. Así, tal como suena. Que él era un tipo a la busca de la anarquía emocional, que incluso había dejado de tomar notas en las borracheras o en el acto de la fornicación. En pocas y medidas palabras, se lo reproché. Además de cumplir sus funciones sindicales, un escritor debe tomar nota de todo, porque es testigo y juez del acervo común. Que le urgía tomar una copa. Nos sentamos en un chiringuito, e inmediatamente las colegas L. y Eledoble nos chistaron desde una mesa vecina, donde consumían té y pastas. Se mudaron a nuestra mesa las colegas, tan entrañables ellas, tan dicharacheras. Y llegaron más tragos.

Z. les preguntó dónde habían adquirido aquellos pantalones y los zapatos y las camisas, principalmente las camisas. Que si Z. estimaba inadecuada la vestimenta. Tercié que las encontraba encantadoras y elegantísimas, como correspondía a las autoras del más reciente éxito de crítica y de librería. Eledoble aclaró a Z. que me refería yo al poemario *O madre o píldora*. Y Z., que puso cara de ignorar la edición del poemario, que a dejarse de rimas y a brindar. Ellas, las conoces, brindaron, pero molestas. De modo que le pedí que no me desmoralizase a las muchachas. Sin embargo, reiteró que ni en una línea toleraba él la sugerencia censoria. L. le recordó cómo de joven había corregido lo censurado, por lo que iba a permitirle —Z.— que ella —L.—, adoptando provisoriamente los argumentos de él —Z. otra vez—, le considerase prostituido. Que le considerase. Por el contrario, continuó L., jamás a mí la censura había tenido que tacharme una única palabra. Ese ejemplo pudo. Eledoble, que es más atolondrada, afirmó que los censores, con todos los respetos, no entienden de literatura. Con breves palabras, L. y yo la convencimos de que, en virtud de la naturaleza de su función superestructural, los censores no estaban obligados a entender nada de nada.

Z. escuchaba. Con los ojos abiertos. Se quedó meditabundo, al finalizar mi explicación sobre funciones y aspectos multioperacionales de la materia artística. Que qué le parecía. Que se estaba haciendo tarde para cenar.

Era cierto. Noche cerrada y lóbrega cubría el paseo marítimo. Z., más espeso que la noche, tartajeó que desestructuraba la cena y que se largaba al cabaret a terminar de jorobar la jornada y allí se montó el primer acto del drama, porque las muchachas dijeron que ellas también y Z. que no, que mayores de cuarenta no admitían en los locales de esparcimiento y ellas que, aunque sólo fuese por molestarle, pero que, además, necesitaban de ambientes semejantes para sus próximos trinos líricos, y Z., dando traspiés, que las colegas del sindicato le producen tales inhibiciones que teme le dejen, el día menos pensado, impotente.

Se nos permitió la entrada y pretendimos ilustrar a Z. acerca del papel de la mujer en la nueva sociedad, pero se puso a dar alaridos ininteligibles —que el público supuso que cantaba— y brindó por la censura abstracta, por la censura hiperrealista y por los editores. Le advertí que, si bien nunca hasta suplirla, un editor consciente puede coadyuvar con la censura de forma eficaz. Gritó que en ciertas ocasiones ama las mariposas, recitando a continuación en francés, de tan podrido que le tiene la literatura extranjera, *J'ai peur de la plus petite chaîne, qu'elle vienne d'une idée ou d'une femme*, y L. —al fin *femme*— preguntó a quién pertenecía la propiedad de tal chorrada y, al enterarse de que la libertaria inmundicia era de Maupassant, dijo que se iba —luego volvió— a vomitar, y Eledoble, que no era para tanto, que peor hubiese sido de resultar autor el Céline, lo que desorbitó a Z. a tal extremo que sacó a bailar a Eledoble y, después, a una que no parecía del sindicato, pero guapilla, desde luego, que la trajo a nuestra mesa a ver —a que viésemos nosotros tres— si no valía más que el más bello endecasílabo el pedazo de estructura aquella, lo que irritó a las colegas —nuestras— y puso el asunto confusísimo, y aquí nos trajeron a las muchachas y a mí, que ya sentimos volvernos la vida tras el lavado de estómago.

Las chicas, que te mandan saludos, se unen a mi propuesta de expulsión sindical de esa bestia asocial, capaz de envenenarnos y, encima —dicen L. y Eledoble—, sobón. Tú decidirás, con tu recto y sabio criterio. Recibe un abrazo fraternal y asociativo de tu affmmo.,

B.
(1967)

Avatares de la libertad

mosca, 1161. Del lat. *musca*, íd.

JOAN COROMINAS

A la mitad del verano y para tratarse una crónica afección hepática, todos los años mi madre permanecía una semana en un balneario del norte. No variaba fundamentalmente mis horarios esta ausencia, excepto que me permitía retrasar la cena o, ya que había comprobado cuánto mejor dormía en ayunas, suprimirla. El resto de las noches, mi madre se impacientaba, llegaba a inquietarse, con esos silencios veloces en los que era especialista, y me recibía disgustada, si, al salir de la oficina, había alargado mi paseo o me había demorado en el cine. Durante mis vacaciones, disponiendo de tiempo hasta la saciedad, siempre regresaba mucho antes de las diez.

Aquel agosto, particularmente seco, era agradable caminar por las calles desiertas o, sentado en el balcón, abandonar la mirada en las ventanas fronteras, en la noche, celebrando la templada temperatura de que estaría disfrutando mi madre en el balneario. Allí, en el balcón, entre los tiestos recién regados, extrañando la soledad y fatigado de la máquina de escribir ante la que había pasado nueve horas —siete de jornada y dos extraordinarias—, tuve que verla o, al menos, oírla por vez primera. Sin embargo, a causa de los acon-

631

tecimientos de los días siguientes, no pude luego precisar este primer encuentro; para ser más exacto, su invasión de la casa. Aunque con certeza nunca lo supe, presumí que habría llegado atraída por las plantas o nacido en la tierra de una maceta.

Mientras cabeceaba de sueño estuve oyendo su zumbido, al que no concedí mayor importancia y probablemente —después no lo recordaba, repito— cruzase ante mis enturbiados ojos en una tajante curva. En tinieblas la casa, iluminada la calle, razoné que acabaría deslumbrada por los faroles. Tras entornar el balcón, llené de agua un vaso, ordené el despertador para las seis y, dormido antes de caer en la cama, olvidé su presencia, si es que en algún momento había llegado a percibirla conscientemente.

A la mañana siguiente, cuando me disponía a salir, la descubrí, inmóvil en la pared que el sol blanqueaba, a unos dos centímetros de la fotografía de boda de mis padres. Su desmesurado tamaño, el verde, brillante de puntos dorados, que constituía su cabeza, los negros y ocres del cuerpo y patas, y sus plegadas alas —como las recogen al caminar las palomas—, me asombraron. Sin apartar los ojos de aquella pulposa mosca (moscardón, moscón o moscarda), retrocedí unos pasos a fin de alcanzar el periódico del día anterior, doblarlo de forma que una ancha superficie pudiese actuar de mortífera palmeta y avanzar, como de puntillas, enarbolada mi arma en un lentísimo movimiento.

La mosca se había posado de un salto en el vidrio de la fotografía enmarcada. Lo que facilitaba mi plan, puesto que, en caso de que se reventase, lavaría fácilmente la mancha de sus pegajosas entrañas y, además, su desamparo crecía sobre un elemento que, sirviéndola de espejo, por fuerza habría de distraerla. El periódico se abatió catapultado y, en rígida vertical, la mosca cayó a los baldosines.

Una corta incertidumbre, motivada por el asco, y me decidí a recoger con el propio diario el íntegro cadáver, que arrojé por el balcón. A pesar de no haber tocado a la mosca, me lavé las manos. Estas operaciones, saliendo con el tiempo justo, me impidieron la primera firma del parte de asistencia.

La jornada transcurrió como de costumbre. Llegué a casa cerca de la medianoche. Ya acostado, oí su zumbido.

A partir del miércoles logré distinguir el monocorde siseo de su vuelo concéntrico del rápido y agudo tijeretazo del vuelo en línea recta, ascendente o descendente. Siendo el primero en batir alas, el segundo estaba provocado por el rompimiento del aire y que dejaba sembrado, por contraste, un silencio profundísimo y de muy irregular duración. La intermitencia desordenada del rasgueo percutante producía angustiosas pausas, incluso la dudosa esperanza de su definitiva desaparición. Por el contrario, si durante minutos, que se transformaban en horas, roncamente describía círculos de un diámetro muy aproximado, llegaba a crearme una alucinación acústica.

Pero la noche del martes, cuando la escuché en las tinieblas del dormitorio, aquel motor que ronronearía los días posteriores en mi cabeza aún no se había puesto en marcha. Traté de dormir, inútilmente; mi sueño tocaba a rebato y me arrojé de la cama, con una colérica lucidez.

Armado del periódico, tras haber iluminado las cuatro habitaciones de la casa y cerrado los balcones, pegué la espalda contra un tabique y, con el cuello doblado hacia atrás —postura que devendría habitual—, aceché la aparición de la que imaginaba ser otra mosca. Repentinamente, en el silencio, estaba sobre un cojín de raso y era la misma que aquella mañana había creído matar. Quizá repuesta, casi resucitada al caer por el aire, habría vuelto guiada por

un terco y vengativo instinto y, aguardando mi regreso, con toda seguridad se habría despertado —en el caso de que las moscas duer-
man— al acostarme yo. Era ella, no sólo por la cabeza deforme, por
su volumen, igual a la mitad de uno de mis pulgares, por su inconfundible variedad cromática, sino —y en eso la reconocí— a causa
de una altanera, casi desafiante, familiaridad.

Ardiéndome las mejillas, me lancé contra ella, que escapó con
la silente ligereza de un mosquito para, inmediatamente, resonar
en un anárquico vuelo, visible a veces. Sañudamente, con treguas
más propias al encarnizamiento que a la reflexión, comenzamos
aquella lucha frenética como un duelo a hachazos —o como, según
dicen, los amantes apasionados, pero esa clase de combate yo entonces aún lo ignoraba—, en que la diferencia de tamaño me llevaba a la derrota y una inquebrantable necesidad de asesinarla me
sostenía. No obstante, golpear la nada me escalofriaba tanto como
dejar de oír sus zambullidas en el vacío me daba la sensación de
que sus peludas patas estaban sobre mi piel.

Porque, durante unos instantes en que la tuve fijada al extremo
de un imaginario punto de mira que fuese también microscopio,
descubrí unas filosidades, negrísimas, que le nacían de las patas an-
guladas. Sus ojos, si es que miraba con aquellas manchas que coronaban su cabeza, parecían lanzarme una despreciativa furia.

Agotado por la persecución, abrí el balcón, ella se incrustó en
la penumbra de la noche y cerré de nuevo con una presteza histérica. Entonces, sudoroso, tontamente aquejado de temblores, habría
bebido —dicen que alivia— un trago de vino o fumado un cigarrillo, expansiones que, principalmente por no apesadumbrar a mi
madre, nunca me había permitido. Como era de esperar, me apre-
só un insomnio largo y, después, una duermevela inquieta. Intentaba retener agua sólida en mis manos resbalosas, al tiempo que el

cieno cubría mi tráquea, me embarraba el paladar y, entre los dientes, unas notas musicales como carcajadas me horadaban las encías.

El miércoles, seguro de que allí estaría ella, regresé directamente a casa, provisto de un insecticida embotellado en un pulverizador. En efecto, volaba de habitación en habitación, siempre solitaria, obstinada, invulnerable y —lo comprendí instantáneamente— mosca única, de pertenecer a la especie, por alguna especial conformación necesitada del aire de mi casa. Me senté a esperar.

Tardó mucho en llegar a la mesa y, cuando se posó ante mí, frotó sus patas delanteras, en una actitud de evidente complacencia. Renuncié al insecticida, porque ansiaba ya una muerte violenta, presintiendo que me compensaría de la repugnancia el placer de aplastarla contra mi propia carne. Antes de que yo bajase la mano, corrió, como una gallina, hasta el borde de la mesa.

Me levanté airadísimo, espolvoreando una nube de insecticida. Que resistió impasible y al que sólo opuso, pasados unos segundos, un aleteo.

Sentado de nuevo, comencé a observarla convencido de que un meticuloso análisis de sus costumbres, un estudio de sus casi imperceptibles gestos, quizá —si respiraba— a causa de sus jadeos, me conducirían al infalible sistema aniquilador. Creo que aquella noche por vez primera durmió en mi cama.

De lo que sí estuve seguro el jueves es de que vino conmigo a la oficina, ya que, al sacar el pañuelo, sentí en el fondo del bolsillo removerse su blando cuerpo y, por la yema de los dedos, ondularme una extraña tibieza. Pasados los estremecimientos de los primeros contactos directos, me habitué a encontrarla de paseo por mi pantalón, a la cosquilla de sus patas en mi frente o a un picajoso vuelo bajo por entre mis cabellos. Aunque difícil y clandestina, nuestra convivencia suprimía al menos mucho tedio, parecía darme valor.

Por la noche devoró los granos de azúcar que le puse, restregándose las patas sonoramente, como élitros de una mariposa gigante. Y yo comencé a encontrar fatigosa la distancia que separaba el comedor de mi alcoba, a dormir mal, a sufrir molestias estomacales. El sábado no pude asistir a la oficina.

Una cucaracha, en la carbonera de la cocina, me sorprendió por su excesivo tamaño, perturbación visual que se me agudizó cuando la fachada de la casa frontera desapareció y ya sólo percibía una fibrosa niebla. Luego me encontraba bien, hasta que el hambre me impulsó a moverme más deprisa.

Buscamos juntos. Pero habiendo cerrado los armarios, me costó una eternidad y un esfuerzo destructor llegar al azucarero. Y eso que aún conservaba un dedo en cada mano.

Ella me enseñó los rincones polvorientos, la riqueza oprimida en las junturas de los baldosines, siguiéndola llegué al interminable maná del cubo de la basura. Lo más penoso resultó superar el vértigo, las náuseas que el vértigo me provocaba, los desfallecimientos en pleno vuelo antes de alcanzar una superficie sólida. A la madrugada, ella cantaba y yo, en las proximidades de las bombillas que habían quedado encendidas, me restauraba de un frío penetrante, que anunciaba el otoño.

Hoy, lunes, hacia las nueve de la noche, regresó mi madre. Vi cómo dejaba la maleta en el recibimiento; cómo, por el movimiento de sus labios, debía de llamarme. Más tarde, disgustadísima, coció unas coles con patatas.

Y, cuando menos lo temía, la descubrió. Mi madre se quitó una zapatilla. Se le arrugaron las comisuras de la boca. Supe enseguida que la mataría, que era fácil darle aquella muerte en la que yo había fracasado. El zapatillazo restalló en una onda de vibraciones y, desventrada, con el cuerpo tronchado, las alas pulverizadas y en un amasijo de humores y de huevos de los que no nacerá descendencia, quedó ella, una mancha más en las sucias paredes de la cocina. Después, se ha vuelto.

De cerca, acabo de comprobar que la comida del balneario ha tensado sus mejillas. Está como ciega, incapaz de reconocerme, quizá interiormente obsesionada por mí. Más que temor por mi propia existencia he pensado en huir y, al tiempo, con una paralizante piedad, he recordado que mi madre esperará mi regreso para la cena, ese encuentro que, si no le falla el golpe, jamás se realizará.

Creí que dolería menos. Sobre todo, supuse que iba a ser más rápido.

La madre movió sus varicosas piernas en dirección a la escoba.

—Idiota —dijo—. Si ya sabía yo que no podía dejarte solo…

(1968)

La tarde libre de un asesino

Tantas veces te lo he dicho, recuerda, gorriona, que víctimas, mira, todas, por el victimario no ha de faltar, así tuviésemos tanta felicidad como deseos de suprimir a ése, al otro, al jefe, al amigo, al enemigo, a ti, leona mía, pero ni felicidad, ni sosiego, para ponerse a ello y, ya puestos, ejecutarlo bien, sin sangre y sin huellas, hiena, que no es tan difícil conseguir de un tipo que, además del aliento, le hieda todo, para acabar pronto y conseguir mi derecho al reposo, para no hablar, lagarta, del asesinato político sin lágrimas, sin huellas, sin remordimiento, ya que por ahí se empieza y no se acaba, pero nada de soñarrera sentimental, a lo práctico, a uno de esos que allí abajo cruzan el río y la corriente del centro sólo les acaricia el ombligo, a una de ellas, de las suyas, sin grasa y sin huellas, que estás engordando con lo de fornicar para no concebir, zorra, y ahora abrazada a tu siesta, soñándome muerto, o desconocido, o millonario, suministrándole perímetro a tus ancas, que esto ha de terminar mal, oye, que no terminará mal porque a ver dónde me encuentras tú a uno que se decida a no ser víctima y tome la iniciativa, ¿dónde?, no en nuestra cama, aunque mejor estarías aquí, ya te digo, con esta gloria de tarde, asaetado por las agujas de los pinos, acribillado por los gritos de los cachorros, drogado de tanto aire, polvo, verano, corza, tú con tal de no oírme ni siquiera a quién mataría yo mañana o al atardecer, cuando el domingo se haya jodido y las esperanzas con él y la expectativa de los sábados, pastelona como la vuelta a casa dentro de cuatro horas, en el vagón, y que no haya novias, paloma, de las que se engarfian al macho, también con sus ojos mansos y bobos, como alguna vez debiste de ser tú, antes de anclarte en la cama y negarte a oírme que sin jefe a quien matar yo, a veces, me suprimiría, si no abundase tanta víctima en potencia y tan poco asesino para las novias de las medias flojas o, ahora que no llevan medias, con las bragas incrustadas en las ingles; pero el mercado es amplio, al de los recibos, a una de esas tortugas, como tú fuiste, leoparda, al tierno hijo del portero, sí, ¿por qué?, porque tiene granos y fabula con tus lomos, ya ves, pasional incluido, y a ti, ovejita, de mi familia a nadie porque ya los tengo fallecidos de no verlos, en esas hermosas ocasiones en que deseas morir porque no comprendes nada, ojalá comprendieses menos, verraca, o te murieses más deprisa, que si encima a mí me cogen es como para conservar limpias las manos del rojizo líquido, o a ésta, que tiene que ser coja, puesto que eliminar a una coja es mayor delito y crimen menor, pero a ti, de puñalada-de tiro-de arsénico-de empujón-de puñaladas-de síncope, asesinato *prêt-à-porter*, por judía, por turgente, por hueca, por difunta que ya estás, sería capaz de dibujar yo mismo la cámara, cámara portátil, torda, será que no te acecho suficiente y lo triste es que quizá tampoco sirvo, chiva, y ahora que estás en la cama trabajo me ahorrabas de llevarte como cadáver a la cama y que no te barriesen...

—¿Qué lee?

—¡Ah...! ¿Cómo?

—La asusté. Usted se creía que yo estaba dormido.

—Sí, claro... Perdone. Me he sobresaltado.

—No tiene importancia. ¿Qué lee?

—Ya ve, nada… Una novelilla.

—¿Policíaca?

—No.

—¿Le fastidian las policíacas?

—Me dan miedo. Luego, ¿sabe?, llego a casa y ni a abrir el armario me atrevo.

—Por si está dentro el cadáver.

—¡Ay, calle, por Dios! No. De amores.

—¿Y le gusta?

—Son todas iguales. Y mienten mucho.

—También las policíacas. ¿Conoce usted a alguien que haya matado a alguno?

—¡Huy…!, yo no.

—Se ve que usted no ha matado.

—Ni conozco.

—En su oficina, ¿nadie se decide a estrangular al jefe?

—¡Qué cosas…! Pobre don Heberto… Si es un pedazo de pan… Todos le apreciamos horrores. Pero, oiga, ¿cómo sabe usted que yo trabajo en una oficina?

—Por sus manos, por su vestido, por los zapatos.

—¿Y desde su árbol se ha fijado en tantos detalles? A lo mejor es usted detective.

—No la estoy dejando leer.

—Da lo mismo.

—A mí me gusta hablar.

—Y a mí.

—No soy detective. Pero me entusiasman las policíacas. Como a todo el mundo. Ya que uno no se atreve…

—No diga eso. ¿También trabaja en una oficina?

—No, no trabajo en una oficina.

—De fábrica no parece usted.

—Tampoco. Es que no trabajo.

—¡Qué bien…!, quién pudiera decir lo mismo…

—¿Le cuento una policíaca?

—Bueno… ¿Escribe usted novelas?

—Aquí dentro sólo.

—A mí me pasa eso, fíjese. Que me pongo a rumiar cosas, cosas y más cosas y, al rato, ni es gente que yo conozca, ni son cosas que puedan ocurrir. Como una novela. Hablo demasiado. Perdone. Sí, si no le importa, cuénteme una.

—Me tiene que prestar un trozo de la sombra de su árbol. No se preocupe que no me siento en su falda.

—Es inarrugable.

—¿Con mucha sangre?

—Con poca. De intriga. De esas que son iguales a una película.

—Pues siga leyendo, mientras me la invento.

—¡Ah!

—Usted lea, que yo cierro los ojos y me la invento, la intriga esa.

—No se vaya a quedar dormido. Con este calor…

Así, marmota, bien espatarrada, puesto que mi cuerpo no ocupa la mitad que conyugalmente le corresponde, me abandonas a la supuesta coja, a sus piernas de zancuda, tan iguales a las de otra como las de otra son iguales a las tuyas, pero sin despreciar sus tetitas y pánfila como tú, ¿recuerdas, coneja?, cuando nos pasábamos las mil y una tardes soñando las noches y, luego, elefanta, ni llegaron a doscientas que ya exigías fidelidad y a la noche trescientas sesenta y cuatro, riqueza y posturas, y a la quinientas veintisiete, pensando en el potito de turno, en el último comemierda, que digo yo, tendría que ser fácil dejarte o que te matase el pajillero niño del portero, te envenenase alguna de esas amigas tuyas, porque seguimos inocentes, novilla, inadvertidos ante la masacre, como te contaría yo a la oreja, si estuvieses aquí conmigo, al sol menestral, con la zancuda que ni huele a mujer, sino a tomillo; los sauces llorones de la orilla, los honrados ciudadanos, las hembras de los honrados que les lavan los calzones, los cachorros, ¡ay, sirena, qué playa de oro te estás perdiendo por quedarte en el cubil!, qué playa infinita, ruise-ñora…

—Más o menos empieza por la llegada de un cable. A Europa.

—Creí que se había dormido.

—Londres o París. Mejor, a París. Desde México de efe o algo por el estilo. El viejo tío millonario avisa a sus hermanos y a los so-brinos que llega en el vuelo cero cero cero, aterrizaje en Orly a las doce catorce. ¿Le gusta?

—Hasta ahora…

—La familia se prepara a recibirlo. Pero, a la madrugada, la ra-dio comunica que el avión en que viajaba el tío se ha hundido en el mar.

—Se ha caído y se ha hundido en el mar. Es bonita.

—Espere. El viejo venía a firmar su testamento. La radio úni-camente la han oído las hermanas más viejas, dos arpías, que deci-den callar por… porque…

—Por lo que sea. Siga.

—Por fastidiar a los parientes. Efectivamente, todo el familión está a punto de salir para Orly, cuando llaman a la puerta y se pre-senta el viejo, tan campante y con sus maletas, diciendo que el avión ha llegado antes de la hora, porque traían viento de cola.

—¿Y las arpías, las hermanas del viejo?

—Ellas son las únicas que saben que el viejo se ha hundido en el mar.

—Pero no se ha hundido.

—No lo sé. ¿Qué hace usted en la oficina?

—¿En la oficina? ¡Ah!, pues… llevo un fichero de clientes.

—¿Pagan los clientes?

—Unos, sí; otros, no; algunos, cuando ya nadie lo espera.

—No tiene que ser divertido trabajar en una oficina.

—No lo es. A ratos se pasa bien. Con los compañeros.

—¿Por qué no tiene novio?

—¡Huyyy, madre!, una no sabe eso. Además, a lo mejor lo tengo.

—No se vendría sola al campo con un libro. Quizá no le gustan los muchachos a los que usted gusta. Y al revés. Hágame caso, eso no tiene importancia.

—Los hombres, ya se sabe… Prisa no tengo todavía, pero el tiempo pasa volando, ¿verdad? Usted es casado. No, no lo digo por nada. Al contrario, parece usted joven. De mis años. Pero se le nota que es casado.

—¿Qué piensa, que la voy a tocar?

—Oiga, yo no pienso. Y le advierto que…

—No se enfade.

—Déjeme leer. No me gusta que me hablen así.

Comprobé antes de salir, centaura, que quedaba media y no quedará ni media, si me retraso hasta la hora de los últimos trenes, con ellas y sus bragas soldadas a las ingles, porque con la edad y las decepciones, jirafa, empapas media, derramando carnes en la recuperada cama, lo que quiere decir que compras más o me quedo sin gota, anguila, no es lícito desconfiar de tus recursos, zorreta, ahora que cobras meneando las nalgas de las relaciones públicas, y estaréis todos juntos, apóstoles de la transformación del mundo mediante la palabra, cotorra, creyentes que sois, lo que siempre permite ganar un poco más que la zancuda con su fichero de clientes y, eso sí, a cambio de menos esfuerzo, gracias a la mejor preparación, de la cuna, ya que el hormiguero está bien ordenado y vale quien gana y según gana y muerte general, si en este instante, por ejemplo, apretara el cabrito competente de uno u otro rebaño, el botoncito, se iban a poner malvas los horizontes, a los nenes les entraría el malva que abrasa y sin poder llamar a mamá, aunque también a mí, luciérnaga, y yo quiero verlo, que mi última hora llegue después de la tuya, para ir detrás de la carroza, del carro de los helados, ¡ah!, gusana, qué estupendo... el carro de los helados, me lo habrías oído con la boca torcida, pero esta noche, caracola, regresaré a casa, que siempre hay derrota que justifique el regreso, paciencia y menos meditación trascendental, el carro de los helados, y es que, medusa, uno malgasta los deseos de asesinar y acaba uno matándose a sí mismo; ¡qué crimen, mi zopilota!, estando la porqueriza a rebosar ir uno a matarse es, faltaría más, como la masturbación del asesinato; lo curioso es que estando borracha lo piensas, aunque todavía no encontraste el sistema de enviudar, cangreja, como si sustituyéndome, tarántula, fueras a solventar algo, que no es fácil, sin contar con que uno se decidiese, a la zancuda en las soledades de la tarde de fiesta, sí, yo y mi amiguita Alicia y mi amiguito Huguito, que quería hacer una cosa fea, pis no, y entonces pasó ese señor con la señora de las piernas larguísimas y lo vimos todos, y todo, todo, la señora que gemía, lo juro, grititos, las ropas, un laberinto, ese mismo, sí, sucios los ojos verdes, y lo contamos durante la cena a nuestros queridos papás, porque nuestros queridos papás siempre están diciendo que hacemos cosas feas, y no, no, señor, que es Huguito, con sus ojos verdes, pero de oírla gemir se le fueron las ganas, pobre zancuda, más alta cima erótica no podría alcanzar, preferible tú, tritona, a la caída de la tarde, ¡qué bellas ensoñaciones!, como es vario el arsenal, un automóvil, endriaga, me aplasta y a vivir, que la vida es corta, como es vario el arsenal y nada arregla, porque tú, unicornia, ni escucharme sabes…

—Se me acaba de ocurrir.

—Pero ¿no duerme?

—¿Quiere oírla?

—Es usted imposible, de los que se dejan o se cogen.

—Escuche. Al tipo estoy viéndole. Lo conozco, además. Digan lo que digan, la buena literatura se hace con la gente conocida.

—¿Es el protagonista?

—Imagínelo alto, corpulento, cincuenta años, pelo abundante y canoso, gánster de oficio. Maneja los asuntos de los licores y de las drogas y protege a los comerciantes del barrio por un precio moderado. Nunca mató. Le gustan sobre todo las delgadas, beber, las carreras de caballos. Nunca mató a nadie y, en las peleas a puñetazos, nada de patadas al bajo vientre. Un padrazo del vicio. Pero voy a contarle una nueva.

—¿Por qué?

—No interrumpa, ni quiera disponerlo todo a su antojo. Ésta es casi de ciencia ficción. Pero no tema, no comienza cuando el mundo acaba de ser destruido. No es mi estilo. A mí me dejan solo y ¿qué hago yo? El prójimo es necesario, ¿no cree?

—Sí, señor, si no nos ayudásemos los unos a los otros…

—Total, que ella y él deciden matar al marido de ella.

—¿Es la nueva o la del gánster?

—Deciden matarlo y lo planean para cuando, como todas las noches, el marido se quede dormido delante del televisor. El anciano es un inconsecuente y, encima, aficionado a la televisión. Para tener éxito, hay que hacer antipática a la víctima. Da mejor conciencia al lector, mientras el lector mete también el cuchillo.

—¿Se lo cargan a cuchillo?

—¿A quién?

—Al marido de esa furcia.

—No es una furcia. Ha planeado asesinar a su marido simplemente y su amante le ayuda.

—Si eso no es ser una furcia… Un pendón de mujer, vamos.

—A cuchilladas, sí, y cada uno con su cuchillo exactamente. Esperan. El marido cabecea. A la pelirroja de la película la persiguen por los tejados. El marido ronca. ¿Me sigue?

—Claro que sí. Entran y…:

—Entran y le tiran el primer envite de cuchillo. El marido, que duerme con un ojo abierto como todos los gagás, despierta. Por el rasgar del aire, ¿comprende? Se levanta con una cuchillada en un hombro y les planta cara. Ellos se aterrorizan. Ahora es preciso matarlo como sea. La mujer, por la espalda, logra meterle una puñalada por el bazo, que le hace girar, para recibir otra del amante en el vértice del esternón.

—Calle.

—Hay que sujetarle, porque se mueve demasiado, y él le sujeta los brazos atrás, ¿lo ve usted?, de manera que a ella le resulte cómodo asestarle una tanda donde caiga y a dos manos. Le dejan. El rasputín del marido conserva aún hígado para apoyarse en la pared, sin dejar de mirarlos, de mirarlos y, no se ría, mirando aún la televisión. La pareja se precipita a ordenar la habitación, a borrar huellas. Pero, de pronto, sugestionados por aquella mirada, miran también y allí, en la pantalla, está proyectándose la escena del asesinato que ellos dos acaban de cometer. El marido, por fin, se desploma.

—O sea, que… Oiga, ¡es algo tremendo! Ellos ven en la televisión el crimen que están cometiendo y son ellos mismos y el mismo marido.

—Lo ha entendido.

—¿Cómo puede ser? ¿Había una cámara oculta?

—Le advertí que era de ciencia ficción. Ya se ha marchado el sol de aquí. ¿Le apetecería pasear?

—Sí, gracias. Tiene usted unas ideas…

—No olvide su libro. A todo el mundo se le ocurren.

—Es verdad, el libro… A mí no se me ocurre eso así me esté pensándolo diez años. Soñar sí, sueño historias horrorosas, como si yo fuera otra y me pegase.

—¿Lo ve?

—Cuando me despierto, no me acuerdo de nada. Pero me queda como un temblor.

En las umbrías sendas, abubilla, a la propicia zancuda y hasta facilitaría la operación suponiéndome otros designios, placer agotador, hoy no porque es domingo, mañana no porque es lunes, pasado porque ya lo haré, ¿te habré matado y no lo recuerdo ahora o estoy empezando a recordarlo?, lo esencial, basilisco, es que no nos llegue la última hora sin haberlo hecho, la zancuda valdría, ¿que es de baja condición?, perversiones como de las tuyas, lamprea, pura pretenciosidad, qué buen domingo en la cama, pulgona, sudando sueño y gandulería, y tu hombre matando, toda la santa tarde matando, la zancuda se presta, tampoco pierdo nada por intentarlo, ni me conoce ni me dejaría yo reconocer en caso de un fallo, pero no me fallará, salamandra, que la zancuda no sabe mirar como tú y además ahora estoy decidido, lúcido, emprendedor, lo malo es complicar las cosas fáciles, que es lo que siempre tú has hecho, pantera, ¿qué digo pantera?, gonococo.

—¿Prefiere bajar hasta el río o seguimos por el bosque?

—Seguimos. ¿Vive con su familia?

—Con mi padre y un hermano. El hermano se nos casa, y para

mí, mejor, porque como se quedan a vivir con nosotros hasta que ellos encuentren piso, tendré la ayuda de mi cuñada. Y usted, ¿vive con alguien?

—Si quiere, le cuento la del gánster.

—La del cincuentón canoso que apostaba en las carreras de caballos, ¿eh? Me acuerdo, para que vea.

—Un padrazo, ya le digo. En el barrio le apreciaban. Era listo, astuto, con una especie de astucia femenina para hacer daño aguantando solo. El daño necesario. Un día, por un asunto tonto y por ser leal a los suyos, le cogieron y tres años a la cárcel. La gente se portó bien. Le cuidaban, le esperaban, hablaban de él. Casi unas vacaciones. Engordó, como en las vacaciones. Se aburrió, pensó poco, muy poco, pero pensó. Que envejecía, una de esas ideas que parecen al principio de juego, para entretener la melancolía. Bueno, tres años y una mañana de sol, a la calle. Se bebió tres jarras de cerveza helada, respiró hondo, caminó hacia casa. El barrio no había cambiado; más mugre, eso sí.

—Pero no es de crímenes. Me gusta la que más.

—Las mujeres, los puestos del mercado, el coche de riego, las radios, las muchachas en las ventanas y los niños. Al pasar, ya le digo, nada, que acaricia el pelo a una pequeñina de unos diez años, que ella le sonríe, que dos pasos más allá le parece oír a la niña gritar que ése, ése es, se vuelve extrañado, con la sonrisa todavía en los labios, y desde una esquina le meten una ráfaga en el estómago. Luego medio despierta en la cama del hospital y entonces sí que piensa.

—¿En la niña?

—No se detenga ahí, entre los matorrales.

—La niña estaba de acuerdo con los criminales, ¿no?

—Hace usted preguntas de muchacha boba.

—Es que sus historias no terminan.

—Porque nunca termino nada. Ni de nacer. Fíjese con atención y me verá aún entre los muslos de mi madre.

—No se enfade.

—No haga preguntas cretinas.

—Algún día, sin darse cuenta, terminará una historia.

—Peor para usted ese día.

—¿Le gusta enfadarse conmigo?

—No entiende usted nada. ¿Cómo puedo aguantarla? Váyase, váyase. Si no sirvo, no hay por qué terminar las historias. Y sé muy bien quién es la niña y el viejo que se hundió en el mar. ¡Lárguese, que no voy a tocarla! Y no venga sola al campo, ni hable con desconocidos, ni deje que la toquen sus compañeros de oficina. Ande, déjeme en paz.

—Yo…

—Usted me harta. A los que son como usted o se les suprime o le suprimen a uno. ¿Quiere largarse? ¡Corriendo!

—Pero… lo que yo digo… no llore usted, hombre…, que seguramente no es para tanto. No llore.

Te darás cuenta de que no he vuelto y mañana harás gestiones, te lo dirán y, reconócelo, alguna admiración vas a sentir, castora, allá también yo pensaría y me bebería tres jarras de cerveza helada y el niño granujiento te señalaría, ésa es, que no llegarías ni a verme la cara, un poco de admiración, mi foto en los periódicos, y alivio, claro, y curiosidad, él se había quedado atrás, pero ella le esperó, riña de novios y ni siquiera pensé en la escopeta, pero ella esperaba mucho en los matorrales, no había niños, todo aconteció en el paraje denominado La Trocha, donde el sol a las indicadas veinte y doce no estaba presente, aun así no debe tolerarse el espectáculo, que suele llegar a más, a atentado a la moral pública en descampado, obrando en consecuencia me salí del camino, despacio, digno, oculto, pero llegué tarde y no había atentado, sino que le retorcía el cuello y el asesino, ése, ese mismo, juro que no lo declaro por favorecerle, tenía lágrimas en los ojos, estuve a punto de soltar el seguro, pero habría caído ya sobre el cuerpo inerte de la infortunada joven, yo opino que no llegó a la violación, sería historia antigua, que él la odiase desde hacía años o de familias encontradas, no me salí de la ordenanza, que con la furia estuve a punto de matarlo, que me perdone su señora, víbora, manda ya a buscar otra, urraca, que la zancuda supone que me ha confortado y van a acabar sus prendas íntimas en mis bolsillos, o despertarte, lobezna, llevándola en brazos, rígida, yerta, y tirártela encima…

—En serio, ¿quiere que me vaya? Me gusta que sonría. Yo antes no había conocido a nadie parecido a usted. Perdone que entre donde no me llaman, pero yo no tengo que ver, supongo, ¿verdad? Usted a lo mejor necesitaba compañía. Toni, me dije… Me llamo Antonia, ¿sabe? Pues eso, que me dije, Toni, él tiene aspecto de bueno, buenísimo, y entonces se me ocurrió que a usted le pasaría ese problema de sentirse solo…, ¡ay!, no se acerque tanto…, el problema de sentirse solo en la vida. Como yo me siento muchas… Pero… Espere, que acabamos de conocernos. Las manos, quietas. Me hace daño… No, no importa, vamos, sigue… ¡Qué vergüenza, si acabamos de conocernos…!

—Llevándote en mis brazos.

—No te entiendo. Y no hables tanto.

… encima de la cama, flemático, enigmático, apático, yegua, que da mucha apatía acabar de matar y llevarle a la esposa el fruto del trabajo, si uno te recuerda, serpentaria, maldita hidra, volando, gaviota, por mis ideas, y luego te encuentra, ladilla, uncida a esa imagen que he olvidado, no desesperes, inserta anuncio en la prensa diaria, discreción colocados, a ser posible limpio, domesticable, digerible, con mejor dotación orgánica, absténganse uxoricidas, para sufrir el que tuve, libélula, la oferente pone carnes restauradas, talento, pasado, posición sexual, a veces invertida, simia, aunque me olvides, ahora, becerra, te los estoy poniendo, disculpa un instante que uno tiene que abrir en canal a la zancuda, que no todas, abejorra, sois distintas.

—No, no, no. ¡Eso no! Además, que no te gusto. Se te nota mucho que yo no te gusto.

—¿Quieres que te cuente otra?

—Déjame que apoye la cabeza en tu pecho. Parece que se ha levantado un poco de viento. Si te molesta que te abrace, quito los brazos. Anda, cuéntala. ¿Es de horror?

—Como todas las mías. Pero minuciosa, técnica, casi científica. Un crimen perfecto. Al final, cuando el policía tiene todos los datos, cuando parece que ya lo sabe todo y lo va a descubrir…, nada. Que no puede descubrir quién es el asesino, que no puede y no puede. Así termina. ¿Te ha gustado?

—No.

—Pues es la mejor.

—¿Eres casado?

—¿A que al lector le daría un ataque de nervios?

—Oye, si no eres casado… Ahora, de noche, no me importa. Si es que no eres casado.

—Soy casado.

—No te gusto nada. Tú estate quieto. Te beso yo. Estate quieto. Pero, hijo, ¿qué crees?, ¿que voy a matarte? Con poca luz, te beso yo. Y, mira, no me da vergüenza.

—Un día, con tales ideas, te quedas preñada.

—¿Dónde vas?

—Me marcho.

—Pero ¿me dejas así, sin más?

—Si lo necesitas, te doy para el billete de vuelta.

—Espera, espera, que me voy contigo.

—No me gusta ir en el vagón con una mujer cogida a mi camisa.

—Pues me voy a ir contigo. ¿Por quién me has tomado? Tú estarás loco, pero yo no te dejo. O no haberme hablado el primero, cuando estaba tranquila, leyendo a la sombra, sin decirte nada, sin preguntarte la hora, ni parece que hace buen tiempo, ni un cigarrillo.

—Calla, flaca, que mareas.

—Callo, pero me voy contigo, que tú a mí no me dejas diciendo que ya volverás el próximo domingo, y no te veo más el pelo. Espera que me sacuda la tierra de la falda, que me la has puesto hecha una pena. Si es por el billete, yo pago los dos.

No pierdas la esperanza, murciélaga, que yo no la pierdo, descuida, y un día te sorprendo, quizá cuando creas que ya me ha vencido la resignación, porque, bípeda, uno no puede abandonar este valle de lágrimas, está comprobado, sin haberse dado el gusto, sobre todo que esta inmensa multitud de chivos expiatorios a mí, carroña mía, me provoca, grasienta de confianza va encaramada a mi brazo, ella ya tiene víctima, pero el domingo que viene, quebrantahuesos, a esta desdichada víctima le va a pagar unas copas la zancuda.

(1968)

Nunca la tuve tan cerca

Hay coincidencias que se cuentan y no se creen. Porque estaba yo, desde que había despertado de la siesta, pensando —todo lo que me permitía la acidez de estómago— que mi situación la arreglaba únicamente un terremoto, la guerra, una epidemia o el suicidio, cuando oigo sonar el timbre, me levanto, voy, abro, entra Pascual y en el mismo vestíbulo me anuncia:

—Se acaba de declarar la guerra.

—¿Contra los antiguos revolucionarios?

—Sí, claro.

O sea, que estábamos ante un asunto mollar. Por vez primera en los últimos cinco años dirigí la palabra a mi mujer:

—Suzy, trae café y coñac. Que no sea de recuelo. El café.

Pascual, colgado del teléfono y enmarañado en sus propios aspavientos, le ordenaba a Hertha se presentase inmediatamente y ya Suzy traía la cafetera, la botella, las copas, las tazas, y olvidaba —como siempre— el azucarero.

Por si se trataba de una de sus distracciones, le pedí precisiones a Pascual. Que por la radio. No teníamos. También por la televisión. Habíamos vendido el televisor la semana pasada. A cambio, a Suzy le cogía el evento con un aceptable depósito de conservas. Que las abriese con los dientes, las latas, y no interrumpiese. ¿Quién la había declarado a quién? Ni lo sabía, ni le importaba. Le sobraba razón; a caballo regalado no le montes con remilgos. En la calle —eso lo podía asegurar— los grupos eran muy numerosos e, incluso, se formaban manifestaciones. Ignoraba si en pro o en contra. Esperaba él que contra la guerra. El cretino.

Tan rubia y broncínea, tan desnuda, puesto que parecía llevar el mínimo vestido bajo la piel, tan hermosa como agitada de carnes, Hertha llegó al diván sin que mis brazos pudiesen retenerla ni para un saludo. Sentada, la falda se le quedó invisible. En mi tórax resonaban tambores y aullaban hienas. Suzy y Hertha se besuquearon y resultó que Hertha se había traído su depósito de latas de conserva. Pascual cerró el ventanal, como si los vidrios fueran a detener la radiactividad, y nos solicitó asilo. Que se quedasen, aunque los cuatro tuviésemos que dormir en la misma cama. No había por qué; en aquella casa, a pesar de todo, quedaba cama de huéspedes. Ni le repliqué a Suzy, que se envalentonaba, creyendo que las anormales circunstancias le daban derecho a un trato de ser racional. Me acabé la copa, me puse el traje azul marino, cogí el cuchillo de monte y anuncié que corría a cumplir con mi deber.

Suzy de entrada enganchó la oportunidad y, golpeándose las sienes, intentó abrazarme. Rechazada, Pascual me abrazó, mientras abrazaba yo a Hertha. Crucificada en el hueco de la puerta, gritaba Suzy como en los últimos tiempos de nuestra luna de hiel y primeros descensos al infierno (de nuestra vida en común). Grité más que ella y, sollozando, se me enroscó, de hinojos, a las piernas. Sin embargo, se soltó al primer rodillazo. Por la caja de la escalera sus tres voces me rogaban prudencia, tal que si yo marchase a un consejo de acreedores y no a la conflagración.

Efectivamente, las calles chorreaban multitud. Apesadumbrada multitud, aunque la mayoría de ellos estarían asqueados de su mujer, con el negocio en ruina, acribillados a facturas y pateados por sus parientes poderosos. Aun así, apesadumbrados. El pueblo, ya se sabe, nunca comprende nada.

El tipo de la garita me comunicó que habían ido al almacén a buscar los impresos, pero que no me preocupase, que era yo el primero. Le di un cigarrillo y, natural entre compañeros de armas, me pasó la metralleta mientras se buscaba las cerillas. Lo de los impresos no podía retrasarse mucho. Además, no hacía mala tarde. Un poco de calor. Un poco de calor, concedí al tiempo que llegaba el Noble Anciano y se le participaba el asunto de los impresos. Le molestaba ser el segundo, ya que en los últimos lustros había esperado que nadie se le adelantaría, cuando el gobierno se decidiera a declarar la guerra a los antiguos revolucionarios. La condenada ocasión allí estaba y eso era lo reconfortante. Como se nos podía considerar de la casa, en tanto el de los impresos regresaba del almacén se nos invitaba a penetrar en el patio, que él nos reservaría los dos primeros puestos, para que, llegado el momento, eligiésemos unas buenas botas, dado que, con tanta paz, casi todos los pares se encontraban podridos o descabalados.

El patio amplio, de guijos puntiagudos y brillantes, con olor a estiércol y a napalm, era una hermosura. El Noble Anciano se apoyó en mi brazo, a fin de no desnucarse contra el pavimento, y le pregunté dónde tenía el cáncer. En la vejiga. Cortésmente se interesó por la localización del mío. Lo mío no era cancerígeno, sino afectivo-económico-judicial. La Arpía (Suzy) contra el Ideal (Hertha). Mi talento contra los tribunales. El mundo emponzoñando mi felicidad. A cada edad, sus preocupaciones. No obstante, siempre acaba por sonar la hora de la revancha. El Noble Anciano gruñó que no me fiase en exceso de nuestros impulsos digitales, que lo mismo apretaban antes el botón los antiguos revolucionarios, visto el estado paupérrimo de nuestra organización, como el tipo de los impresos estaba demostrando.

Un toque de clarín llenó de guarnición el patio. Nada más ver al Invicto Hoc, el Noble Anciano y yo comprendimos que, con un hombre semejante, el camino a la victoria iba a ser un paseo dominguero. Ante la formación, el Invicto Hoc nos impuso las medallas Al-Que-Llega-Primero y Al-Que-Llega-Segundo, respectivamente. Con las condecoraciones prendidas, le advertimos que alistados no podía aún confirmarse formalmente que estuviésemos. Bronca general. Séquito destacado al almacén. Que nada, que estaban a la vista, pero que el deficiente recluta encima era analfabeto. El más corpulento del séquito ofreció sus espaldas como pupitre y el intelectual hizo de amanuense. Al fin, aptos para la batalla.

En la sala de mapas el Invicto Hoc nos nombró ayudantes de servicio permanente. Con la medalla y el nombramiento, al Noble Anciano se le aguaron los ojos. Los del séquito y el Invicto Hoc dedicaron su talento a rayajear unos mapas con compases y tiralíneas, mientras el Noble Anciano y yo buscábamos bocadillos y, de paso, noticias. El Noble Anciano los trajo de escabeche, de lechuga, de chorizo y de escabeche con lechuga. Yo, malas nuevas. El Invicto Hoc llamó al mando central y les preguntó a qué esperaban para fusilar a los conscriptos que no se presentaban. Que rápido o les iba a mentar la madre.

Aproveché la línea para hablar con casa. Hertha, Pascual y ella no se separarían, que, juntando los miedos, se daban ánimos. Alguien había llamado a la puerta pero no abrieron. Que no abriesen. Estábamos en guerra, y en tiempo de guerra cobrarle una letra a un combatiente —o intentar cobrarle— no sólo era una cochinada, sino alta traición. Que bueno y que se iba a ir a cenar. Que si estaba tonta. Y que, con lo del miedo, no fuesen a caer en un *ménage-à-trois*.

Nada más colgar yo, el mando central. Estaban enterados de la declaración de guerra, pero no absolutamente decididos a seguirla. El Invicto Hoc les mentó la madre, como había prometido, y les llamó pacifistas y comemierdas, puesto que, si de lo que se come se cría, lo que no se usa se marchita, y ellos habían criado mucho sosiego. En consecuencia, los destituía, nosotros —incluidos el Noble Anciano y yo— constituíamos a partir de aquel instante el único y verdadero mando central, dictábamos bando de alistamiento voluntario bajo pena de fusilamiento sumario, y que ya estaban enviando las claves, llaves de contacto, esquemas de radiactividad y demás papeles concernientes a la bomba. Tras lo cual, lo mismo que un torero la montera, el Invicto Hoc, entre vítores, arrojó el auricular contra los mapas.

Con las primeras sombras el patio se fue llenando de voluntarios, entre los que se encontraban algunos de los jenízaros del depuesto mando central. Antes de la cena el Noble Anciano y yo éramos ascendidos y, hacinados en unos cuantos coches con el resto del séquito, por la ciudad oscura como un cementerio africano y libre como mis deseos de Hertha, nos trasladamos al palacio del gobierno, donde hasta en las escaleras discutía la jauría de funcionarios, a ladridos los teletipos. El jefe dijo que recibiría al Invicto Hoc solo y sin pistola. En un salón el Invicto y yo deliberamos y, a cambio de su pistola, le entregué mi cuchillo de monte. Inmediatamente, dispuesto a agotar sus reservas de paciencia, fue introducido en el despacho del jefe.

La cosa se puso que llegué a temer lo peor. Si por la tarde resultaban alentadoras, las noticias coincidían ahora en transmitir la angustia, las dilaciones, la marrullería, la falta de decisión de los ciento veinte gobiernos con armamento nuclear. Nadie se decidía a desintegrar a nadie, a no ser que alguien comenzase a desintegrar a alguien. Para quitarle leña al fuego, varias docenas de representantes de otras tantas religiones desembarcaban en Roma, empecinados en oponerse a la declaración de guerra, acto que ya ni se sabía quién había efectuado. Me vi —repito— desayunando al día siguiente frente a Suzy, recibiendo a los del juzgado, aceptándole a la familia un empleo en una fábrica, suplicando in mente una mirada de Hertha. Hay instantes en la guerra en que un hombre puede encanecer de golpe.

El Noble Anciano irrumpió en palacio. Las oficinas de alistamiento se vaciaban. La radio transmitía comunicados y discursos, no marchas marciales, como si quisiesen debilitar aún más el espíritu de las masas. En dos horas todo el trabajo que nos estábamos tomando podía irse al carajo de la paz. Incluso el séquito se había trasladado a sus hogares, con el pretexto de recoger pijamas y cepillos dentales.

—¿A sus casas? A sus pocilgas.

—¡Pura roña pustulosa! —les definió el Noble Anciano, rugiendo.

La incertidumbre me llevó al teléfono. Pascual, en el sótano. Ella, una vez que colgase, al tejado. No estaba dispuesta a quedarse enterrada. Prefería caer desde lo alto, escombro más o menos. ¿Y Hertha? Hertha, pataleando en la cama y desgarrándose las vestiduras. Que si el desgarro era metáfora. Que literal y que allá cada uno con su histeria. Me deseaba una muerte veloz, siendo la última ocasión que en este mundo hablaríamos. Que le diese tila a Hertha y la cubriese con la colcha, por lo menos. Yo, si mis deberes bélicos me concedían un segundo de tregua, me acercaría a poner orden. El orden —ansiosa de subirse a las tejas, así lo dijo— me lo guardaba donde yo no ignoraba que me cabía. Y cortó la comunicación.

El Noble Anciano, sonriente, me llamó, me tomó de un brazo,

nos abrimos paso por la desbandada de funcionarios y, desde el umbral, me mostró —con evidente oficiosidad, porque la sangre me lamía ya la punta de los zapatos— al jefe y a sus quince ministros, degollados. El Invicto Hoc, con mi cuchillo de monte y el teléfono en la diestra, participaba a los medios informativos el cambio de situación gubernamental, y sacudía la siniestra en el aire, goteante y aún temblona del esfuerzo. Además del gran hombre que el Noble Anciano y yo habíamos adivinado, nuestro presidente Hoc era zurdo. Pocos minutos después, en tanto retiraban cadáveres los camilleros, el Noble Anciano juraba el cargo de ministro del Átomo, y yo, de Comercio. Firmé un decreto de anulación de documentos crediticios emitidos en los últimos años y, a la madrugada, nos instalamos en la torre de la base de proyectiles con cabeza atómica, dependencia del Ministerio del Noble Anciano. Todo se lo habían dejado abierto y, despedidas las mujeres de la limpieza, allí, una vez dispuestas las rampas de lanzamiento, sólo bastaba con apretar el botón. Los botones, puesto que teníamos para los tres y todavía sobraban.

Entonces, el presidente Hoc nos pidió esperar.

—¿A qué?

—Habrán meditado ustedes las muy probables consecuencias del acto que nos disponemos a ejecutar, señores ministros. No debo ocultarles que, por mucha eficacia que imprimamos a la ofensiva, quizá los antiguos revolucionarios no queden totalmente destruidos a la primera y, en cuestión de minutos, repliquen.

—¿Y qué? —volvió a razonar el Noble Anciano.

—Hombre, que nos pulverizan.

Las facciones del Noble Anciano reflejaron honestamente el mordisco —de su cáncer y su bilis— en el bajo vientre. Magnífico, justiciero, estratosférico, su índice sobrevoló el pulsador de los cohetes. El presidente Hoc asió el dedo del Noble Anciano a medio centímetro de la baquelita.

—Señores, sin duda he sido malinterpretado. Estos misiles se dispararán. Lo juro. Únicamente, que dentro de seis minutos. Les ruego que me aguarden seis minutos. Soy llamado el Invicto, porque jamás tuve ocasión de pelear. Desde mi más dura adolescencia he anhelado este momento, he vivido por él, para él he gastado energías, fortuna y talentos. Tengo derecho a sentarme en el trono.

—Sí, señor, eso sí —reconoció el Noble Anciano—. Si lo que usted quiere es sentarse en el trono y que, arrellanado en el trono, le coja la respuesta del enemigo, nada tengo que oponer. No seis, sino quince minutos tiene usted, excelencia, para regresar a palacio, vestir los ornamentos y consumar sus legítimas aspiraciones. Además, señores —la voz del Noble Anciano vibró como un fleje—, venceremos al primer disparo. Y, tras la victoria, nos quedarán todavía enemigos que aniquilar.

—Los interiores, faltaba más... —dictaminó el presidente Hoc.

—Pero a ésos habrá que fusilarlos o gasearlos —dije.

—Un cuarto de hora, ¿eh? —De un brinco llegó a la puerta.

—Confíe en mi palabra.

Acompañé al presidente Hoc hasta el helicóptero y, con una exactísima clarividencia, comprendí que a mí también me había llegado la oportunidad estelar de mi vida. Por asegurarme que Pascual seguía en el sótano y Suzy en el tejado, telefoneé.

—Ven —susurró su voz, enronquecida por el terror—. No aguanto más.

—Voy. ¿Te has quitado toda la ropa?

—Dicen que unos perturbados se han apoderado del gobierno, que nos quedan minutos de vida...

—Quince. Espérame.

Me apoderé de un automóvil. Conduciendo con una sola mano, me despojaba de la chaqueta, de la corbata, de la camisa, y atrás quedaban los edificios sombríos, las avenidas desiertas, el aire expectante. Ante mí, Hertha…

El resplandor me acaba de inmovilizar, como si yo hubiera frenado. Asciende el cono de luz, en silencio (y nunca oiré su estruendo), apoyadas las ondas de fuego —escarlatas— en las espirales —anaranjadas— del vacío que se crea a sí mismo, que estira los poros de la piel y rasga mis dientes. El condenado viejo no ha podido esperar.

No oiré el estruendo, que se producirá en los próximos segundos, ni mis manos jamás acariciarán esa carne deseada, ahora que, estando tan cercana e inevitable la muerte, nadie me habría impedido arrojarme sobre Hertha.

Asesino impaciente.

Maldito viejo, con su maldita bomba. Miserable.

Como él nada tiene que perder…

(1970)

Las infiltraciones del domingo

Si alguna de esas noches que las carga el diablo.

JAIME GIL DE BIEDMA

Sale usted de casa y se acuerda, antes de salir, de apretar los grifos del agua y del gas, de desconectar el artilugio de los voltios y de dejarle a la persiana algunas lajas separadas, para ventilación, y se preocupa usted, a conciencia, de que la jaula del canario no quede en corriente de aire y que tenga a pico el canario su alpiste, su hojita de lechuga, su agua y su terrón de azúcar; tampoco se lleva usted el teléfono, porque nadie se lleva el teléfono cuando sale de casa, aunque el teléfono no esté considerado prácticamente mueble, como demuestra que, a estos efectos, usted comprobará que no olvida las llaves, el pañuelo, la documentación, el dinero, los cigarrillos y, sin embargo, usted no comprobará si lleva o deja el teléfono, igual que deja usted la cama, los sillones y las alfombras, y las cacerolas, y el botiquín polvoriento del cuarto de baño y todos esos infinitos inventos, más o menos transportables a mano, que rellenan el vacío entre las paredes, y en el mismo orden de costumbres ni usted, ni nadie que usted conozca, se lleva a la criada, a no ser que, estando aún la criada en casa, la criada y usted decidan cargar juntos con la tarde del domingo, a solearse, que puede ocurrir, si bien no suele acabar dichosamente, recuérdelo;

tal tipo de historia empieza ruidosa y aventurera y termina como ya le dijeron a usted sus viejas tías, que conservan ideas sociales todavía claras, por lo que nunca se les habría ocurrido llevarse, al salir para la iglesia, el teléfono (a manivela y tubo), ni el canario, ni el bidé, y, al fin y al cabo, ellas fueron educadas a viajar con abundante impedimenta, y eso les disculparía de andar para la novena con canario, brasero, sombrerera y baúl mundo, ítem más con doméstica, sin dejar por ello de ser una excentricidad, imperdonable en usted, que viajó por vez primera hacia los treinta del siglo, llevarse el teléfono y el consiguiente laberinto de avisar a la compañía y explicar, sin rubor, que se cayó, que los niños (de los que ni huellas se perciben en su casa sin niños) tiraron de semejante manera gansteril el chisme comunicativo, que, sin más daño aparente, quedó limpiamente desgajado de su cable nutricio, ni usted, oiga, ni el tipo de la compañía, ni la criada aquí presente, se creen tamaño relato, cuando más si corta usted el mencionado cordón umbilical con tijeras, que eso ya es aborto, provocado y criminal, lo haga usted, lo haga el ginecólogo de sus tías, la criada y hasta el tipo antedicho, por mucha bula técnica que la especialización le conceda, resultando, por tanto, más recomendable, si es que usted se ha empeñado en acarrear el teléfono para dar un simple paseo, que lo cuente así (a circunstancia excepcional, remedio excepcional), o sea, no mentir, que ni podría, fíjese, a la noche misma, antes de lo de la compañía, antes de la cena, antes de lavarse las manos, nada más entrar con ese bovino entrar de los domingos crepusculares, ya estaría usted oyendo señorito andá señorito qué le ha pasado al cacharro que se ha estampao o qué señorito pues menuda ahora vete a saber lo que nos hacen esperar esos pachorras y ya me dirá señorito mi novio y sus señoras tías y el de la tienda y para saber la hora y que el despertador ande a la hora y la vecina de enfrente y la misteriosa que siempre dice que se equivoca y lo mismo es pretexto o choteo, porque de todo hay, y como a veces ligan, llaman a la desesperada; así que, escuche, mejor no arranca usted el teléfono y sale usted de casa con la tranquilidad de que el gas, la electricidad, el agua ni, respectivamente, intoxicarán, electrocutarán, ahogarán, y se preocupa usted, antes de salir, de su hojita de lechuga, de su alpiste, de su terrón de azúcar, de que la jaula no quede en corriente de aire, y regresa usted a la noche y se encuentra usted al canario fuera de la jaula, que ha descolgado porque probablemente le molestaban los timbrazos, y, diga, ¿qué hace usted?

Por ahora, nada. Por ahora, sale usted no más que por no quedarse, y en la primera esquina, apenas reconfortado por el aire y por el sol, ya ha visto a ese que hace un gesto a aquella que camina por la otra acera, una seña inocua, con la cabeza, intraducible para alguien que, como usted, no les conozca; pero ¿qué sucede?, dos se cruzan y se saludan en mudo, no es casualidad, porque lleva usted algo así como tres calles recorridas y todo sujeto/a que usted ve hace por lo menos un visaje en silencio a otra/o ciudadana/o, y usted parpadea a veinte por segundo y, al tiempo, medita que no todos han de conocerse y que, de conocerse por parejas, podrían hablarse, o detenerse, o hacerse cortes de mangas, en todo caso a usted no le parece lógico que esta tarde todos los transeúntes gesticulen, comedidos, naturalísimos, incesantes y promiscuos, transformando la tarde en campo de aterrizaje de marcianos, en el apocalipsis sin tramoya, en la atómica psíquica, en el domingo que le ha caído a usted, que aprovecha la farmacia de turno y se compra un analgésico omnicalmante, salvo para las visiones o, mejor, para la falta de visión, dado que tanta gesticulación le ha impedido percibir hasta abandonar la botica que no circulan vehículos por las vías públicas, quizá porque es festivo, quizá al doblar la esquina, quizá cortaron la circulación por alguna solemnidad oficial, ganas, amigo, de endulzar el fenómeno, de tal forma que usted piensa (como se piensan esas cosas, deprisa y sobre grasa) que usted se ha vuelto loco, pero no hay síntomas, y, sobre todo, no es de noche, todavía no regresó usted a su casa, aún no se ha encontrado —y verá la que es buena— al canario descolgando el auricular, porque a la puñetera ave los timbrazos le fastidian, ésa es la ventaja, la única, que queda mucha tarde por delante.

Así, usted, como si la pantomima no fuese con usted, llega al parque, se sienta en una silla de hierro, le cobran a usted la ocupación (y deberían pagarle por la tortura), durante un tiempo (si es que el tiempo transcurre, especula usted con elegante ironía) usted no contempla nada extraordinario, en parte, porque está usted de espaldas a la glorieta y sólo contempla, imagínelo, la pradera en declive, los sauces, los gorriones, unas piedras, unas nubes, una estatua, una nube de hollín que cierra el paisaje, y, luego, esa paz del domingo, esa fofa bobería del domingo solitario, que a usted (y a cualquiera), poco a poco, sin zanjas, le va conduciendo a considerar la soledad, el dinero que puede usted gastar antes del final de mes, el dinero que le hará gastar a usted quiera o no quiera usted su criada, el lenificante descubrimiento de la soledad no superado por ningún progreso técnico, sus calcetines, y vea que hizo bien, aparentemente, en dejarse el canario en casa y en no arrancar el teléfono, dígame si no qué carajo pinta usted aquí con la jaula a sus pies y el aparato en las rodillas, no siendo considerado, en la civilización de la que usted es partícipe, el teléfono como objeto de ornato personal y, tal como el mundo rueda desde que salió usted de casa, expuesto a que, colgándole los cables, empiecen a sonar timbrazos sobre sus rótulas. Cada cosa en su sitio. Salvo (y no vuelve usted la cabeza) que no hay automóviles y que los peatones, por parejas, se

dirigen gestos a distancia. Usted tiene un rapto interior de valor
—inconmensurable— y decide, si encuentra uno, abordar a un
guardia oiga usted qué pasa esta tarde.

Al guardia acaba de dirigirle un guiño un ama de cría, que em-
puja cochecito. El guardia raja el aire con la mano derecha abierta,
como una cuchilla. Usted interpreta que el guardia se muestra conforme en desmembrar a la criatura, que supone usted porta en el
cochecito el ama. Al aproximársele usted, el guardia se lleva la mano al adecuado lateral del casco y usted me dirá, señor. Usted decide, con independencia de sus derechos civiles, plantear el asunto
sin brusquedades. Opina que hay poca circulación de vehículos. El
guardia que sí. Rectifica usted su opinión, la matiza y el guardia ra-
tifica que esta tarde no hay ninguna circulación de vehículos. Usted
olvida que no debe preguntarse nunca su criterio a un inferior —en
la escala social, se entiende— y requiere el dictamen del guardia
acerca de las posibles causas de la afonía ciudadana. El guardia, que
no es sordo, sino lerdo, ruega repetición de la pregunta. Repite usted y el guardia, sonriente, no está enterado, pero, señor, si lo desea
puedo recibir su denuncia y la elevaré a la superioridad en terminando mi servicio en el parque. ¿Qué decisión adopta usted?

Antes de responder, considere que nadie le ha dirigido gesto alguno, que —es una manera de hablar— usted va por las calles como
el hombre invisible. ¿Qué decide? ¿Presenta usted la denuncia?
Preséntela y usted ya no será dueño de los acontecimientos. Es
más, si formula la denuncia, desencadenará usted un torrente de
papeles, que pueden ser su tumba.

Usted no presenta la denuncia y sigue paseando, entre gestos,
eso sí, horadado por la autorrecriminación, arrebujado en sus lla-
gas, porque usted sabe que no se cambia a su edad de usted, ni se
cambia a los veinte años, ni se cambia a los cinco, ni se cambia

cuando uno viaja en cochecito locomocionado por ama seca, de tal modo que usted no resiste más, máxime que desde hace media hora todas las mujeres que circulan por el parque son altas.

¿Cómo preguntará a un guardia por qué todas las mujeres son altas, si no ha osado usted llevar a sus últimas consecuencias una simple inquisición acerca de la ausencia de vehículos? Usted se resigna a su manera de ser y, si no se resigna, se suicida, pero usted no se suicida, porque ni usted, ni el lector, ni yo carecemos de principios, morales al menos, así es que usted coge un taxi (cuando hay dinero, todo se arregla) y, dada la falta de circulación, en un tiempo récord, entra usted en un bar, donde la penumbra le acaricia, la música le muelle y, nada más acomodarse, una guaja arruga la nariz en su honor. Usted finge no haber visto, pero ella atraviesa el necesario trecho de local, se sienta, hola, guapo, y usted se encuentra con dos whiskies a su cargo de usted. ¿Qué hace usted con la desenfrenada ramera?

Consciente de que la prostitución es una lacra a la que no ha contribuido jamás, usted se considera con derecho a utilizar (no carnalmente) los servicios de la bigarda, en trance ya de empapar whisky y masticar almendras, único ser que, si puede decirse así, se ha relacionado con usted en toda esta tarde de domingo y hasta el momento, y cuya estatura es inferior a la suya, lo que le permite comentar que esta tarde todas las mujeres son altas, no monstruosamente, sino la más baja más crecida que cualquier hombre, sin olvidar que todo el mundo gesticula y que no circulan automóviles, a lo que la cortesana responde que, si usted la considera achaparrada, ella se vuelve al taburete, precipitándose usted, con un exceso de cortesía muy propio para el trato de mujeres generalmente tratadas a la baqueta, a dejar claro que ella goza de tamaño tranquilizador, lo ves, vidita, cómo ya sabía yo que tú y yo, pocholón, nos íbamos a entender, que no le des más vueltas, que es barato y no te preocupes por los coches, cerquita, y no nos harán señas si quieres sigilo absoluto hipersensible neurasténica discreción el botones nos busca un carruaje con cortinillas y nadie ni alto ni enano se nos guasea, presidente. Usted, que ya preveía gastos extraordinarios antes del final de mes, decide aceptar la oferta en el precio señalado, pero, conjuntamente, insiste en que le interesa sólo respuesta a sus preguntas en torno a las características de esta tarde o, caso de imposible respuesta, se le permita intercambiar discurso coherente respecto a tamañas peculiaridades. Ella, apurando whisky, llamando camarero, recogiendo bolso, alisándose falda, pinzándose sobre vestido faja, acepta que por eso no ha de quedar ricacho que una está acostumbrada a todo lo anormal lo medio normal lo casi anormal lo poco normal e incluso alguna vez también sufre lo normal que es un suplicio y no olvides dejar una buena propina al camarero; este bar es como mi oficina como para ti —para usted— es la oficina, pues mira, jefazo, tenías razón parece que todas las tías han tirado un par de palmos esta tarde qué será, siendo, por tanto, dos, al menos, los que os preguntáis, la causa de tales metamorfosis, con lo que se establece el consabido calor humano, que acorta las distancias hasta esta habitación convencional, donde ella se desnuda, antes de que usted se haya sentado en una butaquita, y ya la tiene, como antes habría podido tener el teléfono (ese que, por ahora, usted ignora que le descolgará el canario), en sus rodillas, y, sinceramente, ¿qué hace usted?

Usted habla. Ella asiente. Sigue usted hablando. Ella bosteza. En un alarde de brillantez metafórica, usted afirma que no le extraña nada de nada, que ahora mismo entra un bombero vestido de buzo y usted se queda impasible. Entra, sin llamar, la rufiana —una rubia de dos metros— y pregunta si alguno de los presentes ha formulado una denuncia, lo cual le regocija a usted esplendorosamente, despertándose la dormida y, una vez informada de que un guardia pregunta si alguien ha formulado denuncia, opina que mire doña yo que usted no daba información tienes razón zorrilla que le voy a decir que aquí en este prostíbulo no planteamos problemas a las autoridades ni yo ni los señores ni las educandas me has dado una idea raposa que te agradezco y que perdone usted —y usted— de la interrupción pero era asunto oficial y sigan ustedes holgando, entonces confiesa que su prometido presentó denuncia contra un banquero que se negó al precio acostumbrado, pero se le escapa un precio que es la mitad del precio que en el bar dijo ser el acostumbrado, y usted discute y gana en un tercio lo que ya daba por perdido, pero el tercio se lo da como regalito, lo que demora la marcha, arrumacos, es de noche, todo el mundo gesticula, todas las mujeres son altas y continúan vacías las calzadas, por lo que usted tarda una eternidad en llegar a su barrio, a su casa, a su piso, detrás de cuya puerta suena y suena el teléfono, y, cuando usted entra, el canario, que ha abierto la jaula, acaba de descolgar el auricular, probablemente porque resulta insoportable estar oyendo durante toda una tarde de domingo timbrazos telefónicos entre los barrotes de una jaula.

Pero aun así, algo se debe hacer, alguna actitud debe adoptarse. En principio, usted persigue al canario, rompe un cenicero, derriba un cuadro, raya con las uñas la pared y con la pared se quiebra las uñas, se encoleriza, amenaza, el canario se intimida y, atrapado, vuelve a la jaula, acontecimiento simultáneo a la recepción que usted sufre de una especie de jadeo, de entrecortadas procacidades, que una voz masculina emite en la alcoba dormitorio de usted, a la que, animado de ciega furia, catapultado por la exasperación, usted se precipita, en la que irrumpe y donde descubre frente al espejo del vestidor a un tipo, vestido con su mejor traje y su mejor camisa, calzado con zapatos de tacón alto, en actitudes lúbricas, que su entrada ha interrumpido, provocando un segundo de indomeñable pánico, una congoja súbita y una vergonzante derrota, manifestada mediante ininteligibles súplicas, durante las cuales y a pesar del bigote postizo usted reconoce a su criada, de rodillas rogándole secreto para su vicio, sus hábitos degenerados, con tal pesadumbre, con tal compunción, que usted, que en cierto modo calculaba aprovecharse del descubrimiento, se aturde, adopta (con una rapidez que sólo la comodidad justifica) una posición represiva y admonitoria y ordena a la muchacha se despoje de las prendas que no corresponden ni a su sexo ni a su condición, deje todo en su sitio vístase el delantal, la cofia y venga al salón convenientemente hablaremos, señorito, que no puedo remediarlo que a mí misma me prometo no volver a caer y en cuanto tengo la ocasión, señorito, me depravo y usted —y usted— conoce la flaqueza de los instintos la fortaleza de los instintos la imposibilidad de enderezar los meandros del río oculto de la existencia y encima (admite usted que la chica lleva su parte de razón) el atractivo de lo prohibido, de tal manera que reconviene usted a su sirvienta, le promete tratamiento facultativo, le pide la cena y sorprende al canario a punto de escabullirse por la puerta entornada de la jaula, cúmulo de sucesos que acaban con sus nervios.

Por eso, ahora me dirá, ¿qué hace usted? Por lo pronto, usted mata al canario, despide a la criada, denuncia el extravagante comportamiento de sus conciudadanos, la falta de circulación y el repentino crecimiento de las mujeres. ¿Sí?

No. Usted, que es persona de bien y razonable, usted que ha enfrentado situaciones espinosas, una guerra, una viudez, usted, que acepta la vida como es, no hace nada semejante. Escribe usted al director del periódico más sensato una carta, en tono ligeramente condolido, sobre sus observaciones dominicales; usted pone candado a la puerta de la jaula, porque eso sí, si usted consiente que el canario descuelgue el teléfono, un día puede encontrarse con el canario reclamándole a usted un jornal; y, antes de conectar el televisor, autoriza a la chica (¡qué caramba!) a que use alguno de los pijamas que usted pensaba desechar, y la chica ríe, y usted le palmea la nalga a la chica, y la chica ríe más, y usted, que acaba de conectar el televisor y se encuentra con derecho a un poco de paz en esta jornada que parecía sin fin, advierte a la muchacha que nunca defraudará usted a sus tías, señorito, una servidora jamás ha pensado que usted fuese a casarse con una servidora, así que, empezando a rumiar imágenes, usted aún considera si no será más conveniente el próximo domingo sacar de paseo al canario, al travestido y al teléfono.

(1970)

La guerra de Chile

La persecución y acoso de Horacio Cálamo comenzó por entonces, antes de la guerra de Chile y a pocos meses de las elecciones. Por aquellas fechas, como recordarán los aficionados a los asuntos del espíritu, Horacio gozaba de una merecida fama de escritor resistente. No sólo había resistido cuarenta años de dictadura orgánica, sino que, durante la cuarentena, había firmado catorce mil seiscientos escritos de protesta a quien corresponda, una estilística estalinista y algunas novelas concienzudamente vociferantes.

—Tiene mérito —le decía Claudio, que era bondadoso, matemático y admirador de Cálamo— porque salvo el veintinueve de febrero de los bisiestos resulta, por multiplicación, que firmaste un papel todos y cada uno de los días de la orgánica.

—Falacias de la estadística —replicaba Horacio, obligado por su oficio a replicar siempre—, puesto que hubo días que firmé hasta seis; contra la censura, por la libertad de los presos y exigiendo los derechos humanos.

Fueron duros, evidentemente, los años de la orgánica, pero, si bien persistían los estados de excepción, los presos políticos y la censura, a cambio habían sido sepultados por el peso de la historia los años.

—Ahora, a descansar un poco de la política y a publicar libros —le animaba Claudio, con su natural ceguera para verlas venir.

—Mientras no empiece la guerra de Chile —concedía Horacio Cálamo.

—Ya no puede tardar mucho.

Y así transcurrían los días en plan ocio creador, o sea, cócteles culturales, festejos editoriales, concursos florales, conferencias coloquiales y etéreos proyectos de obras colosales. Como la felicidad tampoco viene nunca sola, Flavia desde hacía unas semanas compatibilizaba su ideología con la idea que Horacio tenía de lo que una relación sentimental debe ser. Es decir, Flavia acudía, sólo cuando era requerida, al apartamento de Horacio, se desnudaba, fornicaba lo suficiente para no acabarle, de paso limpiaba la casa, le dejaba la cena hecha y, de cuando en cuando, sólo cuando Horacio lo estimaba conveniente, se ponía su túnica nepalí y, como estrella invitada, le acompañaba a los saraos.

—Es un regalo de los dioses, Flavia —afirmaba Claudio, sin llegar a discernir la conmoción que le producía la muchacha.

—Ha tenido suerte encontrando un hombre como yo. A su edad es fácil dejarse embobar por la subcultura del placer.

No es de extrañar, por consiguiente, que, al sonar aquella noche de primavera el teléfono, Horacio Cálamo supusiese que iban a proponerle o una entrevista o una conferencia, ni tampoco es para reprocharle que no supiese adivinar la que se le avecinaba, porque, realmente, cuando la fatalidad llama, el timbre del teléfono suena igual que cuando llaman de *Triunfo*.

—Dígame.

—No sé si te acordarás de mí —dijo Luis Leonardo Gómez de Huelva y Pimpollo Encendido—. Soy Luis Leonardo Gómez de

Huelva y Pimpollo Encendido… Nos presentaron la otra tarde en el *vernissage* de Bonifacio…

—¡Ah, sí! —dijo Horacio, que lo único que recordaba del *vernissage* de Bonifacio era la espalda desnuda de Melitea.

—Pues, verás, nosotros habíamos pensado que nos gustaría charlar contigo… Cuando te viniere bien… Si te pareciese, saldríamos a cenar una noche de éstas… Sin compromisos previos, va de sí…

De modo y manera que dos noches después Flavia, con túnica nepalí y collar de nueces incaicas, y Horacio, de jersey ladrillo con los codos rotos (cuestión de patentizar su desprecio por los convencionalismos), penetraban en las suntuosidades de El Hígado de Oro y, escoltados por un pelotón de camareros, eran conducidos al comedor escarlata, donde les esperaban los miembros todos (tres) del comité ejecutivo de La Piña Social Popular Demócrata, ornamentados los tales por dos de sus legítimos más la Fastos, quien, a efectos de aquella cuchipanda, se había prestado a pasar por legítima de Ricardito Traganóminas. Recitada y mimada la parábola del hijo pródigo, entronizado Horacio en la presidencia de la mesa, Flavia a la diestra del Marquesonazo, suprema jerarquía de La Piña, y aprendiéndose poco a poco los nombres los unos de los otros, llegaron a la perdiz imperial, sin que la Fastos dijese más de tres veces coñe. Tan prometedores principios animaron al Marquesonazo, de proverbial dinamismo, a exponer el objeto del ágape antes de los postres.

—Ante to, ilustre escritor, sinceridad —proclamó, acostumbrado ya a sustituir sinceridad por franqueza—. La Piña, que me honro en dirigir, ganará sin lugar a dudas las próximas elecciones. —Las damas aplaudieron—. Nuestra inequívoca voluntad popular y regional se ha preocupao de que en nuestras filas estén representaos tos los estamentos del Estao. Yo me atrevería a asegurar que, en base a esta filosofía, estamos motivaos a nivel de profesiones. Tenemos arquitectos, pero también aparejadores; abogaos, pero también delincuentes; una de la canción, dos catalanes, un judío, un objetor con el servicio cumplido, tres fresoneros…

—Fresadores —matizó Luis Leonardo.

—… tres fresadores además, un serviola y está a punto de ingresar una comuna de jubilaos.

—Sin contar, naturalmente —apostilló Luis Leonardo—, con nuestros tradicionales partidarios de toda la vida.

—Eso es, Ele Ele. Ahora bien, yo me atrevería a asegurar que el partido está concienciao que no tenemos ningún intelectual de pensamiento.

—¿Y qué falta os hace? —preguntó Flavia.

—Por la cosa de la imagen —explicó la señora de Luis Leonardo, Amanda de nombre ella.

—Y porque lo de la mentalidad viste el muñeco —amplió Ricardito.

—Sobre to, que nunca se sabe, diría yo. Estorbar no estorba y un artista, una vez concienciao, puede corregir los discursos.

—Muchas gracias —dijo Horacio—. Pero ¿por qué se me ha elegido a mí?

—Ya empezamos —masculló Traganóminas.

—Coñe, mi vida, ¿dónde te has mercao ese collar?

—En base a dos razonamientos, me atrevería yo a testimoniar. Primero, por tu renombre; segundo, por tu fama; y tercero, por tu heroico comportamiento frente a la orgánica, inasequible al desaliento democrático y de tan enraizada andadura con nuestro común sentir.

—¡Muy bien, Marquesonazo! —vitoreó la Fastos, probándose

el collar de Flavia—. Y lo que yo digo que por qué no nos largamos de jarana una vez solucionao este cotarro de apuntar aquí.

—De acuerdo, hermosa —aprobó el Marquesonazo.

—Un momento —pidió Horacio—. He de subrayar, agradeciendo antes el reconocimiento a mi obra ensayística y a mi obra de creación, que mi participación en la resistencia contra la orgánica estuvo inspirada no por ideario político alguno, que rechazo todos en nombre de la libertad, sino por razones morales.

—¡¿Mo… qué?! —aulló Ricardito—. ¡¡Por ahí sí que no paso!! Esto es un acto de provocación.

A Ricardito acabó de amansarlo Flavia en la pista de baile de la sala de fiestas.

—Ya, ya sé que a los de la pluma les gusta escandalizar a la gente decente, pero es que a mí, te lo confieso, linda, el palabro ese que ha dicho tu novio, me enferma.

Después, el comité ejecutivo instaló en la barra el cuartel general, con Flavia de *condottiera*, mientras en una mesa la Marquesonaza, Amanda de Ele Ele y la Fastos, encandilaban a Horacio, chismorreras, adulonas y culebreantes.

—En resumen, que los hemos pescao entre tos —resumió el Marquesonazo, cuando, de madrugada, dejaron en casa a la cultural pareja.

—No me atrevería yo a decir tanto —dijo Ele Ele, que no en balde había leído a Balmes.

Sin embargo, acostumbrados a declarar lo contrario de lo que pensaban y a creer lo contrario de lo que oían, decidieron que aquel pájaro ansioso por ingresar en La Piña recibiría con alborozo el carnet.

—En resumen, que pasasteis una noche fenomenal y no os gastasteis un duro —resumió Claudio al día siguiente, recién dado de alta de resaca Horacio—. Pero ¿quedó claro que te niegas a ingresar en su partido?

—Clarísimo.

—Quizá —confesó Flavia— tendrías que haberles hablado de la guerra de Chile.

—Tú eres tonta —argumentó Horacio—. ¿Vas a enseñarme a tratar a unos podridos burgueses?

A pesar de que los de La Piña, en las siguientes semanas, estrecharon el cerco, Horacio mantuvo su negativa. Tras varios almuerzos, algún desayuno de trabajo, dos recepciones y una cacería, el Marquesonazo estalló. Intolerable. La clase política asistía regocijada a la acometida; cierta prensa había ironizado, canallescamente, y, lo que era peor, Cálamo comenzaba a aceptar invitaciones de otros partidos. Imprescindible organizarle un crucero mediterráneo y de soltero al pendolista aquel, considerando su natural hiperestésico y rijoso. Ele Ele planearía la operación, que simultáneamente serviría para relajar los nervios del ejecutivo antes de la recta final electoral. Ele Ele se apresuró a organizar el relajo.

Por costumbre, Claudio llegaba al atardecer al apartamento de Horacio, donde Flavia había acabado por instalarse. Bebían algunos litros de té y charlaban. Cuando no comentaban la tenaz repulsa de Horacio a las asiduidades de La Piña, mantenían prolijas conversaciones sobre la guerra de Chile. Flavia, que sufría diarios abatimientos mientras la luz solar desaparecía, a veces, en la penumbra, temía que Horacio llegase a ceder. Pero, al encender las lámparas, Claudio ya había restablecido la confianza. A la madrugada, entre sueños, Flavia oía llegar al sondeado, dando tumbos y entonando himnos.

El crucero fue un portento, aunque regresaron con las vísceras troceadas. Horacio respetó a la Fastos, coqueteó con Lolita Borgia, apenas tuvo tiempo para el Torbellino Mollar y, tras unos días de encaprichamiento con la Zorra Atómica, de la especie rubia efervescente, se enamoró a lo turbulento de Bucles y Volutas, una monería. Tendidos ambos en cubierta, le confesó a Ele Ele que quizá la clase intelectual supiese algo del hombre, pero que indudablemente la política lo sabía todo de la mujer. Ele Ele participó al ejecutivo que el anhelado alistamiento podía darse por consumado. No obstante, cuando desembarcaron, Horacio accedió únicamente a ser nombrado asesor de La Piña, con la retribución adecuada y sin mayor compromiso.

Flavia empezó a hablar de largarse a Londres. Sin entender los motivos de su oposición al proyecto de Flavia, Claudio trataba de disuadirla.

—Cualquier día empezará la guerra de Chile —advertía, tetera en mano y el corazón apretado—. No puede tardar mucho.

—¿Y qué? Cojo un avión y en diez horas me planto allí. Desde Londres hay aviones a todas las partes del mundo.

—Sí, y desde Gerona. Evidentemente para ir a la guerra de Chile no habrá fronteras, pero, en cierto modo, es una guerra muy nuestra, como propio, ¿comprendes, Flavia?

—¿Sabes, Claudio? —dijo una tarde Flavia, con la voz también en penumbra—. A veces pienso que la guerra de Chile ya pasó.

Durante minutos, en silencio, Flavia creyó que Claudio meditaba. Sin embargo, el tintineo, apenas perceptible al principio, fue creciendo hasta convertirse en un fragor a ritmo frenético. Alarmadísima, encendió una lámpara, logró arrebatarle la taza y el platillo, resquebrajados, y, sujetando las manos de Claudio, Flavia no encontró más consuelo que sollozar. Cuando el temblor cesó, Claudio lloraba también. Ella prometió que no volvería a pensar aquella idea terrible y, en compensación, Claudio hizo más té y profetizó que Horacio no tardaría en regresar a la ciudad.

Y, aunque la profecía se cumplió pronto, Horacio sólo permaneció en el apartamento el tiempo de recoger los manuscritos de sus obras, que guardaba en beneficio de la posteridad. La Piña le había alquilado una residencia digna de las nuevas funciones asesoras. En contra de sus convicciones de emancipada, Flavia compuso un alboroto de tonalidades histéricas.

Hasta que un mes más tarde Ele Ele irrumpió en la mansión paradisíaca, Horacio había vivido en la beatitud. Bucles y Volutas, alternando pasión con molicie, sedas con encajes, bobería con invención, no sólo era radicalmente distinta a Einstein, sino que restituía al universo las dimensiones ptolomeicas. Alelado, marcado con la indeleble mueca del goce, Horacio se dejó arrastrar al mitin del Marquesonazo. En el automóvil despertó de su sueño de príncipe durmiente.

—Pero ¡esto, ¿qué es?!

Su nombre ultimaba en los carteles la candidatura de La Piña; incluso, su fotografía competía, desde las vallas, con las fotografías de los ciudadanos más relevantes del país, aunque de dudosa catadura. Ele Ele le explicó que había sido presentado como independiente. Luego tuvo que hablar, tras el discurso del Marquesonazo, y, aunque nadie comprendió nada, el eje de su existencia acabó de rotar, cuando allí mismo, a pie de podio, la Marquesonaza le presentó a Melitea.

Dos días más tarde, Bucles y Volutas, sin derramar una lágrima, retornaba a los vestíbulos de los grandes hoteles, a sus tediosas noches de espía sicalíptica. Melitea tomó a su cargo la dirección de la campaña de Horacio. Horacio le entregó cuerpo y alma y aún no se lo creía, cuando le veía la espalda a Melitea.

Por muy increíble que le resultó al mismo electorado, lo cierto es que de la candidatura de La Piña Social Popular Demócrata sólo salió elegido Horacio. Sabiamente aconsejado por su prometida, Horacio, como primera providencia, se inscribió en el partido. A continuación expulsó al Marquesonazo y a Ricardito Traganóminas, por venales y sandios. A Ele Ele le nombró secretario general.

—En el futuro —preveía Melitea— necesitarás, para redondear tu carrera política, una amante, y la más conveniente me parece Amanda de Gómez.

En verdad, para Horacio, fueron tiempos de inverosímil dicha, de esas poquísimas ocasiones en las que la fortuna se encapricha con un elegido y no le deja ni a sol ni a sombra. Ya en el Congreso, ya casado con Melitea, Horacio fue dejando de arrodillarse por las noches, en el cuarto de baño, para comunicar a las potencias celestiales su agradecimiento eterno. Conforme el ejercicio de la política lo hacía más importante y más incompetente, Horacio, sin abjurar de Jesusito de su vida, ni de Melitea, se convenció de que el azar sólo favorece a los que valen. Y, por otra parte, se fue acomodando a la dicha, con esa conformidad que los desdichados se niegan a practicar. Hasta tal punto aprendió a sobrellevar el éxito, que un atardecer esa nostalgia de infortunio, reservada sólo a los prósperos, le hizo escapar de una sesión parlamentaria y correr hacia su olvidado apartamento, como el que, recién duchado, se encasqueta el cubo de la basura.

Por las escaleras, creía oír a Flavia, creía oler libros, dilatarse el tiempo en dilatadas quimeras. La raya de la luz bajo la puerta lo detuvo. De improviso, supo que había soñado, que aquella nueva vida era sólo una de esas alucinaciones que provoca el manejo de la literatura. Abrió, obnubilado, desprendiéndose de la irrealidad.

—Hola. —Claudio levantó la vista de uno de los planos, esparcidos por la habitación—. Flavia se marchó a vivir a Londres.

—No lo sabía. —Y Horacio sintió que la realidad volvía, rotunda y dorada.

—Tenía ganas de verte.

—Yo también. En La Piña nos hace falta un matemático.

—He abandonado las matemáticas. Ahora, ya ves, soy estratega.

—Pero, Claudio, ¿todavía sigues pensando en la guerra de Chile?

—¿Tú no? —preguntó, ansioso.

—Bueno… Actualmente, en contacto con la dura verdad de la lucha… En fin…, estimo que no estamos preparados para una guerra tan decisiva, que es preciso esperar… mejores condiciones…, soportar arduos sacrificios…

—Horacio —aunque las facciones desencajadas presagiaban un grito, la voz fue casi un susurro—, cállate.

Horacio apartó unos planos, se sentó, sonrió, obligó a sonreír a Claudio. Después, carraspeando, preguntó, con aquella condescendiente entonación que ha de usarse con los sujetos gregarios:

—¿Seguís pensando en ocupar primero Argentina?

Hasta muy entrada la noche, Claudio estuvo detallándole las operaciones de invasión. Fue la última vez que se vieron. A Claudio le ametrallaron una mañana a finales del verano, recién desembarcado en una de las playas de Atacama, cerca de Chañaral, al sur de Antofagasta. A unos metros de su cadáver quedó, también acribillado, el cuerpo de Flavia. Como Horacio Cálamo por entonces no leía ni periódicos y, además, había alcanzado el convencimiento de que aquella guerra era sólo una embaucadora superchería de la oposición subversiva, nunca llegó a enterarse de que, para sus antiguos amigos, la guerra de Chile había terminado ya.

(1977)

Terrazas al claro de luna

Después de dos días de vagabundeo, sólo cuando consideró haber alcanzado las antesalas del infierno, Octavio se decidió a pedir cobijo. Sería a media tarde, quizá a última hora de la mañana, en algún instante de aquellos indistintos días, paseando por alguna de aquellas calles igualmente abrasadas, que, de repente, se transformaban en dunas, ondulaban hacia los límites del bochorno, se abrían en abismos de luz crispada. Octavio se encontraba sentado en la penumbra de un bar, bajo un árbol de un parque público o, sencillamente, inmóvil sobre el cemento sucio del verano. La noche no llegaba nunca y, aunque nada le resultaba más espantoso que la noche, cerraba los ojos y, a veces, conseguía imaginar una fresca tiniebla. Tuvo que ser en uno de los instantes de lucidez, tan enloquecedores, mucho antes de que aquella decisión diurna de buscar un refugio se concretase en actos, porque los faroles estaban encendidos al llegar al callejón donde vivía el Destilado.

Desistió enseguida de preguntarle, le sirvió un vaso de agua helada, que Octavio no bebió, y, conforme le miraba y se asombraba de que alguien pudiese sudar tanto y tan sin interrupción, sonó de nuevo el timbre.

—Llego antes, porque convencí a Raúl de que me trajese a estas lejanías —dijo Celia, desabotonándose el vestido.

—Espera —susurró el Destilado—, espera.

—Pero habíamos quedado, ¿no?

—Sí, claro que sí. Es que ha venido alguien.

—Una mujer —afirmó, insólitamente jubilosa.

—No, y no te desnudes.

Pero ya lo estaba, cubierta por un manso sudor, mientras recogía del suelo el liviano vestido y dos breverías transparentes. Con mayor irritación de la que sentía, el Destilado la empujó pasillo adelante, Celia haciendo volar sus planas sandalias y riendo, sin quererse afectar por el recibimiento, pero acongojada ya por sus diminutos pechos, una de esas maldiciones que no avisan. La cocina apestaba.

—No te muevas, hermosa. Te aseguro que, se trate de lo que se trate, soy inocente.

Octavio dormía sobre el diván. Continuaba sudando y el Destilado llamó a Celia, que no contestó. Con creciente contundencia, lo desnudó, apagó la lámpara y, tontamente, sin saber por qué, le tomó el pulso.

Probablemente para ahorrarse unas náuseas, Celia también había apagado la bombilla de la cocina. El Destilado salió al terrado y, acto seguido, al verla de espaldas, acodada en el pretil, comprendió que el vuelo de una mosca podría hacerla gritar.

—Es Octavio. No sabía que iba a venir. Imposible saberlo. En cinco años, apenas si nos hemos encontrado dos veces. ¿Qué quieres que te diga?

—¿Qué quiere él?

—Matarse. O al menos ésa es la impresión que da. Podemos limpiar ese estercolero y traer un catre; o colocar el catre en el pasillo; o que te vistas y te largues hasta el día que decidas acercarte a esta basura de barrio con cualquiera de esos infinitos amigos tuyos, arrastrada. Yo, ya ves, me voy conformando a vivir sin ti.

Celia se volvió, tardó en descruzar los brazos y, cuando se le abrazó, el Destilado, a quien la soledad tenía más desarmado de lo que él suponía, rompió a sudar, incluso por los ojos. Que ni uno solo de los rojos baldosines del terrado estuviese fijo devolvió la alegría a Celia y para el Destilado comenzó el único tiempo humano de un verano atroz. Más tarde, aún abrazados, el Destilado recostado contra el muro, Celia descubrió la luna, enorme y amarilla, al otro lado de las tejas y de las antenas.

—Ésa es la culpable.

—Pobre... Lleva así varias noches, obesa, hepática y casta. A ella también le afecta el calor. —El Destilado apretó el cuerpo de Celia y consiguió mover la pierna izquierda, que se le acalambraba—. Ha bebido a gusto este verano y raro será que no acabe cirrótica, la pobre doncella.

—Estás contento, Destilado.

—Por tu limosna de amor.

—¿Bebes con ésa por las noches?

—No todas. A veces recibo a otras doncellas.

—Ni tu difunta madre habría sido capaz de creérselo.

—Con ésa de ahí arriba, poco. Sale tarde y yo me duermo temprano. La otra madrugada me despertó. Iba ya de retirada, no tan rozagante como ahora, palidísima, a trompicones por el firmamento. Me acordé de ti, arrastrada. Recordé los buenos tiempos, cuando llegabas a esas horas tú, tan lunática, tan furiosa de volver. Ella ha sido más fiel. Bueno, no más, sino, sencillamente, fiel.

—Pero es que es más doncella que yo. —Celia, creyendo saber lo que hacía, le acarició el rostro—. Bueno, no más, sino sencillamente, doncella. No tiembles, Destilado. No te me pongas a temblar ahora, que ya lloraste antes y no quiero oírte preguntar si me voy a quedar contigo toda la vida.

—Ni dos días te vas a quedar tú conmigo.

—Ni tan siquiera dos minutos, como no domines tu compasión por ti mismo, sucio. Tengo hambre.

—Veré si hay algo.

—Embustero, seguro que te has pasado la tarde comprando. Y luego estarás una semana a pan y sardinas. Más vale que hubieras fregado los cacharros.

—Pensé que no tendrías que pisar la cocina.

Se había alzado lo suficiente, parsimoniosa y fondona, para despegarse de los tejados. Celia abrió las piernas, hasta sentir un tirón en las ingles, y en un murmullo apenas audible fue injuriando a la luna, a sus fofas nalgas, a su cara de Destilado, feminoide, eunuco, *castrato*, diva llorosa, maldita sea la que os mire y ojalá ya hubiese amanecido. Sin embargo, quedaban horas, propicias a los peores errores, y ella, Celia, samaritana, habría renunciado en aquel instante a la posibilidad de dos enormes pechos a cambio de algo en forma de manguera gigantesca para mearle a chorro la jeta a la doncella. Cuando él puso la bandeja en el suelo, Celia cerró histéricamente las piernas.

—Y, además, ostras. ¡Qué chantajista tan bobo eres, Destilado!

Permaneció de rodillas, con las nalgas en los talones, viéndola comer, demorándose en la contemplación sin fingimientos. Hasta que terminó con los pastelillos y con el zumo de piña, Celia se dejó observar. Después dio un puntapié a la bandeja, hicieron el amor de nuevo y el Destilado la llevó en brazos a la cama, renqueando por el esfuerzo. Antes de dormirse, estuvo escuchando la respiración de Octavio. Más tarde, aún era de noche y las uñas de Celia le arañaban suavemente el pecho.

—Está volviendo a casa la gorda pálida —susurró.

—¿Quieres marcharte?

—Tengo que contarte un secreto.

La siguió soñoliento por el pasillo, jugando a abrazarla y Celia, escapándose de puntillas, deteniéndose de pronto, toda entera contra el cuerpo de él. Había aumentado el calor y en el cielo sin estrellas se insinuaba una neblina semejante a la calina del atardecer. Celia se tendió en los baldosines del terrado, con las manos bajo la nuca, y le ordenó que se sentase junto a ella.

—Ahora puedo conseguirlo. Sé que ahora puedo conseguirme a Octavio. Por favor, Destilado, no me jorobes la operación.

Casi de un salto, se puso en pie y huyó. No tardó en volver, pero cuando regresó vestía su astroso batín y llevaba, cogido con ambas manos, un vaso rebosante de whisky, que mantuvo entre sus piernas al volverse a sentar junto a Celia.

—Para mí es definitivo, ¿no te das cuenta? En ocho, en diez años, ni siquiera tú, Destilado, soportarás mi esqueleto. ¿Es que no quieres darte cuenta, amor, lo que es ir por la vida con estas irrisiones? —Conforme se levantaba, se ocultaba los pechos con las manos—. No te pido que colabores, pero tampoco me jorobes, tozudo, y te prometo que tendrás tu recompensa. Pero a ti ¿qué puede importarte?, seamos serios. De verdad, amor, si de mí ya no puedes esperar nada, por muy rematadamente bonita que te parezca. Y a mí me queda algo por delante y yo lo quiero todo, y con Octavio lo voy a tener todo. Es así, ¿qué quieres que te diga?, tú sabes que es así, borrachito, que por lo menos uno de los dos no se hunda. Yo te prometo que te iré sacando a flote.

—¿Qué te hace pensar que…? —Bebió un trago, sonrió como suspirando—. ¿Qué te hace pensar que ahora puedes cazar a Octavio?

—He estado viéndole dormir y no tengo ninguna duda.

—Muy razonable. Pero dentro de poco amanecerá, Octavio se levantará descansado, verá sus problemas bajo otra perspectiva y… y… La gente como Octavio nunca tiene problemas insolubles.

—No seas cínico, Destilado, que no es lujo para pobres.

—Bueno, bien, arrastrada, bien… Aunque creo que has olvidado lo fundamental, senos de nácar. Aun admitiendo que esté metido en un embrollo serio, parece muy optimista esperar que Octavio vaya a encontrarte lo suficientemente masculina para su gusto.

Como tenía el vaso cerca de los labios, la bofetada de Celia no sólo le quemó la mejilla, sino que chocó el vidrio contra sus dientes. Cerró los ojos, intentando disimular las lágrimas. Al tiempo, le apenaba saber que ella no tardaría en acariciarle la mejilla abofeteada. Mientras esperaba la caricia —y los ojos se le abrieron nada más sentir las yemas de los dedos de Celia— calculaba, si es que cedía, el precio mínimo que pondría a su renuncia.

—Destilado, no puedes hacerle una guarrada a una chica que te quiso. Serían ganas de fastidiar por fastidiar y a ti no te va el hacer daño. A ése, ahora, con tal que tú no intervengas, lo sano yo.

Se fue, sin que él tuviese tiempo de besarle las rodillas, sin concederle siquiera la oportunidad de volver a discutir el asunto. Cuando ya se habituaba a la desesperación, todavía hubiese decidido también aterrorizarle. Luego, Celia hacía café en la cocina.

Nada más regresar ella al dormitorio, escapó él sigilosamente al cuarto de baño, regresó, fregó toda la vajilla sucia, que era toda, el suelo, los baldosines del terrado, donde el agua se evaporaba al instante, se sentó a beber un trago y, de pronto, decidió que no resistía más allí, en su propia casa, fingiéndose a sí mismo que no intentaba escuchar cualquier murmullo. Oyó sólo la voz de Octavio y entrevió a Celia, desnuda, pero calzada con sus planas sandalias, que empujaba el sillón de cuero hacia la ventana.

Aquel primer día eligió el barrio del puerto, con la esperanza de sus húmedas callejas, quijosas y hundidas, y aunque se controló el número de copas, cuando volvió a casa estaba desmesuradamente borracho y, a la vez, sacudido por una indeseable clarividencia. No se atrevió a ducharse y, mientras entraba tanteando en la penumbra, tropezó, junto a la puerta del terrado, con el sillón de cuero, sobre el que Celia había dejado caer —con la punta de los dedos, indudablemente— el batín. Estuvo contemplándola subir pacientemente por el cielo, abultadísima, manchada, a ratos como congestionada, a ratos, vesánica. Se asustó (pero no podía remediarlo) al percibir que le estaba hablando en voz alta, que de un momento a otro la luna le respondería y era algo enorme, hasta entonces inimaginable, retumbaría sobre la ciudad calcinada.

La luz quemante de la madrugada lo despertó. Pegado a las paredes, a una angustiosa lentitud, llegó hasta la puerta, que habían dejado abierta, quizá para propiciar una corriente de aire. El aire estaba quieto, como en bloques torpemente estibados. Dormían. Durante unos segundos tardó en distinguir (y en comprender que fuese posible) dos cuerpos en aquel aberrante volumen de carne, único, resplandeciente de sudor sobre la cama.

El sol asomaba, salvaje, cuando el Destilado llegó a las primeras calles del barrio alto. Aquella noche se quedó unas horas acurrucado en el pasillo, oprimido por un bozal de fatiga, hasta que los gemidos estridentes de Octavio le obligaron a refugiarse en el sillón de cuero. Por la mañana, Celia, desnuda y descalza, partía un bizcocho en rodajas. Se levantó con una brusquedad que buscaba sorprenderla, y ella, sonriente, le sostuvo la mirada.

A ciertas horas, cuando aún faltaba tiempo para que alguna figura humana apareciese en las solitarias calles, cuando la ciudad se abrasaba servilmente y los árboles se petrificaban o llamas de mármol cerraban las perspectivas de las avenidas, cuando en las plazas se solidificaba esa tristeza esplendente, que sólo mana del corazón del verano, el Destilado se abandonaba a la esperanza de encontrar a su vuelta la casa vacía. Una noche, que encontró iluminadas todas las habitaciones, mientras Celia, que quizá le había esperado, le guiaba hacia la cocina, estaba tan borracho que sólo despertó a la tarde siguiente. Y Octavio cantaba.

Unos días después, esperó a Celia en el pasillo y le pidió dinero para irse una temporada fuera de la ciudad. Ella le aseguró que lo tendría, pero debió de olvidarlo, porque lo único que encontraba sobre los grifos del fregadero, fuese cual fuese la hora, eran escuetas notas, en las que Celia le comunicaba que Octavio quería hablar con él.

Regresó de improviso una tarde porque para entonces ya había decidido espiarlos, seguro incluso de soportar la visión de sus cuerpos aglutinados. Aunque no había nadie aparentemente, adivinó que era sólo Celia la que faltaba y se reprochó no haber adivinado desde el principio que el asunto había de terminar así, Octavio y él abandonados, una incierta amenaza enrareciendo aún más su furtiva soledad.

Estaba en el terrado, tendido en una hamaca nueva, con un vaso de zumo, cigarrillos, una radio, al alcance de sus manos cruzadas sobre el vientre. Vestido.

—¿Y Celia? —preguntó el Destilado y era lo único que no habría querido preguntar.

—Si estás en condiciones de razonar, ponte otra ropa y vamos a un sitio con aire acondicionado.

—No. Dime lo que sea.

Octavio extendió un brazo, tanteó sobre los baldosines y levantó un llavero.

—Con tu casera ya me he puesto de acuerdo. Únicamente tendrás que pasar por el despacho de mi abogado a firmar esos papeles, que siempre se necesitan para que las cosas sean como deben, y mi casa será tuya. Coge las llaves.

—No quiero tu casa.

—Te conozco. No hay nada que te niegues a hacer por dinero regalado.

—No puedo mantenerla.

—Te he abierto una cuenta para eso. Quizá, al vivir en un lugar limpio, consigas ser persona. A cambio te exijo que no vuelvas por aquí. Olvídate que nos conociste, Destilado. Ni siquiera te dé por recordarnos con los amigos. Es mucho lo que te pago.

—Sí, hasta demasiado diría yo. Por ese precio podrías comprarte docenas de pocilgas como ésta. Y docenas de mujeres. Con auténticos pechos. Pero quiero también tus dos coches.

—Sólo el grande.

—De acuerdo. Te devolveré todo, el día que Celia vuelva conmigo.

Sus propias carcajadas le hicieron incorporarse en la hamaca. Aquella explosiva alegría de Octavio pareció aligerar el aire, como si el verano, de repente, se hubiese transformado en algo mortal, vulnerable.

—¡Destilado…, cretino…, pelagatos…, gaznápiro…! ¡Destilado…, hijo de zorra oligofrénica…!

Mientras llenaba la maleta, oía decrecer la risa de Octavio y sus insultos. Acababa de meter entre la ropa las sandalias planas de Celia, cuando lo sintió entrar en la habitación.

—¿Cómo puedes ser tan siniestro, Destilado? No entiendes a nadie, ni sabes nada de nada, te aborreces a ti mismo y, encima, te asombra que la gente sea incapaz de quererte. Los tipos como tú sois los escombros de la humanidad. —Luego, en tanto el Destilado arrastraba la maleta de escalón en escalón, Octavio añadió—: No pierdas la ilusión de que algún día te la devuelva. Hasta con unos auténticos pechos de mujer.

Después de una semana, se redujo a unas habitaciones del segundo piso. Al atardecer paseaba por el jardín, que en una semana ya comenzaba a asilvestrarse. En parte por el calor, en parte por falta de costumbre a las habitaciones superfluamente amuebladas, al inmenso silencio de los salones, pasaba las noches en la terraza de la fachada postrera, cuyo mosaico suponía de mármol. Cuando se cansaba de escuchar música o la música le tensaba los nervios, creía encontrarse fuera de la ciudad, en un bosque jamás hollado por el hombre. Dormía sin sueños y, a lo largo del día, dejaba vasos sin vaciar. Desistió de salir en el coche, porque pronto, en los pueblos costeros o en los de montaña, las muchedumbres, que el calor había expulsado de las calles, le estropeaban el gusto de conducir.

En un bar, de madrugada, encontró a una muchacha, a quien escuchar le proporcionó alivio. Sin embargo, a la mañana siguiente era mucho menos joven, menos comunicativa, de una creciente vulgaridad a medida que transcurrían las horas. Al despedirla y tras pagarle una cantidad exorbitante (que sólo era congruente en relación con aquel parque y aquel chalet), le arrebató el bolso, repleto de heterogéneas y valiosas rapiñas. Su amante ocasional, desde la escalinata de la fachada delantera, apedreó las vidrieras de las puertas-balcón. De aquella experiencia, y aunque lo entristecía y lo asustaba, le quedó el hábito de satisfacerse a solas. A veces, como una amenaza vana, sonaba el teléfono y ya ni lo descolgaba. Primero por previsión, más tarde por el placer de robarse a sí mismo, depositaba en un banco joyas, la plata, cuadros. Planeó contratar para el otoño a dos criadas, a un jardinero, y aquella decisión a plazo le hizo más tolerable la suciedad.

Una noche reapareció, gigantescamente redonda y próxima, la luna. Para entonces el Destilado ya había descubierto en uno de los cuartos de baño, en la escalera del servicio y en el garaje, tenues pero evidentes rastros de sangre. Juraría (y así se lo fue contando a la pálida obesa en noches sucesivas) haber localizado un rincón del parque donde había sido removida recientemente la tierra. Poco a poco, creía saber algo de la complacencia, de la renuncia, de las mujeres, a medida que añoraba menos a Celia, conforme cumplía lo pactado con una sumisión rayana en amnesia.

No obstante, sobre todo cuando aquella bola parecía estar incrustada en el cielo, sentía una necesidad rabiosa de enseñarle a Octavio las noticias de misteriosas desapariciones, que recortaba de los periódicos. Otras veces era un impulso, que sólo la abulia aplazaba, de cavar en aquel rincón del parque y dejar de imaginar un rostro. Discutía con su blanca interlocutora las probabilidades de que regresasen ambos, a expulsarlo. O únicamente Celia, a compartir con él la casa vacía. O quizá Octavio, que siempre supo que yo sabría, y entonces, lívida, me enterrará ahí y seremos dos ya los cuerpos abonando este lujuriante jardín que rodea la lujosa mansión, en la que, al final, acabará reinando la flaca de hinchados pechos, inyectados de parafina. Pero la noche avanzaba, incluso la luna se empequeñecía, y el Destilado se adormilaba como satisfecho, dormido por completo seguía aprendiendo a vivir, y eso era lo esencial, qué importa que se la haya inyectado o no, endemoniada, ¡qué bella eras antes de engordar!, y ahora ya sois iguales las dos, almidonadas y gordas las dos, y tú, encima, tetona, que ya os parecéis tanto, arrastrada, que un día vas a parir hasta lunitos.

(1978)

Los archivos secretos

Tres años después del final de la guerra, cuando papeleaba en la biblioteca de una pequeña ciudad inglesa por cuenta de la Comisión de Investigaciones Literarias Europea, Julius Hamilkar cayó desmayado. Único ocupante de la sala de manuscritos, a aquella hora crepuscular amortiguaron su caída la sucia bruma, que velaba las ventanas, y la alfombra. Al despertar, fuera dominaban ya las tinieblas y en las otras salas de la biblioteca persistía un silencio de lámparas aisladas y restos de té frío. Sobre el pupitre, entre los legajos que había estado consultando, la ficha de cartulina negra, ocupada en su totalidad por renglones de letras blancas, evidenciaba que Julius no había sido víctima de una alucinación.

Sentado de nuevo, aspirando rítmicamente, le bastaron no más de veinte segundos para, clarividente y minucioso, programar el radical cambio de vida que aquella ficha acababa de posibilitarle. Ordenó papeles, anudó las cintas de algunas carpetas, se puso en pie, apiló legajos y, con una tranquilidad relampagueante, introdujo la cartulina entre el chaleco y la camisa. Mientras se despedía de la bibliotecaria (una esquelética e insaciable cuarentona que en la última semana había fabulado suficientes sucias imágenes con Julius para que ahora le pudiese entristecer su brusca partida), Hamilkar llenaba mentalmente su maleta, liquidaba la cuenta de la hostería, caminaba hacia la estación, saltaba a un vagón del tren nocturno para Londres.

En Londres telegrafió a la oficina de Bonn que proseguiría su trabajo en París durante los próximos diez días, al cabo de los cuales pediría instrucciones. Viajando hacia la costa, insomne, se prohibió volver a leer la ficha de cartulina negra. A media mañana, ya en el Continente, telefoneó a Zurich; Unga no sólo estaba en la redacción, sino que accedió con una sencillez pasmosa a encontrarse con él en Roma la tarde siguiente. No obstante, nada más llegar a París tuvo Julius la oportunidad de tomar un avión y aquella misma noche durmió en Roma, antes de lo previsto y con un profundo sueño, que diluyó su fatiga y una ansiedad, encubierta de parsimonia, que le corroía desde el hallazgo de la ficha secreta.

Su excelente estado de ánimo, una mañana de otoño esplendorosa y la perspectiva de su inminente enriquecimiento, le ayudaron a encontrar un ático en las inmediaciones de piazza Navona, cuyo alquiler superaba con mucho las posibilidades de un investigador de la CILE. Después de trasladar el equipaje, llenar de flores las habitaciones y almorzar calmosamente, le sobraba aún tiempo para ir andando a la Stazione Termini. Si recordaba su camino entre la niebla de la noche anterior, no podía menos de sentir cuándo y cómo había cambiado su existencia. Se sentó en la terraza de un bar. Ahora, el sol poniente ya no hurgaba las viejas piedras monumentales, las acariciaba, dorándolas. Julius, ahora, habría podido desvanecerse por pura complacencia.

Julius Hamilkar ingresó en la Comisión de Investigaciones Literarias Europea unos días antes de ser desmovilizado del Cuerpo Expedicionario canadiense. Durante los dos primeros años había efectuado su trabajo con entusiasmo y eficacia, impulsado todavía por la excepcionalidad de la vida de combatiente. Su trabajo le impresionó tanto que renunció sin excesivo dolor a escribir; o al menos confió su vocación a los arcanos del futuro. Por entonces, conoció a Unga Brod; y en el último año sólo su profesionalidad había acallado lo que Julius no lograba ocultarse a sí mismo: un corrosivo desdén por la investigación, ahora que conocía la falacia de la creación literaria.

—Pronto ocuparé un puesto directivo —se había permitido confesar a Unga unos meses antes—, porque no creo que tarde mucho en alcanzar un alto nivel de incompetencia.

Unga probablemente había supuesto que bromeaba o no supo oír lo que él no se atrevía a decirle. Con frecuencia, Julius percibía que Unga no escuchaba. La ensimismaban hasta la sordera su frenética decisión de llegar a ser, simultáneamente, una pintora famosa, una novelista famosa, una actriz famosa y una arquitecta famosa, y la endemoniada calamidad de estarse convirtiendo en una buena periodista. Unga sólo le escuchaba con atención, a causa del odio, cuando Julius argumentaba su negativa a acostarse con ella.

Llegó a Stazione Termini con el tiempo justo de informarse del andén pertinente, comprar un periódico y, por fin, colocándola sobre el periódico como si lo leyese, permitirse releer la cartulina negra. No cabía duda; lo que allí estaba escrito era lo que no había dejado de estar, literalmente, en la memoria de Julius desde que la ficha se desprendió de un legajo.

«Proyecto KNE. Fecha del Proyecto: 14 de febrero de 1828. Sujeto del Proyecto: Franz Gómez. Biobibliografía: Franz Gómez nacerá en Zamora, en 1928. Llevará la vida sórdida de un insignificante empleado en una compañía aseguradora. Morirá, soltero, a los cuarenta y un años de edad y, gracias a la devota desobediencia de su mejor amigo, se publicarán sus escritos póstumamente, coincidiendo con los estertores de la dictadura bajo la que gemirá España por entonces. Su primera novela, *América*, narrará las peripecias de un muchacho gallego que emigra al Nuevo Continente en busca de fortuna. Un relato anterior, *La metamorfosis*, otro posterior, *En la colonia penitenciaria*, y dos novelas, *El proceso* y *El castillo*, supondrán una cumbre no alcanzada desde Cervantes en la narrativa española. Toda su obra será un astuto espejo del ambiente y actitudes de la mencionada dictadura.»

De repente, Julius Hamilkar se sintió observado. Sin volver la cabeza, avanzó unos pasos, tiró a una papelera el periódico al tiempo que se guardaba en un bolsillo interior de la chaqueta el Proyecto KNE y, conforme el tren entraba en vía, giró de improviso. Una prostituta le miraba, insinuante.

Unga, como si en esta ocasión hubiese comprendido, traía un equipaje, que llenó el taxi. Con las manos de Julius entre las suyas, se permitió ser más optimista que irónica:

—Espero que, en el hotel, nuestras habitaciones separadas estén por lo menos contiguas.

—Hay más de dos habitaciones separadas esta vez. —Julius dejó de mirar por la ventanilla trasera, aliviado al comprobar que nadie les seguía.

Cuando entraron en el ático, Julius encendió las luces y las flores brotaron encima de cada mueble, Unga se sentó en el borde de un diván y comenzó a temblar. La conmoción de Unga facilitó las operaciones preliminares y, en cierto modo, prefijó las conmociones de una noche propicia a la felicidad.

—Algo tremendo y rarísimo ha tenido que ocurrir —dijo Unga, al mediodía, mientras desayunaban, demostrando ser la muchacha inteligente e impaciente por la que Julius había reprimido sus sentimientos los diez últimos meses—. Tremendamente anormal… ¿Me lo vas a contar, Julius?

—Para empezar, ya no te mentiré más. Y luego te lo voy a contar poco a poco, porque tenemos la vida entera por delante y, además, no te va a ser fácil entenderlo.

—Ni a ti justificar tantas vaguedades y tantas evasivas.

Aquella misma madrugada le perdonó. Abrazados en la penumbra, Julius dijo lo que siempre había sabido que le diría a Unga cuando la tuviese desnuda y abrazada. Unga fue comprendiendo, primero, el trabajo de Julius en la Comisión de Investigaciones Literarias Europea; después, aquellas actividades de la CILE que Julius había descubierto que se llevaban a cabo; incluso lo que Julius, rigurosamente deductivo, se atrevía a suponer. El tiempo de un cigarrillo tardó Unga en romper el silencio:

—Y ahora les tienes cogidos —dedujo ella también.

Pero las caricias de Julius dieron lugar a otros silencios y a otras confidencias, y transcurrieron dos días más, antes de que Julius la hiciese partícipe del milagroso hallazgo del Proyecto KNE.

Fue al atardecer cuando, habiendo salido Julius a la pequeña terraza, creyó descubrir, en otra a inferior altura de la casa frontera, a la prostituta de la Stazione Termini. Conforme avanzaba hacia la baranda de hierro, con los brazos abiertos en cruz y respirando hondo el aire de la tarde, vio, al otro lado de la calle, a una mujer que se retiraba precipitadamente al interior. Pudo percibir una bata de raso verde con un dragón negro estampado en la espalda, un peinado barrocamente vulgar, un muslo rollizo. Continuó distendiéndose, se apoyó en la baranda, llamó a Unga a su lado y, al día siguiente, depositó la ficha del Proyecto KNE en la caja fuerte de un banco. Llegado el momento, a Unga le enseñó una de las muchas copias del texto que había hecho. Como si no acabase de creerle, Unga mostró interés por las circunstancias —fortuitas— del hallazgo.

—Lo que no entiendo es cómo en vez de Franz Gómez acabaría por nacer Franz Kafka, en Praga y no en esa ciudad española programada en el proyecto, y, por si no fuera bastante, muchos años antes de lo que habían programado. Lo único claro, me parece, es la importancia de tu descubrimiento, Julius, ya que demuestra que ellos también fallan.

—Aún no lo comprendes, Unga. Fallan tanto que no pagarían más de cinco dólares por ocultarlo. Encontrarían montones de disculpas; por ejemplo, a nadie le extrañaría que una computadora de 1828 hubiera trastocado los datos. No. Fíjate, quizá ni siquiera se trate de un fallo, sino de una modificación parcial del proyecto a última hora, cuestión de hacerle checo de lengua alemana en vez de zamorano. Y todo en virtud de alguna de esas motivaciones, que únicamente ellos conocen y que cambian el curso de la historia. Quizá, ¿comprendes, Unga?, archivarían la ficha, por inútil, y algún tipo de la CILE la robaría de los archivos secretos, incluso por curiosidad, o por sacarles un buen dinero, como pretendo hacer yo y él no supo, o simplemente por robarla, porque te aseguro, Unga, que en la CILE hay días en que dan ganas de robar hasta los bolígrafos gastados.

—Entonces, ¿quieres decirme, amor, qué valor puede tener ese demoníaco trozo de cartón?

—Poner de manifiesto ante el universo mundo que el arte no es la consecuencia de alguna dedicación y del puro azar, como creen estúpidamente los artistas auténticos, sino el resultado de una maquinación planificada. Nunca jamás sería ya posible el arte.

—¿Y qué? —arguyó sensatamente Unga, para rectificarse neciamente a continuación—. Sí, sí, tienes razón. Sin arte, les sería más difícil perpetrar sus designios. O sea, Julius, que el arte vale para algo, ¿no?

—A nosotros, por lo menos, nos va a valer muchísimo más de cinco dólares.

Como así lo creía y aunque le irritaba tomar la iniciativa, irrumpía con frecuencia en la terraza, fingiendo una naturalidad cada vez más precaria. Pero en la terraza frontera no aparecía mujer alguna. Era durante las pausas del amor, en las separaciones de los cuerpos que el agotamiento les imponía (incluso a la compra en el mercado salían juntos), cuando Julius Hamilkar sentía crecer la sospecha de estarse comportando erróneamente. Ese pavor, que reprimía como había reprimido el deseo, se hizo más insoslayable a partir de la fecha en que se cumplió el plazo para telefonear a la oficina de Bonn a fin de recibir instrucciones. No telefoneó. Continuó esperando, sublevado contra sí mismo, rehusando calcular lo que duraría el dinero, convencido también de que ellos deliberada y puerilmente acechaban el estallido de sus nervios. Y Unga, de repente, acababa de arrodillarse a sus pies y, de un manotazo, arrugar el periódico que él estaba leyendo. No había en la expresión de Unga la consabida incitación, incluso estaba vestida como si tuviese frío o vergüenza.

—Unga, ¿es que tienes miedo?

—Sí —dijo.

Aquella noche —y las siguientes— Unga, nada más beberse un vaso de leche, se acostó. Aquella noche —y también las siguientes— Julius salió de casa. Cuando regresaba, amanecía y poco después Unga se levantaba; Julius, no antes del mediodía. Como si un tercero lo hubiese decretado así, se encontraron reducidos únicamente a las tardes y, aunque no en intensidad, su amor perdió la originaria intemporalidad elástica, la desmesura, declinaba.

Comenzaba a ser un experto en arrabales, en los retorcidos barrios de la sordidez, cuando una noche la descubrió en una de las aceras de aquel bulevar periférico —unas hileras de farolas en el campo—, que en noches anteriores había ya explorado. Ella cruzó la calzada y llegó a la ventanilla en el momento en que Julius pagaba al taxista.

Vista de cerca y golpeado por su perfume, a Julius le pareció más joven o que, sin maquillaje, sin abrigo de piel de conejo, le parecería más joven, como si, despojado de sus atributos profesionales, aquel cuerpo tuviese arreglo.

—No me vengas con regateos, golfo, que no tendrás queja de tu sierva. Ahí cerca está mi auto. Anda, vamos pronto, necesitado de vicio.

Antes de sentarse frente al volante, se arrugó la falda de cuero hasta las ancas; luego se sopesó los pechos y no cesó de vanagloriarse, mientras conducía a paso de carreta. Pero no lo tocó, ni le besó y, por eso, Julius no dudó que era ella el contacto enviado por la CILE, ni siquiera cuando la retahíla de la ramera alcanzaba sus más convincentes tonos de sincera falsedad. Al llegar a calles céntricas, le ordenó parar.

—Cállate. Soy yo quien tiene que venderte la mercancía.

—A nuestros amigos, querrás decir. Pero ellos han de verla antes, la mercancía esa. Para saber lo que vale, si es que vale algo.

A media mañana apareció en el bar, donde se habían citado, moderadamente menos prostituida. Se negó a examinar la copia de la ficha y le explicó, como si tratase de convencerlo para que la llevase a un hotel de lujo en vez de a una casa de citas, que solamente en América podrían determinar el precio.

—Tú ya sabes que de los chantajes caros se encarga la CILA, porque en Europa sólo tenemos dinero para atender pequeñas estafas.

—Ésta no es pequeña, desde luego. Me alegro que lo hayan entendido.

—A la una, en el aeropuerto. Te sobra tiempo para recoger el pasaporte, el cepillo de dientes y darle un beso de despedida a tu amiguita. Puedes asegurarle a la pichona que pasado mañana vuelves al palomar.

Recogió el pasaporte, llenó el maletín y dejó a Unga una nota avisándole de que regresaría dos días después. Encerrado en el cuarto de baño, desarmó la abridora eléctrica de latas de conserva y escondió en su interior el recibo del depósito bancario. Le habría gustado, efectivamente, despedirse de Unga y, hasta el último minuto, la buscó por las tiendas de los alrededores. Al pasar la policía de fronteras, se le ocurrió que Unga quizá estaba en la peluquería. Le reconfortó la certidumbre de que nada se detendría a partir de aquel instante.

La prostituta acumuló todas las revistas cretinas de que se disponía en el avión y sobre Julius descendió la bendición del sueño. Al despertar, faltaba menos de media hora para Nueva York. Ella devoraba un pedazo de tarta. Julius le acarició una rodilla y a la mujer se le tensaron las facciones.

Nada más desembarcar, un tipo concienzudamente acorde con el estilo matón gomoso les llevó, obviando todos los obstáculos aduaneros, hasta otro avión y, cuando bajaron en Washington, fueron dos los tipos, tan idénticos entre sí como el de Nueva York a ellos, los encargados de depositarlos en un motel. Aquella noche Julius se emborrachó. A la mañana siguiente los mismos jaques acudieron a la hora convenida, lo trasladaron al edificio de la CILA y, a medida que lo convocaban de despacho en despacho, de un pasillo a otro por la desierta jungla enmoquetada, Julius experimentaba la sensación de que subía por una escalinata de honor y de que, durante aquella ascensión, los rótulos de la Comisión de Investigaciones Literarias Americana perdían una de sus siglas.

Pasaron algunas horas hasta que, asombrosamente, apareció Hermann, su jefe inmediato en la CILE. Después de un cansino regateo, habían aceptado su precio. Con la misma naturalidad de una entrevista cotidiana, en un tono exento de rencor, le citó en Bonn para ultimar la compra del Proyecto KNE. Y ahora, mientras le acompañaba a la puerta, Hermann decía:

—Habrás buscado un buen lugar, supongo, para disfrutar de esa fortuna.

Fue el único conato de amenaza. Desde el motel, emparejado de nuevo con la prostituta, escoltados por los homologados matones, emprendieron el regreso, estrictamente ajenos, Julius conteniendo un júbilo atroz. En el aeropuerto de La Guardia telefoneó a Unga para confirmarle la llegada. No obtuvo respuesta y, tontamente, pensó que Unga seguiría en la peluquería. Luego, después de haber pasado la aduana de Ciampino, después de haber visto perderse entre la gente a la prostituta («Búscame cuando tengas el dinero, golfo, y no te arrepentirás»), mientras oteaba buscándola, descubrió a Unga, que caminaba alejándose de él. La llamó e inmediatamente, al abrazarla, supo, con un don que le otorgasen sus sentidos últimamente hiperestesiados, que Unga no había estado esperando, sino que había regresado a Roma en el mismo avión que él. Esa angustiosa adivinación no desapareció después de una noche, ocupada alternativamente por el placer y por hermosos planes de vida común, con una Unga sin rastro de miedo.

Dos días más tarde, recorriendo uno de los pasillos de las oficinas de la CILE en Bonn, vio entrar en un ascensor a la prostituta y a Unga. Se sonrió, porque aquel calculado efecto teatral llegaba tarde para sorprenderle. Él ya había adivinado, gracias a ese conocimiento que da el amor y que convierte cualquier movimiento del cuerpo amado en una implacable brújula para orientarse por la trama de la traición.

Se detuvo antes de llegar al despacho de Hermann, como si aún dudase, como si todavía fuese incapaz de renunciar a aquellos billetes, tan deseados. Aunque sólo fuese por unas horas. Luego reunió energías, dobló por otro pasillo, bajó por una de las escaleras de servicio, entró en los sótanos de las computadoras y, algo antes de que ellos llegasen, introdujo la ficha de cartulina negra y blancos renglones en una de las programadoras, al azar. Le alcanzaron cerca del aparcamiento. Para entonces y si bien no habían transcurrido más de cinco minutos, Julius Hamilkar ya era otro ser, transformado por el terror en un animal sin memoria, alborotado por la inminencia de la muerte y que, de habérselo alguien recordado, no se habría jactado de haber engañado a sus asesinos en el último instante, legando a una posteridad hipotética un incierto testimonio de su triunfo y de su fracaso. Murió pronto, sin conciencia de la saña que se abatía sobre lo que ya no era su cuerpo.

Volando de Bonn a Zurich, desde donde la prostituta seguiría viaje a Roma, Unga sintió que su compañera de asiento la observaba y, tras unas páginas, abandonó la cretina revista que hojeaba y enfrentó aquella mirada más atónita que inquisitiva.

—¿Qué te pasa? ¿Es que quieres saber cómo se comportaba en la cama? Ni mejor ni peor que otros. No te habría enloquecido.

La prostituta acumuló saliva en su boca, pero la tragó. Después le trajeron el pedazo de tarta y hasta sonrió a la azafata.

—Me gustaría que me dejarais en paz con mi guarro oficio durante una temporada. La verdad es que, trabajando para vosotros, una echa de menos las babas de los borrachos. ¿No te gusta el dulce, hermosa?

La programadora, en la que Julius Hamilkar había logrado introducir, antes de ser alcanzado por los pistoleros de la CILE, el Proyecto KNE, elaboraba en esos instantes la bibliografía de un tal «Juan García Hortelano, quien nacerá en Andorra el año 2028, escribirá novelas», etcétera.

Y llegado el momento preciso, pero muy anterior a 2028, a un novelista sí llamado Juan, como fue programado que se llamarían todos los novelistas de esa generación, se le ocurre, sin más, un apólogo o fábula y sin saber quién se lo inspira, ni de qué archivos procede la inspiración, convencido (si alguien se lo insinuase) de que nadie se lo ha inspirado, es decir, en estado de supina ignorancia, comienza a imaginar esa historia de Julius Hamilkar y, como siempre, supone que es una historia original y, al tiempo, parecida a las que habitualmente pergeña (condición imprescindible para que un sujeto se ponga a contar vidas ajenas), por lo que decide que va a escribirla y, aunque no llega a percibir que la historia en cuestión es muy parecida a las que habitualmente pergeña y, al tiempo, que tiene algo extrañamente diferente o epistemológico, provisto de esa ceguera sin la cual es imposible escribir historias, la escribe hasta el final y, llegando al final, me veo obligado a dejarlo así dicho, aquí, en esta época (que, eso sí, no sabemos por qué error electrónico nos ha correspondido vivir), tampoco por nada trascendental, sino para que conste y por si el día menos pensado me ocurre algún percance que se sepa quién ha sido.

(1978)

Catorce maneras de matar al pavo

Trabajaron a dúo en aquellos años de la clandestinidad. El emparejamiento de Anselmo y Clavijo fue —por lo menos, así lo parece ahora— una de las pocas decisiones acertadas de la cúpula de la organización. Sí, parece mentira, cuando me pongo a recordar los tiempos idos, que a los cerebros autómatas de la cúpula se les ocurriese la sutileza de reducir a uno dos peligros.

—Tú, Lola, deja claro en todo momento —me instruyeron, al encargarme la tutela de aquellos dos plepas— que ostentas, por delegación, la plena autoridad del comité. Y cuídate de que no se fascinen de tu persona al unísono.

El conocimiento de Clavijo y de Anselmo en el bar de la Petra me proporcionó la convicción de que, con Clavijo y Anselmo alistados en la lucha por la libertad, nunca derribaríamos al tirano. Se trataba, por duplicado, de ese tipo de militante que sólo se admite en organizaciones desesperadamente necesitadas. En apariencia eran muy distintos, aunque nunca conseguía distinguirlos completamente, ni siquiera cuando, con el paso del tiempo y al calor de las circunstancias, empezaron a fascinarse de mi persona. Nada más terminar la primera entrevista, propuse motivadamente al comité que se les expulsase de inmediato y que, si se disponía de dinamita, se dinamitase el bar de la Petra.

—De entrada, me preguntaron cuál es mi verdadero nombre. Con la intención de establecer un clima de confianza, Anselmo me informó que Clavijo se llama Nicolás, y Clavijo, que Anselmo se llama Saturnino, Satur para los íntimos. A continuación, después de preguntarse entre ellos a efectos retóricos que dónde habrían encontrado los del convento a una chavala como yo, han planteado el problema que en estos momentos les inquieta, consistente en no saber qué hacer, durante el verano, con el material de propaganda que se les pasa para distribución. En invierno no hay problema, dado que durante el invierno en el laboratorio donde trabaja Clavijo se enciende la caldera de la calefacción. Pero he aquí que de abril a noviembre la empresa del laboratorio tiene la costumbre de mantener apagada la caldera de la calefacción y a ellos se les amontona el material en sus casas. Me han encargado expresamente que os exponga la cuestión, bajo la velada amenaza, en el caso de que el convento no les haga caso, como tiene por costumbre, de repartir por todo el barrio hasta el último panfleto, lo que, según ambos, provoca siempre una espectacular disminución de la militancia. Luego, pidieron otras cervezas y me invitaron a conocer la granja experimental de Voronov, pariente de Anselmo y un genio de la genética avícola, en cuyas instalaciones sugieren que podrían impartirse cursillos de anticlericalismo científico. También a invitación suya aboné las consumiciones por delegación, ya que se trataba de una reunión de trabajo. Y hemos quedado, tan amigos, en vernos un día de éstos. Resumiendo, y después de haber tenido el honor de conocer a esos dos titanes de la Resistencia, mi propuesta es que ellos o yo.

—Paciencia, Lola —me aconsejaron—. No están los tiempos para prescindir de nadie.

Evidentemente vivíamos tiempos difíciles, pensé cuando se me descrisparon los nervios. Y en no más de quince días logré olvidar a Clavijo, a Anselmo, a su pariente y el bar de la Petra, uno de esos lugares donde el jolgorio había dejado embarrancada la historia. Hasta cometí el error de suponer cancelada mi tutela sobre aquellos dos sujetos, aquejados de todas las enfermedades infantiles del cinismo.

Unos meses después fui enviada a París en misión rutinaria. La rutina, un bálsamo para mi maltrecha convivencia de aquella época, acabó el día en que se me encargó recibir, a pie de estribo y de hoy para mañana, a Clavijo y a Anselmo, que llegarían en funciones de mensajeros. Aquella madrugada, camino de la estación, estuve tentada de desertar y exiliarme en la patria de donde ellos venían. Deliberadamente llegué unos minutos tarde y, cuando esperaba encontrarles brindando con champán catalán en la cafetería, los descubrí en el andén vacío, rodeados de maletas y mohínos.

—¿Algún contratiempo?

—Ninguno, salvo el pánico al pasar la frontera.

—Procura, hermosa, que nos reciban pronto el recado, para volvernos cuanto antes y, si no es mucho pedir, de vacío.

—No sé si ha llegado a quien debéis entregar el mensaje.

—¿Vamos a parar de fonda o en la casa de uno de esos compatriotas que viven donde Thorez perdió el *kolvac*?

Detestaban París, a pesar de conocer concienzudamente la ciudad y quizá porque en ella no acababan de encontrar algo similar al bar de la Petra. A media tarde se me ocurrió pasar por el hotel. Se habían metido en la cama a fin de olvidar, durmiendo, dónde se encontraban, pero bajaron al instante y, al enterarse de que no se trataba de la cita con el prefecto del convento sino simplemente de que yo había tenido la ocurrencia, declararon que ellos pagarían la cena.

A los postres, tras unas miradas de indecisión, Anselmo resolvió sincerarse:

—El miedo de anoche en la frontera, ¿qué quieres, preciosa?, fue especial, uno de esos pavores que, cuando se te pasan, te dejan miedo y vergüenza para unos lustros. Conforme atravesábamos Las Landas en plan correos del zar, estimamos prudente no transportar en el futuro más mensajes sin conocer su contenido.

—Precaviendo, ¿comprendes, guapa? —me explicó Clavijo—, un supuesto de caída en las garras de la sabuesería.

—De modo tal —aclaró Anselmo—, que uno sepa, por lo menos, la entidad del motivo por el que le están zurrando la badana, cuando ya le estén zurrando la badana a uno.

—Lo que, de paso, permite adelantar la clave del dichoso mensaje antes de que te rompan el primer hueso, si la clave, como suele ocurrir con las claves del convento, es facilita. ¿Está claro, hermosa?

—Demasiado. Lo único que no descifro es por qué habéis pensado que yo soy la idiota adecuada para transmitir al comité vuestra pretensión de conocer el mensaje y la clave antes de emprender viaje.

—No te alborotes, cielo, que únicamente se trata de un dispositivo que se nos ocurrió anoche para, ya que entras en la cárcel, entrar ileso.

—Exactamente —corroboró Clavijo—. Y no pretendemos molestar a los del comité. ¿Lo vas entendiendo, guapa?

—Ahora menos que antes, rico. Pero está claro que anoche, atravesando Las Landas, se os arrugó la hombría hispana y que habéis decidido dimitir de mensajeros, igual que decidisteis hace tiempo no distribuir el material de propaganda.

—Razonemos, Lola. —Anselmo se pasó las manos por la cara—. Anoche se nos arrugaron, pero en Irún. Si se nos ocurrió levantarle las faldas al muñeco pasando Las Landas fue porque allí pasábamos, además de que sea ése un paisaje nocturno puesto adrede por los gabachos para asustar a los pobres ibéricos que acaban de cruzar con pasaportes falsos el maldito Bidasoa. Nada más lógico que en el tren, puesto que en el tren estábamos y no en San Petersburgo…

—Leningrado —rectificó Clavijo, con magistral precisión ortodoxa.

—… aprovechando que íbamos solos en el compartimento, abriésemos por el culo el tubo, sacásemos el papel, pringándonos con la asquerosa pasta de dientes, y total, ¿para qué?, porque, después de leerlo unas mil veces, no conseguimos entender nada.

—O sea, ¿que os habéis atrevido a…? —Y grité—: ¡A mí, no! ¡Os prohíbo que me lo contéis a mí!

—Aunque no nos conocemos de antiguo, creemos, bonita, que no eres la chinchorrera intolerante que te empeñas en parecer. La violación del tubo debe quedar entre nosotros. Y ya que hemos leído el papelillo, anda, humanízate una pizca. ¿Está en clave o es sólo un párrafo elegido al azar de una de esas arengas del comité, que Satur y yo nos resistimos a divulgar para no deprimir a las masas populares del barrio?

Unas dos horas más tarde no supe maquinar mejor venganza que decirles la verdad. Me detuve en la acera, conseguí una sonrisa de connivencia varonil y confesé:

—No está en clave. Se trata de unas frases, ya publicadas, del secretario general. El mensaje no tiene ningún significado —remaché y, aunque en su estupefacción se adivinaba que estaban cerca de adivinar, me apresuré a clavar el estilete—. Efectivamente, ni siquiera es un mensaje.

—Entonces, nosotros ni siquiera hacemos de correos, sino de cobayas.

—Y lo hacéis muy bien, porque si, siendo como sois, lográis pasar una frontera, una persona normal la pasará sin despertar ninguna sospecha.

Aquella noche ya no les oí una palabra más, hasta que en la puerta del hotel uno de ellos dijo:

—Gracias, muchacha.

Por una vez me sentí satisfecha y sosegada al acabar con un hombre (y eran dos). Luego, cuando, convenientemente informado, el comité me eximió de la tutela de Anselmo y Clavijo por incompatibilidad mental y me olvidé de ellos, recordaba a veces aquella noche en París y sentía de nuevo el placer de la venganza. Preveía que acabaría siendo el único placer que los hombres podrían proporcionarme. Pero incluso cuando las cosas fingían marchar bien, sabía que, cuando las cosas fuesen irremisiblemente mal, siempre sería posible resarcirme de la equivocación de haber tomado a uno por auténtico descubriéndole a cualquier otro la parodia de hombre que era.

Quizá por entonces ya tenía conciencia de que luchaba no sólo contra el tirano, sino contra la clase social más reaccionaria, aunque imprescindible para la perpetuación de la humanidad. Hasta en mi tribu, dedicada a hacer progresar la humanidad, ellos eran los que dirigían monopolísticamente la marcha del progreso. Así se explicaba que, por indiscreciones de la tribu, me llegasen cada tanto noticias de las actividades subjetivistas de Anselmo y Clavijo. Yo prefería imaginarlos como dos blancos ratoncitos correteando por un mapa de Europa. Lo cierto es que los olvidé más de lo que yo misma suponía, porque, aquella noche de verano en que me los encontré paseándome la calle, me costó reconocerlos.

—Hola, Clotilde. Siglos sin vernos, ricura.

—Lo mismo, preciosidad, ni te acuerdas ya de nosotros.

—Un día me vais a llamar muñeca y a mí se me van a escapar un par de bofetadas. Para vosotros soy Lola.

Pero era inútil irritarse porque conociesen mi nombre y mi dirección, porque no hubiesen sido expulsados, porque fuesen como eran, ya que, al fin y al cabo, únicamente pretendían atreverse a tocarme. Y presentarme a Voronov, que las noches de sábado recalaba en el bar de la Petra.

—Aquí, una jefa; y aquí, un sabio de la vida animal.

—Con éste tendrías tú que casarte.

A Voronov se le ruborizó la barba y se le hizo crónico por el resto de la velada su habitual mutismo. La sugerencia de Clavijo tampoco era tan incongruente, ya que ellos me demostraban su aprecio proponiéndome entre sus conocidos al más experto en el trato con animales.

Pero si aquella noche apenas habló, hablaría, y torrencialmente, cuando Clavijo y Anselmo me llevaron a conocer la granja experimental. Allí, en sus dominios del estiércol y del plumaje, Voronov usurpaba el uso de la palabra y Anselmo y Clavijo, desdeñando la política, escuchaban. Lo curioso, como fui advirtiendo en las sucesivas visitas a la granja, es que únicamente les apasionaba lo que ellos dos entendían por política.

Los domingos, cuando comprendía que la sobremesa terminaría al terminarse la botella de anís, solía salir a la explanada trasera de la granja y me instalaba en una tumbona a contemplar entre los árboles del arroyuelo alejarse la tarde por el campo vecino. Al rato, Voronov se sentaba a mi lado. La conversación a volumen tabernario de Anselmo y Clavijo excitaba el cacareo vespertino de las aves. Yo esperaba que de un momento a otro aquel barbudo, que sólo hacía notar su presencia ante los patos y las gallinas, me pediría que me casase con él. En tales momentos nada parecía más natural que dedicar la vida a coger las puestas y (tras mucho parloteo sobre los códigos genéticos) a cruzar especies hasta conseguir la gallipava de Castilla.

Tardó años en arrancarse y, cuando lo hizo, se limitó a colocar una mano sobre mis rodillas. Ni siquiera me miró a los ojos y yo dudé sobre el significado de aquel gesto o de aquella caricia. Para entonces, la muerte del tirano había sacado de la cárcel a Clavijo y Anselmo. Clavijo dormía la siesta en una hamaca tendida sobre el arroyuelo. Habíamos sobrevivido, sin saber bien a qué y cómo. Pero allí estaba Lola, con la mano de Voronov sobre sus rodillas, todavía esperando algo de una vida por inercia que yo no había elegido.

—Pensaba que, así sin más, hemos sobrevivido. Que esta tarde, ¿te das cuenta, Voronov?, es igual que tantísimas tardes de domingo que aquí hemos pasado. Dentro de un rato se despertará Nicolás, que ahora, por llevar la contraria, quiere que se le llame Clavijo. Luego, al anochecer, llegará Satur con el niño. Pronto va a hacer siete años que me salí del convento. O que lo dejé.

—Te llamaban Dolores, ¿verdad?

—Bueno, sí, casi. Me llamaban Lola, que resultaba menos alusivo y que cuadraba más con la figura de tía buena que yo tenía en aquellas décadas. No puedo recordar cómo lo dejé, cómo fue que me salí, ni mucho menos si hubo un día en que pedí la baja. Supongo que la pertenencia se fue deshaciendo como un terrón de azúcar en un vaso de agua tibia. A cambio, mi militancia se recrudeció, porque en aquellos días cayó Nicolás Clavijo y yo no paraba de abogados, protestas, reuniones, paquetes a la puerta de la cárcel. Para terminar de hacer más ambigua la situación, hubo una madrugada en la que Anselmo, que se había escondido aquí bajo las alas de tus gallinas, me tomó de paño de lágrimas y, una vez llorado, me montó la bronca, al descubrir que yo no había esperado virgen a que él me tomase.

—Pero se trasladó a tu casa.

—Contra toda lógica y toda prudencia. Se suponía que ni siquiera tú sabías que vivíamos juntos. Tampoco dispuse yo de mucha ocasión para percatarme, ya que en cuestión de dos meses se casó con Nati, a la que tenía embarazada de cinco. Y cuatro meses después de la boda Nati se quedó en el paritorio. Las buenas amistades, basándose en la celeridad de la confusión que entonces regía nuestros actos, propalaron la noticia de que Nati había sufrido el infarto, nada más enterarse que yo había parido un hijo de Anselmo Saturnino. Años atrás, los del comité ya habían advertido a los dos de que yo les enamoraría y, aunque acertaron en el vaticinio, lo que nadie pudo presagiar es que les enamoraría tan fugazmente. Así es que me ahorraron fugarme a un paraíso perdido, como tres veces al día me entraba la tentación, puesto que nadie me daba a mí una importancia duradera. Continué pasando aquí los domingos, escuchando los monólogos políticos de Anselmo Saturnino y tus monólogos acerca de las posibilidades de alterar las especies aprovechando la infinita variedad de los individuos. A mí, la verdad, el domingo se me iba en un soplo, pensando en la variedad infinita de despropósitos que conforman la vida.

—Yo creía que te distraíamos con nuestras manías.

—No, Voronov; me intoxicabais. Tú en aquella época te dedicaste a establecer las maneras de matar un pavo, con el menor sufrimiento para el animal y el mayor gusto de la carne para el comensal. Comíamos pavo todos los domingos, en consonancia con el desarrollo económico del país, y a mí tus pavos con los aminoácidos alterados me sabían a miedo, en consonancia con los terrores que la paternidad le proporcionaba al viudo Saturnino. Hablaba como un fascista, acuérdate, y es que, entre el niño en la cuna y Clavijo en la cárcel, estaba dominado por ese odio del borracho al borracho, o del cenagoso al cenagoso, o del cobarde al cobarde, esa repugnancia a no admitir que los demás sean como lo peor que uno es. Durante la semana yo luchaba contra los virus del domingo, peleaba contra el tirano, contra el pesimismo delirante, contra el cansancio y contra la amnesia. ¿Cómo era posible que Anselmo hubiese olvidado nuestras ocho semanas de idilio clandestino y que el otro hasta en la celda hubiese olvidado el placer que nos dimos aquel día en que me arrancó la ropa tan oportunamente?

Voronov miró instintivamente hacia la hamaca, en la que, sentado, Nicolás se desperezaba de la siesta.

—No temas, que ni me oye, ni le importaría que te lo contase.

—Ellos lo pasaban muy mal —suspiró Voronov.

—Ellos, tú, algunos millones más de gentes y yo. Yo, por lo menos, intentaba no perder el valor. Por lo menos, nunca confundí la lealtad con la militancia, ni el gusto con el capricho.

La mano de Voronov se separó de mis rodillas.

—¿Tienes ahora novio, Clotilde?

—Ninguno formal, que es a lo que tú te refieres, Voronov. Si lo pienso, los únicos que he tenido han sido ellos. Y de los dos, con ése, que ahora está corriendo por la explanada para quitarse la modorra, me habría formalizado no ocho, sino ochocientas semanas. Pero continúo sin saber por qué Nicolás Clavijo nunca más quiso abrazarme desnuda, como me abrazó cuando se largaron los sociales. Te juro que parecía sincero y es lo que me resulta más inexplicable —cogí entre las mías una de las manos de Voronov—, lo que jamás aprendo a desentrañar, la espontaneidad. Quizá porque me educaron para la duplicidad y el fingimiento; quizá porque no tengo un código genético calculado para ese milagro. Ahora, mira, Clavijo se ha puesto a hacer flexiones.

Suavemente desprendió la suya de mis manos y se marchó a preparar la cena, sin pedirme que me casara con él. Al rato, Nicolás Clavijo intentó darme el mitin con las propuestas ecológicas que el comité había decidido incorporar al programa. Me irritaba soberanamente que él y el comité propugnasen la defensa conjunta de los derechos del proletariado y de los derechos de las focas; y así lo mantuve. Estuvimos discutiendo hasta que Saturnino y el niño llegaron, cuando ya casi no quedaba más luz solar que la de los focos en los corrales de Voronov.

—En su momento Nicolás me lo contó todo —dijo, de improviso, mientras ambos poníamos la mesa para la cena el domingo siguiente, un domingo propicio para una petición matrimonial, ya que llovía a rachas, se estaba bien junto a la salamandra y ellos habían decidido llevar al niño a un inmenso partido de fútbol.

Esperé a que estuviésemos sentados y sólo entonces le pregunté:

—Voronov, ¿qué es lo que Clavijo te contó en su momento?

—Lo que poco antes había ocurrido entre vosotros. Había traído, para enterrar aquí, unas multicopistas. Se veía venir, con tanta detención, un desmantelamiento del aparato. Y así fue, que también a él le detuvieron. Siempre ha tenido olfato Nicolás para olerlas oportunamente. Que gracias a ese instinto, me dijo, al ir a buscarte aquella tarde, los husmeó en las esquinas. En vez de aguardarte en el bar, subió a tu piso. Tú, que te estabas aviando para salir, le dijiste dónde escondías aquellos papeles que siempre teníais donde no debíais. Nicolás te ordenó que te desnudases y te tumbases en la cama, colocó los papeles entre los que había encima de la mesa y se desnudó. Que os hicieron esperar, me dijo.

—Un infierno, durante el que llegué a pensar, primero, que Clavijo había visto figuraciones por las esquinas; y luego, porque se estaba excitando, que todo era un truco.

—Pero sonó el timbre. Y entraron como entraban, más arrolladores aún si cabe, ya que os estaban sorprendiendo medio en cueros. Revolvieron y revolcaron, tan seguros de sí mismos que no supieron ver lo que os comprometía. Clavijo se fue creciendo en su protesta de novio indignado, de ciudadano respetuoso pero que conoce sus derechos, y los cuatro sociales se largaron. También me dijo que os quedasteis casi desnudos, temblando, con una alegría más grande que el susto, y que ocurrió lo que era lógico.

—¿Lógico? Lo que sé es que ocurrió algo muy hermoso. Espero, Voronov, que así te lo contase también Nicolás.

—Clotilde, esas cosas privadas se cuentan entre hombres sin detalles. Dijo sólo que, al fin, gustándole tanto como le gustabas, había pasado una noche entera contigo. Nada más. Él sabía cuánto le interesabas tú a Saturnino.

—Y ¿por eso ya nunca más…? Marica de mierda…

Salí a portazos, que alborotaron al averío que Voronov permitía dormir, me metí en el coche, puse en marcha el motor y me entretuve llorando sobre el volante. Aquellos dos pertenecían a esa raza de hombres a los que nunca se hace caso, pero a los que tampoco se expulsa nunca, se aplasta, se aniquila. Hasta el miedo se les había permitido, porque, según parece, los muy hombres también lloran. De haberlos tenido frente a mí, habría sabido humillarlos hasta el enmudecimiento, como aquella lejana noche en París. Sin embargo, gracias a que los hombres no escasean, disponía de un ejemplar al que herir con la verdad.

El aire estaba húmedo, se bebía y, paseando por la oscuridad, percibí a Voronov en la explanada. Debía calcular, como calculaba el engrosamiento de las ocas, la duración de mi ataque de histeria. Me detuve y se aproximó.

—Aunque sin detalles, tal como los hombres os contáis vuestras hazañas, lo sabes todo. Si te vas a decidir a proponerme que me case contigo y con tus animales, información suficiente sobre mí ya tienes.

Se contuvo la risa, al tiempo que me colocaba una chaqueta de lana por los hombros.

—De sobra, Clotilde. Son muchos los años de frecuentarse.

—Tampoco te demores, Voronov, que de un día para otro soy ya una cuarentona. Pero, por si te decides a pedirme, me gustaría que antes realmente lo supieses todo. —Noté que había dejado de sonreír—. Cuando Nicolás Clavijo renunció generosamente en beneficio de Anselmo Saturnino y Anselmo Saturnino caballerosamente cumplió el compromiso que había contraído con Nati, nadie supo que yo también estaba embarazada. Todavía ahora hay domingos que me da tonta, que pienso que ese chico de Satur, que corre por aquí detrás de las aves, es el mío, aquél.

Enlacé mi brazo con el suyo.

—Y ¿estuviste segura, Clotilde, que ese chico que no llegaste a tener era de Satur?

—Hombre… —y fui yo la que reí entonces—, de ese asunto de la paternidad los únicos que estáis seguros sois vosotros. Riesgo de equivocarse siempre se corre, y más cuando menos confías en ti mismo. Seguro que aún te acuerdas de las doce maneras de matar al pavo, que tú inventaste por aquellos años, cuando inventábamos maneras de derrocar al tirano de un día para otro. Pues añade a tu docena la peor manera que existe, y es que le tengas miedo al pavo.

Se lo pensó con calma y, por fin, dijo:

—Hay otra más dañina, y es que no quieras reconocer ni ante ti misma, Lola, que le tienes terror al pavo.

—¿Te refieres a mí, Voronov? —Había agachado la cabeza y besaba la mano que yo apoyaba en su brazo—. Porque se me ocurre otra, y debemos ir ya por la quince.

—¿Cuál?

—Es la que menos gracia me hace, te lo confieso. Consiste en dejarle estar y que el propio pavo se canse de estar vivo.

—Tienes razón, Lola. Si es que uno se pone a discurrir maneras y nunca acaba de ver peligros por todas partes.

(1987)

El mandil de mamá

En aquellos días nos dijeron que la guerra había terminado, pero que mamá ya nunca más volvería, porque había muerto. Lloramos mucho, prácticamente hasta que nos acostaron y nos dormimos. No recuerdo que por entonces padre me hiciese el discurso a la primogénita, aunque sí recuerdo a Sabina y a Isa alegar, cuando les convenía:

—Pues papá ha dicho que tú, Marcela, tienes que cuidar de nosotros como una madre.

Era primavera y pronto llegaría la fiesta de fin de curso, en la que estaba segura de que mis hermanas y yo (como efectivamente sucedió) obtendríamos diploma y medalla. Se veía venir por el trato que nos daban las jesuitinas, que, por muy bichos que fueran, no podían distinguirse de la conmiseración que la gente nos tributaba y que duró dos o tres años, desde el solemne funeral en la catedral. Más que confortada, me sentía orgullosa las tardes en que padre nos llevaba a pasear a la ciudad, los cuatro de luto riguroso, personas de todas las clases parándonos a cada paso para expresar su sentida condolencia, para predicarnos resignación, algunos a darnos ánimos, así nos encontrasen por la bajada de las Ánimas, por el camino de las Huertas, y no digamos en el parque, la calle Ancha o al cruzar la plaza Mayor en busca de la calesa.

La sensación de bienestar y dulzura me duraba hasta que, ya en camisón, me arrodillaba junto a la cama y, al tiempo que decía las oraciones de la noche, sacaba del devocionario el recordatorio del funeral de mamá, besaba la estampa y, debajo del nombre, leía: «Trágicamente desaparecida en la zona roja». Me venía la tristeza, mezclada a una especie de rabia, porque, en contra de lo que padre había prometido durante los años de la guerra, mamá no había vuelto a casa. En la cama, la tristeza no me dejaba dormir y, encima, se me olvidaban las cosas buenas. Se me olvidaba que la noticia por lo menos nos había sorprendido ya en la casa de campo, que pronto vendrían los primos a bañarse en la alberca, que cogeríamos higos y organizaríamos expediciones. Olvidaba, sobre todo, que el expediente de depuración, que le habían hecho a padre por tener a la esposa con los rojos, se lo iban a sobreseer, dado que a mamá ahora se la podía considerar como mártir de la cruzada.

Casi peor que la tristeza era la preocupación de ver a padre cada día más raro. No le gustaba que le preguntase detalles de la muerte de mamá y, a veces, me decía que yo debía estar contenta. Como todos los años, al trasladarnos a finales de marzo a la casa de campo, habíamos pasado de externas a mediopensionistas. A la salida del colegio nos esperaba Honorio con la calesa. Ya se notaban los días más largos y el atardecer, aunque estuviese nublado o lloviese, por los campos parecía atardecer de verano, incluso olía a verano de repente. Y de repente, una de aquellas tardes, aún más maravillosa quizá que las tardes maravillosas que anunciaba, Sabina dijo:

—Papá me ha dicho que nos mudamos a la casa de la ciudad.

—Mentira —repliqué—, porque hace poquísimo que hemos venido y siempre estamos hasta el otoño.

—Anda y pregúntale a Honorio si es mentira que nos mudamos el lunes. ¿A que sí, Honorio?

—Yo me alegro —dijo Isa—. La comida del colegio sabe a cacerola.

—Muchachas, no crearle a vuestro padre más complicaciones de las muchas que le han caído encima. Y a obedecer lo que él mande, que es por vuestro bien.

El lunes se hizo la mudanza. Nos dijo que era a causa del luto; al poco tiempo, porque iba a hacer obras en la casa de campo. ¿Para qué obras, si, además, aquélla había sido la casa preferida de mamá, donde más cosas suyas se guardaban, auténticos tesoros, y recuerdos? Para mayor rareza, padre se quejaba con frecuencia de falta de dinero, de que con el final de la guerra los precios estaban subiendo una barbaridad. Él era quien se creaba complicaciones con aquellas obras inútiles, que yo estaba convencida de que durarían el verano entero, no hasta mediados de julio, como me había prometido.

Terminó el curso, pero no daba la impresión. Nos pasábamos el día encerradas, la mayor parte del tiempo sin saber qué hacer, ahogadas de calor, Isa mustia y Sabina insoportable. Mientras, los primos Perú ya estaban en la finca, con los amigos que cada año invitaban, con Olalla. A la caída de la tarde nos sacaba a pasear alguna de las criadas y no veíamos otros árboles que los del parque. Padre volvía tarde, algunas noches después de la cena. Estaba demasiado poco triste, por bien que marchara el expediente de depuración. Hacía burlas del aspecto que teníamos con aquellas ropas teñidas de negro y reía a carcajadas con las pequeñas. Una mañana, mientras se afeitaba, le oí cantar. Y ya no pude dejar de pensar que padre o estaba loco o feliz de haberse quedado viudo.

Algún domingo nos llevó a pasar la tarde al campo. Únicamente nos permitían entrar en la cocina, para que no nos ensuciásemos o no nos partiésemos la cabeza en una habitación con las vigas del suelo al descubierto. A Honorio le dio por vigilarnos constantemente. Fuera, sólo en una ocasión encontramos al pequeño de los Perú, que todavía aquel verano no había perdido la costumbre de merodear por los cerros; por lo que nos contó, estaban resultando unas vacaciones tan divertidas como las anteriores. Aquella noche, conforme la calesa rodaba por las calles de las afueras, me sentí como una monja arrepentida que regresa a su convento de clausura y, por primera vez, odié a padre y reproché a mi madre haberse muerto.

La casa de campo, cuando en agosto nos trasladamos de nuevo a ella, aparentemente no había cambiado y, sin embargo, algunas habitaciones del segundo piso habían ganado espacio y todas luz. El camaranchón, antes lleno de trastos inservibles, lo había convertido padre en su despacho y no sólo había instalado allí la biblioteca, sino también un cuarto de baño y una especie de otomana, para descansar a ratos del trabajo. A la pobre mamá le habrían gustado las reformas. A mí, aunque con remordimiento porque me constaba que lo hacía por nosotras y no porque tuviese un temperamento emprendedor, me dolió que hubiese decidido dedicarse al negocio de la construcción en vez de seguir de tapadillo con el bufete hasta que lo depurasen.

La verdad es que los cambios en la casa apenas nos ocuparon unas horas después de la llegada. Recuperamos enseguida las costumbres del verano, y por mi parte con la ansiedad de saber que ya había transcurrido la mitad de las vacaciones. Como todas las comidas, salvo la del mediodía, se servían en el cenador del jardín, a la casa sólo entrábamos para dormir. Y algunas noches, casi sin tiempo para decir las oraciones y besar el recordatorio del funeral, lamentaba dormirme tan deprisa, sin gustar la paz y la frescura de la noche.

Olalla me puso al corriente la primera tarde que nos vimos. Había conocido a la bruja unas semanas antes, siguiendo, sin que él lo sospechase, al menor de los Perú.

—Como tú no estabas, me aburría y pensé que algo descubriría yendo detrás de ese vagabundo. Por lo menos, le espiaba. Y así encontré a la bruja. Dice que han sido ya diez veces que la choza, en plena noche o en pleno día, da lo mismo, se llena de una luz azulísima, que se va juntando juntando, hasta formar la imagen. Le he hablado de ti y está conforme, con tal de que no se te escape ni una palabra.

—Te lo agradezco infinito, Olalla. Pero una cosa, dime, tú verdaderamente ¿crees que la luz en lo que se convierte es en la Virgen María?

—Ay, Marcela, qué pregunta… ¿Y en quién si no?

—Tienes razón. Lo primero que le pediré es que me explique con todo detalle cómo murió mamá y cómo la enterraron en la zona roja, sin un sacerdote que le diera siquiera la extremaunción.

—Seguro que la imagen te dice que tu madre está en la gloria tan ricamente.

Era mucho secreto para mí y se lo medio conté a Sabina, a aquella hora durante la que diariamente Isa dormía la siesta bajo la higuera grande, Sabina leía una novela y yo me consumía de impaciencia hasta que aparecían en la huerta. En vez de quedarnos allí con los demás, esperando terminar de hacer la digestión para poder zambullirnos en la alberca, Olalla y yo cogíamos la bolsa, con la comida que le llevábamos de limosna, y nos poníamos en camino.

Las primeras tardes me pareció que la choza estaba lejísimos. Luego me hice a la idea de que sólo se tardaba media hora a la ida y media hora a la vuelta, siempre que Olalla no eligiese, por razones complicadas, rodeos y vericuetos. Era difícil creer que la Virgen se aparecía en un sitio tan repugnante y tan tétrico. Cuando la bruja no tenía el pálpito, nos salíamos las tres a la puerta de la choza y, aunque el paisaje era un inmenso vertedero hasta la aldea en la loma del cerro, allí cabía la posibilidad, al menos, de que se desprendiese del cielo un pedazo de luz azul.

Al regreso de aquellas peregrinaciones ya se había formado el corro de contar historias y, sentados en círculo junto a la alberca, nos recibían con pullas y bromas de mala intención.

—Me extraña a mí que esa vieja —dijo un atardecer Juan Perú— no esté recogida por Auxilio Social.

—Intentar ya lo han intentado —replicó Olalla—, pero, a cambio, la obligan a lavarse, a comulgar y a cantar el himno.

—Lo que yo me figuraba —dijo Treviso—. Esa vieja es una comunista.

A consecuencia de la discusión que se entabló, algunas tardes no acompañé a Olalla a la choza, a riesgo de que, precisamente en mi ausencia, se apareciera la Virgen. Olalla, para contrarrestar las acusaciones, contó en un corro de historias que la Divina Señora se mostraba muy satisfecha de la España nacional-sindicalista y que encargaba a los españoles, por mediación de la bruja y bajo el mando del Generalísimo, la defensa de Occidente y la evangelización de Rusia. Este aval causó efecto durante algún tiempo, pero un atardecer, en que Olalla y yo regresábamos mohínas porque habíamos encontrado cerrada la puerta de la choza, Sabina conjeturó:

—Me da en la nariz que esa vieja asquerosa no es comunista, sino masona.

Ya había comenzado septiembre; pronto, a la hora en que el misterio alcanzaba en el corro la cumbre terrorífica, sería de noche. Sabina, para lucir lo que leía en los libros, conseguía que todas las tardes se hablase de la masonería. A Treviso y al primo Juan Perú les enardecía el asunto y dejaban entrever que de masones sabían más de lo que resultaba decente contar delante de nosotras.

—Hoy en día es la misma cosa, porque todos los comunistas se han hecho masones.

—¿Habéis visto si tiene en la choza una escuadra y un compás? —preguntaba Treviso.

—A éstas se los va a dejar ver… Yo creo que la vieja, como mucho, es vigilante. O sea, para que lo comprendáis, ayudante especial del venerable.

—Y el venerable ¿cómo se llama?

—Anda, Juan, cuenta eso de que los masones matan a los niños.

—El venerable no se llama de ningún modo, es el presidente de la reunión, que se llama logia. Cuando se juntan en la logia es cuando matan a los niños, a los sacerdotes y a los renegados.

—¿Y a cuántos matan? —insistía Isa o el menor de los Perú.

—Según y cómo.

Al final de aquellas vacaciones, o quizá durante las siguientes, Treviso me citaba junto a la tapia trasera de la huerta y, a cambio de un beso, me hacía una confidencia reservadísima. Así me enteré de que Mauricio Karl se llamaba de verdad Mauricio Carlavilla y de que, a su vez (y mediante otro beso), Mauricio Carlavilla era un seudónimo que usaba el Generalísimo para escribir libros donde se explicaban las atrocidades de los masones.

—La tenida es como una misa, con muchas ceremonias y mucho paripé. Los del grado treinta para arriba llevan mandil, para no mancharse el traje con la sangre de las víctimas. Una vez que te apuntas, y aunque te arrepientas, ya no te puedes desapuntar nunca jamás.

—Bueno, ¿y qué pasa si vas y te chivas a la guardia civil?

—Pues que la guardia civil te mete en la cárcel por masón.

—Y luego, un masón se disfraza de carcelero, entra en la celda y te ahorca. No hay manera.

—Lo he pensado mejor —precisaba Sabina— y seguro que la vieja es durmiente.

—Mentira, porque siempre se queja de que duerme mal.

—Idiota, durmiente es como un emboscado, que parece que no pero que sí. Por eso disimula diciendo que se le aparece la Virgen, no vaya a ser que alguien la descubra cuando se le aparece Satanás.

—Pero ¿también el diablo es masón?

—Los ayuda, porque para ingresar en la masonería el primer requisito es vender el alma al diablo.

—No hablar del demonio, que me entra miedo por la noche. Junto a la tapia, ofrecía mi mejilla y cerraba los ojos.

—El Generalísimo, cuando era teniente, quiso ingresar —mascullaba Treviso— y no lo admitieron por ser buena persona.

—La historia del conde no se entiende bien, Treviso.

—Porque no ponéis atención, que más clara no puede estar. El conde, que era riquísimo, se entera de que su único hijo se había hecho masón y que está arrepentido.

—¿Por qué se entera?

—Porque ve a su único hijo taciturno y demacrado, como con un remordimiento muy gordo, y va y se lo pregunta de hombre a hombre, y el hijo se desmorona y canta la gallina. Entonces, el conde hace un trato con los masones, de modo y manera que, si dejan borrarse al hijo, él se apunta.

—¿Quién él?

—El conde, jolines. Los masones dicen que bueno y le estrechan la mano rascándole la palma con un dedo. ¿Se entiende?

—Hasta ahora, sí.

—Llega el día fijado. Llega el conde y se encuentra todo prepa-radísimo. Le bajan a una sala subterránea, alargada como un túnel, iluminada sólo con velas, los masones y las masonas en dos hileras muy puestos ellos y ellas, y al final del túnel hay un crucifijo de mar-fil, colgado de un paño negro.

—Y ahora es cuando van y le dan el rifle al conde.

—Primero le dicen que tiene que pasar la prueba, como el exa-men de ingreso, ¿comprendéis? Y ahora es cuando van y le dan el rifle al conde. El conde protesta, que eso no era lo convenido, que él es católico, apostólico y romano, y que vamos, que no, que no es-tá dispuesto, así por las buenas, a descerrajarle un tiro a Jesucristo. Pues que no sueltan al hijo de las garras de la masonería, le dicen ellos, los masones. El conde duda, vacila, se debate; en resumen, que no sabe qué hacer. Por fin, prevalece la llamada de la sangre. Coge, apunta y dispara. En ese instante se oye un grito horroroso. Y el conde comprende la magnitud de su pecado.

—Lo que no se comprende es quién grita, ¿el hijo o el crucifijo?

—El hijo, bestia. El crucifijo es de marfil.

—Pero podía ser milagro, digo yo, y que gritase el crucifijo, porque, detrás del paño y justo detrás del crucifijo, el hijo tenía, se-gún tú, los ojos vendados y una mordaza en la boca.

—Pero no es de milagros, lista, sino una historia histórica y ver-dadera. De donde resulta que el hijo grita y muere, el padre ya no se puede borrar, so pena de acusación de haber fusilado de un solo tiro al crucifijo y al hijo, y, para más inri, la inmensa fortuna del conde, como se ha quedado sin su único hijo, pasa en su día a los implacables y astutos masones.

—O sea, ¿que también hay mujeres masonas? —preguntaba Isa.

—Claro que sí. Se dice que hay niñas masonas, monjas masonas, incluso putas masonas. Hasta madres masonas hay.

—Madres masonas es imposible —afirmaba yo.

Y lo seguí afirmando verano tras verano, cada vez que el sacrílego parricidio se repetía en el corro de historias. Luego llegó un verano en que ya ni los pequeños se interesaban por los misterios masónicos. Otros misterios, más simples y conmocionantes, nos ocupaban, nos separaban o nos unían. Si se hablaba en grupo, hablábamos ya movidos por la vergüenza a parecer puros, la estética nos iniciaba en la corrupción, en las artes de callar lo auténtico, crecíamos.

Un año Treviso y los primos ya no veranearon en la finca. Sus familias se habían trasladado a vivir en una colonia de hotelitos de una ciudad cercana al mar y sólo Olalla, invitada por mí, pasaba un mes o mes y medio de las vacaciones en nuestra casa de campo. Más tarde, quizá al terminar el bachillerato, cuando conseguí independizarme en la casa de la ciudad, era ya Sabina quien se carteaba con Olalla, quien la invitaba, quien me sustituyó en la amistad.

Para entonces padre, cuyo expediente de depuración agonizaba en alguna oficina bajo el polvo de los asuntos pendientes, hacía ya tiempo que había sustituido también la calesa por un birlocho y por un automóvil. Viajaba con frecuencia y no se quejaba del alza de los precios. A Salamanca, durante uno de los últimos cursos de la carrera, me escribió padre que Honorio, tras siete años de cárcel, había vuelto a casa. Moriría Honorio a principios de los sesenta, en una época en la que yo apenas mantenía relaciones con los míos. Creía vivir libre y sólo temía sus cartas, la imposibilidad de negarme a pasar algunas navidades en la casa de campo.

Y durante meses y meses así fue, así viví (en la libertad que el olvido y la ignorancia permiten) una existencia desgajada de mi infancia. Cada vez eran más escasos y temidos los recuerdos y, sin embargo, cuando uno me asaltaba, la memoria reprimida se vengaba y, cebándose en el cementerio del tiempo, incesantemente desenterraba viajes en la calesa, atardeceres junto a la alberca, los insomnios de aquel invierno oyendo en el camaranchón las cacerías de la garduña, la sonrisa de la institutriz cuando fingió entrar por vez primera en la casa de campo, mis sollozos al leer el telegrama por el que padre me comunicaba el nacimiento de Diego, de aquel Diego que en unos años merodearía por los cerros (como su primo, el menor de los Perú) y al que jamás he reconocido otro parentesco que el de medio hermano.

Pero, siempre que recordaba, la avalancha de los recuerdos se detenía en los meses posteriores al final de la guerra y a la muerte de mamá. En aquellos meses se concentraba el desarrollo de lo que sería mi futuro. Allí comenzaron a germinar, lentísimas, las semillas de la ignorancia auténtica, que acabarían fructificando en una ignorancia simulada tercamente con fidelidad masónica. A lo largo de ese proceso (aún no cancelado) fui aprendiendo a no confiar, a preservarme, tanto o más que de la memoria, de la verdad. Ya nunca, por supuesto, recibí uno de aquellos besos castos que Treviso me estafaba junto a la tapia trasera de la huerta, ni jamás volví a esperar que la Virgen se me apareciese. A cambio, conservé intacto el odio a los masones y, por supuesto, intacta la confusión que las palabras de padre me provocaron aquella noche de finales de septiembre, sentado al borde de mi cama, mis manos entre las suyas.

—Marcela, este año no volveremos a la casa de la ciudad. Vamos a quedarnos aquí. Estaréis mediopensionistas durante todo el curso. A tus hermanas les ha gustado el plan. —Algo debió de leer en mis ojos (sería angustia), porque añadió—: Siempre has detestado esa casa. No me digas que ahora tienes nostalgia de ella.

—Padre, ¿por qué tenemos que cambiar nuestras costumbres?

—Es necesario. Sé cuánto echas de menos a tu madre, Marcela, cuánto te ha dolido durante estos tres años la separación y cómo te obsesiona todavía su ausencia. Confía en lo que te digo, hija. No debes entristecerte. Yo te aseguro que, conforme crezcas y pase un tiempo, te sentirás resarcida de lo que crees haber perdido. Mientras tanto, ayúdate olvidando.

Pronto resultó cierta la nostalgia por la casa de la ciudad. A las pocas semanas del comienzo del curso, cuando ya empezaba a sentirse el frío antes de que se pusiese el sol, se hizo acopio de leña. Mis hermanas ayudaban a apilar troncos en la leñera. Yo las observaba desde la ventana de mi habitación, vestida aún con el uniforme del colegio, y su ruidosa alegría, azuzada por el constante regocijo de padre, fortalecía mi pesadumbre.

Una tarde, a la salida del colegio, encontramos que había venido a recogernos uno de los hijos de Honorio. Tardé en averiguar que la policía había detenido a Honorio mientras trabajaba en la huerta. Padre estaba de viaje y, cuando volvió, fue incapaz de dominar el miedo y la inquietud. Poco a poco, recabando noticias, recurriendo a los amigos influyentes, se fue calmando y ya al final del otoño recuperó el buen humor. Puso nuevos cerrojos y barras en todas las puertas de la casa, incluida la puerta de la escalera al camaranchón. Allí, después de cenar y de pasar por nuestras habitaciones, se encerraba a trabajar. Algunas madrugadas, despierta y temerosa de volver a soñar un sueño horrible, le oía bajar, caminar sigilosamente por la galería y entrar en su dormitorio. Había llegado el invierno. ¿Por qué todos los míos eran felices?

En adelante ya no hubo diferencias entre verano e invierno. El tiempo se dividía por semanas. Los domingos, después de la misa mayor en la catedral, padre iba al casino y nosotras, si no llovía, al parque. Comíamos fiambres, frutas y pasteles en la cocina de aquella casa, ahora afantasmada por las sábanas que cubrían los muebles y las lámparas. Regresábamos a media tarde, ellos tres sin dejar de hablar o de cantar, indiferentes a la nieve o a la melancolía cárdena del horizonte. Yo deseaba llegar cuanto antes, para encerrarme a llorar en mi habitación y que las lágrimas aplacasen la congoja.

Una vez al año, en la época en que en otros tiempos nos trasladábamos al campo, se me permitía acompañar a las criadas a la casa de la ciudad y vivir allí los días que duraba la limpieza general. Me sentía otra, lavada de recuerdos y soledades, aligerada de rencor. Durante aquellas mis únicas fiestas anuales, año tras año fui acumulando valor y diligencia, a imitación de padre, para en el momento oportuno, que llegó al término del bachillerato, conseguir mi independencia en aquella casa, extraña y, paradójicamente, propia. Pero, antes de que lograse mi liberación, transcurrió mucho tiempo y apareció ella a mitad de aquel espantoso invierno de la garduña.

El malestar me despertaba, unas horas después de haber tomado a hurtadillas las aspirinas. Me quedaba inmóvil, intentando conjurar las punzadas en el vientre mediante el recurso de fabular mi futuro; me contaba historias a mí misma y veía los rostros atentos de los primos, de mis hermanas, de Treviso y de Olalla. El insomnio me erizaba los nervios y, buscando la fatiga, paseaba por la habitación, contemplaba las tinieblas sobre los campos helados, fumaba mis primeros cigarrillos, incluso salía a recorrer a tientas la galería. Si el dolor me doblaba, me prometía que al día siguiente se lo contaría a padre. Una de aquellas noches oí los ruidos sobre mi cabeza y, de inmediato, comprendí que se trataba de una garduña.

De niña había visto muerto uno de aquellos terroríficos animales, que Honorio había matado gracias a su paciencia y habilidad.

No había olvidado lo que entonces escuché a los mayores acerca de las garduñas. Refugiada bajo las mantas, el miedo me hacía sudar, atenta a los rasguños de las zarpas en el entarimado y las vigas, a los crujidos y a las pisadas enguatadas de un extremo a otro del techo. La sentía morder los muebles, hambrienta, desgarrar la tapicería de la otomana, romper las tejas en repentinas huidas. Al fin, no pude contenerme y le pregunté a padre:

—¿Has notado algo raro arriba, en tu despacho?

Se mostró alarmadísimo y me hizo tantas preguntas que acabé por confesarle no sólo la existencia de la garduña, sino también mis dolores. De inmediato subió al camaranchón, armado de un palo. A la noche había recuperado la tranquilidad y, a pesar de que parecía no haberse enterado de mi enfermedad, dos días después me llevó al ginecólogo.

—No hay garduña, fantasiosa, ni estás enferma. Lo único que te ocurre es que no tienes a quien contarle que te estás haciendo mujer.

Quizá la garduña y mi pubertad precipitaron los acontecimientos. En todo caso, ya eran otros los tiempos, Honorio había aprendido a leer y a escribir en la cárcel, padre había comprado unas tierras colindantes, recibía a los amigos en casa, nosotras no resultábamos tan fáciles de controlar. Éstas y otras condiciones favorables para levantar el telón las consideré luego, cuando, aunque me resistiese a admitirlo, lo sabía. Entonces sólo supe que una mañana llegó, sonriente y tranquila, fingiendo que por primera vez entraba en la casa.

Era la institutriz. ¿Para qué una institutriz? Al mes era la dueña de la casa, quien todo disponía y de quien todos dependíamos. Fue Isa, que prácticamente no la había conocido, la primera en desenmascararla. Sabina quiso hacerme partícipe de la farsa que padre y ella representaban. Pero yo me negué a saber y, siempre que me fue posible, la traté como a una persona del servicio, como a la asalariada que usurpa una posición indebida. No me dejé quebrar ni en los momentos en que su rostro, de repente tan amado y reconocible, ni sus palabras, rezumantes de ternura insidiosa, me impulsaban a abrazarla y, hundiendo mis labios en su falso pelo negro, a renunciar a la desolación. Luego, aunque no desistió, aceptó mantener entre nosotras dos la misma condición a que estaba obligada en sociedad.

Por influencia de ella probablemente, padre me autorizó a vivir en la casa de la ciudad. Y aunque tampoco él desistió durante años de que yo la reconociese, paulatinamente tuvo que ceder a mi separación casi total. Para cuando descubrí que padre la había embarazado, me había habituado a una cómoda naturalidad exenta de tensión o de crueldad. Inmediatamente después de la boda del viudo con la institutriz, favorablemente acogida por las personas de todas las clases (las mismas que, años atrás, confortaban al enlutado padre y a las enlutadas huérfanas durante sus paseos por la ciudad), Isa y Sabina ejercitaron sus reprimidos derechos a considerar y llamar madre a aquella mujer con la que, tras haber sido su barragana de camaranchón, padre se había casado por segunda vez.

En pocas ocasiones volví a llorar, después de que aquella mujer fue definitivamente clasificada como el único ser del otro mundo que se me ha aparecido. Estallé en sollozos irreprimibles al leer el telegrama mediante el que padre me participaba el nacimiento de Diego, ese fruto de un amor de topera al que jamás reconoceré otro parentesco que el de medio hermano. Muchas lágrimas me costó romper con Treviso, cuando quiso inmiscuir sus buenos oficios. Es a ella, alguna de esas navidades en que regreso a la casa de campo (por completar la felicidad de padre con mi presencia), a quien se le humedecen los ojos. Y es que ambos van envejeciendo impúdicamente unidos, como quienes se han amado en exceso gracias a su miedo y a su egoísmo.

Lo mismo que me prohibí sufrir, tampoco me permito nunca reconstruir mentalmente aquellos años en que permaneció encerrada en nuestra casa. Ese juego de la imaginación lo reservo para el día, cada vez más cercano, en que reciba el aviso de que está agonizando y emprenda viaje, a fin de llegar a tiempo de no perdonarla por última y definitiva vez. Ese viaje bastará para imaginar sus años en su primera sepultura y para, en el momento oportuno, como homenaje a las ideas por las que sufrió persecución, en mérito a la inoportunidad de no haber muerto a su debido tiempo, ceñir a su mortaja el mandil de masona.

(1987)

Ayer, en la España nueva

Como si al marcharse Treviso llegase el sol, ayer fue el primer día de este otoño raro en que el cielo no permaneció encapotado sobre La Nueva de la mañana a la noche. Como si acudiese desde tierras remotas a despedir a Treviso, lucía el sol mientras yo cerraba la portezuela y la tía Olalla en la capilla escuchaba alejarse el automóvil, que yo veía alejarse por el tramo asfaltado del camino. Por fin recuperaba el horario de trabajo en mis loberas del sótano. A la espera, por supuesto, de que decidiese comunicarme, o silenciar, la condición puesta a la oferta de Treviso.

La tarde en que llegó, más o menos a la hora anunciada, lloviznaba, lo cual, a mi entender, me eximía de salir a recibirle, ni siquiera a la meseta de la puerta principal, bajo la marquesina. A pesar de la llovizna, se entretuvo fuera con los criados de la casa, que se habían congregado para darle la bienvenida. Oyendo desde el vestíbulo el parloteo de las mujeres, las risas incontroladas de los niños, exclamaciones de júbilo, pero nunca su voz, decidí que a aquel hombre a punto de aparecer, a quien había visto una única vez en mi vida y del que todo lo sabía, le llamaría por su apellido, como siempre había sido nombrado en la familia, y le negaría ostensiblemente el tratamiento de parentesco. Por respeto a la tía Olalla, no porque ella me lo hubiese ordenado, así lo decidí.

Al abrirse la puerta, di unos pasos en dirección a aquel rectángulo de luz empobrecida, pero entró uno de los chicos, llevando la maleta. Les oía ya con nitidez y, entre las voces, la suya, que sorprendentemente no me resultó desconocida. Contuve un impulso de traspasar el umbral y, conforme él y el señor Santos subían los últimos escalones, comprendí que no había ningún motivo para esperar que Treviso me reconociese. Nada más pisar el vestíbulo, me vio y se vino hacia mí con la mano extendida.

—Hola, Bernardo —dijo.

Y yo, traicionando mi decisión, contesté:

—Hola, tío Ignacio.

Antes de que, escoltado por el señor Santos, ocupara el dormitorio en el ala de poniente del piso de arriba que la tía Olalla le había asignado, ya estaba yo en mis archivos del sótano, dispuesto a trabajar las horas que quedaban hasta la cena. Sin embargo, no reanudé la tarea interrumpida por la llegada de Treviso. Sin admitir la inquietud que me producía ignorar a qué había venido después de veintiocho años de ausencia, busqué su carpeta, como si por un imprevisto cambio de exámenes tuviera que repasar prioritariamente una asignatura aparcada.

Pronto me fatigaron aquellas cartas y aquellos documentos, los escritos de suposición por mí redactados, que sabía casi de memoria, y comencé a pasar bajo la bombilla del flexo las pesadas hojas de los álbumes de fotografías. Más que una llamada de Treviso por el teléfono interior, esperaba los dos campanillazos en el viejo timbre de pilas por los que la tía Olalla reclamaba mi presencia. Y mientras miraba fotos escudriñadas hasta con lupa durante cientos de tardes, afuera llovía con más fuerza y el pasado, inmune al testimonio de aquellas figuras eternamente fijadas, no me enviaba señal alguna de veracidad, arrastraba a la nada el silencio y las tinieblas que me guarecían entre los muros y las estanterías, dejaba intacta únicamente la esperanza de un aviso de la tía Olalla para que subiese a dirigir el rosario.

Pero quizá ya había pasado la hora del rezo del rosario y en aquellos momentos quizá la tía Olalla y Treviso hablaban a solas. ¿Dónde? Apagué el flexo. ¿Le habría recibido en la que ella llamaba su sala de costura, un gabinete cercano a su alcoba y en el que yo nunca la había visto con una aguja entre los dedos? Era poco probable. Me costaba menos imaginarles en la galería, con la luz de las lámparas filtrándose por los encajes de las cortinas desplegadas sobre la vidriera. Tendría gracia que le hubiese impuesto la entrevista en la capilla, sentados en uno de los crujientes bancos de la época del bisabuelo Focsani, escuchando las palabras susurradas de Treviso como en confesión. ¿Y por qué no en el despacho, Treviso de pie al otro lado de la mesa, como diariamente rendía cuentas y recibía órdenes del señor Santos?

A medida que fantaseaba las actitudes de ambos en distintas habitaciones, comprendía que una y otro me habían olvidado. Pero entonces, favorecidas por la oscuridad, se animaron las figuras del pasado, escuché entrecortadas conversaciones mantenidas muchos años antes de que yo hubiese nacido, presencié acciones de personas muertas hacía décadas, tardes al borde de una alberca, citas nocturnas en un huerto cerrado y sofocante, playas, solitarias calles entre las verjas de los jardines, una mujer observando angustiada su vientre, un hombre de blanco impoluto y gorra azul dando un taconazo e inclinando la cabeza en la cubierta de aquel yate. Ya no me inquietaba saber lo que esa misma tarde estaba sucediendo, ni que Olalla y Treviso me hubiesen olvidado, porque, aunque todavía tardara en descifrarlas, yo poseía las claves de un tiempo libre de la rigidez y la opacidad del presente.

Pasaban unos minutos de las ocho y nadie me había prevenido de que en poco menos de media hora se serviría la cena. También los criados me habían olvidado. Tanteando rutinariamente entre las tinieblas, abandoné el sótano. Pero antes de dirigirme a mi habitación, pasé por el comedor pequeño. Sólo dos cubiertos habían sido preparados y junto a uno de ellos, los dos frascos habituales. Precipitadamente bebí un sorbo de jarabe y tragué dos grajeas. Después de guardar los frascos en el aparador, ya en mi cuarto, además de los lavatorios de costumbre, aquella noche me cambié de ropa. Cuando a la media en punto entraba de nuevo en el comedor pequeño, Treviso, que mantenía en la misma mano el cigarrillo y la copa del aperitivo, me saludó alzando las cejas, mientras el señor Santos, sin percibirme aún, reía estentóreamente.

—¡Qué cosas se le ocurren, señor don Ignacio…! El Horcajón…, así por las claras. Soy yo, que soy el único en toda la comarca que recuerda ese nombre, y llevo media vida sin mentarlo.

—Pues El Horcajón fue, y debía seguir siendo, el nombre de estas tierras —dictaminó Treviso, cuando, ya sentados a la mesa, nos servían las chicas y el señor Santos permanecía de pie junto al huésped—. No tiene perdón que, a causa de una patraña, cundiese lo de La Nueva hasta imponerse sobre un nombre de siglos.

—¿Patraña? —objeté—. El bisabuelo Focsani unió las…

—Sí, Bernardo —me interrumpió, sonriendo condescendientemente—, conozco esa ridícula leyenda desde antes del matrimonio de tus padres. Puede que Lucio Focsani, en uno de los momentos difíciles que pasó, quizá para magnificar sus rapiñas o por simple socarronería, inventara la historia de la entrevista en alta mar con el general. Pero jamás quiso que esta finca dejara de llamarse El Horcajón. Pregúntale a Olalla, si no me crees.

Por supuesto que no le creía, pero irreflexivamente, como si urgiese su testimonio, pregunté:

—¿Dónde está la tía Olalla?

—La señora —y la servil solemnidad de la entonación denotaba la repetición de un mensaje aprendido— no tuvo otro remedio al mediodía que marchar a la capital. Volverá pronto, seguro.

Al día siguiente, segundo de la estancia de Treviso en La Nueva, hice rigurosamente mi vida habitual. Cuando regresaba del paseo matutino, vi cabalgar a Treviso y al señor Santos hacia las colinas. Supe por una de las chicas que llevaban el almuerzo, ya que habían proyectado llegarse hasta el río.

Regresaron a la caída de la tarde y en el transcurso de la cena sólo hablaron del estado de la hacienda, de la inminencia de la vendimia, de pueblos y de chozas, de aparceros, que Treviso presumía conocer tan íntimamente como el señor Santos. No supe escabullirme del café en el salón y, aunque una vez solos prosiguió hablando de La Nueva, manifestó también estar al corriente de mi salud y de mis estudios.

—No —quise matizar su optimismo—, no creo que antes de dos años pueda terminar la carrera. Es cierto que me encuentro bien, pero no lo suficiente para recuperar los cursos perdidos. Además —añadí—, tengo otras ocupaciones, otros intereses.

—Lo sé por Olalla.

Fingí desatención, como si ignorase que la tía no contestaba sus cartas y que únicamente una o dos veces al año mantenían una breve conversación telefónica. Me costó dormirme, imaginando los merodeos de Treviso por la casa, sus inspecciones impunes, que asombrosamente la tía Olalla parecía no sólo haber propiciado con su ausencia, sino alentado. Me propuse vigilarle, registrar su dormitorio incluso.

Aquella noche, o quizá la siguiente, soñé que Treviso había venido a vivir definitivamente en La Nueva a instancias de la tía Olalla, quien a las puertas de la vejez quería reparar con una convivencia amistosa la larga separación impuesta por ella, que en la práctica había resultado un divorcio. A la mañana siguiente, o a la otra quizá, el domingo en todo caso, al entrar apresurado me encontré con que la tía Olalla seguía en su reclinatorio la misa recién empezada.

—Ven a verme esta tarde después del reposo —me susurró, rodeada de mujeres en la puerta de la capilla.

Intenté ordenar papeles en el sótano, pero el cuerpo me pedía movimiento y decidí pedalear un rato por las cercanías de la casa. De repente, descendiendo por una senda entre árboles, los descubrí en el cenador del jardín. Frené y me senté en la hierba a observarlos. Conversaban apaciblemente. Se sonreían. Aunque para mí eran dos viejos, me cautivó la belleza de ambos, más aparatosa la de Treviso, y simultáneamente envidié su vigor, la espontaneidad de sus gestos, el esplendor de sus rostros. De nuevo, y ahora despierto, quedé convencido de que en aquellos momentos hablaban de restablecer el sacramento mediante la convivencia, que veintiocho años antes había durado apenas diez meses.

Bruscamente, mientras los espiaba, me sentí excluido de las tierras donde siempre había vivido y que, si no moría antes, un día serían mías. Escapé camino abajo. Tuve que regresar por la bicicleta, olvidada entre los árboles, y entonces les vi correr, cogidos de la mano, y me percaté de la lluvia que había empezado a caer. Después de dejar la bici en la cochera, entré por una de las puertas del jardín. Sus voces sonaban en la escalera, pero en el vestíbulo sólo estaba Treviso, que a través de una ventana miraba llover.

—¿Tomamos una copa en el salón? —Y, luego, nada más entregarme un vaso de agua mineral y beber un sorbo de su ginebra, quiso saber—: Bernardo, tú ¿en qué año naciste?

—Un año antes del sesenta y ocho, calcula.

—Santo cielo, debió de ser hace tanto que no puedo recordar cuándo fue ese año. Digamos que cuando nació el último Focsani. O sea, tú. También en el sesenta y siete murió Lola, mi suegra. ¿Has visto fotos suyas?

—Muchas. Y en un pasillo del piso de arriba está colgado su retrato al óleo.

—Infame. Una infamia, que ejecutó un célebre de la época con las manos temblorosas de lujuria. Se dijo que el célebre, que no era feo, había cobrado el precio de la infamia sobre un diván del estudio. Eran espectaculares tu abuela y tus dos tías abuelas. Una tarde de mayo las tres y, por si no fuera ya excesivo, Cheles, tu tía abuela segunda, si es que se dice así, al sentarse en la barrera, el tendido puesto en pie les dedicó a las cuatro una ovación, por hermosas y por cachondas, de las que provocan dos orejas y rabo. Mira, de aquel inolvidable cuarteto ya sólo vive Cheles, y a veces pienso que merecería la pena pisar los Estados Unidos por visitar las gloriosas ruinas de tu tía abuela segunda.

—El verano anterior pasó una temporada aquí, en La Nueva.

—Deslumbrantes —continuó, como si no me hubiese oído— y tan semejantes en materia de malas costumbres… Cheles, que se introdujo por la vía política del matrimonio en la familia…

—Como tú —pensé o quizá modularon mis labios.

—… se integró perfectamente en aquella descomunalidad que eran las Focsani. Lucio Focsani decía de sus hijas, y habría podido decir con toda justicia de su sobrina Cheles, que una tras otra, conforme alcanzaban la pubertad, emputecían. Tu abuela Pilar murió demasiado joven para hacerse mito. En cambio, Lola no eludió batalla hasta el sesenta y siete y recuerdo que a sus cincuenta largos de edad nunca le faltaba carne fresca. Tu idolatrada tía Olalla heredó de esa madre inigualable, al menos, la alegría de vivir, que ella siempre ha desperdiciado en socorrer a su prójimo y en amontonar dinero.

—Basta —le ordené.

—¿Has supuesto acaso que ofendía a mi mujer? Nada más lejos de mi intención. Simplemente, puesto a rememorar a algunas diosas de esta familia, que tan nefasta ha resultado para mí, pretendía ilustrarte, Bernardo, sobre las diversas, y hasta contradictorias, personalidades que produce una misma sangre, una misma sangre hirviente, como la de aquella camada de Focsani.

—La tía abuela Sagrario tuvo una muerte ejemplar.

—Ejemplar y dichosa, porque murió en un convento como otros mueren en un prostíbulo, salvo que a ella no la trasladaron de tapadillo a su casa y en la misma celda la amortajaron con el hábito, que nunca había vestido.

—Eso que dices sí que es una infamia. Una canallada.

—Pero, muchacho, ¿qué fantasmagorías te cuenta esa limpiahonras? Olalla, a fuerza de tener apariciones, acaba por...

Había dejado violentamente el vaso sobre la mesa, pero conseguí salir del salón en silencio. Alegando que el paseo en bicicleta me había fatigado, me llevaron la comida a mi habitación. A la hora del reposo la inquietud me hizo bajar al sótano. Necesitaba revisar papeles, los documentos que existiesen, mis escritos de suposición acerca de la tía abuela Sagrario. Sin embargo, una repentina desgana me dejó flojo y aterido. Recordé que había olvidado tomar las pastillas antes de la comida.

Mis labios comenzaron a rezar. ¿Qué importaba hallar documentos contra los infundios de Treviso, si los espíritus de las perso-

nas ofendidas, aunque fuesen las que más me importaban, gozarían
ya de la paz del Señor? En aquellas tardes destempladas en que aún
no se encendía la calefacción la fría humedad del sótano me aletar-
gaba. Soñé una vez más la hermosa carretera, vista desde el coche
que conducía el hombre obeso. En el instante preciso se cumplía el
presagio y el gordo perdía el control del volante. El coche se ponía
a girar en trompo y, poco a poco, mientras seguíamos girando, el
cuerpo inerte que oprimía el mío, el silencio, las tinieblas exteriores, se convertían en pruebas irrefutables de que ambos habíamos
muerto sin advertirlo.

Cuando aquel dulce sueño se disipaba, sonaron los dos timbrazos. Continuaba lloviendo sobre los campos brumosos. La tía Olalla, que me esperaba en la galería, nada más preguntarme cómo me
encontraba, me invitó a sentarme en la descalzadora junto a su sillón habitual y me comunicó que Treviso la esperaba ya en el despacho, donde ella le había citado.

—Y ¿tú?, ¿cómo te encuentras tú, tía Olalla?

—¿Yo? Ah, yo, perfectamente. Espero que la presencia de
nuestro huésped no te haya perturbado. Soy la única culpable de
que siga aquí, porque a Treviso no se le pueden facilitar las cosas,
hay que atarle corto. Ya te darías cuenta de que, una hora antes de
su llegada, me marché a la capital. Para nada, por ponerle difícil el
recibimiento. Le conozco tan descaradamente bien —y reía alegremente— que a mí no me causa ninguna molestia. A ratos me di-
vierte, lo confieso, incluso me emociono recordando nuestra juventud, aquellos tiempos turbulentos y tan dichosos…

—Tía —me puse en pie, ya que ella no parecía dispuesta a sentarse en el sillón—, yo creo que no es una buena persona.

—No, claro que no lo es. Y ahora, que empieza a envejecer, le
cuesta más aparentar humanidad. Ten paciencia, Bernardo, y pien-

sa que me estás ayudando. He de tomar decisiones, alguna muy grave. Y luego, que debo confirmar su propuesta, consultarla con Cheles, aunque sea por puro formalismo, colocarle en la posición más favorable para nosotros dos, sin causarle, a la vez, un perjuicio inmerecido. Ya ves que no es fácil, como sucede siempre que los problemas prácticos se mezclan con un caso de conciencia. Perdona, pero no quiero hacerle esperar más.

—Tía Olalla, perdona tú lo que me veo obligado a preguntarte. ¿Vais a volver a vivir juntos?

—¡Quita, loco! Ni que yo hubiese perdido la memoria y el sentido común… Bernardo, tú lo sabes, en mi vida no ha habido otro hombre, pero hace mucho que dejó de molestarme lo más mínimo que Treviso sea el único hombre al que he querido.

Su sonrisa, testimoniando la veracidad de sus palabras, me alivió instantáneamente. Era asombroso cuánto dolor había acumulado en las últimas horas entre los escombros del mundo que Olalla había creado para mí. Recobrada la confianza en aquel mundo inmarcesible, contra cuyos muros ni siquiera habían prevalecido mis enfermedades, me abandoné a la complacencia. Desde la galería, sentado en el sillón de la tía Olalla, la tarde se iba imperceptiblemente, más sensible la luz al cambio de las nubes que al paso del tiempo. Y gracias a aquel sosiego, Treviso se adecuaba a la geografía de La Nueva como uno más de los seres inofensivos, casi sombras, que la poblaban.

—Me descuidé una semana y han pasado diez años sin que haya vuelto a un concierto. No hace mucho me di cuenta de la cantidad de gente que he dejado de frecuentar en estos diez años. ¿Voy demasiado deprisa para ti? —Conforme atravesábamos el prado, sin sospechar a donde era conducido, se detuvo al percatarse de que yo había dejado de caminar a su lado—. Disculpa, se me olvida que soy cuarenta años más viejo que tú. Además, del campo siempre intento salir cuanto antes. Como de las iglesias. Aunque salirse del campo en La Nueva no resulta fácil, al menos no huele a incienso. Excepto en las habitaciones de Olalla.

—Continuamos cuando quieras. Esta humedad del otoño —me excusé— me sienta peor que las alergias de la primavera. Entonces, ¿no escuchas música?

—No encuentro hora propicia para que la música no me sensibilice hasta la cursilería. Para que escuchándola, quiero decir, no me sugiera la equivocación que ha sido mi vida y el concienzudo cobarde que yo sigo siendo. Resulta tan inaudito que haya sobrevivido a mi propio carácter que, al final, me siento orgulloso de mí mismo.

—Me hacen reír —dije, riendo— las exquisitas fullerías con las que trampeas tu sentimiento de culpa.

—Ni puedo, ni tengo ganas de creer en nada, si es a eso a lo que te refieres.

—A eso es, por supuesto —confesé, mientras, sintiéndome culpable de conducirle a la prueba, recordaba que había sido él quien me pidió a los postres que renunciase al reposo para vagabundear en su compañía por La Nueva—, en ningún caso a que hayas hecho desgraciada a la tía Olalla.

—Afortunadamente pareces estar al corriente de que hice muy feliz a Olalla, a pesar de proporcionarle la clase de felicidad que ella detesta. Todos —como distraído, al salir de los prados, en vez de penetrar en el pinar, tomé el camino de carros, que subía, embarrado y sinuoso, hacia las ruinas de la antigua casa de verano—, absolutamente toda la gente que conozco, incluidos aquellos melómanos de intermedio que dejé de frecuentar hace diez años, tiende a rechazar lo que desea. ¡Ah!, los deseos equivocados, por miedo a los auténticos…; o, lo que es más frecuente, para no reconocer la falta de deseo. Me gustaría —añadió sorpresivamente— que tus hijos fueran, por fin, unos Focsani equilibrados.

—¿Qué hijos, tío Ignacio?

Se detuvo cuando estábamos a unos metros de coronar la pendiente, y su expresión ensimismada, la súbita ausencia de vivacidad en aquellos ojos que probablemente miraban un futuro que nunca verían, me impulsaron a seguir andando. Desde aquella cima pelada se divisaba parte de los distintos paisajes que conformaban la finca, y al fondo, en el límite del horizonte quebrado por las nubes, adiviné las colinas, el valle abriéndose hacia el mar en las más jubilosas tierras de La Nueva. Le sentí acercarse y, sin volver la cabeza, supe que había recuperado su artificiosa naturalidad.

—Es tan inmensa… Y desde aquí no se alcanza a divisar ni la mitad de su extensión.

—Sí, Bernardo —asintió Treviso—, inmensa e inmensamente vacía. Si yo tuviese tu edad y tus derechos, llenaría de bastardos La Nueva, la repoblaría de seres vivos que aniquilasen los fantasmas. Evidentemente, ya me vas conociendo, esta hacienda me produce frenesí genésico. ¿Dónde vamos? ¿No estamos cerca de la antigua casa de verano? —preguntó, como si hubiese adivinado mi intención.

—Relativamente cerca. Hay que cruzar el torrente seco y atajar por el hayal. ¿Te apetece volver a ver esas ruinas? A la casa de verano las gentes la siguen llamando la casa del amo.

—Ya la llamaban así cuando aquí sólo vivían Lucio Focsani y tu malogrado padre, y fuera de aquí las hijas desterradas colmaban el mundo de felicidad y parían alguna nieta. ¿Quién habría podido imaginar entonces que Olalla, aquella niña visionaria y revoltosa, terminaría explotando estas tierras? Más previsible era que acabaría enclaustrada en unas habitaciones, que hieden a incienso y a cera, abarrotadas de santos, reliquias, cachivaches y porcelanas, cintajos, candelabros, fotografías… Hasta una foto de Marcela tiene, en marco de plata.

—Nunca supe bien quién era Marcela.

—Pues ya puedes abrirle ficha y carpeta. Fue su más íntima amiga en la infancia y dejaron de tratarse apenas estrenaron los primeros zapatos con alzas de corcho. Desde muy temprana edad Olalla dedicó sus afanes a no perdonarle nada a Marcela. Sobre todo, que Marcela se negase a reconocer a su propia madre, cuando el padre y la madre se casaron por segunda vez, y que siempre la tratase como a una institutriz. Historias de posguerra, de una época en que Olalla la quiso demasiado, sin darse cuenta, la pobre. Hasta yo, de niño, creí durante un verano o dos que Marcela y yo éramos novios, imbécil de mí. ¡Cuántos años tardé en quitármela de la cabeza…! Ahora está gorda, guapa y corrompida, pero ha encontrado la dicha en su capital de provincia, gracias a uno de esos matrimonios de inconveniencia, del que por ley de la naturaleza no cabe esperar progenie. Te fascinaría conocer a Marcela, si no te importase matar a Olalla del disgusto. Y, sin embargo, Olalla tiene entronizada su foto en el altar de las tribulaciones de la memoria. Admito que nunca entenderé a tu tía. Bernardo, por bien de todos nosotros, quiero pedirte que la aconsejes vender.

—Calla. No quiero engañarte. La tía Olalla no me ha dicho ni una sola palabra del propósito de tu visita. ¿Vender? Las propietarias de La Nueva son Cheles y ella.

—Qué maldición de mujer…

Ya habíamos llegado hacía unos minutos. Incluso habíamos contorneado el ruinoso edificio, que habitó durante sus primeros años en La Nueva el bisabuelo Focsani. Pero Treviso, a pesar de encontrarse frente al monumento, tardó en verlo. Cuando al fin levantó la cabeza y sus ojos encontraron, reconstruida, aquella especie de mastaba con la placa de bronce incrustada sobre ella, enrojeció de cólera y, antes de que yo pudiera intuirlo, se había agachado y lanzado una piedra contra el bronce. Después se sentó en un banco enmohecido del antiguo jardín.

—¿Por qué ha restaurado esa vergüenza?

—Yo se lo pedí a la tía Olalla. Por respeto a la verdad.

—No seas crédulo. Jamás fue verdad. Fue sólo una argucia de aquel viejo despiadado, astuto, miserable y…

—Estas palabras las mandó grabar él, para que el general descubriese la placa el día de la cacería. Y las grabó para que el salvador de la patria, como ahí se dice, las leyese y supiese que, en memoria y en reconocimiento de su victoria, lee tú, Treviso, lee, estas tierras de la patria, por su invicta espada liberadas del yugo marxista, para siempre se llamarán, en el porvenir radiante que amanece en España, precisamente la España nueva, y así, lo admitas o no, Treviso, lo dicen estas tres palabras en mayúsculas, centradas en el último renglón de la consagración y entrega de su patrimonio al general.

—Que no asistió a la cacería.

—Que, efectivamente, excusó su asistencia a la cacería. Pero, aunque durante un tiempo se siguió hablando en exceso de cómo había adquirido Lucio Focsani las decenas de fincas que formaban El Horcajón, un día llegó la invitación al yate.

—Ni en chalupa se había embarcado nunca aquel depredador.

—Navegó durante un sábado, tiempo suficiente para, dolido del escándalo levantado por la envidia, hacer donación de la finca al que era dueño de España, quien, quizá como el donante había esperado, sólo aceptó, en prueba de inquebrantable fidelidad, una reproducción a tamaño de estuche de esta soflama en bronce. Poco después de aquel crucero cesaron las habladurías y El Horcajón se transformó en La Nueva. Espero, por otra parte, tío Ignacio, que este apolillado episodio no empañará tus excelentes relaciones con nuestros actuales gobernantes.

—Anda, pongámonos en camino, que llegaremos de noche y calados hasta los huesos, si el atardecer se mete en aguas. O sea, que Olalla no te ha hablado de mi oferta, a ti que crees saberlo todo de La Nueva. Pero ¿cómo te está educando?

Anduvimos en silencio durante un tiempo y el atardecer se mantenía uniformemente gris, ventoso durante algunos trechos, arropado por las nubes, como el silencio arropaba nuestro incipiente cansancio, nuestros pensamientos. Le oí canturrear y, tras detenerse para encender un cigarrillo, dijo:

—Yo siempre he mantenido relaciones excelentes con quienes, sean los que sean, nos conducen al radiante porvenir de una España nueva. Se trata de personas, salvo cuando no se sienten halagadas, muy tratables. Espero, Bernardo, que no compartas este tópico de la gente vulgar que supone que algo cambia cuando cambian los que tienen el poder, porque es el poder el que cambia a los hombres. Sin embargo, no quiero entristecerte con asuntos de filosofía política. Pensar en la patria melancoliza. No, lo que quiero es explicarte que a unos amigos se les ocurrió la razonable idea de rentabilizar unas hectáreas en el valle, detrás de las colinas. Allí apenas hay unas huertas decimonónicas y el lugar resulta adecuadísimo para una urbanización, esa clase de ciudad-jardín, pero a la moderna, en la que crecimos tu tía Olalla y yo. Antes de nada, mis amigos consiguieron la promesa de recalificación del suelo. Para nada afecta el proyecto al resto de La Nueva y el precio que se obtendría por ese terruño es considerable.

Luego, cuando la noche comenzaba y, a punto de llegar a la casa, Treviso me había descrito exhaustivamente la futura urbanización, me rogó:

—Medítalo, Bernardo, y, si Olalla quiere conocer la opinión del futuro heredero de La Nueva, dásela con la misma sinceridad con que a mí me vas tratando desde que llegué. No te oculto que, debido a la separación de bienes que rige desde la boda, tendría que resignarme a una cuantiosa comisión. Ahora bien, como la lógica matemática enseña, sin esa cantidad no se alteraría la decorosa mediocridad en que me mantengo.

La tía Olalla nunca pidió mi opinión. En los siguientes días, hasta que ayer nos despedimos y su automóvil se alejó por el tramo asfaltado del camino, apenas intercambié unas cuantas frases banales con Treviso. Me quedé en cama y pude ocultar sin dificultad la fiebre que me produjo la caminata a la casa de verano. Alterada y ajetreada, la tía Olalla descuidaba sus obligaciones, pasaba horas conversando con Treviso. Estuvieron juntos una tarde en la capital y les oí regresar, entre sueños, a hora avanzada. Cuando Treviso se asomaba a mi dormitorio, únicamente preguntaba por mi salud. En una ocasión, poco antes de la cena, bajó al sótano y se interesó superficialmente por mis archivos. Esta visita debió de ocurrir la noche en que la tía Olalla recibió el mensaje celestial.

Yo había caído en un profundo sopor, tras haber resistido en la cama un largo insomnio. Antes de tener conciencia de que estaba siendo zarandeado por la muchacha, oí que llovía rabiosamente. La muchacha, asustada, me urgía a levantarme y a que la acompañase a la capilla. Me costó obedecer. Aunque sudaba, me abroché el pijama y me puse el batín. La capilla, iluminada insólitamente a aquellas horas, estaba desierta. Conduciéndome de la mano, exigiéndome sigilo, me fue llevando por habitaciones y pasillos que, en las tinieblas, me desorientaban. Reconocí, de pronto, que nos aproximábamos a la alcoba de la tía Olalla.

Y, también de repente, rompí a temblar. A través de la cambiante penumbra que creaban las lamparillas de aceite, las velas y una bombilla bajo una tulipa rosa, distinguí el incesante forcejeo de las mujeres en torno a la cama. No quería ni siquiera mirar y, cautivo de aquella conmoción que me aniquilaba, ansiaba únicamente que cesasen los gemidos, el estertor, los gritos guturales, como de animal debatiéndose en la agonía o en un orgasmo. Durante un instante, al ser rechazadas las mujeres por el cuerpo que se alzó vigorosamente de la cama, entreví los hombros y los pechos desnudos de la tía Olalla, una carne de sorprendente tersura, y, a la vez, sus ojos desorbitados.

También ella durante ese instante tuvo que verme en el vano de la puerta, porque, nada más reducirla sobre las sábanas, del grupo de mujeres se destacaron dos, que me obligaban a alejarme, que me guiaron hasta mi dormitorio.

—Rece, señorito Bernardo, rece a la señora, que ya es una santa.

En la soledad, abrazado a mi cuerpo que intermitentes temblores aún estremecían, recobraba el ánimo y sólo intentaba recordar de la sordidez que había presenciado la carne juvenil de la tía Olalla. Cuando desperté, estaba sentada en una butaca junto a mi cama, vestida y maquillada. Instintivamente cogí entre las mías una de sus manos y la besé, con un fervor que me llenó los ojos de lágrimas. Sonreía y su sosiego llenaba la mañana de una sensación de mañana antiquísima.

—Me llena de alegría verte.

—Bernardo —dijo ella suavemente—, tenemos motivos para ser muy dichosos. La noche pasada me ha autorizado la Virgen a pecar.

No supe más, hasta que ayer amaneció el día soleado en que Treviso partió, eufórico y diligente.

—Esa bruja de tu tía Olalla vende, pero bajo una condición endiablada, de la que espero que se arrepentirá pronto. Haz que te la cuente y repítele que la adoro.

—Adiós, Treviso. —Y cerré la portezuela del coche.

En la capilla iluminada por la luz del sol, sentada en un banco, supuse que la tía rezaba y permanecí inmóvil. Con un gesto me indicó que me sentara a su lado.

—¿Se ha despedido de ti?

—Me ha encargado que te diga que te adora.

—¿Sabes que con él ha salido el mal de esta casa? Quiero confiarte tantas cosas… Las mismas que le confié a la Señora y que sirvieron para que, en su infinita misericordia, me autorizase a exigir de mi marido la anulación de nuestro matrimonio en los tribunales de la Iglesia. Ofrécele tu cuerpo y tu alma, Bernardo, y en las horas de tribulación confía en el favor de Nuestra Señora. También a ti un día te hablará.

(Nota en la carpeta de Treviso): El proceso canónico de nulidad matrimonial se inició por las mismas fechas en que la tía Olalla firmó la escritura de compraventa de las antiguas huertas al otro lado de las colinas. Nunca tuvo fin ese proceso, porque meses después el tío Ignacio murió sin sacramentos, lejos de La Nueva y de la religión, como siempre había vivido.

(1988)

Una fiesta campestre

Al final, pensé apagar el luminoso. Si las tres letras verdes lucen en la oscuridad cuando se detiene durante dos minutos el descendente de la medianoche, Jacinto sabe que ando levantado aún y, a veces, viene a beber la última del día. En la antigua alcoba ya ni veía en el grabado las escenas que me inventaba. Cerré con llave la habitación. Bajé la escalera. Cruzando el bar, tuve la sensación de haber metido la cabeza bajo las mantas una noche de helada y, mientras recorría el pasillo hacia la puerta trasera, me sentía encapullado en ese cubil sofocante de las noches crudas a la baqueta entre el sueño y la necesidad de masturbarme.

Entonces los oí llegar.

Nada podía recordar de aquel día, uno más igual a los anteriores. Cuando se vive en la rutina, la memoria sólo trabaja a la larga. Ocuparía algún rato en el huerto después del desayuno. Revisaría el frigorífico y la despensa. Quizá le puse anticongelante a la furgoneta, quizá sólo por ver una cara me afeité. Comería o quizá no. Al llegar la Delmira salí a caminar, seguro, porque soporto mal el asco que me produce desear la carne derrumbada y peluda de esa mujerona, que faena por la casa con ropa descuidada.

Al atardecer me había acercado a la estación y Jacinto me dijo que retendría al ascendente de las dieciocho doce por lo menos

753

veinte minutos. De regreso entré por la puerta trasera y encendí el luminoso, cuyas letras empalidecen en la luz aguada de la tarde. Preparé la cafetera, los servicios, las pastas. Después de la llegada del tren no tardaron en llegar los viajeros. En un instante estuvieron ocupadas la barra y las mesas. A lo largo de un cuarto de hora atendí los pedidos, sin detenerme ni precipitarme, con esa agitación controlada que he adquirido en muchos años de cantinero. Luego, como siempre, como pasan los chaparrones de agosto, el bar estaba vacío otra vez y en un silencio más profundo que antes de la llegada del tren.

Siempre he preferido aprovechar los acelerones de actividad, en que consiste mi oficio, para fregar la vajilla y barrer el suelo, recolocar las sillas y las mesas, para poner acorde con la soledad y el silencio el escenario en el que vivo y en el cual a horas fijas irrumpen extraños, cuyas caras olvido nada más pagarme las consumiciones, o esporádicamente la gente de la comarca. Así es que apenas quedaba en el ventanal que da a las vías un resto de tarde, cuando acabé la faena, hice caja y decidí dar un paseo.

Pero subí, abrí la antigua alcoba con la llave y, después de encender las lámparas, descolgué de la pared el grabado y me senté en una butaca. Con esa irritación desmadejada que me queda del trato con los desconocidos, nada más pretendía que dejar pasar el tiempo, no ponerme a sobar recuerdos del cuerpo de Manuela en esa hora incierta en que aún no ha empezado la noche. A ser por ella, el chamarilero se habría llevado aquel grabado, que yo encontré entre los trastos del cobertizo. Pero no se opuso a que lo colgase en nuestra alcoba, porque a mí me distraía descubrir figuras nuevas en aquella borrosa representación de una jira campestre, a veces manchas sin sentido, a veces imágenes rotundamente claras.

—Esa estampa es para ti como el mundo —me decía Manuela—, que apenas nos deja ver lo que miramos y que, de pronto, vemos lo que no está. Si me dejases quitarle el cristal y limpiar tanta porquería…

Mi memoria guardaba intacto el recuerdo de su cuerpo, el sabor de su carne sudada, las expresiones de sus ojos, hasta las grietas de sus pezones. Sin embargo, me era imposible imaginar cómo habría ido madurando, cambiando, y me negaba a recordarla tal como había sido, porque aquella realidad ya había muerto y yo la deseaba tal y como ahora fuese. Necesitaba haber vivido junto a Manuela y no engañarme, falseando el tiempo, con el verdadero sabor de su carne, con los verdaderos ojos y los verdaderos pezones que yo había besado.

Colgué el cuadro, apagué las lámparas y me tumbé en la cama. Era asqueroso seguir preguntándome por qué desapareció con aquel transeúnte, cuyo nombre todavía ignoro. En los primeros días después de la fuga creí haber adivinado la causa, pero hacía ya mucho que había olvidado aquella justificación; aún peor, que había retorcido los motivos hasta alucinarme.

Manuela había dejado todo lo que poseía a mi nombre y en papeles legales. Ese gesto quizá lo interpreté equivocadamente entonces, quizá quise convencerme de que ella, la sedentaria, me avisaba su regreso, me forzaba a esperarla, prevenía que yo pudiera reanudar mi antigua vida.

Luego, mucho después, cuando los años no me permitían ya ilusiones, estuve convencido de que me había regalado la casa y las huertas de la ribera para que no los persiguiese, confiando en que un ansia de propiedades y de estabilidad, que yo no me conocía, me anclaría allí. Como había sucedido.

Hubo demasiada premeditación y demasiada precipitación en

la huida de mujer tan sensual, y tan satisfecha por mí en dos años de matrimonio, para que debiese yo sospechar que su amante había sabido despertar en ella el gusto irresistible de alguna rareza inconfesable. Si por propia experiencia sabía cuánto me desconocía a mí mismo, cuánto más pude desconocer los secretos del deseo de Manuela...

—Dime lo más raro que te guste —fueron palabras que nunca me atreví a pronunciar— y yo te lo haré. No me hagas creer por cariño que te he hecho lo que más te gusta. Tú, Manuela, eres muy mujer y no te avergonzará decírmelo.

¿No me empeñaba en poseer a la mujer que iría envejeciendo, porque, aunque seguía esperando su regreso, ahora, a diferencia de los primeros tiempos después de la afrenta, ya no la deseaba? Por fin, condenado a la pesadumbre de convivir con la quimera en que los recuerdos convierten a una mujer, ahora ya no quería encontrar a Manuela ni para matarla.

Me levanté, salí y cerré con llave la puerta de la antigua alcoba. Bajando la escalera, se me ocurrió que aquellas tres letras encendidas en la fachada principal podían parecer esa noche una señal o un reclamo destinado a Manuela. Al final, pensé apagar el luminoso, mientras por el pasillo hacia la cocina temía una noche de insomnio y miembro duro.

Y entonces los oí llegar.

Me alarmaron no las voces de ellos, sino las risas de las mujeres. Hacía una eternidad que no escuchaba a gente de aquella clase y, nada más entrar yo en el bar, fue como si les reconociese. Viéndoles ocupar el local, supe ya a qué atenerme. Hasta que, haciendo la estatua detrás de la barra, conseguí que parasen y dejasen de cacarear, no llegué a contabilizar tres muchachos y cuatro chicas, más unas bolsas de lona y dos maletas de cuero rojo. Pregunté entonces y todos al unísono me pidieron siete bebidas distintas. Continué quieto, retándoles, y luego salí por donde había entrado.

Cuando volví de la cocina, habían juntado tres mesas junto al ventanal que da a la vía. Hablaban bajo y, despatarrados, lacios, mostraban ahora el cansancio de la caminata. El neón, al reflejarse en la fachada lateral de la estación teñía el local con un vapor verdoso. Retiré las maletas y las bolsas junto a una pared y pregunté de nuevo.

Conforme pedían y yo anotaba, percibí que uno de ellos, a pesar de los ropajes que se atrevía a vestir, pasaba con mucho de los treinta años. Y pocos menos contarían la del abrigo de pieles y la que le cuchicheaba al oído, una especie de máscara blanca enjoyada hasta las tetas. Mientras vaciaba la bandeja sobre las mesas, quisieron saber a qué hora dispondrían de un tren.

—Según.

—¿Por qué según, buen hombre?

Eran ellas quienes se dirigían a mí directamente y no sólo fue la altanería de la mujer lo que me desconcertó, sino que al extender las piernas se abrió su abrigo de pieles y aparecieron unos largos muslos, puro mármol negro, naciendo de una cortísima falda azul.

—He querido decir que según vayan al este o al oeste.

El más jaranero de los muchachos me replicó:

—Da lo mismo. Nosotros no tenemos prejuicios.

Se carcajearon, incluso fingieron aplaudir. De repente, no pude soportarlos. Aun sabiendo que el descendente de la medianoche se detenía dos minutos, mascullé que preguntaría en la estación y no contesté cuando ellos a su vez me preguntaron si, en el caso de no detenerse ningún tren, podrían hospedarse en la casa por aquella noche. El mayor, que llevaba un sombrero flexible como los que yo usé en mi juventud, me siguió hasta la puerta y, a juzgar por las risas de los otros, haciendo gestos de burla.

La noche estaba hermosa, sin viento y sin luna, fresca. Respiré hondo y pensé que, además de las dos escopetas en el cobertizo, guardaba una pistola en la cómoda de la antigua alcoba. Jacinto jugaba una partida de ajedrez contra sí mismo y, a pesar del humazo de los cigarrillos, me pidió que cerrase la puerta del despacho. Por el andén husmeaban dos perros sin amo.

—Tengo que embarcarlos como sea.

—Diles que el descendente suele llevar camas libres y que para lo suficiente. Tampoco a mí me gustan. Los he visto llegar, tratando a patadas esas maletas rojas, que valen un dinero, y armando chacota. Por lo que escuché, se han quedado sin gasolina en la comarcal…

—Sí, venían en dos coches.

—… y, en vez de tirar para el pueblo, que lo tenían a una pedrada de honda, tiraron hacia aquí, por capricho. Ni saludaron. Ellas están ricas, muy riquísimas, y más calientes de lo que disimulan con la elegancia y el señorío. Pero a mí, ¿qué quieres que te diga?, ese tipo de mujeres me da recelo. Yo, antes de jodérmelas, tendría que verlas desnudas y bien frotadas con estropajo. Parecen mucho y luego, en pelota, se te quedan en poco, en huesos y olores caros.

—Gente a la moda. —Moví uno de los alfiles negros y Jacinto, sin pensarlo, se enrocó corto—. Mandones y chulos, pero, a la primera en serio, unos panolis.

—Mandan ellas. Y ellos, a reír y manotear. La más mayor, que digo yo que tendrá como unos treinta y pocos años, la del abrigo de pieles, esa que va bandeándose encima de los tacones, pues ésa a mí se me hace que es la más señora y la más tragona. Suele pasar. Los demás son unos jabatillos, quitando al marido de la tragona, el del sombrero, que se le ve un hombre ya hecho, aunque menos que ella.

—¿El marido? ¿De dónde te sacas que sea su marido?

—Vete tú a averiguar qué parentescos tiene esa bulla entre sí… Hay otra, la redondita y también más mujer, con la cara pintada de blanco y ahorcándose con tantos broches y collares, que, mira por dónde, mueve un culo divino, el mejor culo de todos, prieto y alto, de esos culitos que se palpan enteros a mano abierta. Se llama Roberta. La madre que la fue a parir y qué nombre usa la mamona…

—Yo por los nombres no los distingo. —Moví la reina y era jaque—. Me voy, a ver si los espabilo.

—Tendría yo que verla después de quitarle el rojo y el blanco de la cara con lejía. ¡Dios!, qué costra… Me da el pálpito que ni se acuestan unos con otros. Mucho arrumaco y mucho sobeo, y de meterla, nastis, en la braqueta después de la pileta. Para mí, que son drogadictos. De lujo y vicio, pero drogatas de los que se ponen las venas como un cedazo. Fíjate en los brazos; con precaución, pero fíjate. Y, si me necesitas, da una voz —Jacinto, manteniendo la puerta abierta con un hombro, de una patada al aire alejó a los perros—, que yo antes de la una no me acuesto.

—Dentro de un rato te los facturo a la sala de espera.

—A las dos más jovencitas les hacía yo a simultáneas un favor cochino y placentero. Sobre todo a la de la melena enrollada sobre la cabeza, que tiene una mata de pelo la pelirroja de ella que lo mismo sólo el pelo le pesa el doble que los pechitos. ¡Cuánta guarrería desperdiciada hay por el mundo…!

—Observa que te he dado jaque.

—Leches, jaque.

Unos metros antes de la puerta oí ya la música de la radio. El desmadre había comenzado. Únicamente estaban sentados el del sombrero y uno de los muchachos, hablando vivo con las cabezas inclinadas sobre la mesa. Cerca de ellos, una de las chicas se desnudaba. El otro muchacho y la redondita culona bailaban, contorsionándose a lo gamberro. También bailaban, sin seguir la música, casi sin moverse, la mujer mayor y la chica pelirroja, pero abrazadas y besándose a fondo, los brazos de la mujer rodeando el cuello de la chica, la chica sosteniendo con las manos abiertas las nalgas de la mujer.

Tuve un arrebato de miedo, sin fundamento. Hasta que me serené, permanecí, con la espalda contra la barra, absorto en el abrigo de pieles colgado de la máquina tragaperras. Luego me decidí a mirar el cuerpo desnudo de la muchacha, largo y proporcionado, el estómago algo más grueso de lo que correspondía. En contraste con la cabellera cenicienta y rizada, casi desde el ombligo le bajaba por el pubis un mechón, vertical, lamido y brillante, como la cola de un cuervo. Tendría que llamarse Lola. O Sara. Me irritó que ni siquiera me mirase. Pero más me irritaba la vergüenza que me impedía mirar a la pelirroja y a la mujer de los altos tacones, enlazadas por las piernas vientre contra vientre, hechizadas, comiéndose las bocas.

Roberta (según Jacinto) me sonrió, a punto en una de sus contorsiones de chocar con mi cuerpo rígido. En la mesa del hombre y del muchacho había una botella de whisky, que yo no había servido. Alisándose sobre las caderas la tela negra que más parecía traje de fiesta que camisón, la chica se había transformado en una recién parida de hombros suaves y ondulada espalda carnosa.

Cuidadosamente, como el que atraviesa un parque infantil, atravesé entre ellos. Sin encender las luces de la cocina, salí al huerto. En el cobertizo cargué una de las escopetas. A oscuras, con la escopeta sobre las piernas, permanecí sentado en la cocina, incitándome a recorrer el pasillo sigilosamente y, desde la entrada, descerrajar dos perdigonadas contra las estanterías del bar. Quería verles huir como conejos en medio del estruendo crispado de las botellas, el espejo, el placer, la espontaneidad de sus movimientos, rompiéndose en añicos.

Me dio por imaginar, para animarme, que, de haberles servido Manuela, alguno de ellos (o de ellas) habría ido subiendo una mano bajo la falda, muslo arriba, arriba por el muslo terso, casi resbaladizo, de la que entonces fue mi mujer y entre cuyos muslos, en lo profundo de aquellas noches, hundía yo el rostro y seguía durmiendo. Me obsesionaba asustarles por lo menos, desafiarlos, y es que no se me ocurría otro remedio al encogimiento de mi pene, que tanto más se me arrugaba cuanto más nítidamente lograba representarme la espalda de la falsa Sara, la frondosa entrepierna de Manuela, las bocas frenéticas de las dos desaforadas.

Cuando sentí que alguien venía por el pasillo, escondí la escopeta detrás de la puerta de la despensa y encendí las luces. Aparecieron el chico, que había estado bailando con Roberta, y la mujer de la minifalda azul. Mientras el chico fisgoneaba los vasares, ella hablaba y yo miraba directamente a sus labios despintados y húmedos.

Por lo pronto, querían cenar. Y saber de cuántos dormitorios, camas y baños disponía la casa. De cena, cualquier cosa, de lo que hubiera, siempre que no fuera de lata, pero rápido, porque estaban hambrientos. Esa misma noche, por la mañana temprano a más tardar, yo debía encargarme de que alguien llevase gasolina a los coches. Y concluyó:

—Se te pagará y por adelantado. Anda, Carlos.

El muchacho sacó unos billetes y, consultándome con la mirada, dejó hasta cuatro, elegidos entre los grandes, sobre la madera sin desbastar de la mesa.

—Un momento y escúcheme ahora a mí. Camas hay dos, una grande. Habitaciones no faltan. Puedo preparar un diván y un somier con un colchón. Baño, sólo uno, con bañera y ducha. Y agua caliente. Para la cena, huevos fritos o en tortilla francesa, bocadillos de jamón, embutidos, chorizos de orza. Melocotón en almíbar, de lata, rosquillas y magdalenas.

—Melocotón, para nada.

—Y vinos de marca.

—Vale —dijo ella, marchándose un instante antes de que yo cogiese los billetes.

El muchacho se sentó en un borde de la mesa. En silencio, comencé a preparar la cena. Se ofreció a ayudarme y rehusé. Ya solo, mientras batía los huevos, les oí corretear por el piso de arriba. Nadie, sino yo mismo en colaboración con la puta vida, me había apocilgado en aquella cantina.

No había sabido encontrar mejor ofensa cuando me la saqué, floja y mustia. Pero fue creciendo, aunque sin endurecerse, a medida que la sumergía en el fluido amarillo de los huevos batidos, que la acariciaba con los chorizos encostrados de manteca, que batía con ella las aceitunas en un cuenco, que la apretaba entre las dos mitades de las barras de pan antes de sustituir mi carne viva por lonchas de carne fiambre. Gracias a que la culona empezó a hablar por el pasillo, pude limpiármela con un paño y hasta subirme la cremallera de la bragueta.

—Oye —venía diciendo—, que una de las habitaciones de arriba está cerrada. Dame la llave.

—Mientras ustedes cenan, ya preparé yo los cuartos.

—¿Vives solo? Uy, pepinillos, qué gloria… Me chiflan. En estos despoblados tiene que hacer un frío pelón. He visto mantas y edredones en los armarios. En esta casa hubo en tiempos una mujer. No me lo niegues, se nota. Se nota en que todo lo que hay de un cierto gusto está ajado y amarillento. Y lo nuevo es de plástico y chillón. O sea, que no tienes quien te caliente la cama, pobrecito. El cuarto de baño está pasable, aunque habrá que hacer cola para mear. Como fonda no vale una mierda tu casa, pero como casa es cachonda. ¿Te queda mucho fogón?

—¿Se llama usted Roberta?

—¿Por qué lo preguntas? Venga, vuela, que nos vamos a emborrachar esperando.

Movía sus hermosas nalgas a conciencia. Después dejaron de preocuparme sus malditos culos, sus pechos y sus labios, sus repentinas exhibiciones de carnes relampagueantes, las miradas, casi siempre perdidas y a veces elocuentes, hasta de sus voces, continuamente pidiendo algo, me desentendí. Cuando descorché las botellas estaba cansado y sentí de nuevo la urgencia de alejarme. En un extremo de la mesa formada por mesas se sentaba, con el sombrero permanentemente puesto, el hombre, cuyo pelo canoso me pareció teñido. En el otro extremo presidía la chica pelirroja y a su izquierda la mujer, cuyos zapatos de tacón estaban ahora sobre la barra del bar, besaba las mejillas de Roberta cada vez que ésta le servía algo en el plato. La muchacha del camisón negro (Sara o Lola) se negaba a sentarse sobre las piernas de Carlos. Avisé, aunque calculando que ni me oirían, que subía a preparar las habitaciones, pero el del sombrero dijo:

—Gracias.

Arriba habían dejado encendidas las luces, el televisor, abiertos los armarios y hasta en el gabinete habían revuelto. Al acabar, saqué la pistola de la cómoda, me la puse al cinto y no me entretuve ni a asomarme por la ventana para ver qué tiempo hacía. Continuaban comiendo y el parloteo había disminuido.

Fuera, el aire estaba estancado, como la temperatura. Al pisar el andén, escuché aproximarse al descendente y me detuve. Los ventanales del piso bajo y el luminoso refulgían en las tinieblas. Nadie bajó del tren, ni subió. Esperé a Jacinto frente a la puerta del despacho.

—Pasa —dijo, lanzando el banderín enrollado sobre la butaca y colgando el quepis en el perchero.

—Hace buena noche —me senté en un banco del andén—, rara para la época en que estamos. —Jacinto cerró la puerta del despacho y se sentó a mi lado—. ¿Sabes?, son peores que fuimos nosotros cuando éramos fascistas.

—Yo nunca he sido nada. Por cierto, macho, que te he dado mate. Lo que te faltaba para redondear la que te ha caído encima. Este currante, si no es de utilidad, se muda a la cama. Tú podrías, digo yo, estibar ese ganado en la furgoneta, cargar la gasolina que tengas y llevarlos a sus coches. ¿O se te ha insinuado alguna?

—Antes que sin gasolina una noche entera, me quedo yo sin agua o sin escopetas.

—No será que no te lo avisé. Ese género de lujo carnal, farfolla. Están enviciadas con una clase de tíos que lo que les gusta de las hembras son las bragas y los ligueros. Échale un tiento a esa Roberta, que tiene un culito muy agarrable, y a lo mejor te distraes un rato y colmas tus esperanzas. Con las otras, no hay que engañarse, estás expuesto a una orquitis preconciliar, u orquitis de órdago. Pero que la culos se quite antes el yeso y el carmín, que no va a ser de teatro la pasión. Teatro, el que me espera a mí mañana.

—Han encendido las luces del piso de arriba.

Jacinto, sin levantarse del banco, se desperezó y bostezó. Cuando Jacinto vino destinado a la estación, ya hacía años que Manuela me había abandonado. Si sobre la utilidad de la vida nunca me hice ilusiones, nunca pensé que la mía sería tan breve. Sólo el recuerdo había alargado y cargado de consistencia mi vida. ¿Cómo, sin darme cuenta, había elegido aquel lugar, esperando que ella volviese de un día para otro, pensando marcharme de un día para otro cuando dejé de esperarla? Me había estafado a mí mismo falsificando, por miedo, el futuro. Y, de repente, ya no sabía adónde ir, ni dónde encontrar a mis iguales, ni sabía, de repente, dejar de ser el que jamás había pretendido ser.

Jacinto se despidió. Hasta el amanecer no llegaría otro tren. Puede que hasta ya fuese abuela, ella que recurría a todo para que yo no la preñara. Me puse en camino lentamente. Dormiría en el cobertizo, en el catre de tijera. Sabiendo la casa ocupada, lo probable es que pasase la noche en vela, al acecho. Apenas había luz en los ventanales del bar.

Habían dejado únicamente encendido el tubo sobre la puerta del pasillo. Ni me miraron. Continuaban sentados, el mayor sin quitarse el sombrero, rostro frente a rostro a punto de rozarse y, como por casualidad descubrí, teniéndose las manos cogidas por debajo de la mesa.

Las luces de la antigua alcoba llegaban hasta los últimos escalones. Desde el umbral vi a Roberta, que, desnuda, cruzaba la habitación hacia la pared donde colgaba el grabado. Inmediatamente, quizá por el jadeo, reconocí el cuerpo de la chica de la cabellera rizada (¿Lola?, ¿Sara?), arrodillado y erguido, formando un ángulo recto perfecto con el cuerpo del muchacho, que, tendido en la cama, la tenía ensartada y sobre el que ella, basculando sobre las rodillas, mantenía un ritmo pausado, sincronizado a los empujes del émbolo incrustado en su gruta.

—*A rural entertainment*, se titula la marranada —dijo Roberta.

—Pero ¿qué es lo que representa? —preguntó el muchacho.

—Lo que yo decía. Grupo de vetustos de peluca y casaca follando sobre la hierba.

—¿Quieres, de una puñetera vez, atender a lo que estás? —pidió la muchacha.

—Ay, linda, no asustes al niño. —Rodeando la espalda de la chica con un brazo, Roberta le mordió un hombro—. Tranquila, corazoncito, que, en cuanto le tape la boca a tu violador con una mordaza sabrosona, lo vas a notar crecer dentro de un agujero, preciosa mía. Gorrioncitos, me estáis volviendo loca de delirio.

Trabajosamente Roberta acabó por colocarse de rodillas y con las piernas abiertas sobre la cabeza del muchacho, que reía a hipidos hasta que sobre su rostro cayó el ensortijado pubis. Sara colocó abiertas las palmas de las manos sobre las clavículas de Roberta y ésta ostentosamente se alzó los pechos. Ahora, el nítido rectángulo de carne que formaba el trío se agitó, parecieron desequilibrarse y creí que ambas se derrumbarían sobre el muchacho. Pero recuperaron el ritmo y Sara reanudó el jadeo, a volumen creciente y como si lo silabease. Inesperadamente las facciones crispadas de Roberta se volvieron hacia mí.

—¡Fuera! Cabrón, barrigón, fuera de ahí, que no quiero mirones. Lárgate o te capo el pellejo.

Retrocedí de espaldas, como si la voz de la mujer me empujase, y me detuve en la oscuridad al tropezar con una maleta. Las manos me temblaban y, sólo al darme cuenta de que estaba frente a la puerta de mi dormitorio, percibí que en la derecha tenía la pistola. Al otro lado de la puerta sonaba un crujido intermitente. Si abría de una patada, el cuerpo de dos espaldas que rodaría sobre las sábanas se detendría, se dividiría en dos, los pechos y los vientres de ambas recuperando el volumen. Necesitaba oír los gritos de la mujer de los muslos negros y de la pelirroja, y levanté doblada una pierna. En ese instante el rellano de la escalera quedó en tinieblas.

—Váyase y deje de merodear.

Distinguí la silueta del sombrero flotando en la penumbra que venía del gabinete, suficiente para apuntar certeramente la pistola.

—Disculpe —pude decir.

—Aquí ya no tiene usted nada que hacer, ni ningún derecho a espiarnos.

Entró en el gabinete, donde yo había instalado el somier y el jergón, había dispuesto el diván, donde había preparado (y ahora lo comprendía) un nido de amor para una pareja de maricones románticos.

—Nada más quería saber si necesitaban algo los señores.

Lo encontré al pie de la escalera y lo primero que percibió fue la pistola en mi mano. Pretendió, mediante un quiebro de cintura, escapar hacia la barra del bar, pero le sujeté por un brazo, le miré directa y fijamente a los ojos, y cerró la boca dispuesta a chillar. Me pareció que le veía por primera vez y no era extraño que en las últimas horas instintivamente mis ojos hubiesen rechazado aquel rostro de maricona petulante y frágil, inverosímilmente vulgar y de una belleza sobrecogedora.

—No me hagas daño —gimió—. Yo sé que tú no quieres hacerme daño. Al contrario, ¿verdad?

—Dime una cosa, una sola cosa, mujercita.

—Lo que tú mandes, hombrón, bruto.

Abrazándome, me había llevado hacia una de las mesas y sobre ella acababa de dejar la pistola, que había tomado de mi mano.

—Apártate, puta. Una cosa y no me mientas.

—Pero si te encanta que nos apretemos… Yo te digo lo que quieras juntos, muy juntos. Seguro que es algo guarro lo que quiere saber este hombracho depravado.

—¡Caniche! —llamó desde arriba, dulcificada, la voz del tipo del sombrero.

—Sí, Fernando. Subo en un momentito. Estoy tomando un vaso de leche. —Redujo a un susurro el volumen de la voz y añadió—: Tú quieres saber si Fernando es mi marido legal. ¿A que sí, adúltero? Es fantástico que me tengas celos.

—Calla. —Sus manos, de una suavidad asombrosa, se dejaron conducir por las mías.

—Mira, mira, lo que mi macho me pide. Deprisita, deprisita y calladito, que me muero si nos sorprende Fernando.

—Calla tú, nena. Oye, ¿cómo se llama la pelirroja?

—Curioso… Curioso y vicioso… —Su aliento me abrasaba el oído—. Y bobo. Olvídate de ésa y piensa sólo en mí, que te hago feliz, feliz, que te estoy haciendo muy feliz, y que te abandono ahora mismito, tienes que comprenderlo, pero te dejo feliz, mucho… —Sus dedos, cuando aún me sacudían los espasmos, subieron hasta mi cara, se engarfiaron en mis mejillas y sentí la agria humedad de su lengua invadiendo mi boca—. Adiós, tesoro.

Abrí los ojos después de haber escuchado sus pisadas saltarinas por los escalones. Decidí hacer algo inmediatamente, tal como echar todos los cerrojos de la casa, acurrucarme contra la puerta de mi dormitorio donde la pelirroja rodaba sobre sus dos espaldas, ducharme con la manguera en el huerto, rezar, arrepentirme de no haber acariciado las nalgas de Caniche, comer un bocadillo de sardinas de lata, subir al primer tren de la madrugada. Únicamente bebí a gollete de una botella de coñac, hasta que el estómago se me sublevó y, ya en la cocina, pensé desconectar por fin el luminoso.

Sería primera hora de la tarde, cuando desperté en el cobertizo. Me encontraba bien y me quedé en el catre recuperando las manías de la memoria, a la espera de que la Delmira se marchara. Pero seguía, cuando entré en la cocina, y todavía siguió faenando mientras yo bebía un tazón de café y calculaba darle unas pesetas por el trabajo extra. Sin embargo, fue ella quien me tendió dos billetes, medianos.

—Me encargaron que le diera esto y que le dijera que por las molestias.

—¿Quién, Delmira? ¿Quién le dio este dinero?

—¿Y a mí qué me pregunta? Bastante barullo tuve con el teléfono, con los desayunos, con los bultos de los equipajes... Y encima sin parar de aviar, que han dejado avío para una semana. Una de ellas, o uno de los señores, digo yo que sería.

Con una mano se ajustaba bajo la blusa las hombreras del sostén. Sonrió, cuando le prometí:

—Ya echaré cuentas con usted mañana.

—Hala, pues hasta mañana. Y agradecida.

Salí a desentumecer las piernas, a respirar aire limpio. El luminoso, efectivamente, estaba apagado. En el silencio de la tarde podía, si me lo proponía, oír cantar a Manuela, que planchaba en el gabinete, con las ventanas abiertas.

(1988)

No puedo recordar

La última tarde de Holofernes

Después, durante algunas semanas continuaron especulando sobre las últimas horas de Holo, empeñados en descubrir señales premonitorias del fatal desenlace a lo largo de una velada tozudamente irrelevante en la cafetería Sardanápalo.

—Vaya tiempo de perros… —había comentado Luis, con la indudable intención de contribuir a la cenicienta atmósfera del bar.

Ninguno de los tres interrumpió el reposo del crepúsculo hasta que, pasada una eternidad, Sesibon tuvo un recuerdo y lo dijo:

—Ahora hará un año estábamos pasándolo divinamente en la Semana Anual del Diseño Autonómico y de la Gastronomía Local en compañía de Luisito el Bolonio y sus concejalas. ¿Te acuerdas, Holo?

—Me acuerdo, pero no quiero —replicó Holo.

—Lo que demuestra que tienes conectada la memoria a la voluntad, como todo el que presume de amnésico —diagnosticó Luis, dispuesto a encontrar una víctima propiciatoria para animar una velada poco propicia.

Holo se limitó a hacer a Pedro el consabido gesto de otra de lo mismo para cada uno, sin arriesgarse a mirar la copia a tamaño natural del cromo de Delacroix, que encima de las botellas dominaba la cafetería Sardanápalo. Pedro avisó a la camarera, que veía llover a través del visillo del ventanal. En la barra Pepa seguía de parloteo con un supuesto atleta.

—O sea, Luis —quiso asegurarse Sesibon—, que en tu opinión todo el que tiene una memoria zarrapastrosa, como Holo, recuerda lo que quiere y no recuerda cuando le conviene.

—Sesibon, has comprendido perfectamente la melonada con la que aquí, la facultad, nos ha ilustrado.

—Este tipo de amnesia selectiva tiene su origen en la intolerancia del sujeto, que rechaza la experiencia en favor de los principios que recibió de párvulo. ¿Quién ha pedido otra ronda? A esta memoria selectiva yo prefiero denominarla adecuación culpable del pasado al presente mostrenco.

Sesibon reflexionó. Por desviar el asunto del debate, Holo opinó que algunas tardes aquel bar se parecía inconsideradamente a un cuarto de estar con brasero de cisco bajo la camilla y a punto la EAJ 2 de emitir el parte en conexión con Radio Nacional.

—No estoy seguro de que tengas razón, Luis. Desde siempre le estamos viendo padecer a éste por no acordarse del cumpleaños de las hermanas Potosí, del nombre de una calle donde vivió, por llamar Aniceto a Santiago el del garaje, por citarse con la mujer que le gusta a la misma hora que le ha citado el juez. No, Luis, lo de Holo no es un caso de memoria de conveniencia, porque él es el más perjudicado por su asquerosa memoria.

—Gracias, Sesibon.

—Lo que no quiere decir que, olvidando tan magníficamente como olvida, a veces no consiga el sosiego que nos está negado a los que padecemos de una memoria sin fisuras. ¿Puedes decirnos, Holo, si lo recuerdas, de lo que no has podido acordarte hoy mismo?

—Con mucho gusto. No he podido, por ejemplo, recordar un rostro que, nada más verlo, decidí que nunca olvidaría. No puedo recordar la última vez que se fue la luz eléctrica, ni quién era ministro de Agricultura en la época del piojo verde. Ni muchísimo menos, las dos únicas ocasiones en mi vida en que he estado de acuerdo con el gobierno reinante. No puedo absolutamente recordar quién fue la primera mujer que me dejó plantado. Y, por supuesto, no puedo recordar la disculpa que puso Luisito el Bolonio para no dejarme subir al globo, cuando estaba meridianamente claro que, por fin después de seis semanas anuales, me había llegado el turno de subir a mí.

—Yo tampoco recuerdo la excusa, pero lo cierto es que, saltándose la lista de espera, el Bolonio montó en la barquilla a la concejala de Bienestar y Cultura, y tú montaste en tierra una bronca grosera. Me largo —concluyó Luis—, que mañana tengo que madrugar.

Luego, Sesibon se interesó por los motivos que una persona normal podía tener para ansiar descomedidamente navegar en globo. Mientras Holo exponía las causas, próximas y remotas, de su frustrada vocación de globero, Pepa había recogido el casco en el guardarropa y, sin despedirse, salió escoltada por el supuesto gladiador.

—Sobre todo, que llevaba seis años soportando la Semana Anual, el diseño, la gastronomía y ese poblachón autonómico, sólo por subir al globo, te lo juro, Sesibon, únicamente por sentir el silencio y la brisa en la cara, y ver a vista de pájaro el pedregal, los despeñaderos, los cauces secos, todo lo que no se ve desde el puente aéreo a Barcelona.

—Sí, debe compensar convertirse en golondrina y olvidar la vida que llevamos. Me voy, que esta noche viene a casa Betita.

Como luego se supo, poco a poco el local se le fue poniendo a Holo de comedor sin brasero tras una cena de mortadela de burro y pan de borona. Aunque recordaba dónde le esperaba su cama, pensó que la cama no se acordaba de él.

—¿Has quedado con alguien para cenar? —preguntó Pepa mientras se sentaba y dejaba el casco chorreante sobre la moqueta.

—Fíjate, acabo de acordarme que Sesibon lleva divorciado por lo menos un par de años y más de tres liado pudorosamente con Betita.

—Qué desastre eres… Por cierto, y conste que dabais tales voces que tuve que enterarme, ¿a qué viene hablar de ir otra vez a la Semana Anual, después del cirio histérico que organizaste en el pueblo el año pasado?

—Pepa, tú que estabas junto a la barquilla dime, por favor, ¿qué disculpa alegó el marrajo del Bolonio para no dejarme subir?

—Ay, Holo, verdaderamente nunca sabes dónde has dejado la cabeza. Pero ¿no te acuerdas, bonito? Pues, sencillamente, alegó que a tu edad es muy peligroso subir en globo. Y no te angusties ahora, aunque te acuerdes por casualidad de la edad que tienes.

—Me acuerdo —aseguró Holo y parecía satisfecho—. Yo sólo tengo la edad de mi memoria.

Así lo contaba Pepa, antes de que se descubriera que se había apoderado del *Cuaderno de olvidos* del difunto Holofernes.

Una experiencia nocturna

Al final del introito y antes del primer kirie Pepa renunció a la primera de la tanda de gregorianas, que las Potosí y Pocha habían sufragado por la salvación del alma de Holofernes. Fuera del concurrido templo la luz de la mañana, sin el tecnicolor de los vitrales, recuperó su contaminado brillo y Pepa temió que Holo, de haberla conservado en vida, habría olvidado el alma en el guardarropa de cualquier bar.

Entre los establecimientos cercanos al templo Pepa eligió una tasca recoleta, que a aquella hora aún olía a churros y ya olía a morcilla frita. En la paz del rincón tabernario Pepa se encontró llorando con apacible fluidez, tres días después del cementerio. Cuando Sesibon ocupó una banqueta a su lado, Pepa se enjugó las lágrimas, mientras a Sesibon le era servido un coñac metílico adecuadamente mefítico.

—Desde el punto de vista de la asistencia, las honras fúnebres están siendo un éxito —comentó Sesibon—. No sé si a Holo le habría gustado tamaño gentío, pero me alegro por Pocha y las Potosí, pobres, que se han tomado la molestia.

—Sí, no ha faltado nadie, incluidos los que llevaban años sin tratarlo, y algunos irreconocibles.

—Salvo Luis, de congreso por el extranjero, hemos acudido todos los que acudimos hace más de quince años a los funerales de Silverio. En cierto modo resulta emocionante. Y tranquilizador.

—Tan amnésico como era, seguro que ha perdido el alma al mudarse de mundo.

—Mujer, ahora que las cosas se van modernizando, habrá amnistía general. Me he salido, porque se me ha olvidado el ritual y desde que suprimieron el latín no entiendo nada. Además, me irrita oír a quien no conoció al difunto explicarme cómo fue el difunto en vida. Pero si Holo apenas practicó una o dos virtudes… Tú, que te has apoderado de sus papeles íntimos, lo sabes mejor que yo.

—Yo lo que sé —afirmó Pepa— es que Holo vivió, y nunca olvidó ya, esa experiencia adelantada de la propia muerte que a todos se nos ofrece una vez por lo menos, esa especie de ensayo general.

—Por supuesto —confirmó Betita, recién incorporada a la mesa—. Era muy aprensivo Holo y tan aficionado a ir de médicos…

—No me refiero a eso, guapa. A Holo, más que las dolencias del presente, le preocupaba la capacidad del futuro para empeorar las dolencias. Quizá por eso Luis le traspasó el enfermo a Eusebio, que siempre tuvo más aguante. Y durante años Holo fue paciente del paciente Eusebio, quien le daba hora cada tanto en su clínica, le auscultaba, le radiografiaba, le escuchaba sobre todo, y le aseguraba que le mandaría la nota de honorarios. Aunque las enfermeras lo trataran como de la familia, el trato estrictamente profesional era lo que Holo necesitaba, no las consultas impuestas a Luis en la barra del Sardanápalo a las tantas de la noche. El arreglo podría haber durado indefinidamente, incluso después de aquella tarde. Holo llegó aquella tarde cinco minutos antes de la hora fijada, como siempre, y como siempre fue introducido por la enfermera en la sala de espera, donde aguardaban un matrimonio charlatán y tres clientes silenciosos. Minutos después entró una rubia cuarentona, cuya apetitosa figura Holo fijó en su frágil memoria con el propósito de que no le escamoteara el turno. Una premonición. Hojeara o no las revistas de famosos y de automóviles, mirara sin ver o no mirara los grabados hartamente conocidos, Holo se entregó al paso del tiempo. Durante aquellas esperas, como el agonizante en el último minuto pero sin agobios, Holo veía transcurrir su vida entera. Luego, oyó un suspiro eterno y comprobó que sólo quedaban en la sala la rubia y él. De inmediato se abrió la puerta y, cuando Holo se ponía en pie, la enfermera, de palabra, y la cuarentona, con una sonrisa apetitosa, le arrancaron una cesión de turno. Holo supuso, simultáneamente, que la gorda estaba liada con Eusebio y que Eusebio le dejaba el último para luego irse juntos al Sardanápalo. Cuando por el pasillo cacareó el parloteo dicharachero del doctor, la rubia y las enfermeras, de nuevo se puso en pie, dispuesto a ser recibido en la consulta. Pero al cabo de unos instantes las lámparas de la sala de espera se apagaron. Así comenzó la noche de cautiverio en la clínica. Parece que Holo tardó en admitir el hecho de que había sido olvidado. Pero él nunca olvidó ya aquella súbita soledad, y aquella repentina separación del mundo. No supo abrir la puerta a la escalera ni conectar la centralita telefónica. No se atrevió a gritar por las ventanas. Aunque comió un yogur, recuperó la luz eléctrica, leyó lo que no debía en el despacho de Eusebio, aunque algún rato durmió, y resultaba peor al despertar, Holo ya llevaba dentro el aniquilamiento causado por una incongruencia tan estúpida como insoslayable. Al amanecer llegó la mujer de la limpieza y Holo escapó sin ser visto. En la calle debió superar, como probablemente Lázaro, la alucinación de la realidad. Unas semanas más tarde, cuando Eusebio había contado por todas partes que Holo incluso olvidaba que tenía hora con él, a Holo ya no le quedaba otro remedio que seguir mascando silencio y, eso sí, utilizar la Seguridad Social.

Betita mantuvo la boca abierta al callar Pepa, sin haberse percatado ambas de que el establecimiento asombrosamente contenía, apretujados y cariacontecidos, a los asistentes al funeral. La copa de coñac alzada sobre la cabeza, Sesibon se levantó de la banqueta, con la doble finalidad de hacerse notar por el tabernero azacanado tras el mostrador de zinc, y de preguntar a la feligresía:

—Pero ¿quién carajo se ha quedado al *ite missa est*?

—Leticia Potosí y Pocha, por supuesto —respondió una voz, que Pepa identificó como la de Eusebio, el último amigo al que Holofernes había frecuentado medicinalmente cuando todavía podía asistir a los ensayos.

Regreso al parque

La bronca tuvo su origen en la visita al taller del lapidario que hicieron Inmaculada Potosí y Pocha Pus, extrañadas de que, dos meses después de que la lápida quedara colocada con general conformidad, no hubiese llegado la factura.

—Porque hace dos meses que me fue abonada —contó Pocha que había replicado textualmente el lapidario.

—Por eso —explicó Pepa, tascando el freno—, nada más ser informada por éstas de la afrenta, os pedí que no faltarais hoy, a ver si averiguamos quién ha sido el pagano prepotente. La losa se encargó de común acuerdo. De común acuerdo, tras una semana de discusiones, se eligió el epitafio. Y por todos se decidió un reparto igualitario del gasto. Pero ahora resulta, ya veis, que alguien se ha constituido en el mejor amigo que tuvo Holo.

Nadie había desoído la patética convocatoria de Pepa y al fondo de la cafetería Sardanápalo se amontonaba la panda al completo, incluidos los más recalcitrantes inhabituales, como García, que llegó bronquítico crónico, o la hija menor de Silverio, Fuencisla, que se presentó de ocho meses. Conforme se pasaba del guirigay a la algarabía, Pedro abandonó la barra y en su doble calidad de dueño del negocio y partícipe en la losa comentó:

—Lo que no se entiende bien es que alguien vaya a liquidar una factura que ni siquiera le han presentado al cobro.

—Inma y yo fuimos porque, además de ser honradas, el marmolista es precisamente pariente tuyo, Perico, y nos tenía prometido un descuento.

—Así aún se entiende menos, Pochita —insistió Pedro.

—Lo que son las cosas… —filosofó García—. No hace ni tres meses y ya no me puedo acordar qué epitafio se puso por fin.

—A Holofernes, el olvidoso, los que siempre te recordarán —recitó Luis—. Ni más, ni menos. Literalmente, la mamarrachada que tú mismo redactaste, García.

—No estamos aquí para discutir otra vez de literatura, sino para desenmascarar al culpable —dijo Pepa—. Por enésima vez pregunto: ¿quién se permitió monopolizar el gesto?

Con parsimoniosa gravedad Sesibon se puso en pie y, antes de marcharse, tratando de mirar a todos y a cada uno, confesó:

—Tengo mis motivos para haber pagado yo ese modesto homenaje a Holo. Por supuesto que no he querido ofenderos. Pero tampoco estoy dispuesto a rectificar, ni a dar explicaciones.

Sólo se oyó el misterioso suspiro de asentimiento de Leticia Potosí, mientras Betita se levantaba para seguir a Sesibon y volvía a sentarse.

—Una semejante organizaste tú, García, cuando la muerte de mi padre —recordó Fuencisla.

—Se me había olvidado, fíjate.

Aunque Sesibon en los días siguientes merodeó por los alrededores del Sardanápalo, nadie le vio y él únicamente vio la moto de Pepa en la acera. Después de varias llamadas infructuosas, decidió esperar pacientemente a que Betita le telefoneara o apareciera de improviso. Por fin, a media tarde de domingo, Betita le comunicó que deseaba hablar con él, pero en el parque.

—Hace años que tú y yo no paseábamos por aquí, como dos novios pobres —dijo Sesibon para no entrar en materia.

—Mira, amor mío, necesito saber sin subterfugios una cosa.

—Yo, Betita, estaba obligado a pagar la losa. —Sesibon chutó contra un lilo y la piedra rebotó contra una papelera—. Es una historia antigua, personal, que Holo había olvidado. Una especie de deuda moral.

—Tus deudas morales me importan un bledo. Tengo yo otras inquietudes. Y contesta con sinceridad.

—Pregunta —dijo Sesibon, atento a una cometa que había surgido sobre los árboles.

—¿Eres realmente bueno, Sesibon?

—Sí, claro que soy bueno. Es una de las pocas convicciones que mantengo y, a pesar de lo desprestigiada que hoy en día está la bondad y de las matizaciones que apesadumbran a la palabreja, lo admito si alguien me lo reprocha. Quizá mi bondad haya reducido mis posibilidades profesionales, no sé, no llevo la cuenta, pero también alivia mis penas. No estoy dispuesto a fingir que soy malo, como he fingido a temporadas por pura petulancia. Cada uno somos el que somos, no hay nada que hacer. Bastantes quebraderos de cabeza me ha dado ser bueno, desde que no tuve más remedio que reconocer que lo era. La bondad es difícil de utilizar y a veces consiste en no ejercerla. Lo cierto es que tengo pocas condiciones para el mal, que nací tan escasamente malo que mi problema fue siempre no caer en el panfilismo. Sin embargo esa clase de problemas ya no me afecta, puesto que si los malos presumen de listos porque son perversos, yo también me creo con derecho a proclamar mi bondad. Soy naturalmente bueno y espontáneamente sensible a la maldad ajena. Como Holo que, además de bueno aunque lo olvidara, fue un amnésico espontáneo y naturalísimo. O como tú, Betita, que eres una cachonda nata, aunque lo disimules con finura. A nuestra constitución orgánica resulta una majadería llevarle la contraria. Eso sí, hay que educarla. Y tú, cariño, sabes bien que, salvo algún extravío, yo llevo la bondad con toda corrección y esmero. ¿Es que a estas alturas de nuestra relación lo dudas?

Se sentaron en un banco y Sesibon cogió entre las suyas las manos de Betita, que parecía sonreír.

—Está bien. Vamos a dejarlo, Sesibon.

—De acuerdo —asintió Sesibon clamorosamente equivocado—. Qué hermosa tarde, ¿verdad? Hace años que tú y yo no paseábamos por aquí, como dos novios pobres.

—Sí, hace muchos años que no veníamos al parque, pero juntos es hoy la primera vez. Y la última. Hazme el favor de entenderlo, porque ya no te soporto, Sesibon, y estoy decidida a terminar con este lío de novios que nos traemos desde que no veníamos al parque.

La voz de Betita no tenía ninguna inflexión especial. Sesibon, de repente, comprendió que se encontraba ante una de esas situaciones en las que la prójima te pone la bondad a prueba diabólica.

Una vida de suicida

Al fondo de la cafetería Sardanápalo, en las mesas que habitualmente ocupaban, Eusebio se aplicaba con patente gravedad a la lectura de un diario deportivo. De paso por la barra, Pepa encargó a Pedro un vodka con naranja.

—Un vodka doble —decidió Pedro—, para que te ayude a pasar el trago del domingo.

—Ya le queda menos al festivo. Gracias, Perico, yo misma transporto la copa.

Pepa atravesó la atmósfera cósmicamente deprimente del Sardanápalo y aterrizó más deprimida frente a Eusebio, que tardó unos instantes en arrancarse de la lectura.

—Por mí, doctor, sigue con los estudios balompédicos. Ojalá dispusiera yo de ese consuelo las tardes de los domingos. Hoy habré dormido unas cuarenta y ocho horas y, aunque ya le queda poco, fíjate cómo todavía se resiste a pasar, el miserable.

—Aguanta, Pepa. ¿Ha sucedido algo novedoso o comentamos una vez más el cruel abandono de Sesibon? Por cierto, ¿qué tal resultó esa expedición femenina a mi ciudad natal?

—¡Ah, claro!, había olvidado que tú naciste en la ciudad de los dos abismos. Estupendo, porque, mira, a lo mejor tú recuerdas una leyenda local que Holo me contó hace años.

—Bueno, cuenta tú y sin perdonar detalle. ¿A quién se le ocurrió cambiar de aires a Betita? ¿Chismorreó Betita alguna aberración sexual de Sesibon? ¿Quién llevó el volante? ¿En qué hotel parasteis? ¿Cuántos paisanos míos intentaron encamaros? ¿Cómo está esa ciudad de los dos abismos?

—Como siempre, cambiadísima. Yo, que la conocí en la más ruinosa decadencia, no me acostumbro a la plaza Mayor repleta de automóviles, ni a las escalinatas de la catedral cubiertas de esa juventud tan injustificada que ahora se estila. Costó una semana ponernos de acuerdo y, después de un enjambre de conversaciones telefónicas, partimos un viernes por la tarde Betita, animadísima como se encuentra desde que ha prescindido de Sesibon, Leticia Potosí, que puso el coche, Pocha, como excitada, su hija Pochita, a la que adoro desde que ha decidido renegar definitivamente de su madre, y esta servidora. El volante lo llevábamos unos kilómetros Pochita y otros, yo. Teníamos reservadas habitaciones en el mesón de arriba. Dimos algún paseo por los escenográficos paisajes de ambos abismos, reiteramos visita a los dos museos, a algún templo, a la ermita milagrosa, a las calles comerciales de la parte baja y a esos bares neoyorquinos incrustados en las callejuelas de la ciudad antigua. Precisamente paseando por la judería…

—¿Por qué no fue Inma Potosí? —interrumpió Eusebio.

—Ella había tenido la idea de un viaje para consolar a Betita, pero, cuando Betita aceptó a la primera y con entusiasmo, Inma se desembarcó por solidaridad con Sesibon. Y no sucedió nada. Prácticamente se nos fue el fin de semana en las terrazas de los bares de la plaza, empapándonos de licores lugareños y aguantando ligones maduros. Un anochecer, mientras se decidía dónde cenaríamos, la miré, y Pocha tenía los ojos llenos de lágrimas. Eso fue todo. Yo me escapaba a deambular sola. Últimamente a mí la soledad, como dice García que el tabaco a él, me da la vida que me quita. Precisamente en uno de esos deambuleos por el barrio de la judería me llamó la atención una casa viejísima y sólo pude recordar que allí, según Holo, alguien se había matado.

—Yo te digo quién —dijo Eusebio reprimiendo una sonrisa temblona—. El suceso conmocionó la provincia en los años de mi niñez. Al regresar de defender la civilización cristiana en las estepas rusas, el futuro suicida conquistó a una rica heredera, que era también la más hermosa muchacha de la capital. Campechano, apuesto, patriota y caballero, el aún no suicida empezó a prosperar y a sumar luceros sobre su camisa azul. La sociedad local presagió, con sensata malevolencia, que el héroe, una vez consumado el braguetazo, se lanzaría plenamente a la infidelidad conyugal. No tardaron en sentirse defraudados, incluso ofendidos, ante la pasión que el vencedor sentía por su mujer. Y todo ello, a los compases de los claros clarines, con fondo de cisnes y de afanes verticales. ¿Qué quieres, Pepa?, eran los triunfales tiempos infames. Nació una niña, que murió poco después del nacimiento de su hermano. El vencedor era ya alta jerarquía y con la certeza de llegar a ser la primera de la provincia. Simultáneamente su mujer le rehuía, desechaba su cariño opresor, defraudaba el deseo cuanto le era posible. Exigió separación de lechos; luego, alcobas separadas. Se aficionó a vivir en el campo, sin ocuparse apenas del hijo y menos aún del futuro suicida. Éste, atormentado, se enfurecía o se entristecía por temporadas. Hasta tuvo alguna aventura con la finalidad de encender los celos de la desdeñosa. Al fin determinó tomarse la muerte por su mano, y en un camaranchón de esa viejísima casa del callejón de los Clavos con vuelta a la glorieta de las Devotas una mañana de jueves se ahorcó. Se ahorcó mal, con mucho estruendo de viga podrida que se parte y de cascotes que caen. Los jueves por entonces se celebraba mercado en los jardincillos de la glorieta de las Devotas y no faltaron manos para desescombrar al ahorcado. Tanto escandalizó en el Movimiento y en la Seo esta fatal resolución que se acordó desterrar al suicida. Había provocado demasiado estropicio, y la autoridad eclesiástica, considerando obscena en un matrimonio tanta pasión, sugirió que se fundamentara el destierro en una malversación de fondos públicos. La autoridad civil aceptó la prudente sugerencia y el suicida fue condenado al ostracismo no por enamorado, sino por ladrón. El suicida resucitado exigió basándose en la epístola de san Pablo y al Código Civil que su mujer le siguiera al exilio, a lo que no pudieron negarse ni el brazo eclesiástico, ni el secular. Como le gustaban demasiado su mujer y la vida, quizá fue aprendiendo a amarlas menos, porque años después marido y mujer convivían juntos, casi viejos, casi felices. Al hijo lo dejaron al cuidado y educación de los abuelos.

Pepa suspiró y acarició la frente de Eusebio.

—Pobre… —dijo Pepa.

—¿Quién de todos ellos?

—Ella, tu madre. La pobre mujer del suicida.

Malos tiempos

Cuando las cosas parecían estar en su peor momento, apareció Dorotea dispuesta a restablecer el orden con arreglo a sus probadas capacidades de princesita valerosa. Estaba guapa, hasta muy guapa incluso, manifestaron con reiteración García y Eusebio. Mientras les servían los licores frutales, cortesía de la casa de comidas Cosme, Eusebio aseguró que no pasaba nada, por lo que difícil se le ponía a Dorotea su tarea de taumaturga.

—¿Que no pasa nada, majadero?

—Nada —rectificó García, tan contundentemente seguro que sorprendió a su propio miedo—. Bueno, nada que yo sepa.

—Quiere decir éste que todo sigue como siempre y que, salvo a España, a ninguno de nosotros le ha ocurrido últimamente una desgracia que merezca tus desvelos, Dorotea.

—Exacto. Debes admitir, Doro, que la designación de Luisito el Bolonio para un alto cargo del poder centralizado constituye únicamente una calamidad de ámbito nacional, que sólo afecta a la patria y que desborda tus buenos oficios de pacificadora.

—El nombramiento, como toda catástrofe, también ofrece su lado positivo. —Y Eusebio levantó la copa—. Piensa, Dorotea, en esa afortunada población que ha visto reparado el inmenso error de haber elegido alcalde al Bolonio. Según noticias de buena fuen-

te, los vecinos ya han organizado un encierro con vaquilla ensoga-
da, una tamborrada y los consiguientes fuegos de artificio para celebrar el fin de la ilustración, a la que Luisito les tenía sometidos
mediante constantes semanas anuales consagradas al diseño, la gastronomía, las artes cerámicas y los conciertos de zampoña.

—Semanas —recordó García— durante las que a sus invitados
nunca nos dejaba subir en globo, ni a los que nunca lo pretendimos, ni a Holofernes, que se murió sin conseguirlo.

Dorotea se mantuvo en silencio mientras Eusebio recogía del
platillo la tarjeta de crédito y García dejaba en el platillo las monedas de la propina, y continuó callada mientras salían de casa Cosme
a la solanera de un verano anticipado y ponían rumbo instintivamente hacia el paseo sobre el parque, en las terrazas de cuyos bares
habían consumido parte de su juventud y de su hígado. Instalados
en los sillones que fueron de mimbre, Eusebio y García desistieron
de romper el provocador mutismo de Dorotea. Así, durante unos
minutos, los tres gozaron de la sombra de los castaños y de las consabidas panorámicas.

—Cuanto más viejos, más necios —sentenció inopinadamente
Dorotea—. Y ahora, viejos, me vais a escuchar.

—Yo tengo que…

—Tú tienes quien te atienda la consulta, Eusebio, y a ti, García, las musas pueden esperarte sentadas. Si he desertado de mis
obligaciones familiares y me he decidido a bajar a esta ciudad co-
rrosiva, no os voy a dejar escurrir el bulto. ¡Se acabó! Se nos acabó
la posibilidad de hacernos los distraídos. El tiempo, además de pasar, vuela y aquellos años de la impaciencia, eso sí con el calendario
en el frigorífico, ya no volverán. Y precisamente ahora se os ocurre
practicar la hipersensibilidad y el comineo. Betita no aguanta la
bondad de Sesibon y Sesibon, en vez de abofetear a Betita, desapa-

rece. Pepa se deja neurotizar por unos papeles heredados de Holo, que siempre estuvo majareta. Luis rehúye esa dichosa cafetería Sardanápalo, vuestro hogar vespertino. Pocha duda entre sacrificar la existencia a su marido o ingresar en un convento civil, porque no tolera que Pochita se haya instalado en un cuchitril de soltera donde hace vida marital a ráfagas. Y vosotros, cada uno con vuestra particular falta de estilo, amenizáis el cotarro con chismes, sarcasmos y la elegancia infantiloide del escepticismo. Por si faltara poco, Inma Potosí, que desde la cuna no se había separado de Leticia, deja a su hermana por un curso de inglés y piragüismo en una universidad del *Far West*.

—Hace años que se dice «Lejano Oeste», desde que se hicieron introspectivas las cintas de indios y caballistas —precisó Eusebio.

—La separación de las Potosí —continuó Dorotea— me ha decidido a hablar con unos y con otros, y a convocaros a todos, absolutamente a todos, a una fiesta el próximo sábado en mi casa. Para el que quiera quedarse a dormir habrá cama. Pero si mucha gente está convencida de que Inma y Leticia son gemelas... No me lo olvidéis, al atardecer del próximo sábado allí os quiero ver. El motivo oficial de la fiesta es celebrar el nombramiento de Luisito.

—Un momento, un momento, Dorotea —intervino precipitadamente García—. Conmigo, para festejar los éxitos del Bolonio en la cucaña, no cuentes ni aunque se trate de una barbacoa nudista. Uno tiene sus principios.

—Pues ya que los tienes y no tienes coche, te subes a la moto de Pepa, o coges el autobús de línea, o te vas andando por la cuneta. Esta misma mañana, por cierto, he estado con Luisito en su despacho oficial. Le he encontrado razonablemente eufórico y, al mismo tiempo, justamente molesto, dolido, por las escuetas y glaciales felicitaciones que le habéis enviado los amigos de siempre. Según

Luisito, el único que le ha telefoneado y quiere verle, probablemente para pedirle algo, has sido tú, García. —Eusebio se ruborizó espontáneamente, mientras, con motivo, García palideció—. Mira, ya llega Betita. Ahora, guapos, saludáis, no intentáis pagar las copas y me dejáis con esa rejuvenecida, que va a saber lo que es tener una amiga del alma.

Luego, cuando Eusebio y García se alejaban ya por el paseo, se detuvieron a observar a Dorotea y a Betita, que hablaban torrencial y simultáneamente.

—La verdad es que jamonas sí, pero buenísimas —dictaminó Eusebio con la expresa conformidad de García—. Quizá la separación de las hermanas Potosí resulte incomprensible, aunque no veo por qué ha de ser un indicio de funestos acontecimientos. Dorotea exagera. Tú, en serio, ¿crees que estamos pasando malos tiempos?

—Siempre lo son cuando alguien pretende arreglarlos —dijo García y se detuvo de nuevo, ahora para anotar la frase en la libretilla de frases utilizables, de la que nunca se desprendía en congruencia con su condición de intelectual a tiempo completo.

El salón de las delicias

Había olvidado la puerta de vidrios emplomados. La única puerta de los salones, recordó Sesibon, que permanecía cerrada durante los guateques. La voz de Leticia le llamó desde el fondo de la casa. Tras el último recodo y al final del pasillo, sobre la cofia de la doncella que le precedía, apareció Leticia en la luz del sol poniente que brotaba del gabinete. Sesibon recobró el olor de la casa, y tuvo un espasmo de asombro y de culpa.

—¿No trabajaríamos mejor en el salón?

—Luego. —La doncella se había retirado al entrar ellos en el gabinete del mirador—. A la caída de la tarde las habitaciones de delante se ponen tétricas y ruidosas. ¿Será posible que se te haya ido olvidando este caserón?

—Hace años que no lo pisaba —gruñó Sesibon, saliendo del mirador y huroneando por el gabinete—. Yo he sido feliz aquí.

—No puedo recordarlo ahora —suspiró Leticia—. Desde que llegó la carta de la soberana, con Inma ya fuera de España, me ha caído encima una avalancha de sentido práctico. El alcornoque de la nostalgia se ha descortezado y el tronco estaba seco. Aquí fuimos jóvenes, Sesibon, pero no te empeñes en creer que en esta casa fuimos inmensamente felices. ¿Cómo podíamos serlo, si éramos inmensamente jóvenes? Y tan petulantes y obcecados...

—Bueno, éramos muy pobres. Aunque en aquella España lameplatos sólo lo sabíamos al salir del cine.

—Nosotras, no. Desde nuestra temprana orfandad las jovencitas Potosí tuvimos claro que pobres nunca seríamos. También jovencitas supimos que nunca nos casaríamos, a no ser con un hombre abyecto, y que nuestra ocupación principal consistiría en ganarnos el cariño de la gente, en conseguir que la gente nos quisiera. Al cabo de los años y a pesar de nuestra fortuna y de nuestra natural falta de atractivo, hemos llegado a ser encantadoras. Así lo reconocen unánimemente nuestros proveedores y vecinos, y hasta la mayoría de las amistades, incluida la inolvidable soberana.

—Ella menos que nadie puede olvidar que las Potosí le disteis su única oportunidad de bailar boleros, obligándonos a cada varón una vez por guateque a poner la mano derecha en aquella espalda de tasajo y la mirada en aquellos ojos de besugo complacido.

—Algunos hasta preferían bailar con Inma o conmigo antes que con el manojo de acelgas. Desdichada… La verdad es que jamás hubo muchacha menos dotada para ser mujer. Y la hicieron reina por matrimonio. ¿Por qué quiere ahora volver al humilladero?

—El recuerdo de aquel ímpetu y de aquella espontaneidad, seguro. Bailábamos, bebíamos y lográbamos sufrir como luego ya nunca.

—Sesibon, Sesibon —canturreó Leticia—, un poco de seriedad y de rigor histórico. Vivíamos en la insensibilidad o en la sensiblería. Jamás os parecían bastantes, ni bastante guapas, las chicas que Inma y yo invitábamos. A última hora, con las luces al mínimo, la ramplonería resultaba más asombrosa que repugnante. ¿A mí vas a decirme lo que eran aquellas fiestas? A cada anochecer, la misma decepción. Jamás consigo superar la náusea cuando oigo la palabra *cup*. Y precisamente ahora, cuando a Inma le da la ventolera de vivir en Estados Unidos a la soberana se le antoja una pequeña recepción como en los queridos viejos tiempos. Tienes que ayudarme.

—Ni lo dudes. ¿Especifica a quién desea ver?

—No seas bobo. ¿Cómo va a especificar, si no recuerda un solo nombre y lo más probable es que no reconozca una sola cara? Salvo la de Eusebio, el único que la apretaba mientras bailaban.

—Degenerado… ¿Cuántos, entonces?

—Pocos. Lo más opuesto a ese fiestorro que nos dio Dorotea para arreglar el mundo. Como si hay que contratar actores invitados. Lo esencial es mantener el sosiego bobalicón y babeante en que vive desde que la casaron.

—Pobre chica, la soberana —gimió Sesibon—, más le habría valido…

—¿Quedarse de solterona de barrio bien, para de la noche a la mañana terminar fugándose consigo misma a aprender inglés y piragüismo? Nunca entenderás de mujeres, Sesibon. A esa pazguata le vino el trono tan de perlas como le vendría a mi portera la viudedad. Puesto que es fea y desangelada, y sencillamente horrible, el insólito privilegio cuanto más resalta sus carencias más resulta ser un milagro inmerecido, lo que es una anormalidad muy gratificante para una chica de tiempos como aquéllos. Pobre, no. Para pobres, Silverio y Holo, a los que ya no podemos incluir en la lista.

—A cambio, tampoco tienen que habituarse cada mañana al absurdo de vivir y a la infelicidad.

Leticia se puso en pie, entornó el mirador y, con una palmada en un hombro, animó a Sesibon a seguirla pasillo adelante.

—Vosotros recordáis las tardes de coñac y de apretujones sudorosos. Yo echo de menos aquellas otras tardes que vinieron después, cuando apenas ya se bailaba, cuando charlábamos sin percatarnos de que la música no sonaba desde hacía horas, y en el vano de los balcones flotaban cortinas de humo. Por entonces ya no erais los chicos que venían a ligar. Recitábamos a Juan Ramón Jiménez y a Pedro Salinas, y a Paul Géraldy. Todavía sé de memoria casi entera *La voz a ti debida*, y no he olvidado que fuiste tú, Sesibon, la primera persona que me habló de Sócrates. Con el tiempo, ay Virgen Santa, el salón de las Potosí se convirtió en una célula comunista. Sígueme, anda, y mientras pensamos la lista, que hay que mandar con antelación a la embajada, vamos viendo lo que se puede cambiar en estos salones.

Las puertas se abrieron y se encendieron las lámparas. El mismo brillo de entonces hizo parpadear a Sesibon.

—No se te ocurra cambiar nada, Leticia. Todo permanece dorado y rutilante.

—Mi duda es Pepa, a la que la soberana no conoció, claro, y que sin embargo… —Leticia se interrumpió, al dar Sesibon un brinco de doble giro bajo la araña de cristal de roca—. ¿A qué vienen esos volatines? ¿Te sucede algo?

—Un arrebato, sólo ha sido un arrebato. Me puse a escuchar el ruido de los gasógenos y de los tranvías que entra por los balcones y, con esta castidad a la que me tiene sometido Betita, las piernas se me encabritaron de dicha. Disculpa, Leticia, y no te inquietes, que se me pasa pronto.

¿Cuáles son los míos?

Aunque con retraso, Pepa llegó a tiempo de ser informada del lugar secundario y de las pánfilas obligaciones protocolarias que le corresponderían durante la recepción a la soberana en el salón de las Potosí. Leticia había conseguido una asistencia plenaria y al fondo de la cafetería Sardanápalo, solventados los problemas de preeminencia y de vestuario, dominaba la euforia de las vísperas de las grandes celebraciones. Hasta Luisito el Bolonio parecía olvidado de su reciente ascensión a un cargo del poder centralizado.

—Y por favor —pidió por enésima vez Leticia Potosí—, que nadie falte, incluido García, que hace un rato ha prometido la asistencia delante de todos. Bastante hueco harán las ausencias de Silverio y de Holo, que en paz descansen, y de mi loca hermana Inma.

—Hija, Leticia —razonó Pocha Pus—, por muchos años que lleve reinando la soberana, tenemos la suficiente amistad con ella, digo yo, para que disculpe que Inma no venga desde California, y mucho menos Holo y Silverio desde el otro mundo.

—Era muy sencilla y humana —recordó Betita—, y dedicarse a reina de un país extranjero no la ha cambiado nada.

—La chica siempre fue tercamente repelente —puntualizó Luis, con la táctica aquiescencia de la mayoría—, lo cual no obsta para que también sea un error de la naturaleza, la cual no suele mostrarse tan antifeminista ni siquiera con gente de Madrid.

—Pues ya veis, hermosos —sentenció Pocha—, la suerte de la fea la bonita la desea. Por cierto, ¿dónde se ha metido ese víbora de García?

—Cuando yo he llegado —informó Pepa—, estaba ahí fuera, en una mesa de la terraza. Chutando.

Efectivamente, al cruzar Pepa la terraza García había estado a punto de empalmar de puntera un balón que le llegaba desde la banda derecha a una altura y a una velocidad inmejorables. Pepa había saludado, y el balón se había disuelto entre las luces y las sombras de las farolas recién encendidas, mientras García contabilizaba la jugada en la incalculable marca de sus tiros a puerta fallidos.

Ahora ya no persistía de la tarde ni una hebra de luz cárdena. El tráfico se había encrespado y, por el contrario, las parejas cruzaban ante la terraza del Sardanápalo al paso resignado de los que han sido engullidos por un día más. Pronto las aceras se quedarían vacías e iluminadas, como los graderíos abandonados unos momentos antes del apagón de los focos.

De nuevo lo detuvo con el pecho sin apenas saltar y, conforme caía a plomo, antes de que llegase a la hierba, de un izquierdazo imprimió al balón una trayectoria nítida e imparable. Pero en esta repetición García no llegó a ver el balón incrustado en la red, porque en el instante preciso Pepa y Sesibon se sentaron a su mesa.

—¿Cómo va el marcador? —preguntó Sesibon colocando su copa y la de Pepa frente a la copa de García.

—Acabo de marcar el primero. A Hungría. En Wembley.

—¿Tan tristón estás? —se interesó Pepa.

—No es cuestión de tristeza —mintió García—, sino que me fastidiaba ya tanta cháchara sobre la mujer más aberrantemente privada de gracia que asistió a los guateques de las Potosí. Me alivia recordar las horas inútiles que he dedicado al fútbol.

—¿Aliviar? ¿Recordar? Será lo que otros han jugado, porque fuera del parque del colegio, que yo sepa, tú nunca jugaste. Y en el parque, por lo que yo recuerdo, de interior derecha.

—De medio izquierda, Sesibon. Para el fútbol siempre fui zurdo. Y bastante malo, como tú no has olvidado. Marrullero, sucio y violento, que son las características de juego del poco dotado para ese arte. Pero me alineaban, puesto que en aquel internado de la posguerra cada clase apenas contaba con bastantes alumnos para formar un equipo. Salvo en los partidos contra los seminaristas, jamás jugué en uno que contase con los once reglamentarios. Nunca proporcioné a mi equipo una victoria, pero contribuí a evitar algunas derrotas. Los curas árbitros me detestaban y hasta los de mi propio equipo. Incluso me detestabais los compañeros de curso que no jugabais, como tú, mientras paseabais despectivamente en torno al campo, delimitado sobre la explanada del parque por piedras y por mandiles, buscando la dirección contraria a la del ataque para evitar la polvareda. Por mí nunca se echó a pies. La escasez de jugadores me aseguraba el puesto. Pero nunca se echó a pies para elegirme. Durante unos meses tuve unos calzones, y camiseta nunca. Era raro que en un equipo más de seis o siete vistieran camisetas, pero, eso sí, siempre distintas. Sólo tuve un par de botas para todos los infinitos partidos de un bachillerato de infinitas medias suelas. Trataba de distinguirme por un pañuelo liado en pico a la cabeza. Pero me distinguía mejor por un denuedo equivalente a mi torpeza. Jamás admití la derrota, ni controlé la victoria. Y sin embargo ahora, cuando juego, en Wembley contra Hungría por ejemplo, ya no siento la garganta espesa de polvo, ni los ojos ciegos de sudor, porque ahora juego a empatar.

—No —dijo Pepa—. A empatar, no. Tú, no.

—Sí, Pepa, ya sí.

Sesibon encargó a la camarera con un gesto tres copas, sin percatarse de que no quedaba crepúsculo que exprimir.

—No es por halagarte los oídos, García, pero recuerdo una tarde tuya triunfal. Debió de ser cuando el aoristo y la química orgánica, porque por entonces Treviso intentaba convenceros a la línea media sobre la conveniencia de ir al balón antes que a la espinillera del contrario. Es cierto, cada uno se uniformaba a su manera, con el pañuelo en pico, con el pañuelo a cuatro picos, en alpargatas, en calzoncillos con la bragueta cosida. El polvo os hacía invisibles y os dejaba enmascarados en las pausas del juego. Por todo lo cual no fue extraño que, con el denodado empeño contra la evidencia que entonces ya te caracterizaba, aquella tarde te fueses para atrás creyendo irte para adelante, y te encontraras con un balón de oro para fusilarlo por la escuadra. Un gol precioso, inolvidable como la algarabía de injurias que te cayó encima por haber marcado en propia puerta. Sobre todo, García, no he podido olvidar aquella expresión de ira, orgullo y desconcierto, mientras gritabas: ¡Pero ¿cuáles son los míos?!

Pepa no quiso sonreír. A través de la mesa García apretó brevemente un brazo de Sesibon.

—Gracias —dijo el medio izquierda— por recordarlo, ahora que ya sé contra quién juego.

El sol en las bardas

Cuando por vía diplomática la recepción de la soberana en el salón de las hermanas Potosí quedó aplazada para una fecha a determinar, Pepa determinó por su cuenta que ella haría fiesta en la fecha cancelada.

—Ya que no voy a estrenar el modelito de gasa estampada, ese día me fugo a la ciudad romana, por ejemplo. ¿Quién se viene?

Prácticamente, todos, aunque luego Luis y Eusebio eligieron a sus enfermos, Pocha Pus a su familia, Leticia Potosí el ajetreo del nada que hacer, Luisito el Bolonio las despachaderas de su alto cargo, y García eligió simplemente la inasistencia a la cita. Así pues, a la hora convenida los excursionistas presentes habrían cabido en la moto de Pepa, pero después de desayunar en la cafetería Sardanápalo emprendieron viaje Betita y Pepa en el asiento trasero, y al volante de su propio coche, Sesibon.

—La gente es muy malqueda, sin excluir a la misma soberana —criticó Betita—. Hay que respetar los compromisos principalmente por los líos en que, si no, puedes meter a los demás. Hoy a ti, Pepa, ya ves en qué situación te han puesto todos esos faltones.

—¿En qué situación? —preguntó Sesibon.

—Hija, en la situación —contestó Betita a Pepa— de verte durante un día completo inmiscuida en medio de una pareja rota para siempre. Que ya me dirás si no es papelón.

—No lo es —replicó Sesibon—, porque tú y yo somos personas civilizadas, espero, y Pepa es una amiga inteligente.

—Por san Frutos, patrono de las avecillas —juró Pepa—, bien empezamos el viaje.

Sin embargo, el silencio del conductor, que a los pocos kilómetros dejó de oírse como un reproche, facilitó la conversación entre los pasajeros del asiento de atrás. El día claro y la carretera conocida permitían a Sesibon presagiar con calma la jornada que pasarían en la vieja ciudad de su adolescencia. Siempre que su paciencia no se agotara, siempre que no intentara una reconciliación con Betita, el plan previsto se cumpliría sin crispaciones, en la rutina de tantas otras visitas a la ciudad. Subiendo el puerto, pensó proponer un desvío hasta el chalet de Dorotea, sólo para sentir ocupado el asiento a su derecha.

Luego y hasta que divisaron la torre de la catedral, Sesibon mantuvo una conversación imaginaria con Pepa, en la que él recitaba los años de la guerra en aquella capital que fascinaron y corrompieron los oficiales italianos, y Pepa le confiaba el contenido de los papeles íntimos de Holofernes, que había usurpado póstumamente. Dejó a Pepa y a Betita en la zona comercial, encontró aparcamiento y, mientras subía hacia la plaza Mayor por la red de callejones menos frecuentados, Sesibon fue experimentando un bienestar que no tardó en convertirse en euforia.

Sin seguir ninguna de las galerías que le proponía la memoria, Sesibon recibía una lluvia de recuerdos constante y apacible. Era consciente de la gratuidad de aquella euforia, pero prefería atribuir su origen al escenario por el que paseaba. Entraba y salía de algún bar, saludaba a gentes que le parecían demasiado avejentadas, se detenía frente a fachadas antiguas y ante escaparates nuevos. Ahora, que se dirigía a almorzar con ella, consideró justificado el caprichoso abandono de Betita y, por primera vez desde que se había quedado solo, no tuvo miedo de su futuro en soledad.

Este beatífico estado de ánimo de Sesibon propició un almuerzo alegre. A él mismo le asombraba la fluidez de sus palabras y la oportunidad de sus silencios. Percibía el favorable efecto que causaba en Betita y se esmeraba en mantener una naturalidad, que ignoraba cuándo dejaría de ser verosímil y que sostuvo hasta que, a la salida del restaurante, se encontraron con el marido de Fuencisla, la hija menor de Silverio. El muchacho les participó que desde hacía dos días era padre primerizo de una niña. Pepa y Betita recordaron que Fuencisla había asistido al funeral de Holofernes detonantemente embarazada. Encargado de llevar al coche los paquetes de las compras mañaneras, Sesibon quedó en pasarse por el sanatorio a media tarde, y las dos mujeres se marcharon con el reciente padre en busca de flores y bombones.

Pero a media tarde Sesibon continuaba sentado en el parque sobre el barranco del pinar, la euforia de la mañana trocada en una melancolía de plano inclinado hacia la depresión. Los recuerdos se imponían ahora, sin que Sesibon pudiera eludirlos, como obstáculos, como amenazas. De las piedras romanas no le llegaba ningún sentido del tiempo, y el muchacho que él había sido en aquel parque le parecía extraño, lejanísimo. No le conmovían las estampas, radiantes de ingenuidad, de los primeros cigarrillos y de los primeros besos, ni le proporcionaban el fraudulento alivio de la nostalgia o el cicatero consuelo de haber sobrevivido.

Después, cuando en la habitación del sanatorio felicitó a Fuencisla y cumplió con el intercambio de frases formularias, se fue quedando aislado junto al ventanal. Allí fuera, en aquellos prados y bosquecillos inmutables en los que Silverio y él habían pasado leyendo lentísimas tardes de verano, el sol se ponía. Sesibon, con un esfuerzo por salir a la superficie, pensó, pero moviendo los labios, que estaba viviendo inocuamente un día más.

—¿Qué dices? —le preguntó Pepa.

—¿Yo? Ah, sí; mira esa luz de atardecer en aquellas tapias. ¿No te parece fantástica, como hecha de agua y alucinada?

Pepa sonrió. Sesibon ignoraba que poco después, a la hora de partir, Pepa ocuparía el asiento del conductor y que en el asiento de atrás Betita, nada más ponerse en marcha el coche, tomaría entre sus manos las manos del amante rechazado.

—Sesibon —advertiría Betita cuando rodasen ya a través de la noche—, no atribuyas la debilidad de reanudar nuestras relaciones a tu bondad nefasta y a tu optimismo.

—¿A qué si no, entonces? —preguntó Sesibon.

—A la necesidad de ir con novio a la recepción de la soberana, panoli —explicó Pepa, celestineando ya con descaro.

Pero en aquellos instantes Sesibon se limitaba a comprobar, desde el ventanal de la habitación de la parturienta y sin arriesgarse a cargar de esperanza la última luz del día, que aún quedaba sol en las bardas.

De feliz recordación

—Se lo comuniqué, porque pensé que le alegraría saber que Silverio había tenido otro nieto —se justificó Sesibon ante la avalancha de reproches—. Y pareció alegrarse sinceramente cuando me encargó transmitir sus mejores augurios al feliz abuelo.

—La culpa es tuya, gilí, por suponer que todo el mundo debe saber que Silverio murió hace más de quince años —precisó Luis.

—Pero la soberana no es todo el mundo, sino una más de nuestro mundo de toda la vida —replicó Pocha Pus.

La recepción, según los cronometrajes coincidentes de Pepa y de Luisito el Bolonio, había durado veintiséis minutos de reloj, y una tabarra de aguante. Dorotea, Pocha y Betita temieron durante unos momentos, a la llegada de la soberana, que se alcanzaría en los salones de las Potosí la fatídica cifra de los trece asistentes. Por fortuna a la soberana le había acompañado durante la visita privada sólo un secretario en funciones de edecán. Al resto del séquito y a los escoltas se les habían servido los canapés en el recibimiento.

—Perdona, Leticia, pero no hemos sido trece gracias a que a tu hermana Inma le dio la ventolera de marcharse a olvidar la lengua castellana en el Lejano Oeste americano.

—Perdonada, Dorotea, aunque la soberana durante toda la recepción unas veces me ha estado llamando Leticia y otras, Inmaculada. Ya sé que han pasado algunos siglos desde aquellos guateques en los que Inma y yo obligábamos a los chicos a sacarla a bailar. Aun así, creo que es más desagradecida que amnésica. A ti, Pepa, que la has conocido esta tarde, ¿qué te ha parecido?

—Excelente, seguro —afirmó Luis—, ya que a Pepa es a la única persona que ha llamado siempre por su nombre.

—Precisamente porque se la han presentado esta tarde —dijo Luisito el Bolonio, abandonando el balcón desde el que había despedido por señas al chófer oficial—. Lo inquietante es que la señora prácticamente no ha dejado de hablar con Eusebio y que la única vez que se ha dirigido a mí me ha llamado Eusebio.

—Ningún otro se arrimaba a ella durante el fox lento.

—¿Tan degenerado eras ya, Eusebio?

—Un poco de seriedad —pidió Eusebio—. ¿Cómo podéis exigir a la chica que recuerde después de varias décadas de vivir en un país extranjero? Demasiado ha sido que, de vez en cuando, el sonido de una voz haya iluminado sus ojos de huevo. Como en la ópera.

—Cuando murió Silverio, mandé a palacio un recordatorio, y ella misma contestó con dos líneas de condolencia. —Sesibon, aunque parecía hablar consigo mismo, concitó un receloso silencio—. Ya sé que la muchacha nunca se distinguió por su buena memoria y que también a ella se le podría aplicar lo que la abuela de Holofernes recriminaba a Holofernes: Ay, cabeza de grillo y memoria de gallo… Sin embargo, ella pertenece desde aquellos años decisivos y franquistas a nuestro mundo, como dice Pocha con toda razón, y no me considero un majadero por haber supuesto que, al menos de los muertos, se acordaría. No ha soltado el bolso y en ningún instante su bolso dejó de sugerirme la urna cineraria donde lleva en pavesas su juventud de señorita bien, incasable, guatequera y capitalina. La pregunta clave sigue siendo por qué pidió a Leticia que celebrara esta recepción en recuerdo de unos tiempos que ha olvidado.

—Para presumir, pobre mujer —dijo Pepa—. Supongo que ahora que va para vieja necesita exhibir la corona y el cetro ante los que la conocisteis madrileña y espantajo.

—Sigue conservando tersa la piel —dijo Dorotea—, que es lo más bonito que siempre tuvo.

—Ah, no, nada de descripciones corporales de la reina, que se nos agriarán los excelentes vinos de Leticia —dijo el Bolonio.

—Y también —prosiguió Pepa sobre las frases entrecruzadas—, por nostalgia de aquella patria, que para ella debió de ser este salón. Pero sobre todo, repito, para presumir. Igual que a ti, Bolonio, te gusta aparecer por casa Cosme o por la Sardanápalo para demostrar que la gloria del alto cargo no ha mermado tu proverbial sencillez. A ella le resulta más difícil, porque, siendo aproximadamente tan lerda como tú, Bolonio —Eusebio y Luis aplaudieron—, al ser mujer tuvo siempre la obligación además de ser guapa o, por lo menos, de estar buena.

—Obligaciones que reiteradamente incumplió. Cuando dudo de mi capacidad viril —confesó García—, me digo: García, macho, en demasiadas ocasiones tú tuviste entre los brazos durante la duración completa de *Monasterio Santa Clara* a la que subiría al trono, y ya ves, García, hijo, ni quedaste castrado ni de la acera de enfrente.

—¡Basta, basta y basta! —gritó Pocha Pus—. ¿Qué importa que haya equivocado algunos nombres y que no haya dado pie con bola en cuestión de fechas y de sucedidos? Siempre fue distraída y así, como voluble, lo que no nos autoriza a sacarle la piel a tiras.

Habrá triunfado, pero sigue siendo sólo una mujer con su carga diaria, como cualquiera de nosotras.

—Hurra —enunció Dorotea.

—Hurra por Pocha —ratificó Pepa.

—Gracias, guapas. Lo que quiero decir —aclaró Pocha— es que se trata de una amiga. Quizá un poco especial, por las circunstancias que marcaron su destino, y en todo caso, de una persona que nos parecerá feliz o desgraciada, según a lo que cada uno considere que los seres humanos hemos venido a esta vida.

—A marcharnos —consideró García.

—¿A qué hablas de marcharos, si es prontísimo? —protestó Leticia.

Las risas silenciaron «Amor, no me quieras tanto», que Betita acababa de colocar en un giradiscos perteneciente al período de la arqueología industrial. No obstante ser la misma ciudad, los olores de la ciudad que entraban por los balcones eran otros. Relajados ya, los supervivientes comenzaban a transformar la relampagueante visita de la soberana en un episodio de inagotable y feliz recordación.

—¿Os habéis percatado de que a su marido, el soberano reinante, ni de refilón lo ha mencionado? —propuso Dorotea a la voracidad colectiva en el momento en que Sesibon, con arreglo al pérfido sistema de los amores de bolero, se llevaba a Betita pasillo adelante bailando hacia las profundidades de la casa.

La perfidia de tu amor

—¿Se puede saber a qué viene este arrebato carnal? —preguntó Betita entre risas, antes de doblar el primer recodo del pasillo arrastrada por Sesibon en alas de la danza hacia las profundidades de la casa de las hermanas Potosí.

Doblado el recodo, disminuyó el volumen de la música y de la algarabía provenientes de los salones donde, una vez que la soberana se hubo retirado, el ambiente se había desencorsetado en el tiempo de un suspiro. Sesibon, conservando el ímpetu, perdió ritmo. La pareja fue a chocar aún enlazada contra una consola, en un ensanche del pasillo que formaba galería, adornada con dos reposteros, y con balcón a un patio interior. Betita no reconoció aquella parte de la casa y, de pronto, la risa dejó de servirle de excusa para encubrir la excitación.

—¿Qué te ocurre, insensato?

Sesibon enunció su pasión con demasiadas palabras, a juicio de Betita, ya que cualquier palabra resultaba superflua una vez que, sentado en un sillón de terciopelo ajado, había conseguido sentarla a ella en las rodillas. Haciendo oídos sordos, Betita se entregó a la felicidad sin fundamento que se le ofrecía, con independencia de prometerse recordar en un futuro inmediato la solemne promesa que había escuchado.

—Benditos sean la soberana y los boleros, Sesibon, que te han devuelto aquella energía que a mí nunca me dedicaste en la juventud.

Todavía durante unos minutos más fueron dichosos, hasta que la proximidad de unas voces los paralizó. Alguien había dejado abierta alguna puerta y la aparente cercanía de las doncellas de la casa y de los camareros contratados para la recepción obligó a Betita a saltar de las rodillas en que se sentaba. Junto al balcón, Sesibon besó la nuca de Betita al reiterar la solemne promesa.

—De espaldas y a traición no me lo repitas. Anda, sígueme. —Y le tomó de una mano.

Sin llegar a la zona de servicio se desviaron por otro pasillo. Abrieron puertas que daban a un cuarto de baño, a un trastero en tinieblas, a una sala con los muebles afantasmados bajo telas blancas. Dos lámparas encendidas en las mesillas de noche creaban una inquietante penumbra en el dormitorio de Leticia.

—No cierres la puerta. No digas nada. No me toques —susurró Betita, que examinaba con una sonrisa malévola la enorme cama—. ¿Cuántos hombres imaginarios cabrán ahí?

Sesibon aspiró con embeleso un aroma pasado de moda, mientras Betita lo abrazaba y los dos se besaban ante el dux, que en el ángulo izquierdo del cuadro lanzaba el anillo de los desposorios con las aguas desde la borda del *Bucentauro*. Por unos instantes creyó que Betita se dejaría tender sobre la cama de Leticia, pero lo único que consiguió es que escapara de sus brazos y de la alcoba.

Aunque volvieron a escuchar el ruido que venía de los salones, no desistieron del impulso infantil que les empujaba por el laberinto familiar a buscar obcecadamente habitaciones inútiles o temibles, el cuarto de la costura donde una mujer apuraba junto a la ventana la última luz del día. Así llegaron, risueños y jadeantes, al cuarto que, sin costurera ni ventana, servía aún de recuerdo de tardes sin fecha, congeladas en una sensación más que en una imagen. Los armarios cubrían hasta el techo dos de las cuatro paredes. Betita ocupó un cojitranco sillón de mimbre y pidió a Sesibon que dejara abierta la puerta, cuando ya Sesibon la había cerrado, se sentaba con las piernas cruzadas en la estera sobre las rojas baldosas y, asiéndole las piernas, ponía los labios en las rodillas unidas. Contra las sienes de Sesibon las manos de Betita guiaban y controlaban los labios, como la luz de la linterna del acomodador sobrevolando las filas de butacas de las caricias subrepticias.

—Ay, Sesibon, novelero, ¿dejarás alguna vez de justificar con tu bondad todos los errores y tropelías que cometes? Por suerte te queda ya poco para viejo y menos aún para sólo vivir de fantasías. Tramposo, ¿tanto te asustó que yo te abandonara, después de dos años de rutinario concubinato, que ahora no encuentras otra salida que proponerme matrimonio? Hace muchos años y en esta misma casa tendrías que habérselo propuesto a aquella modosita que yo fui. Ah, qué necio inoportuno has sido siempre, qué sórdido contigo mismo… No huiste de mí, sino de todos nosotros, que éramos tu mundo. Cambiaste la inercia de vivir en la tribu por el vértigo de bajar. Fue una extraña, no una mujer distinta. Tú nunca dejaste de querer tu ruina, desde antes de llevarla al altar hasta que después de mucho infierno ella te llevó ante el juez. Si nos casáramos, bobito, día tras día me dedicaría a hurgar en ese vergonzoso matrimonio tuyo, con el que intentabas hacerte perdonar la culpa de haber nacido. Pero ¿por qué he de casarme, nada más alcanzar una dorada madurez, con un tipo como tú, al que alimentaron con boniatos, le purgaban con aceite de ricino y le tonificaban con aceite de hígado de bacalao? Parece demasiado injusto, Sesibon, que termine casándome contigo, que me ignoraste en su momento y que estás excelentemente educado para sufrir. Reconoce que parece demasiado injusto, incluso para una mujer cuyos padecimientos no han tenido otra causa que el mucho disfrutar de la existencia. Sin embargo, en el caso de que no lo reconozcas y persistas y nos casemos, piensa, Sesibon, que por fin te verás obligado a plantear esa pregunta que te abrasa, y preguntarme de una vez con cuántos de tus amigos me he acostado a lo largo de estos años. Y para que yo pueda respetarte como marido, nada más responderte, tanto si te respondo con la mentira como con la verdad, ya se verá, tendrás que largarme una bofetada. Algún precio has de pagar ahora, cretino, para llevarte a una soltera mundana que rechazaste cuando se te ofrecía gratis. Y vuelve a besarme las rodillas, Sesibon, mientras me voy pensando la respuesta adecuada a tu petición de mano.

Pero la oscuridad del cuarto ropero se vio amenazada por las voces de los que buscaban a la pareja desaparecida. Betita huyó con una celeridad que dejó a Sesibon tumbado en las tinieblas. Por la puerta abierta llegaba también una rasposa balada de pérfidos amores, mientras Sesibon se ponía en pie, se sacudía los pantalones y decidía preguntar en la primera ocasión oportuna a Betita por los muertos y por los vivos de los que debía sentir celos.

Aviso a los pasajeros

Si no hubiese sido porque las monjas australianas corrían en la misma dirección que el atildado anciano había elegido para huir a la carrera de los aduaneros, Pepa no habría descubierto a García frente a uno de los paneles indicadores de vuelos internacionales. Pero, a contracorriente de los turistas sensatos, las tres monjas, quizá por haber visto esgrimida alguna pistola, se convirtieron instantáneamente en fugitivas de la justicia. Esta contribución eclesiástica al alboroto general produjo, además del efecto vistoso, que García fuera zarandeado y casi derribado por las monjas primero, y por los aduaneros después. Pepa le sostuvo, aún tambaleante y radicalmente estupefacto.

—Pero ¿qué tienes tú que ver en toda esta cacería? —preguntó García nada más reconocer, por su falta de hábitos y de uniforme, a Pepa.

—Que, como soy la jefa del clan, he venido a recoger la mercancía. Anda, cretino, vamos a tomar un café.

Gracias a unas copas del peor coñac meridional, García emprendió la maniobra de aproximación a la realidad. Pepa se desentendió de las contradictorias versiones que de la película recién vivida hacía el público del bar del aeropuerto, y afirmó rotundamente que las tres monjas no formaban parte de la operación. Este intento de racionalidad encrespó a García, víctima al fin y al cabo de la ciega pujanza de las hermanas.

—¿Cómo puedes estar segura de que no llevaban la droga debajo de esos ropajes, tan inocentes en apariencia? Quizá servían de tapadera al viejo, que huía, por lo menos, sin avasallar a los pacíficos pasajeros. La vida, Pepa, es una permanente impostura.

—Empezando por ti mismo, García, impostor. Luisito el Bolonio me lo dijo hace poco, aunque yo supuse que se trataba de una gracejería más de las vuestras. Y mira tú por dónde, ahora resulta que es verdad.

—Si por verdad hay que entender algo bello y honesto, es imposible que el Bolonio diga verdad. A pesar de que le tengo un incongruente cariño, creo que en todas las elecciones a que se presente, a poco limpias que se hagan, el Bolonio siempre será merecedor de la minoría absoluta. ¿Qué te dijo de mí?

—Que ahora —murmuró Pepa— vienes con frecuencia al aeropuerto a pasar las horas muertas.

—Bueno, sí.

Antes de que Pepa llegara a proponerle abandonar aquel bar y llevarle en moto a la ciudad, García ya había pedido al camarero otro par de copas. A través de la cristalera la tarde parecía eterna en su esplendor, pero Pepa, como un pegajoso aleteo de murciélago, tuvo el presagio de una noche reiterada deslizándose apaciblemente por un río de alcohol.

—¿Estás documentándote para una novela de aviones?

—Ya no escribo. Me aburre escribir y, encima, se me ha olvidado. Todo el mundo venimos al aeropuerto, incluida tú.

Pepa se apoderó ostensiblemente de las facturas de las consumiciones y las depositó dentro del casco.

—Mientes. Ese oficio tuyo no se puede olvidar.

—Facilísimamente. Ni siquiera es un oficio, sino una predisposición del ánimo.

—Quiero suponer, García, que aún recuerdas los detalles del último viaje de Silverio al sur hará ahora unos quince años, exactamente la época en que me estaban expulsando del colegio aquellas monjas nada medrosas. Según los datos más fidedignos que poseo de la excursión que emprendió para morir entre desconocidos, Silverio no cogió ni un tren ni un avión, sino su propio coche. Así lo cuentan los papeles de Holofernes, que póstumamente llegaron a mi poder. A mi leal saber y entender, ha sonado la hora de que deje de obsesionaros aquella peculiar resolución. Ninguno de sus amigos tenéis por qué imitar semejante manera de morir. Ninguno sabéis vivir en soledad más de una semana y ninguno, por fortuna, tenéis el valor y el orgullo de Silverio. El miedo siempre nos hace correr en dirección equivocada. Quizá porque no hay dirección acertada. Y ahora, sin una copa más de coñac envenenado, tú y yo nos vamos para la ciudad donde nos espera nuestro hogar de la cafetería Sardanápalo, llena de amigos congruentes e incongruentes.

—Me gusta venir aquí para imaginarme, cuando suenan los avisos para embarcar, que yo soy un pasajero a alguna parte. Pero tranquilízate, Pepa, que ni tengo tarjeta de embarque ni llevo el cepillo de dientes en la maleta que no traigo.

Fue García quien se puso en pie primero. Del casco de Pepa cogió las facturas de las consumiciones y se dirigió a la caja.

—Yo no quiero saber más de lo que tú me digas.

—Pepa, tampoco tú me has dicho a quién has venido a esperar o a despedir —dijo García, repentinamente alegre.

—A ninguno de esos amantes que los amigos me atribuís. Pocha Pus, Leticia y Dorotea vuelan ya en estos instantes rumbo a París, dispuestas a no perder comba de los fastos conmemorativos de la Revolución francesa.

—¡Qué osadas…! Si las reconocen esos *sans-culottes*, todavía pueden guillotinarlas. Oye, Pepa, agradezco tus adivinaciones.

—No hay de qué, García. La moto está en el…

—Espera, espera. Prefiero regresar en el autobús entre japoneses y mochilas. Sólo quiero decirte antes, hermosa mía, que eres muy joven para vivir pendiente de tanto vejestorio. Defiéndete, Pepa, o vas a terminar siendo la Florencia Nightingale del grupo. Y tú mereces algo menos misionero. —García comenzó a correr bajo la marquesina hacia el autobús—. *Ciao*. Nos vemos luego en la Sardanápalo.

Hasta el anochecer Pepa se quedó deambulando por la zona internacional del aeropuerto. En ningún momento, a diferencia de García, esperó ser llamada por los altavoces. Sin embargo, resultaba aquél un lugar muy adecuado para desesperarse con comedimiento. En un determinado momento se cruzó con las monjas australianas, que caminaban rápidamente, pálidas y crispadas. Luego, ya por la autopista, Pepa bruscamente amó la vida como sólo había amado a algún hombre, mucho más de lo que nunca había amado a su moto.

Memoria de verano

Sobre las enrojecidas brasas del pavimento y bajo la opresión del bochorno empantanado que agobiaba desde más de una semana ya, el capricho del verano había concitado una asistencia inusitada en la despoblada terraza de la cafetería Sardanápalo. Probablemente eran ellos, como había manifestado el Bolonio, los únicos habitantes de lo que había sido una ciudad y ahora sólo era agosto.

—Pues este año ha salido menos gente —afirmó Dorotea, cuyo marido dormía letalmente en uno de los sillones de mimbre en torno a las mesas.

Pareció, por lo tanto, clausurado el último debate, pero Leticia, emergiendo inopinadamente de las cuevas del alma, confesó que ella, salvo de la salud, de todo preferiría siempre nada que poco.

—Estás loca —opinó Pepa—. Siempre es mejor un poco de amor que nada de amor, un mendrugo que el hambre, un patio de cárcel que una cárcel sin patio. Y al revés, mejor morirte que vivir con poca salud.

—Chicas, chicas… —Y García chasqueó la lengua—. Dejad de una vez la alta especulación, que el verano ha sido hecho para reposo del mediocre, y Sócrates es quien ha muerto.

Sobrevino un silencio pertinaz como una sequía, punteado de

asfixiantes suspiros, sorbos y cigarrillos, sopor. Quizá porque entre los vasos seguía la postal con el *portrait de l'abbé Huber*, de Latour, que Betita y Sesibon habían enviado a la Sardanápalo desde Ginebra, no habría resultado incongruente que alguien hubiera recordado de nuevo a los recién casados. Sin embargo, Pocha habló para apostrofar al ignoto estío:

—Maldita sea, ¿a qué viene que durante los veranos haga yo cosas que ni se me ocurren el resto del año?

—Porque eres muy humana, Pocha, demasiado humana —explicó Eusebio, aunque Pocha entendió que ella era demasiado ciudadana.

—Te equivocas, doctor. Yo creo que es éste el año que más días he resistido en el infierno de asfalto. Y sólo, naturalmente, por culpa de las desvergüenzas de Pochita.

—No se acuerda la madre que fue hija —sentenció Dorotea.

—No, ahí sí que no —protestó Pocha—. Ni por asomo cometí yo en mis años mozos la golfería de independizarme. Y precisamente a ti, Doro, te consta que jamás me dio por la libertad —alegó al borde del sollozo.

A punto de alborotarse el ágora y de que, muertos Sócrates y Holofernes, Pocha Pus se erigiese en Aristóteles, García medió en el cotarro.

—Me pregunto cómo podéis recordar qué hicisteis o dejasteis de hacer durante los viejos veranos. Nada noble se puede recordar de una estación tan superflua y peligrosa.

—Yo recuerdo todos los veranos de mi vida, uno a uno —dijo Pepa.

—Será por tu juventud y principalmente porque los has leído en esos papeles secretos de Holofernes, de los que te apoderaste póstumamente.

—No te empeñes en hacerte más idiota de lo que eres, García —pidió Leticia—. Yo, que ya no tengo los años de Pepa, ni conozco esos papeles, nunca olvidaré tantos veranos como he disfrutado. Sobre todo aquellos interminables veranos de la posguerra, cuando atardecía sin prisas y por las calles volaban bandadas de vencejos.

—El primer verano que recuerdo —dijo Eusebio— había hombres con fusiles caminando por la playa.

—A mí no se me han olvidado las mañanas, la luz de aquellas mañanas —recordó Luisito el Bolonio—, y, sin embargo, no puedo recordar, es curioso, las noches. Quizá me acostaban pronto. Para mí las noches de verano son una conquista de la edad.

—Bueno, basta ya. —Y García, apoyándose en un brazo del sillón y en un brazo del marido dormido de Dorotea, pareció que iba a levantarse y a huir—. Os recomiendo que volvamos a discutir la conveniencia o la inconveniencia de participar a la soberana un acontecimiento de futuro tan incierto como el matrimonio de Betita y Sesibon. O que Pocha, Leticia y Doro nos cuenten otra vez, y con detalle, los fastos conmemorativos de la Revolución francesa a los que asistieron en memoria de María Antonieta.

—No, por favor, no más coros y danzas —imploró Pepa.

—Sobre todo —insistió García—, basta de magnificar, bajo pretexto de termómetro, aquellos tránsitos de la vida, cuyas cenizas os nublan los ojos. Disfrutemos de la soledad de las calles, del archipiélago de las terrazas, de las incomodidades y de…

—Y del aeropuerto donde tú te refugias —completó Eusebio, lo que provocó de nuevo durante más tiempo del preciso un silencio tan desasosegante como la temperatura pedía.

—Holofernes —de repente comenzó a contar Pepa— recuerda en uno de esos papeles íntimos un comienzo de vacaciones, en que Sesibon vivió una semana angustiado por haber recibido un aprobado que, según él, su examen no merecía. Al fin, decidió presentarse al catedrático y, después de vencer la instintiva suspicacia que en este país suscita la cortesía, creyó haberle convencido de que debía revocar el aprobado y suspenderle. Pero a mitad del verano recibió en el campamento de las milicias la papeleta rectificada por la que se le concedía un sobresaliente. Hasta que en septiembre ganó los galones de sargento, la insoslayable injusticia de la existencia sumió a Sesibon en la depresión. A Holofernes se le contagió el ánimo depresivo de Sesibon y, por razones que no se digna precisar, con los calores del monte y del máuser olvidó absolutamente quién había perdido la guerra civil.

—Él —precisó García—, él mismo perdió la guerra y perdió el verano, aunque Holo siempre trató de no darse por enterado.

Eusebio y Pocha brindaron, con entusiasmo y con cuarenta años de retraso, por el sobresaliente de Sesibon. Por indicios sólo por ella perceptibles, Dorotea condujo a su marido, sin despertarlo, a los lavabos de la cafetería Sardanápalo. Pepa y Leticia rieron sin previo acuerdo. En el acoso del bochorno quizá habían intuido la amenaza del alivio que supondría la llegada de la noche fría del desierto.

(1989)

Índice

Gente de Madrid

Apólogos y milesios

Mucho cuento

CUENTOS CONTADOS

Impreso en Talleres Gráficos
LIBERDÚPLEX, S.L.U.
Pol. Ind. Torrentfondo
Ctra. Gelida BV-2249 Km. 7,4
08791 Sant Llorenç d'Hortons (Barcelona)